INY LORENTZ
Flammen des Himmels

INY LORENTZ

Flammen des Himmels

Roman

Besuchen Sie uns im Internet:
www.knaur.de

© 2013 Knaur Verlag
Ein Unternehmen der Droemerschen Verlagsanstalt
Th. Knaur Nachf. GmbH & Co. KG, München
Alle Rechte vorbehalten. Das Werk darf – auch teilweise –
nur mit Genehmigung des Verlags wiedergegeben werden.
Redaktion: Regine Weisbrod
Umschlaggestaltung: ZERO Werbeagentur, München
Umschlagabbildung: FinePic®, München
Satz: Adobe InDesign im Verlag
Druck und Bindung: GGP Media GmbH, Pößneck
Printed in Germany
ISBN 978-3-426-66380-6

*Für Lianne, Ingeborg, Isabel und Tatjana
sowie unsere Cheflektorin Christine
und unsere Lektorin Regine*

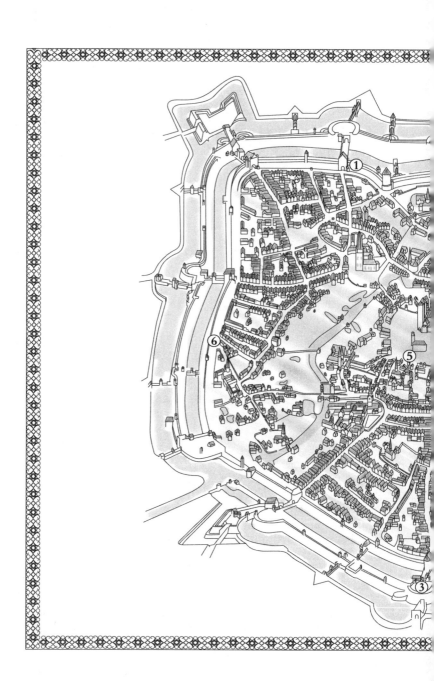

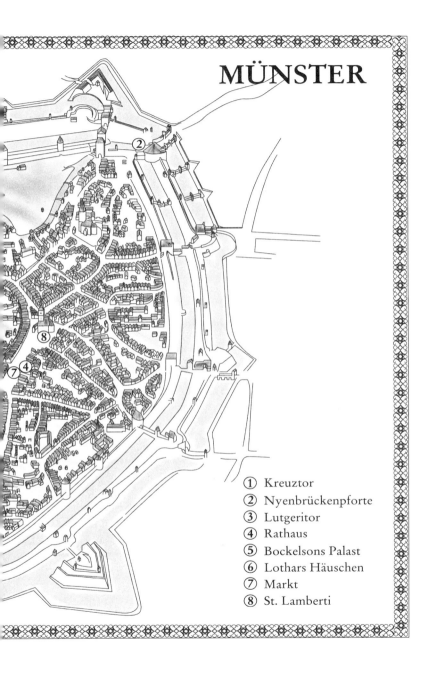

Erster Teil

Der Bluthund des Papstes

1.

Eben war es noch angenehm warm gewesen, aber mit einem Mal streifte Frauke ein eisiger Windstoß, der ihr wie ein Bote nahenden Unheils erschien. Sie fröstelte mehr aus Angst denn vor Kälte. Sofort schalt sie sich. Sei doch keine Närrin! Alles ist gut, in dieser Stadt sind wir in Sicherheit. Noch während sie sich selbst Mut zusprach, bemerkte sie, wie die Menschen um sie herum sich dem Stadttor zuwandten und zu tuscheln begannen.

Als sie sich ebenfalls umdrehte, sah sie sechs bewaffnete Vorreiter durch den Torbogen kommen, die auf einen Herrn von Stand hindeuteten. Ihnen folgten zwei Mönche auf Mauleseln, deren Fell so braun war wie die Kutten ihrer Reiter. Es vergingen einige Augenblicke, bis der nächste Reiter erschien. Dieser war mit einem Mittelding zwischen Kutte und Talar bekleidet und trug eine Art Barett auf dem Kopf. Seine Kleidung einschließlich der Stiefel war so dunkel wie eine Neumondnacht unter einem bedeckten Himmel, und sein schwarzes Maultier wies nicht einen hellen Fleck auf.

Im ersten Augenblick wirkte der Mann auf Frauke wie einer der apokalyptischen Reiter, und sie hätte sich nicht gewundert, wenn auch sein Gesicht von der Farbe der Nacht gewesen wäre. Stattdessen war es so bleich, als meide der Mann die Strahlen der Sonne.

Frauke erstarrte bis ins Mark, obwohl sie nicht wusste, wer dieser Fremde sein mochte, der die Menschen am Straßenrand musterte, als wolle er sie mit seinen Blicken durchbohren. Seine Augen richteten sich für den Zeitraum einiger Herzschläge

auf sie, anders als die übrigen Frauen und Mädchen blieb sie jedoch kerzengerade stehen und knickste nicht. Erst als seine kalte Miene deutlichen Unmut zeigte, beugte auch sie das Knie.
»Weißt du, wer das ist?«, fragte eine junge Frau den Jüngling neben ihr.
Frauke verzog das Gesicht, als sie die Stimme von Gerlind Sterken vernahm, der Tochter des zweiten Bürgermeisters. Diese hielt sich für das schönste Mädchen von Stillenbeck und musste doch immer wieder hören, dass Silke Hinrichs noch schöner sei als sie. Dabei war Schönheit das Letzte, was Silke sich wünschte. Ebenso wie Frauke hätte sich auch ihre Schwester liebend gerne mit einem schlichteren Aussehen begnügt, wenn sie dafür nicht mehr von Gerlind Sterkens Neid und Hass verfolgt worden wäre.
Trotz ihrer Abneigung trat Frauke einen Schritt auf die Bürgermeisterstochter zu, damit ihr die Antwort ihres Begleiters nicht entging. Dieser war, wie sie wusste, ein Bewerber um Gerlinds Hand, der auf die reiche Mitgift hoffte, welche Thaddäus Sterken seiner Tochter in die Ehe mitgeben konnte.
Der junge Mann lachte. »Das ist der höchst ehrwürdige Inquisitor Jacobus von Gerwardsborn, dessen Aufgabe es ist, die Ketzer im Reich aufzuspüren und sie ihrer gerechten Strafe zuzuführen.«
Das klang nicht danach, als würde er den schwarzgekleideten Kirchenmann ernst nehmen. Gerlind Sterken achtete jedoch nicht auf die ablehnende Miene ihres Begleiters, sondern streifte Frauke mit einem verächtlichen Blick und rief laut: »Dann soll er doch gleich mit der hier und ihrer Schwester anfangen. Die halten es doch mit diesem Wiedertäufergesindel!«
Zu Fraukes Entsetzen zügelte Gerwardsborn sein Maultier, drehte sich um und sah, wie Gerlind auf sie zeigte. Fast schien es ihr, als wolle er sie ansprechen, doch dann besann er sich

anders und ritt weiter in die Richtung des Dominikanerklosters, in dem er wohl Quartier zu nehmen gedachte.
Nachdem sie den ersten Schrecken überwunden hatte, mahnte Frauke sich, in Zukunft besser achtzugeben. Bisher war es ihrer Familie gelungen, den Anschein aufrechtzuerhalten, der alten Kirche anzugehören, und sie hatten sich nur heimlich mit ihren Brüdern und Schwestern im Glauben versammelt. Dennoch schien etwas durchgesickert zu sein. Oder war Gerlinds Äußerung nur die gehässige Bemerkung eines neidischen Mädchens, mit der sie, ohne es zu wissen, der Wahrheit nahegekommen war?
Schatten fielen auf Frauke und machten sie darauf aufmerksam, dass dem Inquisitor weitere Reiter folgten. Es schienen Junker und reiche Bürgersöhne zu sein, die dem Kirchenmann das Geleit gaben. Die meisten sahen hochmütig über die versammelte Menge hinweg, nur ein junger Bursche mit fast weißblonden Haaren, der kaum älter sein konnte als sie selbst, musterte die Menschen am Wegesrand, als wolle er sie kennenlernen. Wegen seines hübschen, bartlosen Gesichts hatte Frauke ihn im ersten Augenblick für ein als Mann verkleidetes Mädchen gehalten, diesen Gedanken aber gleich wieder beiseitegeschoben. So etwas würde der Inquisitor niemals dulden. Mit einem Mal sah der junge Mann sie direkt an und lächelte freundlich. Den Ausdruck seiner Augen vermochte sie jedoch nicht zu deuten.
Nachdem die Reiter die Straße passiert hatten, durchfuhren drei hochbeladene Fuhrwerke mit Gepäck das Tor, und die Menge begann, sich zu verlaufen. Auch Frauke wandte sich um, um nach Hause zu gehen.
Doch Gerlind Sterken vertrat ihr den Weg. »Da Seine Exzellenz, der Inquisitor, hier erschienen ist, wird es bald ein Ende mit dir und deiner Schwester haben! Der hat schon ganz andere als euch auf den Scheiterhaufen gebracht.«
»Gerlind, bitte!«, flehte ihr Begleiter.

Die Bürgermeisterstochter ließ sich jedoch nicht bremsen und überschüttete Frauke mit Schmähungen, bis diese aufgewühlt davonlief. Unterwegs sagte Frauke sich, dass es wohl das Beste wäre, wenn ihre Familie und die anderen Mitglieder ihrer kleinen Gemeinschaft Stillenbeck umgehend verließen und an einem anderen Ort Zuflucht suchten. Jacobus von Gerwardsborn war gewiss kein Mann, der einen anderen Glauben als den von Rom verkündeten dulden würde.

Als sie nach Hause kam, war die Mutter gerade dabei, das Abendessen aufzutischen.

»Du kommst spät«, tadelte diese ihre Jüngste.

»Es tut mir leid, Mama. Aber ich bin unterwegs aufgehalten worden. Ein Inquisitor ist in die Stadt gekommen. Er nennt sich Jacobus von Gerwardsborn und macht mir Angst.«

Inken Hinrichs winkte verächtlich ab. »Du brauchst dich nicht zu fürchten. Wir sind angesehene Bürger von Stillenbeck, und solange wir so tun, als folgten wir den Lehren der katholischen Kirche, kann uns nichts passieren.«

»Und doch müssen die Leute etwas gemerkt haben! Gerlind Sterken hat uns nämlich Wiedertäufergesindel genannt, und zwar so laut, dass der Inquisitor es gehört hat«, erklärte Frauke besorgt.

»Gerlind Sterken ist eine unangenehme Person und ärgert sich darüber, dass unsere Silke sie in den Schatten stellt. Dabei tut deine Schwester gar nichts dazu, während Gerlind sich von ihrem Vater alle möglichen Schönheitsmittel besorgen lässt. Doch aus einem Ackergaul kann man nun mal keine edle Stute machen. Das wird auch der Inquisitor rasch merken und nichts auf ihre Worte geben.«

Für Inken Hinrichs war die Sache damit erledigt, und sie befahl Frauke, den Eintopf zu rühren.

Die Angst saß dem Mädchen jedoch so in den Knochen, dass sie bei jedem Geräusch hochschreckte, das von draußen hereindrang. Selbst als der Vater, ihre beiden Brüder und ihre Schwester Silke hereinkamen, hatte sie sich noch nicht beruhigt.

»Herr Vater! Habt Ihr es gesehen? Ein Inquisitor ist in die Stadt gekommen«, sprach Frauke Hinner Hinrichs an.

»Und wennschon! Er wird nachzählen, ob wir auch brav zur Messe gehen, und damit hat es sich.«

»Aber als er an uns vorbeigeritten ist, hat Gerlind Sterken ganz laut gerufen, Silke und ich seien Wiedertäufer«, setzte Frauke hinzu.

Einen Augenblick wirkte Hinner Hinrichs unsicher, dann schüttelte er den Kopf. »Thaddäus Sterken wird seiner Tochter schon den Kopf zurechtsetzen und dem Inquisitor erklären, dass das nichts als dummes Gerede ist. Gerlind würde jedem Mädchen, das hübscher ist als sie selbst, alles Schlechte nachreden – und viel hübscher als sie ist unsere Silke allemal!«

Hinner Hinrichs betrachtete seine älteste Tochter mit einem Stolz, der so gar nicht zu der Demut passte, die sein Glaube ihm vorschrieb. Allerdings war Silke eine Schönheit, wie sie nur selten zu finden war. Obwohl sie schlicht gekleidet ging und selbst im Haus eine Haube trug, wirkte sie mit ihrem harmonischen Gesicht und den großen, himmelblauen Augen so lieblich wie ein Maientag.

»Nein«, fuhr Hinner Hinrichs fort, »gegen unsere Silke kommt Gerlind Sterken trotz allen Reichtums ihres Vaters nicht an.«

»Ich fürchte nicht den Reichtum ihres Vaters, sondern Gerlinds Lästerzunge«, wandte Frauke ein. »Wenn sie uns als Wiedertäufer bezichtigt, wird der Inquisitor uns befragen – und davor habe ich Angst.«

Frauke hatte nicht vergessen, dass sie ihr letztes Heim vor gut drei Jahren fluchtartig hatten verlassen müssen, um nicht als Ketzer verhaftet zu werden. Wieso konnten sich da ihr Vater

und ihre Mutter so sicher sein, dass sie in dieser Stadt endlich von allen Verfolgungen verschont blieben?
Ihr ältester Bruder lachte über ihre Bedenken. »Vater hat recht, Frauke! Thaddäus Sterken wird seiner Tochter schon den Mund verbieten. Immerhin arbeiten Vater und ich für ihn. Bessere Gürtelschneider als uns findet er nicht.«
Frauke fand Haugs Worte allzu angeberisch. Zwar fertigten ihr Vater und er tatsächlich Gürtel für Sterken an. Doch sie konnte sich nicht vorstellen, dass der Kaufherr ihre Familie gegen seine Tochter oder gar den Inquisitor in Schutz nehmen würde. Da ihre Worte jedoch kein Gehör fanden, presste sie die Lippen zusammen und betete im Stillen, dass Gott und der Herr Jesus Christus im Himmel auch weiterhin ihre schützenden Hände über ihre Eltern, ihre Geschwister und sie selbst halten würden.

2.

Im Dominikanerkloster suchte Jacobus von Gerwardsborn als Erstes die Zimmerflucht auf, die der Prior ihm überlassen hatte. Neben einer Schlafkammer verfügte er über ein privates Speisezimmer sowie einen Raum mit Schreibpult, Tisch und sechs Stühlen, in dem er seinem Sekretär Briefe und Berichte diktieren und Gäste empfangen konnte.

Nun aber wollte er allein sein und hatte seine Begleiter hinausgeschickt. Er ließ sich auf einen bequemen Stuhl sinken und rieb sich die Schläfen. Nach dem langen Ritt litt er unter Kopfschmerzen, sagte sich aber, dass er dieser Schwäche nicht nachgeben durfte. Immerhin war er das Schwert Gottes auf Erden, die es von Ketzern zu reinigen galt.

Gelegentlich erschien ihm seine Aufgabe wie eine Herkulesarbeit. So viele Ketzer er auch entdeckte und auf den Scheiterhaufen schickte, es wuchsen ständig mehr nach, und zwar schneller als die Köpfe der Hydra.

»Ich wollte, die Ketzer hätten alle einen einzigen Leib, auf dass man diesen verbrennen und damit der Häresie ein für alle Mal ein Ende setzen könnte«, murmelte er vor sich hin.

Unwillkürlich wandten sich seine Gedanken dem jungen Mädchen zu, das von einer Bürgerstochter eine Wiedertäuferin genannt worden war. Hatte dieses unverschämte Ding ihm nicht den ihm zustehenden Knicks verweigert? Das war ein deutliches Zeichen, denn immerhin vertrat er an diesem Ort Seine Heiligkeit Papst Clemens VII. und dieser den heiligen Petrus, der von Jesus Christus selbst zu seinem Stellvertreter ernannt worden war. Wenn er in eine Stadt kam, war es daher fast so, als erschiene Christus selbst, und die Menschen hatten ihre Ehrfurcht vor ihm und Gott zu bezeugen.

Mit einem Mal sehnte sich Jacobus von Gerwardsborn nach Gesellschaft. Er griff nach einer kleinen silbernen Glocke und läutete heftig. Kurz darauf trat sein Sekretär, Magister Rübsam, ein. Ihm folgte Bruder Cosmas, einer der beiden Mönche, die ihn begleiteten. Zusammen mit seinem Foltermeister Dionys bildeten diese drei seine engere Gefolgschaft. Dazu kamen ein dienender Mönch und mehrere Knechte. Im Grunde hätte es gereicht, mit diesen Männern zu reisen. Da er aber als Vertreter des Oberhaupts der Christenheit auftreten musste, hatte er Magnus Gardner, den Abgesandten des neuen Fürstbischofs von Münster, sowie mehrere Herren mitgenommen, die ihm je nach Bedürfnis als Kuriere, Spione oder einfach nur als Gesprächspartner dienten.

Da der Inquisitor Lust auf ein Schachspiel hatte, befahl er Bruder Cosmas, die Figuren aufzustellen.

»Rufe den jungen Gardner! Er ist der Einzige, der richtig Schach spielen kann«, sagte er dann. »Ach ja! Wenn ein Vertreter der Stadt erschienen ist, kann er ebenfalls eintreten. Am Tor haben sich die Herren Bürgermeister und Stadträte sehr rar gemacht. Es sind wohl alles Anhänger dieses verfluchten Luther!«

Der Tonfall des Inquisitors verhieß nichts Gutes für die saumseligen Räte und die beiden Bürgermeister von Stillenbeck, obwohl diese Männer lediglich zu spät von seiner Ankunft erfahren hatten.

Der Mönch verließ den Raum, und kurze Zeit später traten zwei Männer ein, ein großer, stattlich wirkender Edelmann um die fünfzig und jener Jüngling, der Frauke am Tor aufgefallen war. Der Ältere verbeugte sich vor dem Inquisitor, warf einen Blick auf das Schachbrett und legte die Hand auf die Schulter des Jungen.

»Wage ja nicht zu gewinnen, sonst wird die Laune Seiner Exzellenz noch übler, als sie bereits ist«, wisperte er dem Jungen ins Ohr.

»Ja, Herr Vater!« Lothar Gardner verbeugte sich nun ebenfalls vor dem Inquisitor und nahm auf dessen Anweisung auf dem Stuhl ihm gegenüber Platz.

»Wählst du Schwarz oder Weiß?«, fragte Jacobus von Gerwardsborn.

»Wenn es erlaubt ist, nehme ich die Weißen, Eure Exzellenz.« Die Frage war rhetorisch, denn der Inquisitor spielte immer mit den schwarzen Figuren. Gerwardsborns Vorliebe für diese Farbe war extrem. So trug er auch hier im Zimmer dünne schwarze Handschuhe und statt des Baretts eine runde, schwarze Kappe. Selbst der Stein auf seinem Ring, in den ein kunstfertiger Steinschneider sein Siegel geschnitten hatte, war ein schwarzer Hämatit.

Lothar vermutete, dass Jacobus von Gerwardsborn wie ein Bote des Todes auftreten wollte – oder gar wie der Tod selbst. Zu diesem Erscheinungsbild passte sogar sein bleiches Gesicht. In gewissen Kreisen aber wurde er mit einem Beinamen belegt, der besser zu ihm passte. »Bluthund des Papstes« nannte man ihn. Rasch verscheuchte der junge Mann diese Gedanken und machte seinen ersten Zug.

Für einige Zeit wurde das Spiel zu einem Zweikampf zweier Geister, die beide erbittert um den Sieg rangen. Magnus Gardner, der den Spielern zusah, verfluchte seinen Sohn insgeheim. Auch wenn es unangenehm war, zu verlieren, musste Lothar doch wissen, wie weit er gehen durfte. Als er bereits glaubte, eingreifen zu müssen, machte der Junge den entscheidenden Fehler und war kurz darauf schachmatt.

»Du warst mir ein würdiger Gegner, Lothar. Beinahe dachte ich, du könntest mich besiegen«, lobte der Inquisitor seinen jungen Gegner.

Dieser verbeugte sich mit einer gezierten Geste. »Eure Exzellenz waren einfach zu gut für mich!«

In dem Augenblick klatschte Magnus Gardner seinem Sohn in Gedanken Beifall. Der Junge war nicht nur geschickt, sondern auch klug. Immerhin galt es, Jacobus von Gerwardsborn bei Laune zu halten, und das war eine Aufgabe, die er selbst seinem schlimmsten Feind nicht gewünscht hätte. Zwar konnte es dem Inquisitor gleichgültig sein, wie viele Ketzer er auf den Scheiterhaufen brachte oder bei geringeren Verfehlungen aus dem Land weisen ließ. Doch sein Herr, Fürstbischof Franz von Waldeck, verlor durch Gerwardsborns unheilvolles Wirken arbeitsame Untertanen und vor allem gute Steuerzahler. Den Inquisitor aufzuhalten wagte der Bischof jedoch nicht. Immerhin hatte Clemens VII. Jacobus von Gerwardsborn persönlich in dieses Land geschickt, um der lutherischen Ketzerei und der noch schlimmeren wiedertäuferischen Häresie ein Ende zu bereiten.

»Sind die beiden Bürgermeister bereits erschienen?«, fragte der Inquisitor ansatzlos.

»Wenn Eure Exzellenz erlauben, werde ich nachsehen!« Magnus Gardner verließ den Raum, als wäre er ein schlichter Lakai und nicht ein Mann, den Franz von Waldeck bevorzugt um Rat fragte. Draußen fand er lediglich einen Ratsherrn in einem pelzbesetzten Rock vor, der sich unwohl zu fühlen schien. Gardner kannte ihn von verschiedenen Aufenthalten des Mannes in Telgte und glaubte, ihm vertrauen zu können.

»Gott zum Gruß, Herr Sterken. Ich freue mich, Euch zu sehen, bedaure aber, dass die Bürgermeister und die anderen Ratsherren nicht erschienen sind, um dem Inquisitor ihre Reverenz zu erweisen.«

Sein Gegenüber blickte ihn mit unglücklicher Miene an. »Ihr wisst es vielleicht noch nicht, aber ich bin für dieses Jahr zum zweiten Bürgermeister der Stadt gewählt worden. Jetzt bin ich besorgt, ausgerechnet Seine Exzellenz Jacobus von Gerwardsborn hier begrüßen zu müssen. Dieser Besuch kommt, um es offen zu sagen, etwas ungelegen. Wäre er uns rechtzeitig angekündigt worden, hätten wir Vorbereitungen treffen können.«

Sterken gelang es, vorwurfsvoll zu klingen. Dabei war ihm anzumerken, dass ihn die Angst in ihren Klauen hielt. Erst vor ein paar Tagen hatte der Rat der Stadt beschlossen, einen lutherischen Prediger an die Pfarrkirche zu berufen und den Katholiken nur noch die Kapelle des Dominikanerklosters zu überlassen. Nun befürchtete er, dass dieser Beschluss, so geheim er auch gefasst worden war, auf ihm unbekannte Weise seinen Weg bis zum Bischof und sogar bis zu diesem Inquisitor gefunden hatte.

Gardner war klar, dass Thaddäus Sterken sich Sorgen machte. Schließlich gab es in dieser Gegend genug Bürger, die den Papst in Rom einen guten Mann sein ließen und sich der Lehre Martin Luthers zugewandt hatten. Als Fürstbischof von Münster wäre es die Aufgabe seines Herrn gewesen, dies zu verhindern. Schon deshalb musste er dafür Sorge tragen, dass Anhänger der Reformation Gerwardsborn nicht unnötig herausforderten und diesem dadurch die Möglichkeit gaben, sie verhaften, verurteilen und verbrennen zu lassen.

»Mein guter Sterken«, antwortete er, »ich rate Euch dringend, Stillenbeck Seiner Exzellenz gegenüber als Hort der reinen Lehre auszugeben und jede lutherische Abweichung zu verneinen. So seid Ihr ihn am schnellsten wieder los. Vor allem aber sorgt dafür, dass der andere Bürgermeister und die Räte sich umgehend vollzählig hier einfinden und dem Inquisitor ihre Achtung und Ehrfurcht bekunden. Dies ist absolut notwendig, denn wenn er glaubt, man würde ihm diese verweigern, kann er sehr zornig werden. Ein päpstlicher Erlass und eine kaiserliche Bulle geben ihm das Recht, die Häresie in diesem Landstrich zu bekämpfen, und daher kann Seine Exzellenz Franz von Waldeck sich nicht offen gegen ihn stellen.«

Diese Warnung musste genügen, sagte Gardner sich. Entweder waren die hiesigen Ratsmitglieder klug genug, oder sie würden sich auf eine scharfe Untersuchung gefasst machen müssen – und die konnte schlimm ausgehen.

Dies sah Sterken ebenso und schickte den Knecht los, der ihn begleitet hatte, um die anderen Mitglieder des Rates herbeizurufen. Da sich mehr als drei Viertel bereits der lutherischen Lehre angeschlossen hatten, würde ihr Auftritt nicht ohne Heuchelei stattfinden können. Doch wenn sie nicht wollten, dass in dieser Stadt Scheiterhaufen entzündet wurden, mussten sie dem unerwünschten Gast ein glaubhaftes Schauspiel liefern. Sterken atmete noch einmal tief durch und folgte Gardner in das Zimmer des Inquisitors.

Als sie eintraten, hielt Jacobus von Gerwardsborn die schwarze Dame in der Hand und starrte sie unverwandt an. Die Figuren waren nach seinen eigenen Vorstellungen angefertigt worden, und so stellten Mönche die Bauern, Priester die Springer, Bischöfe die Türme sowie der Papst den König dar. Die Dame jedoch war eine verkleinerte Kopie der Madonna von Santa Maria Maggiore in Rom, jener Kirche, in der er einst zum Priester geweiht worden war.

Nun stellte er die kleine Madonna wieder auf das Spielbrett und wandte sich den beiden Herren zu. »Wer ist dieser Mann?«, fragte er unwirsch. »Eigentlich habe ich die Bürgermeister, den gesamten Rat und die Oberhäupter der Gilden erwartet.«

»Ich ... ich bin Thaddäus Sterken, zweiter Bürgermeister von Stillenbeck und Kaufherr dahier«, presste Sterken heraus.

»Wo ist der erste Bürgermeister, wo der Rat und die anderen Honoratioren? Oder haben diese sich, vom Gift der lutherischen Irrlehre befallen, bereits von dannen gemacht?« Gerwardsborns Stimme klang wie der Schlag einer Peitsche.

Thaddäus Sterken überlegte verzweifelt, wie er diesen zornigen Streiter des Papstes besänftigen konnte. »Nein, Eure Exzellenz, so ist es nicht. Nur waren wir nicht auf Euren Besuch

vorbereitet und gingen unseren Geschäften nach. Es wird gewiss nicht lange dauern, bis die anderen Herren erscheinen.«
»Das will ich hoffen. Doch sagt, wie steht es mit der reinen Lehre in dieser Stadt? Ist sie von der lutherschen Ketzerei befallen?«
»Aber nein, Euer Exzellenz, wo denkt Ihr hin! Ich bin ein treuer Sohn der heiligen Kirche!« Und zwar der Lutherschen, setzte Sterken insgeheim hinzu.
»Und die anderen Herren?«, fragte Gerwardsborn anklagend.
»Auch sie sind, wie ich bezeugen möchte, treue Söhne der Kirche.« Sterken klang nicht sehr überzeugend, denn in ihm nagte die Angst, eines der wenigen Ratsmitglieder, die noch katholisch geblieben waren, könnte den Inquisitor gerufen haben, um den Abfall der Stadt vom römischen Glauben zu verhindern.

Jacobus von Gerwardsborn wusste tatsächlich sehr wohl, was in den Städten des Hochstifts Münster vorging. Umso dringlicher erschien es ihm, durch sein Erscheinen und die Drohung mit dem Scheiterhaufen die Einwohner daran zu hindern, die reine Lehre zu missachten und Seelenvergiftern wie diesem Luther nachzulaufen. Gelegentlich ließ er sich auch auf einen Disput mit einem lutherischen Prediger ein, doch dies war eine einseitige Angelegenheit. Gewann er, musste der andere seinem angemaßten Priesteramt entsagen und als demütiger Diener in die katholische Kirche zurückkehren. Verlor er, so erklärte er den anderen zu einem Erzketzer und ließ ihn auf dem Scheiterhaufen enden. Von Nachsicht hielt Gerwardsborn wenig, und er war entschlossen, die Räte der Stadt und die aufmüpfigen Gilden in ihre Schranken zu weisen.

»Ich will Euch glauben, dass Ihr die alteingesessenen Familien kennt und Euch für sie verbürgen könnt. Doch wie steht es mit jenen, die in den letzten Jahren zugezogen sind? Ihr werdet mir eine Aufstellung all dieser Leute machen, auf dass ich sie prüfen kann.«

Sterken begriff, dass der Inquisitor ihn und die Bewohner von Stillenbeck mit dem Angebot lockte, sich zum alten Glauben zu bekennen und so ohne Strafe davonzukommen. Fremde jedoch, die sich in den letzten Jahren in der Stadt angesiedelt hatten, waren auf jeden Fall verdächtig. Dies war doppelt fatal, weil sein erkorener Schwiegersohn aus einer Stadt stammte, die sich zur Gänze von der römischen Kirche gelöst und zum Luthertum bekannt hatte.

»Verzeiht, Eure Exzellenz, doch ich kann mich auch für die meisten Neuankömmlinge verbürgen. Mein zukünftiger Eidam zum Beispiel musste sogar aus seiner Heimatstadt fliehen, weil er nicht der Häresie dieses abgefallenen sächsischen Mönches verfallen wollte.«

Das war ebenfalls unwahr, denn der junge Mann dachte gar nicht daran, römisch-katholisch zu werden. Etwas Besseres war Sterken auf die Schnelle jedoch nicht eingefallen.

»Und doch muss es in dieser Stadt Ketzer geben!« Der Inquisitor ließ nicht locker.

»Ich wüsste niemanden, Euer Exzellenz«, presste Sterken hervor.

Gerwardsborn sah ihn mit einem überlegenen Lächeln an. »Es ist immer gut, mit einem Ohr auf die Stimme des Volkes zu hören. Als ich in die Stadt einritt, bezeichnete eine junge Frau ein anderes Mädchen als Ketzerin, und zwar als eine der schlimmsten von allen. Ich meine damit die, die sich allen Sakramenten der heiligen Kirche verweigern und den Kindlein, die im Namen unseres Herrn Jesus Christus in die Gemeinschaft der Gläubigen aufgenommen worden sind, absprechen, dazuzugehören. Diese Elenden fordern, dass nur Erwachsene das Recht hätten, der Herde Gottes beizutreten!«

»Ihr meint die Wiedertäufer, Eure Exzellenz? Bis jetzt habe ich nichts davon gehört, dass sich solch widerwärtiges Gesindel unter uns befinden soll«, rief Sterken aus.

»Und doch muss es so sein! Oder glaubt Ihr, die junge Frau

hätte sich diese Worte aus den Fingern gesogen?« Der Inquisitor spielte mit Sterken wie eine Katze mit der Maus. Da er zur Abschreckung der Mehrheit ein paar Ketzer benötigte, die er zum Feuertod verurteilen konnte, musste er die Spitzen der Stadt dazu zwingen, ihm die passenden Opfer auszuliefern.

Sterken hatte von seiner Tochter und deren Bräutigam von der Ankunft des Inquisitors erfahren, und ihm war auch zu Ohren gekommen, dass Gerlind gegen Frauke gehetzt hatte. Für einen Augenblick ärgerte er sich darüber, denn Hinner Hinrichs war ein guter Handwerker, der für ihn die besten Gürtel anfertigte. Allerdings fragte er sich, ob nicht doch etwas an dem Gerücht dran war, Hinrichs' Sippe könne zu den Wiedertäufern gehören. Immerhin war der Mann aus Straßburg zugezogen, und das war bis vor wenigen Jahren ein übler Hort der Ketzerei gewesen.

»Eure Exzellenz, es mag vielleicht den einen oder anderen Ketzer in der Stadt geben. Auch vermag ich nicht in die Herzen der Menschen zu blicken, und wenn sie ihre widerwärtigen Rituale im Geheimen durchführen, bleibt dies unseren Augen verborgen. Aber ich bezweifle, dass Hinner Hinrichs ein Ketzer ist. Immerhin besucht er jeden Sonntag zusammen mit seinem Weib, seinen Söhnen und seinen Töchtern die heilige Messe.«

»Dies kann auch aus Hohn und Heuchelei geschehen! Also Hinrichs heißt der Mann. Ich werde ihn mir ansehen.«

Erst die Antwort des Inquisitors brachte Sterken zu Bewusstsein, dass er eben die ersten Bewohner seiner Stadt denunziert hatte. Da er jedoch nicht wusste, wie er Hinrichs nun noch helfen konnte, war er froh, als der andere Bürgermeister und fast alle Ratsmitglieder erschienen, um Gerwardsborn ihre Aufwartung zu machen. Die meisten von ihnen mussten Ehrfurcht heucheln, gaben sich dabei aber alle Mühe, um nicht selbst in den Verdacht der Ketzerei zu geraten. Dabei führte der Inquisitor nur ein paar bewaffnete Knechte mit sich sowie zwanzig Leute im Gefolge, von denen nicht jeder eine Waffe führen konnte. Es wäre den Stadtknechten und dem Bürgerfähnlein ein Leichtes gewesen, den Inquisitor zum Stadttor hinauszutreiben. Doch offener Aufruhr hätte den Bann des Kaisers nach sich gezogen und die Feindschaft der katholischen Stände im Reich. Das konnte sich ihre kleine Stadt nicht leisten.

3.

Obwohl sich in den nächsten drei Tagen nichts Besonderes ereignete, zitterten die Einwohner von Stillenbeck vor Angst. Das lag nicht zuletzt an den wenigen Mönchen, die noch im Dominikanerkloster lebten, denn diese traten seit der Ankunft des Inquisitors wesentlich selbstbewusster auf. Seit die Menschen in der Stadt zum größten Teil der Lehre Luthers anhingen, hatten die Gassenjungen den Mönchen oft Dreckbatzen und Steine hinterhergeworfen. Das wagte nun keiner mehr. Auch gingen nun alle Bürger bis auf die eingefleischtesten Protestanten in die heilige Messe, die nun wieder in der Pfarrkirche gelesen wurde. Die Heuchelei, die damit verbunden war, stieß Frauke ab.

Als sie sich an diesem Tag der Lorenzikirche näherten, zwickte der Vater Frauke am Arm. »Diesmal schluckst du die Hostie hinunter, verstanden? Es ist doch nur etwas Mehl und Wasser und sonst nichts.«

Bei den letzten Gottesdiensten hatte Frauke die Hostie im Mund behalten und heimlich wieder herausgenommen. Sie begriff jedoch selbst, wie gefährlich dies war. Auch wenn die Blicke des Inquisitors nicht überall sein konnten, so gab es doch genug Zuträger, die in seinem Auftrag die Gläubigen in der Kirche überwachten.

Als Frauke in Richtung der Lorenzikirche blickte, gaukelte die Phantasie ihr vor, dass der Inquisitor dort wie eine große schwarze Spinne im Zentrum eines Netzes saß, das immer dichter gewebt wurde, damit sich die, die er als Ketzer bezeichnete, darin verfangen sollten.

»Wir hätten die Stadt verlassen sollen«, flüsterte Frauke. Ihr Vater lachte hart auf. »Sonst noch was? Hier in Stillenbeck habe ich ein Haus und ein gutes Auskommen. Wenn wir ohne alle Vorbereitungen von hier verschwinden müssten, wäre ich ein armer Mann und könnte mich nur noch als Hilfsarbeiter verdingen. Damit aber würde ich nicht genug Geld verdienen, um euch alle satt zu bekommen.«

Auch Haug, Fraukes ältester Bruder, verspottete seine Schwester. Immerhin hatte die Gilde der Lederer bereits signalisiert, dass er bald damit rechnen könne, als Geselle aufgenommen zu werden. Dann konnte er irgendwann auch Meister werden, und das erschien ihm derzeit wichtiger als das mögliche Weltenende, das ihre Propheten an die Wand schrieben. Dennoch lauschte Haug andächtig den Predigern ihrer Gemeinschaft und hatte ebenso wie Silke bereits seine Erwachsenentaufe erhalten. Auch sein jüngerer Bruder Helm stand kurz davor, getauft zu werden. Nur bei Frauke zögerten die Ältesten noch, denn sie fragte einfach zu viel. So hatte sie tatsächlich wissen wollen, weshalb unser Herr Jesus Christus ausgerechnet in den nächsten Jahren das Jüngste Gericht abhalten wolle.

Inzwischen hatte Fraukes Familie die Lorenzikirche erreicht und suchte Plätze ganz hinten im Gestühl auf, die keiner der einheimischen Sippen gehörten. Als Frauke sich setzte, sah sie Gerlind Sterken an sich vorbeirauschen. Die Bürgermeisterstochter blickte starr geradeaus, damit die anderen nicht den Triumph auf ihrem Gesicht erahnen konnten. Von ihrem Vater hatte sie erfahren, dass dem Inquisitor die Worte, die sie am Tor gesagt hatte, tatsächlich zu Ohren gekommen waren. Nun hoffte sie, dass Jacobus von Gerwardsborn diese Leute verhaften ließ. In stillen Stunden malte sie sich aus, wie Silke Hinrichs sich auf dem brennenden Scheiterhaufen winden würde. Dann, so sagte sie sich, würde sie wieder als das schönste Mädchen der Stadt gelten.

Obwohl Frauke Gerlinds Gedanken nicht zu lesen vermochte, so brannte sich deren höhnische Miene in ihr Gedächtnis ein. So sah kein Mensch aus, der voller Andacht das Haus Gottes betrat. Nun erinnerte sie sich, gehört zu haben, Thaddäus Sterken würde der lutherischen Lehre anhängen. Damit war er in den Augen des Inquisitors ein Ketzer und nicht weniger gefährdet als ihre eigene Familie. Vielleicht sogar noch mehr, denn Sterken besaß große Reichtümer, und die Kirche und die Obrigkeit waren rasch bereit, einem reichen Ketzer sein Vermögen abzunehmen oder ihn gar auf den Scheiterhaufen zu bringen.

Mit dem Gefühl, dass auch andere sich vor Jacobus von Gerwardsborn hüten mussten, schwand Fraukes größte Angst. Ihr Vater war nur ein kleiner Handwerker, und weder er noch ein anderes Mitglied ihrer Familie hatte je den Verdacht erregt, zu den Wiedertäufern zu gehören. Und doch musste irgendetwas durchgesickert sein, denn für so boshaft, sich eine solche Anschuldigung aus den Fingern zu saugen, hielt Frauke selbst Gerlind Sterken nicht.

Aber wer sollte sie verraten haben? Die kleine Täufergemeinde in Stillenbeck bestand aus drei Familien, deren Mitgliedern sie vertrauen zu können glaubte. Sie waren auch nicht gemeinsam in die Stadt gezogen, sondern zu unterschiedlichen Zeiten und aus verschiedenen Richtungen. Vielleicht hatte ein Fremder sie beobachtet und es unter der Hand weitergetragen? Doch auch das vermochte Frauke sich nur schwer vorzustellen. Ihre Gruppe hielt die erforderlichen Zeremonien nie in Gegenwart anderer und stets in einem versteckten Raum ab. Während Frauke sich den Kopf zermarterte, betete sie wie die anderen, kniete mit diesen zusammen nieder oder stand auf und ging zuletzt hinter ihrer Mutter und Schwester zum heiligen Abendmahl. Die Oblate, die ihr der Priester in den Mund steckte, schmeckte wie Sägespäne, und sie musste an sich halten, sie nicht auszuspucken.

Da sah sie den hübschen Jüngling neben sich, der ihr beim Einzug des Inquisitors aufgefallen war. Auch er verzog das Gesicht und hatte sichtlich Mühe, die Scheibe hinunterzuschlucken. Für einen Augenblick trafen sich beider Blicke, und er lächelte sie an.

Die Geste hatte etwas Verschwörerisches, zumal Frauke begriff, dass ihm die Oblate ebenfalls nicht geschmeckt hatte. Diesen Gedanken spann sie weiter. Hatte der Inquisitor befohlen, das Symbol des letzten Abendmahls durch einen Zusatz zu verderben, um jene, die es nicht hinunterbrachten, der Ketzerei bezichtigen zu können? Als sie kurz zu dem Gestühl sah, in dem Jacobus von Gerwardsborn saß, schien ihr das durchaus möglich. Der Mann stellte eine Gefahr für alle dar, die sich nicht offen zur römischen Lehre bekannten, so falsch diese auch sein mochte.

Auf dem Nachhauseweg betete Frauke, dass der Inquisitor Stillenbeck bald verlassen möge, damit wieder Ruhe einkehren konnte. Dann aber wanderten ihre Gedanken zu dem jungen Mann mit dem freundlichen Lächeln. Auch wenn dieser zum Gefolge des schrecklichen Mannes gehörte, so hielt sie ihn doch nicht für einen Feind.

Helm, der ein Jahr jünger war als sie und trotzdem bald zur Taufe zugelassen werden würde, zwickte seine wie entrückt wirkende Schwester in den Arm. »Dem Pfaffen haben wir es aber wieder einmal gezeigt. Der hält uns gewiss für aufrechte Katholiken.«

»Sei still! Wenn dich jemand hört, geraten wir alle in Gefahr«, wies ihn der Vater zurecht.

Obwohl Hinner Hinrichs ebenfalls der Meinung war, den Inquisitor und die Priester getäuscht zu haben, plagte ihn ein schlechtes Gewissen. Ein wahrer Christ musste offen zu seinem Glauben stehen. Er aber tat so, als wäre er so katholisch wie Jacobus von Gerwardsborn selbst. Dann dachte er an die Bibelstelle, die er gestern im Kreis der Familie gelesen hatte. In

Lukas 22, Vers 54–62 war von der Verleugnung Christi durch Petrus die Rede. Im Gegensatz zu diesem verleugnete er nicht den Erlöser, sondern hielt nur seine Zugehörigkeit zur Gemeinschaft der Täufer geheim. Dies war gewiss eine lässlichere Sünde als die, die Simon Petrus am Ölberg in Jerusalem begangen hatte.

4.

Obwohl es bislang keine Anklagen wegen Ketzerei gab und auch niemand verhaftet worden war, sank die Stimmung in der Stadt von Tag zu Tag. Den Lutheranern, meist Angehörige der selbstbewussten Gilden, widerstrebte es, sich verstellen zu müssen, und die Katholiken fragten sich, ob ihre neue Herrschaft von Dauer sein würde.
Jacobus von Gerwardsborn wusste, dass die Zeit seine mächtigste Waffe war. Früher oder später würde einer der Ketzer aufbegehren und sich verraten, so dass er für die anderen als warnendes Beispiel dienen konnte. Der Rest würde sich entweder wieder dem wahren Glauben zuwenden oder wenigstens so tun, als wäre er ein braver Katholik.
Wenn er auf seinem Ehrenplatz in der Kirche saß, beobachtete er die Menschen und versuchte, aus ihren Mienen herauszulesen, wer nun aus gläubiger Inbrunst gekommen war und wer nur gezwungenermaßen. Dabei fiel sein Blick immer wieder auf jenes junge Mädchen, das Gerlind Sterken als Wiedertäuferin bezichtigt hatte. Mittlerweile hatte er die Tochter des zweiten Bürgermeisters genauer befragt und war sicher, dass sie und ihr Vater von der lutherischen Ketzerei befallen waren. Dennoch glaubte er, beider Willen in seinem Sinne beugen zu können. Dafür aber mussten Sterken und seine Tochter vor einem Scheiterhaufen stehen und das brennende Fleisch riechen, während in ihren Ohren die Schreie der Gemarterten gellten.
Im Gegensatz zu dem, was man ihm nachsagte, wusste der Inquisitor sehr wohl, dass er nicht jeden auf den Scheiterhaufen

bringen durfte, der in seinem Leben eine lutherische Predigt gehört hatte. Vor allem jene galt es zu schonen, die Geld und Gut besaßen und entsprechend hohe Steuern bezahlten. Auch hatte der Adel ein Anrecht darauf, mit Nachsicht behandelt zu werden. Nur wenn einer es zu arg trieb oder halsstarrig blieb, musste er damit rechnen, auf dem Scheiterhaufen zu enden. Meist reichte es, mit dieser Strafe zu drohen, um die irrenden Schäflein wieder in den Pferch der einzig wahren Kirche zu treiben.

Das erklärte er an diesem Nachmittag Magnus Gardner, der wie ein Schatten hinter seinem Sohn stand, dem auch diesmal wieder befohlen worden war, gegen den Inquisitor zu verlieren.

Während die beiden Spieler ihre Schachfiguren zogen, drückte Gardners Miene Zweifel aus. »Verzeiht, Eure Exzellenz, doch unser Herr Jesus Christus hat die Menschen in Gut und Böse geschieden, und nicht in Herren und Knechte. Wenn Ihr nur die Armen opfert und die Reichen verschont, handelt Ihr nicht nach Gottes Gesetz.«

Der Inquisitor blickte verärgert auf. »Das, Herr Gardner, ist beinahe schon lutherisches Gedankengut. Und selbst dieser Herr beugt den Rücken vor den ketzerischen Fürsten und tritt gegen das einfache Volk. Oder habt Ihr seinen Aufruf wider die rebellischen Bauernhorden vergessen?«

Gardner verstand die Warnung, sich nicht in die Belange des Inquisitors einzumischen. Ob es allerdings im Sinne des Fürstbischofs war, aus dem Volk heraus Sündenböcke zu bestimmen, die zur Warnung für die anderen brennen sollten, bezweifelte er. Damit flößte man den Menschen nur Angst vor der Macht der Kirche ein, aber nicht die Liebe zu Gott. Da Gardner es jedoch gefährlich schien, dieses Thema weiter zu verfolgen, schalt er seinen Sohn wegen eines angeblich falschen Zuges, der aber Jacobus von Gerwardsborn an den Rand der Niederlage gebracht hatte.

Lothar lächelte nur freundlich, wartete den nächsten Zug des Inquisitors ab und machte dann den Fehler, der es diesem ermöglichte, seine Dame zu schlagen. Damit war sein König ohne Schutz, und er musste sich einen Zug später geschlagen geben.

»Euer Exzellenz spielen einfach zu gut«, sagte er mit einem scheinbar bedauernden Seufzer.

»Es ist deine Jugend, die dich zu überstürztem Handeln und damit zu Fehlern verleitet. Du vermagst dich noch nicht so auf das Spiel zu konzentrieren, wie ich es beherrsche«, antwortete Jacobus von Gerwardsborn selbstbewusst. »In zehn Jahren mag dies anders sein. Dann könntest du mich vielleicht in zwei oder drei von zehn Fällen besiegen.«

Er warf dem jungen Mann einen Blick zu und befand nicht zum ersten Mal, dass Lothar einfach zu weich aussah. So manches Mädchen würde ihn um sein glattes, ebenmäßiges Gesicht beneiden. Noch hatte der Inquisitor nicht herausgefunden, ob Lothar auch in seinen Gedanken und Gefühlen mehr auf die weibliche Seite schlug und sich vielleicht sogar zu Männern hingezogen fühlte. Eine solche Sünde würde er niemals dulden. Doch da Lothar der Sohn eines Herrn von Adel war, wollte der Inquisitor nicht voreilig über ihn richten.

»Du hast gute Anlagen, mein Sohn. Daher rate ich dir, der Jurisprudenz den Rücken zu kehren und Theologie zu studieren. Du könntest Pfarrherr einer großen Pfarrei und sogar Bischof werden – oder aber einer der Schäferhunde des Herrn, wie ich einer bin, also jemand, der die Wölfe der Ketzerei von seiner Herde fernhalten muss.«

Lothar schoss durch den Kopf, dass Jacobus von Gerwardsborn insgeheim von vielen nicht als Schäferhund, sondern als Bluthund des Papstes bezeichnet wurde. Auch wäre das Ziel, Inquisitor zu werden, das Allerletzte, das er sich vorstellen konnte. Zum Kleriker fühlte er sich ebenfalls nicht berufen. Doch dies Gerwardsborn ins Gesicht zu sagen, würde nur dessen Zorn erregen. Daher rettete er sich erneut in ein freundliches Lächeln.

»Die Tradition unserer Familie erfordert, dass die Söhne zuerst das Studium der Rechte abschließen, bevor sie sich anderen Aufgaben widmen. Mein Onkel Erich zum Beispiel hat danach in Mainz Theologie studiert und es bis zum Domkanoniker in Minden gebracht.«

»Also solltest du seinen Spuren folgen. Es ist von Vorteil, wenn ein Theologe zugleich Jurist ist, denn so kann er den Menschen ihre Fehler noch leichter vor Augen führen«, antwortete Gerwardsborn dem jungen Mann in einem Ton, der keinen Widerspruch zuließ.

Dann wandte sich der Inquisitor an Lothars Vater. »Ich will unseren Aufenthalt in dieser Stadt nicht zu lange ausdehnen. Daher werdet Ihr mit Sterken und den Herren vom Rat sprechen. Teilt ihnen mit, dass ich mit ihren Bemühungen unzufrieden bin, Ketzer ausfindig zu machen. Beinahe habe ich das Gefühl, dass der Rat diese sogar schützen will. Doch wer einem Ketzer hilft, ist der heiligen Inquisition ebenso verfallen, als wäre er selbst ein Ketzer.«

»Sehr wohl, Exzellenz. Erlaubt mir, mich zu verabschieden, damit ich Sterken aufsuchen kann.«

»Tut dies! Erklärt ihm auch, dass ich ab morgen beginnen werde, die Häuser der Patrizier nach ketzerischen Schriften durchsuchen zu lassen.«

Zufrieden, den nächsten Zug in einem größeren Spiel getan zu haben, stellte Jacobus von Gerwardsborn die Schachfiguren wieder auf und sah Lothar an. »Nimmst du Weiß oder Schwarz, mein Sohn?«

»Weiß, wenn es beliebt, Euer Exzellenz«, antwortete Lothar und fragte sich insgeheim, was der Inquisitor wohl sagen würde, wenn er ausnahmsweise einmal auf Schwarz bestünde.

5.

Während sein Sohn mit Gerwardsborn spielte und pflichtgemäß nach hartem Kampf verlor, verließ Magnus Gardner das Dominikanerkloster und lenkte seine Schritte zu dem stattlichen Wohnhaus des zweiten Bürgermeisters. Unterwegs haderte er mit dem Auftrag, Jacobus von Gerwardsborn bei dessen Visitationsreise durch das Hochstift Münster begleiten zu müssen. Fürstbischof Franz von Waldeck vertraute darauf, dass es ihm gelang, den Inquisitor von den größeren Städten des Hochstifts fernzuhalten. Dabei hatte sich die lutherische Lehre gerade dort am stärksten ausgebreitet. Franz von Waldeck benötigte jedoch die Steuern, die ihm von dort zuflossen, um die Schulden zu begleichen, die er mit seiner Bewerbung um das Amt des Fürstbischofs von Münster angehäuft hatte.

Am Haus des zweiten Bürgermeisters wurde Gardner sogleich von einem Diener eingelassen. Gerlind Sterken hatte das Klopfen ebenfalls gehört und sah von der Treppe aus zu, wie Gardner zu ihrem Vater geführt wurde. Sie fragte sich, ob dessen Besuch ein gutes oder schlechtes Zeichen war. Ihr persönlich war die Religion gleichgültig. Wäre ihr Verlobter Katholik, hätte sie ihr lutherisches Bekenntnis gegen das römischkatholische eingetauscht, ohne Bedauern zu empfinden. Im Augenblick interessierte sie sich nur dafür, ob ihre Anklagen gegen Silke Hinrichs auf fruchtbaren Boden gefallen waren. Daher huschte sie die Treppe hinab und weiter zu der Tür, die sich eben hinter Gardner geschlossen hatte, legte ein Ohr gegen das Holz und lauschte. Da sich die Herren keine Zügel anlegten, entging ihr kein Wort.

Kaum war Gardner eingetreten, sah er, dass auch ein Großteil der Ratsmitglieder und mehrere Gildemeister anwesend waren. Jeder hielt einen Zinnbecher in der Hand, den Sterken persönlich aus einem großen Krug nachfüllte. Während er Gardner einen Becher reichte, blickte er ihn misstrauisch an. Obwohl die Zusammenkunft der Stadtspitzen in aller Heimlichkeit hatte stattfinden sollen, musste es jemand dem Inquisitor verraten haben. Anders konnte er sich das Auftauchen des fürstbischöflichen Beraters zu dieser Stunde nicht erklären.

»Ich hoffe, der Wein mundet Euch«, begann er etwas hilflos. Gardner hatte noch nicht getrunken, holte dies nach und nickte. »Der Wein ist ausgezeichnet. Mehr noch aber freue ich mich, all diese Herren hier bei Euch zu treffen. Ihr erspart mir damit etliche Wege.«

Einer der Gildemeister, der bereits mehrere Becher Wein getrunken hatte, verzog zornig das Gesicht. »Wann verschwindet der römische Büttel wieder?«

»Haltet Euch zurück, Weickmann! Oder wollt Ihr, dass Gardner Eure Worte dem Inquisitor überbringt?«, warnte ihn einer der Anwesenden.

Der Gildemeister ließ sich jedoch nicht bremsen, sondern funkelte Gardner herausfordernd an. »Wir haben es satt, die Messe auf Lateinisch zu hören. Wenn wir in die Kirche gehen, wollen wir auch verstehen können, was der Pfarrer spricht. Sagt das dieser aufgeblasenen schwarzen Krähe!«

»Das werde ich gewiss nicht tun«, antwortete Gardner mit einem nachsichtigen Lächeln. »Jacobus von Gerwardsborns Besuch mag Euch und vielen anderen ungelegen kommen, aber Ihr müsst ihn ertragen. Er ist nicht nur vom Papst gesandt worden, sondern handelt auch im Auftrag Seiner Majestät, des Kaisers.«

»Was schert uns der Spanier!«, bellte Weickmann, der mittlerweile alle Hemmungen verloren hatte.

»Ich würde sagen: sehr viel! Insbesondere, wenn er mit einem Heer aus den Niederlanden in das Fürstbistum einmarschiert und Eure Stadt belagert. Er kann auch den Fürstbischof von Köln mit der Reichsexekution beauftragen. Beides wäre für Euch gleich von Übel.« Gardners Stimme klang beschwörend. Einige nickten unwillkürlich, während Weickmann zornig die Luft aus den Lungen stieß. Doch er hielt nun den Mund, dafür machte sich Sterken zum Sprecher der städtischen Belange.

»Ihr müsst uns verstehen, Herr Gardner. Wir wollen als rechte Christenmenschen leben, die das Evangelium ehren, und von einem braven Pfarrer in unserer eigenen Sprache belehrt werden. Wie soll ein Priester die Herzen der Menschen erreichen, wenn die meisten das Latein, das er spricht, nicht verstehen können? Zudem ärgert uns, dass jeder römische Pfaffe unseren Gesetzen entzogen ist. Wir hatten bereits Diebe und Hurenböcke darunter – und sogar einen Mörder, der frei von dannen gehen und eine hohe Stellung in einer anderen Stadt einnehmen konnte.«

»Glaubt Ihr, dass die lutherischen Prediger bessere Menschen sind?«, fragte Gardner mit einem bitteren Auflachen.

»Es gibt solche und solche, auch bei den Lutheranern«, gab Sterken zu. »Einen lutherischen Prediger kann die Pfarrgemeinde jedoch absetzen. Auch hat der Rat das Recht, ihn aus der Stadt zu weisen, wenn er vom rechten Pfade abkommt. Bei einem römischen Pfaffen ist das unmöglich.«

»Das mag stimmen. Doch Ihr alle seid Untertanen des Fürstbischofs vom Münster, zu dem unser allergnädigster Herr Franz von Waldeck gewählt worden ist. Dies hier ist ein geistliches Fürstentum, dessen Oberhaupt nicht nur dem Kaiser, sondern auch dem Papst unterstellt ist, und keine Grafschaft und kein Herzogtum, dessen Herr in eigener Macht entscheiden kann, ob er römisch-katholisch bleiben oder lutherisch werden mag.«

Gardner war laut geworden und sah nun einen der Herren

nach dem anderen an. »Geht das nicht in Eure Köpfe? Selbst wenn Euch die lutherischen Prediger besser dünken als die römischen, müsst Ihr Letzteren gehorchen, wenigstens dem Anschein nach!«

Der letzte Halbsatz war das einzige Entgegenkommen, das Gardner den Männern anbieten konnte.

Weickmann war damit nicht zufrieden. »In Münster und anderswo jagen sie das römische Gesindel doch auch zum Teufel und holen brave Prediger, die den Glauben nach Luthers Lehre verkünden. Warum also sollen wir uns fürchten, es ebenso zu machen? Wer will uns daran hindern? Der Fürstbischof gewiss nicht. Der ist froh, wenn wir ihm die Steuern zahlen, die ihm zukommen. Ich sage Euch, wir schicken eine Delegation nach Telgte, um mit Franz von Waldeck zu verhandeln. Er wird uns anhören und unterschreiben!«

»Und wenn er es nicht tut und Soldaten aufmarschieren lässt?«, fragte Gardner verärgert. »Seid Ihr dann auch noch so mutig, wenn das kaiserliche oder bischöfliche Fußvolk vor Euren Mauern liegt und nur darauf wartet, nach dem Sturm über Euch und vor allem über Eure Weiber herfallen zu können?«

Während die Männer im Raum die Köpfe einzogen, durchfuhr die Lauscherin vor der Tür ein großer Schrecken. Gerlind wollte weder ihren Schmuck an Plünderer verlieren noch Gefahr laufen, von diesen vergewaltigt zu werden. Da sie in den letzten Tagen bereits mehrfach die Gespräche ihres Vaters mit seinen Gästen belauscht hatte, war in ihr ein Plan gereift, von dem sie in erster Linie selbst zu profitieren gedachte. Nun war es an der Zeit, ihn in die Tat umzusetzen.

Ohne etwas darauf zu geben, ob es schicklich war oder nicht, öffnete sie die Tür und trat ein. »Verzeiht, meine Herren, ich kam eben vorbei und habe die letzten Worte vernommen. Mich überläuft ein kalter Schauder, wenn ich an Krieg und enthemmte Landsknechte denke. Uns allen ist klar, dass der Inquisitor unsere Stadt nicht eher verlassen wird, bis er ein paar Ketzer entlarvt hat. Sorgen wir doch dafür, dass es die richtigen Ketzer sind, nämlich diese unnatürlichen Wiedertäufer, die unser Stillenbeck mit ihrer Anwesenheit beschmutzen!«

Thaddäus Sterken begriff sofort, worauf seine Tochter hinauswollte, und warf ihr einen warnenden Blick zu. »Es gibt keine Beweise, dass sich Melchioriten in unserer Stadt befinden. Auf Gerüchte gebe ich nichts, denn die können auch aus reiner Bosheit heraus entstehen.«

Doch damit konnte er den Stein, den Gerlind ins Rollen gebracht hatte, nicht mehr aufhalten. Weickmann, der sich eben noch so kämpferisch gegeben hatte, schnappte nach dem Vorschlag wie ein Hund nach dem Knochen.

»Eure Tochter hat recht, Sterken. Wenn der Inquisitor ein paar Wiedertäufer auf den Scheiterhaufen gebracht hat, wird er zufrieden von dannen ziehen, und wir haben wieder unsere Ruhe.«

»Wir können nicht irgendwelche Leute der Wiedertäuferei beschuldigen«, fuhr Sterken auf.

»Auch ich halte es nicht für gut, einfach Menschen zu denunzieren, nur um den eigenen Hals retten zu wollen!« Magnus Gardner hoffte, mäßigend auf die Anwesenden einwirken zu können. Der lange Aufenthalt des Inquisitors hatte jedoch bei vielen die Angst, von ihm als lutherischer Abweichler erkannt zu werden, zu sehr angefacht.

»Wer sagt, dass die Leute unschuldig sind, die wir Seiner Exzellenz nennen? Sollten sie ehrliche Christenmenschen sein, wird er es erkennen.« Weickmann hatte nun ebenfalls begriffen, wen Gerlind im Sinn hatte. Da Hinner Hinrichs weder ein eingesessener Bürger noch von besonderer Bedeutung fürs Gemeinwesen war, hielt er es für besser, diesen zu opfern, als womöglich selbst in die Fänge der Inquisition zu geraten.

Andere Ratsmitglieder stimmten ihm zu, und schließlich gab auch Sterken nach. »Macht, was Ihr wollt!«, rief er aus. »Aber

sorgt dafür, dass ich für Hinrichs einen ebenso guten Gürtelschneider bekomme.«
»Möglichst einen katholischen, was?«, fragte Weickmann lachend. »Aber den wird es nicht geben. Sobald dieser Inquisitor weitergereist ist, gilt, was wir vor seiner Ankunft verabredet haben. Unsere Pfarrkirche wird einem lutherischen Prediger übergeben. Die Katholiken sollen sich mit der Dominikanerkapelle begnügen. Wenn ihnen das nicht passt, können sie gerne die Stadt verlassen.«
»Ganz so schlimm wird es wohl nicht werden«, wandte Sterken ein. »Doch wer soll dem Inquisitor die angeblichen Wiedertäufer nennen?«
Aller Augen richteten sich auf Magnus Gardner, der sogleich mit beiden Händen abwinkte. »Ich eigne mich nicht zum Judas. Das, was Ihr tun wollt, komme auf Euch und nicht auf mich. Und damit Gott befohlen!«
Ohne ein weiteres Wort drehte er sich um und verließ das Haus. Erst auf dem Rückweg zum Kloster fiel ihm ein, dass er vergessen hatte, die Ratsmitglieder vor den geplanten Hausdurchsuchungen des Inquisitors zu warnen. Einen Augenblick lang überlegte er, noch einmal umzukehren. Doch angesichts der Tatsache, dass diese Herren einen ihrer Bürger ohne direkten Verdacht als Ketzer denunzieren wollten, unterließ er es.

6.

Frauke begriff nicht, wieso ihr Vater so wenig auf die Anwesenheit des Inquisitors gab. Er hatte doch selbst erlebt, wie Glaubensbrüder in anderen Städten verhaftet worden waren und jämmerlich den Feuertod erleiden mussten. Obwohl sie erst siebzehn Jahre zählte, konnte sie sich daran erinnern, dass ihre Familie bereits dreimal ihren jeweiligen Wohnort hatte verlassen müssen. Das letzte Mal war ihr Vater trotz des Drängens eines Täuferpriesters zu zögerlich vorgegangen, weil er einen besseren Preis für ihr Haus hatte erzielen wollen, und so waren sie den Bütteln des angeblich wahren Glaubens nur knapp entkommen.

Auch jetzt saß Hinner Hinrichs ohne ein Zeichen innerer Unruhe am Tisch und löffelte zufrieden seinen Morgenbrei. Danach sah er seine Familie an. »Ich habe heute Nachricht von unserem Prediger erhalten. Er will nächste Woche kommen und Helms Taufe vollziehen!«

»Hältst du das für klug, Vater?«, entfuhr es Frauke. »Jetzt, da der Inquisitor in der Stadt ist, werden die Leute doppelt achtgeben, ob sich jemand verdächtig macht. Nicht nur die Katholiken sind unsere Feinde, sondern auch die Anhänger dieses Luther.«

»Du sollst dem Vater nicht widersprechen, Frauke. Das ist ungehörig!«, wies Silke ihre Schwester zurecht.

Doch Hinner Hinrichs lachte nur amüsiert auf. »Da will das Küken klüger sein als der Hahn. Solange wir vorsichtig sind, wird niemand etwas merken. Außerdem macht es Spaß, jemanden zu taufen, solange sich diese schwarze Krähe hier her-

umtreibt und trotz weit aufgerissener Augen nicht das Geringste sehen kann.«
»Mir gefällt es nicht!«
Zwar murmelte Frauke es nur, doch Helm hörte es und sah sie herablassend an. »Du bist doch nur neidisch, weil ich getauft werde und du nicht. Aber du bist eben noch nicht so fest im Glauben wie ich.«
»Helm hat die Bibel und die Schriften unserer Propheten Melchior Hoffmann und Jan Matthys gelesen und ist vom Glauben durchdrungen, während du kleinliche Fragen stellst und die himmlischen Eingebungen unserer Propheten anzweifelst«, sagte Hinner Hinrichs, der wieder einmal die Geduld mit seiner jüngeren Tochter verlor. Als Frau hatte sie still zu sein und demütig das Haupt zu beugen, wenn ein Mann, den Gott mit überlegenem Verstand ausgestattet hatte, das Wort ergriff. Schließlich hatte er alles wohl überlegt. Solange sie sich unauffällig verhielten, konnte niemand etwas gegen sie sagen. Das von Gerlind Sterken ausgehende Gerede würde keiner ernst nehmen, dies hatte deren Vater ihm am Vortag bestätigt. Thaddäus Sterken war immerhin der zweite Bürgermeister von Stillenbeck und musste es wissen. Beim letzten Mal hatten sie ihre Heimat auch nur verlassen müssen, weil ein Mitbruder unbedingt einen Mönch hatte bekehren wollen. Doch ähnliche Fehler hatten er und die beiden anderen Familienoberhäupter in dieser Stadt tunlichst vermieden.
»Es gibt keinen Grund für uns, Hals über Kopf davonzulaufen. Damit würden wir nur diesen Bluthund des Papstes auf uns aufmerksam machen, und der würde uns gewiss verfolgen und gefangen nehmen lassen. Am sichersten sind wir, wenn wir hierbleiben und brav die heilige Messe besuchen. Gott wird es uns verzeihen! Und du fügst dich darin ein, Frauke, sonst wirst du noch unser Verderben sein.« Damit war alles gesagt, dachte Hinner Hinrichs, und sein Blick warnte seine Tochter, weiter auf diesem Thema zu beharren.

Frauke empfand die Worte des Vaters als ungerecht. Immerhin war sie vorsichtiger als er und mied in Gesellschaft anderer alle verdächtigen Themen. Ihr Vater hingegen und Haug sprachen gelegentlich vom bevorstehenden Weltenende und dem Letzten Gericht, das nur wenige Auserwählte überstehen würden. Wahrscheinlich hatte jemand diese Bemerkungen gehört und an den zweiten Bürgermeister weitergetragen. So musste es gewesen sein, befand Frauke und überhörte dabei die Anweisung, die ihr die Mutter gab.

Erst als Helm ihr einen derben Rippenstoß versetzte, schreckte sie auf. »Aua!«

»Du sollst nicht träumen, sondern mir zuhören«, schimpfte die Mutter. »Ich sagte, du sollst zum Markt gehen und Gemüse einkaufen. Ich brauche es für das Mittagessen. Hast du verstanden?«

»Ja, Frau Mutter!« Wenn sie beleidigt war, mied Frauke das Wort »Mama«.

Zwar kaufte sie nicht ungern ein, doch zunehmend ärgerte sie sich darüber, dass immer nur sie gehen musste. Früher, als sie noch kleiner gewesen war, hatte Silke das übernommen. Damals war sie mitgeschickt worden, um der Schwester tragen zu helfen, nun aber musste sie alles alleine schleppen. Da sie jedoch wusste, dass ihr eine diesbezügliche Bemerkung nur lange Vorträge über Gehorsam und Ähnliches einbringen würde, aß sie schweigend ihren Morgenbrei auf, stellte die Schüssel auf die Anrichte und wollte den Korb nehmen.

»Zur Strafe für deine Aufmüpfigkeit wirst du erst abspülen«, erklärte die Mutter.

Ihren Ärger hinunterschluckend, nahm Frauke die Schalen, steckte sie in ein Schaff und wusch sie aus.

Ihre Mutter schüttelte den Kopf und wandte sich an ihren Mann, als wäre ihre Tochter nicht im Raum. »Ich weiß nicht, was in das Mädchen gefahren ist. Silke war nie so eigensinnig wie Frauke.«

»Wenn ich nur daran denke, dass sie den Propheten Melchior Hoffmann gefragt hat, wie er darauf kommt, dass die Welt ausgerechnet an dem von ihm vorhergesagten Tag untergehen soll«, sagte ihr Vater seufzend.

Am liebsten hätte Frauke ihn daran erinnert, dass an dem genannten Datum weder die Welt untergegangen noch Jesus Christus zurückgekehrt war. Doch mittlerweile hatte ein anderer Prophet namens Jan Matthys erklärt, Melchior Hoffmann habe die himmlische Eingebung nicht richtig verstanden. Das Weltengericht stände zwar kurz bevor, aber eben zu einem späteren Zeitpunkt als dem, den Hoffmann genannt hatte.

Während sie über diese Prophezeiungen und deren Wahrheitsgrad nachdachte, wurde Frauke mit dem Spülen fertig. Inzwischen hatten ihr Vater und Haug die Küche verlassen. Sie hörte, wie die beiden sich in der Werkstatt über die Qualität des Leders unterhielten, das Sterken ihnen hatte zukommen lassen. Der Vater sagte aufgebracht, dass er für einen guten Gürtel auch gutes Leder brauchte.

Ihre Mutter war in den Vorratskeller hinabgestiegen, um die Zutaten für das Mittagessen zu holen, und Silke stopfte in einer Ecke Strümpfe. Helm hingegen saß einfach da, ohne etwas zu tun. Dabei musterte er Frauke mit einem herablassenden Blick, als stehe er haushoch über ihr. »Sobald ich getauft bin, bist du das letzte Kind in unserer Familie und musst mir gehorchen!«, erklärte er.

Frauke verkniff es sich, ihm den Spüllappen um die Ohren zu schlagen, wie er es verdient hätte. Immerhin war sie kein unvernünftiges Kind mehr, sondern sollte in ihrem Alter dem Bild einer braven, tugendhaften Jungfrau entsprechen.

Da es draußen regnete, legte sie ihr Schultertuch um, nahm den Korb und eilte zum Marktplatz.

Dort warteten die Bauern und Bäuerinnen der Umgebung bereits auf Kundschaft. Sie waren besser gegen den Regen geschützt als die Städterinnen und hatten zum Teil sogar Planen über ihre Feldfrüchte gespannt. Das Landvolk nützte die Tatsache, dass die Käuferinnen rasch wieder ins Trockene wollten, weidlich aus und verlangte höhere Preise als sonst.

Da Frauke nicht in Verdacht geraten wollte, Geld abzuzweigen und für sich zu verwenden, feilschte sie erbittert und wechselte zweimal den Stand, weil man ihr die Sachen nicht zum gewünschten Preis verkaufen wollte. Dadurch wurde sie trotz des festen Schultertuchs nass bis auf die Haut.

Als sie den letzten Kohlkopf erstanden hatte und nach Hause zurückkehren wollte, verlegte ihr jemand den Weg. Frauke blickte auf und erkannte Gerlind Sterken. Die Bürgermeisterstochter trug einen Lodenumhang mit Kapuze, in dem sich der Regen leichter ertragen ließ als mit einem Schultertuch.

Mit einem Becher Wein in der Hand sah sie sie spöttisch an.

»Du kannst deiner Schwester sagen, dass ich ganz vorne stehen werde, wenn sie sich auf dem Scheiterhaufen windet!« Mit diesen Worten stellte Gerlind der verhassten Handwerkertochter ein Bein.

Frauke wäre beinahe gefallen, doch da fasste sie ein junger Mann am Arm und hielt sie fest. Gleichzeitig bedachte er Gerlind mit einem strafenden Blick. Diese wandte sich jedoch mit einem Achselzucken ab und ging weiter.

»Bei manchen Menschen fragt man sich, was Gott sich gedacht haben mag, seine Kinder so zu schaffen«, sagte Fraukes Helfer, in dem sie erst jetzt den mädchenhaft aussehenden Jüngling aus dem Gefolge des Inquisitors erkannte.

Auch wenn er ihr auf den ersten Blick sympathisch erschien, war Frauke sich dessen sehr bewusst und beschloss, ihn deswegen nicht zu mögen. Doch natürlich durfte sie sich ihre Abneigung nicht anmerken lassen. Sie lächelte.

»Ich danke Euch, dass Ihr mich festgehalten habt. Ich wäre sonst samt meinem Korb gestürzt.«

»Ich habe es gern getan. Mein Name ist übrigens Lothar Gardner. Mein Vater ist Jurist und Berater des neuen Fürstbischofs«, stellte Lothar sich vor. Seine Gedanken rasten, denn von seinem Vater hatte er erfahren, dass Jacobus von Gerwardsborn ein warnendes Fanal an alle Ketzer setzen wollte, damit sie von ihrem Irrglauben abließen und in den Schoß der katholischen Kirche zurückkehrten.

»Du bist doch die Tochter des Gürtelschneiders Hinrich Hinners?«, fragte er leise.

»Mein Vater heißt Hinner Hinrichs«, korrigierte Frauke ihn.

»Den meine ich!«, fuhr Lothar unbeeindruckt fort. »Ich will dich und deine Familie warnen. Verlasst so rasch wie möglich diese Stadt und bleibt so lange fort, wie Seine Exzellenz sich hier aufhält.«

Mit dem Gefühl, bereits zu viel gesagt zu haben, wandte er sich ab und ließ Frauke ohne ein Wort des Abschieds stehen. Das Mädchen sah ihm verwirrt nach und fragte sich, wie ernst sie seine Warnung nehmen sollte. Auf jeden Fall musste ihr Vater davon erfahren. Froh, mit ihren Einkäufen fertig zu sein, schleppte Frauke ihren Korb nach Hause, setzte ihn dort auf dem Tisch ab und eilte triefnass, wie sie war, in die Werkstatt.

»Vater, ich muss dir etwas sagen«, setzte sie an, wurde aber von Hinrichs barsch unterbrochen.

»Zum Teufel noch mal! Bist du närrisch geworden? Du tropfst mir das ganze Leder voll, das ich von Sterken auf Kommission erhalten habe. Ohnehin sind nicht genug gute Stücke dabei, die ich verarbeiten kann. Wenn die sich durch deine Dummheit verfärben, kann ich weniger als die Hälfte der Gürtel machen, die Sterken von mir verlangt, und muss den Rest auf eigene Kosten fertigen.«

Unter der zornigen Stimme des Vaters zuckte Frauke zusammen. Trotzdem erschien ihr Lothars Warnung zu wichtig, um noch länger damit hinter dem Berg zu halten. »Es ist wegen des Inquisitors. Ich habe jemanden aus seinem Gefolge auf dem Markt getroffen. Er rät uns, sofort die Stadt zu verlassen.«

Hinrichs schüttelte in gespielter Verzweiflung den Kopf. »Du bist noch dümmer, als ich dachte. Das ist doch nur eine List, mit der Gerwardsborns Leute versuchen, uns, die Brüder der wahren Erkenntnis, zur Flucht zu verleiten, damit sie uns abfangen können. Du hast diesem Kerl doch hoffentlich nichts gesagt, was uns verraten könnte?«

»Nein, natürlich nicht.« Frauke begriff, dass jedes weitere Wort sinnlos sein würde, und kehrte in die Küche zurück. Es blieb ihr wohl nur zu beten, dass ihr Vater recht behalten würde und Lothar Gardner seine Warnung auf Befehl des Inquisitors ausgesprochen hatte, um herauszufinden, wer zu den Täufern gehörte und wer nicht. Insgeheim aber wusste sie, dass dem nicht so war. Dafür hatte Lothar zu aufrichtig geklungen. Aber da ihr Vater sich anders entschieden hatte, konnte sie nichts mehr tun.

7.

Jacobus von Gerwardsborn hatte es nicht nötig, die Menschen mit falschen Warnungen zu verunsichern. Er wartete in dem Bewusstsein ab, dass sich früher oder später ein Opfer in dem von ihm geknüpften Netz verfangen würde. Auch wenn Magnus Gardner und dessen Sohn Lothar seine Methoden ablehnten, so gab es in seinem Gefolge genug willige Helfer, und die wusste er an den richtigen Stellen einzusetzen.

Nur einen Tag nachdem Lothar Frauke die Warnung hatte zukommen lassen, saß Magister Ingo Rübsam in der Wachstube an einem der Stadttore und musterte die Menschen, die in die Stadt wollten. Den meisten gönnte er keinen zweiten Blick. Ein Mann jedoch stach ihm ins Auge. Obwohl dieser sich gelassen zu geben versuchte, verriet er Zeichen von Nervosität, die einem geübten Auge nicht entgingen. Außerdem hatte er die breite Krempe seines Hutes so tief ins Gesicht gezogen, dass er kaum zu erkennen war.

Einem anderen wäre er trotzdem nicht aufgefallen, doch der Inquisitor hatte seinen Stab gut ausgebildet und sich zudem Beschreibungen und Bilder von bekannten Ketzern beschafft. Daher winkte der Magister einen seiner Waffenknechte zu sich.

»Siehst du diesen Mann dort mit dem schwarzen Hut?«

»Ja!«

»Verhaftet ihn, aber so unauffällig, dass niemand etwas merkt.«

Der Soldat nickte und verließ die Wachstube. Draußen war es dem Fremden gerade gelungen, die Torwache zu überzeugen, dass er ein harmloser Reisender sei. Als er jedoch weitergehen wollte, trat Gerwardsborns Mann ihm in den Weg.

»Noch einen Augenblick!«

Der Mann drehte sich scheinbar gelassen um. Seine Augenlider flatterten jedoch, und er ballte die Fäuste, als wollte er sich gegen einen möglichen Angriff zur Wehr setzen.

»Was gibt es?«, fragte er.

»Der Stadtkämmerer hat befohlen, dass Fremde, die ohne Waren in die Stadt kommen, ihren Beutel vorzeigen sollen. Es gilt, einige Fälle von Falschmünzerei aufzudecken.«

Der Mann atmete auf. »Mein Geld ist gut! Allerdings habe ich nicht viel bei mir. Gerade so viel, dass es für die nächsten zwei Wochen reicht. Danach muss ich wieder zu Hause sein.«

»Und wo kommst du her?«, fragte der Soldat.

Der Mann zögerte kurz und nannte dann den Namen einer Stadt, die in zehn Tagen strammen Fußmarsches erreicht werden konnte.

»Dann hast du sicher nicht mehr als ein paar Gulden in der Tasche«, sagte der Soldat lachend. »Aber du wirst dein Geld trotzdem herzeigen müssen. Ich will nicht wegen Pflichtvergessenheit gerügt werden.«

Mit einem Seufzen löste der Fremde die Schnur seiner Geldbörse vom Gürtel und reichte sie dem Soldaten. »Hier, sieh nach! Es sind wirklich nur ein paar Münzen, und keine davon ist falsch.«

»Das muss der Stadtkämmerer entscheiden. Komm mit!« Der Soldat fasste den Fremden am Ärmel und zog ihn auf die Tür der Wachstube zu.

Einen Augenblick sah es so aus, als wollte der Mann sich losreißen. Dann aber sagte er sich wohl, dass er sich verdächtig machen würde, wenn er davonlief, und folgte dem Soldaten. Der ließ ihn in die Wachstube eintreten und schloss die Tür hinter ihm. Im nächsten Moment zog er unbemerkt seinen Dolch aus der Scheide und schlug dem Verdächtigen den

Knauf so gegen den Schädel, dass dieser ohne einen Laut zu Boden sank.

»Den hätten wir«, erklärte der Soldat zufrieden.

»Gut gemacht!«, lobte ihn Rübsam und trat neben den Bewusstlosen. Mit einem Fuß drehte er diesen so, dass er ihm ins Gesicht schauen konnte.

»Wenn das mal nicht Berthold Mönninck ist, einer der Schüler und Nachfolger von Melchior Hoffmann, dann soll mich der Teufel holen!« Für einen Kirchenmann mochten die Worte des Magisters befremdlich klingen, doch Rübsam war froh, den schon länger gesuchten Erzketzer gefangen zu haben.

»Es muss Wiedertäufergesindel in Stillenbeck geben, sonst wäre Mönninck nicht hierhergekommen«, sagte der Soldat zufrieden. Da er und seine Kameraden für jeden Ketzer, den sie aufgriffen, drei Schillinge als Belohnung erhielten, hoffte er, dass es recht viele sein würden.

Es war noch nicht damit getan, Mönninck einfach niederzuschlagen. Daher holte der Soldat einige seiner Kameraden, und kurz darauf lag der Wiedertäufer gut verschnürt und geknebelt in einem Sack. Zwei Männer luden ihn auf einen Schubkarren und fuhren ihn zum Dominikanerkloster.

Weil Jacobus von Gerwardsborn nur seinen eigenen Leuten vertraute, erfuhren Magnus Gardner, dessen Sohn und die anderen Herren aus der Gefolgschaft des Fürstbischofs nichts von Mönnincks Gefangennahme. Auch widerstand der Inquisitor dem Wunsch, sich den Ketzer sofort anzusehen. Er ließ Lothar rufen und forderte diesen zu einem Spiel auf.

Da sich seine Gedanken jedoch mehr um Mönninck drehten als um Bauern, Springer, Türme, Damen und Könige, musste Lothar sich einiges einfallen lassen, um das Spiel zu verlieren. Obwohl er bisher gerne Schach gespielt hatte, hatte er das Spiel mittlerweile zu hassen begonnen. Er hätte Gerwardsborn in sechs von zehn Partien schlagen können, musste aber absichtlich Fehler begehen, um den Inquisitor nicht zu reizen.

Gerwardsborn war so von seiner Überlegenheit durchdrungen, dass er sich mit einem Sieg dessen Zorn zugezogen hätte. Als er endlich schachmatt war, stand er auf und verneigte sich vor dem Inquisitor.

»Erlauben Eure Exzellenz, dass ich mich zurückziehe?«

»Gerne, mein Sohn! Geh in die Kapelle und bete zu Sankt Paulus, auf dass er dich mit mehr Klugheit auszeichnet. Du hast heute ein paar arge Fehler gemacht, die mir den Sieg zu leicht werden ließen.«

Lothar fragte sich, wie ein Mensch so von sich überzeugt sein konnte. Der Inquisitor musste doch merken, dass die Menschen um ihn herum sich nur aus Angst vor ihm und seiner Rache kleinmachten. Doch Gerwardsborn hielt sich sogar noch die Fehler zugute, die andere vorsätzlich begingen, um ihn nicht zu übertreffen.

Mit diesen Gedanken verließ Lothar das Dominikanerkloster und streifte ziellos durch die Stadt. Er hoffte, das junge Mädchen wiederzusehen, das er letztens gewarnt hatte. Auch wenn sie eine Ketzerin sein mochte, so fühlte er doch Mitleid mit ihr. Außerdem sehnte er sich nach einem Menschen, vor dem er nicht den Nacken beugen und sich selbst verleugnen musste.

8.

Lothar traf zwar nicht auf Frauke, wurde aber unterwegs von einem Torwächter angesprochen.

»Verzeiht, mein Herr, aber steht Euer Herr Vater nicht in den Diensten des Fürstbischofs?«

»Das stimmt«, antwortete Lothar und fragte sich insgeheim, was der Mann von ihm wollte.

»Wisst Ihr, Herr, ich bin einer der Stadtknechte, die an den Toren Wache halten. Heute ist etwas Eigenartiges geschehen. Ein Fremder wollte die Stadt betreten, und ich habe ihn, wie vom Rat befohlen, befragt und nichts gefunden, dessentwegen ich ihm den Eintritt hätte verwehren können. Doch als ich ihn durchlassen wollte, hat ihn einer der Waffenknechte des Inquisitors in die Wachstube gerufen, und aus der ist der Reisende nicht mehr herausgekommen. Dafür hat der Waffenknecht zwei seiner Kameraden geholt und gemeinsam mit ihnen einen großen Sack weggeschafft. Nichts für ungut, aber ich denke, Euer Herr Vater sollte das wissen. Es ist gegen das Gesetz, Leute heimlich zu verhaften und dies vor den Behörden der Stadt zu verbergen.«

»Da hast du wohl recht«, stimmte Lothar dem Mann zu. »Hab Dank für die Nachricht. Ich werde sie gleich meinem Vater mitteilen. Gott befohlen!« Damit drehte er sich um und eilte zum Kloster zurück, um seinen Vater aufzusuchen.

Der Stadtknecht sah ihm nach, kratzte sich am Genick und überlegte. Da die Wachen des Inquisitors den Fremden gefangen genommen hatten, musste es sich bei diesem um einen Mann handeln, der in Verdacht stand, ein Ketzer zu sein. Nun hatte er gerüchteweise gehört, dass Hinner Hinrichs und dessen Familie ebenfalls der Ketzerei beschuldigt wurden. Wenn dies so war, würden die Männer des Inquisitors auch diese festsetzen. Unwillkürlich stellte er sich vor, wie Silke Hinrichs vom Inquisitor verhört und von dessen Untergebenen gefoltert wurde.

»Silke soll er nicht kriegen!«, schwor er sich.

Er war nur ein schlichter Stadtknecht und damit keiner, dem ein Handwerksmeister wie Hinner Hinrichs die Tochter zum Weibe geben würde. Ein freundliches Wort, vielleicht sogar einen Kuss auf die Wange sollte ihr seine Warnung aber schon wert sein. Mit dieser Hoffnung schlug er den Weg zum Haus des Gürtelschneiders ein.

Auf sein Klopfen hin öffnete Frauke die Tür. Auch sie war ein hübsches Ding, aber in seinen Augen noch recht kindlich.

»Gottes Gruß, Jungfer Frauke. Wenn es genehm ist, würde ich gerne mit deinem Vater sprechen.«

»Komm herein!« Frauke zitterte innerlich, denn sie fürchtete, Draas wäre gekommen, um ihren Vater zu verhaften. Doch ihr blieb nichts anderes übrig, als ihn durch den Flur zur Werkstatt zu führen. Dort blieb sie an der Tür stehen, um mitzuhören, was der Stadtknecht zu sagen hatte.

Ihr Vater wunderte sich ebenfalls über diesen Besucher, ließ sich von dessen Auftauchen aber nicht verunsichern. »Willst du dir einen neuen Gürtel machen lassen, Draas?«, fragte er geschäftstüchtig.

Draas, der auf den christlichen Namen Andreas getauft worden war, schüttelte den Kopf. »Nein, Meister Hinrichs. Ihr habt mir erst vor einem Jahr einen gemacht, und der ist immer noch gut. Jetzt will ich Euch nur etwas mitteilen, was mir bei meiner letzten Wache am Tor aufgefallen ist.«

Nachdem Draas seinen kurzen Bericht beendet hatte, schossen Hinrichs alle möglichen Gedanken durch den Kopf. Er erwartete in diesen Tagen Berthold Mönninck, der seinen jüngsten

Sohn taufen sollte. Die Beschreibung, die Draas von dem angeblich verhafteten Mann gegeben hatte, passte allerdings nicht ganz auf den Prediger. Außerdem fragte Hinrichs sich, ob er dem Stadtknecht trauen konnte. Immerhin hatte er Draas beim letzten Maitanz scharf zurechtgewiesen, weil er unbedingt mit Silke hatte tanzen wollen. Er traute dem Kerl zu, sich mit Gerlind Sterken zusammengetan zu haben, um ihm und seiner Familie aus Rache zu schaden. Das Geschwätz eines neidischen Mädchens galt jedoch wenig, solange ihn alle – von Gerlinds Vater Thaddäus Sterken angefangen bis zum Priester der Pfarrkirche – für einen guten Katholiken hielten.

Wenn er es jetzt recht bedachte, war Berthold Mönninck gewiss auch zu vorsichtig, um nach Stillenbeck zu kommen, solange der Inquisitor hier weilte. Wahrscheinlich wartete der Prediger in einem der umliegenden Orte, bis die Gefahr vorüber war.

Hinrichs sah daher keinen Grund, weshalb er sich von Draas' Worten ins Bockshorn jagen lassen sollte, und winkte mit einem gekünstelten Lachen ab. »Was geht mich dieser Fremde an? Ich bin Gürtelschneider und liefere beste Arbeit ab, wie ich behaupten will. Außerdem bin ich ein braver Christ, wie Herr Sterken und unser hochwürdiger Herr Pfarrer gewiss bestätigen werden.«

Draas hob beschwörend die Hände. »Ihr solltet diese Sache nicht auf die leichte Schulter nehmen, Meister Hinrichs. Es laufen Gerüchte in der Stadt um, die Euch und Eure Familie in den Ruch der Ketzerei bringen.«

»Das ist nur dummes Geschwätz, das niemand ernst nehmen wird. Und nun geh! Ich will weiterarbeiten.«

Hinrichs' harsche Antwort stellte für Draas eine Ohrfeige dar. Der Stadtknecht beherrschte sich nur mühsam, verabschiedete sich mit einem knappen Gruß und verließ enttäuscht das Haus. Silke hatte er nicht einmal gesehen, geschweige denn ein Dankeswort oder gar einen Kuss von ihr erhalten.

Während Hinrichs überzeugt war, erneut eine Falle gemeistert zu haben, die man ihm hatte stellen wollen, wuchs in Frauke die Angst. Sie trat auf ihren Vater zu und fasste nach seiner Hand.

»Bitte, Vater! Wir sollten Stillenbeck verlassen. Wenigstens so lange, wie der Inquisitor hier weilt.«

Hinrichs mochte es nicht, wenn seine Frau oder seine Töchter sich in Dinge einmischten, die seiner Ansicht nach nur ihn etwas angingen. Daher griff er nach einem der Riemen, die er bereits zurechtgeschnitten hatte, packte seine Tochter und zog ihr das Leder zweimal mit aller Kraft über den Rücken.

»Ich will nichts mehr davon hören, verstanden! Und nun marsch in die Küche. Deine Mutter hat gewiss Arbeit für dich.«

Fraukes Rücken brannte wie Feuer, und der Schmerz trieb ihr die Tränen in die Augen. Zwar hatte sie schon früher gelegentlich einen Hieb erhalten, doch so hart hatte der Vater noch nie zugeschlagen. Da er erneut ausholte, verließ sie hastig die Werkstatt und lief in die Küche. Ihre Mutter stand am Herd und erklärte Silke, wie die Gerichte zuzubereiten seien.

Kaum hatte Inken Hinrichs ihre jüngere Tochter entdeckt, zeigte sie auf den Eimer neben dem leeren Holzschaff. »Du kannst Wasser vom Marktbrunnen holen!«

Frauke ergriff trotzig den Eimer und ging los. Als sie ihn am Brunnen füllte, spürte sie die Hiebe, die sie von ihrem Vater erhalten hatte, doppelt. Mit zusammengebissenen Zähnen trug sie den Eimer nach Hause. Allerdings hatte sie große Schwierigkeiten, den Eimer so anzuheben, dass sie seinen Inhalt in den Bottich schütten konnte.

Ihre Mutter wurde auf ihr schmerzverzerrtes Gesicht aufmerksam und musterte sie besorgt. »Was hast du?«

»Sie hat Vater vorhin geärgert und dafür eins mit dem Lederriemen übergezogen bekommen«, krähte Helm, der eben aus der Werkstatt gekommen war.

Inken Hinrichs' Mitleid mit ihrer Tochter schwand. »Da siehst du, wo es hinführt, wenn du Vater immer erzürnst!«, erklärte sie und wies Frauke an, noch mehr Wasser zu holen.

Kaum hatte das Mädchen das Haus wieder verlassen, wandte die Mutter sich kopfschüttelnd an Silke. »Ich weiß mir keinen Rat mehr mit Frauke. Weder Haug noch Helm noch du haben Vater je Widerworte gegeben, wie sie es laufend tut.«

Silke senkte seufzend den Kopf. »Vielleicht sind wir ungerecht zu Frauke. Sie will doch immer nur das Beste für uns. Du darfst nicht vergessen, dass sie noch ein kleines Kind war, als wir das erste Mal aus einer Stadt fliehen mussten. Da ist es natürlich, dass sie Angst hat.«

»Du bist viel zu nachsichtig mit ihr. Gerade weil wir vor den anderen verbergen müssen, dass wir zu der erwählten Schar gehören, die einmal zur Rechten Jesu Christi sitzen wird, dürfen wir keinen Argwohn erregen. Fraukes kopfloses Verhalten wird uns noch einmal verraten.«

Die Mutter strich ihrer älteren Tochter über den Kopf. Dieses Kind entsprach wahrlich dem Bild von einem Mädchen, wie sie es sich wünschte.

Da sah sie Helm herumlungern und fuhr ihn an: »Warum stehst du noch hier herum? Hat der Vater dir keine Arbeit angeschafft?«

9.

Jacobus von Gerwardsborn musterte den Gefangenen. Mittlerweile war Berthold Mönninck aus seiner Bewusstlosigkeit erwacht und sah mit einer Mischung aus Trotz und Angst zu ihm auf. Da der Inquisitor das Verhör sofort beginnen lassen wollte, gab er Magister Rübsam das verabredete Zeichen. Dieser trat auf Mönninck zu und hielt ihm ein Blatt Papier vors Gesicht. Es handelte sich um ein Porträt, welches einer von Gerwardsborns Spionen bei einer Täuferversammlung in Straßburg von dem Mann gezeichnet hatte.

»Gestehst du, Berthold Mönninck zu sein, Schüler des Ketzers und Wiedertäufers Melchior Hoffmann und selbst Ketzer und Wiedertäufer?«, fragte Rübsam mit schneidender Stimme.

»Ich weiß nicht, wie Ihr darauf kommt. Ich bin Peter Spitz, Nadelmacher aus Mainz.«

»Wir könnten einen Boten nach Mainz schicken und nachfragen«, antwortete Rübsam spöttisch. »Da dies aber zu lange dauert, ziehen wir die Folter vor.«

Auf diese Worte hin trat Gerwardsborns Foltermeister vor und zeigte Mönninck seine Instrumente. Da er seine Kunst stets auf Reisen ausübte, hatte er auf eine Streckbank oder ähnlich sperriges Gerät verzichtet. Allerdings verfügte er über ein Kohlebecken für glühendes Eisen, Daumenschrauben, etliche Zangen und schließlich jene Messer, die dünn und scharf genug waren, um einem Menschen damit die Haut vom Körper schälen zu können.

Mönninck wollte die Augen schließen, doch der Foltermeister

schrie ihn an: »Mach die Augen auf, Bursche, sonst schneiden wir dir die Lider ab!«
»Das dürft ihr nicht!«, würgte Mönninck hervor.
»Wir handeln im Auftrag des Heiligen Stuhls und mit der Erlaubnis Seiner Majestät, Kaiser Karl V., nach eigenem Recht zu verfahren«, klärte Rübsam den Gefangenen auf.
Nun trat der Inquisitor selbst auf Mönninck zu und sah ihm ins Gesicht. Dieser vermochte Gerwardsborns Blick nicht zu ertragen und schloss erneut die Lider.
»Mach die Augen auf, wenn du sie behalten willst«, fuhr der Foltermeister ihn an.
Als Mönninck nicht gleich gehorchte, fasste er die Wimpern des rechten Oberlides mit einer Hand und schwenkte ein kleines Messer in der anderen.
So rasch hatte Mönninck seine Augen noch nie aufgerissen.
Gleichzeitig verfluchte er sein Schicksal, in die Hände von Männern geraten zu sein, denen die Gesetze dieser Stadt und des gesamten Fürstbistums gleichgültig waren.
Dabei würde in wenigen Jahren das Jüngste Gericht anbrechen, und er wollte einer der Auserwählten sein, die Christus willkommen hießen, um an der Seite des Herrn unsterblich zu werden. Einige ihrer Propheten hatten zwar erklärt, dass dies auch für die Seelen der Märtyrer ihrer Gemeinschaft gelten würde, denen Christus einen neuen Leib schenken würde, so dass sie jung und von großer Schönheit unter den Gläubigen wandeln konnten. Doch daran zweifelte Mönninck. Nur dann, wenn er noch am Leben war und den Himmelsherrn persönlich begrüßen konnte, würde er dessen Aufmerksamkeit auf sich lenken können. Als schwache Seele aber würde er als ebenso schwacher Mensch wiedererstehen und fern von Christus Platz nehmen müssen.
Voller Berechnung ließ der Inquisitor dem Gefangenen die Zeit, über sein Schicksal nachzudenken. Er sah, wie es in Mönninck arbeitete, und für einen erfahrenen Mann wie ihn war

es ein Leichtes, dessen Überlegungen und Gefühle zu durchschauen.
»Du wurdest als der Ketzer Berthold Mönninck erkannt!« Es waren die ersten Worte, die der Inquisitor selbst sprach.
»Ich bin der Nadelmacher Peter Spitz aus Mainz!«, widersprach Mönninck. Seinen Worten fehlte jedoch der Nachdruck.
»Wenn du Peter Spitz bist, dann nenne mir den Namen deines Vaters und deiner Mutter«, befahl Rübsam.
Mönninck nannte zwei Namen, die Rübsam aufmerksam notierte.
»Deine Großeltern?«
Jetzt zögerte Mönninck schon einen Moment, bevor er die Namen zu nennen vermochte.
»Und jetzt die Namen deiner Tauf- und Firmpaten!«
Rübsam war unerbittlich. Mönninck musste die Namen des Pfarrers nennen, der ihn getauft hatte, wurde dann nach dem Namen eines anderen Pfarrers gefragt, der in der Zeit, in der er in Mainz gelebt hatte, dort gewesen sein sollte, und so ging es noch eine Weile weiter. Schließlich sollte er die Namen seiner Großeltern wiederholen, und diesmal brachte Mönninck sie durcheinander.
Da Rübsam alles notiert hatte, erklärte er Mönninck höhnisch, dass dieser den Vater zum Großvater gemacht habe und seine Mutter auf wundersame Weise von zwei Frauen zugleich geboren worden wäre.
»Da dies nicht einmal von einem der großen Heiligen behauptet wird, kannst du nicht Peter Spitz aus Mainz sein«, schloss Rübsam daraus und fragte den Inquisitor, ob die Befragung durch den Foltermeister fortgesetzt werden sollte.
Zu Mönnincks Entsetzen nickte dieser. »Tut, was notwendig ist!«
In der nächsten Stunde verfluchte der Wiedertäufer seinen Vater, ihn gezeugt, und seine Mutter, ihn geboren zu haben. Bei

normalen Verhören hielten sich die Behörden an die gesetzlichen Regeln und legten Pausen ein, die dem Delinquenten die Gelegenheit gaben, über seine Lage nachzudenken und darüber, ob es nicht doch besser sei, zu gestehen. Gerwardsborn aber wollte seinen Gefangenen zerbrechen wie morsches Holz.
Der alte Keller des Dominikanerklosters lag tief unter der Erde, und der einzige Luftschacht führte in den Innenhof, so dass niemand außerhalb der Klostermauern die Schreie des Gefolterten hören konnte. Während Mönninck geschunden wurde, stand der Inquisitor wie ein rächender Gott neben seinem Opfer. Rübsam stellte in immer rascherer Folge seine Fragen, und wenn der Gefangene nicht schnell genug antwortete, trat der Foltermeister in Aktion.
Längst hatte Rübsam es aufgegeben, Mönnincks Aussagen selbst aufzuschreiben, sondern überließ dies Bruder Cosmas, dem Mönch, welchem sein Herr am meisten vertraute. Aber er stellte weiterhin die Fragen, und da er die gleichen in unregelmäßigen Abständen wiederholte, merkte er rasch, wann Mönninck log und wo er die Wahrheit sagte. Doch das, was der Inquisitor sich erhoffte, hatte der Wiedertäufer immer noch nicht gestanden.
Schließlich trat Gerwardsborn vor und legte dem Gefangenen die Hand auf die Schulter. »Wer in dieser Stadt gehört noch zu eurer verdammenswerten Sekte?«
»Niemand«, gurgelte Mönninck und stieß im nächsten Augenblick einen gellenden Schrei aus, denn der Foltermeister presste ihm die glühende Spitze eines Eisenstabs gegen die Rippen.
»Ich stelle diese Frage nur noch ein Mal«, erklärte der Inquisitor kühl. »Wird sie dann nicht beantwortet, wirst du morgen auf dem Scheiterhaufen verbrannt!«
»Nicht auf den Scheiterhaufen!«, wimmerte Mönninck. »Bitte, schont mein Leben, ich ...« Vor Scham weinend, brach er ab.

Gerwardsborn begriff, dass er seinen Gefangenen genau an dem Punkt hatte, an den er ihn hatte bringen wollen, und lächelte zufrieden. »Nenne die Namen der Ketzer, und dir soll Schonung gewährt sein!«
»Schonung?« Dieses Wort wirkte auf Mönninck wie Balsam. Aber noch war er nicht bereit, seine Glaubensbrüder zu opfern, sondern nannte mehrere Namen, die als Anhänger Luthers galten, darunter auch den des zweiten Bürgermeisters Thaddäus Sterken.

Obwohl Gerwardsborn sicher war, dass der Gefangene ihn täuschen wollte, ließ er ihn reden. Immerhin hatten die Wiedertäufer sich von den Lutheranern abgespalten und wussten daher noch viel über diese. Allerdings war es vorerst nicht im Sinn des Inquisitors, auch die Anhänger Luthers zu vernichten. Diese waren in seinen Augen irrende Schafe, die er als Hütehund Gottes wieder in den richtigen Pferch treiben musste. Die Wiedertäufer hingegen verweigerten ihren Kindern das Sakrament der Taufe und waren daher dem Teufel verfallen.

»Waren das alle Namen?«, fragte Gerwardsborn, als Mönninck endete.

Dieser nickte mühsam. »Ja, Euer Exzellenz!«

»Mach weiter, Dionys!«

Auf diesen Befehl hin presste der Foltermeister dem Gefangenen erneut das glühende Eisen gegen den Brustkorb.

»Kennst du Hinner Hinrichs?«, fragte der Inquisitor.

»Nein!«, stieß Mönninck hervor, doch sein flackernder Blick verriet ihn.

»Bekenne, dass dieser Mann sich ebenso wie du den falschen Propheten angeschlossen hat, und dir wird Gnade zuteil!«, fuhr Gerwardsborn fort.

Mönninck begriff, dass der Inquisitor nicht eher aufgeben würde, bis er dessen Worte bestätigt hatte oder tot war, und senkte verzweifelt den Blick.

»Ja, Hinrichs ist einer unserer Brüder.«

»Nenne weitere Namen!« Gerwardsborns Stimme klang wie ein Peitschenhieb.

Mönninck hatte nicht mehr die Kraft zu widerstehen und zählte alle auf, die seines Wissens zur Täufergemeinde von Stillenbeck gehörten.

Während der Mönch eifrig mitschrieb, nickte der Inquisitor zufrieden. Er hatte dieses Verhör genauso geführt wie Dutzende vorher. Zunächst war es Magister Rübsams Aufgabe gewesen, den Delinquenten zu zermürben, und dann hatte er selbst die entscheidenden Fragen gestellt. Nun galt es, das Wissen, das er aus seinem Gefangenen herausgepresst hatte, zu verwenden. Aus diesem Grund erteilte er Rübsam und Bruder Cosmas seine Befehle. Anschließend wies er den Foltermeister und dessen Knecht an, Mönninck wieder in seine Zelle zu bringen.

Während er und Rübsam nach oben stiegen, wagte der Magister eine Frage. »Werdet Ihr tatsächlich Mönnincks Leben verschonen?«

Der Inquisitor blieb auf der Treppenstufe stehen und drehte sich zu seinem Gefolgsmann um. »Das Leben habe ich ihm versprochen, bevor er so viele ehrenwerte Bürger dieser Stadt fälschlicherweise der Ketzerei beschuldigt hat. Damit aber hat er diese Gnade verspielt. Jetzt geht es nur noch darum, seine unsterbliche Seele zu retten. Dafür muss er ins Feuer – und zwar bei lebendigem Leib! Er war ein zu großer Sünder und Ketzer, als dass wir ihm die Gnade eines schnellen Todes gewähren könnten.«

10.

Es lag eine seltsame Anspannung über Stillenbeck. Frauke erschien es, als wage niemand mehr zu atmen, solange der Inquisitor in ihren Mauern weilte. Von einer Nachbarin hatte sie erfahren, wie gnadenlos Gerwardsborn bereits in anderen Städten Ketzer verfolgt hatte. Wie ein Bluthund hatte er sich auf die Fährte jener gesetzt, die er für Ketzer hielt, und nicht eher aufgegeben, als bis er sie gefangen und hingerichtet hatte. Umso gefährlicher erschien es Frauke, noch länger an diesem Ort zu bleiben. Nur zu gut erinnerte sie sich an die erste Flucht in ihrem Leben. Die Mutter hatte Helm auf dem Arm getragen und Silke an der Hand geführt. Sie selbst hatte sich an die Hand der Schwester geklammert und nicht gewagt, diese loszulassen. Hätte sie es getan, wäre sie wahrscheinlich von dem Mob, der zwei Vettern ihres Vaters durch die Straßen getrieben und schließlich erschlagen hatte, ebenfalls umgebracht worden.

Frauke konnte nicht begreifen, weshalb Menschen anderen Menschen so etwas antun konnten. Gott im Himmel war doch um so viel größer, als der kleinliche Geist vieler Leute ihn erscheinen lassen wollte. Dabei dachte sie nicht nur an die Katholiken, deren Priester ihre Gebete nur auf Latein sprechen durften, und die Lutheraner, die unbedingt auf Deutsch beten wollten, sondern auch an ihren Vater und die anderen Mitglieder ihrer Gemeinschaft. Wieso erklärten die eigenen Propheten, dass ausgerechnet in dieser Zeit die Welt untergehen und das Jüngste Gericht folgen sollte? Auch fragte sie sich, ob Gott wirklich alle Menschen, die nicht ihrem Glauben anhingen, verdammen und der Höllenstrafe anheimfallen lassen wollte. Zwar erinnerte sie sich an das Gleichnis von Noah und der Sintflut. Doch damals hatte Gott die Heiden vernichtet, die von ihm abgefallen waren. Die Menschen in der Stadt und im ganzen Land glaubten aber an ihn, und die meisten befolgten seine heiligen Zehn Gebote.

Frauke wusste nicht, was sie von alldem halten sollte. Nur eines war ihr klar: Wenn sie noch länger an diesem Ort blieben, würde es ihr Verhängnis sein. Obwohl ihr seine Schläge noch schmerzhaft in Erinnerung waren, sprach sie ihren Vater erneut darauf an.

Diesmal hielt Hinner Hinrichs seine Hand im Zaum. Mittlerweile waren auch ihm erste Zweifel gekommen, auch wenn sie noch nicht behelligt worden waren. Von einem Glaubensbruder hatte er erfahren, dass die dritte Familie ihrer Gemeinschaft bereits kurz vor Erscheinen des Inquisitors ihr Haus verkauft hatte und weggezogen war. Der Wiedertäufer, der ihm davon erzählte, hatte bereits seine Frau und seinen Sohn zu Verwandten geschickt und wollte Stillenbeck noch am selben Tag unter dem Vorwand einer Geschäftsreise verlassen. Vielleicht, so dachte Hinrichs, sollte auch er sich auf den Weg machen. Er brauchte am Tor ja nur anzugeben, dass er gutes Leder für seine Gürtel besorgen musste. Am besten war es, wenn er die beiden Söhne mitnahm. Den Weibern würde während seiner Abwesenheit schon nichts geschehen, solange sie eifrige Katholikinnen mimten.

Dann aber sagte er sich, dass es auffallen könnte, wenn er die Stadt in Begleitung seiner beiden Söhne verließ, und überlegte, welchen von beiden er zurücklassen konnte. Er entschied sich für den Älteren. Zum einen war Haug in seinem Gewerbe fast so gut wie ein Meister, und zum anderen war er der Ruhigere und Vorsichtigere seiner Söhne. Helm platzte noch zu leicht mit etwas heraus, das bei anderen Menschen Verdacht erregen konnte.

Hinrichs wollte nicht einmal ausschließen, dass die Gerüchte, die Gerlind Sterken verbreitete, durch irgendeine Bemerkung seines Jüngsten provoziert worden waren. Unter den Umständen wäre es wirklich besser, Helm mitzunehmen, dachte er und nickte Frauke mit einem angespannten Lächeln zu.

»Mir erscheint es inzwischen auch als vernünftig, Stillenbeck für einige Zeit den Rücken zu kehren. Nur dürfen wir das nicht alle auf einmal tun. Es würde den Torwachen auffallen, und man würde uns zurückhalten.«

»Wir können Stillenbeck doch durch verschiedene Tore verlassen und uns einen oder zwei Tage später an einem vorher bestimmten Ort treffen«, schlug Frauke vor.

Der Rat dünkte Hinrichs gut, und er wollte bereits darauf eingehen. Dann aber schüttelte er den Kopf. »Das geht nicht! Wenn am Abend die Wachbücher verglichen werden, würde man uns am nächsten Morgen Reiter hinterherschicken und uns gefangen nehmen. Daher müssen mehrere Tage zwischen jeder Abreise liegen. Ich werde morgen mit Helm zusammen aufbrechen. Haug soll die Stadt drei Tage später verlassen. Einen oder zwei Tage später könnt ihr Weibsleute uns folgen. Euch passiert schon nichts, solange ihr vorgebt, gute Katholikinnen zu sein.«

Frauke musterte ihren Vater durchdringend. Hatte sie soeben einen Anflug von Feigheit an ihm entdeckt? Immerhin wollte er sich als Ersten in Sicherheit bringen und dazu Helm, seinen speziellen Liebling. Obwohl sie nichts dagegen hatte, eine Zeitlang von diesem Bruder befreit zu sein, gefiel ihr die Sache nicht. Wenn dann auch noch Haug Stillenbeck verließ, würden die Mutter, Silke und sie allein auf sich gestellt sein. Zudem erschien ihr die Zeit viel zu lang. Was konnte bis dahin alles geschehen!

»Geh jetzt und hilf deiner Mutter!«, befahl Hinrichs, dem der kritische Blick seiner Tochter unangenehm wurde.

Frauke schien es ihm übelzunehmen, dass er die drei Weiber

zurückließ. Dabei tat er doch alles für seine Familie. Wenn die Frauen nachkamen, benötigten sie einen sicheren Zufluchtsort und ein Dach über dem Kopf. Beides würde er ihnen verschaffen.

Frauke wusste angesichts der störrischen Miene ihres Vaters, dass er keine weiteren Widerworte dulden würde. Daher ging sie in die Küche hinüber. Kaum sah ihre Mutter sie, deutete diese auf den leeren Eimer. »Du kannst Wasser holen, Frauke.«

»Ja, Frau Mutter!« Obwohl sie lieber mit ihrer Mutter und Silke über die Pläne des Vaters gesprochen hätte, packte Frauke den Eimer und verließ das Haus.

Sie musste mehrmals gehen, bis der Bottich in der Küche voll war. Dann verlangte die Mutter, sie müsse auch noch den großen Kessel füllen, weil sich die Frauen und Männer der Familie am Abend in getrennten Räumen waschen sollten.

Frauke gehorchte, ohne zu murren, obwohl ihr bereits der Rücken weh tat. Unterwegs wurde ihr klar, dass ihr jüngerer Bruder wohl kaum am nächsten Morgen getauft werden würde, es sei denn, ihr Vater nahm die Taufe unterwegs selbst vor.

11.

Die anderen Familienmitglieder erfuhren erst kurz vor dem Abendessen, dass die Pläne für den kommenden Tag geändert worden waren. Hinrichs holte seine Geldkassette heraus, nahm die meisten Münzen an sich und steckte sie in eine Geldkatze. Danach befahl er Helm, am nächsten Morgen bei Tau und Tag aufzustehen und feste Kleidung und Schuhwerk für die Reise anzuziehen.

»Pack ein Bündel mit deinen wichtigsten Dingen, aber nimm keine religiösen Schriften mit, die uns verraten könnten«, setzte er mahnend hinzu. »Die wird Mutter heute Abend noch verbrennen.«

»Also müssen wir fliehen«, schloss Inken Hinrichs aus seinen Worten.

Ihr Mann schüttelte den Kopf. »Das ist keine Flucht! Ich gehe mit Helm zusammen auf Reisen, um gutes Leder zu kaufen.«

Doch alle begriffen, dass dies eine Lüge war. Haug, der zurückbleiben sollte, rutschte unruhig auf seinem Stuhl herum.

»Ich finde, wir sollten gemeinsam gehen. Mir gefällt dieser Inquisitor nicht. Er sitzt im Dominikanerkloster wie eine dicke, fette Spinne, die auf Beute lauert. Wenn Vater mit Helm zusammen die Stadt verlässt, wird er misstrauisch werden und sich an uns schadlos halten.«

Hinrichs tat diesen Einwand mit einer wegwerfenden Geste ab. »Das Gegenteil wird der Fall sein! Da du und die drei Weibspersonen zurückbleiben, wird Gerwardsborn annehmen, dass wir keine Ketzer sind. An diese Sache muss man mit Verstand herangehen, mein Sohn. Wenn wir alle gemeinsam

aufbrechen, erregen wir seine Aufmerksamkeit. So aber wirst du uns in drei Tagen folgen.«
»Aber was ist mit Mutter und den Schwestern?«, fragte Haug. Ihm passte der Plan ganz und gar nicht, der dem Vater und seinem jüngeren Bruder die besten Chancen einräumte, mit heiler Haut davonzukommen, während er und die drei anderen Familienmitglieder Gefahr liefen, dem Inquisitor in die Hände zu geraten.
»Denen wird schon nichts passieren«, erklärte Hinrichs verärgert, weil sein ältester Sohn mit einem Mal ebenso wie Frauke seine Handlungen zu hinterfragen begann.
»Es sind auch schon Frauen auf den Scheiterhaufen gestorben«, wandte Haug ein.
»Die drei sollen vorgeben, gute Katholikinnen zu sein. Unser Herr im Himmel wird ihnen diese Lüge vergeben. Denkt daran, in wenigen Jahren werden all unsere Bedränger in der Hölle schmachten, während wir im himmlischen Jerusalem leben und für alle Zeiten die Herrlichkeit Gottes und seines Sohnes Jesus Christus schauen dürfen.«
Bei dem Gedanken glitzerten Hinrichs' Augen voller Vorfreude. Wenn Jesus Christus wiederkehrte, würde er kein schlichter Gürtelschneider mehr sein, der einen Thaddäus Sterken um Aufträge anbetteln musste, sondern oben im Himmel ein Fürst, während Sterken, der Inquisitor und alle anderen Menschen, die sich der endgültigen Wahrheit verschlossen, die übelste Höllenpein erleiden mussten.
Bis auf Helm hatten alle Angst, der Plan könne misslingen. Haug wagte es jedoch nicht, den Vater weiter offen zu kritisieren. Auch die Mutter rang nur die Hände, während Silke in den Augen ihrer Schwester so aussah wie ein Schaf, das darauf wartete, geschlachtet zu werden.
In Frauke selbst brannte die Wut über die Selbstsucht des Vaters. Da sie nichts an der Situation ändern konnte, beschloss sie, zu warten, bis der Vater und Helm Stillenbeck verlassen

hatten, um dann ihren älteren Bruder zu überreden, noch am selben Tag mit der Mutter, Silke und ihr wegzugehen.

Beim Essen hingen alle ihren Gedanken nach, doch niemand sagte etwas. Frauke hatte Mühe, ihr Essen hinunterzubringen, und sie bemerkte, dass es ihrer Schwester ebenso erging. Auch Haug haderte mit dem Schicksal, zurückbleiben zu müssen. Vor allem erschreckte ihn die Verantwortung, die der Vater ihm auf die Schultern geladen hatte, und er nahm sich vor, keine drei Tage zu warten, sondern spätestens am nächsten Tag nicht lange nach Vater und Bruder aufzubrechen, und zwar zusammen mit der Mutter. Dann aber sagte er sich, dass es auffallen würde, wenn die Hausfrau ihr Heim verließ und die beiden Töchter zurückließ, und beschloss, stattdessen Silke mitzunehmen. Die Mutter und seine jüngere Schwester konnten mit Gottes Segen irgendwann nachkommen. Doch von diesen Überlegungen durfte sein Vater nichts erfahren. Auch der Mutter und den Schwestern würde er es erst kurz vor seinem Aufbruch sagen.

Da Frauke gewohnt war, in den Mienen ihrer Familienmitglieder zu lesen, nahm sie wahr, dass ihr ältester Bruder etwas ausbrütete, und hoffte, er würde es der Mutter, der Schwester und ihr offenbaren, sobald der Vater und Helm aus dem Haus waren. Ihr Gefühl sagte ihr, dass sie Stillenbeck so schnell wie möglich verlassen mussten. Wenn sie die Straßen mieden und auf heimlichen Pfaden wanderten, konnten sie eventuellen Verfolgern entkommen.

12.

Nach dem Abendessen spülte Frauke und räumte auf, während ihre Mutter entgegen ihrer sonstigen Gewohnheit auf dem Stuhl sitzen blieb und leise betete. Bislang hatte Inken Hinrichs gehofft, es würde ihnen erspart bleiben, erneut fliehen zu müssen. Doch nun erschien es ihr, als hätten sie bereits zu lange damit gewartet. Die anderen Male hatten sie ihr Haus verkaufen und ihren restlichen Besitz mitnehmen können, auch wenn sie bei der letzten Flucht dem Mob gerade noch entkommen waren. Nun aber würden sie wohl nur das nackte Leben retten können, denn an eine Rückkehr nach Stillenbeck glaubte sie nicht mehr. Zwar vergönnte sie es ihrem Mann und Helm, sich in Sicherheit zu bringen, aber sie sorgte sich nun weitaus stärker um die übrigen Kinder und sich selbst. Da sie aber nichts tun konnte, blieben ihr nur das Gebet und die Hoffnung, dass Gott, der Herr, ihnen gewogen sein würde.

Hinner Hinrichs empfand die Stimmung in seinem Haus als so trübsinnig, dass er aufstand und ein paar Groschen einsteckte. »Ich gehe noch in den *Adler* ein Bier trinken«, erklärte er und wandte sich zur Tür.

»Soll ich nicht besser einen Krug Bier holen, Vater?«, fragte Helm, der bei ähnlichen Gelegenheiten schon den einen oder anderen Schluck auf dem Weg nach Hause getrunken hatte.

Zu seiner Enttäuschung schüttelte der Vater den Kopf. »Ich muss mich auch mal wieder dort sehen lassen. Sonst heißt es wirklich noch, wir hätten Heimlichkeiten vor den Leuten.«

Hinrichs lachte kurz auf, doch niemand aus seiner Familie verzog eine Miene. Daher verließ er sein Haus mit einem wütenden Schnauben und ging im Schein der Dämmerung zum Markt, der vom Rathaus, der Pfarrkirche, dem Gildehaus und dem *Adler*, dem größten Gasthaus der Stadt, gesäumt wurde. Als er in den Gastraum trat, sah er Sterken und etliche andere Ratsmitglieder in der für Honoratioren reservierten Stube sitzen. Auf dem Tisch standen große Zinnkrüge, und die Herren ließen sich ein üppiges Mahl schmecken, während er sich hier gewöhnlich mit einem Stück Brot und einer Handwurst zufriedengeben musste.

Der Neid packte ihn, und er wünschte sich das Ende der Welt förmlich herbei, um zusehen zu können, wie all diese Bürgermeister, Ratsherren und Gildemeister zur Hölle fuhren und er selbst an deren Stelle treten konnte. Ein wenig dieser Stimmung musste ihm anzumerken sein, denn als er in das Gewölbe trat, in dem sich die Meister und Gesellen der nachrangigen Gilden aufhielten, sah ihn der Trogmacher Simonsen erstaunt an.

»Was ist denn dir über die Leber gelaufen, Hinrichs?«

»Ach, ich habe mich nur wieder über meine Tochter geärgert.«

Da Hinrichs schon öfter über Frauke und deren aufmüpfiges Wesen geklagt hatte, lachte Simonsen spöttisch auf. »Was willst du? Frauke ist in dem Alter, in dem ein Mädchen der Hafer sticht. Bei meiner Heidrun war es genauso. Da haben selbst Ohrfeigen nichts mehr geholfen. Ich musste schon den Stock nehmen, um sie zum Gehorsam zu bringen.«

Hinrichs war nicht gerade zögerlich, was Schläge betraf, wollte aber nicht als prügelnder Vater gelten.

»Mein Weib kriegt Frauke schon in den Griff. Das hat sie bei unserer Silke auch geschafft«, sagte er und rief der Wirtsmagd zu, ihm den Krug zu füllen. Dann setzte er sich zu den anderen an den Tisch.

Zunächst drehte sich das Gespräch um die Sorgen, die einem die Töchter, aber auch die Söhne in einem gewissen Alter machten, und dazu hatte jeder der Männer etwas beizutragen. Nach einer Weile aber wandten sie sich dem Thema zu, das jeden in Stillenbeck bewegte.

»Der Inquisitor könnte allmählich wieder abreisen«, meinte Simonsen.

Ein anderer nickte. »Zeit wär's! Es ist eine Zumutung, dass wir diesen schwarzen Kuttenträger so lange in unserer Stadt dulden müssen.«

Hinrichs wusste, dass sowohl der Sprecher wie auch Simonsen dem Luthertum zugeneigt waren. Ohne die Anwesenheit des Inquisitors hätten sie sich bereits offen dazu bekannt. Früher hatte er wie sie gedacht. Nun aber wusste er, dass Luther und dessen Anhänger nur einen von neun nötigen Schritten getan hatten, um des Himmelreichs und des ewigen Lebens teilhaftig zu werden. Daher würden auch sie in der Hölle schmoren. In gewisser Weise tat es ihm leid, denn er mochte die meisten dieser Männer und hatte schon überlegt, ob er nicht versuchen sollte, sie vor der ewigen Verdammnis zu erretten. Doch die Angst, an den Falschen zu geraten und von diesem verraten zu werden, hatte ihn davon abgehalten.

Hinrichs wusste, dass er nicht zum Prediger berufen war, doch auch so drohten ihm Folter und Scheiterhaufen. Plötzlich erinnerte er sich an das, was der Stadtknecht Draas ihm berichtet hatte. Wenn dies stimmte und tatsächlich ein Täufer-Bruder gefangen genommen worden war, konnte es sich dabei nur um Berthold Mönninck handeln, der Helms Taufe hatte vollziehen wollen. Wenn dies der Mann unter der Folter verriet, war er selbst in höchster Gefahr.

Auf einmal schmeckte Hinrichs das Bier nicht mehr. Er schob den Krug zurück, stand auf und warf ein paar Münzen auf den Tisch. Als ihn die anderen verwundert ansahen, zog er eine missmutige Miene. »Ich habe ganz vergessen, dass ich noch zu dem ehrenwerten Herrn Sterken muss. Dessen letzte Lieferung Leder war zu schlecht, um Gürtel daraus zu fertigen.« Es war keine gute Ausrede, denn Simonsen zeigte sofort auf die Wand, hinter der die Honoratioren von Stillenbeck zusammensaßen.

»Das kannst du Sterken auch gleich hier sagen. Ich habe ihn vorhin kommen sehen.«

»Jaja«, brummte Hinrichs und verließ das Gewölbe. Er wandte sich jedoch nicht dem Raum der Ratsherren zu, sondern ging zur Hintertür, öffnete diese und trat auf die Straße. Mittlerweile war es dunkel geworden, und er trug kein Licht bei sich. Kurz erwog er, in den Gasthof zurückzukehren und sich vom Wirt eine Laterne zu leihen, verwarf diesen Gedanken jedoch wieder und strebte hastig durch das Dunkel seinem Haus zu. Unterwegs stieß er sich das Schienbein an einem Eimer, verbiss sich aber trotz der Schmerzen jeglichen Fluch.

Die Angst, die er so lange von sich ferngehalten hatte, hielt ihn nun voll und ganz in ihren Klauen. Bei jedem Geräusch erschrak er und blieb schließlich stehen, um zu lauschen. Kurz vor seinem Haus glaubte er, den Tritt fester Männerstiefel und leise Befehle zu hören. Erschrocken prallte er zurück und stieß mit jemandem zusammen.

»Aua! Kannst du nicht aufpassen?«, vernahm er Fraukes Stimme und atmete auf.

»Du bist es, Tochter!«

Frauke fuhr zusammen und erwartete jeden Augenblick eine Ohrfeige. »Verzeih, Vater, aber Mutter schickt mich, dir die Laterne zu bringen, die du vergessen hast!« Noch während sie es sagte, begriff sie, dass sie eine Dummheit gemacht hatte. Ihren Vater auf einen Fehler hinzuweisen, bedeutete ebenfalls Schläge.

Zu ihrem Erstaunen verzichtete er darauf, sondern fasste sie an der Schulter. »Gut, dass ich dich treffe! Geh rasch nach

Hause und sage Helm, er soll sofort zum Osttor kommen und meinen Mantel, meinen Reisesack, meinen Stock und die Geldkatze mitbringen.«
»Jetzt? Mitten in der Nacht?«, fragte Frauke verwundert.
In dem Augenblick saß ihr die Hand des Vaters im Gesicht.
»Mach, dass du fortkommst! Wenn Helm nicht bis zum nächsten Viertelstundenschlag der Turmuhr am Tor ist, lasse ich den Stock auf deinem Hintern tanzen, dass du eine Woche lang nicht sitzen kannst.«
Der jähe Stimmungsumschwung des Vaters erschreckte Frauke, und sie wollte sich rasch abwenden. Aber bevor er sie gehen ließ, nahm er ihr die Laterne ab und machte sich auf den Weg zum Osttor. Frauke tastete sich durch das Dunkel der Nacht und hatte Glück, dass sie nicht stürzte.
Als sie in die Küche trat, blickte ihre Mutter erstaunt auf. »Du bist schon zurück?«
»Ich habe Vater unterwegs getroffen und ihm die Laterne gegeben«, berichtete Frauke. »Er lässt ausrichten, dass Helm sofort mit Vaters Mantel, dem Reisesack, dem Wanderstab und der Geldkatze zum Osttor kommen soll, und zwar bevor die Turmuhr das nächste Mal schlägt.«
»Aber wieso?«
»Ich weiß es nicht.« Frauke konnte die Tränen kaum zurückhalten. »Vater hat mir üble Schläge angedroht, wenn Helm nicht rechtzeitig am Tor ist.«
Diese Mitteilung hätte ihren jüngeren Bruder beinahe dazu gebracht, sich extra viel Zeit zu lassen, damit sie die Schläge auch bekam. Aber ihm fiel ein, dass Vater die Stadt verlassen wollte und wohl kaum noch zurückkommen würde, um Frauke zu züchtigen. Stattdessen würde der Stock ihn treffen. Daher beeilte er sich und machte sich kurz darauf voll bepackt auf den Weg. Da er keine Hand frei hatte, um eine Laterne zu tragen, musste Frauke ihn begleiten.
Sie wäre am liebsten zu Hause geblieben, denn das Gefühl

drohender Gefahr schnürte ihr fast die Luft ab. Gleichzeitig fragte sie sich, was ihren Vater dazu bewogen hatte, sich noch in der Nacht auf den Weg zu machen. Immerhin würde er dem Torwächter ein sattes Draufgeld zahlen müssen, um hinausgelassen zu werden. Dabei war er in der ganzen Stadt als sparsamer, wenn nicht gar geiziger Mann bekannt.

13.

An diesem Tag hatte Draas die Nachtwache am Osttor übernommen. Nun saß er in der leeren Wachstube, blätterte im Wachbuch und suchte nach einem Eintrag, der auf den Mann hindeutete, den die Helfer des Inquisitors weggeschafft hatten. Doch er fand nicht den geringsten Hinweis. Es war, als hätte der Fremde Stillenbeck niemals erreicht.

Ein hastiges Klopfen an der Tür schreckte ihn aus seinem Sinnieren. Er nahm seine Laterne, schaute hinaus und zog beim Anblick von Hinner Hinrichs verwundert die Augenbrauen hoch.

»Was wollt Ihr zu nachtschlafender Zeit hier?«

»Ich muss dringend die Stadt verlassen, Draas«, antwortete Hinrichs noch ganz außer Atem. »Sterken will einen Schock neuer Gürtel von mir, aber das Leder, das er mir geliefert hat, ist zu schlecht. Daher muss ich los und mir selbst besseres besorgen.«

Es war eine Ausrede, dies war Draas sofort klar. Um Leder zu holen, hätte Hinrichs auch bis zum nächsten Tag warten können. Außerdem war er nur mit Hosen, Hemd und Weste bekleidet und trug nicht einmal einen Hut. In dem Augenblick begriff Draas, dass die Gerüchte, Hinrichs könnte ein Ketzer sein, wohl der Wahrheit entsprachen. Seine Pflicht erforderte, den Mann sofort festzunehmen oder ihn dem Stadtrichter zu melden. Dann aber dachte er an Silke, die in diesem Fall ebenfalls in die Fänge der Inquisition geriete, und schüttelte sich. Auch wenn er das Mädchen niemals sein Eigen nennen würde, wollte er ihr dieses Schicksal ersparen.

»Dann wünsche ich Euch Glück auf Eurer Reise, Meister Hinrichs«, sagte er und holte den Schlüssel. Als er die Nachtpforte öffnen wollte, fiel Fraukes Vater ihm in den Arm.
»Warte noch einen Augenblick, Draas. Gleich kommt noch mein Sohn, den ich mit auf diese Fahrt nehmen will.«
… und hoffentlich auch die anderen Mitglieder deiner Familie, dachte der Stadtknecht und blickte die Straße hinab. Wenig später näherte sich ein Licht, zu seiner Verwunderung beschien es jedoch nur Hinrichs' jüngste Kinder. Lediglich Helm schien für eine längere Reise gekleidet.
»Hier bin ich, Vater! Ich wäre rascher hier, wenn Frauke nicht getrödelt hätte«, sagte Helm, um seiner Schwester eins auszuwischen.
Frauke schnaubte empört, denn sie hatte ihren Bruder antreiben müssen. Doch ihr Vater kümmerte sich nicht um sie, sondern nahm die Sachen entgegen, die sein Sohn ihm reichte, und befahl diesem nach kurzem Überlegen, weiterhin den Reisesack zu schultern.
Dann wandte er sich sichtlich erleichtert dem Wächter zu.
»Jetzt kannst du das Tor öffnen, Draas.«
Diesem juckte es in den Fingern, dem Mann ein paar derbe Ohrfeigen zu verpassen. Wie es aussah, floh Hinrichs nur mit seinem Jüngsten zusammen und überließ den Rest seiner Familie ihrem Schicksal. Aber er würgte seinen Ärger hinunter, öffnete die Pforte im Tor und sah zu, wie Hinrichs und Helm in der Dunkelheit verschwanden. Danach schloss er die schmale Tür wieder und drehte sich zu Frauke um.
»Du solltest schnell nach Hause gehen, Deern. Gib aber acht, dass du keinem besoffenen Kerl vor die Füße läufst. Erinnere dich daran, dass vor drei Wochen eine Magd des Gewandschneidermeisters Blank von ein paar Fremden in die Büsche gezerrt worden ist.«
»Ich werde mich vorsehen«, versprach Frauke, deren Gedanken im Augenblick weniger der Gefahr galten, die ihr auf dem

Heimweg drohen mochte, sondern vielmehr der überraschenden Abreise ihres Vaters.

»Wenn es mir möglich wäre, würde ich mit dir gehen und dich nach Hause bringen. Aber ich darf meinen Posten nicht verlassen, sonst setzt der Hohe Rat mich auf die Straße.« Trotz seiner Worte begleitete Draas Frauke ein Stück die Straße entlang bis zum Markt.

Zurück in seiner Wachstube, schlug er erneut das Wachbuch auf und wollte bereits die Feder zur Hand nehmen, als ihm einfiel, dass er in seinem Ärger über Hinrichs ganz vergessen hatte, diesem das Geld abzunehmen, welches der Mann für das Öffnen der Nachtpforte hätte zahlen müssen. Es aus der eigenen Tasche auszulegen, hatte er keine Lust. Daher schloss er das Wachbuch wieder und dachte an Silke Hinrichs, die ihm von allen Mädchen am besten gefiel.

14.

Etwas ging vor, dessen war Lothar Gardner sich sicher. Für eine normale Nacht herrschte einfach zu viel Unruhe im Kloster. Als er die Spannung nicht mehr ertragen konnte, verließ er sein Zimmer und eilte den Gang entlang. Gerwardsborn selbst und einigen aus seinem Gefolge durfte er nicht unter die Augen kommen, das war ihm klar. Aber neben der Kammer, die Magister Rübsam bewohnte, lag ein leerer Raum, in dem das Gepäck des Reisezugs untergebracht war. Wenn man ihn dort erwischte, konnte er immer noch sagen, er habe etwas aus der Truhe seines Vaters holen wollen.
Ungesehen gelangte Lothar in die Kammer und wandte sich der Seite zu, hinter der Rübsams Zimmer lag. Als er das Ohr gegen die Wand legte, vernahm er die Stimme des Magisters. Leider sprach der Mann nicht laut genug, als dass er alles hätte verstehen können. Doch das, was er hörte, war erschreckend genug.
»Die Waffenknechte stehen bereit! Sie werden ... die Ketzer ... morgen ... der Erste brennen!«
Es klang so zufrieden, dass Lothar den drängenden Wunsch verspürte, seine Finger um den dürren Hals des Magisters zu legen und kräftig zuzudrücken. Einer anderen Person einen solchen Tod zu wünschen, war unmenschlich. Auch wenn das Gesetz ein solches Urteil befahl, so sollte man mit den Armen, die es traf, Mitleid zeigen.
Da seine Gedanken wirr umherschweiften, rief Lothar sich wieder zur Ordnung und lauschte weiter. Doch leider schnappte er nur noch ein paar einzelne Worte auf, mit denen er nichts

anzufangen wusste. Den Geräuschen nach verließen dann einige Leute den Nebenraum.

Lothar wagte es nicht, die Tür einen Spalt zu öffnen, um zu schauen, wer es war. Stattdessen atmete er tief durch und fragte sich, was er tun sollte. Am einfachsten wäre es gewesen, zu seinem Vater zu gehen und ihn über das zu informieren, was er gehört hatte. Wahrscheinlich würde der ihm jedoch befehlen, den Mund zu halten und alles zu unterlassen, was den Inquisitor verärgern konnte.

Es drängte ihn jedoch, irgendetwas zu unternehmen. Aber was konnte er tun? Weder vermochte er den Inquisitor daran zu hindern, Leute verhaften zu lassen, noch konnte er Gefangene aus dem Keller des Klosters befreien. Dabei war ihm klar, dass Gerwardsborn seine Opfer niemals einem ordentlichen Gericht übergeben würde. Dafür hatte der Inquisitor sich zu oft über weltliche Regeln und Gesetze hinweggesetzt und auch über die der heiligen Kirche.

Das Bild des jungen Mädchens stieg in ihm auf, welches ihm schon ein paarmal begegnet war. Mittlerweile kannte er auch ihren Namen. Sie hieß Frauke Hinrichs und war die Tochter eines Gürtelschneiders. Allerdings hatte er bis jetzt nicht gewagt, zu fragen, wo sie wohnte. Das musste er nun dringend nachholen, denn er wollte sie warnen.

Mit diesem Entschluss öffnete er die Tür einen Spalt, sah, dass der Gang leer war, und huschte hinaus. Kurz darauf verließ er das Kloster und ärgerte sich prompt, weil er ohne Laterne losgegangen war. Jetzt noch einmal zurückzukehren und eine zu holen, wagte er nicht, aus Angst, einem von Gerwardsborns Getreuen in die Hände zu laufen. Daher tastete er sich durch die nächtlichen Straßen. Zuerst überlegte er, Thaddäus Sterken aufzusuchen und diesen nach dem Gürtelschneider zu fragen. Aber er erinnerte sich noch früh genug an eine Bemerkung seines Vaters, dass Sterken jeden anderen Mann opfern würde, um den Inquisitor loszuwerden.

»Ich könnte einen der Torwächter fragen«, murmelte Lothar. »Dem könnte ich sagen, die Kleine würde mich so interessieren, dass mich jetzt der Hafer sticht.«

Allerdings durfte das nicht seinem Vater zu Ohren kommen, denn dieser besaß feste Vorstellungen von Anstand und Moral. Ein Sohn, von dem es hieß, er stelle Bürgermädchen nach, gehörte gewiss nicht dazu.

Trotz eines Klumpens im Magen suchte Lothar vorsichtig den Weg zum Osttor und atmete auf, als es endlich vor ihm lag. In der Wachstube brannte noch Licht, also brauchte er den Wächter nicht zu wecken.

Lothar klopfte an, hörte, wie drinnen ein Stuhl verschoben wurde, und sah sich dann Draas gegenüber, der ungehalten über die erneute Störung herausschaute.

»Ach, Ihr seid es, Herr Lothar!« Dem Stadtknecht wäre es lieber gewesen, Inken Hinrichs samt ihren restlichen Kindern vor sich zu sehen, die Stillenbeck verlassen wollten.

»Draas! So heißt du doch, oder?«, begann Lothar nervös.

»So nennen mich die Leute. Getauft wurde ich auf den christlichen Namen Andreas«, antwortete der Wächter und fragte dann, was der junge Herr hier wolle.

»Es geht um die Tochter des Gürtelschneiders. Ein hübsches Ding, das sagst du doch auch. Kannst du mir sagen, wo sie wohnt? Ich würde sie gerne aufsuchen.« Lothar rettete sich in ein gekünsteltes Lachen, das Draas sauer aufstieß.

»Wenn Ihr glaubt, Jungfer Silke würde sich für eine Liebschaft mit einem Burschen hergeben, der noch nicht einmal trocken hinter den Ohren ist, dann habt Ihr Euch gewaltig geschnitten. Sie ist ein ehrbares Mädchen.«

Lothar spürte die Eifersucht des anderen und zwang sich erneut zu einem Lachen. »Mir geht es nicht um Silke Hinrichs, sondern um ihre Schwester. Frauke heißt sie wohl, oder?«

»Die ist auch ein ehrbares Mädchen«, antwortete Draas unversöhnt.

Lothar begriff, dass er auf diese Weise nicht weiterkam, und setzte alles auf eine Karte.
»Es ist nicht so, wie du denkst. Ich wollte sie warnen. Der Inquisitor will heute die ersten Ketzer verhaften lassen, und ich befürchte, Frauke Hinrichs und ihre Familie gehören dazu.«
Mit diesen Worten begab Lothar sich voll und ganz in die Hände des Wächters. Wenn dieser ihn an das Gefolge des Inquisitors verriet, würde es ihm übel ergehen.
Draas' Gedanken gingen jedoch ganz andere Wege. »Darum hat der Alte heute Fersengeld gegeben und sich mit seinem Jüngsten in die Büsche geschlagen! Er hätte die ganze Familie mitnehmen sollen. Wann, meinst du, wird Gerwardsborn seine Bluthunde losschicken?«
»Ich weiß es nicht«, antwortete Lothar besorgt. »So viel konnte ich nicht erlauschen.«
»Dann sollten wir nicht länger schwätzen, sondern handeln.« Draas wollte Lothar schon den Weg zu Hinrichs' Haus weisen, sagte sich dann aber, dass der junge Bursche es in der Nacht vielleicht nicht finden würde, und zog ihn in die Wachstube.
»Du bleibst hier, während ich Hinrichs' Familie warne. Sollte jemand nach mir fragen, so bin ich auf dem Abtritt, verstanden?«
Lothar nickte, ohne wirklich zu begreifen, was der Torwächter plante. Auch passte ihm nicht, dass Draas zu Hinrichs' Haus gehen wollte, denn er hätte sich Fraukes Dank gerne selbst erworben. Er musste sich jedoch sagen, dass der Wächter schneller dort sein würde als er.
Daher nickte er. »Das mache ich. Aber du solltest dich beeilen.«
»Das kannst du laut sagen! Oder lieber nicht, denn sonst hört dich einer und schaut zum Fenster heraus. Wenn jemand sieht, dass ich meinen Posten verlasse, kriege ich fürchterlichen Ärger.«

Bei diesen Worten nahm Draas eine Laterne, entzündete deren Unschlittkerze an der Öllampe seiner Wachstube und ging los. Schon von weitem sah er, dass sich Männer mit Fackeln vor dem schmalen Gebäude versammelt hatten. Draas erkannte Magister Rübsam, den Foltermeister Dionys sowie Bruder Cosmas und einen weiteren Mönch. Dazu kamen vier Waffenknechte aus der Begleitung des Inquisitors mit blanken Schwertern in der Hand.

Da er an der Vordertür nichts mehr ausrichten konnte, wollte Draas zum Hintereingang des Hauses laufen. Doch als er die Gasse erreichte, die dort vorbeiführte, entdeckte er auch dort Fackelträger und Waffenknechte mit gezückten Schwertern.

Daher blieb ihm nichts anderes übrig, als seine Laterne zu löschen, damit er nicht bemerkt wurde, und zu beobachten, was weiter geschah.

15.

Niedergedrückt und in hoffnungslose Überlegungen verstrickt, kehrte Frauke nach Hause zurück. Sie kam nicht darüber hinweg, dass ihr Vater so rasch die Flucht ergriffen und dabei den größten Teil seiner Familie zurückgelassen hatte. Doch als sie mit ihrer Mutter darüber sprechen wollte, fuhr diese ihr über den Mund.

»Dein Vater hat vollkommen richtig gehandelt, indem er sich und Helm in Sicherheit gebracht hat. Morgen früh wird Haug ihm folgen, und am Nachmittag machen wir drei uns auf den Weg.«

»Wenn wir es dann noch können«, sagte Frauke leise. Ihre Angst wuchs, und sie spürte, dass es ihrem älteren Bruder ebenso erging. Ihre Mutter und ihre Schwester klammerten sich jedoch an die Hoffnung, dass alles gut werden würde.

»Wir sollten Stillenbeck noch heute Nacht verlassen! Draas lässt uns gewiss zum Tor hinaus«, schlug Frauke vor.

Ihr Bruder erhob sich halb, sah aber die Mutter fragend an. Da er bisher vom Vater in strenger Zucht gehalten worden war, wagte er nicht, von sich aus eine Entscheidung zu treffen.

Inken Hinrichs schüttelte den Kopf. »Bist du verrückt, Frauke? Bis jetzt ist nichts geschehen, was uns Sorgen bereiten könnte. Auch will ich nicht unseren gesamten Hausrat hier zurücklassen. Es ist schon schlimm genug, dass dein Vater nicht dazu gekommen ist, das Haus zu verkaufen! Haug kann morgen früh die wertvolleren Sachen mitnehmen. Was wir sonst noch schleppen können, teilen Silke, ich und du untereinander auf.«

Am Entschluss der Mutter war nicht zu rütteln, das spürte Frauke. Dabei schrie alles in ihr, umgehend die Flucht zu ergreifen. Doch als sie Haug ansah, senkte dieser den Blick.
»Du hast Mutter gehört!«, murmelte er.
»Und was sagst du, Silke?«, fragte Frauke ihre Schwester.
»Wir können nicht einfach davonlaufen und alles, was wir uns geschaffen haben, zurücklassen. Auch wird uns wohl heute Nacht noch keine Gefahr drohen.«
»Möge Gott uns beistehen!«, flüsterte Frauke und beschloss, sich nicht bis aufs Hemd auszuziehen, wenn sie ins Bett ging, sondern ihr Kleid anzubehalten. Wenn wirklich etwas geschah, konnte sie vielleicht noch davonlaufen.
Kaum hatte sie diesen Entschluss gefasst, drang Lärm von draußen herein, und jemand schlug hart gegen die Haustür.
»Los, aufmachen! Im Namen der heiligen Inquisition!«
»Oh Gott, sie kommen!« Frauke sprang auf wie ein erschrecktes Reh und wollte zur Hintertür laufen. Doch bevor sie diese erreichte, vernahm sie auch dort Schritte und Stimmen.
»Wir sitzen in der Falle!«, flüsterte sie mit blutleeren Lippen und sah Haug an, der ihr gefolgt war und so wirkte, als hätte ihn der Atem des Todes gestreift.
Im Gegensatz zu ihren Kindern bewahrte die Mutter Ruhe.
»Jetzt setzt euch wieder und versucht, nicht wie verstörte Vögel auszusehen. Ich werde mit den Leuten reden.« Damit trat Inken Hinrichs in den Flur, öffnete die Haustür und blickte hinaus. Vor ihr stand Magister Rübsam und schwenkte ein Blatt Papier.
»Ist dies das Haus des Gürtelschneiders Hinner Hinrichs?«, fragte er mit triumphierender Stimme.
»Ja!«, antwortete Inken Hinrichs knapp.
»Es wurde Anklage gegen Hinner Hinrichs und seine Familie erhoben, und zwar wegen Leugnung der christlichen Taufe und häretischer Wiedertäuferei«, schleuderte Rübsam der Frau entgegen.

»Da täuscht Ihr Euch aber gewaltig! Wir sind ehrliche Christenmenschen.« Durch die Erfahrung langer Jahre gewitzt, brachte Inken Hinrichs ihre Worte mit der nötigen Empörung hervor. Da sie alle verräterischen Schriften ihrer Gemeinschaft beseitigt hatte, wusste sie, dass die Männer des Inquisitors nichts finden würden, und gab Rübsam und dessen Gefolge den Weg frei.

In der Küche hatten Frauke und Haug sich so weit gefasst, dass sie den Magister zwar fragend ansahen, aber nicht übermäßig besorgt wirkten.

Rübsam ließ seine Blicke durch den Raum wandern und zählte die anwesenden Personen. »Wo ist dein Mann?«, fragte er die Mutter.

Erst in diesem Moment begriff Inken Hinrichs das ganze Ausmaß der hastigen Flucht ihres Mannes. Während er sich und Helm in Sicherheit gebracht hatte, waren sie selbst und die drei anderen Kinder dadurch erst recht verdächtig geworden.

»Ich weiß es nicht«, sagte sie achselzuckend. »Er wollte in den *Adler* gehen, Bier trinken und mit anderen Meistern reden. Von dort ist er noch nicht zurückgekehrt.«

Das war nicht ganz gelogen, versicherte sie sich. Rübsam aber wies seine Leute an, das Haus des Gürtelschneiders gründlich zu durchsuchen. Zwar fanden sie nichts, doch dies hatte der Magister erwartet und daher vorgesorgt. Unbemerkt steckte Bruder Cosmas ein Bündel mitgebrachter Ketzerschriften unter den Strohsack des Ehebetts und ließ sie Dionys kurz darauf entdecken. Dieser riss sie mit einem Aufschrei an sich und überreichte sie Rübsam.

»Hier! Seht, Herr! Dies ist ein Aufruf von Melchior Hoffmann, sich auf das Jüngste Gericht vorzubereiten und dem himmlischen Richter all jene zu nennen, die gleich ihnen das Himmelreich zu erwarten hätten. Zudem schmäht dieser Ketzer die heilige Kirche und ihre Diener auf das heftigste!«

Rübsam nahm das Flugblatt, warf einen Blick darauf und wandte sich dann mit höhnischem Ausdruck an Inken Hinrichs. »Damit«, rief er und hielt ihr das Blatt vor die Nase, »ist eure Schuld unzweifelhaft bewiesen!«
Die Frau starrte auf das Papier und schüttelte mit wachsendem Entsetzen den Kopf. »Nein! Nein! So etwas haben wir nie besessen!«
»Dann hat dein Mann es vor dir verborgen. Aber da er ein Ketzer ist, seid ihr es auch. Nehmt sie fest!« Rübsams Befehl galt den Waffenknechten. Einer packte Haug und schlang einen Strick um die Handgelenke des völlig erstarrten jungen Mannes, während je zwei auf Inken Hinrichs und Silke zutraten und einer nach Frauke griff.
Diese nahm wahr, wie die Männer ihre Mutter und ihre Schwester fesselten und dabei mit ihren Händen überall dorthin fassten, wo diese nichts zu suchen hatten. Als der Kerl, der sie verhaften sollte, auch ihr an die Brust griff, riss sie sich mit einem heftigen Ruck los und versuchte, den Flur zu erreichen, um ins Freie zu gelangen. Gerade, als sie die Tür erreicht hatte, packte Bruder Cosmas sie und zerrte sie trotz allen Widerstrebens in die Küche zurück. Dort kam Dionys auf sie zu, drückte ihren Oberkörper auf den Tisch und zog ihren Rock hoch.
»Für diese Widerspenstigkeit wirst du deine Strafe erhalten«, meinte er lachend und fasste nach ihrer entblößten Scham.
»Lass das!«, fuhr Rübsam ihn an. »Draußen sind zu viele Neugierige zusammengelaufen. Auch wenn das Weibsstück eine Ketzerin ist, werden sie es nicht gutheißen, wenn einer von uns Notzucht an ihr verübt.«
Mit einem leisen Fluch schlug Dionys Fraukes Rock wieder nach unten, packte sie am Genick und zog sie hoch.
»Glaube nicht, dass wir zwei schon miteinander fertig sind, du kleine Hure. Der Inquisitor wird gewiss nicht wollen, dass du als Jungfrau in die Ewigkeit gehst und bei Christus deshalb um Gnade betteln kannst – und deine Schwester auch nicht!«

»Genug geschwätzt! Bringt sie ins Kloster. Wenn einer draußen das Maul aufreißt, verhaftet ihr ihn wegen des Verdachts, selbst ein Ketzer zu sein.«

Rübsam trieb seine Männer an, um zu verhindern, dass sich zu viele Neugierige auf ihrem Weg zusammenrotteten und versuchten, die Gefangenen zu befreien. Ganz zufrieden war er nicht mit seinem Fang. Hinrichs selbst und einer seiner Söhne waren ihm vorerst entkommen, und daher winkte er drei seiner Untergebenen zu sich.

»Ihr eilt zu den Toren und gebt Befehl, dass heute niemand mehr hinausgelassen werden darf. Außerdem sollen vier Männer den Gasthof durchsuchen. Wir wollen doch sehen, ob wir Hinrichs nicht noch erwischen.«

Inken Hinrichs begriff, dass der Magister annahm, ihr Mann befände sich noch in der Stadt. Dies verschaffte Hinner einen Vorsprung, der ihm und Helm das Leben retten konnte. Sie hingegen und ihre anderen Kinder würden den Pfad des Schreckens bis zum bitteren Ende gehen müssen. Daher bat sie Jesus Christus in einem stillen Gebet, ihnen die Kraft zu verleihen, die sie brauchten, um ihren Bedrängern widerstehen zu können, und sich ihrer Seelen anzunehmen.

16.

Draas hatte von seinem Versteck aus hilflos mit ansehen müssen, wie Inken Hinrichs und ihre Kinder verhaftet wurden. Als er hörte, dass Rübsam seine Leute zu den Toren schickte, begriff er, dass es nun auch um sein Schicksal ging und um das des jungen Gardner. Wenn die Männer des Inquisitors zum Osttor kamen und statt seiner Lothar vorfanden, würden sie sich beide im Netz des Inquisitors wiederfinden. So rasch er konnte, eilte er auf seinen Posten zurück. Ihm kam zugute, dass er Stillenbeck besser kannte als Rübsams Boten. Trotzdem gewann er den Wettlauf nur um Haaresbreite. Er schoss in die Wachstube und wies mit dem Daumen auf die Falltür, unter der sich der Keller befand.

»Hinaus könnt Ihr nicht mehr! Also versteckt Euch dort unten.«

»Was ist los?«

»Keine Zeit zum Reden! Macht rasch, sonst ist es zu spät.« Draas packte Lothar mit einer Hand, öffnete mit der anderen die Falltür und stopfte ihn wie einen Sack Getreide hinein. Nun begriff der junge Mann, dass er in Gefahr schwebte, und verbarg sich in der äußersten Ecke des Kellers. Derweil schloss Draas die Falltür und nahm auf seinem Stuhl Platz. Es war keinen Augenblick zu früh, denn es klopfte bereits an der Tür.

»Was ist los?«, fragte er brummig.

»Mach auf!«, klang es herrisch zurück.

Draas entzündete in aller Ruhe seine Laterne und trat dann zur Tür. »Wenn Ihr zur Stadt hinauswollt, kostet das einen Viertelschilling«, erklärte er scheinbar schlaftrunken.

»Wir wollen nicht zur Tür hinaus, sondern überbringen einen Befehl Seiner Exzellenz Jacobus von Gerwardsborn, dem Verteidiger des Glaubens und Inquisitor der heiligen Kirche.«

»Will der heute noch zum Tor hinaus?« Draas gab sich begriffsstutzig.

Der Bewaffnete sah ihn an und tippte sich an die Stirn. »Du Narr! Das hier ist der Befehl, heute keinen mehr zum Tor hinauszulassen. Hast du verstanden?«

Draas nickte. »Das habe ich. Ich soll niemanden mehr aus der Stadt lassen.«

»Wenigstens so viel Verstand hast du!«

»Und was ist, wenn Leute hereinwollen? Dürfen die passieren?«, wollte Draas wissen.

Rübsams Bote überlegte kurz und schüttelte den Kopf. »Nein! Sag ihnen, sie sollen bis zum Morgen warten und hereinkommen, wenn das Tor geöffnet wird.« Dann fiel ihm etwas ein. »Hat heute Nacht schon jemand das Tor passiert?«

Draas brach der Schweiß aus. Wenn jemand gesehen hatte, wie Hinrichs und dessen Sohn die Stadt verlassen hatten, war er geliefert. Da er die beiden jedoch nicht ins Wachbuch eingetragen hatte, schüttelte er den Kopf.

»Nö, heute wollte noch keiner raus.«

Sein Gegenüber gab sich mit dieser Erklärung nicht zufrieden, sondern blätterte selbst im Wachbuch. Als er keinen entsprechenden Eintrag fand, nickte er. »Gut! Und du lässt auch keinen mehr in dieser Nacht hinaus, verstanden?«

Zufrieden kehrte er mit der Meldung ins Kloster zurück, dass Hinner und Helm Hinrichs das Osttor nicht passiert hätten. Zusammen mit den gleichlautenden Meldungen von den anderen Toren kam Magister Rübsam zu dem Schluss, dass die Gesuchten sich noch in der Stadt aufhalten mussten.

Kaum war der Knecht des Inquisitors verschwunden, öffnete Draas die Falltür und ließ Lothar heraus.

Dieser fasste ihn bei der Hand und sah ihn durchdringend an.
»Sag, was ist geschehen?«
»Der Inquisitor hat Inken Hinrichs, ihren ältesten Sohn und ihre beiden Töchter verhaften lassen.«
»Oh nein!«, schrie Lothar auf.
Draas zuckte zusammen. »Seid vorsichtiger! Sonst wird dieser Bluthund des Papstes auf uns aufmerksam und lässt uns ebenfalls als Ketzer verhaften.«
»Aber wir können doch nicht einfach zusehen, wie Gerwardsborn Menschen auf den Scheiterhaufen schickt, die nichts anderes getan haben, als auf eine etwas andere Weise zu beten«, fuhr Lothar auf.
»So ist es nun einmal auf der Welt. Wenn Ihr einen anderen Mann erschlagt, zahlt Ihr das Blutgeld und bleibt ansonsten unbehelligt. Wehe aber, Ihr setzt das Amen an die falsche Stelle, dann findet Ihr Euch auf dem Scheiterhaufen wieder. Es ist schon eine Scheißwelt, in der wir leben. Gäbe es nicht die Aussicht, dass es drüben im Jenseits besser wird, könnte man schier verzweifeln!«
»Ich will nicht einfach die Hände in den Schoß legen und zusehen, wie Frauke Hinrichs auf dem Scheiterhaufen stirbt.«
Lothar sah den um einen halben Kopf größeren und breiter gebauten Stadtknecht hilflos an.
Draas verzog sein sonst eher fröhlich wirkendes Gesicht zu einem bitteren Lächeln und fuhr sich mit den Händen durch das struppige blonde Haar. »Und ich will nicht, dass es Silke so ergeht. Doch warten wir erst einmal ab. Noch sind die vier nicht verurteilt. Wer weiß, vielleicht lässt der Inquisitor Gnade walten!«
Aber nach allem, was sie über Jacobus von Gerwardsborn wussten, glaubte keiner der beiden so recht daran.

Zweiter Teil

Der Scheiterhaufen

1.

Ein Blick auf seine Gefangenen zeigte Jacobus von Gerwardsborn, dass sie sich innerlich vor Angst wanden. Genau diese Angst war seine stärkste Waffe, und er wusste sie vorzüglich einzusetzen. Während er selbst schweigend zusah, begann Magister Rübsam mit dem Verhör.
»Wenn ihr nicht auf der Stelle bekennt, Ketzer zu sein, und euren falschen Lehren abschwört, werdet ihr der ewigen Verdammnis anheimfallen!«
»Wieso sollen wir uns als Ketzer bekennen, da wir doch fest im Glauben sind?«, antwortete die Frau, während ihre beiden Töchter und der Sohn so aussahen, als würden ihnen bereits die Daumenschrauben angelegt.
Der Inquisitor hatte keine andere Antwort erwartet. Ketzer waren verstockt und glaubten an die falschen Lehren, die ihre selbsternannten Propheten verkündeten. Nicht einmal die Folter vermochte die fanatischen Wiedertäufer zu schrecken. Im festen Glauben, von Jesus Christus erwählt zu sein, nahmen die meisten von ihnen Schmerzen und Tod auf sich, um dann doch in die Hände Luzifers und seiner Teufelsscharen zu fallen.
Nach einer Weile änderte Rübsam, einer Handbewegung Gerwardsborns folgend, seine Taktik. »Man hat das hier in eurem Haus gefunden«, sagte er und zeigte die Ketzerschrift, die seine eigenen Leute hineingeschmuggelt hatten.
Inken Hinrichs fauchte ihn empört an. »Das kennen wir nicht! So etwas haben wir weder gesehen noch je angefasst!«
»Willst du etwa behaupten, dass wir, die im Dienste der reinen

und heiligen Religion handeln, diese Flugblätter zu euch gebracht hätten?«, fragte Rübsam und wandte sich dem Inquisitor zu. »Für diese Dreistigkeit der Ketzerin ist der erste Grad der Folter die einzige Strafe!«
Gerwardsborn tat so, als müsse er überlegen, und nickte dann, obwohl dies ihr übliches Vorgehen war. Während die Kinder der Frau an Ringe im hinteren Teil des Kellergewölbes gebunden wurden, zogen die Knechte des Foltermeisters Inken Hinrichs trotz ihres Widerstrebens Kleid und Hemd aus, fesselten ihre Hände und banden sie mit einem zweiten Strick an die Säule, die das Gewölbe trug.
Der Foltermeister wählte eine daumendicke Rute aus, schwang sie prüfend durch die Luft und sah den Inquisitor fragend an. Als dieser eine zustimmende Geste machte, versetzte er der Frau einen scharfen Hieb auf den blanken Rücken. Obwohl Inken Hinrichs die Zähne zusammenbiss, entfuhr ihr ein Schrei.
Frauke starrte voller Entsetzen auf das Geschehen, während Schlag um Schlag auf ihre Mutter niederging und ihr Schreien und Kreischen von den Wänden des Kellers widerhallte. Erst als dicke Blutfäden über den Rücken der Gequälten liefen, gebot der Inquisitor Einhalt.
»Nun weißt du, was du zu erwarten hast, wenn du die heilige Inquisition und ihre Helfer schmähst«, erklärte Rübsam höhnisch.
Seine Stimme drang kaum durch die Qualen, die in Inken Hinrichs tobten. Zwar hatte ihr Mann sie nicht selten im Zorn geschlagen, doch gegen diese gnadenlosen Hiebe war es fast ein Streicheln gewesen. Aber mehr noch als der Schmerz erschreckte sie die Erkenntnis, dass der Inquisitor sie bereits verurteilt hatte und es für sie keinen Ausweg mehr gab. Selbst wenn sie sich jetzt als Ketzerin bekannte und versprach, abzuschwören, würde sie auf dem Scheiterhaufen enden.
Oh großer Gott im Himmel! Wenn ich schon sterben soll, so

rette wenigstens meine Kinder, dachte sie und drehte den Kopf, um die drei anzuschauen.

Silke hielt den Blick gesenkt, während Fraukes Augen schier Funken sprühten. Der Wille der jüngeren Tochter war fester als der ihrer Schwester, und sie konnte nur hoffen, dass Frauke nichts tat, was für sie und besonders auch für ihre Geschwister verderblich sein würde. Am meisten sorgte sie sich jedoch um Haug. Ihr Sohn sah aus, als müsse er sich gleich übergeben. Gib ihm die Kraft, dies hier mannhaft durchzustehen, oh Herr!, betete sie stumm. Dabei entging ihr, dass die Knechte des Foltermeisters den Strick lösten, mit dem sie an die Säule gefesselt war. Da ihre Beine sie nicht tragen wollten, rutschte sie zu Boden und schürfte sich Brüste und Kinn an den rauhen Steinen auf.

Dröhnendes Gelächter erscholl, und Dionys tippte sie mit dem Fuß an. »Jetzt weißt du, wie es Ketzern ergeht, die den Zorn Seiner Exzellenz erregen.«

Inken Hinrichs schwieg, da jedes Wort, das ihr über die Lippen kommen wollte, ihre Lage verschlechtert hätte. Ohne Gegenwehr ließ sie es zu, dass man ihr das Hemd wieder überstreifte. Ihr Kleid wurde jedoch in eine Ecke geworfen. Dann band man sie ebenfalls an einen der Eisenringe an der Wand.

»Mama, wie geht es dir?«, fragte Frauke besorgt.

»Mach dir keine Gedanken, Kind! Die paar Schläge halte ich schon aus. Schließlich hat Vater mich jedes Mal den Stock kosten lassen, wenn ihm danach war.«

Es gelang Inken Hinrichs sogar, ein wenig zu lächeln. Sie musste ihren Kindern ein Vorbild sein, schärfte sie sich ein.

Derweil ging der Foltermeister zu Silke, fasste sie am Kinn und drehte ihren Kopf so, dass sie ihm in die Augen schauen musste. »Mit dir machen wir weiter! Hast du das verstanden?«

Auch diese Drohung war mit dem Inquisitor abgesprochen. Es galt, die Furcht der Gefangenen zu schüren, bis sie alles bekannten, dessen man sie beschuldigte. Dennoch war Jacobus von Gerwardsborn nicht ganz zufrieden, denn Hinrichs selbst und einer seiner Söhne waren ihm ebenso entkommen wie die übrigen Wiedertäufer in dieser Stadt. Dabei hätte er die Ketzer am liebsten zusammen mit dem falschen Propheten Mönninck auf den Scheiterhaufen gebracht.

Er gab Rübsam einen Wink, ihm zu folgen, und verließ mit eisiger Miene den Keller.

In seinen Gemächern angekommen, drehte er sich zu seinem Helfer um. »Ich wünsche, dass die gesamte Stadt durchsucht wird, um alle Anhänger der Wiedertäufer zu finden, die Mönninck uns genannt hat. Die Stadtknechte sollen euch dabei helfen. Mache den Bürgermeistern und dem Rat deutlich, dass jede Hilfe für Hinrichs und die anderen strengstens bestraft wird.«

»Jawohl, Exzellenz!« Rübsam verneigte sich und eilte davon, um den Auftrag auszuführen.

Ebenso wie sein Herr hoffte er, den flüchtigen Gürtelschneider und zumindest den einen oder anderen seiner Kumpane zu fangen. Wenn erst einmal die Scheiterhaufen brannten, würden die Menschen in der Stadt erkennen, dass die einzig wahre Kirche und ihr Schwertarm, die heilige Inquisition, keinerlei Abweichlertum duldeten.

2.

»Das sind keine Menschen, sondern wilde Tiere«, rief Frauke, als ihre Peiniger den Keller verlassen hatten.
»Sei still, Kind!«, mahnte Inken Hinrichs ihre Tochter, denn sie befürchtete, dass einer der Kerle in einer verborgenen Ecke zurückgeblieben war, um sie zu belauschen.
Dies begriff Frauke und schwieg, aber an ihrer Stelle begann Silke zu jammern. »Diese bösen Männer! Warum machen die das? Wir sind doch nur einfache Leute, die keinem etwas zuleide getan haben. Oh Gott im Himmel, hilf uns!«
Da Silke nichts sagte, was verdächtig hätte sein können, ließ Inken Hinrichs sie reden. Sie selbst litt stumm unter dem Schmerz der Rutenhiebe und wand sich innerlich vor Scham, weil sie sich vor ihren Kindern und fremden Menschen nackt hatte zeigen müssen. Dies, so befürchtete sie, würde auch ihren Töchtern drohen. Die Knechte des Inquisitors würden alles daransetzen, um sie alle zu demütigen, und dabei auch nicht vor Vergewaltigungen zurückschrecken. Der Gedanke ließ die Frau beinahe an der Gnade Gottes zweifeln. Dann aber sagte sie sich, dass ihnen die Qualen, die man ihnen hier zufügte, im Himmelreich hundertfach vergolten würden, und wappnete sich mit Zuversicht.
Frauke hingegen empfand ebenso Angst wie abgrundtiefe Abscheu vor dem Inquisitor und seinen Handlangern. Die Zweifel, die sie seit langem hegte, wuchsen, und sie fragte sich, ob der Glaube ihrer Eltern, besser zu sein als andere, es wert war, dafür gefoltert und umgebracht zu werden. Dann aber ließ sie diesen nutzlosen Gedankengang fallen und dachte über ihre

Situation nach. Ihre Feinde hatten sie nicht in den städtischen Kerker gebracht, sondern in den Keller des alten Dominikanerklosters. Dies hieß nichts anderes, als dass Jacobus von Gerwardsborn sich nicht an die Gesetze halten würde, die selbst einen Gefangenen vor Willkür schützten. Zwar drohte die Folter auch im städtischen Gewahrsam, aber sie wurde dort nach festen Regeln angewandt.

Hier unten jedoch waren sie dem Inquisitor hilflos ausgeliefert. Wie grausam der Mann war, hatte die Auspeitschung der Mutter eben gezeigt. Für Gerwardsborn galt nur ein Gesetz, und das war das seine. Er wollte nicht richten, sondern vernichten.

Im unruhigen Licht der einzigen Fackel, die noch im Keller brannte, begutachtete Frauke ihre Fesseln. Man hatte sie mit den Händen an den in Mannshöhe in der Wand angebrachten Eisenring gebunden. Daher mussten sie, ihre Mutter und ihre Geschwister die ganze Zeit stehen. Es gab nicht einmal die Möglichkeit, einen Eimer zu benützen, wenn sie sich erleichtern wollte, und es graute ihr davor, einfach unter sich zu machen wie ein Tier. Doch für Haug war es noch schlimmer, denn er hatte noch seine Hosen an, und es war doppelt demütigend, sich auf diese Weise beschmutzen zu müssen.

»Sei verflucht, du Bluthund!«, murmelte sie vor sich hin, und eine Zeitlang überwog ihr Hass auf den Inquisitor die Angst vor ihm.

3.

Während Inken Hinrichs ihre Rutenschläge erhielt, saßen Lothar und Draas zusammen in der Wachstube am Osttor und entwarfen Pläne, wie sie den Gefangenen helfen könnten. Doch alle Überlegungen krankten daran, dass Inken Hinrichs und ihre Kinder nicht in den Kerker der Stadt, sondern ins Kloster gebracht worden waren. Mit seinen festen Mauern und dem bronzebeschlagenen Tor war das Gebäude eine zu harte Nuss für zwei Retter, die heimlich vorgehen mussten.
»Man sollte die Gilden alarmieren. Wenn genügend wackere Burschen mitmachen, könnten wir in das Kloster eindringen«, schlug Draas vor.
Lothar schüttelte den Kopf. »Ich glaube nicht, dass die Meister ihren Gesellen und Lehrlingen erlauben würden, uns beizustehen. Den Worten meines Vaters zufolge sind der Rat der Stadt und die Gildenvorstände bereit, ein paar nachrangige Leute zu opfern, um Gerwardsborn zufriedenzustellen.«
»Verflucht sollen sie sein, diese Duckmäuser!«, schimpfte Draas. »Drei von vier hätten vor dem Einzug des Inquisitors lutheranische Prediger in die Stadt rufen wollen und das ganze Reliquiengelumpe und die Monstranzen aus den Kirchen werfen lassen. Doch jetzt tun sie so, als wären sie immer noch eifrige Katholiken. Da kommt ihnen ein Neubürger wie Hinner Hinrichs und dessen Familie als Sündenböcke gerade recht.«
»Ich werde mit meinem Vater reden. Er besitzt Einfluss beim Fürstbischof und kann den Inquisitor vielleicht zügeln!« Lo-

thar hatte zwar wenig Hoffnung, wollte aber alles tun, um Frauke und deren Familie zu retten.

»Tut das!«, stimmte Draas ihm zu. »Ich werde unterdessen schauen, ob ich nicht doch einen Weg finde, wie wir in das Kloster eindringen können.«

»Eventuell kann ich auch etwas herausfinden. Immerhin hat man mich und meinen Vater dort einquartiert«, antwortete Lothar nachdenklich.

»Das ist wenigstens etwas! Vielleicht könnt Ihr mich in der Nacht einlassen.« Das schwere Klosterportal war in Draas' Augen das größte Hindernis, doch das konnte er möglicherweise mit Lothars Hilfe überwinden. Allerdings wusste er nicht, wie es in den Kellern des Klosters aussah, und er beschloss daher, gleich am nächsten Morgen das Stadtarchiv aufzusuchen und nachzusehen, ob dort Baupläne der Anlage zu finden waren. Das erklärte er Lothar.

Der junge Mann nickte ihm aufmunternd zu. »Das ist eine gute Idee! Vielleicht gibt es sogar einen Geheimgang, durch den wir in den Keller eindringen, die Gefangenen befreien und mit ihnen wieder verschwinden können. Jetzt aber werde ich zu meinem Vater zurückkehren und ihm von dem Schurkenstreich des Inquisitors berichten.«

»Das würde ich an Eurer Stelle nicht tun«, wandte Draas ein. »Es ist spät, und die Kreaturen des Inquisitors könnten sich fragen, was Ihr um diese Stunde noch in der Stadt zu tun hattet. Solch ein Gelichter besitzt ein feines Gespür für Leute, die sich gegen sie stellen wollen.«

»Was soll ich sonst tun?«, fragte Lothar.

»Oben ist eine kleine Kammer mit einem Bett. Legt Euch hin und schlaft.«

»Als wenn ich jetzt schlafen könnte!«, fuhr der junge Mann auf.

Draas hob beschwichtigend die Hand. »Jetzt beruhigt Euch wieder. Wenn Ihr übernächtigt ausseht, werden die Knechte des Inquisitors auch auf Euch aufmerksam, und wenn nicht diese, so doch ihr Herr! Außerdem seid Ihr Frauke und den anderen ein besserer Helfer, wenn Ihr ausgeschlafen habt.«

Es blieb Lothar nichts anderes übrig, als sich der größeren Erfahrung des Stadtknechts zu beugen. Obwohl er so aufgewühlt war wie selten zuvor, stieg er die Treppe empor und legte sich auf das schmale Bett. Seine Gedanken rasten, und er glaubte nicht, einschlafen zu können. Doch bald fand er sich im Traumland wieder und musste darin miterleben, wie Frauke von den Knechten des Inquisitors aufs widerlichste geschunden wurde, während er hilflos danebenstand und keinen Finger rühren konnte.

4.

Als Lothar erwachte, war es draußen bereits hell. Neben dem Bett stand eine Schüssel mit Wasser, so dass er sich notdürftig waschen konnte. Auch ohne Spiegel war ihm bewusst, dass er sich so vor dem Inquisitor nicht sehen lassen durfte. Mit etwas Mühe zupfte er seine Kleidung zurecht, fuhr sich noch einmal mit den Fingern durch die Haare und stieg nach unten.

Draas erwartete ihn bereits. »Seid Ihr endlich aufgewacht? Beim nächsten Stundenschlag erscheint meine Ablösung, und die darf Euch hier nicht sehen.«

»Du hättest mich bereits früher wecken sollen!« Lothar rieb sich die müden Augen und fragte dann: »Ist draußen schon viel los?«

Draas schüttelte den Kopf. »Bis jetzt nicht! Wohl deswegen, weil das Tor ohne die Erlaubnis des Inquisitors nicht geöffnet werden darf. Einer seiner Knechte brachte noch in der Nacht die Meldung. Sie suchen nach Leuten, die sie ebenfalls als Ketzer anzeigen wollen. Was für ein erbärmliches Gesindel!«

Der Wächter schüttelte den Kopf, öffnete die Tür und blickte hinaus. »Ich glaube, jetzt könnt Ihr gehen. Wir sollten noch ausmachen, wo und wann wir uns das nächste Mal treffen. Hier geht es schlecht, denn ich muss in den nächsten zwei Tagen keinen Dienst versehen. Kennt Ihr die Schenke des einbeinigen Jens in der Sattlergasse?«

»Nein, aber ich werde sie finden.«

»Kommt zwischen drei und vier dorthin. Da ich um die Zeit

öfters einen Krug Bier in der Schenke trinke, fällt es nicht auf, wenn wir uns zusammensetzen.«

»Gut!« Lothar atmete noch einmal tief durch und trat auf die Straße. Tatsächlich war sie überraschend leer. Die Nachricht, dass der Inquisitor in der letzten Nacht zugeschlagen hatte, war bereits in aller Munde, und so blieben die Menschen aus Furcht in ihren Häusern. Daher vermochte Lothar ungesehen ins Kloster zurückzukehren, fand das Portal jedoch verschlossen. Tief durchatmend straffte er den Rücken und klopfte heftig.

Ein Dominikaner öffnete ihm. »Ach, Ihr seid es«, meinte er uninteressiert. Dem Sohn des fürstbischöflichen Rates Magnus Gardner maß er wenig Bedeutung bei.

Dies war Lothar recht, dennoch gab er sich verwundert. »Warum ist die Klosterpforte verschlossen? Das war doch gestern nicht der Fall.«

»Es gibt Gründe, die Euch aber nicht bewegen sollten, junger Herr«, antwortete der Mönch ausweichend.

»Wenigstens seid Ihr gekommen, um mir aufzumachen!« Lothar tat so, als gäbe er sich damit zufrieden, und ging weiter zu der Kammer, die er mit seinem Vater teilte.

Dieser schien unterwegs zu sein, denn der Raum war leer. Zuerst ärgerte er sich darüber. Dann aber fiel ihm ein, dass um diese Zeit die Messe in der Klosterkapelle gelesen wurde und er auch daran hätte teilnehmen müssen. So rasch es ging, zog er einen anderen Rock an, bürstete sein Haar und eilte zur Kapelle. Dort trat er in aller Vorsicht ein und setzte sich auf die hinterste Bank. Zu seiner Erleichterung wurde niemand auf sein spätes Erscheinen aufmerksam.

Nachdem der Pfarrer des Klosters die Messe beendet hatte, wartete Lothar, bis sein Vater die Kapelle verließ, und gesellte sich zu ihm.

Magnus Gardner musterte seinen Sohn mit einem tadelnden Blick. »Ich hatte dich schon vermisst! Aber ich sehe, du bist doch noch zur Messe erschienen.«

»Ich muss mit Euch sprechen, Herr Vater«, begann Lothar vorsichtig.
»Das kann ich mir denken. Komm mit! Laut Magister Rübsam hat der Inquisitor sich zurückgezogen und wünscht unsere Anwesenheit heute nicht.«
Magnus Gardner legte seine Rechte auf die Schulter seines Sohnes, so als wolle er verhindern, dass dieser erneut seiner eigenen Wege ging, und führte ihn zu ihrer Kammer.
Kaum hatte er die Tür hinter sich geschlossen, brach es aus Lothar heraus.
»Ihr müsst ein Schurkenstück verhindern, Herr Vater, das seinesgleichen sucht.«
»Ich dachte mir schon, dass du in der Nacht nicht unterwegs gewesen bist, um mit einem Mädchen zu tändeln. Erzähle, was geschehen ist, aber lege deiner Stimme Zügel an. Es laufen immer wieder Leute draußen herum, die nicht alles wissen sollten.«
Mit diesen Worten schob Gardner Lothar in die am weitesten von der Tür entfernte Ecke und blieb so nahe bei ihm stehen, dass ein Flüstern reichte, um sich zu verständigen.
Lothar berichtete rasch von Fraukes Gefangennahme und der ihrer Familie und schloss mit den Worten, dass Gott es gewiss nicht wolle, dass diese armen Menschen ein Opfer des Inquisitors würden.
»Wenn dies wirklich in Gottes Sinne wäre, hätte er verhindern können, dass sie überhaupt gefangen wurden«, erwiderte sein Vater kühl.
»Aber man kann diese Menschen doch nicht einfach foltern und auf den Scheiterhaufen bringen!«
»Jacobus von Gerwardsborn kann viel, und er hat in der Vergangenheit auch gezeigt, dass er noch zu weitaus mehr fähig ist. Selbst wenn du Mitleid mit dieser Familie empfindest, können wir nichts für sie tun. Die Vollmachten des Inquisitors reichen aus, um jeden auf der Stelle und nur auf sein Wort hin

dem Flammentod zu überantworten. Man nennt ihn nicht umsonst den Bluthund des Papstes.«

»Aber wenn wir nichts tun, machen wir uns mitschuldig an dem himmelschreienden Unrecht, das hier geschieht«, rief Lothar verzweifelt.

»Gott wird sich ihrer Seelen erbarmen und sie, so sie es wert sind, in sein Himmelreich geleiten. Doch wenn wir Widerstand leisten, wird Gerwardsborn hier in einer Weise wüten, dass es selbst Herodes' Kindesmord in Bethlehem übertrifft. Verstehst du das nicht?«

Da Lothar wenig überzeugt schien, sah Gardner seinen Sohn zwingend an. »Mach mir meine Aufgabe nicht noch schwerer, als sie so schon ist!«

Insgeheim fragte er sich, weshalb sein Sohn sich so eifrig für die verhaftete Familie einsetzte. Sollte es wegen des Mädchens sein, das als die Schönste in der Stadt galt? Die Gefühle eines jungen Mannes wurden leicht entflammt, kühlten aber auch rasch wieder ab.

Angesichts dessen blickte er seinen Sohn strafend an. »Du kümmerst dich nicht um diese Sache! Hast du mich verstanden? Deine Aufgabe ist es, den Inquisitor beim Schachspiel zu erfreuen.«

»Und freiwillig gegen ihn zu verlieren, meint Ihr wohl, Herr Vater. Das allein zeigt schon, was für ein Mensch Gerwardsborn ist. Er erhebt sich über andere, aber nicht, weil er größer ist als die, die ihn umgeben, sondern weil diese sich vor ihm ducken müssen, um nicht seinen Zorn zu erregen.« Lothar wurde laut und fing sich einen schmerzhaften Kniff seines Vaters ein.

»Bedenke, was du sagst! Erregst du, wie du eben so treffend sagtest, den Zorn des Inquisitors, kann auch ich dich nicht vor seiner Rache schützen. Und nun geh und kümmere dich um deine Bücher! Schließlich hast du dein Studium noch nicht beendet und wirst es nach dieser Reise wieder aufnehmen.«

Lothar wusste, wie weit er die Geduld seines Vaters beanspruchen durfte, und diese Grenze hatte er nun erreicht. Trotzdem wagte er es, weiterzusprechen. »Bitte, Herr Vater, kümmert Euch um die armen Gefangenen.«

»Ich werde mit dem Inquisitor darüber sprechen – falls er mich überhaupt vorlässt, heißt das!« Gardner versetzte seinem Sohn einen leichten Klaps und verließ die Kammer, um den Speisesaal aufzusuchen.

Den Inquisitor traf er dort nicht an, da dieser für sich allein in seinen Räumen speiste, aber Magister Rübsam war anwesend. Der Mann platzte beinahe vor Stolz, weil er den Auftrag seines Herrn wieder einmal erfolgreich ausgeführt hatte. Die letzten beiden Familienmitglieder der Hinrichs-Sippe, so nahm er an, würden sie spätestens bis zum Abend ergriffen haben, denn in Stillenbeck gab es niemanden mehr, der den beiden auch nur die geringste Hilfe zuteilwerden lassen konnte.

»Ihr seht sehr zufrieden aus«, begann Gardner das Gespräch. Rübsam sah ihn lächelnd an. »Warum sollte ich es nicht sein?«

»Soviel ich gehört habe, habt Ihr heute Nacht mehrere Ketzer festgesetzt.«

»Die Spatzen pfeifen es wohl schon von den Dächern!« Rübsam rieb sich die Hände. Je schneller die Nachricht in der Stadt Verbreitung fand, umso rascher würden ihnen die restlichen Wiedertäufer ins Netz gehen.

Gardners Miene spiegelte seinen Ärger. »Bei dem Aufwand, den Ihr betreibt, kann so etwas nicht unbemerkt vonstattengehen! Doch Ihr hättet mich vorher davon in Kenntnis setzen müssen. Immerhin hat Seine Hoheit, der Fürstbischof, mich mitgeschickt, damit alles nach Recht und Gesetz abläuft.«

»Wollt Ihr etwa behaupten, Seine Exzellenz, der Inquisitor, handle nicht nach dem Gesetz?«, fragte Rübsam scharf.

»Zumindest nicht nach dem Gesetz, das für das Fürstbistum gilt.« Damit wagte Gardner viel, doch er wollte Rübsam und damit auch dessen Herrn klarmachen, dass es Regeln gab, an die auch sie sich zu halten hatten.

»Seine Exzellenz handelt nach den Gesetzen, die ihm der Heilige Vater in Rom erteilt hat, und der ist als Nachfolger des Apostels Petrus der Stellvertreter Gottes auf Erden!« In Rübsams Stimme schwang die Drohung mit, es dabei bewenden zu lassen.

Gardner schüttelte den Kopf. »Ich bin nicht dem Papst, sondern dem Fürstbischof von Münster verantwortlich und würde fahrlässig handeln, wenn ich nicht auf das achte, was in seinem Namen geschieht.«

»Der Fürstbischof ist als Inhaber einer geistlichen Herrschaft dem Papst untergeordnet und hat sich dessen Willen zu beugen.«

Es gefiel Rübsam, Gardner zurechtzuweisen. Selbst Franz von Waldeck, der sich Fürstbischof von Münster nannte, ohne bisher auch nur zum Priester geweiht worden zu sein, hätte er keine andere Antwort erteilt. Wo sein Herr weilte, war die Macht, und es war seine Aufgabe, diese auszuüben.

Zwar wechselte Gardner noch ein paar Worte mit Rübsam, begriff aber rasch, dass dieser viel zu eitel und von sich eingenommen war, um Vernunftgründen zugänglich zu sein. Der Magister nannte ihm nicht einmal die Anzahl und die Namen der Gefangenen, sondern erklärte ihm höhnisch, er solle sich aus dieser Angelegenheit heraushalten, wenn er nicht selbst in den Verdacht geraten wolle, es mit den Ketzern zu halten.

Damit kratzte er Gardners Ehre an. Immerhin hatte dieser von Franz von Waldeck den Auftrag erhalten, dem Inquisitor auf die Finger zu schauen. Mit dieser Überlegung beendete Gardner sein Frühstück und wandte sich den Räumen zu, die Jacobus von Gerwardsborn bewohnte.

Zwei adelige Herren aus dessen Gefolge hielten davor Wache und verlegten Gardner den Weg. »Seine Exzellenz wollen nicht gestört werden!«, erklärte einer von ihnen hochmütig.

Gardner maß den Sprecher mit einem eisigen Blick. »Du wirst mich umgehend bei dem Inquisitor anmelden, hast du verstanden? Ansonsten kannst du ihm berichten, dass ich unverzüglich nach Telgte reiten werde, um Seiner Hoheit, dem Fürstbischof, zu berichten, dass hier Dinge geschehen, die nicht in seinem Sinne sind.«

So hatte noch niemand mit Gerwardsborns Begleitern gesprochen, daher fuhren sie wütend auf.

Im nächsten Augenblick wurde die Tür geöffnet, und Bruder Cosmas steckte den Kopf heraus. »Was ist das hier für ein Lärm? Seine Exzellenz wünschen Ruhe!«

»Diese beiden Kerle hier wollen mich nicht bei Seiner Exzellenz anmelden. Doch als Stellvertreter des Fürstbischofs muss ich darauf bestehen, mit ihm zu sprechen. Es gab Verhaftungen, die nicht mit den Behörden abgesprochen sind. Im Namen Seiner Hoheit kann ich das nicht dulden!« Gardner bemühte sich gar nicht, leise zu sein, sondern kehrte den empörten fürstbischöflichen Ratgeber heraus.

Der Mönch musterte Gardner kurz und begriff, dass er ihn nicht wie einen Lakaien wegschicken konnte. Dafür besaß der Mann zu viel Einfluss auf Franz von Waldeck. Sich den Fürstbischof zum Feind zu machen, konnte sich sein Herr vorerst noch nicht leisten.

»Wartet hier! Ich berichte Seiner Exzellenz, dass Ihr eine Audienz wünscht.« Mit diesen Worten zog er den Kopf zurück und schloss die Tür.

Es dauerte nicht lange, dann wurde diese wieder geöffnet. Bruder Cosmas trat heraus und machte eine einladende Handbewegung. »Seine Exzellenz ist gewillt, Euch zu empfangen, Gardner!«

Der Gefolgsmann des Fürstbischofs trat an dem Mönch vorbei in den Raum und blickte Gerwardsborn an, der auf einem Ohrensessel mit klappbarem Lesepult saß und in einem handgeschriebenen Brevier las.

Erst als Gardner sich leise räusperte, blickte der Inquisitor auf.

»Ah, Herr Gardner! Was führt Euch zu mir?«

»Die Verhaftungen in der vergangenen Nacht. Wie Ihr wisst, hat Seine Hoheit, Franz von Waldeck, befohlen, dass solche nur in Absprache mit mir und den örtlichen Behörden erfolgen dürfen.«

Gardner machte keinen Hehl daraus, dass er sich als Vertreter des Münsteraner Fürstbischofs übergangen fühlte und dies nicht hinzunehmen gedachte.

Mit einem sanften Lächeln klappte der Inquisitor sein Brevier zu und gab dann erst Antwort. »Wie Ihr wisst, gab Seine Heiligkeit, Papst Clemens VII., mir ein scharfes Schwert in die Hand, um die Häresie und Ketzerei in allen Landen der Christenheit auszurotten. Dieses Schwert muss rasch geschwungen werden, wenn man die Frevler nicht entkommen lassen will. Da genau diese Gefahr bestand, blieb mir gestern Abend nichts anderes übrig, als unverzüglich zu handeln. Ich hätte heute im Lauf des Tages sowohl Euch wie auch den hiesigen Stadtrichter davon in Kenntnis gesetzt.«

Gardner hätte nicht zu sagen vermocht, ob der Inquisitor die Wahrheit sprach, und empfand es mit einem Mal als Fehler, diesen aufgesucht zu haben. Aber er musste seine Rolle weiterspielen.

»Ich zweifle nicht an Eurem Recht, Ketzer festsetzen zu können. Doch als Vertreter Seiner Hoheit Franz von Waldeck ist es meine Pflicht, über alle Eure Handlungen in seinem Fürstbistum Buch zu führen und ihm davon zu berichten. Habt daher die Güte, mir die Personen zu benennen, die Ihr habt verhaften lassen, und die Angaben zu überprüfen, indem Ihr mich zu den Gefangenen lasst.«

Diese Forderung war rechtens, das war Gerwardsborn klar. Dennoch durfte er nicht erlauben, dass Gardner oder irgendein anderer sich in seine Pläne einmischte. Daher schüttelte er den Kopf.

»Ich bedauere, doch ist dies nicht möglich. Die Gefangenen wurden durch Schriften, die in ihrem Haus gefunden wurden, als verbohrte Wiedertäufer entlarvt und müssen daher von Vertretern der Kirche verhört werden. Sonst gäbe man ihnen die Möglichkeit, ihr Gift weiter zu verbreiten. Auch hat einer der Delinquenten bereits gestanden, ein falscher Prophet zu sein. Er wird heute Abend zusammen mit dem anderen männlichen Gefangenen auf dem Scheiterhaufen sterben.«

»Ohne von einem ordentlichen Gericht verurteilt zu sein?«, fragte Gardner scharf.

»Sie wurden durch ein Gericht des Heiligen Stuhls verurteilt, dessen Rechtsspruch weitaus höher anzusetzen ist als das dieser Stadt oder des Fürstbischofs von Münster.«

Gerwardsborn war nicht bereit, auch nur einen Fingerbreit von seiner Haltung abzugehen, und machte Gardner klar, dass er ihm keine Gelegenheit geben würde, einzugreifen. »Der ehrenwerte Magister Rübsam wird Euch das Protokoll des Verfahrens als Kopie übergeben, Gardner, damit Ihr es Eurem Herrn vorlegen könnt. Und nun bitte ich Euch, mich allein zu lassen, damit ich meine Stimme zu Gott erheben und ihn bitten kann, die Seelen der irrenden Sünder doch noch der Hölle zu entreißen, auf dass ihnen nach entsprechender Reinigung im Fegefeuer das Himmelreich zuteilwerde!«

Gardner wusste nicht, ob der Inquisitor damit andeuten wollte, gnädiger zu sein als seine Opfer, oder es nur sagte, um ihn loszuwerden. Auf jeden Fall war er mit dem Versuch gescheitert, selbst Einfluss auf das Verfahren zu nehmen. Zorn kochte in ihm hoch. Zu seinem Leidwesen waren ihm die Hände gebunden, denn er durfte sich nicht offen gegen Gerwardsborn stellen. Ihm blieb daher nichts anderes übrig, als sich zu verbeugen und den Rückzug anzutreten.

Die beiden Wachen lasen aus Gardners Miene, dass ihr Herr den Gefolgsmann des Fürstbischofs hatte abfahren lassen. Ei-

ner der Männer drehte sich daher grinsend um und schob sein Schwert so zurück, dass es Gardner zwischen die Beine geriet. Dieser stolperte und fiel zu Boden. Als er sich aufrichtete, blickte der Mann spöttisch auf ihn herab. »Könnt Ihr nicht aufpassen? Beinahe hättet Ihr mich umgerannt!«
So viel Frechheit verschlug Gardner die Sprache, und es zwickte ihn in den Fingern, dem Kerl mit ein paar heftigen Ohrfeigen Höflichkeit beizubringen. Da der zweite Bewaffnete jedoch nur darauf zu lauern schien, seinem Kameraden zu Hilfe zu kommen, stand er ohne ein weiteres Wort auf und eilte, von dem Gelächter der beiden Adelsjünglinge begleitet, zu seiner Kammer. Als er eintrat, schlug er die Tür so wütend zu, dass Lothar von seinem Buch hochschreckte und ihn entsetzt anblickte.
»Der Inquisitor ist schon schlimm genug, aber seine Begleitung ist die wahre Pest«, erklärte Gardner schnaubend.
Lothar zog die Schultern hoch, als friere er. »Ihr habt also nichts für die armen Leute erreichen können.«
»Immer wenn ich auf das hier geltende Recht zu sprechen kam, wies Gerwardsborn mich auf das kirchliche und das göttliche Recht hin, welches weit über dem der Stadt und der Herrschaft des Fürstbischofs stehen würde.« Gardner schwankte, ob er nur Zuschauer spielen oder umgehend abreisen und dem Fürstbischof von dem selbstherrlichen Verhalten des Inquisitors berichten sollte. Doch Franz von Waldeck saß noch nicht so fest auf seinem Bischofsstuhl, dass er es auf einen Streit oder eine offene Feindschaft mit dem Kirchenmann ankommen lassen konnte.
»Er will zwei derer, die seine Leute festgenommen haben, bereits heute Abend brennen lassen – zwei Männer«, fuhr Gardner fort.
Obwohl Lothar auch das schrecklich fand, atmete er auf. Frauke war also noch nicht unter den Opfern. Da das Mädchen jedoch ebenfalls in Gefahr schwebte, als Ketzerin ver-

brannt zu werden, fieberte er dem Nachmittag entgegen, um Draas in Jens' Schenke zu treffen. Vielleicht wusste der Stadtknecht Rat.

Gleichzeitig fragte er sich, weshalb ihn Fraukes Schicksal so berührte. Sie war hübsch, doch im Grunde machte er sich nicht viel aus Frauen. Natürlich würde er irgendwann heiraten und eine Familie gründen müssen, wenn er nicht Priester werden wollte. Aber die Braut würde sein Vater für ihn aussuchen und dabei weniger auf das Aussehen achten als darauf, dass sie einer passenden Familie angehörte und eine wünschenswerte Mitgift besaß.

5.

Der Tag schien kein Ende zu nehmen. Frauke schmerzten die gefesselten Hände, und es fiel ihr immer schwerer, auf den Beinen zu bleiben. Ihren Geschwistern ging es ähnlich, doch sie sorgte sich mehr um die Mutter als um sich, Silke oder Haug.
»Wie geht es dir, Mama?«, fragte sie in die Stille hinein.
Inken Hinrichs hob den Kopf, der ihr auf die Brust gesunken war, und blickte ihre Tochter an. »Wir hätten auf dich hören und die Stadt verlassen sollen, als noch Zeit dazu war.«
»Sei bitte vorsichtig, Mama«, bat Frauke.
Mehrfach hatte sie Geräusche gehört, die auf einen heimlichen Lauscher hinwiesen.
Dies war auch Inken Hinrichs klar. Dennoch lachte sie bitter auf. »Lass den Kerl ruhig hören, was wir sagen. Das himmlische Gericht naht, und er wird für seine Sünden unweigerlich zur Hölle fahren. Ich werde ihm, diesem elenden Magister und dem Inquisitor einen Fußtritt geben, damit sie noch schneller in Luzifers Reich stürzen!«
»Dazu wirst du nicht mehr kommen, Ketzerin, denn vorher wirst du in Flammen aufgehen!« Bruder Cosmas, der tatsächlich gelauscht hatte, kam um die Ecke und musterte die Gefangene höhnisch. »Ja!«, fuhr er fort. »Du wirst brennen, wie es sich für deinesgleichen gehört. Ich werde mich an deinem Schreien erfreuen und zu Gott beten, dass er dir das Sterben höllisch schwermacht.«
»Das ist wahrlich christlich gedacht!«, schimpfte Frauke.
Der Mönch winkte ab. »Ihr vier werdet viele Schmerzen erlei-

den müssen. Das macht eure Seelen so leicht, dass sie nicht schnurstracks in die Hölle fahren, sondern nach reichlicher Läuterung im Fegefeuer am letzten aller Tage vor dem himmlischen Gericht bestehen können.«

»Du wirst zur Hölle fahren!«, schrie Inken Hinrichs ihn an.

»Gott kennt seine Diener und wird sie an der Hand nehmen und ins Himmelreich geleiten. Jeder Ketzer, den wir auf den Scheiterhaufen werfen lassen, bringt uns einen Sitz näher an unseren Herrn Jesus Christus und die Heilige Jungfrau Maria«, antwortete Bruder Cosmas mit einem verzückten Lächeln.

Frauke begriff, dass der Mönch tatsächlich an das glaubte, was er sagte, und spürte, wie eine eisige Hand nach ihrem Herzen griff. Wenn er und gewiss auch der Inquisitor selbst ihren angeblichen Rang im Himmelreich nach der Anzahl der Ketzer maßen, die sie den Feuertod sterben ließen, konnten ihre Opfer wahrlich keine Gnade erwarten.

Bruder Cosmas malte den vieren nun den Glanz des Paradieses aus, das auch sie noch erreichen konnten, wenn sie ihren verderblichen Irrlehren abschworen und sich wieder unter das Dach der einzig wahren Kirche begaben.

»Tut ihr das aus vollem Herzen, so sei euch die Gnade gewährt, erdrosselt zu werden, bevor das Feuer entzündet wird und eure Seelen reinigt.«

Es war ein verlockendes Angebot, auf das schon viele Ketzer eingegangen waren. Sterben war schwer, doch der schrecklichste aller Tode war es, bei lebendigem Leib verbrannt zu werden. Dies betonte der Mönch auch und berichtete, unter welchen Qualen jene, die sich störrisch gezeigt hatten, in die Ewigkeit gegangen waren.

Silke war von dem Vortrag sichtlich beeindruckt, wagte aber nichts zu sagen. Selbst Frauke überlegte, ob es nicht besser war, mit den Wölfen zu heulen, um wenigstens schnell und ohne Schmerzen sterben zu können. Im Gegensatz dazu war ihre Mutter nicht bereit, sich zu unterwerfen – und sei es auch nur zum Schein. In ihren Augen hatten sie und ihre Familie bereits genug gesündigt, indem sie ihren Glauben verleugnet und die katholische Messe besucht hatten. Vielleicht war das Schicksal, das ihnen bevorstand, sogar die Strafe dafür.

»Geh zum Teufel, Kuttenträger, und lass uns so sterben, wie Gott es uns befiehlt!«, rief sie mit einer Stimme, die kaum noch etwas Menschliches an sich hatte.

»Wie du meinst!« Bruder Cosmas wandte sich mit einer verächtlichen Handbewegung ab und verließ den Keller. Im Vorraum traf er auf Dionys, den Foltermeister, dessen Aufgabe es war, die Gefangenen zu demütigen, wo immer es möglich war.

»Die Kinder würden sich wohl unterwerfen, doch die Alte zeigt sich verstockt! Kümmere dich um sie!«, befahl er dem Mann.

»Nur zu gerne!«

Dionys nahm neben der Laterne noch eine Fackel und trat ein. Zuerst fiel der Lichtschein auf Frauke, und er sah ein kindlich verschrecktes Gesicht mit weit aufgerissenen Augen. Silkes Schönheit hatte bisher noch nicht gelitten, und Dionys überlegte, ob er sich nicht ihr zuwenden sollte. Sein Befehl war jedoch, den Willen der Alten zu brechen. Daher trat er zu Inken Hinrichs, steckte die Fackel in eine Halterung und hängte die Laterne so auf, dass sie die Frau beleuchtete. Dann zog er den Kopf der Gefangenen herum, so dass sie ihm ins Gesicht sehen musste.

»Der ehrwürdige Bruder Cosmas sagt, dass du eine verstockte Ketzerin bist und brennen sollst. Aber du dauerst mich, und ich würde dir gerne helfen.«

»Wie denn?«, fragte Inken Hinrichs misstrauisch.

»Ich könnte dir, wenn ich dich auf dem Scheiterhaufen festbinde, die Kehle so weit zudrücken, dass du bewusstlos bist, wenn die Flammen dich verzehren. Dann spürst du nichts. Allerdings kostet das etwas.«

»Einen Preis, den ich nicht bezahlen kann, denn ich besitze nicht einmal mehr mein Hemd!«, antwortete Inken Hinrichs mit bitterer Stimme.

»Den Preis kannst du ganz leicht bezahlen. Jedes Weib kann das! Ich bin auch bereit, deiner ältesten Tochter auf diese Weise zu helfen, wenn sie bereitwillig die Schenkel für mich spreizt, wie du es jetzt tun wirst! Ich ...«

Weiter kam Dionys nicht, denn Inken Hinrichs spie ihm ins Gesicht und schrie ihn mit sich überschlagender Stimme an: »Du bist ein Knecht des Teufels! Möge der Höllenfürst dich in seinen heißesten Kessel stecken!«

Der Foltermeister wischte sich mit einer beiläufigen Bewegung mit dem Ärmel den Speichel vom Gesicht, riss dann die Frau herum und bog ihr die Beine auseinander, so dass sie nur noch an dem Strick hing, mit dem ihre Handgelenke an dem Eisenring festgebunden waren. Während Inken Hinrichs sich schier die Seele aus dem Leib schrie, zog er ihr Hemd hoch, öffnete seinen Hosenlatz und stieß ihr das Glied mit einem heftigen Ruck in die Scheide.

»Du hättest einen leichten Tod haben können, aber jetzt wird es ein langes Sterben für dich werden!«, rief er lachend, während er sie vergewaltigte.

Eine Frau vor den Augen ihrer Kinder zu schänden, war die größte Schmach, die man ihr antun konnte. Daher hatte Dionys Fackel und Laterne so plaziert, dass ihr Licht genau auf Inken Hinrichs und ihn fiel. Inken Hinrichs' Schreie gellten schmerzhaft in den Ohren ihrer Kinder.

Frauke schloss die Augen, um das Schreckliche nicht mit ansehen zu müssen. Doch es half nichts. Ihre Phantasie gaukelte ihr die Szene in aller Deutlichkeit vor, und sie spürte, wie ihr Magen zu rebellieren begann. Da sie an dem Tag noch nichts gegessen hatte, würgte sie nur gelbe Galle heraus. Doch trotz ihres eigenen Elends dachte sie nur an die Mutter, die zwar streng, aber doch fürsorglich gewesen war, und sie fragte sich,

was für Menschen der Inquisitor und seine Begleiter sein mussten.
Endlich ließ Dionys von der Frau ab. Während Inken Hinrichs sich zitternd aufrichtete, um nicht an den blutenden Handgelenken zu hängen, wandte der Foltermeister sich Silke zu und strich ihr über die Wange.
»Du bist gewiss vernünftiger als deine Mutter, nicht wahr?«
Silke drehte weinend das Gesicht weg, doch zu ihrer Erleichterung ging der Mann fröhlich pfeifend zur Tür und ließ die vier Gefangenen in einer Wolke aus Angst, Wut und Scham zurück.
»Möge er in der Hölle braten! Mögen sie alle in der tiefsten Hölle braten«, stieß Frauke aus und wusste nicht, ob sie nun den Folterknecht meinte und den Inquisitor mitsamt seinem Gefolge oder die Einwohner dieser Stadt, an der Spitze Gerlind Sterken, die sie und ihre Familie aus Neid und Missgunst diesen Teufeln zum Fraß vorgeworfen hatte.

6.

Es gelang Lothar kaum, sich auf seine Bücher zu konzentrieren. Da er jedoch wusste, dass der Vater ihn am Abend examinieren würde, lernte er verbissen. Mittags hatte er keinen Hunger, aber er zwang sich, eine Kleinigkeit zu essen. Dabei fieberte er dem Zeitpunkt entgegen, an dem er sich mit Draas treffen wollte.

Kurz nachdem die Turmuhr die dritte Nachmittagsstunde geschlagen hatte, klappte er seine Bücher zu, räumte sie weg und machte sich zum Ausgehen zurecht. Zu seiner Erleichterung war sein Vater nach dem Mittagessen zu einem Treffen mit den Ratsmitgliedern gegangen. Dieses würde, so hoffte er, lange genug dauern, so dass er wieder ins Kloster zurückgekehrt war, bevor der Vater erschien.

Lothar musste unterwegs ein paarmal nach dem Weg fragen, bis er endlich die Schenke des einbeinigen Jens fand. Diese lag zwar noch innerhalb des Mauerrings, aber in einem abgelegenen Winkel der Stadt und so nahe an der Gerberstraße, dass der Geruch nach fauligem Fleisch und dem Urin, den diese zum Gerben benützten, die Luft verpestete.

Mit Abscheu erfüllt, trat er ein. Im Gastraum war die Luft etwas besser, aber dafür war es so düster wie in einer Kirche an einem wolkenverhangenen Dezembertag. Daher dauerte es einige Zeit, bis Lothars Augen sich an die Umgebung gewöhnt hatten. An zwei Tischen saßen Männer, die ihrem Aussehen nach nicht zu den besseren Bürgern der Stadt zählten. Einer war leer, und am hintersten und letzten Tisch entdeckte er Draas. Dieser hatte einen Holzkrug vor sich stehen, den er gerade zum Mund hob.

»Ist es genehm, wenn ich mich zu dir setze?«, fragte Lothar, als sähe er einen Fremden vor sich.

»Nur zu!«, antwortete der Stadtknecht. »Es ist lustiger, in Gesellschaft zu trinken als allein.«

Lothar nahm Platz, bestellte sich ebenfalls einen Krug Bier und überlegte, wie er mit Draas reden konnte, ohne dass die anderen lauschen konnten. Da standen die Männer am Nebentisch auf, zahlten und gingen. Er wartete noch, bis der Wirt die leeren Krüge eingesammelt und zur Schanktheke gebracht hatte, dann fasste er Draas am Arm.

»Mein Vater hat mit dem Inquisitor gesprochen, doch er konnte nicht das Geringste für die armen Leute bewirken.«

Draas nickte nachdenklich. »Ich habe es nicht anders erwartet. Dafür ist der hohe Herr zu selbstherrlich aufgetreten.«

»Was können wir tun?«, fragte Lothar verzweifelt. »Der Inquisitor will heute zwei Menschen auf den Scheiterhaufen bringen.«

»Wen?«

»Zwei Männer!«

Draas überlegte. Bisher hatte er nicht gehört, dass Hinrichs selbst oder dessen jüngster Sohn festgenommen worden wären. Auch würde man sie hier in Stillenbeck nicht mehr finden. Daher konnten nur der verschwundene Fremde und Haug Hinrichs gemeint sein. Allerdings hatte er keine Ahnung, wie er den beiden helfen konnte.

»Ich habe mich im Stadtarchiv umgesehen, aber keine Pläne vom Kloster gefunden«, sagte er leise zu Lothar.

»Wir müssen einen Weg finden!« Lothar war der Verzweiflung nahe. Da die Gefangenen von den Männern des Inquisitors bewacht wurden, erschien es ihm unmöglich, in den Kerker zu gelangen und die Frauen zu befreien.

»Ich befürchte, uns wird nicht rasch genug etwas einfallen«, antwortete Draas niedergeschlagen. »Vorhin am Klosterplatz habe ich beobachtet, wie die Knechte des Inquisitors einen

Scheiterhaufen errichten. Auch ging bereits der Ausrufer herum und hat verkündet, dass sich alle Bewohner der Stadt beim sechsten Stundenschlag dort versammeln sollen.«

»Es ist nicht mehr lange bis dorthin«, murmelte Lothar und schlug die Hände vors Gesicht. »Ich finde es schrecklich, so hilflos zu sein!«

»Silke und ihre Familie werden es noch schrecklicher finden«, sagte Draas und unterstrich seinen Unmut mit einem heftigen Schlag auf den Tisch.

Aber die Geste war eher ein Ausdruck seiner Machtlosigkeit als seines Aufbegehrens. Er liebte Silke, obwohl er sich nie Hoffnungen hatte machen können, sie für sich zu gewinnen. Nun zusehen zu müssen, wie der Inquisitor sie und ihre Familie auf den Scheiterhaufen brachte, war mehr, als er glaubte, ertragen zu können.

»Nach dem zu urteilen, was mein Vater sagte, sollen die Frauen heute noch geschont werden. Vielleicht gibt sich der Inquisitor damit zufrieden, wenn sie ihrem Irrglauben abschwören und wieder in den Schoß der Kirche zurückkehren.«

»Wollen wir es hoffen«, antwortete Draas, war aber nicht davon überzeugt. »Auf jeden Fall sollten wir uns morgen wieder treffen. Vielleicht fällt einem von uns doch etwas ein, wie wir Inken und ihre Kinder retten können.«

»Das tun wir! Wieder um die gleiche Zeit?«, fragte Lothar.

»Wenn du eher eine Idee hast, komm sofort zu mir. Das Risiko müssen wir eingehen. Jetzt aber sollten wir aufbrechen. Es kommen mir zu viele Leute in die Schenke, und ich will nicht, dass einer etwas aufschnappt und an den – du weißt schon, wen ich meine – weiterträgt!«

Draas nannte Lothar noch die Straße, in der sein Haus zu finden war, und das Zeichen über der Tür des Gebäudes, dann stand er auf, zahlte und ging.

7.

Nachdem der Foltermeister sie verlassen hatte, war nichts mehr von einem heimlichen Beobachter zu sehen oder zu hören. Frauke wusste nicht, was schlimmer war, die Stille, die sich über das Kellergewölbe gesenkt hatte und die nur gelegentlich vom Weinen ihrer Schwester unterbrochen wurde, oder der Durst, der sie immer mehr quälte. Ihrer Mutter erging es weit schlimmer als ihr, doch weder sie noch ihre Geschwister wagten es, Inken Hinrichs anzusprechen. Gerwardsborns Männer hatten ihnen allen Mut und jegliche Hoffnung genommen. Während die Stunden vergingen, sagte Frauke sich, dass ihr ein Ende mit Schrecken lieber wäre als das von furchtbaren Bildern im Kopf erfüllte Warten auf die nächste Peinigung.
Als sich endlich etwas tat, war es für Frauke jedoch viel schlimmer, als sie es sich hatte vorstellen können. Es musste schon auf den Abend zugehen, als die Tür des Kellers aufgerissen wurde und ein halbes Dutzend Männer hereinkamen. Als Erstes sah Frauke Magister Rübsam, den Magister des Satans, wie sie ihn für sich nannte, und direkt hinter ihm den Foltermeister, der ihre Mutter geschändet hatte.
»Ihr seid schlimmer als Räuber und Mörder«, klagte sie die Männer voller Abscheu an.
Rübsam lachte schallend. »Das Küken will bereits gackern. Dionys, du weißt, was du zu tun hast?«
Der Knecht trat grinsend auf Frauke zu. Diese glaubte schon, er würde jetzt auch sie vergewaltigen, doch er zog nur ein Stück schmutzigen Tuches aus einer Tasche, zwang sie, den

Mund aufzumachen, und steckte es als Knebel hinein. Sie würgte und versuchte, das Tuch mit der Zunge hinauszuschieben. Doch da band der Kerl ihr ein weiteres Tuch um das Gesicht, und ihr blieb nichts anderes übrig, als durch die Nase zu atmen, wenn sie nicht ersticken wollte.

Ihrer Mutter und ihrer Schwester erging es ebenso. Als die drei Frauen geknebelt waren, wandten die Männer sich Haug zu. Dionys löste die Stricke, mit denen ihr Opfer an den Ring gefesselt worden war, packte dessen Kopf und bog ihn so, dass Rübsam Haug den Inhalt einer Lederflasche zwischen die Lippen gießen konnte.

»Ist guter Wein! Hab ihn mal probieren dürfen«, sagte der Foltermeister breit grinsend.

Es war aber nicht nur Wein in der Flasche, sondern auch noch etwas anderes, das meinte Frauke zu riechen. Sie vermochte den Geruch jedoch nicht einzuordnen. Angewidert und voller Angst um ihren Bruder sah sie zu, wie die Männer ihn bis auf die Haut auszogen. Dionys machte sich dabei den Spaß, ihm schmerzhaft in die Hoden zu kneifen. Sogleich stieß Haug einen Schrei aus, der seine Peiniger dröhnend auflachen ließ.

»Noch kann er quieken!«, spottete Rübsam.

Zusammen mit einem zweiten Knecht streifte Dionys Haug einen Kittel über, den eine wenig kundige Hand mit Teufelsfratzen bemalt hatte. Dann fesselte er die Hände des Gefangenen auf den Rücken und schleppte ihn hinaus.

Frauke zitterte vor Wut und Angst am ganzen Körper. Auch Inken Hinrichs schien ihr eigenes Leid über dem ihres Sohnes eine Weile zu vergessen. Doch der Knebel verurteilte sie ebenfalls zum Schweigen, und so konnten Mutter und Töchter nur entsetzte Blicke wechseln.

Nachdem Rübsam den Raum verlassen hatte, banden die Knechte erst Inken Hinrichs los und fesselten ihr die Arme auf dem Rücken. Dann nahmen sie sich Silke vor. Ihr zogen sie das

Kleid aus, bevor sie ihr die Hände wieder fesselten, so dass sie nur noch ihr Hemd am Leib trug.

Nun wurde auch Frauke bis aufs Hemd ausgezogen und musste dabei die Hände der johlenden Kerle auf ihrem Leib erdulden. »An der ist mehr dran, als ich gedacht habe. Es wird mir Spaß machen, ihr zwischen die Schenkel zu steigen, damit sie nicht doch noch als Jungfrau in den Himmel kommt, sondern dorthin geht, wo sie hingehört: in die Hölle!«, rief einer der Männer lachend.

Mit dieser Drohung hatte Frauke gerechnet. Seit der Vergewaltigung der Mutter wusste sie, dass ihre Schwester und sie für diese Männer Freiwild waren. An keine anderen Gesetze gebunden außer jenen, die sie sich selbst gaben, konnten sie alle erdenklichen Schandtaten begehen.

Frauke blieb nicht die Zeit, weiter darüber nachzudenken, denn einer der Kerle packte ihre Mutter und stieß sie zur Tür hinaus. Ein anderer quetschte Silke die Oberarme gegen den Brustkorb, hob sie auf und trug sie weg. Der letzte Knecht legte ihr selbst die Hände so fest um die Taille, dass sie kaum noch Luft bekam, und schleppte sie hinter den anderen her.

Da sie neue Foltern erwartet hatte, wunderte sie sich, weil man sie in eine kleine Kammer im ersten Stock brachte. Dort aber begriff sie schnell, was auf sie zukommen würde, denn mehrere kleine Fenster boten einen guten Blick auf den Platz vor dem Kloster. Gerade schlug die Glocke die sechste Stunde, und es war noch hell genug, um den Scheiterhaufen in der Mitte erkennen zu können. Ein einziger Pfahl ragte zwischen den Holzbündeln in die Höhe, und einer der Helfer des Foltermeisters prüfte gerade, ob dieser fest genug saß, dass jene, die an ihn gekettet wurden, ihn nicht herausheben und sich vielleicht befreien konnten. Unterdessen goss Dionys Öl auf alle vier Kanten des Holzstapels und prüfte mit einer noch nicht brennenden Fackel, wie nahe er an den Scheiterhaufen herantreten musste, um ihn zu entzünden.

Alles in Frauke schrie, dass das da unten nicht die Wirklichkeit sein konnte. Es konnte doch nur ein Possenreißerspiel sein, das eine Gauklertruppe aufführte. Aber die Männer des Inquisitors trafen die Vorbereitungen mit einem Ernst, als hinge ihr Leben vom reibungslosen Gelingen ihres Tuns ab.

Die Einwohner der Stadt, die gezwungen wurden, dem Schauspiel zuzusehen, hatten sich fast alle schon versammelt, und die Stadtknechte zogen nun einen Kordon um den Scheiterhaufen. Für die beiden Bürgermeister und die Ratsmitglieder waren Stühle in der ersten Reihe aufgestellt worden, ebenso für die Vertreter des Fürstbischofs in Gerwardsborns Gefolge. Frauke entdeckte Draas, den der Befehl des Stadtrichters, hier zu erscheinen, früh genug erreicht hatte.

Der Mann wirkte so grimmig, als wolle er die ganze Welt erwürgen. Unwillkürlich hielt Frauke nach dem jungen Gardner Ausschau und sah ihn bleich wie der Tod neben seinem Vater sitzen. Er ist ein guter Mensch, dachte sie, genau wie Draas. Bei der Erinnerung an den gutmütigen Stadtknecht musste sie wieder daran denken, dass sie jetzt alle in Sicherheit wären, wenn ihr Vater auf dessen Warnung gehört hätte.

Einen Augenblick empfand sie höllischen Zorn auf ihren Vater, der sich noch rechtzeitig mit ihrem jüngeren Bruder in Sicherheit hatte bringen können. Was für ein verachtenswertes Geschöpf war dieser Mann, der sich der Verantwortung für seine Familie auf eine so feige Art entzogen hatte! Dann aber nahmen die Sorge und die Angst um sich selbst Frauke wieder gefangen. Würden ihre Mutter, ihre Schwester und sie ebenfalls dort unten verbrennen? Ein wenig hoffte sie, dass man ihnen den Scheiterhaufen nur zeigte, um sie zu erschrecken. Wo aber war Haug?, fragte sie sich. Würde er an diesem Abend von den Flammen verzehrt werden? Bei dieser Vorstellung liefen ihr endlich die Tränen über die Wangen.

Unten hatten sich mittlerweile sämtliche Ratsherren eingefunden. Frauke sah Thaddäus Sterken wie eine schwabbelige Kröte auf seinem Stuhl sitzen. Hinter ihm stand seine Tochter, die das Unglück ihrer Familie mit ihren Hetzereien womöglich erst ausgelöst hatte.

Fraukes Hass auf die junge Frau übertraf in diesem Augenblick selbst den auf den Inquisitor, allerdings nur so lange, bis dieser in eigener Person erschien. Wie immer trug Gerwardsborn ein schwarzes Gewand und eine schwarze Kopfbedeckung. Dazu hielt er ein in schwarzes Leder gebundenes Buch in der Hand. Sein bleiches Gesicht stach aus dieser Schwärze hervor wie ein Irrlicht in einer sternenlosen Nacht.

Magister Rübsam, der ihn begleitete, stellte sich vor den Stühlen der Ratsherren auf. Mit donnernden Worten erklärte er der versammelten Menge, dass an diesem Tage zwei hartgesottene Ketzer den Tod finden würden, und malte ihnen die Qualen, die diese erleiden würden, bildhaft aus.

Frauke wurde klar, dass er die Menschen auf dem Platz einschüchtern wollte. Was war das nur für ein Glaube, der seine Anhänger mit Gewalt bei der Stange halten musste? Hatte Jesus Christus denn nicht die Liebe gepredigt und erklärt, man solle auch die linke Wange hinhalten, wenn man auf die rechte geschlagen worden sei?

Doch von christlicher Demut und Mitleid war bei Jacobus von Gerwardsborn und seinen Knechten nichts zu spüren. Während der Inquisitor auf einem einzelnen Stuhl seitlich des Scheiterhaufens Platz nahm und Rübsam seine Ansprache hielt, bereiteten der Foltermeister und dessen Knechte den Tod der Verurteilten vor.

Als der Magister seine Rede beendet hatte, setzte er sich ebenfalls, und Dionys befahl den Stadtknechten, die Menge weiter zurückzudrängen. Dann wurde es so still, dass Frauke glaubte, Gott hätte ihr Flehen erhört und ihr das Gehör genommen.

Nach zwei, drei Augenblicken, in denen jedermann auf dem Platz erstarrt zu sein schien, trat der Stadtrichter vor und hob seinen Amtsstab. »Das geistliche Gericht Seiner Exzellenz, des

Inquisitors Seiner Heiligkeit, hat die beiden Männer Berthold Mönninck und Haug Hinrichs der verabscheuungswürdigen Wiedertäuferei überführt und sie zum Tode auf dem Scheiterhaufen verurteilt.«

Frauke nahm wahr, wie ihre Mutter ohnmächtig zu Boden sank, und hoffte, diese würde den Tod ihres Ältesten nicht miterleben müssen. Doch diese Gnade gönnten die Schergen des Inquisitors Inken Hinrichs nicht. Einer der Knechte verließ den Raum, kehrte mit einem Eimer Wasser zurück und leerte diesen über ihrem Kopf aus.

Sie kam wieder zu sich und starrte die Männer verwirrt an. Sogleich zogen die Schergen sie wieder auf die Beine und zwangen sie, nach draußen zu schauen.

Dort zog mittlerweile die Dämmerung auf, und Knechte steckten Fackeln in dafür vorgesehene Halterungen. In deren Schein entdeckte Frauke den Henker der Stadt, der sich durch die Reihe der Stadtknechte geschoben hatte und mit zorniger Stimme auf Rübsam einredete.

»Hier bin ich es, der die Menschen foltert und richtet! Ihr nehmt mir mein Brot, wenn Euer Foltermeister den Scheiterhaufen anzündet. Ich bekäme dafür fünf Gulden, die mir nun entgehen.«

»Sie entgehen dir nicht! Der Rat soll sie dir auszahlen«, antwortete der Inquisitor anstelle des Magisters.

Während der Stadthenker sich halbwegs zufrieden dem Stadtschreiber zuwandte, um dessen Bestätigung zu erheischen, ekelte Frauke sich vor der Gier der Menschen. Wie konnte sich jemand danach drängen, am Leid anderer zu verdienen?

Kaum hatte der Henker sich beruhigt, begann ein Knabe aus Gerwardsborns Gefolge, ein geistliches Lied zu singen, das jedem anderen Anlass Ehre gemacht hätte, so schön scholl es über den Platz. Während die meisten Stillenbecker auf den jungen Sänger blickten, brachten Knechte die beiden Verurteilten herbei.

Als Frauke ihren Bruder in seinem Schandkittel sah, biss sie die Zähne aufeinander, bis ihre Kiefer schmerzten. Den anderen Mann kannte sie ebenfalls. Es handelte sich um einen Prediger ihrer Gemeinschaft, der an ihrem letzten Wohnort mehrmals im Haus ihres Vaters gewesen war. Auch er hatte das nahe Weltenende prophezeit und erklärt, vorher aber würde Gott der Herr seine Getreuen in jener Stadt versammeln, die das neue himmlische Jerusalem werden würde.

Das Lied verklang, und die Menge wurde der Todeskandidaten ansichtig. Sofort begannen die Leute zu johlen. Auch prasselten Flüche und Schimpfwörter auf die beiden Männer nieder, so als wollte jeder der Zuschauer beweisen, welch braver Sohn jener Kirche er sei, die sich als die einzig wahre ansah. Dabei war mehr als die Hälfte der Einwohner lutherisch gesinnt und hätte sich bei einer Verfolgung ihrer eigenen Leute gegen den Inquisitor erhoben. Gerwardsborn aber hatte sie auf seine Seite gebracht, indem er die Lutherischen in Ruhe ließ und allen Zorn auf die wenigen Täufer in der Stadt lenkte. Das war nicht schwierig gewesen, denn die Anhänger Luthers sahen die Angehörigen dieser Sekte als Abweichler an und hassten sie beinahe noch mehr, als die Katholiken es taten.

Es müsste wirklich eine Stadt geben, in der wir unter uns sind und nach unseren eigenen Gesetzen leben können, durchfuhr es Frauke. Wäre sie in der Lage gewesen, zu lachen, hätte sie es getan. Zu dieser Stunde sollte ihr Bruder verbrannt werden und bald auch sie selbst, und da dachte sie an ein irdisches Jerusalem, in dem sie und ihre Familie unbehelligt leben konnten.

Während Frauke mit sich selbst haderte, weil sie wirre Gedanken hegte, anstatt für ihren Bruder zu beten, schleppten die Knechte zuerst Mönninck auf den Scheiterhaufen und banden ihn trotz aller Gegenwehr fest. Er schien etwas sagen zu wollen, brachte aber nur ein Lallen hervor. Frauke sah, dass Schaum aus seinem Mund kam, und nahm das Gleiche bei ihrem Bruder wahr. Haug versuchte gar nicht erst, zu schreien oder etwas zu sagen, sondern weinte nur still vor sich hin. Auch ließ er sich ohne Gegenwehr auf den Scheiterhaufen binden.

»Wenn die beiden reden könnten, würden sie wohl einiges zum Besten geben«, spottete der Knecht, der Fraukes Mutter festhielt, damit sie nicht noch einmal zu Boden glitt.

Frauke begriff nun, dass man Haug und Mönninck mit dem angeblichen Wein etwas eingeflößt hatte, das ihre Zungen lähmte.

Unten erklärte Rübsam der Menge, dass unreine Geister in die beiden Verurteilten gefahren wären, um zu verhindern, dass sie den höllischen Lehren untreu würden.

»Aber«, fuhr er mit getragener Stimme fort, »das Feuer wird ihnen diese Höllendämonen austreiben, auf dass Engel sich ihrer Seelen annehmen und sie retten können – falls sie es denn wert sind.«

Zustimmende Rufe wurden laut. Ihnen konnte Frauke entnehmen, dass die Angst vor Teufel und Hölle die Menschen zusammenschweißte und sie sich geradezu mit dem Inquisitor und seinen Männern verbrüderten. Wer bis jetzt noch Mitleid mit den Verurteilten gehabt hatte, hoffte nur noch darauf, dass ihre Seelen gerettet wurden.

Dionys nahm eine Fackel, zündete sie an einer anderen an und hob sie hoch über den Kopf, so dass alle sie sehen konnten. Dann wartete er auf ein Zeichen seines Herrn.

Gerwardsborn musterte die beiden zum Tode Verurteilten und die versammelte Menge. Nach diesem Tag, sagte er sich, würden viele, die bisher auf Luther geschaut hatten, wieder in den Schoß der katholischen Kirche zurückkehren. Es kam nur darauf an, ob es genug waren, um später auch jene Ketzer, die hartnäckig diesem Luther anhingen, ihrer gerechten Strafe zuführen zu können, ohne dass es zu einem Aufstand kam. Einen Wimpernschlag lang blickte er zu den Fenstern hoch, hinter denen die Mutter und die Schwestern des jüngeren Verurteilten dem Ganzen zusehen mussten. Wenn Hinner Hinrichs und dessen jüngster Sohn bis zum nächsten Abend gefangen genommen waren, würden diese in der darauffolgenden Nacht brennen. Wenn nicht, waren die drei Weiber an der Reihe. Noch immer ärgerte er sich, dass ihm die beiden anderen Ketzer-Familien entgangen waren, denn dann wäre das Fanal, das er zu setzen gedachte, eindringlicher ausgefallen. Mit diesem Gedanken nahm er sein Buch und schlug es so hart zu, dass es über den Platz hallte.

Dies war das Zeichen für seinen Foltermeister. Mit der Erfahrung vieler Hinrichtungen entzündete Dionys den Holzstoß an allen vier Ecken und trat dann zurück. Zuerst züngelten die Flammen nur schwach, wurden aber durch das Öl genährt und breiteten sich aus. Noch erreichten sie die beiden zum Sterben Verdammten nicht. Diese spürten jedoch schon die Hitze des Feuers und rochen den Rauch, den der leichte Wind bis zu den vorderen Reihen der Zuschauer trieb.

Nicht lange, da tränten den Bürgermeistern und Ratsherren die Augen, doch keiner von ihnen wagte es, seinen Platz zu verlassen. Alle starrten auf den Scheiterhaufen, der nun weit hörbar prasselte und knackte.

Als die Flammen an den Kitteln der beiden Verurteilten leckten, versuchte Mönninck zu schreien, brachte aber nur ein Gurgeln hervor und riss verzweifelt an seinen Fesseln. Dieses Ende habe ich nicht verdient, durchfuhr es ihn, und er verfluchte Gerwardsborn, der ihn mit der Aussicht auf Begnadigung dazu verlockt hatte, Hinrichs, dessen Familie und die übrigen Täufer in dieser Stadt zu verraten. Nun musste er mit dieser Schuld beladen vor seinen himmlischen Richter treten und würde vielleicht sogar der ewigen Seligkeit verlustig gehen.

Im Gegensatz zu dem Täufer-Propheten und Prediger ergab Haug Hinrichs sich in sein Schicksal. Sein Sterben würde schrecklich sein, doch dies war auch bei Jesus Christus der Fall gewesen. Der Erlöser, so dachte er, würde ihn an der Hand nehmen und ins Himmelreich führen, wo er an dessen rechter Seite Platz nehmen durfte. Haug war immer ein stiller Mensch gewesen und blieb es auch im Sterben. Während Mönninck sich gegen seine Fesseln stemmte und stumme Verwünschungen gegen den Inquisitor ausstieß, ertrug er die Schmerzen fast regungslos. Schreien konnte er nicht, und so atmete er den heißen Rauch ein, der ihm schier die Lunge zu versengen schien. Nach nicht allzu langer Qual versank er in einer gnädigen Ohnmacht, die kurz darauf in den Tod überging.

Mönnincks Sterben dauerte um einiges länger, denn auf seiner Seite hatte der Foltermeister weniger Öl auf den Holzstoß geschüttet. Doch irgendwann versagte auch sein Herz. Das Feuer aber brannte weiter, bis das letzte Scheit verglüht und von den Hingerichteten nur noch Asche übrig war.

Erst dann entließ der Inquisitor die Menge in dem befriedigenden Bewusstsein, dass sein Schauspiel die Menschen in Stillenbeck beeindruckt hatte. Beide Bürgermeister und alle Ratsmitglieder schlugen das Kreuz und beugten die Knie, so wie es sich gehörte, und er war davon überzeugt, dass sie am nächsten Morgen geschlossen die Messe in Sankt Lorenzi besuchen würden. Diesmal würde er selbst predigen und ihnen allen deutlich vor Augen führen, dass es für sie nur zwei Wege gab: Der eine führte in den Schoß der einzig wahren Kirche zurück, der andere in den Tod.

8.

Frauke hätte nicht zu sagen vermocht, wie sie die Hinrichtung überstanden hatte. Von ihrer Mutter vernahm sie ein leises Schluchzen, während ihre Schwester schier zur Säule erstarrt dastand. Der Gedanke, dass ihr eigener Bruder einen so entsetzlichen Tod hatte erleiden müssen, war kaum zu ertragen. Sie hätte schreien und toben können, war aber wegen des Knebels und der Fesseln nicht dazu in der Lage.
Oh, Herr im Himmel, wenn du wirklich der Gott bist, von dem die Propheten künden, dann nimm Haug in dein Reich auf und verderbe seine Peiniger, flehte sie in Gedanken.
Rübsams Ankunft und die des Foltermeisters beendete ihre nach Rache dürstenden Betrachtungen. Dionys starrte Silke und sie einige Augenblicke mit einem gierigen Ausdruck an und wandte sich dann an den Magister.
»Was meint Ihr? Sollen wir die drei Weibsen nicht auf den Rücken legen und ihnen auf diese Weise den Teufel austreiben? Von so einer Hinrichtung bekomme ich immer einen Steifen in der Hose.«
Rübsam musterte Inken Hinrichs und ihre Töchter und schüttelte den Kopf. »So, wie die drei jetzt aussehen, könntest du es genauso gut mit einem Leichnam treiben. Wenn sie morgen wieder zu sich gekommen sind, kannst du sie dir vornehmen. Jetzt aber sollten wir sie hinunterschaffen. Danach gehen wir ins städtische Hurenhaus. Dort ist es gewiss lustiger als hier.«
»Wenn Ihr zahlt, gerne!«, antwortete Dionys lachend, packte Frauke unter den Armen und schleifte sie zur Kammer hinaus. Kurz darauf hing sie ebenso wie ihre Mutter und Schwester

wieder an der Wand des Kellergewölbes und schrie nicht einmal auf, als Dionys ihr den Knebel aus dem Mund riss. Hasserfüllt sah sie ihm nach, bis sich die Tür hinter ihm und den Knechten schloss.

Bruder Cosmas war zurückgeblieben und funkelte die drei Frauen drohend an. »Jetzt habt ihr gesehen, welche Strafen euch erwarten, wenn ihr euch weiterhin gegen die heilige Kirche auflehnt. Geht in euch und bereut, sonst wird der Scheiterhaufen auch euer Schicksal sein!«

»Ich sterbe lieber im Feuer, als mich euch zu unterwerfen«, schrie Inken Hinrichs und stimmte ein Spottlied auf den Papst und dessen Priester an.

Der Mönch hörte ihr einen Augenblick zu, schlug ihr dann mit aller Kraft ins Gesicht und ging zur Tür. Dort drehte er sich noch einmal um. »Deine letzte Stunde naht, Weib! Bei dir wird allerdings kein Engel erscheinen, um deine Seele zu retten, denn die wird unweigerlich zur Hölle fahren. Dort wirst du dem Satan und allen seinen geschwänzten Höllendämonen zur Lust dienen und dabei unendliche Qualen erleiden.«

»Schlimmer als ihr und euer Gesindel können die auch nicht mit mir verfahren«, antwortete Inken Hinrichs mit einem schrillen Lachen, das schmerzhaft in Fraukes Ohren widerhallte.

Mit einem Fluch trat der Mönch aus dem Kellergewölbe und schlug die Tür hinter sich zu.

»Geh nur! Doch wohin du dich auch wendest, du wirst der Rache des Herrn nicht entkommen!«, schrie Inken Hinrichs ihm nach.

Mit flackernden Blicken wandte sie sich nun an ihre Töchter. »Gott hat uns auserwählt, an Seiner Seite zu sitzen. Also fasst Mut! Das Feuer des Scheiterhaufens ist für uns nur das Tor in eine andere, bessere Welt, in die Haug uns bereits vorangegangen ist. Er wird uns an der Seite unseres Herrn Jesus Christus empfangen und uns mit diesem in das himmlische Jerusalem geleiten. Aber der Inquisitor, seine Knechte und alle, die heute Haugs Tod begafft haben, werden in die Hölle fahren und dort erkennen, dass sie stets nur dem Teufel und niemals Gott gehorcht haben.«

Die Worte prasselten wie Hiebe auf Frauke ein, und sie fühlte sich wie zerbrochenes Glas. So hatte sie ihre Mutter noch nie erlebt. Anders als diese und auch Silke vermochte sie sich nicht in die Religion zu flüchten. Stattdessen weinte sie um den Bruder und fragte sich, was der kommende Tag für sie bringen würde.

9.

Lothar hätte sich die Verbrennung der beiden Männer gerne erspart, doch auf Befehl seines Vaters hatte er mitkommen müssen. Sich zu weigern, hätte Gerwardsborns Verdacht erregen können, und das durfte er nicht riskieren, wenn er sich die Möglichkeit erhalten wollte, Frauke zu retten. Während der Hinrichtung wunderte er sich, weshalb die Ketzer ihre Qualen nicht aus sich hinausschrien. Magister Rübsam erklärte dies zwar mit den Teufeln, die in diese gefahren und sie daran gehindert hätten. Doch daran glaubte Lothar nicht. Sein Vater hatte bereits angedeutet, dass es bei den Aktionen des Inquisitors nicht mit rechten Dingen zugehe, und mittlerweile traute er diesem Mann alles Schlechte zu.

Nachdem der Scheiterhaufen niedergebrannt war, wollte er nur noch in seine Kammer, um allein zu sein. Doch da traf ihn Gerwardsborns Blick. »Ich wünsche, noch eine Partie Schach zu spielen.«

Nur ein mahnender Kniff seines Vaters in den Arm verhinderte, dass Lothar die Antwort gab, die ihm auf der Zunge lag. Stattdessen verbeugte er sich und nickte. »Wie Eure Exzellenz befehlen!«

Er folgte Gerwardsborn in dessen Gemächer, stellte die Figuren auf und begann mit dem Spiel. Diesmal musste er sich keine Mühe geben, um zu verlieren, denn er sah in Gedanken immer wieder das lodernde Feuer vor sich und glaubte den Gestank verbrennenden Fleisches zu riechen.

Im Gegensatz zu ihm waren der Inquisitor und dessen Gefolge bester Dinge. Rübsam gab lang und breit zum Besten, wie

viele Ketzer sie bereits verbrannt hatten, und einige Male mischte sich auch Gerwardsborn in das Gespräch mit ein. Da sie nun ihren ersten bedeutenden Sieg in dieser Stadt errungen hatten, gaben er und seine Untergebenen sich nicht mehr so geheimnisvoll wie zu Beginn. Daher schnappte Lothar die eine oder andere Bemerkung auf, die ihn über das Schicksal aufklärte, das Frauke und deren Familie erwartete. Von Draas wusste er, dass Fraukes Vater mit seinem Jüngsten zusammen die Stadt verlassen hatte und die Männer des Inquisitors deshalb vergeblich nach den beiden suchten. Dies bedeutete, dass Frauke am nächsten Abend auf den Scheiterhaufen gebunden würde. Als Lothar das klarwurde, fühlte er sich so hilflos wie niemals zuvor und verfluchte die ganze Welt.
Zufrieden über den leichten Sieg, entließ Gerwardsborn seinen Schachpartner schließlich. Lothar trat nach einem gequälten Abschiedsgruß auf den Flur und wollte sich seiner Kammer zuwenden. Da erst am Ende des Ganges eine Lampe mit einer dünnen Kerze brannte, befand er sich noch im Dunkeln, als der Foltermeister Dionys, Bruder Cosmas und zwei weitere Knechte um die Ecke bogen.
»Das war heute ein guter Tag, denn wir haben endlich wieder Ketzer verbrannt!«, erklärte Dionys lachend, während er vor der Kammer stehen blieb, die er mit seinen Kameraden teilte. »Morgen sind dann die Weiber dran. Aber vorher will ich noch die Töchter auf den Rücken legen. Die Alte war ja nicht schlecht, doch jetzt steht mir der Sinn nach jüngerem Fleisch.«
Lothar erstarrte. Der Kerl wollte Frauke und deren Schwester schänden, hatte es bei deren Mutter wohl schon getan!
»Und so jemand behauptet, im Namen Gottes zu handeln!« Der Klang der eigenen Stimme erschreckte ihn, doch zum Glück unterhielten sich die Knechte so laut, dass sie seine Worte nicht vernommen hatten.
Dionys spottete ein wenig über den Mönch, der seiner geistigen Profession wegen auf das Vergnügen verzichten müsse,

und erntete einen geringschätzigen Blick. »Begnüge du dich mit gefangenen Ketzerinnen und Huren. Mir stehen ganz andere Pforten offen!«

»Vielleicht die Hinterpforten von Chorknaben, was? Oder glaubt Ihr, wir merken nicht, dass Ihr unsere Lerche öfters des Nachts zu Euch holt?« Dionys versetzte dem Mönch lachend einen Klaps auf den Rücken und wandte sich seinen Kumpanen zu. »Ich werde jetzt erst mal bei den Weibern Wache halten.«

»Sollten das nicht besser zwei Mann tun?«, fragte Bruder Cosmas.

»Warum?«, fragte Dionys spöttisch. »In dieser Stadt traut sich nach dem heutigen Tag keiner mehr, ein Wort zugunsten der Gefangenen zu sagen, geschweige denn, sie zu befreien!«

Über diese Worte lachten alle wie über einen guten Witz. Dionys ließ sich von Rübsam den Schlüssel des Kellergewölbes geben, in dem Inken Hinrichs und ihre Töchter eingesperrt waren, und meinte grinsend, dass er sich als Erstes das ältere Mädchen zu Gemüte führen würde.

»Nur zu, wenn dir danach ist«, brummte Bruder Cosmas und ging auf Gerwardsborns Gemächer zu.

Rasch presste Lothar sich gegen die Wand und wagte nicht einmal zu atmen, bis Bruder Cosmas an ihm vorbeigegangen und in die Räume des Inquisitors eingetreten war.

Erst als sich die Tür hinter dem Mönch schloss, holte Lothar wieder Luft. Seine Gedanken wirbelten wie im Wahnsinn des Veitstanzes. Was hatte der Foltermeister gesagt? Die drei gefangenen Frauen brauchten nicht bewacht zu werden, weil es niemand wagen würde, ihnen zu Hilfe zu kommen? Da sollte der Kerl sich gewaltig täuschen!

Lothar erwog kurz, das Kloster zu verlassen und Draas zu holen. Dann aber sagte er sich, dass er damit zu viel Aufsehen erregen würde. Allerdings musste der Stadtknecht ihm helfen, Frauke, deren Mutter und Schwester aus der Stadt zu schaffen.

Was aber sollte er tun, wenn die Klosterpforte verschlossen war? Er konnte schlecht einen der Mönche auffordern, ihn samt den drei Frauen hinauszulassen.
In dem Augenblick fiel ihm ein, was ihm einer der einheimischen Mönche erzählt hatte: Jeder Schlüssel im Kloster würde in sämtliche Schlösser passen. Das bezog sich hoffentlich auch auf die Nebenpforte, die er kürzlich entdeckt hatte. Zwar besaß er selbst keinen Schlüssel, aber Dionys trug einen bei sich. Lothar fragte sich, wie er den wuchtig gebauten Foltermeister überwältigen sollte. Ein offener Kampf war unmöglich. Wenn er etwas erreichen wollte, musste er den Mann aus dem Hinterhalt niederschlagen, und davor schreckte er zurück. Dann aber dachte er an Frauke, die der Foltermeister schänden wollte, und schwor sich, alles zu tun, um sie zu befreien.
Wenn er etwas erreichen wollte, durfte er nicht herumstehen, sondern musste handeln. Rasch eilte er in seine Kammer und atmete erleichtert auf, als er sah, dass sein Vater noch nicht zurückgekehrt war. Lothar schnallte sein Schwert um. Vielleicht konnte er Dionys mit dem Schwertgriff niederschlagen. Nach einem Blick auf die zierliche Waffe schüttelte er den Kopf. Für einen so harten Schädel brauchte er ein anderes Instrument.
Der eiserne Schürhaken neben dem Kamin erschien ihm besser geeignet. Er nahm ihn an sich und griff nach der Laterne, die draußen auf dem Flur für Gäste bereitstand, welche in die Nacht hinaus zum Abtritt gehen wollten. Die Kerze, an der er sie hätte anzünden können, ignorierte er, denn das Licht würde ihn hier drinnen nur verraten.
Mit entschlossener Miene verließ er seine Kammer und tastete sich an der Wand des dunklen Flurs entlang bis zur Treppe. Als er diese endlich erreicht hatte, musste er achtgeben, um nicht auf den schlüpfrigen Stufen auszurutschen. Hatte oben eine vom leichten Widerschein ferner Laternen

erfüllte Düsternis geherrscht, war es unten so dunkel wie im Arsch eines Gauls – wie der Pferdeknecht seines Vaters zu sagen pflegte.
Lothar spannte alle Sinne an und vernahm Dionys' Stimme. Sie klang noch weit entfernt. Rasch tastete er sich in diese Richtung vor, traf auf eine Tür und öffnete diese. Vor ihm lag ein Kellergewölbe, das auf einer einzigen, mächtigen Säule ruhte. Da Dionys seine Laterne so auf den Boden gestellt hatte, dass sie die drei gefangenen Frauen beleuchtete, konnte Lothar sehen, dass der Foltermeister Silkes Busen knetete.
»Gleich werde ich es dir besorgen, du Schlampe!«, rief er und löste seinen Gürtel, um die Hose abzustreifen.
Nicht, wenn ich es verhindern kann, durchfuhr es Lothar, und er hob den Schürhaken zum Schlag.
In dem Augenblick wendete Frauke den Kopf und sah ihn als schattenhafte Gestalt am Eingang des Kellers stehen. Zuerst glaubte sie, ein weiterer Schurke aus Gerwardsborns Gefolge wäre gekommen, um sie drei zu quälen. Dann aber erkannte sie Lothar und spürte, wie ihr Herz schneller schlug. Sie konnte sich nicht vorstellen, dass er mit einem Kerl wie Dionys gemeinsame Sache machen würde. Auch trug er ein Schwert um die Hüften und hielt einen länglichen Gegenstand in der Hand. Er will uns befreien! Beinahe hätte sie aufgeschrien, beherrschte sich aber mühsam.
Während Frauke Lothar anstarrte, zerrte Dionys Silkes Hemd hoch und wollte ihre Beine auseinanderzwängen. Das Mädchen wehrte sich nicht, und Frauke fragte sich, weshalb ihre Schwester nicht wenigstens nach dem Kerl trat. Stattdessen ließ sie alles schreckensstarr mit sich geschehen.
Frauke begriff, dass sie etwas tun musste, damit Dionys nicht zu früh auf Lothar aufmerksam wurde, und begann zu keifen.
»Du wirst meine Schwester nicht auch noch schänden, du Sohn eines räudigen Ebers und einer schmutzigen Sau! Der Teufel wird dich holen!«

Über so viel Frechheit verwundert, hielt Dionys inne und sah sie an. »Was sagst du?«

»Ich sage, dass du Mist bist, den deine Eltern auf der Straße zusammengekehrt und an Sohnes statt aufgezogen haben!«, schrie Frauke mit schriller Stimme.

Nun ließ Dionys von Silke ab und trat auf Frauke zu. »Das hast du nicht umsonst gesagt, du Miststück! Wenn ich mit dir fertig bin, wirst du jedes einzelne Wort bedauern.«

Mit einem raschen Griff hob er Fraukes Hemd und schob deren Beine auseinander. Frauke spürte, wie etwas hart gegen ihre empfindlichsten Teile drückte, und flehte Lothar in Gedanken an, endlich zuzuschlagen.

Da vergaß Lothar jede Vorsicht, stürmte auf Dionys zu und schwang den Schürhaken mit aller Kraft. Als er zuschlug, gab es einen dumpfen Ton, und der Foltermeister fiel um wie ein nasser Sack.

»Ich habe ihn erschlagen«, durchfuhr es Lothar, und im ersten Augenblick schämte er sich seiner Tat.

Dann aber schüttelte er heftig den Kopf. Der Kerl hatte Frauke schänden wollen und die Strafe erhalten, die ihm gebührte. Er bedachte Dionys mit einem zornigen Blick, zog dann sein Schwert und schnitt den Strick durch, mit dem Fraukes Hände an den Eisenring gebunden waren.

»Wir müssen verschwunden sein, bevor die Männer des Inquisitors etwas bemerken.«

Frauke nickte, rieb sich die schmerzenden Handgelenke und sah erleichtert zu, wie Lothar auch ihre Mutter und Silke befreite. Dann zupfte sie ihn am Ärmel.

»Was machen wir jetzt?«

»Ich kenne eine Pforte im Kloster, die nicht bewacht wird. Dort können wir das Gebäude verlassen«, antwortete Lothar, während er sich über Dionys beugte und ihm den Schlüssel abnahm. Dann sah er Frauke mit einem verlegenen Lächeln an. »Draußen muss Draas uns weiterhelfen.«

»Der gute Draas! Er wollte uns warnen, ebenso wie Ihr.« Frauke kamen die Tränen, als sie daran dachte, und sie schob ihre Mutter zur Tür hinaus.

Da blickte Inken Hinrichs an sich herab und schüttelte störrisch den Kopf. »So trete ich nicht auf die Straße! Ich brauche ein Kleid und eine Haube!«

»Mama, wir sind auf der Flucht! Jeden Augenblick können Gerwardsborns Schergen kommen und uns wieder gefangen nehmen. Dann aber schwebt auch Herr Lothar in höchster Gefahr«, flehte Frauke sie an.

»Ich bin eine anständige Frau, trotz allem, was dieser Schuft dort hinten mit mir gemacht hat, und ich lasse mich nicht im Hemd vor fremden Leuten sehen.« Inken Hinrichs wurde mit jedem Wort lauter, so dass Frauke ihr zuletzt den Mund zuhalten musste.

»Was sollen wir tun?«, fragte sie bang.

Lothar zündete seine Laterne an, leuchtete in den ersten der unverschlossenen Keller hinein und entdeckte in einer Ecke mehrere nachlässig hingeworfene Frauenkleider. Rasch holte er diese und reichte sie Frauke.

»Das sind unsere Sachen!«, rief diese erleichtert und begann, ihre Mutter anzuziehen.

Silke konnte dies selbst tun, und zuletzt streifte auch Frauke ihr Kleid über.

»Bist du nun zufrieden, Mama?«

»Wie kann ich zufrieden sein, nach allem, was geschehen ist? Ich finde nur Trost bei dem Gedanken, dass unser Herr im Himmel mich nach den Qualen, die ich erleiden musste, ungesäumt in den Himmel aufnehmen wird, so wie er es bei Haug getan hat.«

Frauke traten bei dem Gedanken an den toten Bruder die Tränen in die Augen. Doch in dieser Stunde gingen die Lebenden vor, und so führte sie gemeinsam mit Lothar ihre Mutter und ihre Schwester zu der kleinen Pforte. Dort lauschte der junge

Mann und öffnete, als nichts zu hören war, die Tür. Wenige Herzschläge später standen sie draußen auf der Straße, und Lothar schloss sorgfältig von außen ab, um niemanden zu früh auf ihre Flucht aufmerksam zu machen.

»Weißt du, wo Draas wohnt?«, fragte er Frauke, da er sich nicht zutraute, das Haus in der Dunkelheit zu finden.

Das Mädchen nickte und übernahm die Führung. Die kleine Gruppe eilte so rasch, wie es Inken Hinrichs' Zustand erlaubte, durch die Gassen. Zu ihrer Erleichterung begegnete ihnen kein Mensch, und es öffnete auch niemand die Fensterläden, um herauszuschauen, wer so spät noch unterwegs war. Daher erreichten sie unbemerkt das kleine Haus, in dem Draas wohnte.

Lothar klopfte an die Tür.

»Wer ist da?« Die Frage kam so schnell, dass der Stadtknecht nicht geschlafen haben konnte.

»Ich bin's, Lothar!«, antwortete dieser so leise, dass Draas nachfragen musste.

»Wer?«

»Ich!«, antwortete Lothar, wagte aber aus Angst vor nächtlichen Lauschern nicht, seinen Namen noch einmal zu nennen. Glücklicherweise erkannte Draas seine Stimme und öffnete. Als er Inken Hinrichs und ihre Töchter vor sich sah, blieb ihm vor Staunen der Mund offen stehen. Er fasste sich aber rasch wieder und trat beiseite. »Kommt rein!«

Dies ließen Frauke und Lothar sich nicht zwei Mal sagen. Sie zogen die Mutter in das kleine Haus, und Silke folgte ihnen auf dem Fuß.

»Wie habt Ihr das geschafft?«, fragte Draas überwältigt.

»Es war nicht besonders schwer. Ich musste nur den Foltermeister niederschlagen, der bei den Frauen Wache hielt.«

Draas schnaufte überrascht. »Nur? Junger Herr, an Euch ist mehr dran, als Ihr selbst zu glauben scheint. Aber wir sollten uns beeilen. Die Frauen müssen zur Stadt hinaus, und sie brauchen jemanden, der sie an einen Ort bringt, an dem sie sicher sind.«

»Dazu bin ich bereit«, erklärte Lothar.

»Nun mal langsam mit den jungen Pferden! Ihr habt das Eure getan. Außerdem würde Euer Vater in Verdacht geraten, die Befreiung befohlen zu haben, wenn Ihr auf einmal verschwunden wäret. Ich hingegen werde nicht vor übermorgen vermisst. Das, was hier geschehen ist, hat mir den Aufenthalt in dieser Stadt verleidet, und wenn ich den Ort verlasse, verliere ich nicht viel.«

»Aber wie wollen wir aus der Stadt kommen? Die Tore werden doch auch in der Nacht bewacht«, wandte Frauke ein.

»Da fällt mir schon was ein!« Draas begann zu grinsen. »Heute Nacht ist Jost für das Osttor eingeteilt. Der legt sich gerne hin und schläft, bis einer laut genug ans Tor pocht.«

»Aber der Schlüssel!«

»Da das Schloss dort repariert werden müsste und der Rat sich immer noch mit dem Schlossmacher streitet, ist die Nachtpforte nur mit einem Riegel gesichert«, erklärte Draas lächelnd, während er den Frauen sein Wasserschaff zeigte, an dem sie ihren Durst stillen konnten.

»Dann braucht ihr aber jemanden, der sie hinter euch schließt!« Lothar ließ keinen Zweifel daran, dass er derjenige sein würde. Nach kurzem Überlegen nickte Draas. »Das wäre wohl besser. Helft mir, alles zusammenzupacken, was ich mitnehmen will. Viel ist es nicht.«

Er hatte es kaum gesagt, da legte Frauke das Stück Brot weg, das der Stadtknecht ihr gereicht hatte, und begann, jene Dinge auf den Tisch zu stellen, die ihrer Meinung nach in Draas' Gepäck kommen mussten. Sie selbst war bereit, so viel zu tragen, wie sie vermochte. Das waren sie, die Mutter und ihre Schwester dem braven Stadtknecht schuldig.

10.

Draas hatte nicht zu viel versprochen. Als sie sich der Wachstube des Osttors näherten, drang das Schnarchen des Wächters bis auf die Straße. Mit einem zufriedenen Blick trat Draas auf die Nachtpforte zu, schob den Riegel zurück und lobte dabei sich selbst, weil er diesen ebenso wie die Angeln erst vor wenigen Tagen eingefettet hatte. Daher ließ sich die Tür nahezu lautlos aufschieben.
»Raus jetzt! Wir müssen in dieser Nacht noch ein ganzes Stück Weges zurücklegen«, erklärte er den drei Frauen.
Frauke nickte, drehte sich dann aber noch einmal zu Lothar um. »Habt Dank für alles!«
Sie eilte hinaus, so schnell ihre zitternden Beine sie trugen. Er sollte die Tränen nicht sehen, die ihr schon wieder über die Wangen rannen. Die Mutter folgte ihr mit unbewegter Miene, während Silke knickste.
»Nehmt auch meinen Dank, junger Herr! Ihr habt uns alle vor einem entsetzlichen Schicksal bewahrt.«
»Schmiere ihm nicht zu viel Honig um den nicht vorhandenen Bart«, brummte Draas in einem Anflug von Eifersucht und schob Silke zur Pforte hinaus. Auch er durchschritt sie, sah sich aber noch einmal kurz zu Lothar um.
»Viel Glück! Und passt auf Euch auf.«
»Dasselbe rate ich dir!« Nach diesen Worten schloss Lothar die Pforte, schob den Riegel vor und machte sich auf den Weg zum Kloster.
Die Verbrennung der beiden Ketzer war den Menschen so aufs Gemüt geschlagen, dass sie sich in ihren Häusern verkro-

chen hatten. Daher begegnete Lothar unterwegs keinem Nachtschwärmer und musste auch nur einmal in eine Seitengasse ausweichen, um dem Nachtwächter zu entgehen, der seine Runde drehte. Ungesehen erreichte er das Kloster und benutzte die gleiche Pforte, die er auch diesmal wieder hinter sich abschloss. Er wollte schon erleichtert in seine Kammer eilen, als ihm einfiel, dass er den Schürhaken im Keller zurückgelassen hatte.

Mit zitternden Knien stieg er die Treppe hinunter und musste allen Mut zusammennehmen, um das Gewölbe zu betreten. Zu seiner Erleichterung war der Keller bis auf den am Boden liegenden Dionys leer. Der Folterknecht regte sich jedoch bereits und brabbelte unverständliche Worte vor sich hin.

Der wird gleich erwachen, durchfuhr es Lothar, und er legte rasch den Schlüssel neben den Bewusstlosen. Anschließend hob er den Schürhaken auf und verließ den Raum, so schnell er konnte. Als er seine Kammer erreichte, machte er sich auf eine Gardinenpredigt seines Vaters gefasst. Zu seiner Überraschung war dieser jedoch noch nicht zurückgekehrt. Aufatmend befreite er den Schürhaken von Haaren und Blut und hängte ihn wieder an den Kamin.

Kurz darauf hatte er sich bis aufs Hemd ausgezogen und schlüpfte ins Bett. An Schlaf war jedoch nicht zu denken, denn immer wieder durchlebte er die Szene, in der er Dionys niedergeschlagen hatte. Dabei dankte er Gott, dass der Mann nicht durch seine Hand gestorben war und er nicht entdeckt worden war.

Spät in der Nacht wurde die Tür geöffnet, und Magnus Gardner kam mit einer Laterne in der Hand herein. Er leuchtete kurz seinen sich schlafend stellenden Sohn an, stellte die Laterne ab und begann, sich auszuziehen. In seinem Herzen glühte die Wut auf den Inquisitor, der seinen Auftrag immer weiter ausdehnte, aber auch auf den Rat und die Bürger dieser Stadt. Er war sowohl bei Sterken, dem anderen Bürgermeister und etlichen Herren des Rates gewesen, um diese dazu zu bewegen, Jacobus von Gerwardsborn eine Bittschrift zu übergeben, in der sie diesen aufforderten, das Leben der gefangenen Frauen zu verschonen. Doch kein Einziger war bereit gewesen, seinen Namen unter solch ein Papier zu setzen.

»Angsthasen sind sie allesamt!«, knurrte er und setzte sich an den Tisch, um einen letzten Becher Wein zu trinken.

Auch damit vermochte er seine aufgewühlten Gedanken nicht zu beruhigen. Er hatte bei seinem Auftrag, mäßigend auf den Inquisitor einzuwirken, schmählich versagt. Doch was konnte er tun, wenn Jacobus von Gerwardsborn gleich das ganze Himmelreich als Begründung für seine Taten anführte?

Während seines Grübelns kam ihm die Erkenntnis, dass er den Inquisitor nicht weniger fürchtete, als es die Bürger dieser Stadt taten. Gerwardsborn war zuzutrauen, dass er jeden auf den Scheiterhaufen schickte, der seine Autorität auch nur im Geringsten anzweifelte.

Also würde er schweigend zusehen, wenn Inken Hinrichs und deren Töchter am nächsten Abend hingerichtet wurden und Gerwardsborn in seinem Wahn weitere Menschen zum Tod auf dem Scheiterhaufen verurteilte. Jeder Versuch, den Inquisitor an seinem Tun zu hindern, würde ihn selbst in die Gefahr bringen, als Ketzer verbrannt zu werden. Gardner ärgerte sich mittlerweile, seinen Sohn mitgenommen zu haben, denn Lothar erlebte ihn nun als Feigling, und dafür verachtete er sich. Gleichzeitig war der Junge mindestens ebenso gefährdet wie er selbst. Lothar brauchte nur ein einziges Schachspiel gegen Gerwardsborn zu gewinnen, dann würde dieser ihn beschuldigen, mit Hilfe satanischer Mächte gesiegt zu haben.

»Oh Herr, erlöse uns von diesem Schrecken«, betete Gardner und stellte fest, dass seine Bindung an die römische Kirche, die er bislang nie angezweifelt hatte, durch die Taten des Inquisitors brüchig geworden war.

11.

Ebenso wie Frauke und ihre kleine Gruppe hatte Lothar mehr Glück, als ihnen allen bewusst war. Von den Männern des Inquisitors kümmerte sich niemand darum, dass der Foltermeister nicht zurückkehrte und seine Ablösung hinunterschickte, denn das gesamte Gefolge des Inquisitors kannte seine Gier nach Weibern. Daher nahmen die Männer an, er würde seine Lust ausgiebig an den gefangenen Frauen stillen.
Dionys selbst erwachte in der Nacht zwar kurz aus seiner Ohnmacht, versank aber trotz seines Brummschädels gleich wieder in einen von fiebrigen Träumen erfüllten Schlaf. So fanden ihn Magister Rübsam und Bruder Cosmas, als sie am Morgen in das Gewölbe kamen, um Inken Hinrichs und ihre Töchter noch einmal zu verhören.
»Besoffenes Schwein!«, schimpfte Rübsam, der noch nicht wahrgenommen hatte, dass die Gefangenen verschwunden waren.
Anders als ihm fiel Bruder Cosmas deren Fehlen sofort auf. Er stieß einen entsetzten Schrei aus und deutete auf die leere Wand.
»Seht doch nur!«
»Was?« Rübsam schüttelte entgeistert den Kopf. »Beim dreigeschwänzten Teufel, was ist das?«
»Da müssen wir diesen Narren fragen!« Bruder Cosmas befahl einem der Knechte, die sie begleiteten, einen Eimer Wasser zu holen und über Dionys auszuleeren.
Der Mann verschwand so rasch, als hätte er Flügel, und kehrte kurz darauf mit einem vollen Eimer zurück. Der kalte Guss

weckte den Foltermeister, und er fuhr mit verwirrter Miene hoch.
»Was soll das denn?«
»Das fragen wir uns auch«, antwortete der Magister eisig. »Erkläre uns, wo die Weiber geblieben sind!«
»Welche Weiber?« Dionys sah sich verwirrt um, denn das Letzte, an das er sich erinnern konnte, war, dass er in der vergangenen Nacht zwei Männer auf dem Scheiterhaufen hatte sterben sehen. Auch sollten die weiblichen Verwandten eines der Ketzer an diesem Tag verbrannt werden. Er blickte sich um, starrte auf die blanken Wände und die am Boden herumliegenden Fesseln und schüttelte den Kopf. Im gleichen Augenblick packte ihn das Gefühl, als würde ihm die Hirnschale von innen gesprengt, und er sank ächzend in die Knie.
»Was ist? Wir warten auf Antwort!«, fuhr Rübsam ihn an.
»Ich … ich kann es nicht sagen«, stöhnte Dionys. »Gestern Abend waren sie noch da.«
»Das weiß ich selbst! Doch ich will wissen, weshalb du hier geschlafen hast, während die Weiber verschwunden sind.«
Rübsam war außer sich vor Wut und versetzte dem Foltermeister ein paar Fausthiebe.
Dionys hätte ihn mit Leichtigkeit abwehren können, war aber wie erstarrt. Verzweifelt grub er in seinem Gedächtnis nach dem, was in der Nacht geschehen war, doch er fand nur Leere.
»Verzeiht, Herr Magister, ich kann es nicht sagen. Ich weiß nicht einmal, wie ich hierhergekommen bin«, rief er aus.
Bruder Cosmas maß ihn mit einem strengen Blick. »Du wolltest nach den gefangenen Weibern schauen, hast aber vorher noch geprahlt, du würdest der älteren Tochter zeigen, was für ein Mann du bist.«
Auch mit dieser Auskunft wusste Dionys nichts anzufangen, denn sein Gedächtnis endete mit dem Erlöschen des Scheiterhaufens. Dies erklärte er Bruder Cosmas auch.
Der Mönch glaubte ihm nicht und wandte sich an Rübsam.

»Vielleicht hat der Kerl die Weiber zum Dank dafür freigelassen, dass sich beispielsweise die ältere Tochter als sehr willig erwies?«

»Das kann ich mir nicht vorstellen«, antwortete der Magister. »Immerhin war Dionys bislang einer der eifrigsten Diener unseres Herrn.«

Bei der weiteren Untersuchung zeigte es sich, dass niemand Inken Hinrichs und ihre Töchter gesehen, geschweige denn aus dem Kloster oder gar zur Stadt hinausgelassen hatte, und so gab es für Rübsam und seinen Herrn keine andere Begründung als diese eine: Der Teufel selbst war in das Gewölbe eingedrungen, hatte Dionys mit seinen Hexenkräften betäubt und die drei Frauen befreit. Auf den Gedanken, dass ein so junges Bürschlein wie Lothar dies gewagt haben könnte, kam niemand.

Jacobus von Gerwardsborn erwog mehr als eine Stunde lang, Dionys für dessen Versagen selbst auf den Scheiterhaufen zu bringen. Aber davon sah er schließlich ab, um keinen Schatten auf sich und sein Gefolge fallen zu lassen. Die Begebenheit verleidete ihm jedoch den weiteren Aufenthalt in Stillenbeck, und so rief er die Ratsherren und die Edelleute zu sich, die ihm Fürstbischof Franz von Waldeck mitgegeben hatte.

Zu diesem Empfang hatte Gerwardsborn sich mit düsterer Pracht in schwarzen Samt und schwarze Seide gekleidet. Nur ein mit roten Edelsteinen besetztes Kreuz aus Gold auf seiner Brust unterbrach die Farbe der Nacht sowie sein bleiches Gesicht mit den blassen Augen, deren durchdringender Blick seine Gesprächspartner stets erschreckte. Mit einer energischen Geste hob er die Hand. Sofort erstarb das Gemurmel im Raum, und aller Augen wandten sich ihm zu.

»Ich habe euch rufen lassen …«, begann er und ärgerte sich, weil seine Stimme heiser klang.

Nach einem Räuspern sprach er weiter. »In dieser Nacht ist Schreckliches geschehen! Der Satan selbst hat die Erde aufgerissen und ist in eigener Gestalt erschienen. Mein Foltermeister Dionys, der die gefangenen Ketzerweiber bewachte, wurde von dem Höllenfürsten gegen die Wand geschleudert und verlor das Bewusstsein. Als Bruder Cosmas später nach den Gefangenen schauen wollte, waren diese verschwunden. Dafür stank es bestialisch nach Schwefel, und im Boden war ein Riss zu sehen, der sich langsam wieder schloss. Bruder Cosmas fand Dionys in einer Ecke des Raumes, blutend und seiner Sinne nicht mächtig. Mittlerweile ist der Mann aus seiner Bewusstlosigkeit erwacht, aber er konnte nur das berichten, was ich eben erklärt habe.«

Gerwardsborn hatte den Bericht ein wenig ausgemalt, damit er dramatischer klang, und freute sich unwillkürlich über das Entsetzen, das sich bei den um ihn versammelten Herren breitmachte.

»Ihr sagt, der Teufel hätte die gefangene Frau und ihre beiden Töchter geholt?«, fragte Thaddäus Sterken schaudernd.

Der Inquisitor nickte. »So ist es! Damit ist die Schuld der Ketzerinnen unzweifelhaft bewiesen. Sie sind des Teufels! Und jeder, der gegen die heilige katholische Kirche steht, ist es ebenfalls.«

Diesmal zogen etliche der Herren die Köpfe ein. Gerwardsborn bemerkte es mit großer Zufriedenheit. Wenn jemand hier glaubte, er habe eine Niederlage erlitten, so würde er ihm das Gegenteil beweisen und den Verlust der Frauen in einen Sieg ummünzen, durch den diese Stadt ein für alle Mal von dem Gestank der Ketzerei gereinigt wurde.

»Der Satan konnte nur deshalb in eigener Person erscheinen, weil es in dieser Stadt am wahren Glauben fehlt!« Die Stimme des Inquisitors hallte wie der Schlag einer Peitsche durch den Raum.

Als er die entsetzten Gesichter vor sich sah, wusste er, dass er sein Ziel erreicht hatte, und triumphierte innerlich.

»Der Unglauben in dieser Stadt verletzt die göttlichen Gesetze! Daher wird der Rat fünftausend Gulden Strafe zahlen und jeder Bürger ein Zehntel seines Besitzes der Kurie opfern. Zudem werden die beiden Bürgermeister, die Gildeoberhäupter und alle Ratsmitglieder eine Wallfahrt zum Heiligen Rock in Trier unternehmen und dort noch einmal fünfhundert Gulden spenden.«

Gerwardsborn hatte während seines Aufenthalts genug über den Reichtum der bedeutenderen Bürger erfahren, um einschätzen zu können, wie groß die Summe sein würde, die er nach Rom bringen konnte. In der Kurie standen einige Änderungen an, und eine gut gefüllte Börse, die er Seiner Heiligkeit, Papst Clemens VII., überreichen konnte, mochte ihm den Purpur eines Kardinals eintragen und es ihm ermöglichen, beim nächsten Konklave seine Stimme dem Bewerber zu geben, von dem er sich den meisten Nutzen versprach.

Während der Inquisitor seine Gedanken in eine für ihn strahlende Zukunft wandern ließ, starrten die Ratsmitglieder und anderen Bürger der Stadt ihn fassungslos an. Auch Magnus Gardner vermochte kaum zu glauben, was er eben gehört hatte, und hätte am liebsten mit der blanken Faust dreingeschlagen. Gerwardsborn plünderte die Stadt schamlos aus und entzog damit dem Fürstbischof von Münster die ihm zukommenden Steuern.

Da er das nicht ohne Widerspruch hinzunehmen gedachte, hob er abwehrend den Arm. »Euer Exzellenz, ich fordere Gehör!«

»Es sei Euch gewährt«, antwortete der Inquisitor mit einem Lächeln, das Gardner eindeutig davor warnte, sich ihm in den Weg zu stellen.

Lothars Vater spürte, wie es ihm heiß den Rücken hinabrann. Unsicherheit, Angst und Pflichtgefühl fochten einen harten Kampf in ihm aus. Schließlich versuchte er, seiner Aufgabe gerecht zu werden.

»Eure Exzellenz urteilt sehr streng über diese Stadt. Solltet Ihr die Strafe nicht besser mit Seiner Durchlaucht, dem Fürstbischof, besprechen?«

»Wenn Herr von Waldeck hier wäre, würde ich es gerne tun«, antwortete Gerwardsborn mit hörbarem Spott. »Um ihn selbst aufzusuchen, fehlt mir jedoch die Zeit. Ich werde bereits morgen nach Rom aufbrechen, um in den heiligsten Kathedralen der Christenheit für diese Stadt zu beten. Dabei fände ich es nur gerecht, wenn ich je einhundert Gulden als Spende dieser Stadt an Sankt Johannes im Lateran, Santa Maria Maggiore, Sankt Paul vor den Mauern und Sankt Peter übergeben könnte!«

Damit erhöhte er die Strafe noch einmal um vierhundert Gulden. Das Gefühl, sowohl die Bürger dieser Stadt wie auch die Abgesandten des Fürstbischofs auf diese Weise zur Räson gebracht zu haben, überwog für Gerwardsborn beinahe den Verlust der drei verschwundenen Frauen.

Er lächelte huldvoll und wies auf Rübsam, der eben beflissen neben ihm aufgetaucht war. »Der Magister wird die Spenden der Stadt und der Bürger entgegennehmen und in seine Liste eintragen. Gebe der heilige Paulus, dass kein Geizhals unter euch ist, der die heilige Kirche um ihren Anteil betrügen will!«

Das war eine Warnung an alle, beim Bezahlen nicht zu knausrig zu sein.

Magnus Gardner ertrug die Nähe des Inquisitors und seines Magisters nicht mehr. Ohnehin wusste er nicht, was er von dem Gehörten halten sollte. War wirklich der Teufel gekommen, um die Frau und die Töchter des geflohenen Hinner Hinrichs zu befreien? Oder hatte Gerwardsborn die drei heimlich beiseiteschaffen lassen, um die Stadt melken zu können?

Auf jeden Fall würde er drei Kreuze schlagen, wenn das Stadttor von Stillenbeck sich hinter Gerwardsborns Maultier schloss und der Inquisitor den Weg zur Grenze eingeschlagen hatte. Dann aber würde er einen Bericht schreiben müssen, der ihn selbst nicht gerade in einem guten Licht erscheinen ließ.

Mit diesem Gedanken kehrte er in seine Unterkunft zurück. Sein Sohn schlief noch, obwohl es schon bald Mittag war, schien aber schlecht zu träumen. Das war kein Wunder bei dem, was der Junge in den letzten Tagen hatte miterleben müssen. Gardner seufzte und wollte sich Wein einschenken. Doch der Krug war leer. So trat er auf den Flur und rief einen dienenden Mönch herbei, der ihm neuen Wein bringen sollte.

Als der Krug wieder gefüllt war, überlegte er, ob er sich betrinken sollte, um nicht mehr an Gerwardsborn und dessen Richtsprüche denken zu müssen. Dann aber schüttelte er den Kopf. Betrunken würde er vielleicht die Beherrschung verlieren und dem Inquisitor ins Gesicht sagen, was er von ihm hielt.

»Der Mann ist ein Teufel«, murmelte er vor sich hin. »Man weiß nicht, was ihn mehr erfreut: Menschen zum Tode auf dem Scheiterhaufen zu verurteilen oder ihnen im Namen des Glaubens so viel Geld abzupressen, wie es nur möglich ist.«

»Ist etwas, Herr Vater?« Lothar war durch Gardners Stimme wach geworden und blickte ihn verdutzt an. In seinem Traum war er eben noch durch endlose Kerker geirrt, um Frauke Hinrichs zu suchen, hatte sie aber nicht finden können.

»Es ist nichts, mein Junge«, antwortete Gardner schwer atmend. »Oder doch! Seine Exzellenz wird morgen die Stadt verlassen, um nach Rom zu reisen. Ich werde ihm bis an die Grenze Geleit geben. Du machst dich ebenfalls reisefertig und kehrst an deine Universität zurück. Wenn du fleißig lernst und einen guten Abschluss erreichst, kannst du dir aussuchen, für welchen hohen Herrn du einmal tätig sein willst.«

»Ja, Herr Vater!« Etwas anderes fiel Lothar nicht ein, denn er wagte nicht zu fragen, ob etwas Außergewöhnliches den Inquisitor zur Änderung seiner Pläne bewogen hatte.

»Enttäusche mich nicht, mein Sohn!« Gardner klopfte Lothar auf die Schulter und berichtete dann, was er von Gerwardsborn erfahren hatte.

»Was sagt Ihr? Der Teufel soll die Frau und ihre Töchter befreit haben?«, platzte Lothar heraus.
»So hat Seine Exzellenz es geschildert, und er muss es wissen. Schließlich ist der Inquisitor ein geistlicher Herr und wir nicht«, antwortete Gardner, der so mit sich selbst beschäftigt war, dass er die schlecht verborgene Heiterkeit seines Sohnes nicht bemerkte.
Für den Teufel gehalten zu werden, amüsierte Lothar. Allerdings fragte er sich, was Gerwardsborn damit bezweckte. Als sein Vater jedoch weitersprach und dabei die hohe Summe erwähnte, die der Inquisitor der Stadt abpresste, verschwand seine Belustigung und machte wachsender Bestürzung Platz. Mit Fraukes Befreiung und der ihrer Mutter und der Schwester hatte er Stillenbeck und dessen Bürger um etliche tausend Gulden gebracht. Bei der Erinnerung daran, wie die Leute bei der Verbrennung der beiden Männer gegafft und gejohlt hatten, sagte er sich jedoch, dass es ihnen recht geschehen war. Allerdings konnte er nur hoffen, dass niemals aufkam, wer hinter dem Verschwinden der drei Frauen steckte.
»Ich sehe, der Gedanke an den Teufel erschüttert dich«, sagte sein Vater. »Das ist auch gut so. Der Mensch soll die Zehn Gebote Gottes befolgen und die Heilige Schrift zum Maßstab seines Lebens machen.«
»Ja, Herr Vater!«, sagte Lothar wie gewohnt, wunderte sich aber über solche Worte, denn dies war eine Ansicht, welche von den Lutheranern vertreten wurde. Dabei war sein Vater doch so gut katholisch wie der Fürstbischof selbst. Oder sollte er sich etwa irren? Aber das war nichts, worauf er den Vater ansprechen durfte. Daher bat er nur um genauere Anweisungen für seine Reise, nahm das Zehrgeld entgegen, das sein Vater ihm zur Verfügung stellte, und war schließlich froh, als dieser den Raum verließ, um sich mit einigen Herren vom Rat der Stadt zu besprechen.
Kaum war Lothar allein, galten seine Gedanken wieder Frau-

ke. Er bedauerte es, dass er nie erfahren würde, wo sie und ihre Familie Schutz vor Verfolgungen suchten. Vielleicht war das auch ganz gut so, dachte er dann. Das Mädchen war beherzt und außerdem recht hübsch, aber sowohl von seiner Herkunft her als auch seiner ketzerischen Verwandtschaft wegen war sie keine Jungfrau, die er dem Vater als mögliche Schwiegertochter vorstellen durfte. Für eine reine Liebschaft war sie ihm zu schade. Außerdem wäre eine solche gegen das göttliche Gebot der Keuschheit gewesen, und dagegen wollte er nicht verstoßen. Oder vielleicht doch?

Um sich auf andere Gedanken zu bringen, suchte er seine Sachen zusammen und packte sie in einen Mantelsack, denn er wollte die Stadt so schnell wie möglich verlassen. Einen Augenblick lang stellte er sich vor, er würde in die gleiche Richtung reiten wie Frauke, lachte aber im nächsten Moment über sich selbst. Es gab so viele Straßen auf der Welt, und da war es unwahrscheinlich, dass sie sich noch einmal begegnen würden.

12.

Da der Mond nur als schmale Sichel am Himmel stand, war es so dunkel, dass man kaum die Hand vor Augen sehen konnte, und die Laterne in Draas' Hand spendete nur wenig Licht. Während der Stadtknecht zusammen mit Inken Hinrichs die Führung übernommen hatte, stapfte Frauke neben ihrer Schwester her. Sie fühlte sich müde und innerlich wie wund geschlagen. Wenn sie die Augen schloss, sah sie, wie der Foltermeister Dionys ihrer Mutter Gewalt antat und wie ihr Bruder Haug auf dem Scheiterhaufen verbrannte.
»Ich werde nie mehr schlafen können«, stöhnte sie.
»Was hast du gesagt?«, fragte Silke.
»Was haben wir getan, dass Gott uns so straft?«
Da ihre Schwester nicht antwortete, ließ Frauke die Schultern hängen. Wie betäubt von den Schrecken, setzte sie einen Fuß vor den anderen, und als im Osten die ersten Anzeichen des erwachenden Tages zu sehen waren, hatten sich die Schritte bereits zu einigen Meilen summiert.
»Haltet ihr Weibsleute noch ein wenig durch, oder müssen wir eine Rast einlegen?«, fragte Draas.
»Eine Rast wäre mir lieb«, antwortete Silke.
Die Mutter schüttelte heftig den Kopf. »Noch sind wir nicht weit genug von Stillenbeck weg! Sollte dieser Satansdiener uns verfolgen lassen, wäre es besser, wenn wir noch ein Stück weitergingen. Obgleich ich mich dafür schäme! Haug ist uns in die Ewigkeit vorangegangen, und wir entziehen uns durch diese Flucht davor, gleich ihm Märtyrer unseres Glaubens zu werden.«

Frauke begriff ihre Mutter nicht mehr. Fast hatte sie das Gefühl, als sehne diese sich nach dem Tod auf dem Scheiterhaufen. Bis jetzt hatte Silke geschwiegen, doch nun begann sie zu maulen. »Mir tun die Füße weh! Außerdem habe ich Hunger.«
»Ich habe eine Wurst und etwas Brot als Wegzehrung mitgenommen, dazu gibt es ein paar Schlucke Wein«, sagte Draas und reichte Silke eine Lederflasche.
Das Mädchen griff hastig danach, zog den Stöpsel und trank mit durstigen Zügen. Als sie die Flasche an ihre Mutter weiterreichte, war diese halb leer.
Inken Hinrichs beherrschte sich besser als ihre älteste Tochter, dennoch blieben für Frauke nur wenige Schlucke, denn sie wollte noch etwas für Draas übrig lassen.
Dieser nahm ihre Zweifel wahr und nickte ihr aufmunternd zu. »Trink ruhig aus! Ich kann mir die Flasche beim nächsten Wirt füllen lassen. Wurst und Brot könnt ihr drei euch teilen. Ich halte es schon noch eine Weile aus!«
»Du bist ein guter Mann, Draas«, sagte Frauke zu ihm.
»Lass es gut sein, Mädchen. Ich bin auch nicht besser als andere. Höchstens ein bisschen!« Der Stadtknecht lachte und wies nach Osten. »Es wird gleich hell, und wir können rascher ausschreiten. Das sollten wir auch tun, denn wir werden noch einige Meilen zurücklegen müssen, bevor wir vor dem Inquisitor in Sicherheit sind.«
»Gebe Gott, dass er uns nicht verfolgen lässt! Und wenn doch, mögen seine Leute uns nicht finden.« Frauke nickte bei diesen Worten, als wolle sie sich selbst bestätigen.
Da fiel ihr etwas auf. »Herr im Himmel! Draas, wenn sie uns fangen, bist du ebenfalls in Gefahr. Immerhin hast du uns zum Stadttor hinausgelassen, und deswegen werden sie dich ebenfalls für einen Ketzer halten.«
Bevor Draas etwas erwidern konnte, mischte sich die Mutter ein. »Nicht wir sind die Ketzer, sondern die anderen, die dem Popanz in Rom den Hintern küssen! Doch ich sage euch, das

Verhängnis wird sie alle ereilen. Der jüngste aller Tage ist nah, und dann wird unser Herr Jesus Christus kommen und alle, die uns Übles getan haben, verwerfen, während er uns selbst an seine Tafel führt, an der wir mit unseren lieben Märtyrern vereint sein werden. Dort werden wir auch Haug wieder an unsere Brust drücken können.«

Inken Hinrichs klang so überzeugt, dass Frauke fast zu hoffen wagte, dass es so kam. Es durfte gar nicht anders sein, denn sonst wäre dieses Leben nicht zu ertragen. Zu gerne hätte sie jeglichen Zweifel abgeschüttelt und den Augenblick herbeigesehnt, an dem sie ihren Bruder wiedersehen würde. Doch ein Teil in ihr blieb skeptisch. Was war mit den Menschen, die nicht zu der kleinen Gruppe der Erwählten gehörten? Gott konnte doch nicht die Menschen geschaffen haben, um schließlich nur so wenige von ihnen zu erretten.

»Gott, erbarme dich Lothar Gardners«, betete sie unhörbar für die anderen. »Er hat uns gerettet und ist ein braver und edler Mensch, auch wenn er seine Gebete vor einem römischen Altar spricht. Du darfst ihn nicht verwerfen.«

»Gleich erreichen wir ein Dorf«, unterbrach Draas ihr stummes Gebet. »Zuerst hatte ich überlegt, euch in einem Waldstück zurückzulassen und allein weiterzugehen. Aber das könnte jemandem auffallen. Daher werden wir alle zusammen in die Wirtschaft gehen. Wenn uns jemand fragt, wer wir sind, so ist Frau Inken eine Witwe, ich bin ihr Schwiegersohn und Frauke meine Schwester. Dann kommt man nicht so leicht darauf, dass wir gemeint sein könnten, wenn Verfolger nach uns fragen.«

Frauke fand Draas' Vorschlag vernünftig, doch Silke zischte empört: »Ich will nicht als verheiratete Frau gelten!«

»Deine Mutter ist zu alt dafür und Frauke zu jung«, erklärte Draas eindringlich.

Doch Silke blieb stur. »Es wäre eine Lüge und damit noch schlimmer als eine Sünde!«

»Das wäre es, wenn wir nicht nur vorgeben würden, verheiratet zu sein, sondern uns auch so verhalten würden. Eine Lüge hingegen wird Gott uns vergeben. Schließlich geht es um unser Leben.«

Das sah schließlich auch Silke ein. Frauke hingegen brachte einen Einwand. »Aber Silke trägt nicht die Tracht einer verheirateten Frau!«

Ihre Stimme weckte Inken Hinrichs aus ihrer Erstarrung. »Da ich als Witwe auftreten soll, kann ich einige Kleidungsstücke an sie übergeben. Mir reicht das schwarze Kopftuch!«

»Nicht schwarz«, flüsterte Frauke, weil diese Farbe sie an den Inquisitor erinnerte.

Sie wusste jedoch selbst, dass sie ihre Gefühle beherrschen musste, wenn sie ihren Feinden auf Dauer entkommen wollten. Daher half sie ihrer Mutter, Silkes Tracht in die einer verheirateten Frau einschließlich der Haube und des Schultertuchs zu verwandeln. Die Schwester ließ nun alles teilnahmslos über sich ergehen. Doch als sie weitergingen, mied sie Draas' Blick.

Dieser stellte sich kurz vor, wie es wäre, tatsächlich mit dem schönen Mädchen verheiratet zu sein. Ein wenig hoffte er, dass es nun, da die Hinrichs' aus seiner Heimatstadt hatten fliehen müssen, sogar die Möglichkeit dazu gab. Dann aber dachte er daran, dass er nur ein davongelaufener Stadtknecht war, der nicht wusste, wie und wo er wieder etwas Geld verdienen konnte, und stapfte mit betrübter Miene weiter.

Mittlerweile spürte Frauke die Erschöpfung so sehr, dass sie während des Gehens immer wieder kurz einnickte und einmal sogar zu Fall kam. Sie versuchte, sich wach zu halten, indem sie darüber nachdachte, was sie tun sollten. Auf jeden Fall war es wichtig, Helm und ihren Vater wiederzufinden. Dieser hatte ihnen einen Ort genannt, an dem er warten oder eine Nachricht für sie hinterlassen würde, aus der hervorging, wo er zu finden sei. Doch sie wusste nicht einmal, ob sie in diese Rich-

tung gingen. Sie wollte die Mutter und ihren Begleiter darauf ansprechen, war jedoch zu müde, um mehr als einen Satz herauszubringen.
Die Mutter verstand sie trotzdem und wandte sich an Draas.
»Auf welchem Weg kommen wir nach Geseke?«
»Da müssten wir uns beim nächsten Kreuzweg nach Osten wenden. Bis dorthin werden wir einige Tage brauchen – so Gott uns hilft, heißt das!«
»Er wird uns helfen!«, erklärte Inken Hinrichs voller Inbrunst und schritt schneller aus, um diesen Ort so bald wie möglich zu erreichen.

13.

Hinner Hinrichs klopfte sich in Gedanken selbst auf die Schulter, denn er hatte mittlerweile so viele Meilen zwischen sich und den Inquisitor gelegt, dass er sich sicher fühlen konnte. Zudem schmeckte ihm das Bier, das in dieser Herberge ausgeschenkt wurde, und der Eintopf ließ sich ebenfalls essen.
»Wie du siehst, Junge, haben wir es geschafft!«, sagte er zu seinem Sohn.
»Ja, Vater!«, antwortete Helm und atmete erleichtert durch. In den letzten Tagen war er fast vor Angst gestorben, die Schergen des Inquisitors könnten sie verfolgen und gefangen nehmen. Diese Gefahr schien nun gebannt. Daher trank er ebenfalls einen Schluck Bier und wandte sich wieder seinem Eintopf zu.
»Der schmeckt besser als das, was die Mutter auf den Tisch bringt«, meinte er nach einer Weile.
»Willst du sagen, dass sie nicht gut kocht?«, fuhr Hinrichs seinen Sohn an. Selbst wenn es der Fall gewesen wäre, hätte er keine Kritik an seiner Frau geduldet.
Helm begriff, dass er sich etwas zu weit vorgewagt hatte, und wand sich. »Das wollte ich nicht sagen. Ich meine nur, dass es hier besonders gut schmeckt.«
»Das tut es! Aber ich freue mich auch auf das Essen, das deine Mutter kocht. Ich hoffe, wir treffen sie bald wieder. Mittlerweile müsste Haug die Stadt verlassen haben, vielleicht auch schon Inken mit den beiden Mädchen.« Hinrichs seufzte, schob den Gedanken an seine restliche Familie von sich und winkte der Schankmaid, seinen Krug neu zu füllen.

Die junge Frau nahm lächelnd das Gefäß und stellte es kurz darauf mit einem fröhlichen »Wohl bekomm's!« wieder auf den Tisch.

»Auf dein Wohl!«, antwortete Hinrichs und setzte den Krug an, ohne darauf zu achten, dass dieser höchstens zu drei Vierteln gefüllt war.

Sein Blick hatte sich an dem Ausschnitt ihres Gewands festgesaugt, in dem der Ansatz von zwei festen Brüsten zu sehen war, und nun überkamen ihn ganz unchristliche Gelüste. Wenn er es genau nahm, reizte ihn seine Frau schon lange nicht mehr. Er wohnte ihr nur bei, weil es Gottes Wille und die einzige Möglichkeit für ihn war, seine Fleischeslust zu stillen. Mit der Schankmaid hier hätte er es auch gerne getan. Zum einen aber hatte er seinen Sohn bei sich, und zum anderen würde Gott es sehen. Auch wenn dieser zu einem Erwählten wie ihm nachsichtiger sein würde als zu der Masse der verworfenen Menschen, so konnte ihn dies doch einige Plätze an Christi Tafel kosten, und das wollte er nicht riskieren.

Verärgert, weil er sich in seiner Situation beengt fühlte, sah Hinrichs Helm an. »Wir werden einen Tag hier rasten. Dann wandern wir weiter nach Geseke. Ich habe Haug und deiner Mutter gesagt, dass sie sich mit den Mädchen dorthin wenden sollen.«

»Ja, Herr Vater!« Da die unmittelbare Gefahr ausgestanden war, genoss Helm die Reise als großes Abenteuer. Vor allem aber freute er sich, dass er hatte mitkommen dürfen und nicht Haug oder eine seiner Schwestern. Wenn er mit der Mutter hätte reisen müssen, würde diese ihm gewiss keinen zweiten Krug Bier erlauben, wie der Vater es eben tat. Helm kam sich schon richtig erwachsen vor, als er mit ihm anstieß und anschließend einen tiefen Zug aus seinem Krug nahm.

»Was machen wir, wenn Haug und die anderen uns verfehlen?«, fragte er.

»Das werden sie nicht – und wenn doch, so kennt deine Mutter einige Brüder, die in verschiedenen Städten leben und uns Bescheid geben können. Von denen werden sie auch Essen und Kleidung erhalten«, antwortete Hinrichs.

Dabei war ihm klar, dass seine Frau und seine übrigen Kinder allein für Kost und Logis würden hart arbeiten müssen. Dieses Los traf aber auch ihn. Nun ärgerte ihn das Erscheinen des Inquisitors doppelt. Wäre er vorher gewarnt worden, wie es dreimal bereits geschehen war, hätte er das Haus und sein Werkzeug verkaufen und mit einem gut gefüllten Beutel das Weite suchen können. So aber war er arm wie eine Kirchenmaus und würde lange Zeit auf die Barmherzigkeit anderer angewiesen sein, bevor er wieder auf eigenen Beinen stehen konnte.

»Die Welt ist so etwas von ungerecht!«, sagte er brummig.

»Ja, Herr Vater«, antwortete Helm automatisch, ohne zu wissen, worum es eigentlich ging.

Für eine Weile versandete das Gespräch, weil jeder den eigenen Gedanken nachhing. Während Hinrichs überlegte, in welcher Stadt er sich mit seiner Familie ansiedeln sollte und wie er wieder zu Geld kommen konnte, sah Helm sich als Liebling des Vaters und war sehr zufrieden. Nun hatte er Haug und Silke übertroffen. Frauke zählte nicht, denn die war immer das schwarze Schaf der Familie gewesen und konnte nicht getauft werden. Daher würde sie auch in Zukunft hinter ihm und den anderen Geschwistern zurückstehen müssen.

Unterdessen füllte sich der Schankraum. Am Nebentisch nahmen drei Männer Platz, von denen einer die Kleidung eines reitenden Boten trug. Der zweite war ein Fuhrmann, und der dritte ein Schneider in engen Hosen und einem kurzen Rock. Sie schienen sich bereits auf der Straße unterhalten zu haben, denn sie setzten ihr Gespräch ansatzlos fort.

»Hoffentlich kommen wir dem Inquisitor auf unserem weiteren Weg nicht in die Quere«, sagte der Schneider eben.

Der Bote schüttelte den Kopf. »Soviel ich gehört habe, will er nach Rom zurückkehren. Vorher hat er noch ein paar arme Hunde verbrennen und die Bürger von Stillenbeck richtig bluten lassen. Was die ihm an Spenden und Ablassgeldern geben mussten, zahlen andere nicht einmal in zehn Jahren. Dem Fürstbischof von Münster werden die Augen tränen, wenn er davon erfährt, denn jeder Gulden, der nach Rom geschafft wird, geht ihm von den Steuern ab. Dabei braucht er jeden Pfennig, um die Schulden tilgen zu können, die er machen musste, um die Herren des Domkapitels und den Papst zu schmieren. Sonst wäre er nie als Fürstbischof in Münster eingesetzt worden.«

Die drei lachten, dann aber schüttelte der Fuhrmann in gespielter Verzweiflung den Kopf. »So ist es nun einmal auf der Welt! Ein Herr von Stand und mit Beziehungen kann alles werden, vor allem reich, während unsereiner zusehen muss, wo er bleibt. Hätte der Herrgott mich nicht auch als den Sohn eines Grafen zur Welt kommen lassen können anstelle eines Fuhrmanns?«

»Was willst du?«, fragte ihn der Schneider. »Du hast ein Gewerbe, das dich ernährt, kommst in der Welt herum und kannst dir ein Zubrot bei jenen Leuten verdienen, die eine Nachricht in eine andere Stadt senden wollen. Ich hingegen nähe mir die Finger wund und werde, wenn meine Kleider den hohen Herrschaften nicht gefallen, oft genug ohne Lohn davongejagt.«

Der Bote winkte mit einer lässigen Handbewegung ab. »Du musst auch nicht jammern! Immerhin arbeitest du unter Dach und musst dich nicht mit Regen, schlammigen Straßen, Schnee oder gar Räubern herumschlagen. Ich habe erst letztens …«

Hinrichs war immer unruhiger geworden. Nun stand er auf und trat zu dem anderen Tisch. »Verzeiht, aber ihr habt eben erwähnt, dass in Stillenbeck Ketzer verbrannt worden sein sollen. Könnt ihr mir mehr berichten?«

»Das kann ich!«, erklärte der Bote selbstbewusst. »Ich habe es von einem Mann erfahren, der selbst dabei gewesen ist. Ein halbes Dutzend Leute sollen es gewesen sein, darunter auch drei Weiber. Mein Gewährsmann konnte mir sogar den Namen eines der Verurteilten nennen. Es handelte sich um den elenden Ketzerpropheten Berthold Mönninck. Den soll der Teufel holen und das ganze Wiedertäufergesindel dazu!«

»Der Teufel hat ihn schon geholt!«, warf der Fuhrmann lachend ein. »Oder glaubst du, ein solcher Erzketzer wäre in den Himmel gekommen? Für den ist selbst das Fegefeuer noch zu kalt. Die Wiedertäufer sind alle dem Satan verfallen, und darum muss jeder gefunden und um die Ecke gebracht werden, damit sie nicht auch noch andere mit ihrer Häresie anstecken und deren Seelenheil gefährden. Aber warum interessierst du dich für diese Leute?«

Bei dieser Frage blickte der Fuhrmann Hinrichs misstrauisch an. Dieser begriff, dass er sich auf sehr dünnem Eis bewegte, und stieß einen Laut aus, der einem Lachen gleichkommen sollte. »Es hat mich halt interessiert, weil ich selbst schon einmal gesehen habe, wie ein paar dieser elenden Ketzer verbrannt wurden. Aber jetzt lasst es euch schmecken.«

Die letzte Bemerkung ließ Hinrichs fallen, weil die Schankmaid den dreien eben je eine Schüssel mit Eintopf hinstellte und die Krüge mit sich nahm, um sie neu zu füllen. Er selbst kehrte zu seinem Platz zurück und brauchte einen Schluck Bier, um seine rebellierenden Nerven zu beruhigen. Wenn neben Mönninck noch andere Männer und mehrere Frauen verbrannt worden waren, hieß dies, dass seine restliche Familie höchstwahrscheinlich nicht mehr existierte. Nun bedauerte er, nicht auf Fraukes und Draas' Warnungen gehört zu haben. Doch er war es satt gewesen, immer wieder ins Ungewisse aufbrechen zu müssen, und hatte die Gefahr nicht wahrhaben wollen.

Auch Helm hatte die Auskunft des reitenden Boten vernommen und zitterte bei dem Gedanken, seine Mutter, sein Bruder und seine Schwestern könnten auf dem Scheiterhaufen verbrannt worden sein.

»Daran ist nur Frauke schuld. Sie hätte Gerlind Sterken nicht ärgern dürfen!«, stieß er hervor.

»Sei still!«, flüsterte Hinrichs ihm zu, trank aus und stand auf. »Komm mit! Wir haben heute noch ein ganzes Stück zu gehen, wenn wir Geseke morgen erreichen wollen!« Da sein Sohn nicht reagierte, gab er ihm einen Klaps und wandte sich noch einmal den drei Männern zu.

»Gott befohlen, die Herren!«

»Gott befohlen«, antwortete der Bote, während der Fuhrmann Hinrichs schweigend musterte und Vater und Sohn nachblickte, bis diese die Gaststube verlassen hatten.

Dann sah er seine Freunde an. »Wenn das mal keiner dieser elenden Wiedertäufer war, will ich die nächste Fuhre umsonst nach Münster bringen.«

»Dann solltest du ihn anzeigen. Aber welchen Beweis hast du?«, antwortete der Schreiber.

Der Fuhrmann war schon aufgestanden und setzte sich nun wieder hin. »Du hast recht! Ohne Beweis sollte man keinen denunzieren. Wenn er ein Ketzer ist, wird er gewiss bald einem der geistlichen Herren auffallen und sein verdientes Ende finden. Reden wir lieber von anderen Dingen. Zum Wohl!«

»Zum Wohl!«, scholl es zurück.

Während die drei sich in der Schenke Bier und Eintopf schmecken ließen, wanderte Hinrichs mit seinem Sohn zum Tor hinaus. Bei der ersten Kreuzung verließ er die Straße nach Geseke und schlug einen anderen Weg ein, um eventuelle Verfolger zu täuschen.

Hinrichs ahnte nicht, dass der reitende Bote seinen Bericht aufgebauscht hatte, damit er dramatischer klang. Zudem war dessen Gewährsmann überzeugt gewesen, dass man Inken Hinrichs genauso, wie es verkündet worden war, samt ihren Töchtern auf dem Scheiterhaufen verbrannt hatte.

Hinrichs dankte Gott, dass er ihn und Helm errettet hatte. Gleichzeitig bedrückte es ihn, seine Frau und die anderen Kinder in Stillenbeck zurückgelassen zu haben. Fraukes Rat, sie sollten alle fliehen, war richtig gewesen. Ich hätte sie doch taufen lassen sollen, dachte er. Jetzt kann ich nur hoffen, dass unser Herr Jesus Christus sie trotzdem in seine Herde aufgenommen hat.

»Was machen wir jetzt, Vater?«, fragte Helm, der sich zusehends unwohl fühlte.

»Wir gehen weiter, bis es dunkel wird, und schlafen die Nacht im Wald. Morgen schlagen wir den Weg nach Dortmund ein. Dort kenne ich ein paar Brüder, die uns helfen werden«, erklärte Hinrichs.

»Aber was ist mit Mutter und meinen Geschwistern?«, fragte Helm bang.

Sein Vater zuckte mit den Achseln. »Gott wird sie in Gnaden aufnehmen. Und jetzt geh schneller, oder willst du, dass sie uns auch noch erwischen und auf den Scheiterhaufen stellen? Im Feuer zu stehen soll sehr ungesund sein, habe ich mir sagen lassen!«

Hinrichs stieß ein böses Lachen aus und verdoppelte seine Schritte. Immerhin ging es nun um sein eigenes Leben. Daran, dass er in Geseke eine Nachricht für seine Frau hatte hinterlassen wollen, dachte er nicht mehr. Er war fest überzeugt, dass Inken und seine übrigen Kinder ein Opfer des Inquisitors geworden waren. Dieser Bluthund des Papstes aber, so sagte er sich, würde bald seine Strafe erhalten. Das Jüngste Gericht war nahe, und dann würde es endgültig vorbei sein mit Männern wie Jacobus von Gerwardsborn.

DRITTER TEIL

Die Suche

1.

Frauke starrte Debald Klüdemann an und wollte nicht glauben, was dieser sagte. Ihrer Mutter ging es genauso, denn sie schüttelte fassungslos den Kopf.
»Ihr sagt, mein Gatte hätte keine Botschaft für uns hinterlassen? Das kann nicht sein!«
»Es tut mir leid, gute Frau, doch so ist es. Ich habe deinen Mann das letzte Mal vor drei Monaten gesehen, als er mich aufgefordert hat, ihm einen Propheten zu schicken, der euren Sohn taufen soll. Damals habe ich ihm vorgeschlagen, mit dem Jungen hierherzukommen, doch das wollte er nicht. Und nun ist der brave Mönninck tot!« Der Mann war ein eifriger Anhänger des Propheten Melchior Hoffmann und senkte nun traurig den Kopf.
Da anscheinend nur Mönnincks Tod für ihn zählte, fuhr Frauke empört auf. »Mein Bruder starb ebenfalls im Feuer! Unsere Peiniger haben gesagt, Mönninck habe uns an den Inquisitor verraten.«
Klüdemann, den der Vater ihnen als Gewährsmann genannt hatte, blickte sie strafend an. »Mönninck? Das kann ich nicht glauben. Er war stark und hatte den Herrn an seiner Seite.«
»Sei still, Frauke!«, wies Inken Hinrichs ihre Tochter zurecht, obwohl sie nicht wusste, wo ihr der Kopf stand. Ihr Mann hatte ihr hoch und heilig versprochen, bei Klüdemann auf sie zu warten oder eine Nachricht zu hinterlassen, und einen Augenblick lang befürchtete sie, dass er unterwegs gefangen genommen und dem Inquisitor ausgeliefert worden

wäre. Doch dann verwarf sie den Gedanken. Wahrscheinlich hatte er aus Furcht vor Verfolgung einen anderen Weg eingeschlagen und würde in den nächsten Tagen nach Geseke kommen.

Bis dahin aber waren sie auf Draas' Hilfe angewiesen, und das behagte ihr nicht. Der Preis, den der Mann für seinen Beistand verlangen würde, erschien ihr zu hoch. Silke war ein schönes Mädchen und zu schade für einen davongelaufenen Stadtknecht. Eine leise innere Stimme sagte ihr zwar, dass sie Draas dankbar sein müsste, weil er ihr und ihren Töchtern zur Flucht verholfen hatte. Andererseits hatte er aber verhindert, dass sie so wie Haug als Märtyrerin in die ewige Seligkeit hatte eingehen können. Nun musste sie die Last des Erdenlebens noch länger ertragen. Daher wollte sie nicht, dass Draas noch länger bei ihnen blieb. Um das zu erreichen, wandte sie sich mit einer bittenden Geste an Klüdemann.

»Verzeiht, wenn wir Euch zur Last fallen. Doch können wir bei Euch bleiben, bis wir Klarheit über den Verbleib meines Mannes haben?«

Klüdemann sah erst sie und dann die beiden Mädchen an. Dabei ruhte sein Blick lange auf Silke. Sie war schön und bereits der Gedanke daran eine Sünde. Dennoch wollte und konnte er sie nicht von seiner Schwelle weisen und einem unsicheren Schicksal überlassen.

»Du und deine beiden Töchter, ihr könnt in meinem Haus bleiben. Für euren Begleiter, der nicht einmal ein Eingeweihter ist, habe ich jedoch keinen Platz.«

Da die Forderung ihr in die Karten spielte, nickte Inken Hinrichs sofort. »Draas ist gewiss in der Lage, sich allein durchzuschlagen.«

»Aber wir können ihn doch jetzt nicht fortjagen wie einen kranken Hund!«, rief Frauke entsetzt.

»Sei still!«, herrschte die Mutter sie an. »Das verstehst du nicht. Denk daran: Er ist keiner von uns!«

»Aber er könnte es werden«, wandte Frauke ein.
»Lass es gut sein, Mädchen.« Draas winkte ab, denn ihm war längst klar, dass Inken Hinrichs ihn loswerden wollte. Zwar hatte er ihr und ihren Töchtern zur Flucht aus Stillenbeck verholfen, doch das zählte bei dieser Frau anscheinend nicht. Mehr als das schmerzte ihn jedoch, dass Silke ihn nicht einmal eines Blickes für würdig erachtete. Einen Dank hatte er wenigstens von ihr erhofft, wenn nicht gar einen Kuss. Nun fragte er sich, ob er die drei nicht besser ihrem Schicksal hätte überlassen sollen, verneinte es aber sofort wieder. Er liebte Silke von ganzem Herzen, auch wenn diese seine Liebe nicht erwiderte, und hätte nicht zusehen können, wie sie sich in Qualen auf dem Scheiterhaufen wand.
»Ich wünsche euch allen Glück. Gehabt euch wohl!« Mit diesen Worten drehte Draas sich um und verließ Klüdemanns Haus.
Frauke folgte ihm bis auf die Straße und fasste nach seiner Hand. »Es tut mir so leid, dass du gehen musst. Ohne dich und Lothar wären wir jetzt alle tot.«
»Und im Himmel, wie deine Mutter glaubt! Wahrscheinlich nimmt sie Herrn Lothar und mir es sogar übel, dass es nicht dazu gekommen ist.« Draas zuckte mit den Achseln und legte Frauke die freie Hand auf die Schulter. »Du bist schon richtig, Mädchen. Pass auf deine Mutter und deine Schwester auf! Ich werde ganz bestimmt durchkommen.«
Sein Lächeln wirkte gezwungen, denn seine Aussichten als davongelaufener Stadtknecht waren nicht gerade gut. Wenn er Glück hatte, konnte er sich als Tagelöhner verdingen, und wenn nicht, so würde die Landstraße seine neue Heimat sein. Aber das war nichts, mit dem er Frauke das Herz beschweren wollte. Er streichelte ihr kurz über die Wange, drehte sich um und schlug die Richtung des nächstgelegenen Tores ein.
Als Frauke ihm nachschaute, spürte sie, wie ihr die Tränen in

die Augen stiegen. Draas war ein braver Mann, und sie empfand es als ungerecht von ihrer Mutter, ihn zu vertreiben. Niedergeschlagen kehrte sie in Klüdemanns Haus zurück und wurde sofort von der Ehefrau des Mannes angeblafft, nicht faul herumzustehen.

2.

Aus Angst, als Täufer verraten zu werden, hatten Debald und Mieke Klüdemann auf einheimische Mägde verzichtet, und nun mussten Frauke und Silke diese Lücke ausfüllen. Auch Inken Hinrichs half gezwungenermaßen mit, wurde aber gleichzeitig von Mieke Klüdemann zu ihrer Vertrauten gemacht. Diese freute sich, endlich jemanden zu haben, mit dem sie ihre Gedanken austauschen konnte.
Inken Hinrichs wusste nicht, ob sie sich als Witwe ansehen oder hoffen sollte, dass ihr Mann und ihr verbliebener Sohn überlebt hatten. Da es ihr nicht möglich war, nach beiden zu forschen, erschien Klüdemanns Haus ihr als der beste Zufluchtsort. Der Hausherr galt etwas in der Täufergemeinde und würde es erfahren, wenn ihr Mann irgendwo auftauchte.
Die Wochen vergingen, und niemand sprach mehr über das, was in Stillenbeck geschehen war. Von Zeit zu Zeit kam ein wandernder Prediger, um nach der kleinen Gruppe von Täufern in der Stadt zu sehen und mit ihnen zu beten. Dies musste jedoch heimlich geschehen. Obwohl in der Pfarrkirche auf Lutherisch gepredigt wurde, achtete die Kirchengemeinde penibel darauf, welche Mitbürger sich auffällig verhielten. Für Klüdemann und seinen Haushalt hieß dies, nach außen hin mit den Wölfen zu heulen und im stillen Kämmerlein Gott dafür um Verzeihung zu bitten.
Anders als Mutter und Schwester musste Frauke noch mehr arbeiten als früher, denn Mieke Klüdemann fiel stets etwas ein, das dringend getan werden musste. Zwar wurde auch ihre Schwester dazu angehalten, mit anzupacken, aber die schwe-

ren und die schmutzigeren Tätigkeiten blieben an ihr haften wie Pech. Manchmal, wenn sie mit dem schweren Wassereimer durch die Straßen ging, sagte sie sich, dass Gott nicht nur im Großen, sondern auch im Kleinen ungerecht war. In ihrem Fall ließ er es zu, dass die Mutter ihr Silke in allem vorzog.
Das verriet schon ihr Gewand. Während sie für sich alte Kittel aus Mieke Klüdemanns Truhen umändern musste, erhielt Silke vom Hausherrn, der nicht gegen ihre Schönheit gefeit war, das Geld, um sich Tuch kaufen und ein neues Kleid nähen zu können. Als sie das nächste Mal in die Kirche gingen, sah ihre Schwester aus wie eine Haustochter und Frauke wie eine einfache Magd.
Eitelkeit war eine Sünde, das hatte Frauke oftmals zu hören bekommen. Trotzdem wünschte auch sie sich ein hübsches Kleid. Jedes Mal aber, wenn sie sich ihres Kittels schämte, erinnerte sie sich an den toten Bruder und schalt sich wegen ihrer Eigensucht. Dann nahm sie sich vor, an diesem Abend besonders inbrünstig für Haugs Seele zu beten. Außerdem wollte sie Jesus Christus bitten, ihren Vater und Helm zu ihnen zu führen. In Klüdemanns Haus würde sie immer nur die unterste Magd sein.
Noch während ihr diese Gedanken durch den Kopf schossen, steckte Mieke Klüdemann den Kopf zur Küchentür heraus. »Ich habe eben gesehen, dass der Kohl alle ist. Geh hurtig zum Markt und besorge ein paar Köpfe!«
»Dafür brauche ich Geld«, entfuhr es Frauke. Den letzten Einkauf hatte sie von den Pfennigen bezahlen müssen, die Klüdemann ihr ein paar Tage zuvor geschenkt hatte, und seine Frau hatte sie ihr nicht zurückgegeben.
»Ach ja!« Die Hausfrau ging in ihr Schlafgemach und kam nach einer Weile mit einigen Münzen zurück. »Gib aber acht, dass man dich nicht übervorteilt. Und jetzt beeile dich! Die Kirchturmuhr schlägt gleich die volle Stunde. Dann ist der Markt vorbei.«

Es hätte dir auch eher einfallen können, dass du Kohlköpfe brauchst, dachte Frauke verärgert und lief los. Der Weg zum Markt war nicht weit, aber sie musste mehrfach Passanten ausweichen, die voll beladen von dort kamen. Als sie den Markt erreichte, ging der Marktaufseher bereits von Stand zu Stand und schlug mit seinem Amtsstab gegen das Holz, um anzuzeigen, dass die Zeit des Verkaufs vorbei sei.

Frauke huschte hinter seinem Rücken vorbei zu dem Bauern, bei dem Mieke Klüdemann gerne ihr Gemüse einkaufte. »Ich brauchte noch zwei Kohlköpfe«, stieß sie atemlos hervor.

Der Bauer hatte noch ein halbes Dutzend davon auf seinem Wagen, nannte ihr aber für zwei einen Preis, der sonst für alle gereicht hätte.

»So viel kann ich nicht zahlen!« Frauke äugte zum Marktaufseher, der immer näher kam.

Auch der Bauer sah den Beamten und sagte sich, dass ihm das Mädchen würde bezahlen müssen, was er verlangte, wenn es nicht ohne Ware nach Hause zurückkehren wollte.

»Ich zahle die Hälfte!« Selbst das war noch zu viel, doch Frauke brannte die Zeit unter den Nägeln.

»Entweder alles, oder …«, setzte der Bauer an.

Frauke schüttelte den Kopf. »So viel Geld habe ich nicht bei mir!«

»Wie viel hast du?«, fragte der Bauer, der sich das Geschäft nicht entgehen lassen wollte. Doch da war der Marktaufseher mit einem raschen Schritt heran und klopfte gegen seinen Wagen.

»Es ist vorbei! Du kannst heimfahren.«

»Nur noch einen Augenblick«, bat der Bauer.

Der Marktaufseher schüttelte den Kopf und schob Frauke vom Wagen weg. »Wenn ich bei einem ein Auge zudrücke, verlangen andere es auch. Damit aber würde ich das Vertrauen des Rates der Stadt verlieren, dessen Gesetze zu befolgen ich geschworen habe.«

Frauke biss sich verzweifelt auf die Lippen. Wenn sie ohne einen einzigen Kohlkopf in Klüdemanns Haus zurückkehrte, würde sie gescholten und womöglich sogar geschlagen werden. Da sah sie aus den Augenwinkeln, wie eine Bäuerin, die ihre Sachen gerade einpackte, ihr heimlich zuwinkte.

Noch während sie auf die Frau zuging, ergriff diese die Holme ihrer Schubkarre und verließ den Markt. Frauke folgte ihr unauffällig und holte sie kurz vor Klüdemanns Haus ein.

»Nimm dir zwei Kohlköpfe, aber so, dass es niemand sieht. Zahlen kannst du morgen«, sagte die Frau gerade laut genug, dass Frauke es verstehen konnte.

Da Frauke nicht wusste, ob Mieke Klüdemann sie am nächsten Tag zum Markt schicken würde, nahm sie mehrere Münzen aus ihrem Beutel und legte sie auf das Tuch, mit dem die Bäuerin ihr Gemüse abgedeckt hatte. Dann packte sie zwei Kohlköpfe in ihren Korb und verschwand mit ihnen in einem Durchgang zwischen zwei Häusern. Nach wenigen Schritten erreichte sie den Garten, der zu Klüdemanns Haus gehörte, trat durch die Pforte und klopfte am Hintereingang an.

Nach einer Weile öffnete Silke ihr und sah sie naserümpfend an. »Warum kommst du nicht vorne ins Haus, wie es sich gehört?«

»Weil ich diese Kohlköpfe unter der Hand gekauft habe und niemand sie sehen soll. Der Markt war nämlich schon geschlossen.« Frauke zwängte sich an ihrer Schwester vorbei ins Haus und brachte die Kohlköpfe in die Küche.

»Da bist du ja endlich«, empfing Mieke Klüdemann sie und musterte die Kohlköpfe. »Die sehen ja ganz ordentlich aus. Hoffentlich hast du nicht zu viel dafür bezahlt!«

Frauke schüttelte den Kopf und reichte das Restgeld zurück. »Hier, das habe ich übrig behalten.«

»Ist wenig genug! Aber was stehst du hier herum? Hast du keine Arbeit? Oder glaubst du, wir füttern dich aus Gnade und Barmherzigkeit durch?«

Diese Bemerkung empfand Frauke als ungerecht, denn sie selbst arbeitete um einiges mehr als ihre Mutter und ihre Schwester zusammen. Da Widerworte ihr jedoch nur Ärger eingebracht hätten, verschwand sie aus der Küche, schnappte sich unterwegs einen Besen und begann, den Schlafraum des Ehepaares zu kehren. Während sie die schlichte Bettstatt musterte, die Debald und Mieke Klüdemann sich teilten, kam ihr ein unerwarteter Gedanke. Eine Ehe schien für sie die beste Möglichkeit zu sein, den jetzigen Zustand zu beenden. Aber wer würde sie in dieser fremden Stadt schon heiraten wollen? Hier in Geseke war sie nur noch eine Magd, und das würde sie bleiben, bis sie starb.
Unwillkürlich musste sie an Lothar Gardner denken. Was würde er sagen, wenn er sie so mutlos sähe? Gleichgültig, welche Steine ihr das Schicksal auch in den Weg rollte: Sie durfte sich nicht unterkriegen lassen. Heute nicht und auch nicht in Zukunft! Immerhin hatte sie durch Lothar ihr Leben noch einmal geschenkt bekommen, und sie musste sich dessen wert erweisen.
Mit diesem Vorsatz beendete sie die Arbeit im Schlafzimmer und ging weiter in die Kammer, die sie sich mit Mutter und Schwester teilte. Ihr Mut war neu erwacht, und sie fühlte die Kraft in sich, dem Leben das abzuringen, was sie benötigte. Viel war es nicht, nur ein braver Ehemann und ein kleines Haus, das sie mit diesem bewohnen konnte. Dabei war es ihr gleich, ob sie in Zukunft als Katholikin oder Lutheranerin würde leben müssen oder doch noch durch einen der Prediger des Glaubens ihrer Eltern die Erwachsenentaufe erhielt.

3.

Draas hatte die Stadt verlassen und war losmarschiert, ohne ein bestimmtes Ziel zu haben. Noch besaß er ein paar Groschen, und mit denen würde er eine Weile auskommen. Ihn interessierte kaum, was danach kam, denn seine Gedanken beschäftigten sich immer noch mit Silke. Diese war ihm gewiss dankbar, sagte er sich, und hatte wohl nur aus Furcht vor der Mutter ihre wahren Gefühle verborgen. Anders als sie war Frauke offen heraus und trat im Haus ihrer Eltern mit ihrer Art immer wieder ins Fettnäpfchen. Auch wenn Hinrichs und seine Familie versucht hatten, sich von anderen fernzuhalten, so hatten Nachbarn doch das eine oder andere aufgeschnappt und weitergetragen.

Während Draas über staubige Straßen wanderte, wünschte er sich, dass Silke etwas mehr von der Art ihrer Schwester hätte. Doch sie war ein stilles Mädchen, welches das, was es wirklich bewegte, tief in sich verschloss.

»Kein Wunder bei dem Vater und der Mutter«, brummte er und sagte sich, dass er Silke und ihre Familie so rasch wie möglich vergessen sollte. So einfach war das aber nicht, und als der Abend hereinbrach und es um ihn herum nur Wald gab, dachte er weniger an eine mögliche Gefahr für sich selbst, sondern schalt sich vielmehr einen Feigling, weil er nicht in Silkes Nähe geblieben war. Handlangerdienste hätte er auch in Geseke leisten können. Stattdessen war er ohne Sinn und Verstand losgelaufen.

Es wurde immer dunkler, und Draas sehnte eine Herberge herbei, in der er essen und übernachten konnte. Doch am Himmel stieg bereits der Mond auf, und er wanderte immer

noch auf einer von mächtigen Bäumen gesäumten Straße dahin. Einmal glaubte er ein Licht zu sehen, bemerkte aber rasch, dass es sich nur um einen Stern handelte, der knapp über dem Horizont stand.
Langsam wurde ihm mulmig zumute. Zwar fürchtete er keine Menschen, denn die konnten ihm nicht mehr nehmen als sein Leben. Doch in Wäldern wie diesem sollte es Geister geben, und es hieß, dass der Satan selbst an bestimmten Kreuzwegen erschien, um nächtlichen Reisenden aufzulauern und sie in seine Gewalt zu bringen. Dem Herrn der Hölle ging es um die Seele, und die war ein ganz spezielles Ding. Obwohl Draas nicht glaubte, dass Jesus Christus beim Jüngsten Gericht einen Unterschied zwischen Katholiken, Lutheranern, Wiedertäufern und anderen Christen machen würde, so hatte er doch Angst vor der Hölle. Nach einer Weile blieb er stehen und lauschte den Geräuschen des nächtlichen Waldes. Es waren unglaublich viele verschiedene Laute zu hören, und Draas schauderte es.
Stammten die Töne alle nur von Tieren, fragte er sich, oder mischte sich da auch die Stimme des Teufels mit ein?
Eine Weile ging er weiter, blieb dann wieder stehen und schüttelte sich. Hier im Freien übernachten wollte er nicht. Lieber wanderte er die ganze Nacht hindurch, bis das erste Licht der Sonne alle Geister vertrieb.
Der nahe Schrei eines Uhus ließ ihn zusammenzucken. »Das ist kein Totenvogel«, sagte er sich, um sich Mut zu machen. »Wenigstens nicht für mich!«
Trotz seiner Worte begann er zu laufen, trat prompt in ein Loch und stürzte. Er schürfte sich den Arm und das Knie auf und fluchte laut. Sofort verstummte er wieder und lauschte in die Nacht hinein, ob sich etwas Unerklärliches tat. Dies war zum Glück nicht der Fall. Dafür aber schmerzte sein Bein so höllisch, dass er nur noch hinken konnte. Auf diese Weise würde er keine halbe Meile mehr weit kommen.

Langsam begann er, sich damit abzufinden, die Nacht im Wald zu verbringen, doch da sah er nicht weit vor sich ein Licht. Er humpelte weiter, bis ein schattenhaftes Gebäude auftauchte. Der Lichtschein drang aus zwei Fenstern, deren Läden nicht geschlossen waren, und an der Vorderwand knarzte ein Schild, das an einem so abgelegenen Ort üblicherweise eine Herberge anzeigte.

Die Tür war versperrt. Draas klopfte und atmete auf, als er drinnen eine Stimme hörte.

»Wer ist da?«

»Ein Reisender, der Obdach sucht.«

Eine kleine Luke im oberen Teil der Tür wurde geöffnet, und jemand hielt eine kleine Laterne heraus.

»Bist du allein?« Es war eine tiefe, aber weiblich klingende Stimme.

Draas grinste erleichtert. »Ja! Ich habe mittags nach dem Weg gefragt, aber anscheinend nicht alles verstanden. Die Herberge, auf die ich kurz vor Sonnenuntergang treffen sollte, war auf jeden Fall nicht da.«

»Es gibt auch keine bis zur nächsten Stadt.«

Die Tür ging auf, und die Frau winkte Draas herein. Da sie einen Schlüsselbund am Gürtel trug, musste sie die Wirtin sein. Sie überragte den ehemaligen Stadtknecht um gut eine Handbreit, wirkte mit ihren großen Brüsten und den ausladenden Hüften aber sehr weiblich.

»Komm herein!«, forderte sie ihn auf.

»Danke!«, sagte Draas erleichtert und trat über die Schwelle.

Die Wirtin sah, dass er hinkte. »Du bist nicht gut zu Fuß?«

»Ich bin vorhin gestürzt und habe mir den Knöchel verstaucht. Wenn du so gut sein willst und mir einen kühlenden Umschlag machst, den ich um mein Bein wickeln kann, wäre ich dir dankbar.«

»Wird wohl gehen«, antwortete sie gleichmütig. »Setz dich in die Stube! Ich kümmere mich darum.«

»Hunger und Durst hätte ich auch.«
»Was willst du eher, einen Wickel für deinen Knöchel oder Bier, Wurst und Brot für deinen Magen?« Die Stimme der Wirtin klang nun spöttisch.
»Den Wickel!« Draas humpelte in die Schankstube und sah zwei Männer an einem Tisch sitzen. Einer von ihnen war seiner Kleidung nach ein Fuhrmann und der zweite ein wandernder Schneidergeselle. Gerade kam ein dritter, der die Tracht eines reitenden Boten trug, durch den Hintereingang herein und setzte sich lachend zu den beiden anderen.
»Mein Gaul ist wieder in Ordnung! Es war nur ein Stein im Hufeisen. Jetzt trinken wir aber einen auf unser Wiedersehen! Während ihr erst auf dem Weg nach Soest seid, komme ich schon wieder von dort.«
Da bemerkte der Bote Draas und musterte ihn. »Wer ist das?«, fragte er seine Freunde.
Die beiden anderen drehten sich zu dem ehemaligen Stadtknecht um, und der Schneider fragte neugierig: »Woher kommst denn du?«
Draas zeigte mit dem Daumen in die Richtung, aus der er glaubte, gekommen zu sein. »Von dort!«
»Und willst jetzt dorthin!« Der Schneider deutete grinsend in die Gegenrichtung.
»So kann man es sagen«, antwortete Draas und nahm am Tisch der drei Männer Platz. »Allein sitzt es sich so schlecht!«
»Das stimmt! Hast du dich verletzt, oder warum hinkst du?«
»Ich bin in der Dunkelheit gestolpert und habe mir den Knöchel verstaucht«, erklärte Draas.
»Das hätte bös ins Auge gehen können. Erst letzte Woche sind hier in der Gegend Wölfe gesehen worden. Schon ein gesunder Wanderer muss sich vor diesen Biestern in Acht nehmen, aber mit einem Hinkefuß fällst du denen rascher zum Opfer, als du amen sagen kannst.«
»Du glaubst nicht, wie froh ich bin, hier zu sein!« Draas

nickte dem Schneider zu und streckte dann das Bein aus, damit die Wirtin, die inzwischen mit einer Schüssel und einem Tuch zurückgekommen war, ihm Schuh und Strumpf ausziehen konnte.

»Von außen sieht man nicht viel. Gebrochen kann er also nicht sein«, meinte die Frau und wand das kalte, tropfende Tuch um den Knöchel. Prompt tat das Gelenk noch mehr weh, und Draas stöhnte erbärmlich.

»Hältst wohl nicht viel aus, was?«, spöttelte die Wirtin. »Aber jetzt kriegst du dein Bier und eine Blutwurst. Danach geht es dir wieder besser.«

»Vergelte es dir Gott!« Draas hatte höflich sein wollen, erntete aber nur ein Lachen.

»Mir ist es lieber, du vergiltst es mir mit klingender Münze. Auf mein Seelenheil will ich nämlich nicht anschreiben lassen.«

»Ich kann bezahlen!«, antwortete Draas verärgert, beruhigte sich aber wieder, als er den ersten Zug aus dem Bierkrug nahm. »Die Wirtin mag Haare auf den Zähnen haben, aber Bier brauen kann sie«, sagte er zu seinen Tischnachbarn.

»Auf dein Wohl!« Es waren die ersten Worte, die der Bote an ihn richtete, während der Fuhrmann sich weiterhin in Schweigen hüllte.

»Auch auf euer Wohl!« Draas hob den Krug und stieß mit den Männern an.

Seinem Fuß tat der Wickel gut, und er selbst war erleichtert, ein Dach über dem Kopf gefunden zu haben. Dazu schienen die drei Männer eine angenehme Gesellschaft zu sein, auch wenn der Fuhrmann kaum den Mund aufbrachte. Er hätte es schlechter treffen können, sagte er sich, als die Wirtin die noch offenen Läden der beiden Fenster schloss.

»Heute ist gewiss kein Reisender mehr unterwegs, dem das Licht in der Stube einen sicheren Aufenthalt verspricht«, erklärte sie.

»Gibt es hier in der Gegend etwa Räuber?«, wollte Draas wissen.

Der Schneider nickte eifrig. »Hier tauchen immer wieder welche auf. Meist sind es davongelaufene Soldaten, die durch den Krieg verdorben worden sind.«

»Der ganze Krieg taugt nichts. Er macht einem nur das Geschäft kaputt!«, brummte der Fuhrmann.

Da ließ das Geräusch von rollenden Rädern alle aufhorchen, und die Wirtin öffnete die Tür, um in die Dunkelheit zu lauschen. Kurz darauf hielt ein vierspänniger Reisewagen vor der Herberge an. Zwar waren zwei Laternen an ihm befestigt, aber die konnten den Pferden kaum den Weg erhellen. Vier bewaffnete Reiter begleiteten das Gefährt und schwangen sich, nun sichtlich steif geworden, aus den Sätteln.

»Die sind aber spät unterwegs!«, sagte die Wirtin und fragte laut, wer da gekommen sei.

»Ihre Erlaucht, die Reichsgräfin Brackenstein«, antwortete ihr einer der Reiter.

Die Auskunft schien der Wirtin zu genügen, denn sie machte die Tür weit auf und ließ die Dame, deren Zofe und die Bewaffneten ein. »Um die Gäule und den Wagen müssen sich Eure Leute kümmern. Mein Mann ist gestern in die Stadt gegangen und kommt vor morgen nicht zurück. Knechte haben wir keine«, erklärte sie resolut.

Einer der Bewaffneten nickte und ging nach draußen, um dem Kutscher und dessen Knecht zu helfen. Ein anderer, dessen aufwendig verzierte Rüstung verriet, dass er der Anführer der Männer war, wandte sich an die Wirtin.

»Ich bin Hauptmann Emmerich von Brackenstein und der Reisemarschall meiner Tante, der Reichsgräfin Brackenstein. Hat Sie ein Extrazimmer, in dem ich mit Ihrer Erlaucht speisen kann?«

Die Wirtin schüttelte den Kopf. »Nein, so was gibt es hier nicht. Die Dame kann entweder hier in der Stube oder oben in der Kammer essen. Viel gibt es nicht mehr, denn der Herd ist bereits kalt.«

»Ein wenig Brot und Schinken sowie ein Glas Wein reichen mir!« Die Gräfin war sichtlich erschöpft, lächelte aber, während ihr Neffe erklärte, dass sie unterwegs ein Rad verloren hätten.

»Der Stellmacher brauchte lange, um es zu reparieren, und dann war von der Herberge, die man uns genannt hat, keine Spur zu entdecken. Also sind wir so lange weitergefahren, bis wir hier Licht gesehen haben!«

»Ihr hattet Glück, denn ich habe gerade den letzten Laden geschlossen. Dann hättet Ihr die ganze Nacht durchfahren müssen. Was die Getränke betrifft: Ihre Erlaucht wird sich mit Bier begnügen müssen, denn Wein habe ich derzeit keinen. Mein Mann ist fort, um neuen zu bestellen.«

»Es ist mutig von dir, ganz allein hierzubleiben«, mischte sich der Schneider ein.

Die Wirtin zuckte mit den Achseln. »So leicht wird mir nicht bange. Außerdem wissen die Räuber, dass es hier bei uns nichts zu holen gibt. Würden sie uns überfallen, wären die Amtsleute der ganzen Gegend hinter ihnen her.«

»Was hat es mit der Herberge auf sich, die es auf einmal nicht mehr gibt?« Der Schneider sah die Wirtin fragend an, doch die winkte nur ab.

»Die ist vor zwei Monaten abgebrannt. Haben wohl nicht mit dem Feuer achtgegeben.«

»Aber dann hätte ich unterwegs doch verkohlte Reste sehen müssen«, warf Draas verwundert ein.

»Nicht unbedingt. Die Herberge lag einen Steinwurf von der Straße entfernt im Wald. Es gab ein Schild, das dorthin wies, aber das hat man wohl abgenommen.«

Für die Wirtin war das Thema damit erledigt, und sie kehrte in die Küche zurück, um einen Imbiss für die Gräfin zusammenzustellen. Diese setzte sich nun mit ihrem Neffen an einen freien Tisch, während ihre Leibwächter und die Zofe am Nebentisch Platz nahmen.

Kurz darauf stand ein Brett mit Blutwurst, etwas geräuchertem Schinken und Brot vor der Gräfin, dazu ein Krug Bier. Die Dame stocherte in den ungewohnt deftigen Speisen herum und nippte an dem Bier, das sie als zu sauer bezeichnete. Auch ihr Neffe hielt sich sichtlich beim Essen zurück.

Die anderen Männer, zu denen sich nun auch der dritte Waffenknecht, der Kutscher und dessen Gehilfe gesellten, ließen sich Bier, Brot und Blutwurst schmecken. Da die Entourage der Gräfin keine Anstalten machten, sich mit ihnen zu unterhalten, blieb die Gruppe an Draas' Tisch unter sich. Doch kaum hatte die Gräfin das Holzbrett mit der fast unberührten Blutwurst zurückgeschoben, wies die Wirtin nach oben.

»Es ist Bettzeit! Die beste Kammer ist für Ihre Erlaucht. Die Zofe wird auf einem Strohsack zu ihren Füßen schlafen. In der zweiten Kammer kommen Hauptmann Brackenstein mit den Bediensteten der Dame und in der dritten Kammer die vier Männer dort am Tisch unter.«

»Hat Sie nicht auch für mich einen eigenen Schlafraum?«, fragte Emmerich von Brackenstein. »Ich will mir nicht das Schnarchen dieser Kerle anhören müssen.«

»Dann müsst Ihr hier in der Schankstube bleiben. Oder glaubt Ihr, ich lasse Euch in meine Kammer?«

Der Brackensteiner fuhr die Wirtin verärgert an: »Pass Sie ja auf, was Sie sagt, sonst werde ich Sie Ehrfurcht lehren!«

»Als wenn ich vor Euch Angst hätte!« Nach diesen Worten blies die Wirtin die Unschlittkerze aus, die den Tisch der Brackensteinschen Begleitung erhellte, und löschte auch die Flammen der anderen, bis schließlich nur noch eine einzige Kerze in der Gaststube brannte.

Da stupste der Schneider den Fuhrmann, den reitenden Boten und auch Draas an. »Wir sollten nach oben gehen und unsere Kammer aufsuchen. Nicht dass dieser Brackenstein sich selbst dort einquartiert und wir auf den harten Bänken der Wirtsstube schlafen müssen.«

»Das ist ein guter Gedanke!« Draas klopfte dem Schneider auf die Schulter, nahm die Kerze von ihrem Tisch, zündete sie an der noch brennenden im Flur an und ging die Treppe hoch. Die drei anderen folgten ihm fast auf dem Fuß, während Hauptmann Brackenstein sich immer noch mit der Wirtin zankte.

Schließlich beendete die Gräfin den Streit. »Lasst das! Ich bekomme Kopfschmerzen. Die eine Nacht werdet Ihr wohl mit Euren Soldaten und dem Kutscher in einem Raum schlafen können, Neffe!«

Der Edelmann verneigte sich mit missmutiger Miene. »Sehr wohl, Euer Erlaucht!«

Er wartete, bis die Gräfin zum ersten Stock hochgestiegen war, und folgte ihr dann. Die Zofe eilte hinter ihnen her und bedauerte dabei wortreich, dass Ihre Erlaucht sich Gesicht und Hände mit kaltem Wasser waschen müsse.

»Daran ist noch keiner gestorben«, erklärte die Wirtin gelassen und löschte nun auch das Licht im Flur, so dass nur noch das brannte, welches sie selbst mit nach oben nahm.

4.

Draas war froh, als Erster die Kammer aufgesucht zu haben, denn es gab nur zwei Betten darin, die allerdings recht breit waren.
»Je zwei von uns werden sich ein Bett teilen müssen«, sagte er und sah dabei den mageren Schneider an, den er lieber als Bettgenossen gehabt hätte als den Boten oder gar den vierschrötigen Fuhrmann.
Letzterer dachte jedoch das Gleiche und klopfte dem Schneider auf die Schulter. »Wie wär's mit uns beiden? Ich hoffe, du schnarchst nicht!«
Der Schneider verspürte wenig Lust, von dem Fuhrmann an den Rand des Bettes gedrängt zu werden. »Ja, aber ich bin sehr unruhig im Bett und stoße manchmal.«
Der winkte nur ab. »Das macht mir nichts aus.«
»Dann bleibt das andere Bett für uns zwei!«, sagte der Bote und zwinkerte Draas zu.
Beide machten sich zur Nacht zurecht, doch während der Bote unter die Decke schlüpfte, trat Draas ans Fenster, öffnete es samt dem Laden und blickte hinaus.
»Was soll das?«, fragte der Schneider.
»Nur eine Angewohnheit, noch einmal nachzusehen, ob alles in Ordnung ist.« Draas wollte sich schon abwenden, als aus dem Wald ein Laut zu ihm drang, den kein Tier erzeugt haben konnte.
Er drehte sich zu den anderen um und wies nach draußen. »Habt ihr das auch gehört? Da ist Eisen an Eisen gestoßen!«
»Was?« Der Bote kam zu ihm und lauschte ebenfalls. Zuerst

wollte er den Kopf schütteln, wich dann aber mit besorgter Miene zurück.

»Du hast recht! Im Wald treiben sich bewaffnete Leute herum. Es muss eine größere Schar sein.«

»Dann sollten wir Laden und Fenster schließen und hoffen, dass die Kerle an der Herberge vorbeiziehen«, schlug der Schneider vor.

Draas blickte erneut hinaus und glaubte im schwachen Schein des Mondes mehrere Gestalten zu sehen, die auf die Herberge zuhielten. Bevor er etwas sagte, schloss er den Laden und das Fenster, damit man ihn draußen nicht hören konnte.

»Ich glaube, die Männer wollen hierher.«

Der Fuhrmann nickte. »Das nehme ich auch an. Aber was mögen die suchen? Auf meinem Wagen liegt keine wertvolle Ware, und du siehst auch nicht so aus, als würdest du große Reichtümer bei dir tragen.«

»Die Gräfin! Sie hat gewiss genug Geld bei sich, um dieses Gelichter anzulocken.«

Es schien Draas die einfachste Lösung. Der Bote und der Schneider stimmten ihm zu, während der Fuhrmann eine zweifelnde Miene zog.

»Die Gräfin ist gewiss nicht langsam gefahren, aber diese Kerle sind zu Fuß. Selbst wenn sie einen Wachtposten an der Straße haben, könnten sie jetzt nicht hier sein. Ich nehme eher an, dass die Herberge ihr Treffpunkt ist und sie gekommen sind, um ein paar Krüge Bier zu trinken.«

»Um diese Zeit?«, fragte der Bote zweifelnd. »Ist euch nicht noch etwas aufgefallen?«

Als die anderen die Köpfe schüttelten, sprach der Mann weiter. »Habt ihr in dieser Herberge einen Hund gehört oder gesehen?«

»Vielleicht hat der Wirt den Hund mitgenommen«, mutmaßte der Schneider.

Draas lachte leise auf. »Und sein Weib allein und ohne Schutz

zurückgelassen? Ich glaube eher, dass die Wirtsleute mit den Räubern im Bunde sind. Der Hund musste weg, weil er bellen würde, wenn sich des Nachts jemand draußen zu schaffen macht. So aber glauben die Schurken, die Gräfin und ihr Gefolge im Schlaf überraschen zu können.«
»Dabei wissen wir nicht einmal, ob diese Leute überhaupt Räuber sind! Es können auch harmlose Reisende sein, genau wie wir!«, wandte der Schneider mehr aus Hoffnung denn aus Überzeugung ein.
»Auf jeden Fall sollten wir uns vorsehen«, sagte der Fuhrmann in mahnendem Tonfall.
Der Bote trat zur Tür und wollte sie versperren, fluchte dann aber leise. »Es gibt keinen Riegel und keinen einzigen Stuhl in der Kammer, den man unter die Klinke stellen könnte. Ich glaube, du hast recht. Die Wirtsleute sind wirklich mit den Räubern im Bund.«
»Was machen wir jetzt?«, fragte der Schneider erbleichend.
»Am besten geben wir den Räubern das wenige, was wir besitzen, und bedanken uns für unser Leben.«
»Das kannst du tun. Aber ich bin mit Pferd und Wagen unterwegs. Wenn ich die verliere, bin ich ärmer als eine Kirchenmaus«, erklärte der Fuhrmann düster.
»Dabei geht es dir noch besser als mir. Mein Pferd gehört dem Magistrat der Stadt Beckum. Wird es mir geraubt, muss ich es ersetzen. Außerdem trage ich wichtige Briefe bei mir, und ich habe geschworen, diese mit meinem Leben zu verteidigen!«
Der reitende Bote zog das kurze Schwert, das an seiner Seite hing, und ließ keinen Zweifel daran, dass er sich zur Wehr setzen würde, so aussichtslos dies auch sein mochte.
Draas überlegte kurz und klopfte auf den Griff seines Dolchs.
»Ob wir hier das Leben verlieren oder anderswo, bleibt sich gleich. Ich will mich nicht daran erinnern müssen, einmal feige gewesen zu sein, als Mannhaftigkeit gefordert war. Außerdem sollten wir die Begleiter der Gräfin warnen. Mit uns vieren

und deren Männern sind wir zehn. Damit sieht die Sache schon wieder anders aus.«

»Nein, tut es nicht. Die Räuber sind gewiss auf den Besitz der Gräfin aus. Uns werden sie schon nichts tun«, antwortete der Schneider entsetzt.

Ohne sich um diesen Einwand zu scheren, trat Draas zur Tür, öffnete sie einen Spalt und lauschte. Als draußen alles ruhig blieb, tastete er sich in dem schwachen Widerschein, den die Kerze in ihrem Zimmer auf dem Flur erzeugte, zu der Kammer, in der die Begleiter der Gräfin untergebracht waren, und drückte die Klinke. Wie erwartet, war die Tür nicht verschlossen. Er trat ein und stupste den ersten Mann, den er fand, leicht an. Der Mann brummte unwillig, wachte aber nach einem etwas heftigeren Stoß auf. Bevor er etwas sagen konnte, hielt Draas ihm den Mund zu.

»Sei still! Wir haben Grund zu glauben, dass Räuber die Herberge überfallen wollen. Wecke deinen Hauptmann und deine Kameraden, vermeide dabei aber jeden Lärm. Hast du verstanden?« Draas sah zwar nicht viel, erahnte aber in der Dunkelheit, dass dieser nickte. Daher ließ er ihn los und gab ihm damit die Gelegenheit, Fragen zu stellen.

»Wie viele Kerle sind es?«

»Wir konnten sie nicht zählen, aber gewiss mehr als zwei Dutzend.«

»Wir sind, wenn wir den Kutscher und den Knecht hinzurechnen, gerade mal sechs Männer. Das wird haarig werden«, erklärte der andere.

»Zwei von uns haben ebenfalls Grund, sich gegen die Räuber zu stellen, und ich mache mit, weil ich mir nicht die letzten Münzen rauben lassen will, die ich noch besitze.«

Viel Geld war es nicht, und im Grunde hing Draas auch nicht so daran, dass er sich deswegen umbringen lassen wollte. Doch sein Ärger über Inken Hinrichs' abweisende Haltung und die Aussichtslosigkeit des Lebens, das er vor sich liegen sah, bestärkten ihn darin, sich auf die Seite der Gräfin zu schlagen. Außerdem musste er damit rechnen, dass die Räuber niemanden am Leben lassen würden.

Noch während der Mann seine Kameraden und den Kutscher aufweckte, wurde die Tür erneut geöffnet, und der Bote trat in die Kammer des gräflichen Gefolges.

»Eben habe ich gehört, wie die Wirtin die Hintertür geöffnet hat. Die Schurken werden gleich hier sein.«

»Wir sind bereit«, erklärte einer der Waffenknechte und zog blank. »Ich habe mich vorhin ein wenig umgesehen. Wenn wir uns hier oben auf der Treppe verteidigen, können höchstens zwei der Kerle auf einmal herauf. Die halten wir mit unseren Klingen in Schach.«

»Dann hoffen wir nur, dass sie keine Speere oder Pistolen bei sich haben!«, antwortete Draas und folgte dem anderen nach draußen.

Emmerich von Brackenstein kam ebenfalls mit, wandte sich dann aber im Licht der Unschlittkerze, das aus Draas' Kammer fiel, dem Raum zu, in dem seine Tante schlief.

»Halte du hier die Stellung, Moritz. Ich werde Ihre Erlaucht wecken und bei ihr bleiben, damit sie nicht ohne männlichen Beistand ist.«

»Tut das, Hauptmann!« Der Reiter, der Moritz genannt wurde, drehte sein Gesicht weg, damit Brackenstein seine Verachtung nicht sehen konnte.

Dann stupste Moritz Draas an. »Meine beiden Kameraden und ich bilden die erste Verteidigungsreihe. Du und die beiden anderen Reisenden, ihr könnt euch hinter uns aufstellen! Der Kutscher und dessen Knecht bilden unsere Reserve. Löscht die Kerze, damit die Kerle uns nicht zu früh bemerken.«

5.

Das Warten in tiefster Dunkelheit war das Schlimmste. Von unten heraufdringende Geräusche verrieten, dass sich die Räuber bereits in der Herberge befanden. Doch es dauerte eine Weile, bis der Schein einer Laterne auf die Treppe fiel und die ersten Männer unten auftauchten.

Bislang hatte Draas angenommen, Räuber seien zerlumpte, wüst aussehende Gestalten. Die Kerle dort unten waren jedoch besser gekleidet als er selbst. Allerdings passten die einzelnen Trachten nicht zusammen. Einer, den Draas aufgrund der Befehle, die zu ihnen heraufdrangen, für den Hauptmann hielt, trug zu ledernen Reithosen das prachtvolle Wams eines Edelmanns und dazu eine Mütze, die einem bürgerlichen Kaufmann gefallen hätte. Daher nahm er an, dass die Kleidung der Räuber von ihren Opfern stammte. Seine Hosen und seinen Rock würden sie jedoch nicht ohne Gegenwehr bekommen.

»Achtung, gleich merken sie, dass wir hier stehen«, raunte Moritz ihm zu.

Draas nickte und richtete sein Augenmerk wieder auf die Räuber. Auf ein Zeichen ihres Hauptmanns stiegen vier Kerle nach oben und bemühten sich dabei, keinen Lärm zu machen.

In dem Augenblick richtete sich Moritz auf. »Weshalb so zaghaft, meine Herrschaften? Ihr seht doch, dass wir für euch bereitstehen.«

Es war, als hätte der Blitz zwischen die Räuber eingeschlagen. Die Männer auf der Treppe wichen so eilig zurück, dass sie mehrere der hinter ihnen stehenden umrissen. Für einige Augenblicke herrschte unten Verwirrung, und es juckte Draas in den Fingern, diese auszunützen und auf die Kerle loszugehen. Doch Moritz hielt ihn auf. »Bleib hier! Es bringt uns nichts, wenn wir unsere gute Position aufgeben. Weder wissen wir, wie viele Schurken es sind, noch können wir uns sinnlose Verluste leisten.«

Er hatte den Satz noch nicht beendet, da hatte der Räuberhauptmann seine Männer wieder unter Kontrolle. Er selbst trat an den Fuß der Treppe, während einer seiner Kumpane den Strahl einer Blendlaterne nach oben richtete.

»Was wollt ihr ausrichten, Leute? Ist euch das Leben so wenig wert, dass ihr es wegwerfen wollt?«, fragte der Räuber mit lauter Stimme. »Von euch wollen wir nichts, weder das Pferd und den Wagen des Fuhrmanns noch das Pferd des reitenden Boten. Auch ihr anderen könnt morgen, wenn der Tag graut, diese Herberge unversehrt verlassen.«

Der kennt sich hier ja gut aus, dachte Draas und bemerkte zu seinem Ärger, wie der Fuhrmann und der Bote nach diesen Worten hinter den gräflichen Kutscher und dessen Knecht zurückwichen.

»Was wollt ihr dann, wenn wir alle unversehrt und mit allem, was wir besitzen, diese Herberge verlassen können?«, fragte Moritz mit einer Mischung aus Wut und Spott.

»Ihr Männer könnt gehen. Ihre Erlaucht hingegen bitten wir, in der nächsten Zeit unsere Gastfreundschaft anzunehmen, bis ihr Herr Gemahl eine gewisse Summe für ihre Freiheit zu zahlen bereit ist!«

Unterdessen hatte die Gräfin sich einen Morgenmantel übergeworfen und blickte erschrocken aus ihrer Tür heraus.

»Was ist geschehen, Moritz?«, fragte sie.

»Diese Schurken wollen Eure Erlaucht entführen und Lösegeld für Euch verlangen. Ich sagte ihnen, dies ginge nur über meine Leiche!« Moritz bleckte die Zähne und deutete mit seinem Schwert nach unten.

»Wenn ihr Ihre Erlaucht haben wollt, kommt sie holen! Aber ihr müsst an mir und meinen Kameraden vorbei.«
Die Gräfin schlug das Kreuz und wich in die Kammer zurück, während ihre Zofe einen leisen Schrei ausstieß. »Oh Heilige Jungfrau Maria, beschütze uns in dieser Gefahr!«
»Die Himmelsmutter kann ruhig helfen. Doch ohne unsere Klingen wird auch sie nicht viel ausrichten«, erklärte Moritz grimmig und sah seine Leute an. »Seid ihr bereit?«
Alle einschließlich des Kutschers und des Knechts nickten, auch wenn Letzterer aussah, als wünsche er sich an das andere Ende der Welt. Draas hätte ebenfalls nichts dagegen gehabt, zu dieser Stunde an einem anderen, weniger gefährlichen Ort zu sein, aber er packte seinen Dolch und machte sich zum Kampf bereit. Emmerich von Brackenstein hingegen blieb in der Kammer seiner Tante und zitterte so sehr, dass er nicht einmal sein Schwert zu halten vermochte.
Unten versuchte der Räuberhauptmann, die Gruppe ein letztes Mal zum Aufgeben zu bewegen, doch Moritz blieb hart. »Wenn ihr kommen wollt, kommt! Beschwert euch hinterher jedoch nicht über die blutigen Köpfe, mit denen ihr abziehen müsst.«
»Ihr habt es nicht anders gewollt!« Der Räuberhauptmann trat zurück und erteilte mehreren seiner Männer einen Befehl. Diese stürmten brüllend die Treppe hoch und wurden mit derben Fußtritten empfangen. Einer stürzte nach unten und riss weitere Männer mit sich. Nur zweien gelang es, bis fast nach oben zu kommen. Dann aber blitzten Schwerter auf, und Moritz und seine Männer fegten die Räuber von der Treppe.
»Wie gefällt euch diese Medizin, ihr Hunde?«, rief Moritz lachend. »Wenn ihr wollt, könnt ihr noch mehr davon haben!«
Der Räuberhauptmann begriff, dass er auf die Art und Weise nicht weiterkam, und wies seine Leute an, Stangen zu besorgen. »Mit denen stoßen wir die Kerle zurück und gewinnen die Treppe«, erklärte er und wandte sich mit wutentbrannter

Miene an die Verteidiger. »Ihr hättet es anders haben können. Aber jetzt gibt es kein Pardon mehr für euch!«
»Was machen wir nun?«, fragte der Kutscher, der ganz bleich geworden war. »Wenn die mit Stangen kommen, können wir sie nicht aufhalten!«
»Das werden wir sehen!« Moritz ordnete seine Männer neu und zwinkerte Draas zu. »Wir müssen die Stangen zu fassen bekommen und die Kerle umreißen.«
»Wird schwer genug werden«, murmelte Draas und schob seinen Dolch in die Scheide, um beide Hände frei zu haben.
Wenig später kamen vier Räuber mit doppelt mannslangen Stangen heran und stießen sie nach oben. Moritz versuchte, eine der Stangen zu packen, bekam aber die zweite an den Kopf und taumelte halb betäubt zurück.
Die Räuber jubelten bereits, doch da konnte Draas eine Stange erwischen und zerrte mit einem heftigen Ruck daran. Gleichzeitig tauchte er unter der anderen Stange hinweg, die sofort von Moritz' Kameraden gepackt wurde. Nun griffen auch der Kutscher und dessen Knecht ein und halfen, die beiden Stangen ganz nach oben zu ziehen. Einer der Räuber ließ los, doch der andere klammerte sich an seine Stange, so dass er nach oben gezogen wurde. Ein Schwertstreich setzte seinem Leben ein Ende.
»Wir schaffen es, Kameraden!« Moritz war mittlerweile wieder auf die Beine gekommen und jubelte, während unten die Räuber fluchten.
»Los, nach oben! Macht sie nieder!«, schrie der Hauptmann mit sich überschlagender Stimme.
»Wie wäre es, wenn du selbst hochkommst?«, spottete Draas und stieß mit der erbeuteten Stange nach einem der Kerle, die die Treppe hochrannten. Der andere wich geschickt aus und stürmte weiter, doch als er mit dem Schwert zuschlagen wollte, war Moritz schneller.
Draas sah ihn kurz an. »Danke!«

Unten tobte der Räuberhauptmann voller Zorn. »Los, die Treppe hoch! Das sind doch nur ein paar lumpige Kerle! Denkt an das Lösegeld, das wir für die Gräfin erhalten.«
»Das werdet ihr euch blutig verdienen müssen!« Moritz spürte, dass das Blatt sich wendete. Die Räuber waren unsicher geworden, und die Autorität ihres Hauptmanns begann zu schwinden.
»Wir schaffen es!«, flüsterte er Draas und den anderen zu. Bis auf die Platzwunde an seinem Kopf waren er und die eigenen Leute noch unversehrt, während ihre Gegner bereits mehrere Tote und Verletzte zu beklagen hatten.
Unterdessen begriffen die Räuber, dass sie auf diese Weise nicht weiterkamen.
»Los, zurück!«, befahl der Hauptmann und sah voller Grimm, dass seine Männer ihm nun weitaus bereitwilliger gehorchten als beim Angriff auf die Verteidiger.
»Ich glaube, die haben wir verscheucht«, meinte der Fuhrmann lachend, obwohl er selbst nicht das Geringste zur Verteidigung beigetragen hatte.
Draas schüttelte den Kopf. »Das glaube ich erst, wenn der Morgen angebrochen ist und wir mindestens drei Meilen weit gekommen sind.«
Wie zur Antwort forderten die lauten Stimmen, die heraufklangen, ihre Aufmerksamkeit.
»Das könnt ihr nicht tun!«, vernahmen sie die empörte Stimme der Wirtin.
»Halt den Mund!«, fuhr der Räuberhauptmann sie an. »Euer Anteil an dem Lösegeld ist groß genug, dass ihr euch in einer anderen Gegend eine weitaus bessere Herberge leisten könnt.«
»Was haben die vor?«, fragte der Fuhrmann nervös.
»Ich weiß es nicht«, antwortete Draas und schnupperte. »Riecht das nicht brandig?«
Der Schneider, der eben den Kopf aus der Kammer heraus-

streckte, kreischte entsetzt auf. »Die Kerle zünden die Herberge an! Die wollen uns bei lebendigem Leibe verbrennen!«
Moritz schüttelte unwirsch den Kopf. »Damit würden sie kein Lösegeld bekommen! Wenn du mich fragst, wollen die Kerle uns zwingen, die Herberge zu verlassen, damit sie uns draußen niedermachen und unsere Gräfin gefangen nehmen können. Aber den Plan werden wir ihnen verderben. Los jetzt! Vier Mann folgen mir. Die anderen kommen mit Ihrer Erlaucht, der Zofe und dem Hauptmann nach!«
Moritz nickte den anderen auffordernd zu und stieg vorsichtig nach unten. Die Räuber waren nicht mehr zu sehen, dafür aber roch es nach brennendem Holz, und sie konnten den Widerschein der an mehreren Stellen im Erdgeschoss entzündeten Feuer erkennen.
»Wie es aussieht, haben uns die Kerle den Weg durch die Hintertür frei gelassen«, rief Moritz nach oben.
»Dann sollten wir nicht zögern, sonst brennt die Hütte lichterloh!« Draas wollte auf die Hintertür zu, doch da legte Moritz ihm die Hand auf die Schulter.
»Das erwarten die Kerle doch! Doch die Suppe werden wir ihnen versalzen. Komm mit in die Schankstube.«
Zwar wusste Draas nicht, was der Söldner beabsichtigte, folgte ihm aber und sah staunend zu, wie Moritz einen Krug nahm und ihn am Bierfass füllte.
»Hier brennt alles, und du willst Bier saufen?«, brach es aus ihm heraus.
In dem Augenblick drehte Moritz sich um und leerte den vollen Krug über seinem Kopf aus. »Narr, ich will nur unsere Haare und die Kleidung nass machen, damit wir durch die Flammen zur Vordertür kommen.«
»Die dürfte verriegelt sein.«
»Wenn sie es ist, dann von innen! Wir schieben den Riegel zurück und verlassen die Herberge durch die Vordertür. Bis die Kerle begriffen haben, was geschieht, sind wir draußen.«

Noch während er sprach, schlug Moritz den Spundhahn aus dem Fass und fing das herausströmende Bier mit mehreren Krügen auf.

Draas half ihm und goss den Inhalt der Krüge über sich und den anderen aus, die ihnen gefolgt waren. Schließlich kam er mit vier vollen Krügen auf die Gräfin und die Zofe zu.

»Euer Erlaucht erlauben!«, sagte er noch und benetzte Haar und Kleidung der beiden Frauen. Er taufte auch Hauptmann Brackenstein mit Bier und grinste dabei. Ein Held war dieser Edelmann wahrlich nicht.

Unterdessen breitete sich das Feuer weiter aus. Der Kurier und der Schneider gerieten in Panik und eilten zur Hintertür, um schnell hinauszukommen.

Draas wollte sie aufhalten, kam aber zu spät.

»Lass sie!«, sagte Moritz. »Auf diese Weise lenken sie die Räuber ab und verschaffen uns eine Galgenfrist. Und jetzt raus!«

Die Arme vor dem Gesicht, kämpfte sich Moritz durch die Flammen bis zur Vordertür. Wie erwartet, war dort der Riegel vorgelegt. Er konnte ihn jedoch zurückschieben und stieß die Tür auf. Keine zwei Herzschläge später stand er im Freien. Seine Kameraden Arno und Hans folgten ihm, während der Hauptmann und die Frauen entsetzt zurückwichen.

»Das kann ich nicht«, flüsterte die Gräfin mit bleichen Lippen. Kurzentschlossen packte Draas die Dame, schlang einen Teil ihres weiten Kleides um ihr Gesicht und stürmte los. Die Flammen griffen nach ihm, doch er gelangte glücklich ins Freie. Draußen stellte er die Gräfin wieder auf die Beine und zog seinen Dolch, um sich verteidigen zu können.

»Macht schnell!«, rief er den anderen zu, die sich noch in der Herberge befanden. Er musste schreien, um das Knistern und Prasseln der Flammen zu übertönen.

Jetzt fasste sich auch die Zofe ein Herz und rannte wimmernd vor Angst durch die Flammen zur Tür. Emmerich von Brackenstein hingegen starrte zum Hintereingang, der vom Feuer bislang verschont geblieben war. Von dort aber erklang das entsetzte Kreischen des Schneiders, der um sein Leben flehte. Mit einem Mal brach es ab, und auch von dem Boten war nichts zu vernehmen.

»Die beiden Dummköpfe hätten mit uns kommen sollen«, sagte Moritz ungerührt.

Er hielt sein Schwert in der Hand, war aber unsicher, ob sie wie geplant die Räuber angreifen oder sich mit der Gräfin und den anderen in den Wald zurückziehen sollten. Dort konnten sie vielleicht darauf hoffen, in der Dunkelheit der Nacht nicht gefunden zu werden.

Da nahm ihm der Kutscher der Gräfin das Heft des Handelns aus der Hand. Er zeigte auf den Anbau der Herberge, aus dem angstvolles Wiehern erklang, und rief erschrocken: »Die Pferde! Wir müssen sie herausholen!«

Ohne auf Antwort zu warten, rannte er zum Stall. Sein Knecht folgte ihm, und der Fuhrmann überholte diesen noch. Gleichzeitig schoss Emmerich von Brackenstein zur Tür heraus. Beinahe wäre es für ihn zu spät gewesen, denn die Flammen hatten ihm einen Teil seiner langen Locken versengt, und sein Wams war von Glutnestern übersät.

Sofort trat Moritz auf ihn zu und klopfte die glimmenden Stellen aus. Besonders sanft ging er mit seinem Hauptmann nicht um. Dieser war jedoch zu schockiert, um sich über die derben Püffe zu beschweren.

»Ihr anderen helft mit, die Pferde herauszuholen«, rief Moritz Draas und seinen Kameraden dabei zu.

Der ehemalige Stadtknecht humpelte trotz seines nun wieder schmerzenden Beins zum Stall, während Moritz mit gezücktem Schwert neben seiner Herrin stehen blieb, um sie zu beschützen.

Zu ihrer Erleichterung warteten die Räuber noch immer am Hintereingang auf sie. Lange konnte es jedoch nicht mehr dauern, bis die Ersten auftauchten, um nachzusehen, ob ihre

Opfer durch die Vordertür entkommen waren. Daher trieb Moritz die Männer an und musterte im flackernden Licht des brennenden Hauses die Gäule, die Draas und die anderen ins Freie führten.

Emmerich von Brackenstein eilte sofort zu seinem Hengst, riss Draas die Zügel aus der Hand und schwang sich auf den Gaul. Ehe er losreiten konnte, fasste Moritz die Reichsgräfin bei den Hüften, stellte sich ihrem Neffen in den Weg und hob sie zu ihm aufs Pferd.

»Ihr habt das schnellste Ross. Bringt Ihre Erlaucht in Sicherheit. Wir sehen zu, dass wir Euch folgen können.«

Seine Worte wirkten wie ein Signal. Der Kutscher schwang sich auf eines der vier Pferde und zog seinen Knecht mit hoch.

»Die anderen Gäule sind für euch«, rief er noch, dann ließ er den Rappen antraben. Auch der Fuhrmann, der sich neben Draas als Einziger bei der Gruppe gehalten hatte, stieg auf sein Pferd und trabte an, ohne darauf Rücksicht zu nehmen, dass für Moritz, dessen Kameraden, Draas und die Zofe nur noch drei Reittiere zur Verfügung standen. Im nächsten Augenblick bogen die ersten Räuber um die Ecke, entdeckten sie und rannten brüllend auf sie zu.

»Jetzt gilt es«, rief Moritz und schwang sich auf das nächststehende Pferd. Hans und Arno taten es ihm gleich, und für Augenblicke sah es so aus, als müssten Draas, der kaum noch laufen konnte, und die Zofe zurückbleiben. Doch Arno griff nach der Frau, legte sie wie einen Sack vor sich auf den Widerrist und stieß dem Tier die Fersen in die Weichen.

Moritz lenkte sein Pferd an Draas' Seite und streckte ihm die Hand entgegen. »Komm jetzt!«

Das ließ dieser sich nicht zwei Mal sagen. Noch während er sich auf den Gaul schwang, spornte Moritz das Tier an.

Zwei Räuber wollten ihnen den Weg verlegen. Einen fegte Moritz mit einem derben Fußtritt beiseite, dem anderen hieb er das Zügelende ins Gesicht. Der Rest der Bande kam zu spät.

Nach etlichen Galoppsprüngen des Pferdes riss Moritz seinen Hut vom Kopf und stieß einen Jubelruf aus. »Denen haben wir eine lange Nase gedreht, nicht wahr, mein Freund?«

»Eine sehr lange Nase«, antwortete Draas grinsend und klammerte sich wie ein Äffchen an Moritz fest, um nicht von dem blanken Rücken des Pferdes zu rutschen.

Die brennende Herberge leuchtete die Straße weithin aus und half ihnen zu entkommen. Als sie die Gäule schließlich in der Dunkelheit zügeln mussten, lag das Gebäude mehr als eine halbe Meile hinter ihnen, und von den Räubern war nur noch fernes Geschrei zu hören.

Nun atmete Draas auf und klopfte dem vor ihm sitzenden Moritz mit einer Hand auf die Schulter. »Du hast sehr klug gehandelt! Deine Herrin muss dir dankbar sein.«

»Du hättest es ebenso gemacht, denn du hast auch mehr als Grütze im Kopf. Aber deine beiden Freunde, die durch die Hintertür ins Freie gelaufen sind, können diese Entscheidung nicht einmal mehr bedauern.«

»Es waren nicht meine Freunde«, antwortete Draas mit belegter Stimme. »Ich habe die Männer in dieser Nacht das erste Mal getroffen. Trotzdem tut es mir leid, dass es so für sie enden musste.« Er schluckte. »Was werdet ihr jetzt tun?«

»Wir reiten in den nächsten Ort, melden die Untat dem Amtmann und überlassen es diesem und seinen Knechten, die Schurken zu verfolgen. Ich muss mich um meine Herrin kümmern, denn ihr Neffe ist ihr wahrlich keine große Stütze. Gewiss hat sie einen großen Schrecken davongetragen. Außerdem braucht sie einen neuen Wagen, um weiterreisen zu können. Und was machst du?«

Auf Moritz' Frage hin lachte Draas bitter auf. »Ich werde weiterwandern und zusehen, wo ich Arbeit finde.«

»Wenn du ehrliche Arbeit brauchst, kannst du bei uns bleiben«, bot Moritz an. »Der Gemahl Ihrer Erlaucht, Reichsgraf Eustachius von Brackenstein, besitzt eine Kompanie Söldner.

Er hat zwar seinen Neffen Emmerich zu unserem Hauptmann bestimmt, aber bis auf diesen eitlen Fatzke ist unser Fähnlein in Ordnung. Ich bin einer der beiden Unteroffiziere und könnte einen wackeren Kerl wie dich gut gebrauchen.«

Seine Worte stimmten Draas nachdenklich. Zwar hatte er trotz seiner schlimmen Lage bisher nicht daran gedacht, zu den Soldaten zu gehen. Doch mit Moritz als Freund und dem Ruf, mitgeholfen zu haben, die Gräfin vor den Räubern zu retten, hatte er dort einen guten Einstand. Auf jeden Fall war es besser, als wenn er als Landstreicher über die Straßen ziehen müsste.

»Das ist gar kein schlechter Gedanke«, meinte er. »Wenn ihr mich haben wollt, bin ich dabei!«

6.

Während Frauke mit ihrer Situation haderte und Draas neue Freunde fand, kehrte Lothar Gardner an die Universitas Studii Coloniensis in Köln zurück. In seinen Gedanken durchlebte er jedoch immer wieder das Grauen, das der Feuertod der angeblichen Ketzer in ihm geweckt hatte, und er zweifelte zunehmend, dass jemand das Recht hatte, andere Menschen auf eine so entsetzliche Weise ums Leben zu bringen. Das Schrecklichste daran war für ihn, dass es Jacobus von Gerwardsborn tatsächlich Freude zu bereiten schien, jene, die er für Ketzer hielt, auf dem Scheiterhaufen sterben zu sehen. Auch waren seines Erachtens die Männer des Inquisitors ihres Herrn würdig. Magister Rübsam hielt er für eine elende Kröte, die sich am Leid anderer ergötzte, während Bruder Cosmas' zur Schau getragene Frömmigkeit die Hinterlist des Mönches nicht zu verbergen vermochte. Lothar war sich zudem aufs schmerzlichste bewusst, dass er den Namen des Foltermeisters – Dionys – niemals vergessen durfte. Wenn der Kerl auch nur den leisesten Verdacht schöpfte, wer ihn niedergeschlagen und die gefangenen Frauen befreit hatte, würde er sich bitterlich dafür rächen. Für Lothar hieß dies, sich nicht nur in seine Bücher zu vergraben, sondern auch zu lernen, einen mit einem Dolch oder Schwert bewaffneten Gegner abzuwehren.

Daher gab es viel für ihn zu tun. Dabei merkte er rasch, dass ihm das Studium der Jurisprudenz nicht mehr die gleiche Freude bereitete wie früher. Zwar fiel ihm das Lernen noch immer leicht, doch er hinterfragte insgeheim den Sinn etlicher

Gegebenheiten, die von seinen Professoren als unverrückbar hingestellt wurden.

Am meisten ärgerte ihn die Kontrolle, welche die katholische Kirche über die Universität ausübte, obwohl diese laut Stiftungsurkunde ihres Gründers frei von Schnüffelei und Bevormundung hätte bleiben sollen. Der neue Dekan war jedoch ein eifriger Sohn der allein seligmachenden Kirche und drang darauf, dass alle Studenten in deren Sinn erzogen wurden. Jeder, der auch nur entfernt ketzerischer Tendenzen verdächtigt wurde, musste sich vor einem Tribunal kirchlicher Würdenträger verantworten und wurde, wenn er nicht überzeugend darlegen konnte, dass er ein getreuer Sohn der römischen Kirche war, ohne Pardon vom weiteren Studium ausgeschlossen.

Als Sohn eines engen Vertrauten des Fürstbischofs von Münster war Lothar vor solchen Verdächtigungen gefeit. Dafür aber musste er den geistlichen und weltlichen Herren des Lehrkörpers ausführlich und in ihrem Sinne von der Reise berichten, die er im Gefolge des Jacobus von Gerwardsborn unternommen hatte.

An diesem Tag hatte ihn der Dechant der Pfarrkirche zu sich eingeladen. Lothar verachtete den Mann, der noch nie in seinem Leben eine Messe gehalten hatte, sondern diese Pflicht von Hilfspfarrern erledigen ließ. Den größten Teil des Einkommens aus seiner Pfründe behielt er dennoch für sich, um ein angenehmes Leben führen zu können.

Das Haus, in dem der Geistliche wohnte, war eines hohen Herrn würdig. Es bestand aus dunkel gebrannten Ziegeln und lag in einem der besseren Viertel der Stadt. Ein großer Garten bot genug Ruhe zur Entspannung, und für das leibliche Wohl sorgten ein ausgezeichneter Koch und mehrere Bedienstete.

Es war für Lothar eine Ehre, von dem Dechanten eingeladen zu werden. Dennoch hätte er sich lieber einer Klausur durch seinen strengsten Lehrer ausgesetzt, als diesem Mann Rede und Antwort stehen zu müssen.

Sein Gastgeber empfing ihn in seinem Studierzimmer. Während er es sich auf einem gepolsterten Sessel bequem machte, stand für Lothar ein schlichter Stuhl bereit, und ein weiterer wurde eben von einem Diener hereingetragen.

Der Dechant bemerkte Lothars fragenden Blick und lächelte. »Es wird gleich noch eine weitere Person erscheinen, deren Interesse am Wirken des hochedlen Inquisitors Jacobus von Gerwardsborn nicht geringer ist als das meine. Trink derweil ein wenig von diesem Wein. Er stammt aus dem Burgund.«

»Eure Exzellenz sind zu gütig!«

Lothar senkte den Kopf, damit der andere ihm nicht ins Gesicht sehen konnte. Burgunderwein war teuer und kam von weit her. Gleichzeitig wirkten die beiden Priester, die den Dechanten bei den Messen vertreten mussten, so mager, als würden sie nicht einmal genug zu essen erhalten, und ihre Soutanen waren dünn und mehrfach geflickt. Sein Gastgeber hingegen war in feinsten Samt und beste Seide gekleidet. Dazu steckten an den Fingern seiner Hand mehr als ein Dutzend kostbare Ringe.

»Seine Exzellenz, der Inquisitor, soll sehr viel von dir halten, habe ich mir sagen lassen«, setzte der Dechant das Gespräch fort.

»Herr von Gerwardsborn ist zu gütig!«

Lothar ekelte sich, weil er so verlogenes Zeug von sich geben musste, doch es ging nicht nur um ihn, sondern auch um seine Familie. Wenn er das, was er wirklich dachte, an dieser Stelle sagen würde, war ihm ein Inquisitionsprozess gewiss, und sein Vater würde mit Schimpf und Schande aus den Diensten des Fürstbischofs entlassen. Daher hielt er sich auch im Zaum, als die Tür erneut geöffnet wurde und eine junge Frau hereinkam, die ein Kleid aus kostbaren Stoffen und etliches an Schmuck trug.

Sie knickste vor dem Dechanten, wechselte dabei einen beredten Blick mit dem Mann und maß seinen Besucher mit einem spöttischen Blick. »Das ist ja ein Mädchen, das sich als Knabe verkleidet hat!«

Lothar wusste, dass er für sein Alter noch sehr jung aussah und ein fein gezeichnetes Gesicht mit großen Augen und langen Wimpern hatte, dessen sich auch ein Mädchen nicht hätte schämen müssen. Im Umgang mit anderen Studenten bereitete ihm dieser Umstand oft Ärger. Die Worte der Frau aber waren eine offene Beleidigung.

»Unser Freund Lothar ist der Sohn von Magnus Gardner, eines Beraters meines teuren Freundes Franz von Waldeck, der vor einem guten Jahr zum neuen Herrn des Fürstbistums Münster ernannt worden ist«, erklärte der Dechant, während er seine Rechte auf ihre Schulter legte und sie streichelte.

Bisher hatte Lothar angenommen, es handle sich um eine Verwandte seines Gastgebers, doch nun begriff er, dass er dessen derzeitige Mätresse vor sich hatte, und verspürte noch stärkeren Abscheu. Die Würdenträger des alten Glaubens beschimpften Luther, weil er den Priestern gestattete, zu heiraten. Selbst aber hielten sie sich Bettmägde und verkehrten mit ihnen ohne den Segen des Himmels.

»Schmeckt dir der Wein?«, fragte der Priester mit sanfter Stimme.

»Ja, sehr, hochwürdigster Herr Dechant«, antwortete Lothar, obwohl er noch nicht einmal an seinem Becher genippt hatte. Dies holte er jetzt nach und stellte das Gefäß schnell wieder hin, denn er musste nüchtern bleiben, wenn er seine Zunge beherrschen wollte.

Nun sprach die junge Frau ihn an. »Du hast gesehen, wie Seine Exzellenz, der Inquisitor, etliche Ketzer zum Tod auf dem Scheiterhaufen verurteilt hat. Sag, haben diese elenden Hunde arg geschrien? Sie müssen doch große Schmerzen verspürt haben.«

»Sie haben fast gar nicht geschrien, nur gestöhnt«, erklärte Lothar scheinbar gleichmütig. Dabei erinnerte er sich nur allzu gut daran, dass Berthold Mönninck versucht hatte, etwas zu sagen, aber nur Schaum aus seinem Mund getreten war. Viele um ihn herum hatten gemeint, die Angst hätte ihm die Stimme geraubt, aber … Lothar zwang sich erneut zur Besonnenheit, und es gelang ihm sogar ein Lächeln.
»Vielleicht hat der höllische Fürst ihre Lippen versiegelt, damit sie nicht noch im letzten Augenblick die Heilige Jungfrau Maria um Gnade und Erlösung anflehen konnten.«
»Es heißt, Herr von Gerwardsborn lässt auch Frauen verbrennen. Wie sieht das aus? Die tragen doch nur ihr dünnes Büßerhemd, und das ist rasch verbrannt. Winden diese Weiber sich dann nackt im Feuer?«, fragte die junge Frau weiter.
Lothar schoss die Vermutung durch den Kopf, ob er die Einladung vor allem deshalb erhalten hatte, um die Neugier dieser Frau zu stillen. Kurz verglich er sie mit Frauke und fand, dass das Mädchen, selbst wenn es wirklich eine Ketzerin sein sollte, charakterlich weit über der Mätresse des Priesters stand. Das enthob ihn jedoch nicht einer Antwort.
»Ich bedauere, doch ich kann Euch hier keine Auskunft geben. Seine Exzellenz, der Inquisitor, hat zwar mehrere Frauen festnehmen lassen. Doch denen soll der Höllenfürst persönlich zur Freiheit verholfen haben, und das inmitten eines Klosters, das doch vor dem Zugriff des Satans gefeit sein sollte.«
Die letzte Bemerkung war kühn, denn sie besagte, dass es in diesem Kloster wohl doch nicht so fromm zugegangen war, wenn der Teufel dort in eigener Gestalt hatte erscheinen können. Lothar erhielt jedoch keinen Tadel. Stattdessen beugte die Frau sich sensationslüstern zu ihm herüber.
»Der Teufel selbst, sagst du! Hast du ihn gesehen?«
»Beim heiligen Kreuz Christi, nein!«
»Aber jemand muss ihn doch gesehen haben!«
Lothar hätte die Frau für ihre Neugier erwürgen können,

zwang sie ihn doch zu lügen, dass sich die Balken bogen. »Der Foltermeister des Inquisitors hat ihn gesehen. Doch den hat der Teufel so aufs Haupt geschlagen, dass die Erinnerung daran wieder geschwunden ist. Er wusste am nächsten Morgen nur, dass der Teufel da gewesen war, aber nicht mehr, wie er aussieht und was er getan hat.«

»Wahrscheinlich hat Luzifer mit seinen Dienerinnen Unzucht getrieben, und das in den Mauern eines ehrwürdigen Klosters. Gott schütze uns vor ihm und seinen höllischen Scharen!« Die Frau schlug mehrmals das Kreuz und schüttelte sich.

Nun ergriff auch der Dechant das Wort. Doch er stellte kaum Fragen, sondern referierte über das Unwesen des Satans, der an allen Orten auftauchen konnte, wenn er nicht sofort mit aller Macht durch Weihwasser und heilige Reliquien vertrieben wurde.

»Ich habe gehört, das Kloster in Stillenbeck habe mehrere der dort aufbewahrten Reliquien verkauft. Dadurch ist es wohl des Schutzes durch die himmlischen Mächte verlustig gegangen«, erklärte er mit Nachdruck. »Obwohl ich Seine Exzellenz, den Inquisitor, sehr schätze, muss ich ihn kritisieren. Er hätte das Kloster sofort bei seinem Einzug mit Weihwasser, Weihrauch und Gebeten reinigen lassen müssen. So trägt er selbst die Schuld, dass ihm die Teufelsweiber entkommen sind.«

Lothar senkte erneut den Kopf, um einen möglicherweise verräterischen Ausdruck zu verbergen. Auch Weihrauch und Gebete hätten Fraukes Befreiung und die ihrer Mutter und Schwester nicht verhindern können. Doch das behielt er besser für sich. Daher lauschte er den Ausführungen seines Gastgebers, der etliche Ereignisse aufzählte, bei denen Luzifer selbst oder wenigstens Beelzebub aufgetaucht sein sollten. Zuletzt verlor der Dechant sich in schlüpfrigen Anekdoten, in denen es mehr darum ging, auf welch unzüchtige Weise es der entsprechende Teufel mit seinen Anhängerin-

nen getrieben hätte, als um eine theologische Erklärung solcher Erscheinungen.
Während er redete, trank der Dechant den Burgunderwein und ließ sich dabei immer wieder von einem Diener nachschenken. Auch seine Mätresse legte sich beim Trinken wenig Zügel an und kicherte über jede seiner Anzüglichkeiten. Zuletzt stahl sich ihre Hand auf seinen Unterleib und streichelte dort eine gewisse Stelle. Der Priester grunzte wollüstig und hatte es mit einem Mal sehr eilig, Lothar zu verabschieden.
»Es hat mich gefreut, mit dir zu sprechen, mein Sohn. Doch nun ist es spät geworden, und du wirst morgen gewiss früh aufstehen, um die Vorlesungen zu besuchen.«
»Sehr wohl, hochwürdigster Herr!« Erleichtert erhob Lothar sich und verbeugte sich vor dem Dechanten und der Frau. Als er kurz darauf im Freien stand, atmete er erst einmal tief durch. Die angeblichen Diener der Kirche sind wirklich verderbt, dachte er. Dann aber kam ihm in den Sinn, dass die meisten Priester und Bischöfe ihre Ämter nicht aus Berufung wählten, sondern diese auf Befehl ihrer Familien übernehmen mussten. Da war es kein Wunder, wenn sie dem wahren geistlichen Leben nichts abgewinnen konnten und sich stattdessen in prächtige Gewänder hüllten und sich Beischläferinnen hielten.
»Sie sollten sich ein Weib nehmen dürfen«, murmelte er vor sich hin. »Die Lutherischen tun es doch auch!«
Im nächsten Moment zuckte er zusammen, denn von den falschen Ohren vernommen, konnte dieser Ausspruch ihn in Teufels Küche bringen. Er befand sich jedoch allein auf der Straße und ging nun mit raschen Schritten in Richtung seines Quartiers. Unterwegs ereiferte er sich zunächst noch über den Dechanten und dessen Buhle, spürte dann aber, dass er selbst auch nicht zum Heiligen erkoren war. Obwohl ihn das Verhalten der beiden abstieß, spürte er wachsende Erregung, und er sehnte sich danach, sich mit einem Weib zu vereinen.

»Da werde ich wohl Geduld haben müssen, bis Vater eine Frau für mich bestimmt«, murmelte er unglücklich.

Er blieb stehen und strich sich über die heiße Stirn. Als die Mätresse des Priesters sich vorhin zu ihm gebeugt hatte, hatte er für einige Augenblicke den Ansatz ihres weißen Busens sehen können. Nun wunderte er sich, dass ihn die Erinnerung daran mehr erregte als in dem Augenblick, in dem er ihr in den Ausschnitt geblickt hatte.

Mühsam rang er die unerwünschten Gefühle nieder und trat in das Haus, in dem sein Vater eine Kammer für ihn gemietet hatte. In Gedanken versunken, bemerkte er nicht, dass ihm zwei Studenten, die ebenfalls hier wohnten, hinterherstarrten. Als er seine Tür hinter sich geschlossen hatte, traten die beiden auf den Gang.

»Schau, Faustus, Gardner sieht immer noch aus wie ein Mädchen«, sagte der Schmächtigere zu seinem Freund.

»Wir sollten nachsehen, ob er auch als solches brauchbar ist!«, antwortete Faustus und ging auf Lothars Tür zu.

Doch sein Freund packte ihn am Arm. »Willst du es wirklich tun? Es ist eine Sünde und ...«

»Wer sollte uns verraten? Soweit ich weiß, sind wir drei in dieser Nacht allein im Haus, und er wird aus Scham und Angst schweigen.« Faustus ließ keinen Zweifel daran, dass er sein Ziel erreichen wollte.

»Aber es ist eine schlimme Sünde«, warnte sein Freund ihn erneut.

»Glaubst du, das, was unser hochwürdiger Dechant mit seiner Hure macht, wäre keine?«, spottete Faustus. »Und jetzt komm mit, Isidor, und hilf mir! Notfalls musst du ihm den Mund zuhalten, damit er nicht schreit. Ich kenne da einen ganz besonderen Knebel. Man muss nur achtgeben, dass der Kerl nicht beißt.«

Widerstrebend folgte ihm sein Freund zu Lothars Kammer. Ohne anzuklopfen, traten sie ein und sahen, wie Lothar sich

eben seiner Überbekleidung entledigte. Als dieser die beiden Studenten bemerkte, hielt er inne.
»Faustus? Isidor? Was führt euch zu mir?« Lothar klang verwundert, denn die beiden hatten bei fast jeder Begegnung Spott und Häme über ihm ausgegossen.
»Es ist …«, begann Isidor, wurde aber von seinem Begleiter unterbrochen.
»Wir wollen nachsehen, ob du dich auch als Mädchen eignest. Aussehen tust du ja wie eines!«
»Ich verstehe nicht, was ihr meint«, antwortete Lothar abwehrend.
»Du wirst gleich verstehen!« Mit einem Schritt war Faustus bei Lothar, zog diesen herum und stieß ihn bäuchlings aufs Bett. »Wenn du stillhältst, bekommst du auch keine Schläge!«
Im nächsten Moment zerrte er Lothars Hosen herab und starrte begehrlich auf dessen schmalen Hintern.
»Lasst den Unsinn!«, rief Lothar empört und versuchte, den jungen Mann wegzustoßen.
Doch da kam Isidor heran und presste ihn mit seinem Gewicht aufs Bett. Hatte er zuerst seinem Freund abraten wollen, packte ihn nun ebenfalls die Lust, und er forderte Faustus auf, rasch zu machen.
Dieser trat einen Schritt zurück, öffnete seine Hose und holte sein Glied heraus. »Wenn du brav bist, beschützen wir dich vor den anderen, du Mädchen!«, spottete er und presste sein Glied gegen Lothars Anus.
Lothar stemmte sich voller Wut gegen Isidor, bekam dessen Hand zu fassen und biss mit aller Kraft hinein. Während der andere ihn schreiend losließ, warf er sich herum und versetzte Faustus einen heftigen Schlag. Noch während der bullige Student zurücktaumelte, trat Lothar mit dem Fuß zu und traf ihn genau im Schritt.
Faustus presste seine Hände gegen die getroffene Stelle und

heulte wie ein geprügelter Hund. Die Lust, sich nach der Art der alten Griechen zu vergnügen, war ihm vergangen.

Nun begann Isidor zu zetern. »Das hast du nicht umsonst getan, du Heimtücker! Wir werden allen sagen, dass du uns zur Sünde verführen wolltest. Da wir zu zweit sind und du allein, wird man uns glauben!«

»Lothar Gardner ist nicht allein!«, klang da eine harsche Männerstimme auf.

Lothar und die beiden anderen fuhren erschrocken herum und sahen Magister Kranz, einen ihrer Lehrer, der ebenfalls in dem Haus wohnte, mit zornrotem Gesicht in der Tür stehen. Keiner von ihnen hatte ihn kommen hören. Während Lothar rasch seine Hose in Ordnung brachte, sahen seine Gegner so aus, als würden sie sich am liebsten im nächsten Mauseloch verkriechen.

»Ich habe alles beobachtet«, erklärte Magister Kranz eisig, »und kann daher sagen, wer von euch verderbt ist und wer nicht.«

Nun versuchte auch Faustus, seine Hose hochzuziehen, stolperte aber und fiel dem Magister vor die Füße. Er wollte sofort wieder aufstehen, doch da stellte Kranz einen Fuß auf seinen Rücken und drückte ihn nieder.

»Du elender Sodomit! Du weißt, was mit dir geschieht, wenn ich dich dem Dekan melde?«

Faustus wurde bleich wie frisch gefallener Schnee. »Nein, bitte nicht! Man würde mich zum Tod auf dem Scheiterhaufen verurteilen.«

»Den hättest du verdient – und Isidor ebenso. Doch ich bin bereit, Gnade vor Recht walten zu lassen, wenn ihr hoch und heilig versprecht, Lothar Gardner in Zukunft in Ruhe zu lassen und auf Rachegedanken zu verzichten. Außerdem werdet ihr von eurem schändlichen Tun ablassen. Wenn euch die Körpersäfte zu sehr drücken, so geht ins Hurenhaus, wie es üblich ist, und lasst eure Kommilitonen in Ruhe. Habt ihr verstanden?«

Isidor nickte, und schließlich würgte auch Faustus sein »Ja!« heraus.

»Schwört ihr?«, fragte Kranz weiter.

Die beiden bejahten erneut.

Nun ließ der Magister Faustus los und sah zu, wie dieser aus dem Zimmer humpelte und dabei noch immer mit seiner Hose kämpfte. Isidor folgte ihm wie das leibhaftige schlechte Gewissen.

Lothar sah den beiden nach und wandte sich dann kopfschüttelnd an Kranz. »Ihr seid zu nachsichtig gewesen, Herr Magister. Die beiden werden Euch keinen Dank dafür wissen.«

»Willst du sie qualvoll sterben sehen?«, fragte Kranz mit einem seltsamen Lächeln.

»Nein, natürlich nicht!« Lothar schüttelte es bei der Erinnerung an die Männer, die er im Feuer hatte umkommen sehen.

»Das freut mich! Was Faustus und Isidor betrifft, so wird ihnen der heutige Abend hoffentlich eine Lehre sein und sie veranlassen, von nun an ein gottgefälliges Leben zu führen. Auch bin ich froh, dass du dich den beiden nicht einfach ergeben, sondern Widerstand geleistet hast. Dies beweist mir, dass in deiner weich erscheinenden Hülle ein männlicher Kern steckt und du nicht das Herz eines Mädchens hast, wie viele es dir nachsagen.«

Der Magister klopfte Lothar auf die Schulter. »Du wirst mir allerdings noch einen Beweis deiner Männlichkeit liefern müssen. Aus diesem Grund werde ich dich an einem der nächsten Tage ins Frauenhaus mitnehmen und dich dort der Obhut einer geschickten Hure übergeben. Sie wird mir hinterher berichten, ob du deinen Mann stehen konntest.«

»Aber das ist doch eine Sünde!«, platzte Lothar heraus und verdrängte dabei ganz, dass er vor dem Zwischenfall mit den beiden Kommilitonen selbst unzüchtige Gedanken gehegt hatte.

»Sünde wäre es, weiterhin deine wahre Natur zu verleugnen,

so dass Burschen wie Faustus annehmen, dich wie ein Mädchen benützen zu können.«

Magister Kranz ließ keinen Zweifel daran, dass es so zu geschehen hatte, wie er es wollte. Lothar musste in den Augen der anderen Studenten als Mann gelten, und dies ging nur, wenn diese erfuhren, dass er gleich ihnen die Huren aufsuchte.

»Mein Vater wird zornig werden, wenn er davon erfährt«, wehrte Lothar ab, doch seinen Worten fehlte der Nachdruck. Sein Lehrer schüttelte mit ernster Miene den Kopf. »Ich könnte sagen, er braucht es nicht zu erfahren. Doch ich werde ihm schreiben, dass es unabdingbar für dich ist, ins Frauenhaus zu gehen, damit du dir die Achtung deiner Kommilitonen bewahrst. Und nun gute Nacht!«

Damit verließ Kranz den Raum und schritt den langen Korridor entlang. Vor der Tür, hinter der Faustus' Kammer lag, blieb er stehen, dachte einen Augenblick nach und öffnete sie dann. Doch der junge Bursche war fort. Der Magister bedauerte es, denn er hätte ihm gerne noch einmal den Kopf zurechtgesetzt. So aber war zu erwarten, dass Faustus Rachegedanken hegte, und dies hieß für ihn, sowohl auf Lothar wie auch auf sich selbst achtzugeben. Angst vor dem Studenten hatte er keine, aber er wusste auch, dass er sich keine Blöße geben durfte, die Faustus ausnützen konnte.

7.

Der Verlust der Heimat traf Hinner Hinrichs und seinen Sohn Helm härter, als sie erwartet hatten. Zwar hatte Hinrichs schon mehrmals eine Stadt verlassen müssen, in der er sich niedergelassen hatte, um Verfolgungen zu entgehen. Doch damals war es nicht ohne jegliche Vorbereitung gewesen, und er hatte einem Anführer folgen können, der wusste, wo Glaubensbrüder in sicheren Verhältnissen lebten und ihnen helfen konnten. Er selbst kannte nur wenige wohlhabende Täufer in anderen Städten.
Als er an Dortmunds Stadttor nach einem dieser Männer fragte, erntete er zornige Blicke.
»Der Kerl ist ein elender Wiedertäufer, den der Teufel holen soll«, ranzte ihn einer der Torwächter an. »Gehörst du vielleicht auch zu diesem Gesindel?«
Erschrocken riss Hinrichs die Arme hoch. »Gott bewahre! Es ist nur so, dass der Mann mir Geld schuldig geblieben ist. Da ich es dringend brauche, wollte ich ihn aufsuchen und es einfordern!«
»Diese Ketzer sind elende Betrüger und Schurken! Nicht nur, dass sie unsere heilige Kirche und den Papst schmähen, nein, sie bringen auch noch ehrliche Bürger um ihren Besitz. Ich glaube nicht, dass du noch etwas von deinem Geld siehst. Der Kerl hat erfahren, dass Seine Exzellenz, der Inquisitor Jacobus von Gerwardsborn, hier durchreisen soll, und da hat er es mit der Angst zu tun bekommen und sich mitsamt Weib und Kindern heimlich aus dem Staub gemacht. Der Magistrat hat sein Haus beschlagnahmt und wird den Erlös der heiligen Kirche

spenden, damit kräftig für uns gebetet wird, weil wir durch die Anwesenheit dieser Ketzer selbst beschmutzt worden sind.«
Für Hinrichs war dies eine Katastrophe. Nicht nur, dass der Mann verschwunden war, von dem er sich Hilfe erhoffte. Auch noch zu hören, dass der Inquisitor, der seine zurückgebliebenen Angehörigen auf den Scheiterhaufen gebracht hatte, hier erscheinen würde, brachte ihn beinahe dazu, auf der Stelle umzudrehen und diese Gegend zu verlassen. Nur der Gedanke, dass er damit Verdacht erregen würde, hielt ihn davon ab. Daher zahlte er das Torgeld und wollte die Stadt betreten.
Der Torwächter hielt ihn auf. »Der Magistrat ist verpflichtet, die Schulden dieses Schurken zu begleichen. Geh ruhig zum Rathaus und lege dem Kämmerer deinen Schuldschein vor. Wahrscheinlich bekommst du nicht die ganze Summe, aber gewiss einen guten Teil davon.«
»Ich danke dir für deinen guten Rat!« Hinrichs nickte dem Wächter noch kurz zu und eilte dann mit langen Schritten weiter. Helm musste rennen, um mit ihm Schritt halten zu können.
»Wir sollten zum Rathaus gehen, Vater, und das Geld verlangen, das dir dieser Mann schuldet«, sagte der Junge, als Hinrichs, ohne anzuhalten, auf das andere Stadtende zuhielt.
»Närrischer Knabe!«, wies Hinrichs seinen Sohn zurecht. »Die angeblichen Schulden waren nur eine Ausrede, damit der Torwächter uns nicht für Täufer halten sollte.«
»Aber wir können trotzdem welches verlangen!«
Hinrichs blieb stehen und sah seinen Sohn entgeistert an. »Und wie soll das gehen? Dafür brauchte ich einen Schuldschein, und einen solchen habe ich nicht. Also halte deinen Mund und lass mich in Ruhe nachdenken.«
Bislang hatte der Vater ihn beinahe wie einen erwachsenen Mann behandelt. Nun zurechtgewiesen zu werden wie ein kleines Kind, schmerzte Helm, und er trottete mit beleidigter Miene hinter Hinrichs her. Dieser kehrte in einer Schenke ein,

bestellte für sie beide je einen Krug Bier und einen Teller Eintopf. Danach machten sie sich wieder auf den Weg und verließen die Stadt, zwei Stunden nachdem sie sie betreten hatten, durch ein anderes Tor. Zwar wusste Hinrichs nicht, wohin Helm und er ihre Schritte wenden sollten, doch schien ihm alles besser, als in dieser Stadt zu warten, bis Jacobus von Gerwardsborn erschien und auch ihn auf den Scheiterhaufen brachte.

8.

Das Leben in Klüdemanns Haus bot für Frauke außer der Arbeit keinerlei Abwechslung. Auch wenn der Hausherr nach außen hin jeden Verdacht vermeiden wollte, ein Täufer zu sein, so achtete er unter seinem Dach streng darauf, dass die Regeln der Gemeinschaft eingehalten wurden. Da laut der Bibel der Mann das Haupt der Familie und die Frau dessen Magd sein sollte, galt für ihn nur der eigene Wille. Sein Weib hatte zu bitten, wenn sie etwas von ihm wollte, und Inken Hinrichs und ihren Töchtern stand es in seiner Gegenwart an, den Kopf zu senken und zu schweigen.
Während die Mutter und die Schwester dies beherzigten, fiel es Frauke zunehmend schwerer, den Mund zu halten, vor allem, wenn Debald Klüdemann etwas forderte, das in ihren Augen Unsinn war. Sie machte ihn allerdings nur ein Mal darauf aufmerksam. Prompt löste er seinen Ledergürtel von der Taille, legte diesen zusammen und befahl ihr, sich zu bücken. Im ersten Augenblick wollte Frauke davonlaufen, sagte sich aber, dass dann die Strafe wahrscheinlich noch härter ausfallen würde, und nahm die zehn Hiebe mit zusammengebissenen Zähnen hin. Als sie danach in die Küche ging, um beim Kochen zu helfen, blickte die Mutter sie kopfschüttelnd an.
»Es ist wirklich ein Kreuz mit dir, Frauke. Du hast schon zu Hause dem Vater stets widersprochen, so dass er dich nicht frohen Herzens taufen lassen konnte. Jetzt verärgerst du mit deinem vorlauten Mundwerk auch noch den frommen Herrn Klüdemann, der so freundlich war, uns armen Vertriebenen ein Obdach zu gewähren.«

»Es ist Unsinn, Sachen in den Keller zu schaffen, um sie dann gleich wieder heraufholen zu müssen«, antwortete Frauke, die sich nicht zuletzt deshalb so ärgerte, weil solche Arbeiten immer an ihr hängenblieben. Ihre Schwester wurde von solchen Dingen verschont, insbesondere, seit Mieke Klüdemann entdeckt hatte, dass Silke gut mit Nadel und Faden umgehen konnte. Nun hielt sie das Mädchen dazu an, ihr neue Kleider zu nähen, denn sie wollte bei der Feier zu Christi Wiederkehr adrett angezogen sein.

Da es sinnlos schien, gegen ihr Schicksal aufzubegehren, trank Frauke einen Schluck Wasser und machte sich daran, die schweren Tuch- und Lederballen zu holen, die Klüdemann eingekauft hatte. Sie brauchte den Schubkarren dazu und schleppte sie anschließend in den Keller des Hauses.

Mieke Klüdemann sah ihr zu, ohne eine Hand zu regen, und deutete dann zur Tür. »Da du schon dabei bist, kannst du auch noch ein Fass Bier besorgen. Unser jetziges ist schon fast leer.«

»Sehr wohl, Frau Klüdemann!« Frauke knickste und überlegte, wie lange sie dafür brauchen durfte, ohne als saumselig zu gelten. Der nächste Wirt wäre keinen Steinwurf entfernt gewesen, doch mit diesem hatte Klüdemann sich zerstritten, so dass Frauke ihren Schubkarren durch die halbe Stadt schieben musste. Auf dem Hof der Schenke stellte sie ihn ab und trat in den Schankraum.

»Gott zum Gruß, Herr Wirt. Ich soll ein Fass Bier holen!«, rief sie.

Der Besitzer der Schenke war gerade dabei, Gerste für das Malz abzumessen, und ließ sich dabei nicht stören. Erst als er fertig war, drehte er sich zu Frauke um.

»Du bist doch die neue Magd bei Klüdemann, nicht wahr?«

»So kann man es nennen.«

»Sage deinem Herrn, er wäre mir das letzte Fass Bier schuldig geblieben. Hast du für diesmal das Geld dabei?«

Frauke schüttelte den Kopf. »Nein, das habe ich nicht.«

Einen Augenblick schien der Wirt unschlüssig, dann aber nickte er ihr zu. »Ich gebe dir ein Fass. Doch soll Klüdemann es noch heute samt dem vorigen bezahlen. Sage ihm das!«
»Ja, Herr Wirt!« Frauke knickste und wartete darauf, dass der Wirt in den Keller stieg und das Fass herausbrachte. Der aber dachte nicht daran, sich selbst die Hände schmutzig zu machen.
»Du kannst dir ein Fass holen!«, forderte er Frauke auf und sagte sich, dass das Mädchen sicher das leichteste wählen würde. Dieses aber würde er Klüdemann wie eines der größeren Fässer berechnen.
Frauke begriff durchaus, worauf der Wirt aus war, und sie wollte diesem Betrug keinen Vorschub leisten. Entschlossen stieg sie nach unten und hob die einzelnen Fässer kurz an, bis sie das schwerste gefunden hatte. Dieses schleppte sie unter Stöhnen und Ächzen die Treppe hoch. Damit aber war es noch nicht getan, denn sie musste das Fass auch noch zu ihrer Schubkarre schaffen und es daraufheben.
Auf diesem Weg verfluchte sie sich, weil sie kein leichteres Fass gewählt hatte. Doch als die Kraft sie verließ und sie nicht mehr glaubte, den Rest der Strecke zu schaffen, kam ein junger, gutaussehender Mann auf sie zu und nahm ihr das Fass ab.
»Wo soll es hin?«, fragte er lächelnd.
Frauke atmete erleichtert auf und wies auf die Schubkarre.
»Dorthin, bitte. Und besten Dank! Möge unser Herrgott es dir lohnen!«
Kurz darauf lag das Fass auf der Schubkarre, und der junge Mann wollte bereits weitergehen. Da drehte er sich noch einmal um. »Vielleicht kannst du mir helfen, Jungfer. Ich bin auf der Suche nach einem Bekannten. Er heißt Debald Klüdemann!«
»Welch ein Zufall! Bei diesem Herrn wohnen wir, das heißt, meine Mutter, meine Schwester und ich«, rief Frauke überrascht.

»Dann hat Gott uns hier zusammengeführt. Kannst du mich zu deinem Herrn bringen?« Als Frauke nickte, packte der Mann die Holme des Schubkarrens und bat sie, ihn zu führen. Froh, die Schubkarre nicht selbst schieben zu müssen, ging Frauke voraus, stellte unterwegs aber die Frage, die sie am meisten bewegte. »Eurer Aussprache nach stammt Ihr aus Holland, mein Herr.«

»Aus Leiden, um es genau zu sagen. Mein Name ist Jan Bockelson, aber meistens nennt man mich den Jan aus Leiden, oder, wie man zu Hause sagt: Jan van Leiden!« Stolz lag in der Stimme des Mannes, und Frauke kämpfte mit dem eigenartigen Gefühl, dass er erwartete, sie müsse ihn kennen.

»Ich bin Frauke Hinrichs und erst seit kurzer Zeit in dieser Stadt«, antwortete sie, um ihre Unsicherheit zu überspielen.

»Kommst du von weit her?«, fragte Jan.

Frauke wusste nicht, was sie darauf antworten sollte. Wenn sie sagte, dass sie mittlerweile das vierte Mal ihre Heimatstadt hatten verlassen müssen, lieferte sie sich, ihre Mutter und Silke dem Verdacht aus, Täufer oder andere angebliche Ketzer zu sein.

Ihr Begleiter drang aber nicht weiter, sondern fragte nach allgemeinen Dingen, die sie leichten Herzens beantworten konnte. Als sie Klüdemanns Haus erreicht hatten, wuchtete Jan das Fass vom Schubkarren und folgte Frauke damit in den Keller.

»Habt Dank!«, sagte Frauke, als das Fass endlich auf seinem Bock stand. »Mir wäre es doch zu schwer gewesen.«

»Dabei bist du recht kräftig. Ich kenne nur wenige Mädchen, die das Fass so weit hätten tragen können wie du.«

Jans Lächeln und sein Lob ließen Frauke förmlich ein Stück wachsen. Sie musterte den jungen Mann genauer und fand ihn äußerst anziehend. Er war groß, aber schlank, sein ausdrucksstarkes Gesicht wurde von blonden Locken und einem kurz gehaltenen Kinnbart umrahmt. Seine Augen strahl-

ten wie durch ein inneres Feuer, und als er ihr die Hand reichte, durchfuhr es sie wie ein sanfter Hauch.
»Frauke, wo bist du?«, hörte sie da die Stimme Mieke Klüdemanns.
»Oh Gott, die Hausherrin! Hoffentlich nimmt die nicht etwas Falsches an, weil wir zusammen im Keller sind«, sagte Frauke erschrocken.
Jan van Leiden hob beruhigend die Hand. »Keine Sorge, Jungfer. Ich werde ihr sagen, was wirklich war.«
Dann wurde seine Stimme lauter. »Steht das Fass so richtig?«
»Aber ja doch!«, antwortete Frauke verständnislos.
»Frauke, wer ist bei dir im Keller?«, fragte Mieke Klüdemann mir schriller Stimme.
Bevor Frauke antworten konnte, trat Jan zur Treppe und grüßte nach oben. »Jan Bockelson van Leiden zu Euren Diensten. Ich habe der Jungfer geholfen, das Fass hierherzubringen. Gott hat uns zusammengeführt, denn ich will den Herrn dieses Hauses sprechen.«
»Was wollt Ihr von meinem Mann?« Mieke Klüdemann wurde etwas freundlicher, als sie den gutaussehenden jungen Mann sah, der eben heraufstieg und sich vor ihr verbeugte.
»Ich bringe Grüße von Freunden!« Jans Lächeln verfehlte seine Wirkung auch auf Mieke Klüdemann nicht. Obwohl sie bereits über vierzig war, sah sie ihn mit leuchtenden Augen an und vergaß ganz, dass sie Frauke hatte schelten wollen, weil diese einen Fremden ins Haus gebracht hatte.
»Mein Mann ist ausgegangen, wird aber bald wieder zurückkommen. Darf ich Euch derweil einen Krug Bier und einen Imbiss anbieten?«
Bockelson verbeugte sich lächelnd vor Mieke Klüdemann.
»Es wäre sehr freundlich von Euch! Ich habe einen weiten Weg hinter mir und am Morgen nur ein Stück Brot zu mir genommen.«
»Dann kommt mit! Du, Frauke, kannst inzwischen den Hof

kehren. Bring die Pferdeäpfel auf den Dunghaufen, damit ich nächstes Jahr die Rosen damit einpflanzen kann!«

Ohne darauf zu achten, ob Frauke gehorchte, führte die Hausfrau den Gast in die gute Stube und forderte Silke auf, ihm Bier, Brot und Wurst zu holen.

Als Fraukes Schwester mit dem Verlangten eintrat, sog Jan überrascht die Luft ein. Er hatte bereits Frauke für ein ausnehmend hübsches Mädchen gehalten, doch gegen eine solche Schönheit verblasste sie.

»Gott segne es Euch!« Mit diesen Worten stellte Silke das Tablett vor Jan und zog sich mit einem Knicks zurück, behielt aber die Tür einen Spalt weit offen, um heimlich hineinspähen zu können.

»Esst!«, forderte Mieke Klüdemann Bockelson auf.

Dieser sprach ein kurzes, aber inniges Dankgebet und trank einen Schluck Bier. Bevor er sich dem Brot und der Wurst zuwandte, sah er die Hausfrau an. »Das Mädchen eben, ist das Eure Tochter?«

»Wo denkt Ihr hin! Meine Töchter sind bereits aus dem Haus und gut verheiratet. Das war Silke, Hinner Hinrichs' Tochter, die wir zusammen mit ihrer Mutter und ihrer Schwester in unser Haus aufgenommen haben.« Mieke Klüdemann verzog ein wenig das Gesicht, denn ihr passte es wenig, dass die Gedanken ihres Gastes sich mit Silke beschäftigten, während sie selbst mit ihm sprechen wollte.

Zu ihrer Erleichterung wandte Bockelson sich jetzt dem Imbiss zu, und sie platzte beinahe vor Stolz, als er das Essen lobte.

»Mein Mann will stets nur das Beste. Da gilt es für mich, das Richtige zu besorgen«, erklärte sie geschmeichelt und fragte erneut, was ihr Gast denn mit ihrem Mann zu besprechen hätte.

»Erlaubt mir, damit zu warten, bis Euer Mann hier ist«, wich er aus und widmete sich der Wurst.

9.

Zur Erleichterung seiner Frau erschien Debald Klüdemann noch vor dem nächsten Glockenschlag. Im Flur blieb er stehen und rief: »Ist hier niemand, der mir meinen Mantel abnehmen kann?«
Da Frauke draußen den Hof kehrte und Inken Hinrichs bei einer Nachbarin war, um Gewürzkräuter einzutauschen, kam Silke herbei und half dem Hausherrn aus seinem Mantel.
»Wenigstens du gibst acht, wenn ich komme«, lobte Klüdemann sie und tätschelte ihr die Wange. Dann ging er weiter, hörte Stimmen in der guten Stube und öffnete die Tür. Verwundert, seine Ehefrau im vertrauten Gespräch mit einem jungen Mann vorzufinden, zog er die Stirn kraus.
»Wir haben einen Gast?«
Bockelson stand auf und deutete eine Verbeugung an. »Jan Bockelson van Leiden zu Euren Diensten, Herr Klüdemann. Oder sollte ich Bruder Debald zu dir sagen?«
»Bruder? Ihr kommt von ... Freunden?« Die Vorsicht hieß Klüdemann, sich nicht auf Anhieb zu verraten.
Sein Gast nickte lächelnd.
»Ich soll Euch Grüße von Bruder Jan Matthys und Bruder Bernhard Rothmann überbringen!«
»Matthys und Rothmann!« Klüdemann schnappte verblüfft nach Luft. Ersteren kannte er als den herausragenden Propheten ihrer Bewegung. Rothmann seinerseits war ein exzellenter Prediger, dem er bereits einmal bei einem Besuch in Münster gelauscht hatte. Trotzdem blieb er misstrauisch.
»Wer sagt Euch, dass mir diese Namen bekannt sind?«

»Bruder Matthys sagt, ich soll Euch an den Apostel Johannes erinnern!«
Dies war das Losungswort, mit dem unbekannte Mitglieder ihrer Gemeinschaft sich untereinander ausweisen konnten. Klüdemanns Misstrauen schwand, und er schloss Bockelson wie einen lange vermissten Sohn in die Arme.
»Willkommen in meinem Haus, Bruder Jan! Ich freue mich, dich zu sehen.«
»Die Freude ist ganz bei mir«, antwortete Bockelson und erwiderte die Umarmung. Für Augenblicke hielten die beiden Männer einander fest, dann wandte Klüdemann sich an seine Frau. »Was stehst du noch hier herum? Lass Bruder Jan ein Bett richten und sorge dafür, dass Wein und Brot auf den Tisch kommen.«
Frauke trat in dem Augenblick ein, in dem diese Worte fielen. »Herr Bockelson hat bereits gegessen.«
Das kam über ihre Lippen, ohne dass sie es eigentlich wollte. Der Hausherr musterte sie mit einem verächtlichen Blick und erklärte seinem Gast, dass es dem Mädchen an der nötigen Ehrfurcht fehle, um getauft werden zu können. »Sie ist noch zu sehr Kind«, setzte er hinzu. »Um es offen zu sagen, glaube ich, dass sie sich nicht mehr ändern wird. Sie zählt immerhin schon siebzehn Jahre. In dem Alter muss ein Frauenzimmer wissen, was sich geziemt und was nicht!«
Bevor er Silke begegnet war, hätte Jan Bockelson wahrscheinlich ein gutes Wort für Frauke eingelegt. Nun aber nickte er uninteressiert und wechselte das Thema. »Ich habe gute Nachricht für dich, Bruder Klüdemann. Jan Matthys, unser von Gott gesegneter Prophet, erhielt eine neue Offenbarung. Die Wiederkehr Christi steht sehr bald bevor, und das Weltengericht naht. Es wird alle Ungläubigen von dieser Welt vertilgen. Für uns Erwählte aber gilt es, uns im neuen Jerusalem zu versammeln, auf dass Jesus Christus, unser Herr, uns dort in seine Scharen aufnehmen kann.«

Während Klüdemann und dessen Frau ebenso wie Inken Hinrichs und Silke förmlich an Jan Bockelsons Lippen hingen, stieg in Frauke tiefe Enttäuschung hoch. Sie hatte geglaubt, dem Mann sympathisch zu sein, weil er ihr mit dem Bierfass geholfen hatte. Doch jetzt interessierte er sich nicht mehr für sie, warf aber ihrer Schwester immer wieder begehrliche Blicke zu, die so gar nicht zu seiner frommen Botschaft passen wollten.

Das Bild, das sie sich von dem Mann gemacht hatte, bekam einen ersten Kratzer. Dennoch blieb sie im Raum und hörte zu, wie er davon berichtete, dass Gott, der Herr, dem Propheten Jan Matthys selbst befohlen habe, die Auserwählten um sich zu versammeln und das Himmelreich Christi auf Erden zu errichten.

Klüdemann umarmte Jan noch einige Male und reckte immer wieder triumphierend die Hände nach oben. »Ich danke dir, Bruder Jan, dass du mir diese Nachricht gebracht hast. Wie lange habe ich den Tag herbeigesehnt, an dem die scheinheiligen Knechte Roms und die Anhänger dieses elenden Luther in die Hölle fahren und Gott uns, den Reinen, die Erde als unser Reich übergibt!«

»Und wo soll dieses neue Jerusalem sein?« Damit stellte Frauke die Frage, die alle anderen anscheinend übersehen hatten.

»Der Prophet Melchior Hoffmann glaubte es in Straßburg und fand sich dort im Kerker wieder.«

Mit einer verärgerten Bewegung wandte Bockelson sich zu ihr um. »Obwohl Melchior Hoffmann nur ein Wegbereiter des wahren Propheten war, gab er sich nicht mit seiner Bestimmung zufrieden und führte dadurch viele unserer Mitbrüder ins Verderben.«

»Ihr habt die Mitschwestern vergessen, die ebenfalls den Tod in Straßburg und anderswo erleiden mussten, Bruder Jan!«

Der Ärger ließ Frauke bissig werden. Frauen litten unter der Folter und auf dem Scheiterhaufen nicht weniger als Männer und wurden zudem, wie das Schicksal ihrer Mutter bewies, häufig das Opfer verderbter Schurken.

»Jesus Christus wird sich unserer Märtyrer annehmen und sie wieder zum Leben erwecken, so wie er Lazarus zum Leben erweckt hat. Dies gilt auch für die Frauen, die in der Blüte ihrer Jugend und mit Blüten wie eine Braut bekränzt zu uns zurückkehren werden.«

Bockelson klang so überzeugend, dass Frauke ihm gerne geglaubt hätte. Anders konnte es auch gar nicht sein, sagte sie sich. Doch da waren die Zweifel, die sie immer wieder quälten. Wenn Gott ein gnädiger Gott war, weshalb half er dann den Seinen nicht? War er aber ein strafender Gott, wie einige Propheten predigten, warum vertilgte er dann nicht jene, die seine eifrigsten Anhänger bedrängten?

»Verzeih, Bruder Jan, doch warum müssen so viele von uns sterben, obwohl sie reiner sind als alle anderen?«, fragte Frauke innerlich zerrissen.

Bockelson blickte sie mit einem schmelzenden Lächeln an, das jedoch seinen Reiz für Frauke verloren hatte. »Wer sind wir, dass wir Gottes Willen zu ergründen suchen? Er bestimmt, was geschieht, und glüht uns Auserwählte wie Eisen, auf dass wir zu dem Stahl werden, aus dem er die Klinge des reinen Glaubens schmieden kann. Der Tag ist nahe, an dem jene, die uns hassen und verfolgen, sterben werden wie die Erstgeborenen der Ägypter, als der Pharao verhindern wollte, dass Moses die Kinder Israels ins Gelobte Land führte. Wie einst Moses wird auch unser Prophet Jan Matthys uns Auserwählte in das neue Jerusalem führen, auf dass wir dort in der Glückseligkeit der Anwesenheit Christi leben werden.«

»Welch eine Freude wird das sein!« Debald Klüdemann weinte ergriffen und umarmte Bockelson erneut. Auch seine Frau, Inken Hinrichs und Silke kamen auf den Holländer zu, um sein Gewand anzufassen, so als wäre er ein Träger himmlischer Kräfte.

»Und wo soll dieses neue Jerusalem sein, nachdem Straßburg es doch nicht war?«, fragte Frauke erneut.

»Sei doch endlich still!«, zischte Inken Hinrichs ihrer Tochter zu.

Doch Bockelson hob mit einer beschwichtigenden Geste die Hand. »Gott hat uns diese Stadt offenbart, und zwar sowohl dem großen Propheten Matthys, dem Propheten Johann Dusentschuer und auch mir selbst.«

Er schwieg einen Augenblick, um seine Worte wirken zu lassen, und sprach dann mit verzückter Stimme weiter. »Es ist die Stadt Münster, die der Herr uns in seiner Gnade überlassen wird.«

»Ausgerechnet Münster, das erst vor kurzem einen neuen Fürstbischof erhalten hat? Das wird Gerwardsborn, der schreckliche Inquisitor, nicht zulassen!«, rief Frauke erschrocken aus. Nur allzu gut erinnerte sie sich daran, dass ihr Bruder Haug in einer Stadt umgekommen war, die zum Fürstbistum Münster gehörte.

»Du sprichst wie ein unvernünftiges Kind, das nur glauben will, was es sieht, und dabei die Größe des Herrn nicht erkennt«, tadelte Bockelson sie. »Es ist Gottes Wille, dass wir uns in Münster versammeln und auf die Wiederkehr Christi warten. Kein Bischof, kein Inquisitor, kein Papst und auch kein Kaiser können uns daran hindern. Deren Ende ist nahe, so hat Gott zu unseren Propheten gesprochen. Am Ostertage im Jahre des Herrn 1534 wird Jesus Christus in seiner Herrlichkeit vom Himmel herabsteigen und die Welt richten. Wir sind auserwählt, an seiner Seite zu sitzen und am ewigen Leben teilzuhaben, während all die Priester, Bischöfe, Päpste, Kaiser und Könige in den Feuern der Hölle ihr Jammergeschrei anstimmen werden. Das aber wird für uns wie herrlichste Musik sein, denn während wir der Gnade und Barmherzigkeit des Paradieses teilhaftig werden, sind die anderen auf ewig verdammt.«

Selbst Frauke vermochte sich der hypnotischen Macht seiner Worte nicht zu entziehen und hoffte insgeheim, dass sie wahr seien. Für die anderen sprach Gott mit Bockelsons Mund, und sie wären am liebsten sofort aufgebrochen, um ja zu den ersten Erwählten zu gehören, die Münster erreichten. Nun aber zeigte es sich, dass der junge Holländer nicht nur ein begnadeter Redner war, sondern auch ein guter Organisator, denn er riet Klüdemann davon ab, sein Heim Knall auf Fall zu verlassen.
»Verkaufe das, was du besitzt, zu einem guten Preis. Dies wird dir in Münster helfen, eine Wohnung zu finden. Noch sind dort die Verworfenen in der Mehrheit. Doch Gottes Macht wird sie entweder bekehren oder vertreiben, so dass die Stadt am Tage das Jüngsten Gerichts uns ganz allein gehören wird!«, erklärte Bockelson und stimmte ein Gebet an, in das die anderen bis auf Frauke einfielen.
Da sie die Erwachsenentaufe noch nicht erhalten hatte, musste sie sich schweigend im Hintergrund halten. Dies gab ihr die Zeit, ihren Gedanken nachzuhängen und sich zu fragen, wie es sein würde, nach Münster zu gehen. Sie konnte nicht glauben, dass der neue Fürstbischof tatenlos zusehen würde, wie sich Tausende von Täufern in seiner Stadt einfanden, um dort das Ende der Welt zu erwarten. Und was war, wenn dieses ausblieb, so wie es schon in Straßburg ausgeblieben war?

10.

Etliche Meilen von Geseke entfernt blieb Franz von Waldeck unter einem Baum stehen und blickte nachdenklich auf den letzten Apfel, der noch daran hing. Schließlich streckte er die Hand aus und riss die Frucht mit einer heftigen Bewegung herab.

»Ob es auch bei Adam so war?«, fragte er Magnus Gardner, der ihn begleitete.

»Euer Hochwohlgeboren haben den Apfel aus eigenem Willen herausgepflückt, während Adam die Frucht vom Baum der Erkenntnis auf Evas Bitte hin nahm!« Gardner musterte dabei den Fürstbischof, der wie ein gewöhnlicher Edelmann bestickte Pluderhosen, ein gestreiftes Seidenwams und einen mit Pelzstreifen besetzten kurzen Mantel trug.

Ihm war klar, dass es dem Herrn des Bistums Münster nicht um den Apfel ging, sondern um seinen Bischofssitz. Auch wenn Waldeck vom Domkapitel gewählt und von Kaiser und Papst bestätigt worden war, konnte er sich der Herrschaft über die Stadt Münster nicht sicher sein.

Die Gedanken seines Landesherrn gingen in dieselbe Richtung. »Was haltet Ihr von den Nachrichten, die uns aus Münster erreichen, Gardner?«

»Es gibt etliche Nachrichten aus Münster, und ich halte keine davon für gut.« Gardner senkte nachdenklich den Kopf. »Rothmann hat erneut einen Disput mit einem katholischen Kleriker als Sieger beendet. Man sollte Prediger nach Münster schicken, die der Bibel kundig sind und sich nicht von diesem Stutenbernd aufs Glatteis führen lassen.«

»Nimmt Rothmann immer noch normales Brot für die Wandlung statt geweihter Oblaten, obwohl es ihm verboten wurde?«, wollte der Bischof wissen.
»Bernhard Rothmann tut viel, was ihm verboten worden ist. Der Rat der Stadt Münster hatte ihn wegen seiner aufrührerischen Predigten aus der Stadt gewiesen, musste diesen Beschluss jedoch auf Betreiben der Gilden wieder rückgängig machen. Rothmann stellt eine Gefahr für uns dar, Eure Hoheit. Er bekämpft nicht nur die römische Kirche, sondern auch die Lutheraner. Den Berichten zufolge, die ich aus Münster erhalte, kommen immer mehr Wiedertäufer in die Stadt. Es ist elendes Gesindel, das glaubt, allein unter allen Menschen auserwählt zu sein, das Himmelreich zu erlangen.«
»Die Wiedertäufer sind zwar lästig, aber keine direkte Gefahr«, antwortete Waldeck. »Schreibt an den Rat der Stadt Münster, sie sollen Rothmann bei Leibesstrafe verwarnen, noch einmal aufrührerische Reden zu führen, oder ihn einsperren, sollte das nichts nützen.«
»Verzeiht, Eure Hoheit, doch ich glaube, dafür ist es bereits zu spät! In Münster geht es nicht mehr nur um Religion, sondern auch um Macht. Etliche Bürger der Stadt – darunter viele Mitglieder des Rates und die gesamten Spitzen der Gilden – fordern, dass die Stadt nicht mehr Teil des Fürstbistums sein soll, sondern eine freie Reichsstadt werden muss. Für diese Männer stellt Rothmann nur ein Werkzeug dar, Eure Macht zu brechen!«
Gardners Sorge war berechtigt, das wusste Waldeck. Dennoch zuckte er mit den Achseln. »Ratet Ihr mir etwa, mit bewaffneter Macht gegen Münster zu ziehen, so wie der Fürstbischof von Köln gegen Soest vorgegangen ist?«
»Ihr solltet Euch darauf einrichten, dass es so kommt, und Freunde suchen, die Euch beistehen. Münster ist eine gut befestigte Stadt! Hat sie erst einmal die Tore vor Euch geschlos-

sen, wird es viel Pulver und ein heftiges Hauen und Stechen kosten, sie wieder zu öffnen.«

»Das wollen wir nicht hoffen!« Waldeck schauderte es bei dem Gedanken, mit militärischer Macht gegen seine eigene Hauptstadt ziehen zu müssen. Da seine persönlichen Mittel dazu nicht ausreichten, würde er die Hilfe anderer Fürsten benötigen, und die war nicht ohne Gegenleistung zu erhalten.

»Seht zu, dass Ihr immer rechtzeitig erfahrt, wenn sich etwas in Münster tut, Gardner. Dann können wir entscheiden, was zu geschehen hat.«

»Wie Eure Hoheit befehlen!« Gardner verneigte sich und zog sich zurück. Auf dem Weg nach Hause wünschte er sich einen etwas entscheidungsfreudigeren Herrn als Waldeck. Auf dem Papier war der Fürstbischof Herr über Münster, Minden, Osnabrück und einige unbedeutendere Orte, aber seine Hausmacht war zu gering, um seine Stellung mit dem nötigen Nachdruck behaupten zu können.

Der Gedanke beschäftigte Gardner noch, als er sein Haus betrat und der Magd Hut und Mantel reichte. Kurz darauf steckte er den Kopf in das Nähzimmer seiner Frau. Ausnahmsweise ruhten deren Hände, und sie sprach leise mit der Tochter. Beim Anblick ihres Mannes atmete sie erleichtert auf.

»Es ist gut, dass du gekommen bist. Wir haben nämlich einen Brief von dem ehrwürdigen Herrn Magister Kranz erhalten. Nicht dass unserem Sohn etwas zugestoßen ist!« Lothars Mutter hatte es nicht gewagt, den Brief zu öffnen, sondern reichte den Umschlag unversehrt ihrem Mann.

Gardner erbrach das Siegel und begann zu lesen. Bereits bei der ersten Zeile nahm sein Gesicht einen angespannten Ausdruck an.

Lothars Mutter fasste nach seiner Hand. »Ist etwas mit dem Jungen?«

Gardner schüttelte den Kopf. »Wie kommst du darauf? Magister Kranz lobt ihn als eifrigen Schüler.«

Längst hatte er den Entschluss gefasst, dass er das, was tatsächlich in dem Brief stand, seiner Ehefrau niemals mitteilen durfte. Obwohl sein alter Studienfreund nicht ins Detail gegangen war, begriff Gardner, dass zwei Mitstudenten versucht hatten, seinen Sohn für üble Dinge zu missbrauchen. Lothar war dem Anschlag durch eigenen Mut und die Unterstützung seines Lehrers entkommen, doch Kranz befürchtete, die beiden Burschen könnten versuchen, sich an Lothar zu rächen.
Er hätte die beiden gleich der Universität verweisen sollen, dachte Gardner, begriff aber auch, dass Kranz dafür Gründe hätte nennen müssen, die die beiden Studenten unweigerlich ins Verderben gerissen hätten – und Lothar vielleicht sogar mit ihnen. Da er selbst die Verbrennung der beiden Ketzer miterlebt hatte, wünschte er niemandem diesen Tod. Dennoch galt es, sich Gedanken zu machen, wie er seinem Sohn helfen konnte. Noch während er darüber nachdachte, kam ihm wieder Münster in den Sinn. Er brauchte dringend jemanden, der ihm wahrheitsgemäß berichtete, was dort vorging, denn er wusste nicht, ob er seinen jetzigen Zuträgern noch trauen konnte. Wenn diese Männer sich auf die Seite des radikalen Reformators Rothmann schlugen, stand zu befürchten, dass er mit falschen Informationen in die Irre geführt wurde.
»Ich werde Lothar hinschicken!«
»Was sagst du?«
Erst die Frage seiner Frau machte Gardner darauf aufmerksam, dass er diesen Gedanken laut ausgesprochen hatte. Das war ärgerlich, denn nun würde sie so lange bohren, bis sie eine in ihren Augen erschöpfende Antwort erhielt. Nachdenklich faltete er den Brief wieder zusammen und steckte ihn ein.
»Verzeiht, meine Liebe, aber ich überlege gerade, Lothar für ein Semester von der Universität zu nehmen, damit er mir als Bote dienen kann. Er weiß mit hohen Herren umzugehen und lernt dabei höfische Sitten kennen, die ihm später zugutekommen werden.«

Diese Ausrede war Gardner gerade noch rechtzeitig eingefallen. Da sein Sohn später ebenso wie er in die Dienste eines regierenden Hauptes treten würde, musste auch seine Frau einsehen, dass dies zu Lothars Vorteil gereichte.

»Ich hatte gehofft, er könnte sein Studium abschließen«, wandte seine Frau ein.

»Das wird er auch, aber erst in zwei oder drei Jahren. Bis dorthin muss er etwas von der Welt sehen. Doch nun ist es Zeit zum Mittagessen. Lasst auftischen! Hinterher will ich Briefe an Magister Kranz und an Lothar schreiben und ihnen meinen Entschluss mitteilen.«

Gardners Hinweis auf ihre hausfraulichen Pflichten brachte Lothars Mutter dazu, das Thema nicht weiter zu verfolgen, sondern in die Küche zu eilen, um nachzusehen, ob die Köchin mit dem Essen fertig war.

11.

Lothar ahnte nichts vom Brief, den Magister Kranz an seinen Vater geschrieben hatte. Und er hätte ihn auch nicht sonderlich interessiert, denn er kämpfte mit der Bedingung, die sein Lehrer ihm gestellt hatte. In den ersten Tagen hatten etliche Gründe die Ausführung verhindert, und er hoffte bereits, dem Besuch im Frauenhaus unter Kranz' Augen entgehen zu können. Andererseits hätte er gerne einmal mit einer Frau geschlafen, allerdings ohne das Wissen, dass eine Hure Zeugnis von seinen Leistungen ablegen sollte.
An diesem Tag verließ er die Universität nach der letzten Vorlesung und wollte in sein Quartier zurückkehren. Doch kaum hatte er die Haustür geöffnet, sah er Faustus und Isidor vor sich. Bei seinem Anblick verzogen die beiden das Gesicht, und Faustus hob gar die Hand, als wolle er ihn schlagen.
Lothar spannte sich an, um sich mit aller Kraft zu wehren. Seine entschlossene Miene schüchterte sein bulliges Gegenüber jedoch ein, und der Student trat zurück. Gleichzeitig schien Faustus sich seiner Feigheit zu schämen.
»Wir sind noch nicht miteinander fertig«, zischte er wütend.
»Wenn du willst, können wir uns morgen früh vor der Messe draußen auf dem Anger treffen, jeder mit dem Schwert in der Hand«, antwortete Lothar selbstsicher, denn er hatte in den letzten Wochen etwas mehr Mühe darauf verwendet, mit dieser Waffe vertraut zu werden.
Da Faustus von seinen Fechtübungen erfahren hatte, schüttelte er den Kopf. »Nicht so! Dir zahlen wir es anders heim. Du wirst dir noch wünschen, damals stillgehalten zu haben.«

Dies war zu viel für Lothar. Ehe der andere sichs versah, schlug er zu und traf ihn voll am Kinn. Faustus sackte mit glasigen Augen zusammen und blieb vor den Füßen seines Freundes liegen. Dieser starrte Lothar an, wagte es aber nicht, es auf eine Schlägerei ankommen zu lassen.

»Wir werden uns beim Dekan beschweren und verlangen, dass du der Universität verwiesen wirst. Immerhin hast du Faustus grundlos niedergeschlagen«, sagte er mit einer Mischung aus Wut und Angst.

»Grundlos wohl nicht!«, mischte sich da jemand ein. »Faustus hat den jungen Gardner bedroht und selbst die Fäuste geballt. Aber ihr könnt ruhig zu unserem ehrwürdigen Herrn Dekan gehen. Dann werde ich diesem berichten müssen, dass Faustus die Herausforderung zu einem ehrlichen Zweikampf abgelehnt und sich damit doppelt feige gezeigt hat!«

Magister Kranz war unbemerkt eingetreten und ergriff erneut für Lothar Partei.

Isidor starrte den Lehrer an und ließ dann seinen Blick zu Lothar weiterwandern. »Ihr sagt das nur, weil Ihr selbst ein fluchwürdiges Verhältnis mit diesem Mädchen pflegt!«

Bevor Lothar auf Isidor losgehen konnte, lag Kranz' Hand so fest wie ein Schraubstock auf seiner Schulter. »Lass diesen Narren! Er weiß nicht, was er spricht. Dir, Isidor, aber sage ich, hebe deinen Freund auf und bringe ihn in sein Bett. Wenn er erwacht, kannst du ihm mitteilen, dass eure Anwesenheit auf dieser Universität nur noch von kurzer Dauer sein wird.«

Noch nie hatte Lothar den Magister so entschlossen gesehen. Auch Isidor dämmerte es langsam, dass Faustus und er in ihrem Hass auf Lothar zu weit gegangen waren. Einen Lehrer zu bedrohen, war das Letzte, was sie sich in ihrer Situation erlauben konnten. Er überlegte, ob er Kranz um Verzeihung bitten sollte. In dem Augenblick regte Faustus sich und stemmte sich auf die Ellbogen.

»Diesen Schlag zahle ich dir heim, du Mädchen!« Noch wack-

lig auf den Beinen, stand er auf und ging auf Lothar los. Magister Kranz trat dazwischen, doch Faustus schlug blind vor Wut zu.
Der Hieb war hart und hätte Lothar wahrscheinlich zu Boden geworfen. Aber Kranz blieb auf den Beinen und packte Faustus' Handgelenk mit eisernem Griff.
»Wie lautet die Strafe für einen Angriff auf ein Mitglied des Lehrkörpers?«, fragte er.
Ohne ein Wort zu erwidern, riss Faustus sich mit einer heftigen Bewegung los und rannte davon. Sein Freund folgte ihm wie ein Schatten.
Kranz sah den beiden nach und wandte sich an Lothar. »Ich hoffe, Faustus und Isidor ziehen die Konsequenzen und verlassen unsere Universität freiwillig. Ich müsste sie sonst doch noch beim Dekan melden.«
»Was mag in die beiden gefahren sein? Ich habe gewiss nichts getan, das sie hätte verärgern können«, stieß Lothar hervor.
»Gegen Dummheit kämpfen selbst Götter vergebens – und die beiden Kerle sind strohdumm. Nun aber wirst du allen zeigen, dass du ein richtiger Mann bist. Komm mit!«
»Wohin?«, fragte Lothar, obwohl es ihm schwante.
»Dorthin, wo es dir möglich sein wird, zwischen die Schenkel eines Weibes zu steigen, ohne Gott und die Obrigkeit zu erzürnen«, sagte Kranz in einem lockeren Plauderton. Er ließ Lothar aber nicht mehr los, sondern führte ihn auf die Straße hinaus.
Lothar folgte ihm mit dem Gefühl, ein Lamm zu sein, das zum Schlachter gebracht wurde. Wie soll ich auf diese Weise Lust empfinden?, fragte er sich, als Kranz vor dem schlichten Haus stehen blieb, in welchem das städtische Bordell untergebracht war. Der Magister trat ein, winkte ihm zu folgen und grüßte den Hurenwirt, der eifrig auf sie zuweiselte.
»Was kann ich für die Herren tun?«, fragte er.
Lächelnd sah Kranz auf ihn hinab. »Ich wünsche ein hübsches

Mädchen für mich und eines, das weiß, wie man einen jungen Burschen wie meinen Begleiter in die Freuden des Fleisches einführt.«

»Der junge Herr hat, wie ich daraus schließen muss, noch wenig Erfahrung mit dem weiblichen Geschlecht.« Bei diesen Worten zwinkerte der Hurenwirt Kranz zu, doch der ging nicht darauf ein, sondern sah sich suchend um.

Der Raum, in dem der Hurenwirt seine Gäste empfing, war karg eingerichtet, und es war ihm auch verboten worden, Wein oder Bier auszuschenken. Der Rat der Stadt und die heilige Kirche wollten nicht, dass die Männer öfter in dieses Haus gingen als unbedingt nötig. Zwar brauchte man die Huren, damit die vielen ledigen Männer der Stadt, die Studenten und die fremden Gäste in ihrer Leibesnot nicht die Töchter und Ehefrauen der Bürger belästigten, doch diese sollten ihrem Gewerbe ohne jedes Aufsehen nachgehen.

Kranz selbst hatte nie geheiratet und suchte das Bordell alle paar Wochen auf, um Entspannung zu finden. Besondere Ansprüche stellte er dabei nicht. Das Mädchen musste gesund und halbwegs hübsch sein und den Mund halten, wenn er ihm beiwohnte. Für Lothar war eine solche Hure jedoch nichts. Der junge Mann brauchte eine, die ihn an der Hand nahm und dafür sorgte, dass er ans Ziel gelangte.

Noch während Kranz die anwesenden Frauen musterte, winkte der Hurenwirt zwei Frauen zu sich. Eine von ihnen war noch recht jung und befand sich erst seit ein paar Wochen bei ihm. Er hatte sie einem Grundherrn in der Umgebung abgekauft, der sie von ihrem Vater als Teil der schuldig gebliebenen Abgaben verlangt hatte.

Die andere war älter und drall gebaut, aber durchaus noch ansehnlich. Sie verstand den Blick ihres Herrn und knickste vor Lothar. »Wenn der junge Herr sich mit mir begnügen möchte, wäre es mir eine Ehre!«

Die meisten Studenten liebten derartige Reden, gaben sie ihnen doch das Gefühl, ganz hohe Herren zu sein. Lothar hingegen sah aus, als würde er am liebsten kehrtmachen und davonlaufen.

Um das zu verhindern, legte die Hure ihm den Arm um die Schulter und zog ihn mit sich. Als er sich sträubte, lachte sie amüsiert auf. »Keine Sorge, ich beiße nicht!«

Lothar gab nach, denn der Verstand sagte ihm, dass er diese Sache durchstehen musste. Wenn er jetzt floh, würde er nicht nur Magister Kranz' Achtung verlieren, sondern auch den Spott seiner Kommilitonen einstecken müssen. Daher ließ er sich von der Frau in deren Kammer führen, die mit einem Bett, einem kleinen Tisch mit zwei Stühlen und einer Truhe sogar recht wohnlich wirkte. Auf dem Tisch standen ein Tonkrug und zwei Becher. Die Frau füllte beide und reichte ihm einen.

»Ich glaube, Ihr habt einen Schluck Wein nötig!«

»Danke!« Lothar nippte an dem Becher, behielt ihn aber in der Hand und sah zu, wie die Frau sich ihrer Kleider entledigte.

»Ihr wollt sicher etwas sehen«, sagte sie, wandte ihm dabei die Kehrseite zu, so dass er nur ihren glatten Rücken und ihr strammes Hinterteil anschauen konnte.

Vorsichtig streckte er die Hand nach ihr aus, zog sie dann aber wieder zurück. »Darf ich dich berühren?«

»Ich hoffe doch, dass Ihr noch etwas mehr tut«, antwortete sie lachend.

Sie kannte diese jungen Burschen, die unter der strengen Aufsicht der Eltern ein keusches Leben geführt hatten und ihre ersten Erfahrungen mit dem weiblichen Geschlecht in diesem Haus machen wollten. Doch so verschreckt wie dieser mädchenhaft wirkende Junge hier war nur selten einer gewesen.

»Ihr könnt Euch ausziehen«, forderte sie Lothar auf und griff, als er zögerte, selbst zu. Was sie entblößte, gefiel ihr. Er hatte einen schlanken Leib, aber durchaus fühlbare Muskeln. Ein Schwächling war er also nicht. Als sie tiefer kam und zwischen seinen Schenkeln etwas Festes berührte, lächelte sie zufrieden.

Der junge Bursche würde zum Ziel kommen und sie an das Aufgeld, welches der Magister ihr versprochen hatte.

»Wir können es gleich machen. Aber wenn Ihr wollt, werde ich mich vorher noch waschen«, sagte sie.

Lothar dachte daran, dass sie sich heute gewiss schon mit anderen Männern gepaart hatte, und nickte. »Mir wäre es lieber, du wäschst dich!«

»Gerne!« Die Frau nahm einen Lappen, tauchte ihn in den bereitstehenden Eimer Wasser und begann damit, ihre festen Brüste und ihren Unterleib abzureiben. Dabei beobachtete sie Lothar unter ihren Wimpern heraus. Er bewegte unruhig sein Becken, schien aber immer noch nicht sicher zu sein, ob sein Mut ausreichte, ihr zwischen die Schenkel zu steigen.

»Ich kann Euch ebenfalls waschen«, sagte sie.

Bevor Lothar etwas darauf antworten konnte, war sie bei ihm und strich ihm mit ihrem Lappen über Brust und Bauch, bis sie schließlich die Stelle berührte, auf die es ankam. Nun hieß es, vorsichtig zu sein. Er durfte nicht vorzeitig zum Erguss kommen, denn sonst war er hinterher nicht mehr in der Lage, ihr beizuwohnen.

Daher beließ sie es bei einem kurzen Streicheln, legte sich rücklings aufs Bett und winkte Lothar heran. »Jetzt werdet Ihr mir beweisen, was für ein Mann Ihr seid«, sagte sie zu ihm und zog ihn auf sich.

Lothar fühlte sich unsicher, doch die erfahrene Frau leitete ihn an, und er gehorchte ihr mit pochendem Herzen. Als er den warmen, weichen Frauenleib unter sich spürte und langsam in sie eindrang, hatte er das Gefühl, als würden seine Lenden in Flammen stehen. Daher vergaß er alles um sich herum außer der Frau, die unter ihm lag und ihn lachend aufforderte, nicht ganz so zaghaft zu sein.

12.

Magister Kranz war längst fertig, als Lothar wieder erschien. Die Miene des jungen Mannes zeigte gleichzeitig Erleichterung, weil alles gutgegangen war, wie auch Scham, weil er etwas getan hatte, das seine Eltern nicht gutheißen würden. Das Interesse des Magisters galt aber weniger Lothars Gefühlen denn der Hure. Diese war Lothar gefolgt, um den ihr versprochenen Lohn entgegenzunehmen.
»Wie hat sich unser junger Freund gehalten?«, fragte Kranz.
»Besser als manch anderer«, antwortete die Frau lachend. »Auf jeden Fall weiß er mit seinem Zumpf etwas anzufangen. Meinetwegen könnte er morgen wiederkommen.«
Kranz schüttelte nachsichtig den Kopf und hoffte, dass Lothar vernünftig genug war, das Hurenhaus nicht zu oft aufzusuchen. Einmal im Monat mochte gehen, doch mehr sollte es nicht sein. Mit diesem Gedanken bezahlte er die Hure und klopfte Lothar auf die Schulter.
»Willst du gleich nach Hause gehen, oder sollen wir noch einen Becher Wein auf deinen ersten Stoß trinken?«
Lothar fand die Bemerkung etwas derb, begriff aber, dass Kranz' Aufforderung einem Befehl gleichkam, und folgte ihm. Als sie kurz darauf in einer Schenke zusammensaßen, hob der Magister seinen Becher.
»Auf dein Wohl, Lothar, und darauf, dass du dich heute als richtiger Mann erwiesen hast.«
Einige Studenten, die ebenfalls in der Schenke saßen, hörten es und stießen sich gegenseitig an. »Man sollte bei so einem schmalen Bürschchen nicht glauben, dass er es faustdick hinter

den Ohren hat!«, rief einer laut genug, damit Kranz und Lothar es hören mussten.

»Er hat ja nicht nur seinen Degen in die richtige Scheide gesteckt, sondern auch Faustus mit einem einzigen Schmetterhieb zu Boden geschlagen«, erzählte ein anderer.

Während Lothar rote Ohren bekam, nickte Kranz zufrieden. Faustus und Isidor hatten nur wenig Freunde unter den anderen Studenten, während Lothar recht beliebt war.

»Für die beiden wäre es besser, die Universität zu wechseln«, murmelte der Magister vor sich hin.

Lothar sah ihn fragend an. »Was habt Ihr gesagt?«

»Nichts! Nur laut gedacht.« Noch während Kranz es sagte, schämte er sich, weil er das Problem mit Faustus nicht lösen, sondern einer anderen Universität aufhalsen wollte. Er war jedoch gezwungen, auf das Ansehen der eigenen Fakultät zu achten, und für diese war es am besten, wenn Faustus und Isidor verschwanden, ohne Aufsehen zu erregen.

Nun aber wollte er Lothar den anderen Studenten überlassen und stand auf. »Ich gehe nach Hause. Du kannst noch ein wenig bleiben und deinen Becher austrinken.«

Nach diesen Worten reichte Kranz der Schankmaid ein paar Münzen, winkte ab, als sie herausgeben wollte, und verließ das Wirtshaus.

Lothar sah ihm nach und seufzte. Zwar hatte es ihm gefallen, sich mit jener Hure zu paaren, gleichzeitig aber hielt er es für eine Sünde, seine Lust bei einer anderen Frau zu stillen als bei einem ihm vor Gott angetrauten Weib. Doch bis sein Vater ihn verheiratete, würden noch etliche Jahre vergehen.

»Na, du Held! Wie hat es dir gefallen, einem Weib zwischen die Beine zu steigen?«, fragte ihn einer der anderen Studenten geradeheraus.

»Ganz gut«, antwortete Lothar, weil er wusste, dass der andere genau das hören wollte.

Damit war er im Kreis der Kommilitonen aufgenommen. Sie

setzten sich zu ihm, stießen mit ihm an, und so blieb es nicht bei einem oder zwei Bechern. Erst spät in der Nacht verließ Lothar Arm in Arm mit zwei Studenten die Schenke. Auf dem Heimweg grölten sie aus voller Kehle ein anzügliches Lied und spotteten über die Bürger, die sich in ihrer Nachtruhe gestört fühlten und schimpften. Einmal erhielten sie sogar einen kalten Guss von oben, doch war es nur Wasser und nichts Schlimmeres. Die Studenten lachten darüber und erreichten kurz darauf lärmend ihr Quartier.

Auf dem Weg zu seiner Kammer begegnete Lothar Faustus. Dieser starrte ihn wütend an, wagte es aber nicht, gewalttätig zu werden. Mit einem gewissen Spott klopfte Lothar ihm auf die Schulter.

»Bleib mir vom Leib, sonst werde ich das nächste Mal härter zuschlagen!« Damit ließ er ihn stehen und betrat seine Kammer. Lothar schloss die Tür hinter sich, drehte sich um – und erstarrte. Auf dem einzigen Stuhl seiner Kammer saß sein Vater und blickte ihm mit tadelnder Miene entgegen. In dem Augenblick hätte er sich am liebsten ins nächste Mauseloch verkrochen. Da dies nicht ging, wollte er eine Verbeugung andeuten und kippte vornüber.

Magnus Gardner griff gerade noch rechtzeitig zu, um zu verhindern, dass sein Sohn mit der Stirn gegen die Tischkante schlug. Mit grimmiger Miene stellte er Lothar wieder auf die Füße und schüttelte den Kopf.

»Da glaubt man, du würdest fleißig lernen und studieren. Stattdessen treffe ich dich sturzbetrunken an und muss mir sagen lassen, dass du geradewegs aus dem Haus der Sünde kommst.«

Lothar versuchte, in seinem benebelten Kopf eine vernünftige Antwort zu formulieren. Doch als er zu sprechen begann, nuschelte er so stark, dass er sich selbst kaum verstand.

»Schweig!«, herrschte der Vater ihn an. »Ich bin entsetzt, dich so zu sehen. Zum Glück konnte ich deine Mutter überreden, nicht mitzukommen. Es würde ihr das Herz brechen zu erfahren, dass ihr einziger Sohn zu einem Säufer und Hurenbock geworden ist.«

»Ich … ich wollte doch nicht«, stotterte Lothar und sah sich einem verächtlichen Blick seines Vaters ausgesetzt.

»Feige bist du auch noch, anstatt zu dem zu stehen, was du angestellt hast. Leg dich jetzt zu Bett und schlafe deinen Rausch aus. Morgen werden wir beide ausführlich über alles sprechen. Und nun gute Nacht – auch wenn du es nicht verdient hast.«

»Gute Nacht, Herr Vater!« Lothar setzte sich auf sein Bett und wollte die Schuhe ausziehen. Doch erst als Magnus Gardner ihm half, gelang es ihm. Er brauchte die Unterstützung seines Vaters auch, um sich des Wamses und der Hose zu entledigen. Das war ihm so peinlich, dass er am liebsten geweint hätte. Als er sich hinlegte, drehte sich alles um ihn, und sein Magen explodierte förmlich. Er schaffte es gerade noch, den Kopf über den Bettrand zu halten, dann erbrach er den Wein mit schmerzhaften Krämpfen.

Magnus Gardner war noch rechtzeitig beiseitegetreten und sah mit zuckenden Mundwinkeln auf ihn hinab. »So geht es einem, wenn man den Wein nicht gewohnt ist.«

Lothar fühlte sich so elend, dass er zu sterben wünschte. Irgendwann aber hörte das Würgen auf, und er rollte sich auf dem Bett zusammen. Keine zehn Herzschläge später war er eingeschlafen und schnarchte in seiner Trunkenheit so laut, dass Gardner das Gesicht verzog.

Dann aber grinste er. Bevor Lothar zurückgekommen war, hatte er mit Magister Kranz gesprochen und erfahren, dass dieser seinen Sohn ins Bordell mitgenommen hatte, um zu beweisen, dass Lothar trotz seines mädchenhaften Aussehens ein ganzer Kerl war. Kranz hatte auch berichtet, dass er den Jungen in der Schenke bei anderen Studenten zurückgelassen hatte. Nun war ihm klar, dass dabei etliche Becher geleert worden waren.

Für einen Augenblick glaubte Gardner, anstelle seines Sohnes sich selbst zu sehen, und erinnerte sich an seine ersten Erfahrungen mit dem anderen Geschlecht. Bei ihm war es eine willige Wirtstochter gewesen. Dass sie auch lange Finger machte, hatte er erst später bemerkt. In der Hinsicht war Lothar besser dran als er, denn dieser hatte mit Kranz einen väterlichen Freund gefunden. Er hingegen hatte erst bei seiner Ankunft in der Universität festgestellt, dass etliche Gulden in seiner Börse fehlten, und daraufhin eisern sparen müssen, um das erste Semester zu überstehen.

»Ich hätte nicht neben dem kleinen Biest einschlafen dürfen«, sagte er und sah dann erschrocken zu seinem Sohn. Doch der schlief mittlerweile tief und fest.

VIERTER TEIL

Das neue Jerusalem

1.

Für den einstigen Stadtknecht Draas hatte sich das Zusammentreffen mit Moritz, einem Unteroffizier des Brackensteiner Landsknechtsfähnleins, als Glücksfall erwiesen. Nun musste er nicht weiter als Landstreicher über die Straßen ziehen, sondern hatte wieder ein Auskommen. Zwar hielt er Emmerich von Brackenstein, den Hauptmann des Fähnleins, für einen eitlen Fant, doch da der Edelmann Moritz alle Arbeit überließ, hatte er mit den einfachen Söldnern fast gar nichts zu tun.
Moritz organisierte den Rest der Reise, so dass sie die Reichsgräfin Isolde von Brackenstein wohlbehalten an ihrem Ziel abliefern konnten. Dort erteilte ihnen der Hauptmann den Befehl, ins Lager ihres Fähnleins zurückzukehren, während er selbst bei seiner Tante blieb.
Auf dem Rückweg unterhielten sich die Söldner darüber, welche Aufgaben ihrem Fähnlein in Bälde bevorstünden. Da Moritz ein paar Bemerkungen seines Hauptmanns aufgeschnappt hatte, wies er mit der Hand nach Norden. »Wie es aussieht, sammelt der Fürstbischof von Münster Truppen, um gegen seine eigene Hauptstadt vorzugehen. Der Reichsgraf hat ihm bereits unser Fähnlein angeboten. Allerdings mangelt es Franz von Waldeck an Geld. Daher ist es auch möglich, dass wir unter landgräflich-hessischen Befehl gestellt werden.«
Ein Söldner, der Hans genannt wurde und mit dem Draas noch nicht warmgeworden war, blieb mitten auf der Straße stehen.

»Der Landgraf von Hessen ist doch ein elender Ketzer!«
»Aber er hat Geld und zahlt regelmäßig den Sold an seine Leute, was du von anderen hohen Herren nicht behaupten kannst. Daher ist es mir gleichgültig, wie in Kassel gepredigt wird. Hauptsache, in meinem Beutel klingelt genug Geld, damit ich mir Wein und eine hübsche Hure für mich ganz allein leisten kann.« Moritz zwinkerte seinen Freunden zu, doch Hans schüttelte empört den Kopf.
»Ich diene unter keinem Häretiker! Das kann keiner von mir verlangen.«
»Jetzt sei gescheit!«, fuhr Moritz den Mann an. »Wenn Brackenstein uns dem Hessen unterstellt, heißt das, dass dieser sich nicht gegen den Kaiser und damit auch nicht gegen die römische Kirche wenden wird.«
»Ich mag trotzdem nicht! Zahl mir aus, was mir an Sold noch zusteht, und ich gehe meiner Wege. Mein Seelenheil ist mir wichtiger als Gold und gutes Essen.«
»Wenn es dir wichtiger ist als Gold, weshalb verlangst du dann von unserem Feldwebel welches?«, fragte Arno, ein anderer Soldat, verdrießlich. »Ich dachte, wir wären gute Kameraden. Aber du bist doch nur ein Hosenschisser, der den Popanz von Rom anbetet anstatt Gott im Himmel und unseren Herrn Jesus Christus, wie es einem aufrechten Landsknecht zukommt!«
»Seid still, alle beide!« Moritz löste seine Börse vom Gürtel und zählte Hans mehrere Münzen hin. »So, das war alles. Jetzt geh mit Gott! Glaube aber nicht, dass du noch einmal bei den Brackensteinern dienen kannst.«
Während Hans grußlos in die andere Richtung marschierte, hielt Arno Moritz die Hand hin. »Du kannst mich ebenfalls auszahlen! Zwar wäre mir der Dienst beim Hessen recht. Aber ich werde niemals gegen Münster ziehen und gegen ehrliche Christenmenschen kämpfen. Das kann keiner von mir verlangen.«

»Ja, seid ihr denn alle närrisch geworden?«, rief Moritz zornig aus.

Arno zuckte mit den Achseln. »Ich verlange das gleiche Recht wie Hans. Er will für den Erzpfaffen von Rom kämpfen, ich gegen diesen. Also gib mir, was mir zusteht.«

Grollend zahlte ihm Moritz das Geld aus und kehrte ihm dann brüsk den Rücken. Draas hingegen sah dem Scheidenden verblüfft nach und suchte nach Worten.

»Dürfen die beiden einfach so gehen?«, fragte er schließlich.

»Noch stehen wir nicht im Krieg, und selbst dann schlagen sich etliche Männer in die Büsche«, antwortete Moritz. »Daher ist es besser, solche Kerle verlassen uns jetzt, als dass sie Schwierigkeiten machen, wenn es hart auf hart kommt. Ein Kamerad ist stets für den anderen da, gleichgültig, ob er die Messe auf römische Art oder eine lutherische Predigt hören will. Oder bist du so gut katholisch, dass du neben keinem Ketzer marschieren willst?«

»Nein, das nicht. Um es offen zu sagen, weiß ich nicht, wem und was ich glauben soll«, antwortete Draas, der sich verunsichert fühlte.

Moritz klopfte ihm auf die Schulter. »Komm jetzt! Es ist noch ein ganzes Stück bis zum Lager, und da Emmerich von Brackenstein uns keine Pferde gelassen hat, stehen uns noch ein paar Tage strammen Fußmarsches bevor. In der Zwischenzeit bringe ich dir bei, was du als Brackensteiner können musst. Wir sind nicht irgendeine beliebige Rotte oder gar ein verlorener Haufen, sondern richtige Landsknechte, die sich nicht vor Hieb oder Stich fürchten. Wir singen noch unsere Lieder, wenn es um uns herum knallt und scheppert und der Feind uns zehnmal überlegen scheint.«

»Bei einer zehnfachen Übermacht würde ich wohl den Rückzug vorziehen«, rief Draas schaudernd aus.

»Keine Sorge, wir auch!« Moritz klopfte ihm erneut auf die Schulter und wies dann auf eine Schenke in der Nähe. »Komm, lass uns dein Handgeld versaufen. Vorher aber lernst du noch unser Lied!« Er hatte es kaum gesagt, da begann er auch schon, mit lauter Stimme zu singen.

Brackensteiner, das sind wir,
und wir marschieren hier.
Feinde, gebt acht!
Die Bracke erwacht!
Sie ist so hart wie Stein,
zerschlägt dir dein Gebein!
Die Bracke erwacht!
Darum Feind, gib acht!
Oder gleich Fersengeld,
weil's dir dein Leben erhält!

Brackensteiner, das sind wir,
und trinken Wein und Bier.
Darum Waffen jetzt in Ruh!
Marsch auf das Wirtshaus zu!
Des Wirtes Töchterlein
wird zärtlich zu uns sein.
Und auch des Wirtes Magd
es bei uns behagt!
Brackensteiner, das sind wir,
das sind wir!

Draas lachte zuerst über den Text, doch als Moritz das Lied ein zweites Mal sang, fiel er unwillkürlich ein und betrat mit der Strophe »des Wirtes Töchterlein« die Schenke.
Als der Wirt diese Worte vernahm, verzog er angewidert das Gesicht. Landsknechte waren nicht gerade die Gäste, die er sich wünschte. Rasch walzte er in die Küche, in der seine Tochter ein Stück von einem über dem Herdfeuer brutzelnden Spanferkel abschnitt, und nahm ihr das Messer aus der Hand.

»Du gehst mir heute nicht mehr in den Schankraum, und auch sonst lässt du dich nicht sehen! Verstanden?«

»Was ist denn los?«, fragte das Mädchen verblüfft.

»Soldaten! Wie die aussehen, sind sie auf Schabernack aus. Aber denen bleibt in meinem Krug der Schnabel sauber.« Der Wirt lud das Fleisch auf ein Brett und trug es in den Gastraum.

Mittlerweile hatten Draas und Moritz Platz genommen und winkten dem Mann. »Wirt, hierher! Bring volle Krüge! Wir sind durstige Männer«, rief Moritz.

»Wohl, wohl, die Herren! Ich bin gleich so weit.« Der Wirt servierte das Fleisch einem Gast, trat dann hinter seinen Schanktisch und füllte zwei Krüge bis zum Rand. Diese trug er zu beiden Soldaten und stellte sie mit einem »Wohl bekomm's!« auf den Tisch.

»Auf dein Wohl!«, rief Draas und hob seinen Krug Moritz entgegen.

»Auf das deine und auf gute Kameradschaft!«, erwiderte dieser den Trinkspruch und stieß mit ihm an.

»Das Bier ist nicht schlecht«, lobte Moritz, nachdem er den ersten Schluck getrunken hatte.

Es blieb nicht bei dem einen Krug, und die beiden ließen sich auch ein paar Stücke von dem Spanferkel schmecken, bevor sie weiterzogen. Unterwegs dachte Draas über die Winkelzüge des Schicksals nach. In der Räuberherberge hätte er ebenso enden können wie der Schneider oder der Kurier. Beide waren allein auf ihre eigene Sicherheit bedacht gewesen und blindlings ins Verderben gerannt. Er hingegen wanderte mit einem Mann, den er vor einer Woche noch nicht gekannt hatte, einer unbestimmten Zukunft entgegen. Er bedauerte nur, dass er Silke Hinrichs wohl niemals mehr wiedersehen würde. Doch als er in sich hineinhorchte, sagte er sich, dass dies sogar gut war. So konnte er hoffen, das schöne Mädchen irgendwann zu vergessen.

2.

Nachdem Jan Bockelson abgereist war, wirkte Klüdemanns Haus auf seine Bewohner weitaus düsterer als zuvor. Der Hausherr, sein Weib, Inken Hinrichs und Silke wollten diese Stadt so rasch wie möglich verlassen, um nach Münster – dem neuen Jerusalem – zu ziehen. Frauke fragte sich, was dort anders sein sollte als in dieser Stadt oder in dem Ort, in dem ihr älterer Bruder verbrannt worden war. Aus Erfahrung klug geworden, hielt sie jedoch den Mund und tat ihre Arbeit. Ihre Mutter, Mieke Klüdemann und Silke standen jedoch immer wieder zusammen und redeten über Jan Bockelson, der trotz seiner Jugend bereits zu den anerkannten Anführern der Täuferbewegung zählte.

Auch an diesem Tag musste Frauke sich wieder anhören, welch ein angenehmer, bildschöner Mann Jan Bockelson wäre, und ihre Schwester seufzte dabei so tief, als würde sie verzweifeln, wenn sie ihn nicht bald wiedersähe.

»Ich bin mit dem Boden in der guten Stube fertig und müsste jetzt die Küche wischen«, sagte Frauke in die Beschreibung all der Vorzüge des jungen Holländers hinein, die Mieke Klüdemann gerade aufzählte.

Die Frau runzelte ärgerlich die Stirn. »Musst du uns jetzt stören? Du siehst doch, dass wir einiges zu besprechen haben!«

»Mir ist aufgetragen worden, zuerst den Boden der guten Stube zu kehren. Das habe ich getan. Danach sollte ich die Küche wischen, aber das kann ich nicht, weil ihr mir im Weg steht!«

Frauke ärgerte sich, dass ihre Schwester ihr, seit Jan Bockelson hier gewesen war, noch mehr Arbeit überließ. Doch inzwischen schien es in diesem Haushalt wichtiger zu sein, über das neue Jerusalem und die Wiederkehr Christi zu reden, als seinem Tagwerk nachzugehen.

»Kehr den Hof!«, wies Mieke Klüdemann sie an, da sie nicht gestört werden wollte.

»Das mache ich. Aber schimpft hinterher nicht mit mir, weil der Boden der Küche schmutzig geblieben ist.« Mit diesen Worten verließ Frauke die Küche, holte den Reisigbesen und machte sich daran, den Hof zu kehren. Kaum hatte sie die ersten Striche getan, trat der Hausherr durch das Hoftor. In seiner Begleitung befanden sich zwei Männer, die das Anwesen scharf musterten.

Frauke wusste, dass Klüdemann sein Haus sehr eilig verkaufen wollte, um nach Münster zu ziehen. Aber so hastig, wie er den Verkauf vorantrieb, würde er mit Sicherheit nicht den wahren Wert erzielen. Doch das zählte für ihn nicht. Wenn Jesus Christus vom Himmel gestiegen war und das Jüngste Gericht gehalten hatte, würden Gold und Juwelen weniger wert sein als jetzt ein Batzen Butter oder ein Stück Brot. Jeder der Erwählten würde himmlische Kleider erhalten und köstlichste Speisen essen können. So hatte Jan Bockelson es ihnen ausgemalt.

Zwar hätte Frauke sich ein schöneres Gewand gewünscht als den geflickten Kittel, den sie tragen musste, dennoch konnte sie sich nicht vorstellen, dass dieses samt den köstlichsten Speisen und besten Weinen vom Himmel regnen würde. Bockelsons Erzählungen erinnerten sie zu sehr an ein Märchen, das sie als Kind gehört hatte. Darin hatte es ein Land gegeben, in dem die Bäche Wein statt Wasser führten und einem die gebratenen Tauben in den Mund fliegen sollten. Schlaraffenland wurde es genannt. Frauke glaubte nicht, dass es dieses Land wirklich gab, und wenn doch, so wollte sie trotzdem keine Schlaraffenländerin sein. Im Gegensatz zu ihr konnten ihre

Mutter, ihre Schwester und ganz besonders Mieke Klüdemann es gar nicht erwarten, in einer Welt zu leben, in der alles, was zu tun war, durch Geisterhand erledigt wurde.

»Sie fangen jetzt schon damit an, nichts mehr zu tun, so als wären wir bereits im Himmelreich«, murmelte Frauke und schaute dann erschrocken zu den Männern hinüber. Hoffentlich hat mich keiner gehört, dachte sie. Doch Klüdemann beantwortete gerade die Frage eines der beiden Kaufinteressenten und kümmerte sich nicht um das Mädchen, das ein paar Schritte entfernt den Hof säuberte.

»Der Dachstuhl ist aus bester Eiche«, erklärte er. »Ebenso die Balken und Stützen des Fachwerks. Ihr kauft ein gutes Haus, wenn ihr es nehmt!« Er konnte jedoch kaum verbergen, dass er das Haus unbedingt loswerden wollte.

Das hatten die beiden Männer längst begriffen und begannen, den Preis zu drücken. Frauke hätte erwartet, dass Klüdemann sie wegschicken und auf einen anderen Kaufinteressenten warten würde. Doch zu ihrer großen Überraschung schlug der Hausherr zu einem Preis ein, der mindestens ein Drittel unter dem Wert lag. Die Käufer zwinkerten einander zu und waren offensichtlich überzeugt, nie ein besseres Geschäft gemacht zu haben.

Da war Klüdemann anderer Ansicht. In weniger als einem Jahr ist alles eitler Tand, dachte er, und den Käufern würde angesichts des Jüngsten Gerichts die Freude an diesem Haus vergehen. Er hingegen konnte sich mit der Kaufsumme in Münster ansiedeln und Jesus Christus willkommen heißen.

»Damit ist es beschlossen. Mein Weib und ich werden die Stadt in drei Tagen verlassen. Dann ist das Haus euer.« Klüdemann nickte den Käufern zu und ging ins Haus, um seiner Frau die frohe Botschaft zu verkünden.

Frauke beobachtete, wie die beiden Männer die Nebengebäude begutachteten und sich dabei ungeniert darüber unterhielten, wie sie Klüdemann über den Tisch gezogen hatten.

»Ich sage dir, der hat Schulden und will sich aus dem Staub machen, weil er die nicht begleichen kann«, erklärte der eine.

»Dann sollten wir zusehen, dass dieses Haus so schnell wie möglich auf uns überschrieben wird. Nicht dass ein Gläubiger es als Pfand für eine Schuld fordert«, antwortete sein Begleiter.

»Das werden wir!« Erst jetzt entdeckten die beiden Frauke, die dem Hof mit dem Reisigbesen zu Leibe rückte, und traten auf sie zu.

»Du bist Klüdemanns Magd?«

»So könnte man es nennen.«

»Ich sehe, du bist fleißig. Wenn du willst, kannst du hierbleiben. Wir bezahlen dir dasselbe, was Klüdemann dir bezahlt hat, und legen pro Woche noch einen Stüver drauf«, bot der Ältere der beiden an.

Frauke nahm an, dass es sich bei den Männern um Vater und Sohn handelte. Sie wirkten nicht unsympathisch, und für einen Moment kam sie in Versuchung, das Angebot anzunehmen, denn in Münster würde sie auch nur eine Magd sein. Dann aber dachte sie an ihre Mutter und Silke. Nachdem Haug tot und der Vater und Helm verschollen waren, durfte sie die beiden nicht im Stich lassen.

Daher schüttelte sie den Kopf. »Ich werde mit Herrn Klüdemann und dessen Frau gehen.«

»Schade!«, sagte der Ältere, der das junge, zupackende Mädchen gerne behalten hätte.

Dann wandte er sich an seinen Sohn. »Komm jetzt! Wir gehen zum Stadtschreiber und lassen den Vertrag ausfertigen. Morgen legen wir die Urkunde Klüdemann vor und geben ihm das Geld. Dann kann uns niemand mehr dieses Haus streitig machen.« Sie verließen den Hof, ohne die angebliche Magd eines Abschiedswortes zu würdigen.

Frauke zuckte mit den Achseln und arbeitete weiter. Dabei sagte sie sich, dass sie bei dem neuen Hausbesitzer wohl auch nicht glücklich geworden wäre. Klüdemann und dessen Frau behandelten sie zwar ebenfalls wie eine Dienstbotin, waren mit ihr aber doch durch den Glauben verbunden, den vielleicht nicht sie selbst, aber ihre Mutter und Schwester mit ihnen teilten.

3.

In den nächsten drei Tagen mussten sie hart schuften, um all das einzupacken, was Klüdemann mit nach Münster nehmen wollte. Nach Fraukes Ansicht war es mehr, als für die paar Monate bis zur Erscheinung des Herrn nötig war. Doch Klüdemann wollte bis zu diesem nicht mehr fernen Tag auf nichts verzichten, und so quoll der Wagen, auf den die Sachen geladen wurden, förmlich über.
Zuletzt gingen Klüdemann und seine Frau noch einmal durchs ganze Haus, um nachzusehen, ob sie etwas vergessen hatten. Frauke, ihre Mutter und Silke warteten unterdessen im Hof. Alle drei waren für die Reise gekleidet und trugen feste Schuhe. Sie würden den Weg nach Münster zu Fuß zurücklegen müssen, da es auf dem Wagen außer für den Fuhrmann nur noch Platz für Klüdemann und dessen Frau gab. Dies führte Frauke deutlich vor Augen, wie tief ihre Familie bereits gesunken war. Sie waren heimatlos, bettelarm und durften dem Hausherrn nur aus Gnade und Barmherzigkeit nach Münster folgen. Dort, so schwor sie sich, würde sie sich eine richtige Stelle als Magd suchen, bei der sie auch einen Lohn bekam und nicht nur für Kost und Unterkunft schwer arbeiten musste.
Diesen Gedanken hielt sie jedoch vor ihrer Mutter und ihrer Schwester geheim. Für die beiden galt nur noch das himmlische Königreich, in das sie bald eintreten und in dem sie wieder mit ihren lieben Toten vereint sein würden.
Frauke haderte damit, dass sie nicht ebenso fest an diese Herrlichkeit glauben konnte. Der Verstand sagte ihr jedoch, dass

bereits zu viele Propheten das Ende der Welt verkündet hatten, ohne dass es eingetreten war.

Mutter hat recht, dachte sie traurig, ich bin aus der Art geschlagen. Warum kann ich nicht so sein wie Silke? Gedanken, die sie in all den Jahren immer wieder gequält hatten, kamen in ihr hoch, und sie spürte eine innere Leere, weil sie im Grunde zu niemandem wirklich gehörte und damit in den Augen anderer wertlos war.

Die Rückkehr des Hausherrn riss Frauke aus ihren niederdrückenden Überlegungen. Klüdemann trug ein großes Bündel mit sich, welches er, da es auf dem Wagen keinen Platz mehr fand, neben sich auf den Bock legte. Seine Frau sah ihm mit verkniffener Miene zu.

»Mein Mann will dieses Zeug auch noch mitnehmen. Dabei passt es doch gar nicht mehr auf den Wagen. Jetzt muss ich ebenfalls zu Fuß gehen – hat er gesagt!«

Das gönnte Frauke der Frau. Mieke Klüdemann hatte sie während der Wochen in ihrem Haus wie eine Magd behandelt, während ihre Mutter und Silke weitaus besser versorgt worden waren. Für die Reise trug ihre Mutter ein gutes Kleid, das Mieke Klüdemann ihr geschenkt hatte, und Silke war ebenfalls neu eingekleidet worden. Sie aber steckte in einem festen Kittel aus grobem Stoff, den eine ehemalige Magd in Klüdemanns Haus zurückgelassen hatte, und sah für ihr Gefühl wie eine Vogelscheuche aus.

Nun kamen Nachbarn herbei, um sich zu verabschieden. Da sich niemand einen Reim darauf machen konnte, weshalb Debald Klüdemann sein Heim so billig verkauft hatte, glaubten die meisten das Gerücht, er wolle sich Schuldnern entziehen. Aus diesem Grund fiel mancher Händedruck schwächer aus, als es sonst der Fall gewesen wäre. Der Bäcker von nebenan hielt sogar noch den Wagen auf, als der Fuhrmann die Peitsche schwingen wollte.

»Euer Weib, Klüdemann, schuldet mir noch einen halben Groschen für das Brot, das Eure Jungmagd gestern geholt hat und nicht bezahlen konnte.«

Aller Augen richteten sich auf Frauke, so als wäre sie schuld daran, dass die Hausfrau ihr kein Geld gegeben hatte. Die Forderung wurde zudem in einem so frechen Ton gestellt, dass Klüdemann rot anlief. Schließlich öffnete er seinen Geldbeutel, kramte die ältesten verkratzten Münzen heraus und warf sie dem Bäcker hin.

»Da hast du dein Geld! Und nun fahr an!« Das Letzte galt dem Fuhrmann. Dieser ließ es sich nicht zwei Mal sagen, sondern schnalzte mit der Peitsche und lenkte sein Gespann zum Hoftor hinaus.

Auf der Straße liefen die Kinder dem Wagen hinterher und johlten. »Hast wohl kein Geld mehr, Klüdemann, weil du verkaufen hast müssen?«, spottete ein Junge.

Klüdemann juckte es in den Fingern, dem Fuhrmann die Peitsche abzunehmen und sie dem Jungen um die Ohren zu ziehen. Da er den Bengel doch nicht erreichen konnte, starrte er mit finsterer Miene vor sich hin und beschloss, die spöttischen Bemerkungen zu überhören.

Anders als er begann seine Frau zu schimpfen und eilte sogar hinter ein paar Kindern her. Als sie dabei über einen hochstehenden Pflasterstein stolperte und stürzte, steigerte sich das Gelächter der Kinder ebenso wie das der Erwachsenen, so dass die Gruppe schließlich froh war, das Stadttor passieren zu können.

An dieser Stelle musste Klüdemann eine letzte Demütigung über sich ergehen lassen, denn einer der Stadtknechte reichte ihm ein Schreiben. »Das hier sollt Ihr auf Befehl des hohen Magistrats unterzeichnen.«

»Was soll das?«, fragte Klüdemann verwundert.

»Es geht darum, dass Ihr versichert, keine Schulden hinterlassen zu haben, für die die Bürgerschaft unserer Stadt aufkommen müsste.« Da Klüdemann mit dem Verkauf auch sein Bürgerrecht aufgegeben hatte, sah der Stadtknecht keinen Grund, besonders höflich zu ihm zu sein.

Klüdemann las das Schreiben, das im Grunde seine Zahlungsfähigkeit anzweifelte, mit wachsendem Grimm durch. Schließlich ergriff er die Feder, die der Stadtknecht ihm reichte, und setzte seinen Namen unter das Papier.

»Es gibt keine Schulden!«, blaffte er den Mann an, als er ihm das Dokument und die Feder zurückreichte.

»Mir soll es recht sein«, antwortete dieser gelassen.

Mit Klüdemanns Unterschrift konnte der Magistrat jedem, der ihm mit Forderungen kommen würde, erklären, dass er seinen Pflichten nachgekommen war und nicht für diese Schulden aufkommen müsse.

Für Klüdemann war es ein beschämender Abschied. Nun machte es sich bemerkbar, dass er um seines Glaubens willen nur die notwendigsten Kontakte in der Stadt geknüpft hatte und den christlichen Vereinigungen ferngeblieben war. Zwar war er noch nicht in den Verdacht geraten, ein Ketzer zu sein, dennoch war man froh, ihn loszuwerden, wie ihm nun schmerzhaft bewusst wurde. Am liebsten hätte er über den Magistrat und die hohe Bürgerschaft hergezogen. Da ihr Fuhrmann jedoch nicht ihrer Gemeinschaft angehörte, musste er vorsichtig sein und schwieg daher verdrossen.

Anders als er machte seine Frau ihrem Zorn Luft. Da sie ebenso wie Inken Hinrichs und deren Töchter hinter dem Wagen hergehen musste, konnte der Fuhrmann nicht verstehen, was sie sagte. Frauke versuchte trotzdem, die Frau zu bremsen, doch sie erntete nur einen Rippenstoß ihrer Mutter.

»Lass sie! Dann ist ihre Wut schneller verraucht. Sonst lässt sie es womöglich noch an uns aus.«

»Ich glaube kaum, dass sie uns noch schlechter behandeln kann, als es bereits der Fall ist«, antwortete Frauke bitter.

»Sie und ihr Mann hätten uns auch zurücklassen können, so dass wir allein und ohne Geld nach Münster hätten wandern

müssen. Du kennst ja keinen richtigen Hunger! Ich aber habe schlimme Zeiten erleiden müssen, in denen wir die Rinde von den Bäumen geschält haben, um etwas zwischen die Zähne zu bekommen. Daher sei endlich still und gehorche den beiden.«
Die Mutter versetzte Frauke einen zweiten Schlag, konnte deren nächste Bemerkung jedoch nicht verhindern.
»Ich glaube nicht, dass sie uns zurückgelassen hätten. Billigere Mägde als uns bekommen sie in Münster niemals. Außerdem würde Jan Bockelson nach uns fragen.«
»Der gute Jan Bockelson! Das ist ein Mann, wie man ihn sich nur wünschen kann.« Inken Hinrichs dachte seufzend an ihren eigenen Ehemann, der sich im Verlauf ihrer Ehe als Schwächling erwiesen hatte, welcher zu keiner eigenen Entscheidung fähig war. Vielleicht würde ihr ältester Sohn noch leben, wenn sie ihre Heimat sofort nach der Ankunft des Inquisitors verlassen hätten. Auch wäre sie dann nicht durch dessen Folterknecht geschändet worden.
Während Fraukes Mutter ihren Gedanken nachhing, schimpfte Mieke Klüdemann weiter über die ehemaligen Nachbarn, die sich ihren Worten zufolge als Natterngezücht erwiesen hatten, denen sie das himmlische Gericht und die nachfolgende ewige Verdammnis vergönnte.

4.

Das Gefühl, das Hinner Hinrichs in diesen Wochen beherrschte, war Angst. Zwar war es ihm und Helm gelungen, bei Glaubensbrüdern unterzukommen, doch er zuckte jedes Mal zusammen, wenn er auch nur von weitem die Kutte eines Mönchs entdeckte. Mehr denn je erschien es ihm wichtig, nicht aufzufallen, damit er nicht das Schicksal seines ältesten Sohnes, seiner Frau und seiner Töchter erleiden musste. Auch wenn er sich sagte, dass Jesus Christus auch ihn am Jüngsten Tag an der Hand nehmen und in das neue Jerusalem führen würde, so graute ihm doch davor, vorher auf eine so elende Art sterben zu müssen.
Anders als sein Vater war Helm mit dem Leben, das sie führten, zufrieden, denn ihr Hauswirt behandelte ihn besser, als sein Vater es je getan hatte. Zwar musste er auch hier mitarbeiten, aber Meister Landulf steckte ihm gelegentlich den einen oder anderen Stüver zu.
An diesem Tag stapelte Helm zusammen mit einem Knecht, der ebenfalls zu den Täufern zählte, Kisten auf dem Hof, die am nächsten Tag verladen werden mussten. Da sah er einen Fremden herankommen.
»Gott zum Gruße! Ist das das Heim des ehrenwerten Meisters Landulf?«
»Das ist es! Willst du zu ihm?« Da der Fremde schlichte Kleidung und einen staubigen Mantel trug, sprach Helm ihn wie seinesgleichen an.
Der andere nickte. »Ich wäre dir dankbar, wenn du mich zu deinem Meister führen könntest.«

»Landulf ist nicht mein Meister. Ich bin Gast in seinem Haus«, antwortete Helm, um klarzustellen, dass er sich als etwas Besseres ansah.

Dafür erntete er ein nachsichtiges Lächeln. »Dann führe mich nicht als Lehrling, sondern als Gast zu Meister Landulf.«

Helm überkam das unbestimmte Gefühl, der andere würde sich über ihn lustig machen. Daher wollte er bereits dem Knecht den Auftrag erteilen, den Fremden ins Haus zu geleiten. Der Gedanke, dass er dann die Kisten allein stapeln müsste, brachte ihn jedoch davon ab.

»Mach weiter!«, sagte er zum Knecht und forderte den Fremden auf, ihm zu folgen.

»Du bist von weit her gekommen, was?«, fragte er neugierig, erhielt aber keine Antwort.

Verärgert führte er den Mann in die Werkstatt, in der Meister Landulf eben ein Paar Schuhe besohlte. Hinner Hinrichs sortierte derweil die neu angekommenen Häute nach ihrer Güte. Es juckte ihn, ein paar besonders gute selbst zu nehmen und Gürtel daraus zu fertigen. Doch dafür hätte er die Erlaubnis der hiesigen Gilde gebraucht, und die würde er erst erhalten, wenn er die Witwe oder Erbtochter von einem der Meister heiratete. Derzeit aber erfreuten deren Ehemänner sich bester Gesundheit, und die Töchter hatten alle Brüder, so dass er, wenn er wieder in seinem eigenen Gewerbe arbeiten wollte, in eine andere Stadt würde ziehen müssen. Ohne Verbindungen und ohne jegliche Unterstützung war dies jedoch unmöglich.

Hinrichs sah auf, als sein Sohn einen hochgewachsenen Mann mit buschigem Bart hereinführte. Dieser trat auf Meister Landulf zu und streckte ihm die Hände entgegen. »Endlich sehen wir uns wieder am Ende aller Zeiten!«

»Lieber Bruder Jan – oder muss ich ehrenwerter Prophet Matthys zu dir sagen? Sei mir willkommen! Mein Herz quillt über vor Freude, dich in meine Arme schließen zu können!« Landulf ließ der Ankündigung die Tat folgen und umarmte Jan Matthys stürmisch.

Helm begriff, dass er den derzeit bedeutendsten Anführer ihrer Gemeinschaft wie einen x-beliebigen Knecht angesprochen hatte, und wich zurück. Sein Vater hingegen wollte nicht hinter Meister Landulf zurückstehen und kam auf Matthys zu.

»Seid auch mir willkommen, mein Bruder und Leiter!«

»Darf ich dir Meister Hinner Hinrichs vorstellen? Er ist einer unserer eifrigsten Mitbrüder und hat durch die Hand des Inquisitors Jacobus von Gerwardsborn fast seine ganze Familie verloren. Sie starben als Märtyrer für unseren Glauben«, klärte Meister Landulf seinen Gast auf.

Mit einer tröstenden Geste schloss Matthys nun auch Hinrichs in die Arme und strich ihm dann segnend über die Stirn. »Es wird dich erfreuen, dass du nicht mehr lange wirst warten müssen, bis deine Lieben wieder mit dir vereint sind. Beim nächsten Osterfest steigt unser Herr Jesus Christus vom Himmel, vertilgt die Ungläubigen und Heiden von dieser Welt und gründet für uns sein eigenes Königreich, über das er herrschen wird in Ewigkeit!«

»Möge Gott es geben, dass es so kommt«, antwortete Hinrichs.

Ihm behagte es wenig, Hilfsarbeiten bei Meister Landulf verrichten zu müssen. Im himmlischen Reich würde er einer der Auserwählten sein, denen die Engel Speisen vorsetzten und die in besten Samt und feinste Seide gekleidet wurden. Er freute sich schon darauf, Silke wiederzusehen, deren Schönheit sein ganzer Stolz gewesen war. Dafür würde er, so sagte er sich, auch die Wiedervereinigung mit seiner Frau hinnehmen. Kaum hatte er es gedacht, schalt er sich einen Narren. In Gottes Nähe würden sie alle jung sein und es in Ewigkeit bleiben. Damit würde auch Inken schöner sein, als sie es jemals gewesen war. Außerdem hob sie als Märtyrerin seinen Stand in der

Gemeinschaft, so dass er über Meister Landulf und den meisten anderen Täufern stehen würde, die er kannte.

»Möge Gott es wirklich geben, dass es so kommt«, wiederholte er aus tiefstem Herzen.

»Das wird es! Gott hat es mir selbst offenbart. Die Lande derer, die uns übelwollen und uns verfolgen, werden von Erdbeben zerstört und von neuen Sintfluten hinfortgerissen, während wir uns im neuen Jerusalem sammeln und die Ankunft unseres Herrn Jesus Christus begrüßen dürfen!« Matthys' Stimme hatte etwas Zwingendes, dem sich Meister Landulf, Hinrichs und dessen Sohn nicht entziehen konnten.

Helm trat mit gebeugtem Nacken auf den Propheten zu. »Segnet mich, auf dass ich würdig bin, die Wiederkehr Christi zu schauen.«

Jan Matthys berührte kurz seinen Scheitel und wandte sich dann an Meister Landulf. »Ich bin auf dem Weg nach Münster, der Stadt, die der Herr mir als das neue Jerusalem genannt hat, um dort die Herrschaft zu ergreifen und die Erscheinung des Herrn vorzubereiten. Euch fordere ich auf, mir dorthin zu folgen!«

»Münster ist doch die Stadt des Bischofs!«, rief Hinrichs entsetzt aus. Schließlich hatte der Inquisitor in Stillenbeck gewütet, einer Stadt, die ebenfalls zum Fürstbistum zählte.

»Ich vergebe dir deinen Unglauben, doch äußere ihn nie wieder«, wies Jan Matthys ihn zurecht. »Gott hat es mir selbst gesagt, und Gott irrt nie!«

Hinrichs senkte beschämt den Kopf. »Verzeih mir, Erleuchteter!«

»Ich gewähre dir Verzeihung«, antwortete Matthys und sah wieder Meister Landulf an. »Du wirst dein Haus verkaufen und mir nach Münster folgen. Dort treffen sich alle unserer Gemeinschaft, auf dass der Würgeengel des Herrn die Seinen erkennt und sie verschont, während alle anderen getilgt werden von dieser Welt!«

»Ich werde kommen«, erklärte Meister Landulf, konnte jedoch ein gewisses Widerstreben nicht verbergen.

»Wer zögert und unter den verfluchten Söhnen des Satans bleibt, wird deren Schicksal teilen«, warnte Matthys ihn.

Helm spürte die Autorität des Propheten und wünschte sich, ein ebenso bedeutender Mann zu werden. Scheu fasste er dessen Ärmel. »Verzeiht, Herr, aber wie ist es, wenn Gott zu einem spricht?«

»Es ist ein Gefühl, das mit Worten nicht zu beschreiben ist«, sagte Matthys mit leuchtenden Augen. »Es überkommt einen, und man hört die Stimme des Herrn in seinem Kopf und sieht die Bilder, die er uns zeigen will. Nur wenige sind von ihm auserwählt, seine Propheten zu sein.«

»Aber wir gelten doch alle als die Auserwählten«, wandte Helm ein.

»Wir alle sind auserwählt, weil wir uns von dem Irrglauben der römischen Kirche und der lutherischen Tändelei frei gemacht und erkannt haben, was Gott wirklich von uns fordert. Doch unter diesen Auserwählten gibt es einige, die überdies erwählt wurden, die Stimmen des Herrn zu sein. Conrad Grebel aus Zürich war der Erste, der erkannt hat, dass nur dieser Weg zum Heil führt. Melchior Hoffmann hat sein Werk fortgeführt, und ich werde es vollenden.«

Matthys klang so überzeugend, dass keiner seiner Zuhörer auch nur den leisesten Zweifel hegte.

Daher nickte Meister Landulf nun mit größerer Entschlossenheit. »Ich werde mein Haus verkaufen und nach Münster ziehen. Gebt mir nur etwas Zeit!«

»Die sei dir gewährt, Bruder!«, erklärte Matthys zufrieden. Jeder Täufer, der den Weg nach Münster antrat, vermehrte dort seine Macht. Meister Landulf und Hinrichs waren nur zwei von Hunderten, die er aufgefordert hatte, nach Münster zu ziehen. Nun würde er selbst diese Stadt aufsuchen und den Menschen dort das Heil predigen.

Unterdessen hatte Hinrichs einen Entschluss gefasst. Ihm behagte es nicht, dass er bei dem Schuster Landulf Hilfsarbeiten verrichten musste, obwohl er selbst Meister war. »Wenn du erlaubst, Bruder Jan, werde ich dich begleiten. Mein Herz zieht mich zum neuen Jerusalem, um dort auf die Erscheinung des Herrn und die Wiederkehr meines Weibes und meiner Kinder zu warten, die durch die Grausamkeit des Inquisitors ins Himmelreich eingegangen sind.«
»Es sei dir gewährt«, erklärte Matthys, ohne zu erwähnen, dass vor der Stadt bereits ein halbes Hundert Täufer darauf warteten, mit ihm zusammen nach Münster zu ziehen. Dort, so sagte er sich, würde er den Staat Gottes gründen, der nach der Wiederkunft Christi zum himmlischen Königreich erhoben würde. Als er tief in sich hineinhorchte, sah Matthys sich bereits neben dem Gekreuzigten sitzen und in dessen Namen über jene herrschen, die für würdig erachtet worden waren, das ewige Leben zu erlangen.

5.

Lothar wunderte sich, dass sein Vater ihn nicht nach Telgte brachte, welches Franz von Waldeck so lange als Residenz dienen sollte, bis die Verhandlungen mit der Stadt Münster über die jeweiligen Rechte und Pflichten beendet waren. Auch war sein Vater nach der ersten harschen Kopfwäsche nicht mehr auf den Bordellbesuch und seine Trunkenheit eingegangen. Stattdessen saß Magnus Gardner mit verschlossener Miene auf seinem Pferd und mahlte manchmal mit den Kiefern, so als würde ihn etwas Unangenehmes bedrücken. Doch er befriedigte die unausgesprochene Neugier seines Sohnes nicht, sondern blieb ungewohnt schweigsam.
Am vierten Tag erreichten sie ein Gehöft bei Handorf. Es gehörte Leander von Haberkamp, einem entfernten Verwandten Gardners. Kaum sah dieser sie im Hof absteigen, eilte er ihnen erleichtert entgegen.
»Welche Freude, Euch zu sehen, Vetter! Ihr wisst gar nicht, wie willkommen Ihr mir seid. Man weiß wirklich nicht mehr, was man von der Entwicklung in Münster halten soll.«
»Darüber sollten wir reden, wenn wir weniger Zuhörer haben«, antwortete Gardner mit einem Seitenblick auf die Stallknechte, die eben herankamen, um ihre Pferde zu übernehmen.
»Ihr habt wie immer recht!« Haberkamp reichte ihm die Hand und musterte dann Lothar. »Ist das Euer Junge? Ein wenig gewachsen ist er ja, seit ich ihn das letzte Mal gesehen habe.«
Haberkamp war gut einen Kopf größer als Lothar und mindestens doppelt so schwer. Nun schlug er dem jungen Mann

grinsend auf die Schulter und erwartete, dass dieser einknicken würde. Doch Lothar blieb unbeirrt stehen.

»Ein Schwächling ist er jedenfalls nicht«, rief Haberkamp überrascht aus.

Dann wies er aufs Haus. »Kommt herein und wascht Euch erst einmal den Straßenkot ab. Wir treffen uns dann im Erkerzimmer. Dort lasse ich auftischen, denn Ihr habt gewiss Hunger von dem Ritt.«

»Den haben wir«, sagte Gardner, der wusste, dass sein Vetter, mit dem ihn seit frühester Jugend eine enge Freundschaft verband, diese Antwort erwartete. Er winkte Lothar, ihm zu folgen. Ein Diener führte sie in ein Zimmer, ein anderer brachte eine Schüssel mit Wasser, während eine adrette Magd knickste und fragte, ob sie den Herren behilflich sein könne.

»Mach keine Stielaugen«, raunte Gardner seinem Sohn zu und wies dann auf seinen Umhang. »Meine Reisekleidung und die meines Sohnes müssen gereinigt werden.«

Während die Magd mit den Mänteln und Jacken verschwand, wuschen Gardner und Lothar sich Hände und Gesicht, wechselten die Kleidung und folgten einem Diener in das Zimmer, in dem Leander von Haberkamp bereits auf sie wartete.

Gerade trugen Küchenmägde dort alles auf, was der ländliche Speiseplan zu bieten hatte. Zu trinken gab es Bier, das auf dem eigenen Hof gebraut wurde.

»Ein guter Trank!«, lobte Gardner nach dem ersten Schluck und widmete sich dann dem Schinken und den Würsten, die mit reichlich Grünkohl serviert wurden. Was ihn auch immer bewegen mochte, es hatte ihm nicht den Appetit verschlagen, denn er aß reichlich und mit Genuss.

Lothar hingegen musste sich zwingen, eine Portion zu essen, die ihr Gastgeber als ausreichend ansah.

»Was hört man Neues aus Münster?«, fragte Gardner nach einer Weile.

Haberkamp verzog angewidert das Gesicht. »Man hört viel,

aber nichts Gutes. Stutenbernd Rothmann trotzt offen dem Rat, und die Gilden halten zu ihm – aber nicht nur des Glaubens wegen, würde ich sagen. Sie verargen es den Klöstern und dem Domkapitel schon lange, dass diese auf ihrem Besitz Handwerker arbeiten lassen, die keine Steuern an die Stadt zahlen müssen. Da diese ihre Waren billiger erzeugen können als die Mitglieder der Gilden, sind sie denen natürlich ein Dorn im Auge.«

»Es ist immer das Gleiche. Die Leute schieben den Glauben vor, um einen anderen Vorteil zu erringen. Doch wenn die Lunte nicht bald ausgetreten wird, kann es bitter für das ganze Land werden.« Gardner seufzte und ließ sich den Bierkrug erneut füllen.

Zwar hatte Lothar ebenfalls noch Durst, traute sich aber nicht, es seinem Vater gleichzutun. Stattdessen fragte er sich, wie sich die Lage in Münster so zum Unguten hatte verändern können. Vor einem Jahr noch hatte es so ausgesehen, als käme es zu einer Einigung zwischen dem neuen Fürstbischof und dem Rat der Stadt. Doch so, wie sein Vater sich anhörte, lag diese mittlerweile in weiter Ferne.

»An allem ist dieser Rothmann schuld«, erklärte Haberkamp grimmig. »Er hetzt die Leute auf, und zwar nicht nur gegen gute Katholiken, sondern auch gegen die Lutheraner, die sich seinen Worten zufolge nicht weit genug von der römischen Lehre entfernt hätten und dadurch Gottes Gnade verlustig gegangen wären.«

»Das ist übelstes Ketzertum! Der Rat der Stadt hätte Rothmann längst einsperren und an Herrn von Waldeck ausliefern müssen.« Gardner umschloss seinen Bierkrug so fest, dass das Zinn sich verbog, und wünschte sich insgeheim, es wäre der Hals des fanatischen Predigers.

»Das hat der Rat ja auch versucht«, wandte sein Gastgeber ein. »Doch die Gilden haben ihre Männer zusammengetrommelt und beinahe das Rathaus gestürmt. Als der Rat danach Rothmann das Predigen ganz verbieten wollte, hat der Pöbel den Kerl auf den Schultern nach Sankt Lamberti getragen. Die Priester und Ratsmänner, die dies hatten verhindern wollen, wurden verprügelt und zum Teil aus der Stadt gejagt.«

Das klingt alles nicht gut, fand Lothar, wusste aber immer noch nicht, was die Zustände in Münster mit ihm zu tun hatten. Sein Vater stellte Haberkamp Fragen über Dinge, die er als enger Berater Franz von Waldecks eigentlich selbst hätte wissen müssen. Zwar sah ihr Gastgeber so aus, als wundere auch er sich darüber, aber er beantwortete jede Frage ausführlich. So erfuhr Lothar einiges über die Zustände, die derzeit in der Bischofsstadt Münster herrschten.

Alles schien sich um den Prediger Bernhard Rothmann zu drehen, der das Katholische aus Münster ausmerzen wollte. Hatte er es zuerst mit Hilfe der Lutheraner getan, so stellte er sich nun auch gegen diese, und sein Einfluss in der Stadt reichte mittlerweile aus, um die Bürgermeister und den Rat unter seinen Willen zu zwingen. Wer sich nicht beugen mochte, musste Münster verlassen.

»Seit Rothmann die Wassenberger Prädikanten holen ließ, ist alles noch schlimmer geworden«, fuhr Haberkamp fort. »Diese Kerle nehmen nun die Predigerstellen in fast allen Kirchen Münsters ein und predigen die reine Häresie. Es sollen auch schon etliche Wiedertäufer in der Stadt aufgetaucht sein.«

Bei diesen Worten hob Lothar den Kopf, um nichts zu verpassen, denn zu den Wiedertäufern gehörte auch Frauke Hinrichs. Nun wagte er es selbst, Fragen zu stellen, und bemerkte zu seiner Verwunderung, dass sein Vater nichts dagegen zu haben schien.

»Was sind das für Wiedertäufer?«

»Leute aus den Niederlanden, aber auch aus dem Bistum selbst und aus benachbarten Landstrichen. Sie verlassen auf einmal ihre Heimat und ziehen nach Münster«, erklärte Haberkamp.

»Aber warum gerade in die Bischofsstadt?«, fragte Lothar weiter.

»Das wissen die meisten dieser Ketzer wohl selbst nicht. Es heißt, Johannes Matthys aus Haarlem habe sie dazu aufgerufen.«

»Wer ist Matthys?«

Diesmal übernahm Gardner selbst die Antwort. »Einer der obersten Prediger und Führer der Wiedertäufer.«

»Es ist einer von denen, die behaupten, das Ende der Welt sei nahe, und unser Herr Jesus Christus würde bald vom Himmel herabsteigen, um die Lebenden und die Toten zu richten«, setzte Haberkamp mit deutlichem Spott hinzu.

»Nicht nur das!«, fuhr Gardner fort. »Matthys predigt auch, dass nur sie, die Wiedertäufer, von Jesus Christus in Gnaden aufgenommen würden, alle anderen Menschen jedoch verdammt seien, auf ewig in der Hölle zu braten. An so etwas können nur Narren glauben, aber leider gibt es viel zu viele davon.«

Lothar hatte sich bis jetzt nur wenig mit Theologie befasst, doch er konnte sich nicht vorstellen, dass Gott die Menschen geschaffen hatte, um nur einen Bruchteil von ihnen ins Paradies aufzunehmen. Diese Meinung äußerte er auch.

Sein Vater lachte bitter auf. »Deine Ansicht ist vernünftig! Nur interessiert das Leute wie Matthys nicht. Der Kerl beruft sich auf die Sintflut und erklärt, dass Gott die Gottlosen – womit er alle außer sich selbst und seinen engsten Anhang meint – erneut vertilgen würde. Er aber sei als neuer Noah ausersehen, die Erwählten anzuführen.«

»Der Mann ist verrückt!«, entfuhr es Lothar.

»Das ist er ganz gewiss. Vor allem aber ist er ein Rattenfänger, der mit wohlgesetzten Worten die Köpfe der Menschen verwirrt und diese dazu bringt, seinen Unsinn zu glauben. Wenn Matthys sich in Münster niederlässt, wird es keine friedliche Lösung geben.«

Für Gardner war dies die schlechteste aller Möglichkeiten, denn er kannte Franz von Waldecks leere Schatztruhen und wusste, dass der Fürstbischof sich keinen Krieg gegen die eigene Hauptstadt leisten konnte.

»Die ganze Sache ist nicht einfach nur ärgerlich, sondern gefährlich für den Frieden im Bistum und darüber hinaus«, fuhr er fort. »Was wir dringend benötigen, sind Informationen über die Vorgänge in Münster. Zwar erhalten wir immer wieder Nachrichten, wissen aber nicht, ob derjenige, der sie uns schickt, noch auf unserer Seite steht oder sich bereits den Ketzern angeschlossen hat und uns täuschen will.«

Nun hatte Gardner den Grund angesprochen, der ihn veranlasst hatte, Lothar auf dieses Gut mitzunehmen, und sah seinen Sohn eindringlich an. »Um die richtigen Entscheidungen treffen zu können, brauchen wir jemanden in dieser Stadt, auf dessen Berichte wir uns felsenfest verlassen können. Daher habe ich beschlossen, dass du nach Münster gehst und mir dort als Auge und Ohr dienst.«

»Ich?«, fragte Lothar ungläubig.

Sein Vater nickte. »Ja, du! Du siehst immer noch aus wie ein Mädchen, und daher wird dich keiner ernst nehmen. Ein erwachsener Mann müsste mit den Wölfen heulen. Trotzdem hoffe ich, dass du genügend Informationen sammeln und mir zukommen lassen kannst. Wie genau wir das handhaben, werden wir noch besprechen. Jetzt geht es darum, dass du unauffällig in die Stadt hineingelangst und dich darin niederlassen kannst.«

»Euer Vertrauen ehrt mich, Herr Vater, aber …« Lothar brach ab, da er weder als Feigling erscheinen noch das Vertrauen seines Vaters enttäuschen wollte.

»Es gibt kein Aber!«, erklärte Gardner. »Wenn die Stadt Münster sich offen gegen ihren Landesherrn und die katholische Kirche stellt, kann Franz von Waldeck dies nicht hinnehmen. Auch die katholischen Reichsstände bis hoch zum Kaiser werden es nicht dulden. Wenn es zum Krieg kommt, bedeutet dies für das Land und die Menschen darin Not und Elend und für die bischöflichen Kassen den Ruin. Ich weiß zwar nicht, ob wir diesen Krieg überhaupt noch verhindern können. Doch wenn es dazu kommt, sollten wir ihn so führen, dass weder der Fürstbischof noch das Land zu großen Schaden nimmt.«

»Ihr ladet mir eine Bürde auf, die nur schwer zu tragen ist«, sagte Lothar zweifelnd.

»Du wirst deine Sache schon gut machen. Denke immer daran, dass du nur beobachten und lauschen sollst. Also wirst du dich zurückhalten und nicht selbst ins Geschehen eingreifen. Das verbiete ich dir strengstens, denn ich habe nichts davon, wenn du entlarvt und umgebracht wirst. Zum einen bist du mein einziger Sohn, und zum anderen ...« Gardner schwieg kurz, um die Bedeutung seiner Worte zu betonen. »Und zum anderen fehlen mir dann deine Berichte, die von entscheidender Wichtigkeit sein können! Also pass gut auf dich auf!«

»Das werde ich«, versprach Lothar, während seine Gedanken rasten. Die Vorstellung, möglicherweise sogar Frauke wiederzusehen, hatte etwas Verlockendes an sich, das selbst den kurzen Moment der Lust überwog, den er bei der Hure empfunden hatte.

6.

Frauke war zu müde, um beim Anblick der Stadt Münster so jubeln zu können, wie Debald Klüdemann es tat. Der Weg war weit gewesen, und der Mann hatte ihnen unterwegs nur magere Kost gegönnt. Wäre er bei seinem Hausverkauf klüger vorgegangen, sagte Frauke sich, hätten sie nicht hungern müssen. Selbst Klüdemanns Frau hatte sich über den Geiz ihres Mannes beschwert, war aber von ihm abgekanzelt worden. Nun schleppte Mieke sich genau wie Frauke, deren Mutter und Schwester erschöpft auf das Tor zu. Als sie den äußeren Graben überquerten, hallten ihre Schritte dumpf auf den hölzernen Bohlen der Zugbrücke. Für Frauke hörte es sich an wie Trommelschläge, und sie zuckte wie unter einer schlimmen Vorahnung zusammen.

Außer ihnen wollten noch viele andere in die Stadt, und es hatte sich bereits eine lange Schlange gebildet. Die Torwächter sahen sich jeden Einzelnen genau an und befragten ihn nach seinem Heimatort und dem Grund seines Kommens. Plötzlich befürchtete Frauke, sie würden es tun, um herauszufinden, wer zu den Täufern gehörte, um diese festnehmen zu können. Vor ihnen stand gerade eine Familie den Stadtknechten Rede und Antwort. Bereits die schlichte Kleidung der Fremden verriet, dass sie zu einer strengen Sekte gehörten. Zudem verwendete das Familienoberhaupt einen holländischen Dialekt.

»Wir sind hier, weil Bruder Matthys uns gerufen hat!«

Jan Matthys war Jan Bockelsons Oberhaupt, so viel wusste Frauke. Daher war sie auf die Antwort sehr gespannt.

Der Anführer der Stadtknechte nickte und befahl seinen Männern, den Weg freizugeben. »Dies sind fromme Brüder und Schwestern in Christo, die gleich uns hier das Heil erwarten wollen«, setzte er erklärend hinzu.

Also war der Mann ebenfalls ein Täufer, sagte Frauke sich, und der Knoten in ihrem Magen löste sich wieder bis auf die Reste, an denen der Hunger schuld war. Nun lenkte auch der Fuhrmann den Wagen mit Klüdemanns Besitz auf die Torwächter zu.

»Ich bin Debald Klüdemann aus Geseke und will mich hier in Münster ansiedeln«, erklärte Klüdemann den Männern.

»Was habt Ihr für Waren dabei?«, fragte der Anführer und streckte die Hand aus, um die Plane vom Wagen zu ziehen.

Da trat Frauke vor. »Uns hat Bruder Jan Bockelson gerufen, um gemeinsam mit ihm und allen anderen Brüdern und Schwestern die Rückkehr des Heilands zu erwarten.«

Klüdemann warf ihr einen erbosten Blick zu, weil sie sich in Dinge einmischte, die seiner Meinung nach nur ihn, das Oberhaupt der Gruppe, etwas angingen. Der Anführer der Torwächter war mit Fraukes Worten jedoch zufrieden und gab die Anweisung, auch sie und ihre Begleitung durchzulassen.

Obwohl dies ihm den Vorteil brachte, nichts von dem, was er bei sich hatte, verzollen zu müssen, war Klüdemann außer sich vor Wut. Kaum waren sie in der Stadt, stieg er vom Wagen und versetzte Frauke eine schallende Ohrfeige.

»Die ist dafür, dass du dich in Männerangelegenheiten einmischst! Selbst meinem Weib würde ich nicht erlauben, mir ins Wort zu fallen, geschweige denn dir!«

Fraukes Wange brannte so sehr, dass ihr die Tränen über die Wangen liefen. Ihre Achtung vor Männern, die ohnehin schon sehr gelitten hatte, sank erneut. Sie schniefte und beschwerte sich insgeheim bei Gott, weshalb er dieses gewalttätige Geschlecht überhaupt geschaffen hatte.

Während ihre Mutter ihr einen mahnenden Blick zuwarf, Klüdemann nicht noch mehr zu reizen, trat Silke an ihre Seite.

»Tut es sehr weh?«
»Nein, ich weine vor Freude!«, stieß Frauke hervor.
»Es war ungerecht von Herrn Klüdemann, dich zu schlagen. Du hast nur das gesagt, was auch die Holländer sagten, und uns damit den Weg in die Stadt geöffnet.«
Frauke wunderte sich, das von ihrer Schwester zu hören. »Ob Vater mich geschlagen hat oder Klüdemann mich jetzt schlägt, bleibt einerlei.«
Dabei war ihr bewusst, dass ihr Vater weitaus weniger fest zugeschlagen hatte. Nun konnte sie nur hoffen, dass ihre Zähne noch fest saßen. Eines war für sie nun aber klar: Sie würde die erste Gelegenheit nutzen, um von Klüdemann fortzukommen. Doch was war, wenn andere Männer ebenso handelten und sie statt Lohn und Lob erneut Schläge bekam oder – schlimmer noch – von ihnen geschändet wurde?
Ihr blieb jedoch keine Zeit, lange darüber nachzudenken. Ein schlanker Mann im schlichten Talar eines Predigers trat auf die Gruppe zu. »Wer seid ihr, und wer weiß für euch zu bürgen?«, fragte er mit einem strengen Blick, der deutlich zeigte, dass er jemand war, der hier etwas zu sagen hatte.
Diesmal hielt Frauke den Mund und wartete, wie Klüdemann sich aus der Affäre ziehen würde.
»Ich bin Klüdemann«, brachte er schließlich hervor. »Debald Klüdemann, um es genau zu sagen. Geboren bin ich in Dortmund, habe aber lange in Geseke gelebt und dort einen Handel betrieben. Hierher bin ich gekommen, weil es mir geraten worden ist!«
»Wer hat euch geraten, hierherzukommen?«, fragte der Prediger.
»Ein Holländer, glaube ich!« Klüdemann hatte Angst, etwas Falsches zu sagen und sich dann im Kerker wiederzufinden.
»Es gibt viele Holländer«, stellte der andere unwirsch fest.
»Er heißt Jan Bockelson«, mischte sich nun Mieke Klüdemann ein, weil ihr Ehemann sich um eine genaue Antwort drückte.

»Bruder Jan ist ein gottgefälliger Mann«, erklärte der Prediger. »Wenn er euch geschickt hat, ist es gut.«

»Ja, das hat er!« Die Angst, in eine Falle hineinzulaufen, wich nun von Klüdemann, und er berichtete ausschweifend, wie Jan Bockelson zu ihm gekommen war und ihn aufgefordert hatte, hierherzukommen.

»Da bin ich nun«, setzte er selbstzufrieden hinzu. »Aber ich brauche ein Obdach für mich, mein Weib und unsere drei Mägde!«

Bei dem Wort Mägde blies Fraukes Mutter ärgerlich die Luft durch die Nase. Sie hatte sich als Gast in Klüdemanns Haus gesehen, doch dieser stellte sie, die immerhin die Frau oder Witwe eines Meisters war, jetzt auf eine Stufe mit dienstbarem Personal.

»Kommt mit!«, erklärte der Prediger, der sich nicht nur für das Seelenheil seiner Schäfchen, sondern auch für deren leibliches Wohl verantwortlich fühlte. »Euch ist großes Glück widerfahren, weil ihr den Weg hierher gefunden habt. Dies hier wird das himmlische Jerusalem und das neue Paradies auf Erden. Alle, die das nicht wahrhaben wollen, sind verdammt und werden ihre gerechte Strafe erhalten.«

Während er sprach, warf der Prediger mehreren Männern, die mit finsteren Mienen am Straßenrand standen, einen höhnischen Blick zu. »Diese Schurken wollen nicht vom römischen Irrglauben ablassen und besudeln mit ihrer Anwesenheit die Reinheit der Auserwählten!«

Frauke musterte die so Beschimpften. Auf sie wirkten diese nicht wie Schurken, sondern eher wie höchst besorgte Bürger. Fast hatte sie das Gefühl, ihnen eher vertrauen zu können als dem Priester.

Dieser führte sie zu einem großen Platz und wies den Fuhrmann an, hier zu warten. »Komm mit, mein Bruder«, forderte er Klüdemann auf und erinnerte sich dann erst an die Frauen in dessen Begleitung. »Die Weiber müssen draußen bleiben.«

Mieke Klüdemann fauchte giftig, denn damit wurde sie auf die gleiche Stufe gestellt wie Inken Hinrichs und deren Töchter. Doch als sie ebenfalls das Haus betreten wollte, schob der Prediger sie zurück.
»Ich sagte, du sollst warten!«
Zornerfüllt kehrte Klüdemanns Frau zu den Hinrichs' zurück.
»Was bildet sich dieser aufgeblasene Bursche eigentlich ein? Immerhin bin ich die Frau eines Meisters!«
»Das bin ich ebenfalls«, warf Inken Hinrichs ein, um die andere daran zu erinnern, dass sie mitnichten eine schlichte Magd war. »Dennoch ist es die Pflicht des Weibes, dem Mann zu gehorchen und sich seinen Entscheidungen zu beugen. So steht es schon in der Bibel.«
»Auch wenn der Mann strohdumm ist und immer nur das Falsche tut?«, fragte Frauke. Obwohl sie noch jung war, hatte sie genug gesehen und erlebt, um an der naturgemäßen Überlegenheit der Männer zu zweifeln.
»Mein Mann ist nicht strohdumm!«, fauchte Mieke Klüdemann und sah ganz so aus, als wolle sie ihre Worte mit ein paar kräftigen Ohrfeigen würzen.
»Das habe ich auch nicht behauptet«, antwortete Frauke. »Ich sagte nur, dass es Männer gibt, deren Verstand arg gering ist. Es gibt auch solche Weiber, aber ebenso welche, die es mit jedem Mann aufnehmen können.«
»Was du dir immer nur einbildest!«, sagte Silke lachend. »Dabei könnte das mit den dummen Weibern auf dich passen. Du bringst einfach nicht genug Einsicht auf, den Mund zu halten, wenn es angebracht wäre.«
»Das stimmt leider! Seit Frauke sprechen kann, ist sie vorwitzig und frech. Deswegen ist sie auch noch nicht getauft worden. Sie würde den frommen Bruder fragen, ob er Gott denn schon selbst gesehen hätte, weil er behauptet, in dessen Namen zu sprechen.«
Inken Hinrichs versetzte ihrer jüngsten Tochter einen leichten

Nasenstüber und wandte ihre Aufmerksamkeit wieder dem Gebäude zu, in dem der Prediger mit Klüdemann verschwunden war.

Es dauerte mehr als eine halbe Stunde, bis dieser wieder herauskam, aber er strahlte über das ganze Gesicht. »Wir haben ein eigenes Haus!«, rief er seiner Frau zu. »Es ist mir von dem ehrenwerten Herrn Knipperdolling zugewiesen worden. Ich musste nicht einmal etwas dafür bezahlen.«

»Wirklich?« Mieke Klüdemann atmete auf, denn das hieß, sie hatten genug Geld übrig, um sich ansehnlich einrichten zu können.

Im Gegensatz zu ihr fragte Frauke sich, wo der Pferdefuß bei diesem Angebot sein mochte. Selbst der frömmste Pfarrer verschenkte nichts, sondern forderte Spenden für seinen Unterhalt und seine Reisen. Sie war jedoch die Einzige, die solche Bedenken hegte. Die anderen waren einfach nur froh, dass sie einen Ort erhielten, an dem sie sich von der langen Reise erholen konnten.

»Dieser Mann hier wird uns führen!« Klüdemann wies auf einen Stadtknecht, der ein langes Schwert und einen Spieß bei sich trug.

Nun erinnerte Frauke sich, dass die Stadtknechte am Tor ebenfalls schwer bewaffnet gewesen waren. Für ein himmlisches Jerusalem erschien ihr das reichlich unpassend. Ganz in Gedanken trottete sie hinter dem Mann her, während die anderen ihrer Freude, endlich am Ort ihrer Sehnsucht angekommen zu sein, lauthals Luft machten.

Klüdemann unterhielt sich eifrig mit dem Stadtknecht, der sich als begeisterter Täufer entpuppte. Der Mann lobte den Prediger Rothmann und den Rat Knipperdolling über den grünen Klee, ließ aber kein gutes Haar an einigen Mitgliedern des Stadtrats, die seinen Worten zufolge Söhne des Satans waren.

»Man sollte die Kerle ebenso vertreiben wie den Schurken, in

dessen Haus ihr einziehen werdet, oder noch besser – sie einen Kopf kürzer machen!«, setzte er grimmig hinzu.
»Warum hat man es denn nicht getan?«, fragte Klüdemann.
»Noch besitzen diese Heiden zu viel Einfluss in der Stadt, doch der schwindet von Tag zu Tag. Bald wird die Stunde kommen, in der sie jedes Wort und jede Tat bereuen werden, die sie gegen uns gesagt oder getan haben.« Bei diesen Worten streichelte der Stadtknecht seinen Schwertgriff.
Seine Geste machte auf Frauke den Eindruck, als freue der Mann sich, andere Menschen töten zu können, und sie fragte sich mit wachsender Besorgnis, wie das alles hier noch enden sollte.

7.

Das ihnen zugewiesene Haus entpuppte sich als großes Gebäude mit einem geräumigen Hof, einem angebauten Schuppen und einem Stall für Ziegen, Hühner und eine Kuh. Ein Teil der Tiere befand sich sogar noch in seinen Verschlägen. Sie waren in den letzten Tagen kaum oder gar nicht versorgt worden, denn sie schrien vor Hunger, und die Kuh stand bis zu den Fesseln in ihrem Mist.

»Ich glaube, um die solltest du dich als Erstes kümmern«, sagte Mieke Klüdemann zu Frauke. »Deine Schwester kann in der Küche aufräumen, während deine Mutter und ich uns die anderen Räume ansehen und bestimmen, wer welche Kammer bekommt.«

Frauke musterte die beiden Ziegen, das halbe Dutzend Hühner und die Kuh und sagte sich, dass die armen Tiere nichts dafür konnten, dass niemand sie gefüttert hatte. Daher griff sie nach einem Eimer und eilte zum nächsten Brunnen, um erst einmal Wasser zu holen.

Als sie zurückkam, flatterten die Hühner ganz aufgeregt umher. Die Ziegen stießen Frauke vor Gier fast um, und die Kuh reckte Hals und Zunge, um an den Eimer zu gelangen. Frauke goss die Schale für die Hühner voll und verteilte den Rest in die Tröge der anderen Tiere. Es war jedoch nur ein Tropfen auf den heißen Stein, und sie musste noch einige Male laufen, bis der Durst des Viehs gestillt war. Danach schüttete sie den Hühnern Körner in eine andere Schale und opferte ein wenig von dem Heu, das eigentlich für den Winter bestimmt war, um die Kuh und die Ziegen zu füttern. Da der Zwischenboden über dem Stall nur zur Hälfte gefüllt war, beschloss Frauke, bald auf den Anger hinauszugehen, um noch ein wenig Heu zu machen.

Als sie mit dem Ausmisten beginnen wollte, steckte ihre Schwester auf einmal den Kopf zur Stalltür herein. »Frauke, ich habe im Haus einen Kittel und ein Paar Holzschuhe gefunden, die dir passen müssten. Die sind für die Stallarbeit auf jeden Fall besser geeignet als das Zeug, das du jetzt trägst.«

»Danke!« Frauke freute sich über die Aufmerksamkeit ihrer Schwester und folgte Silke ins Haus. Dort zog sie sich in einer halb ausgeräumten Kammer um und wollte wieder an ihre Arbeit gehen.

Da hielt ihre Schwester sie auf. »Die Leute, die hier gewohnt haben, mussten ihr Haus so rasch verlassen, dass sie kaum etwas mitnehmen konnten. Wenn wir jetzt hier leben und ihre Sachen benützen, ist das doch so etwas wie Diebstahl.«

Die Bemerkung hätte Frauke beinahe dazu gebracht, Kittel und Holzschuhe wieder auszuziehen. Dann aber atmete sie tief durch und sah ihre Schwester hilflos an. »Im Grunde hast du recht. Doch war es nicht auch Diebstahl, als wir selbst fliehen und unsere Sachen zurücklassen mussten?«

Ihre Schwester senkte betrübt den Kopf. »Das war es wirklich. Ich hatte ein so schönes, fast neues Kleid, das nun jemand anderes trägt oder gar als Putzlumpen verwendet.«

Zwar hatte Frauke selbst kein Kleid zurücklassen müssen, um das sich zu trauern gelohnt hätte, dennoch verstand sie ihre Schwester. »Man könnte fast das Gefühl haben, die Welt gerät aus den Angeln, und kein Mensch gönnt dem andern die Luft zum Atmen. Mir gefällt das nicht, und ich habe Angst!«

»Angst?«, rief Silke erstaunt. »Ach ja, du bist noch nicht getauft. Das sollten wir schleunigst nachholen, damit auch du der Gnade Gottes bei der Wiederkehr unseres Herrn Jesus

Christus teilhaftig wirst. Ich habe Angst um dich und will dich nicht im Höllenfeuer braten sehen.«

Noch während Silke es sagte, schloss sie Frauke in die Arme und zog sie an sich. »Ich habe dich doch lieb, Kleines!«

Das hatte sie früher oft gesagt, wenn Frauke wegen irgendeiner Bemerkung gescholten oder gar geschlagen worden war. In den letzten Jahren hatte Frauke diese Worte nur noch selten zu hören bekommen, und so war sie überrascht, sie zu vernehmen. Es tat ihr gut, und während sie die Schwester umarmte, fühlte sie die Klammer, die sie beide verband.

»Es wird alles gut, Silke! Gott kann einfach nicht zulassen, dass es anders kommt«, flüsterte sie und kämpfte ebenso wie ihre Schwester gegen die Tränen an.

Der Augenblick schwesterlicher Gemeinsamkeit dauerte nicht lange, denn Mieke Klüdemann rauschte heran, blickte naserümpfend in den Stall und fuhr Frauke an. »Du bist ja noch nicht fertig!«

Frauke ließ Silke los und beschloss, Klüdemanns Weib nicht zu erwürgen, obwohl diese es wahrlich verdient hätte. Stattdessen deutete sie einen Knicks an, ergriff die Mistforke und machte sich ans Werk. Silke musste sich anranzen lassen, dass sie endlich die Küche säubern solle, und verschwand mit dem Gefühl, dass Mieke Klüdemann sich hier in Münster noch ekelhafter aufführte als in ihrem alten Heim in Geseke.

Frauke empfand das genauso und setzte ihre ganze Hoffnung darauf, bald einen anderen Dienst zu finden. Da ihr Vater verschollen war, aber nicht als tot galt, durfte die Mutter keine zweite Ehe eingehen, um ihren sozialen Stand wieder zu heben. Zudem würde sie schon deswegen nicht erneut heiraten, weil sie fest an die Rückkehr des Heilands glaubte. Vielleicht nahm sie auch an, der Vater hätte überlebt und würde ebenfalls nach Münster kommen. Einen Augenblick klammerte auch Frauke sich an diese Hoffnung. Wenn Vater auftauchte, würden sie wohl auch ein solch schönes Haus wie Klüdemann erhalten. Dann aber erinnerte sie sich, dass die Bewohner dieses Hauses aus der Stadt vertrieben worden waren und sie ebenfalls in einem durch Unrecht erworbenen Anwesen würden wohnen müssen. Wie sie es auch drehen und wenden mochte, irgendjemandem würde immer ein Leid angetan werden, und das war ihr von Herzen zuwider.

8.

Die Spannungen in der Stadt wurden auch für Frauke sehr bald spürbar. Schritt sie durch die eine Gasse, riefen die Leute ihr »Ketzerin« nach oder »Täufergesindel«, während sie in anderen Straßen auf Leute traf, die sie freundlich grüßten und voller Ehrfurcht von Bernhard Rothmanns Predigten sprachen und denen jener Propheten, die das nahende Ende der Welt verkündeten.
Der Gedanke, sein altes Leben zurücklassen und an der Herrlichkeit Gottes mit all seinen Vorteilen teilhaben zu können, hatte etwas Begeisterndes an sich. Selbst Frauke ertappte sich dabei, dass sie sich während der Predigten ihr Leben in einem himmlischen Jerusalem ausmalte. Wenn sie danach wieder in Klüdemanns neuem Haus arbeitete, kamen ihr die anderen Menschen in den Sinn, die laut Rothmanns Worten unwürdig und dem Verderben preisgegeben wären. Zu denen gehörten auch die beiden Männer, die ihr, ihrer Mutter und ihrer Schwester die Flucht aus den Klauen des Inquisitors ermöglicht hatten, nämlich der wackere Stadtknecht Draas und Lothar Gardner, der zwar wie ein Mädchen aussah, aber den Mut eines erwachsenen Mannes bewiesen hatte.
Der Gedanke, dass die beiden – vor allem aber Lothar – zur Höllenpein verurteilt sein sollten, verhinderte, dass Frauke sich den Täufern mit Haut und Haaren verschrieb. Zwar stellte sie keine Fragen, welche die Prediger verärgern konnten, aber die Lehre blieb ihr im Herzen fremd. Gelegentlich fragte sie sich sogar, ob sie sich überhaupt taufen lassen sollte. Zu groß erschien ihr das Unrecht, so vielen Menschen Tod und

Höllenpein zu wünschen, wie diejenigen es taten, die behaupteten, Gottes Wort zu verkünden.
In den Wochen nach ihrer Ankunft kam viel Volk nach Münster. Ein Teil davon war aus der Heimat vertrieben worden, andere hatten sich auf den Weg gemacht, als sie dazu aufgefordert worden waren. Einige Gruppen wollten sich nicht aufteilen lassen und bezogen die Klöster und Konvente der Stadt, aus denen man inzwischen alle Mönche und Nonnen verjagt hatte. Diese Zuzügler waren der Grund, dass sich die Verhältnisse in der Stadt allmählich änderten.
Frauke bekam das hautnah mit, als sie wieder einmal am Brunnen stand, um Wasser zu holen. Vor ihr war eine große, schwer gebaute Holländerin an der Reihe, über die sie sich bereits mehrfach geärgert hatte, weil die Frau sich immer vordrängelte. Auch diesmal ließ Frauke es nicht auf Ellbogenstöße und Fußtritte ankommen, sondern sah zu, wie die Frau ihre beiden Eimer füllte und an ihr Tragejoch hängte.
Als sie selbst das Wasser schöpfte, bemerkte sie, dass bei einem Haus in der Nähe ein Fenster geöffnet wurde und eine Frau hinausschaute. Diese war in den letzten Tagen schon mehrmals mit der Holländerin aneinandergeraten und rief ihr voller Abscheu »Verdammte Ketzerbrut!« nach.
Die Holländerin blieb stehen, als sei sie gegen eine Wand geprallt. Dann drehte sie sich mit zornrotem Kopf um und drohte mit der Faust. »Das hast du nicht umsonst gesagt, du Miststück!«
Energisch stellte sie ihre Eimer ab und lief mit wehenden Röcken in Richtung Markt, an dem der Ratsherr Bernd Knipperdolling lebte, der sich voll und ganz auf die Seite der Wiedertäufer geschlagen hatte.
Frauke spürte, wie sich ihr Magen verkrampfte. Irgendetwas würde geschehen, dessen war sie sich ganz sicher. Daher füllte sie zwar ihren Eimer, blieb aber beim Brunnen stehen. Kurz darauf hörte sie vom Markt her erregte Stimmen. Dann

bog auch schon die Holländerin an der Spitze einer aufgebrachten Schar um die Ecke und wies auf das Haus ihrer Beleidigerin.

»Da drinnen wohnt die Hexe! Sie muss weg! So eine hat hier in Münster nichts verloren.«

Unter ihren Begleitern befand sich auch der Stadtknecht, der Frauke, ihre Angehörigen und die Klüdemanns zu dem Haus gebracht hatte, in dem sie nun wohnten. Nun sah er die anderen auffordernd an. Einige Männer krempelten ihre Ärmel hoch, andere hoben ihre Stöcke oder zogen ihre Messer. Der Stadtknecht trat auf die Haustür zu, fand diese versperrt und winkte den anderen. Ein paar Zimmerleute brachten einen kräftigen Balken heran, holten mehrmals aus und rammten die Tür mit einem einzigen wuchtigen Stoß auf. Augenblicke später stürmten sie das Haus.

Entsetzte Schreie drangen bis auf die Straße, dazu das Johlen der Angreifer. Kurz darauf wurden Fenster aufgerissen und alle möglichen Sachen auf die Straße geworfen. Es waren Kleider darunter, zerbrochene Möbel, ein goldenes Schmuckstück in Form einer Rose fiel Frauke direkt vor die Füße. Sie bückte sich unwillkürlich und hob es auf. Es war wunderschön und hatte den Frauen, die es bisher getragen hatten, gewiss viel Freude bereitet. Dann aber vergaß sie das Schmuckstück wieder und starrte auf die Tür des Hauses.

Dort trieben die Eindringlinge eben die ersten Bewohner hinaus. Es waren die Frau, die vorhin die Holländerin beschimpft hatte, ein Mann und drei Kinder, von denen keines älter als zehn war. Ihnen folgte ein alter Mann mit einer blutenden Platzwunde auf der Stirn und diesem zwei Knechte und zwei Mägde, die sich erschrocken aneinanderklammerten.

»Fort mit ihnen!«, hörte Frauke die Leute schreien. »Jagt sie zum Teufel!«

Plötzlich verstummten sie, denn ein großer, kräftig gebauter Mann mit einem prachtvollen Kinnbart und durchdringend

blickenden Augen eilte heran. Der Stadtknecht trat auf ihn zu und deutete auf die Bewohner des Hauses.
»Herr Knipperdolling, diese Leute haben unsere Schwester Katrijn geschmäht und damit auch unseren Glauben.«
»Genauso ist es!«, rief die Holländerin. »Und sie haben es nicht zum ersten Mal getan. Beinahe jede von uns Schwestern, die hier am Brunnen Wasser holt, musste sich von diesen Leuten beschimpfen lassen. Das junge Meisje dort auch!« Dabei zeigte sie auf Frauke, die schreckensstarr dabeistand und verzweifelt überlegte, was sie tun sollte.
»Stimmt das?«, fragte der Mann sie.
»So schlimm war es auch wieder nicht. Hier am Brunnen wirft man sich schlimmere Worte an den Kopf«, brachte Frauke heraus.
Ihre Hoffnung, Bernd Knipperdolling würde es dabei belassen, erfüllte sich jedoch nicht.
Der Mann musterte das armselige Häuflein, das angstvoll auf die mit Fäusten und Knüppeln drohenden Wiedertäufer starrte, und zog eine strenge Miene. »Ich habe bereits gehört, dass ihr schlecht über die Unseren redet und zu diesem Römerknecht Waldeck haltet. Jetzt könnt ihr ihn aufsuchen. Los, treibt sie aus der Stadt und lasst sie nicht mehr herein!«
Während der Besitzer des Hauses die Kiefer gegeneinanderpresste, um die Worte zurückzuhalten, die ihm über die Lippen kommen wollten, fiel die Frau vor Knipperdolling auf die Knie. »Übt Gnade, Herr! Dieses Haus ist alles, was wir besitzen. Wenn ich etwas gegen Eure Leute gesagt haben sollte, tut es mir leid. Es war gewiss nicht böse gemeint. Ich …«
Knipperdolling versetzte ihr einen Stoß, der sie in den Straßenkot warf, und gab dem Stadtknecht einen Wink. »Schafft sie fort! Soll Waldeck sich um sie kümmern.«
»Komm, in dieser Stadt voller Lumpen will ich nicht bleiben!«, rief der Hausbesitzer, packte seine Frau und zog sie mit sich.

Der Stadtknecht folgte ihm jedoch und schlug ihm mehrmals ins Gesicht. »Was? Lumpen sind wir für dich! Dafür sollte ich dich erschlagen wie einen Hund!«

Hasserfüllt hob er das Schwert, und der Bedrohte rannte schreiend davon. Die Frau mit ihren Kindern und der blutende Alte kamen nicht mehr hinterher und jammerten zum Steinerweichen.

Knipperdolling sah ihnen nach und drehte sich dann zu der zusammengelaufenen Menge um. »So wie diesen ergeht es allen, die unseren Glauben und uns schmähen!«

Dann bemerkte er, dass das Gesinde zurückgeblieben war, und funkelte die Knechte und Mägde zornig an. »Was seid ihr noch hier?«

Die vier schienen nicht zu wissen, wer von ihnen sprechen sollte. Schließlich schoben die anderen den älteren Knecht nach vorne. Dieser umkrampfte seinen Hut mit den Händen und blickte Knipperdolling ängstlich an.

»Verzeiht, mein Herr! Aber wir sind einfache Leute und hätten uns längst belehren und taufen lassen, durften es wegen der Herrschaft nicht wagen. Bitte, vertreibt uns nicht auch, sondern erlaubt uns, uns euch anzuschließen, auf dass auch wir des Himmelreichs teilhaftig werden.«

Frauke hätte nicht zu sagen vermocht, ob der Mann tatsächlich ein heimlicher Anhänger der Täufer war oder ob allein die Angst seine Zunge führte. Immerhin war der Herbst bereits fortgeschritten, und da war es für Knechte und Mägde fast unmöglich, einen neuen Dienst zu finden.

Auch Knipperdolling schien zunächst unschlüssig, aber dann nickte er zufrieden und winkte den Stadtknecht zu sich. »Nimm die Leute hier in Gewahrsam. Sie werden morgen früh getauft!«

»Sehr wohl, Herr Knipperdolling!« Der Mann wandte sich den vieren zu und herrschte sie an, mit ihm zu kommen.

Erleichtert, weil sie die Heimat nicht verloren, folgten die

Knechte und Mägde ihm, und die Zuschauer verliefen sich.
Die Holländerin, die Katrijn genannt wurde, legte sich das Tragejoch auf die Schultern und ging beschwingt davon.
Auch Frauke hielt es jetzt nicht mehr beim Brunnen. Sie nahm ihren Eimer und lief zu dem Haus, in dem sie gezwungen war zu wohnen. Bislang hatte sie es nicht über sich gebracht, es als Klüdemanns Eigentum anzusehen, und fragte sich, was mit dem Haus geschehen würde, dessen Bewohner eben aus der Stadt gejagt worden waren.

9.

Hinner Hinrichs blickte erleichtert auf die Mauern von Münster. In ihnen würde er der göttlichen Gnade teilhaftig werden und mehr sein als ein zugereister Gürtelschneider, der nur dann arbeiten durfte, wenn die Gilde es zuließ.

»Wir haben es geschafft, mein Sohn!«, sagte er ungewohnt aufgeräumt.

Helm grinste erleichtert, sagte aber nur: »Ja, Vater!«

Mehr noch als sein Vater hoffte er auf die Wiederkehr Christi, die ihn aus dem Stand eines schlichten Lehrlings zu dem eines hohen Herrn im neuen Jerusalem erheben würde. Vor allem aber durfte der Vater ihm dann keine Ohrfeigen mehr versetzen, wie es immer noch häufig geschah. In der Hinsicht bedauerte Helm Fraukes Tod, denn seine jüngere Schwester hatte den väterlichen Zorn meist auf sich gelenkt und ihn damit vor mancher Züchtigung bewahrt.

»Werden auch unsere Toten wiederkehren, Vater?«, fragte er bei dem Gedanken.

»Das werden sie, und sie werden schön sein wie Engel im Himmel! Auch wir werden wie Engel sein und alles Glück der Welt erleben.« Hinrichs dauerte die Zeit bis zu dem Tag des Heils, den Jan Matthys ihnen für die Erscheinung des Herrn prophezeit hatte, viel zu lange, denn bis dorthin würde er sich als Stadtfremder durchschlagen und bei Glaubensbrüdern als Knecht dienen müssen.

»Wie werden sie uns hier empfangen?«, fragte Helm weiter.

Die eigene Flucht und die Nachricht vom Tod der Mutter und

der Geschwister hatten ihn erschreckt, und nun befürchtete er, dass es ihnen in dieser Stadt schlecht ergehen würde.

Einer ihrer Begleiter, denen sie sich unterwegs angeschlossen hatten, begann zu lachen. »Sie werden uns mit Jubel empfangen, denn wir gehören zur wahren Herde unseres Herrn Jesus Christus. Unsere Brüder sind bereits die Herren in Münster. Kein römischer Pfaffe oder Mönch wagt sich noch in diese Stadt hinein! Die Lutherschen Prediger haben sich uns entweder angeschlossen oder werden ebenso vertrieben wie alle anderen, die nicht unseres Glaubens sind. So hat unser ehrwürdiger Prophet Matthys es uns prophezeit.«

»Warum hat Jan Matthys uns dann verlassen und ist nicht mitgekommen?«, fragte Helm weiter.

»Weil er andere Brüder aufsuchen muss, die an fernen Orten leben, und sie auffordert, es uns gleichzutun«, antwortete der Mann.

»Frag nicht so viel!«, wies Hinrichs seinen Sohn zurecht. »Du bist ja noch schlimmer als Frauke. Ich hoffe, sie weiß ihr Mundwerk besser zu beherrschen, wenn sie wieder mit uns vereint ist, sonst …«

»Aber wird sie das wirklich? Sie war doch noch nicht richtig getauft, als sie starb!« Daran hatte Helm bisher noch nicht gedacht.

Sein Vater zog eine besorgte Miene. »Wir werden sehen, wie weit ihr die Gnade unseres Herrn Jesus Christus zuteilwird. Wenn sie sich ihm in wahrhaftiger Demut genähert hat, mag es sein, dass sie an seiner Seite vom Himmel herabsteigen darf.«

»Und wenn nicht, schmort sie dann für immer in der Hölle?« Für diese Frage erhielt Helm eine Ohrfeige, die ihm den Kopf zur Seite riss. Auch wenn Hinrichs an der jüngeren Tochter weniger lag als an seinen anderen Kindern, so wollte er das nicht hören.

Während des kurzen Disputs hatten sie den Graben erreicht und schritten über die Brücke auf das Ägidiustor zu. Dieses wurde von zwei Stadtknechten und mehreren Söldnern bewacht. Zu ihnen gehörte auch Arno, der den Dienst beim Brackensteiner Fähnlein verlassen hatte und unterwegs von einem der wiedertäuferischen Stadträte angeworben worden war. Obwohl Arno bislang eher lutherisch gesinnt gewesen war, hatten Bernhard Rothmanns Predigten ihn begeistert.

Was war, fragte er sich, wenn Jan Matthys' Prophezeiung eintraf und das Ende der Welt bevorstand? Anzeichen dafür gab es genug. Waren denn die schrecklichen Aufstände der Bauern und die Plünderung Roms durch die Landsknechte Kaiser Karls V. nicht die Vorboten des Jüngsten Gerichts gewesen? Hatte Gott nicht vor wenigen Jahren unzählige Menschen durch eine Seuche vom Angesicht dieser Erde getilgt?

Arno wusste immer noch nicht so recht, was er denken und glauben sollte, aber er tat seine Pflicht und hielt die Neuankömmlinge auf.

»Wer seid ihr, und wo kommt ihr her?«, fragte er barsch.

»Wir sind von weit gekommen und dem Zeichen des Herrn gefolgt, das unser großer Prophet Jan Matthys empfangen hat«, antwortete einer der Männer, anstatt die Gruppe, wie Hinrichs es getan hätte, als harmlose Reisende auszugeben.

Hinrichs' Besorgnis erwies sich als unbegründet, denn Arno und die anderen Torwächter begrüßten die Gruppe freundlich, und der ehemalige Brackensteiner Landsknecht erbot sich, sie zu Bernd Knipperdollings Haus zu führen.

»Dieser Herr hat hier in der Stadt neben dem ehrenwerten Prediger Bernhard Rothmann das meiste zu sagen«, erklärte er ihnen. »Auch ist er für die Unterbringung der neuen Brüder verantwortlich und wird auch euch euer neues Heim zuweisen. Auswahl gibt es genug, denn wir haben die falschen Mönche und Pfaffen des Papstes vertrieben und etliches Volk dazu, welches sich unserem Willen zu widersetzen gewagt hat.«

Zwar weilte Arno erst seit kurzem in der Stadt, tat aber so, als hätte er an all diesen Dingen selbst teilgenommen. Die Ach-

tung der Neuankömmlinge vor ihm wuchs sichtlich, und sie folgten ihm wie eine Herde Schafe zu Knipperdollings Haus am Hauptmarkt.
Dort hatte sich viel Volk versammelt, unter ihnen etliche Söldner, die in Listen eingeschrieben und vereidigt wurden. Andere Täufer suchten gleich Hinrichs und dessen Gruppe ein Obdach, und weiter vorne lauschte eine große Menschenmenge einem Mann, der das Nahen des Jüngsten Gerichts predigte.
»Ist das Stutenbernd Rothmann?«, fragte Hinrichs, der diesen Namen von Jan Matthys gehört hatte.
Eine kräftig gebaute Frau, die ihrer Tracht nach aus Holland stammte, drehte sich mit wutverzerrtem Gesicht zu ihm um. »Du wagst es, den ehrwürdigen Prediger zu schmähen?«
Erschrocken hob Hinrichs die Hände. »Verzeih, ich habe es nicht böse gemeint. Der Prophet Jan Matthys sagte, die Feinde hätten ihn so genannt, doch sei aus dem Schimpfwort ein Ehrentitel geworden.«
»Jan van Haarlem hat euch geschickt? Dann seid uns willkommen! Ich bin Katrijn und Witwe, seit sie meinen Mann in Delft auf dem Scheiterhaufen verbrannt haben.«
»Mich nennt man Hinner Hinrichs, und das ist mein Sohn Helm. So wie du deinen Mann habe ich mein Weib durch die Bluthunde der Inquisition verloren.«
Hinrichs musterte die Frau eindringlich. Wenn er wirklich ein Haus in Münster erhielt, wie Matthys es ihm versprochen hatte, brauchte er jemanden für den Haushalt und vielleicht auch für ein wenig mehr. Zwar überragte ihn die hochgewachsene Holländerin um die Dicke eines Fingers und wirkte etwas plump, doch ihr Anblick erweckte in ihm Gefühle, die sich weniger von der Rückkehr Christi als von einer willigen Frau im Bett befriedigen ließen.
Sein forschender Blick entging Katrijn nicht, und sie betrachtete ihn ihrerseits. Sie war des Witwendaseins leid und wünschte sich einen Mann, mit dem sie die Zeit bis zur endgültigen

Erlösung verbringen konnte. Zwar hielt sie Hinrichs nicht für einen idealen Kandidaten, andererseits aber gab es bereits mehr Frauen als Männer in der Stadt, und die Letzteren waren zum Teil Söldner, die ihr Bekenntnis zumeist nach dem Kommandeur ausrichteten, dem sie gerade dienten. Einen solchen wollte sie wirklich nicht.

»Du und dein Sohn braucht gewiss ein Haus«, sagte sie zu Hinrichs.

Der nickte. »Da hast du vollkommen recht! Oder ist es hier Sitte, die neu angekommenen Brüder unter freiem Himmel nächtigen zu lassen?«

»Natürlich nicht, zumal der Winter bevorsteht«, antwortete Katrijn lachend. »Aber es sind sehr viele Brüder und Schwestern nach Münster gekommen. Da mag es nicht leichtfallen, ein Haus für jeden zu finden. Ich bin bei meinem Bruder und meiner Schwägerin untergebracht und muss diesen wie eine Magd dienen. Als Witwer mit nur einem Sohn wirst auch du nichts Besseres bekommen, es sei denn, du nimmst dir ein Eheweib.«

Damit war das Angebot ausgesprochen. Hinrichs betrachtete die Frau noch einmal und fand, dass er es schlechter treffen könnte. »Wenn du willst, können wir als Mann und Weib gelten. Der Prediger dort mag uns den Segen dazu geben.«

»Das wird er!« Katrijn war zufrieden, weil sie mit dieser Heirat den Haushalt ihres Bruders verlassen konnte. Mit diesem selbst wäre sie zur Not ausgekommen, aber nicht mit dessen Frau. Bei dem Gedanken nahm sie sich vor, dafür zu sorgen, dass sie und ihr neuer Mann ein größeres, schöneres Haus zugewiesen bekamen als ihre Verwandten. Kurzentschlossen packte sie Hinrichs bei der Hand und schleppte ihn zu dem Prediger.

Bernhard Rothmann hatte seine Andacht beendet und wollte nach Hause gehen, aber als Katrijn mit Hinrichs im Schlepptau auf ihn zutrat, blieb er neugierig stehen. Er kannte die

Streitsucht dieser Frau und wusste, dass ihr die Männer deswegen aus dem Weg gingen. Doch nun schien sie sich endlich einen Gimpel eingefangen zu haben, der an ihr haftenblieb.
»Was kann ich für dich tun, Schwester Katrijn?«, fragte er.
»Den Trausegen für diesen Mann und mich sprechen«, forderte die Frau resolut.
Hinrichs fühlte sich durch die Eile, mit der Katrijn vorging, überrannt. Andererseits wollte er nicht für einen anderen Meister Handlangerdienste leisten müssen. Daher fasste er sich und nickte. »So ist es, hochwürdiger Herr!«
»Hochwürdig nennen sich die römischen Pfaffen, obgleich sie nichtswürdig sind«, antwortete Bernhard Rothmann und überlegte, ob er die beiden in die Lambertikirche führen sollte. Dann aber sagte er sich, dass Gott ein Gebet auf freiem Feld ebenso gefiel. Warum sollte es bei einer Eheschließung anders sein? Aus diesem Grund legte er die Hände der beiden ineinander, sprach den Trausegen und ging seiner Wege.
Hinrichs starrte ihm nach und wusste nicht recht, wie ihm geschehen war. Allerdings ließ Katrijn ihm kaum die Zeit, darüber nachzudenken, sondern hakte ihn unter und deutete mit der freien Hand auf Knipperdollings Haus.
»Jetzt lassen wir uns unser neues Heim zuweisen.« Es klang wie ein Befehl, und so setzte Hinrichs sich in Bewegung.
Helm folgte den beiden und fragte sich, ob die Entscheidung seines Vaters, so rasch wieder zu heiraten, gut für ihn war oder nicht. Seine neue Stiefmutter sah nicht so aus, als würde sie Widerspruch dulden. Auf jeden Fall war es nicht das Leben, das er hier erwartet hatte. Er konnte nur hoffen, dass Jesus Christus so bald wie möglich erschien und er als engelhaftes Wesen an dessen Seite Platz nehmen durfte. Der Weg bis dorthin aber würde wahrscheinlich mit Ohrfeigen gepflastert sein.

10.

Zunächst konnte Lothar Gardner sich nicht vorstellen, wie er den Auftrag seines Vaters erfüllen sollte. Gerüchte besagten, dass die Wiedertäufer in Münster immer mehr an Macht gewannen. Die beiden alten Bürgermeister, die sich gegen sie gestellt hatten, waren bereits vertrieben. Nun verließen auch viele eingesessene Bürger die Stadt, und dafür strömten immer mehr Fremde hinein. Lothar hätte keinen schimmeligen Pfennig dagegen gewettet, dass es sich bei diesen um Anhänger des in Straßburg inhaftierten Ketzerpropheten Melchior Hoffmann handelte. Diese Häretiker hatten inzwischen einen neuen Propheten, einen Holländer namens Jan Matthys, der sein Brot früher als Bäcker verdient hatte und nun mehr von Theologie zu verstehen glaubte als der Papst und sämtliche Bischöfe zusammen.

Lothar hätte sich gerne mit seinem Vater beraten, doch Magnus Gardner war bereits am nächsten Morgen abgereist, um Franz von Waldeck beizustehen. Für den Fürstbischof ging es nicht nur um seine Herrschaft in Münster, sondern auch um sein Ansehen. Niemand, der über ein geistliches Fürstentum gebot, durfte zulassen, dass sich ausgerechnet in seiner Residenzstadt Ketzer ausbreiteten und ihn dort entmachteten.

Auch an diesem Morgen las Lothar die Berichte durch, die Leander von Haberkamp von den wenigen Freunden erhielt, die ihm in der Stadt noch verblieben waren, und schüttelte immer wieder den Kopf. »Sind die Leute in Münster vollkommen verrückt geworden?«

Sein Gastgeber lachte bitter auf. »Fast könnte man es meinen!

Oder besser gesagt, man könnte Angst bekommen vor dem, was auf uns zukommen wird. Zuerst sah es so aus, als würde Münster sich dem Luthertum zuwenden, und nun haben die Wiedertäufer das Sagen. Das ist schlecht, denn mit Lutheranern kann man noch verhandeln. Mit den Wiedertäufern ist dies unmöglich. Die glauben an das Ende der Welt und daran, dass sie als Einzige auserwählt sind. Selbst das drohende Ende auf dem Scheiterhaufen ist ihnen nicht Mahnung genug, ihren Irrlehren abzuschwören, denn sie erwarten, von Gott einen neuen, schöneren Leib zu erhalten als den, der im Feuer vergeht.«

»Also muss ich mich selbst vergewissern, was dort geschieht«, sagte Lothar bedrückt.

»Das solltet Ihr tun! Dafür aber werdet Ihr Euch als Wiedertäufer ausgeben müssen, sonst kommt Ihr nicht nach Münster hinein. Das dürfte allerdings schwierig werden, denn Ihr kennt keinen dieser Ketzer persönlich und habt daher niemanden, der für Euch bürgen könnte. Diese Schurken weisen Reisende, die sich nicht offen zu ihrem Irrglauben bekennen, bereits an den Toren ab.« Haberkamp bezweifelte, dass der Bursche überhaupt etwas erreichen konnte. Dafür sah er ihm doch etwas zu weich aus. »Was ich für Euch tun kann, tue ich. Aber ich kann Euch nicht heimlich nach Münster hineinschaffen«, setzte er leise hinzu.

»Nein, das könnt Ihr nicht.«

Lothar überlegte, wie er es anstellen konnte, unauffällig in die abtrünnige Stadt zu gelangen, doch seine Gedanken drehten sich im Kreis. Es war unmöglich, Münster als Lothar Gardner zu betreten, denn einige Ketzerführer kannten seinen Vater und würden versuchen, diesen mit ihm zu erpressen.

»Ihr solltet frühstücken, Neffe. Mit vollem Magen denkt es sich besser als mit leerem«, forderte Haberkamp seinen jungen Verwandten auf.

Lothar nickte unbewusst und folgte seinem Gastgeber in das

Erkerzimmer, in dem dieser speiste, wenn nicht zu viele Gäste erschienen waren. Als sie sich setzten, steckte eine alte Magd den Kopf zur Tür herein.

»Soll ich auftragen?«

»Natürlich! Oder glaubst du, wir sitzen hier, weil es uns so gut gefällt?«, antwortete Haberkamp verärgert.

Lothar sah der Magd zu, die nun die Krüge mit dem Morgenbier hereinbrachte und anschließend zwei Näpfe mit Haferbrei auf den Tisch stellte. Bei dem Anblick erinnerte er sich, dass es einer der Fastentage im Jahr war, an dem man auf Fleisch verzichten musste. Mehr als das interessierte ihn jedoch die alte Frau. Sie war etwa so groß wie er, ausgesprochen hager und hatte ein Gesicht, in das sich bisher nur wenige Falten eingegraben hatten. Anmutig waren ihre Bewegungen allerdings nicht zu nennen, und ihre Stimme klang etwas zu dunkel.

»Kannst du mir noch ein Stück Brot bringen?« Unwillkürlich ahmte Lothar den Tonfall der Alten nach. Das fiel weder ihr noch seinem Gastgeber auf. In seinen Gedanken aber formte sich eine Idee, die ihm im nächsten Moment gänzlich absurd erschien.

Nachdenklich löffelte er seinen Brei, zog aber mit der freien Hand die Berichte an sich, die er von Haberkamp erhalten hatte, und suchte nach einer ganz bestimmten Stelle. »Hier heißt es, dass weitaus mehr Frauen in Münster leben sollen als Männer – und es würden tagtäglich mehr.«

»Für uns ist das ein Vorteil, weil dann weniger Verteidiger auf den Mauern stehen, falls wir die Stadt tatsächlich belagern müssten«, erklärte der Gutsherr.

Lothars Gedanken wanderten in eine andere Richtung, doch er fühlte sich bemüßigt, Antwort zu geben. »Der Rat von Münster hat bereits einige hundert Söldner angeworben. Die werden die Stadt besser verteidigen als einfache Spießbürger.«

»Es sieht tatsächlich so aus, als käme es zum Krieg!« Haber-

kamp seufzte und wollte in sein Brot beißen, als erneut die Magd erschien.
»Eben ist ein Bote angekommen, der mit Euch sprechen will.«
»Mit wem? Mit mir oder Herrn Lothar?«, fragte ihr Herr.
»Mit Euch!« Mit dieser Auskunft schlurfte die Frau wieder davon.
»Was mag der wollen?«, fragte der Gutsherr mehr sich selbst, erhob sich und verließ den Raum.
Als er kurz darauf zurückkam, hielt er einen Brief in der Hand.
»Es geht los, junger Herr! Waldeck fordert die Ritter des Münsterlands auf, zu ihm nach Telgte zu kommen, und zwar bewaffnet und mit Gefolge. Ich werde auch einige Männer stellen müssen.«
»Aber gepanzerte Ritter können keine Stadt erobern«, wandte Lothar ein.
»Das nicht, aber sie können die Zufahrtswege nach Münster überwachen und Leute daran hindern, hineinzugehen oder herauszukommen. Was macht Ihr? Kommt Ihr mit nach Telgte?«
Lothar schüttelte den Kopf. »Das ist nicht der Auftrag, den mein Vater mir erteilt hat. Reitet Ihr ruhig! Ich werde derweil eine Möglichkeit suchen, wie ich nach Münster gelangen kann.«
Haberkamp stand die Frage ins Gesicht geschrieben, wie Lothar das vollbringen wollte. Allerdings fragte er nicht nach, sondern überlegte, wie er die Forderung des Fürstbischofs nach Kriegsknechten erfüllen konnte, ohne sich selbst zu schaden.
Nach einer Weile, in der er zu keinem Entschluss gelangt war, erhob er sich und sah Lothar an. »Verzeiht, junger Freund, aber ich muss mit meinem Haushofmeister reden.«
»Das ist doch selbstverständlich«, sagte Lothar mit einem sanften Lächeln. Er wartete noch, bis Haberkamp das Haus verlassen hatte, dann rief er die Magd zu sich.

»Ihr wünscht?«, fragte diese ungehalten, weil Lothar sie vom Herd weggerufen hatte. Dort köchelte bereits das Mittagsmahl, das sie um nichts in der Welt anbrennen lassen wollte.
»Nur eines deiner Kleider!« Lothar lächelte immer noch, doch aus seinen Augen sprach wilde Entschlossenheit.
Die Magd sah ihn verwundert an und schüttelte den Kopf.
»Auf was Ihr alles kommt!«
»Es ist mir wichtig! Auch darfst du mit niemandem darüber sprechen, hast du verstanden?«
»Das schon, aber ...«, setzte die Frau an, doch Lothar unterbrach sie.
»Hol das Kleid, dann kannst du wieder in die Küche zurückkehren!«
Da die Frau genau das im Sinn hatte, verließ sie den Raum. Wenig später kehrte sie zurück und reichte Lothar ein schlichtes schwarzes Kleid, das, wie sie sagte, ihr bestes sei.
»Hab Dank! Ich benötige später noch ein paar Sachen von dir. Aber schweig bitte gegen jedermann!«
»Als wenn ich eine Schwatzliese wäre«, brummelte die Alte und eilte in die Küche. Während sie mit den Töpfen und Kesseln hantierte, fragte sie sich, was der junge Mann mit einem Kleid anfangen wollte. Wenigstens hätte er ihr einen Gulden dafür geben können, oder wenigstens einen halben. Daran würde sie ihn erinnern, sollte er noch mehr Kleidungsstücke von ihr fordern.

11.

Hinner Hinrichs gefiel das Haus, das man ihm zugewiesen hatte. Es war weitaus größer als sein altes und verfügte nicht nur über einen Anbau, den er als Werkstatt verwenden konnte, sondern auch über einen kleinen Stall für ein paar Ziegen und Hühner, die sogar noch vorhanden waren.

Als er sich darüber wunderte, lachte Katrijn schallend auf. »Die Leute, die hier drinnen wohnten, haben wir erst heute Morgen aus der Stadt getrieben. Hat das Weib es doch tatsächlich gewagt, mich zu beleidigen, mich, eine Cousine dritten Grades unseres Propheten Jan van Haarlem!«

»Die Leute sind vertrieben worden, weil sie keine der Unseren gewesen sind?« Helm wunderte sich, empfand aber auch eine gewisse Schadenfreude, dass in dieser Stadt der anderen Seite das Schicksal blühte, das sein Vater und er nicht nur ein Mal erlitten hatten.

»Ich hätte dem Miststück am liebsten noch sämtliche Rippen gebrochen«, erklärte Katrijn und sah sich dann um. Einiges war bei der Erstürmung des Hauses zu Bruch gegangen und musste ersetzt oder repariert werden. »Die hätten auch ein wenig mehr achtgeben sollen«, schnaubte sie und vergaß dabei ganz, dass sie selbst die entfesselte Rotte angeführt hatte.

Da sie das Haus schnell wieder bewohnbar haben wollte, sah sie Hinrichs und Helm auffordernd an. »Seht zu, dass ihr hier aufräumt. Ich gehe inzwischen in die Küche und schüre den Herd, damit eine Vesper auf den Tisch kommt.«

In diesem Augenblick begriff Hinrichs, dass in seinem neuen

Zuhause nur eine Person etwas zu sagen haben würde, und das war gewiss nicht er. Doch wenn er es genau bedachte, war ihm das sogar recht. Er selbst tat sich schwer, auf unerwartete Ereignisse zu reagieren und Entscheidungen zu treffen, und bei Jacobus von Gerwardsborns Erscheinen hatte er viel zu lange abgewartet, anstatt die Stadt zu verlassen. Im Grunde hatte er durch sein Zögern den Tod seiner Familie verschuldet. Schnell schob er diesen Gedanken von sich. Es waren die Umstände gewesen, vor allem Gerlind Sterkens Verleumdungen und die ihres Vaters, der dem Inquisitor unbedingt ein Opfer hatte vorsetzen wollen, damit dieser sich nicht zu sehr mit ihm selbst beschäftigte.
Dieser Mann war schuld und nicht sein Zaudern, sagte Hinrichs sich. Dann musterte er seine neue Frau. Zu resolut sollte sie nicht werden, sonst würde er ihr mit dem Stock Gehorsam beibringen müssen. Sein erstes Weib hatte er sich so erzogen. Zumindest nach außen hin musste er der Herr der Familie sein, und er würde niemals zulassen, dass freche Burschen ihm einen Frauenpantoffel an die Tür nagelten, um ihn zu verspotten.
Trotz dieser Überlegungen machte Hinrichs sich mit Helms Hilfe daran, im Haus aufzuräumen. Zwar war einiges zerschlagen und anderes geraubt worden, doch gab es noch genug Möbel und unversehrte Gegenstände. Unter einem Bett fand Helm sogar einen Geldbeutel, der den Plünderern entgangen war, und schwankte einige Augenblicke, ob er ihn seinem Vater geben oder selbst behalten sollte. Schließlich steckte er das Ledersäckchen unter sein Hemd und arbeitete weiter, als wäre nichts geschehen.
Sein Vater suchte unterdes alles zusammen, was er für sein Handwerk brauchen konnte. Einige Werkzeuge würde er sich von einem Schmied anfertigen lassen müssen. Doch lohnte sich das noch? Immerhin war das Ende der Welt nicht mehr fern, und er wollte keine sinnlosen Ausgaben tätigen.

Andererseits mussten er, seine neue Frau und Helm von etwas leben.

Bei dem Gedanken nahm er einen angenehmen Duft wahr und ging in die Küche. Katrijn mochte harsch sein, aber sie konnte kochen. Ihm lief das Wasser im Mund zusammen, als er die goldbraunen Pfannkuchen sah, die sie gerade buk.

»Kann ich einen davon haben?«, fragte er.

Katrijn überlegte kurz, legte dann zwei Pfannkuchen auf einen Zinnteller und reichte ihm diesen. »Die Leute hier haben gut gelebt, muss man sagen. Ich habe eine Kiste mit Geschirr gefunden, die uns bei der Erstürmung des Hauses entgangen ist. Wäre es jetzt nicht unser, würde ich mich darüber ärgern, das Zeug übersehen zu haben. Es ist auch ein großer Krug dabei, wie er einem Meister zusteht.«

»Ich bin ein Meister«, antwortete Hinrichs selbstgefällig. »Sobald ich die Pfannkuchen gegessen habe, werde ich zu Herrn Knipperdolling gehen und ihn fragen, ob zu den geflohenen oder vertriebenen Katholiken auch ein Gürtelschneider gehört und ich dessen Werkzeug haben kann. Auch muss ich in die Gilde aufgenommen werden, um meine Gürtel an den Mann bringen zu können.«

»Mach das!« Es klang wie ein Befehl.

Hinrichs verzog den Mund, ließ sich aber die beiden Pfannkuchen schmecken. So gut wie diese waren die seiner ersten Frau nicht gewesen, dachte er und lobte Katrijn.

»Wenn du überall so bist, habe ich mit dir einen guten Fang gemacht«, setzte er mit einem anzüglichen Grinsen hinzu.

»An mir fehlt nichts«, gab sie lachend zurück. »Es kommt nur darauf an, ob du einen richtigen Knüppel in der Hose hast oder ein dünnes Stängelchen.«

Hinrichs sagte sich, dass er etwas davon haben wollte, verheiratet zu sein, und fasste der Frau an den Hintern. »Wenn du willst, zeige ich dir gleich, was für einen Prachtknüppel ich habe. Zu Knipperdolling kann ich auch später noch gehen.«

Katrijn überlegte kurz, nickte dann und wies auf eine Tür. »Dort war der Schlafplatz der Küchenmagd. Das Bett ist sauber, und wir müssen nicht nach oben, wo dein Sohn uns überraschen könnte.«

»Der Bengel sollte es wagen!« Trotz dieser Worte folgte Hinrichs Katrijn in die Kammer und sah zu, wie die Frau die Tür wieder schloss und einen Stuhl unter die Klinke stellte. Danach zog sie sich bis auf das Hemd aus, raffte dieses bis zum Bauch und legte sich rücklings aufs Bett.

Sie war um einiges wuchtiger als seine erste Frau, doch der Anblick ihrer schwellenden Formen und des dunkelblonden Haarbüschels an der entsprechenden Stelle entfachte Hinrichs' Gier. So rasch er konnte, entledigte er sich seiner Schuhe, des Wamses und der Hosen und stieg zu ihr auf das Lager. Doch als er sich zwischen ihre Beine schieben und in sie eindringen wollte, hielt sie ihn zurück.

»Jetzt wirst du mich erst einmal streicheln, um es dir zu verdienen, bei mir Hengst spielen zu dürfen.« Da er nicht sofort reagierte, packte sie seine Hand und führte sie zwischen ihre Beine.

»Wenn du es gut machst, darfst du auch meine Brust streicheln und vielleicht sogar küssen«, setzte sie mit einem wohligen Stöhnen hinzu.

Jetzt war er nicht einmal mehr im Ehebett der Herr, schoss es Hinrichs durch den Kopf. Die Lust vertrieb den Ärger jedoch wieder, und während er den Anweisungen seiner Frau folgte und dafür mit dem Anblick ihrer vollen Brüste belohnt wurde, sagte er sich, dass seine erste Frau gegen Katrijn im Bett nur ein kleines Flämmchen gegen ein hell loderndes Feuer gewesen war. Mit diesem Gedanken glitt er ihr zwischen die Schenkel, suchte das Ziel und spürte, dass sie für ihn bereit war.

An diesem Tag kam Hinner Hinrichs nicht mehr dazu, Knipperdolling oder einen der anderen Täuferführer in Münster aufzusuchen. Dafür benötigte er am Abend die doppelte Ration Pfannkuchen, um die Kräfte, die er bei Katrijn verbraucht hatte, wieder zu ersetzen. Zudem verriet der Blick seiner Frau ihm, dass es in der Nacht im Ehebett weitergehen würde. In dieser Hinsicht schien sie unersättlich zu sein, anders als Inken, die gehorsam und ruhig unter ihm liegen geblieben war, bis er seine Lust gestillt hatte.

Aber war dies nicht besser gewesen, als der Fleischeslust so hemmungslos zu frönen?, fragte er sich. Immerhin forderten die Prediger sie alle zu einem gottgefälligen Leben auf.

Hinrichs' Frömmigkeit und seine menschliche Natur fochten einen harten Kampf aus, bis Katrijn die Lampe in der Küche löschte, einen Kerzenständer nahm und mit bestimmender Geste nach oben zeigte.

»Es ist Zeit, zu Bett zu gehen.«

Der Befehl galt Hinrichs ebenso wie dessen Sohn. Helm hatte am Nachmittag die große Schlafkammer für seinen Vater und die Stiefmutter sowie eine kleinere nebenan für sich zurechtgemacht und war sehr müde. Daher ging er als Erster zur Tür und stieg die Treppe hinauf. Katrijn leuchtete ihm und gab dann ihrem Mann einen Wink. Sie selbst sah noch nach, ob alle Haustüren und die Läden geschlossen waren, dann folgte sie den beiden nach oben.

Helm wartete am Beginn der Treppe. »Ich brauche Licht, um mich zurechtzufinden«, sagte er kläglich.

Ohne eine Antwort ging Katrijn in seine Kammer und hielt die brennende Kerze hoch. »Mach rasch! Ich will auch ins Bett!«

Der Junge zog sich mit müden Bewegungen aus. Dabei hafteten die Blicke der Frau an ihm, als wollten sie sich festsaugen. Als er schließlich nur noch das Hemd trug und sich hinlegen wollte, hielt ihn die Stimme seiner Stiefmutter zurück.

»Zieh dich ganz aus, damit ich sehe, ob du gesunde Glieder hast.«

»Ich soll ...?« Helm brach bestürzt ab.

Seine Mutter und seine Schwester hatten ihn nicht mehr nackt gesehen, seit er sechs Jahre alt gewesen war, und er wollte der Frau sagen, dass er kein kleines Kind mehr sei. Angesichts ihrer herrischen Miene zog er jedoch wortlos das Hemd über den Kopf, kehrte ihr dabei aber den Rücken zu.
»Dreh dich um!«, befahl sie.
Er gehorchte, spürte aber dabei, wie ihm das Blut in die Lenden schoss. Daher fuhr er rasch mit den Händen nach unten, um sein Glied zu verbergen.
»Hast du einen Fehler, weil du diese Stelle nicht zeigst?«, fragte sie scharf.
»Nein, ich … Es ist nicht rechtens!« Helm wand sich, nahm aber dann doch die Hände weg und schämte sich in Grund und Boden.
Katrijn genoss den Anblick des schlanken Jünglings und stellte sich einen Augenblick vor, wie es wäre, mit ihm ins Bett zu gehen statt mit seinem Vater. Dann aber schob sie diesen Gedanken von sich. Auch wenn die Lust in ihr stärker brannte als in anderen Frauen, so wollte sie nicht die Sünde eines Ehebruchs begehen. Daher forderte sie Helm auf, das Hemd wieder anzuziehen, wartete, bis er sich ins Bett gelegt hatte, und verließ seine Kammer.
»Du hast einen hübschen Sohn«, sagte sie zu Hinrichs, als sie die eigene Schlafkammer betrat.
Ihr Mann hatte sich bereits zur Nacht zurechtgemacht und trug ebenfalls ein Hemd. Nun lockte es Katrijn, einen Vergleich zwischen Vater und Sohn anzustellen. Daher trat sie auf Hinrichs zu und legte ihm die Hand auf die Schulter.
»Du solltest dein Hemd ausziehen, damit ich sehen kann, ob du wohlgestaltet bist.«
»Aber das wäre eine Sünde!«, stieß er hervor.
»Verbirgst du vielleicht einen Buckel, ein Feuermal oder eine große Warze?«, bohrte die Frau weiter.
»Natürlich nicht!« Hinrichs wurde klar, dass es leichter für

ihn sein würde, wenn sie sich selbst davon überzeugte, als lange darum herumzureden, und zog das Hemd über den Kopf.
Katrijn fand ihn für sein Alter noch gutaussehend. Vor allem aber war das, was er zwischen den Beinen trug, voll ausgewachsen und übertraf das Glied seines Sohnes um mehr als einen Zoll.
»Du gefällst mir«, sagte sie und legte nun ihrerseits die Kleidung ab.
Hinrichs blieb stehen und sah mit gierigen Blicken zu, wie seine Frau sich nach vorne beugte und ihm einen tiefen Einblick in den Ausschnitt ihres Hemdes gewährte. Alle Gedanken, dass dies unchristlich sei, waren in diesem Augenblick vergessen. Er empfand nur noch die Gier, sich auf sie zu wälzen und sie zu nehmen, bis er auf ihr zusammensank.
Doch so einfach wollte Katrijn es ihm nicht machen. Erneut brachte sie ihn dazu, ihre Brüste und ihren Leib zu liebkosen, bevor sie ihm das gewährte, wonach es ihn drängte. Als er schließlich auf ihr lag, stöhnte er wie ein brünstiger Bulle, und sie war kaum leiser als er.
Nur durch eine dünne Bretterwand von den beiden getrennt, hörte Helm alles mit. Zwar hatte er selbst noch nie mit einem Mädchen »Bäuche aneinanderreiben« gespielt, wusste aber von seinen früheren Freunden, wie es dabei zuging. Der Gedanke, dass sein Vater gerade dabei war, von seiner neuen Frau sein Recht als Ehemann einzufordern, erhitzte sein Blut. Schließlich griff er sich zwischen die Beine, um sich selbst zu erleichtern, und weinte danach zum zweiten Mal an diesem Abend vor Scham.

12.

Jacobus von Gerwardsborn weilte zu dieser Stunde bereits mehr als fünfzig Meilen vom Münsterland entfernt in Mainz und spielte Schach mit Kardinal Albrecht von Brandenburg, dem dortigen Bischof. Es war eine einseitige Partie, denn sein Gegner zog mehrmals ohne rechten Sinn und Verstand und gab zuletzt jeden Widerstand auf.
»Ihr seid einfach zu gut für mich«, murmelte er, während er einen Diener herbeiwinkte, damit dieser ihm Wein nachschenkte.
»Gestern habt Ihr besser gespielt«, antwortete Gerwardsborn gereizt. Er liebte Schach – vor allem, wenn er gewann. Mit einem gewissen Bedauern erinnerte er sich an die Partien mit Lothar Gardner. Zwar hatte er diesen Jüngling auch stets besiegt, doch immer erst nach langem, erregendem Kampf mit den Spielfiguren.
»Ihr wollt nach Rom weiterreisen?«, fragte der Mainzer Kardinal.
Gerwardsborn bejahte. »Ich habe eine hübsche Summe Strafgelder und Spenden eingesammelt, die ich ungesäumt Seiner Heiligkeit überbringen möchte.«
Um danach noch höher in der Hierarchie des Kirchenstaats aufzusteigen und vielleicht sogar Kardinal zu werden, dachte Albrecht von Brandenburg verärgert.
Er bezähmte dieses Gefühl jedoch und lächelte. »Seine Heiligkeit wird das Geld gewiss mit Freuden entgegennehmen.«
»Die heilige katholische Kirche braucht viel Geld, wenn sie ihren Feinden widerstehen und die Ketzerei aus diesen Landen vertreiben will«, erklärte Gerwardsborn selbstgefällig.

»An Ketzern ist wahrhaft kein Mangel! Doch sagt, Ihr seid doch letztens im Bistum Münster gewesen.«
Der Inquisitor nickte. »Das war ich!«
»Habt Ihr dort viele Ketzer überführt?«, fragte der Kardinal.
»Das habe ich, und zwar nicht wenige!« Erneut klang Gerwardsborn sehr zufrieden.
Um die Mundwinkel seines Gastgebers erschien ein verbissener Zug. »Anscheinend nicht genug, denn den Nachrichten zufolge, die ich heute erhalten habe, geht es dort drunter und drüber. Sogar die Bischofsstadt selbst ist nicht mehr sicher. Lutheraner und noch schlimmere Ketzer haben dort die Macht ergriffen und die Diener der einzig wahren apostolischen Kirche vertrieben.«
Gerwardsborn riss diese Nachricht beinahe vom Stuhl. »Was sagt Ihr?«
»Der neue Administrator Franz von Waldeck hat mir geschrieben und mich um Hilfe gebeten. Ich werde ihm wohl einige Söldner schicken müssen, damit sich diese Seuche nicht weiter ausbreitet und das ganze Reich erfasst.«
Albrecht von Brandenburg genoss es, diesmal mehr zu wissen als der Inquisitor, der sich bislang als unfehlbarer gebärdete als der Papst – wenn dies denn möglich wäre.
»Ihr müsst mir die Berichte zeigen!«, rief der Inquisitor erregt. »Bei Christi Blut, welcher Frevel! Und das hinter meinem Rücken! Franz von Waldeck hätte mich informieren müssen, dass die Köpfe der Häresie in Münster aus dem Boden wachsen, dann hätte ich sie abschlagen können.«
Nichts an den Informationen, die Kardinal Albrecht erhalten hatte, deutete darauf hin, dass Gerwardsborn in der Lage gewesen wäre, etwas an der Situation zu ändern. Das durfte er jedoch nicht laut sagen, denn damit hätte er seinen Gast verärgert und vielleicht dazu gebracht, ihn beim Papst anzuschwärzen. Auch wusste er selbst, dass es bei der Revolte in Münster nicht allein um religiöse Belange gegangen war. Den Zunft-

meistern waren vor allem jene Handwerker ein Dorn im Auge gewesen, die sich auf dem Gelände angesiedelt hatten, das zum Besitz der Kirche gehörte, und die daher der Stadt gegenüber nicht steuerpflichtig waren. Schlimm war nur, dass eine Gruppe Häretiker dies ausgenützt hatte, um Münster in ihre Hand zu bekommen.

Da dem Kardinal nichts daran lag, den Inquisitor und dessen Gefolge etliche Tage als Gäste bei sich zu sehen, befahl er seinem Sekretär, die entsprechenden Papiere zu holen, und legte sie Gerwardsborn vor.

Dieser las sie durch und ballte zuletzt die Faust. »Aus allen Teilen des Reiches strömen diese widerlichen Ketzer nach Münster. Franz von Waldeck hätte diesen höllischen Vorgängen längst einen Riegel vorschieben müssen!«

»Dafür hätte er Geld gebraucht«, warf sein Gastgeber ein. »Doch er ist erst vor kurzem in sein Amt eingeführt worden und konnte noch nicht auf die Schätze seiner Vorgänger zugreifen. Das meiste davon lagert wohl auch in Münster und wird jetzt von den Feinden der Kirche verwendet.«

»Der Satan soll diese Brut holen!«

Albrecht von Brandenburg blickte Gerwardsborn mit einem spöttischen Lächeln an. »Zu wünschen wäre es, nur habe ich noch nie gehört, dass Luzifer sich in eigener Gestalt bemüht hätte, uns Dienern der heiligen Kirche einen Gefallen zu erweisen. Eher ist das Gegenteil der Fall.«

»Da habt Ihr leider recht. Die Anfechtungen des Teufels sind überall zu spüren, sei es bei dem Weib, das gegen den Mann keift, dem ungehorsamen Knecht und sogar bei hohen Würdenträgern der heiligen Kirche, die Ämter und Pfründe an sich raffen, die für ein halbes Dutzend ehrsamer Männer reichen würden.«

Das Letzte war ein gezielter Stich gegen Albrecht von Brandenburg, der nicht nur Kardinal und Fürstbischof von Mainz war, sondern noch weitere Bischofsstühle auf sich vereinte.

Auch hielt dieser sich nur selten in Mainz auf, obwohl es seine Hauptstadt war, sondern lebte zumeist in der Stadt Halle nahe bei seinem Bruder, dem Kurfürsten Joachim. Einen solchen Beschützer hätte Jacobus von Gerwardsborn sich auch gewünscht – und eines der geistlichen Ämter des Kardinals dazu. Doch während Albrecht von Brandenburg es sich leisten konnte, wie ein Reichsfürst zu leben, blieb ihm nicht mehr, als sich dem Papst durch eine gnadenlose Jagd auf alle Ketzer zu empfehlen.

Der Kardinal lächelte über Gerwardsborns Bemerkung. Zwar gab es die Regel, dass ein Bischof nur über ein Bistum verfügen sollte, doch die einzelnen Domkapitel und auch der Papst in Rom drückten gerne ein Auge zu, wenn die Vergabe eines zweiten Bistums von einer reichlichen Handsalbe aus Gold begleitet wurde. Nicht nur er war der Verwalter mehrerer geistlicher Herrschaften. Auch Franz von Waldeck, der so gescholtene Fürstbischof von Münster, vereinte einige Bistümer auf sich.

Dies erinnerte Albrecht von Brandenburg erneut an die Wiedertäufer, die so dreist nach der Macht in Münster griffen. »Wie ich schon sagte, werde ich Franz von Waldeck mit Geld und Söldnern aushelfen. Ich benötige jedoch einen Mann im Bistum Münster, der mir ungeschönte Berichte senden kann. Wärt Ihr dazu bereit?«

Dieser Gedanke war dem Kardinal gerade gekommen, und er hoffte, Gerwardsborn würde zusagen. Franz von Waldeck fehlte die nötige Härte, daher wollte er jemanden an dessen Seite stellen, der ihm sagte, wie mit Ketzern zu verfahren sei.

Das Angebot kam für den Inquisitor überraschend, und er gedachte es bereits abzulehnen, da er den ihm zustehenden Lohn in Rom erhalten würde.

Da legte Albrecht von Brandenburg seinen Köder aus. »Seiner Heiligkeit in Rom würde es gewiss gefallen zu erfahren, wie eifrig Ihr der heiligen Kirche dient und deren Feinde verfolgt.

Aber er dürfte kaum Verständnis dafür haben, wenn Ihr ausgerechnet jetzt den Ketzergebieten im Norden den Rücken kehrt.«

Jacobus von Gerwardsborn passte es wenig, von diesem Kardinal abhängig zu werden. Aber ein missgünstiger Brief, den Albrecht von Brandenburg nach Rom schickte, konnte ihn um seinen Einfluss bringen und seinen weiteren Aufstieg verhindern. Zudem fühlte er einen unbändigen Hass auf die Ketzer, die bereits hinter seinem Rücken gewühlt haben mussten, und Verachtung für den jetzigen Landesherrn von Münster.

»Franz von Waldeck muss davon gewusst haben!«, rief er empört aus. »Gemeinsam hätten wir diese lächerliche Sache mit Leichtigkeit niederschlagen können. Stattdessen hat er geschwiegen und trägt damit die Schuld an all dem unschuldigen Blut, das nun vergossen, und den vielen Seelen, denen das Himmelreich verschlossen bleiben wird!«

»Ihr kehrt also in das Bistum Münster zurück?«, fragte der Kardinal hoffnungsvoll.

Gerwardsborn nickte. »Das tue ich, und ich werde nicht eher ruhen, bis der letzte Ketzer sein Ende auf dem Scheiterhaufen gefunden hat.«

»Das wollte ich von Euch hören! Sorgt dafür, dass Franz von Waldeck den Kampf mit diesen Ketzern mit aller Härte führt und vor allem sich nicht selbst diesem Luther andient, wie es einige verworfene Amtsbrüder getan haben. Ehe ich zulasse, dass Münster für die heilige Kirche verlorengeht, soll die Stadt mit einem Fanal untergehen!« Bei den letzten Worten hatte die Stimme Albrechts von Brandenburg jeden verbindlichen Klang verloren.

Der Inquisitor spürte den Hass des Kardinals und erfasste damit auch das Ausmaß der Aufgabe, die dieser ihm stellte. Das Fürstbistum Münster musste katholisch bleiben, gleichgültig, welche Ströme von Blut es kosten mochte.

13.

Als Draas und Moritz das Feldlager des Brackensteiner Fähnleins erreichten, wurden sie von einer übermütig wirkenden Schar umringt. Als Erster kam ihnen ein bulliger Unteroffizier entgegen, stemmte die Hände in die Seiten und musterte sie grinsend.

»Wie es aussieht, kann Moritz nicht einmal mehr bis drei zählen! Ich sehe nämlich nur ihn und einen weiteren Mann, dabei sind sie zu dritt aufgebrochen.«

»Und der Mann ist zudem noch ein Fremder«, mischte sich die Marketenderin des Trupps ein. »Wo hast du Hans und Arno gelassen, Moritz?«

»Die haben den Dienst bei uns aufgesagt«, antwortete Moritz ungehalten. Ihm passte das Aufsehen, das seine Ankunft hier erregte, ganz und gar nicht. Doch was blieb ihm übrig, er musste die Sache durchstehen.

»Was sagst du da?«, rief die Frau empört. »Die Kerle hatten noch Schulden bei mir. Für die wirst du mir geradestehen müssen!«

Moritz verfluchte seine verschwundenen Kameraden, zumal er sich nun fragen musste, ob die beiden das Fähnlein wirklich wie vorgegeben der Religion wegen verlassen hatten oder sich nur vor der Bezahlung ihrer Schulden hatten drücken wollen.

»Keine Angst, Margret«, sagte er zu der Marketenderin. »Du wirst schon nicht zu kurz kommen. Außerdem musst du diesen wackeren Burschen ausrüsten. Er braucht richtige Landsknechtskleidung und noch einiges andere mehr.«

»Hoffentlich hat er Geld. Auf Pump verkaufe ich einem Frischling nichts, schon gar nicht nach den Erfahrungen mit Hans und Arno. Da fällt mir ein – es haben noch ein paar andere Männer Schulden bei mir. Wie wäre es jetzt mit bezahlen, Guntram?« Margret streckte dem Unteroffizier, der Moritz vorhin verspottet hatte, fordernd die Hand unter die Nase.

Dieser schob sie ärgerlich weg. »Du wirst warten können, bis der nächste Sold ausgezahlt worden ist. Jetzt habe ich nichts, und den anderen ergeht es ebenso.«

»Und wann gibt es wieder Sold?«, fragte die Frau lauernd. »Im letzten Monat ist Brackenstein ihn euch komplett schuldig geblieben. Wenn er diesen Monat ebenfalls nicht zahlt, könnt ihr zusehen, wie ihr an Bier und Wein kommt und an die anderen schönen Sachen, die ich zu verkaufen habe. Auf Pump werde ich euch dann nichts mehr geben. Ich brauche dringend Geld, um meine Vorräte aufzustocken. Lasst euch das gesagt sein!«

Die Marketenderin keifte so durchdringend, dass Draas sich fragte, wohin er geraten war.

Da stieß Moritz ihm den Ellbogen in die Seite. »Jetzt zieh kein solch betrübtes Gesicht! Das hast du nicht nötig. Und euch anderen sage ich, dass ihr hier einen wackeren Kämpfer seht, der sich bei einem Überfall auf Ihre Erlaucht unverzagt auf unsere Seite geschlagen und mehrere der Schurken niedergestreckt hat. Er ist mehr wert als Hans und Arno zusammen.«

Das Letzte war ein hartes Urteil über zwei Männer, die Moritz mehrere Jahre lang seine Kameraden genannt hatte. Beide hatten ihn im Stich gelassen, und so wünschte er sich fast, ihnen einmal auf der anderen Seite gegenüberzustehen. Dann aber verscheuchte er diesen Gedanken, klopfte Margret lachend auf den Hintern und steckte ihr ein paar Münzen zu.

»Hier, meine Teure, bring uns Wein, damit wir unsere Rückkehr feiern können. Draas wird heute Nachmittag den Eid auf unser Fähnlein ablegen, dann sind wir so gut wie vollständig.«

»Ich habe auch ein paar Kerle angeworben, die ihren Eid leis-

ten müssen«, mischte sich der andere Unteroffizier ein. »Es sind kräftige Burschen, und sie werden sich bewähren.«
»Das wollen wir hoffen!« Damit streckte Moritz Guntram die Hand hin. Nach kurzem Zögern ergriff dieser sie und grinste. »Es heißt, wir würden bald ins Feld ziehen. Weiter im Norden soll ein Aufstand gegen einen der hohen Herren ausgebrochen sein, und der Landgraf von Hessen will uns als Vorhut entsenden, um seine eigenen Fähnlein schonen zu können. Der Teufel soll diesen verdammten Ketzer dafür holen! Andererseits haben die, die als Erste vor Ort sind, auch das erste Anrecht auf Beute. Also sollten wir uns deshalb nicht beklagen.«
Mit diesen Worten versetzte er Moritz einen freundschaftlichen Stüber und rief dann ebenfalls nach Wein.
»Wenn du ihn bezahlen kannst«, antwortete Margret ungerührt.
»Natürlich kann ich das – sobald der Sold fließt!« Der Mann packte sie bei den Hüften, hob sie hoch und schwang sie lachend durch die Luft, so dass ihre Röcke aufflogen.
»Margret, willst du mich wirklich dürsten lassen, nur weil statt einer prall gefüllten Börse ein leerer, runzliger Beutel an meinem Gürtel hängt?«
»Was ist mit deinem anderen Beutel, Guntram? Ist der auch leer und runzlig?«, fragte die Marketenderin spöttisch.
»Da stehe ich noch gut im Saft. Aber das ist nichts, was dich etwas angeht.«
Ein weiterer freundschaftlicher Klaps folgte, dann hakte Guntram sich bei Moritz unter und zog ihn zu den Zelten. Moritz konnte Margret gerade noch zurufen, dass sie Draas etwas zu essen geben und ihn für die Vereidigung am Nachmittag einkleiden solle.
»Wenn du mir dafür geradestehst!«, rief sie ihm hinterher, erntete aber nur ein Lachen.
Mit verkniffener Miene wandte Margret sich zu Draas um. »Dann komm mal mit! Ich werde nachsehen, was ich für dich

habe. So kannst du auf jeden Fall nicht ins Brackensteiner Fähnlein eintreten.«

Sie ging voraus, achtete dabei aber darauf, dass Draas ihr folgte. »Scheinst ein wackerer Kerl zu sein, nach dem, was Moritz über dich erzählt hat.«

»Ganz so wild, wie er es darstellt, war es nicht. Wir hatten zwar gut zwei Dutzend Räuber gegen uns, konnten die Kerle aber überlisten.«

»Bescheiden bist du auch! Ist aber keine gute Sache für einen Soldaten. Wenn du nicht wie die anderen aufschneidest, nehmen sie dich nicht ernst.« Margret schüttelte den Kopf über den jungen Mann, interessierte sich aber trotzdem für ihn. »Wo kommst du her, und was hast du bisher gemacht?«

»Ich war Stadtknecht in einem kleinen Nest im Münsterland«, antwortete Draas.

»Genau dort, wo unser Fähnlein hinsoll! Da kommst du ja wieder nach Hause«, rief Margret lachend aus.

Draas schüttelte den Kopf. »Mein Heimatort liegt in der Nähe von Borken. Das ist eine ganze Strecke von Münster weg. Also glaube ich nicht, dass ich dort jemandem begegne, den ich kenne.«

»Willst wohl nicht gesehen werden, was?« Margret lachte und wies dann mit dem Kinn auf ein etwas größeres Zelt, neben dem ein vierrädriger Wagen stand.

»Geh schon mal da hinein. Ich hole inzwischen ein paar Sachen aus dem Wagen, die dir passen könnten.«

Draas bückte sich, um unter der hochgebundenen Plane hindurchgehen zu können, die als Tür fungierte. Innen sah er ein schlichtes Bett mit einem zusammenbaubaren Rahmen, zwei große Truhen und mehrere kleine Fässer. Außerdem lag so viel Zeug herum, dass er sich kaum bewegen konnte, ohne auf etwas zu treten. Noch während er sich umschaute, kehrte Margret zurück und warf ein Bündel Kleidungsstücke auf den Tisch.

»Zieh dich aus«, forderte sie Draas auf.

»Ganz?«

Die Marketenderin musste lachen. »Das hättest du wohl gerne, was? Aber da wirst du dich an unsere beiden Huren halten müssen. Ich bleibe Moritz treu – meistens wenigstens. Vielleicht heiraten wir sogar! Unserem Pfaffen würden allerdings die Zähne ausfallen, wenn er uns trauen müsste. Weißt du, der redet viel von Gott und so weiter, versteht aber nichts vom richtigen Leben. Vor allem begreift er nicht, dass man nicht verheiratet sein muss, um sich zu zweit zu erfreuen. Der ist wie unser Hauptmann ein Neffe unseres Reichsgrafen und wartet darauf, dass eine der Pfründen, auf die Brackenstein ein Anrecht besitzt, für ihn frei wird. Der Teufel soll den Schwätzer holen! Unser alter Pfaffe war da ganz anders. Wenn der ein paar Becher Wein getrunken hatte, predigte er das Evangelium auf seine ganz eigene Art. Außerdem meinte er, wenn ich schon sündige, könnte ich es auch mit ihm tun, damit er mir aus ganzem Herzen die Absolution erteilen kann. War nicht einmal schlecht bestückt und wusste etwas mit seinem Knüppel anzufangen. Unser neuer Pfaff braucht sein Dingelchen nur zum Wasserlassen. Aber was soll's! So einen wie den will ich bestimmt nicht im Bett haben.«

Unterdessen hatte Draas sich bis auf das Hemd und die Unterhosen ausgezogen. Da ihm durch Margrets Reden warm geworden war, hätte er nichts dagegen gehabt, sich ein wenig mit ihr zu vergnügen. Ihr Blick warnte ihn jedoch davor, es auch nur zu versuchen.

Daher nahm er brav das Wams entgegen, das sie ihm reichte. Es war aus verschiedenfarbigen Stofffetzen zusammengenäht und hatte bauschige Ärmel, durch deren Schlitze das Futter zu sehen war. Die Hosen waren von ähnlicher Art, etwas mehr als knielang, bunt und ebenfalls so geschlitzt, dass das mehrfarbige Futter aus ihnen quoll. Solche Kleidung hatte Draas noch nie getragen und beäugte sie unsicher.

Margret bemerkte sein Zögern und sah ihn scharf an. »Zieh dich an, wenn du noch Zeit zum Essen haben willst!«

»Das ist aber arg gescheckt«, wandte der junge Mann ein.

»Landsknechte lieben es so. Das Leben ist grau genug, da braucht es ein wenig Farbe. Und wie ein Bauer oder Knecht wirst du dich gewiss nicht anziehen wollen.«

»Nein, das nicht«, antwortete Draas und streifte die Hosen über. Doch er benötigte Margrets Hilfe, um mit der ungewohnten Tracht zurechtzukommen. Als er schließlich in Wams und Hosen steckte, stellte er fest, dass die Kleidung weit genug war, um ihn nicht zu behindern, und das war im Kampf wichtig.

Als er das aussprach, lachte Margret nur. »Kampf ist das wenigste, was ein Landsknecht erlebt. Richte dich auf lange Märsche durch Hitze oder Schnee ein, auf Hunger, wenn der Nachschub ausbleibt, und auf Seuchen, bei denen du dir schier das Leben aus den Därmen herausdrückst. Drei von vier Soldaten sterben auf diese Weise, es sei denn, es steht wirklich eine harte, blutige Schlacht an. Wer die mit gesunden Gliedern übersteht, kann sich glücklich schätzen, denn in den Händen der Feldscher hauchst du dein Leben beinahe noch schneller aus als durch ein feindliches Schwert. So, und jetzt dreh dich mal! Ich möchte sehen, ob ich das Loch in der Montur bereits geflickt habe oder nicht.«

»Welches Loch?«, fragte Draas verwundert.

»Durch das der Vorbesitzer dieses Wamses gestorben ist. Sein Gegner war übrigens kein Feind, sondern ein Kamerad, mit dem er in Streit geraten war. Aber so etwas kommt selten vor. Hans und Arno waren auch zwei, die sich nicht vertragen wollten. Deshalb hat Moritz sie mitgenommen, als er die Gräfin eskortieren sollte. Er hat gehofft, die beiden Hitzköpfe würden durch die gemeinsame Aufgabe zueinanderfinden. War aber nicht so, und jetzt sind sie fortgelaufen. Würde Brackenstein uns selbst kommandieren, hätte Moritz ihm einiges zu erklären. Doch der hochedle Herr Emmerich kümmert sich fast gar nicht um uns. Daher wird uns wohl ein Hesse die Befehle erteilen, falls wir wirklich dem Landgrafen unterstellt werden.«

Margret seufzte, machte dann aber eine wegwerfende Handbewegung. »Uns kann es gleichgültig sein, wer uns kommandiert, solange Moritz und Guntram das Fähnlein unter Kontrolle halten.«

»Ist das so schwer?«, fragte Draas.

»Eigentlich nicht. Und jetzt komm, sonst wirst du hungrig vereidigt, und ich glaube nicht, dass dir das gefallen würde.«

»Ganz gewiss nicht«, sagte Draas lachend.

Sein Magen knurrte gewaltig, und so folgte er Margret rasch zu einem Lagerfeuer, an dem zwei untersetzte Frauen dabei waren, den Inhalt eines Kessels umzurühren.

»Das sind Bruntje und Isa, unsere beiden Huren. Wenn dich der Hafer sticht, kannst du zu ihnen gehen. Ihnen gehören die beiden Zelte dort hinten!« Margret wies auf zwei kleinere Zelte im Hintergrund, dann wanderte ihr Finger weiter zu einem Mann, der unweit von ihnen auf einem Klappstuhl saß und in einem Buch las.

»Das ist unser Pfaff. Aber um den brauchst du dich nicht zu kümmern. Der will mit unseresgleichen nichts zu tun haben. Wäre wohl lieber Beichtvater in einem Frauenkloster, in dem die schlimmste Sünde, die eine der Nonnen beichten könnte, aus einem Pups bei der Messe bestände.«

»Heute wird er sich kümmern«, erklärte Isa, die im Gegensatz zu ihrer Freundin Bruntje noch alle Zähne besaß und recht ansehnlich wirkte. »Er muss nämlich euch Frischlingen den Eid auf die Brackensteiner abnehmen.«

»Das ist wahrscheinlich das einzige Mal, dass er sich für dich interessiert, es sei denn, du stirbst, und er muss die letzten Worte an deinem Grab sprechen. Glaube aber nicht, dass dich das dann noch juckt.«

Bruntje spuckte aus, ohne den Mund mehr als einen Spalt weit öffnen zu müssen, und schnupperte dann an dem Kessel. »Sieht aus, als wäre der Eintopf fertig. Hast du eine Schüssel oder so was?«, fragte sie Draas.

Der schüttelte den Kopf.

»Kannst du von mir kaufen. Hat dem gleichen Kerl gehört, von dem du die Kleider hast«, erklärte Margret und ging zurück, um das Gefäß zu holen.

Währenddessen musterten die beiden Huren Draas und zwinkerten anschließend einander zu. »Wenn du willst, kannst du heute Abend zu einer von uns kommen. Kostet dich nur ein paar Pfennige.«

Draas wollte das Angebot schon ablehnen, sagte sich dann aber, dass er Silke in den Armen einer anderen Frau vielleicht vergessen würde, und grinste anzüglich. »Ich könnte mir nichts Besseres vorstellen.«

»Dann wollen wir nur hoffen, dass du auch einen richtigen Spieß in der Hose hast und nicht nur ein Spießchen«, spottete Margret, die eben zurückgekommen war, und reichte ihm die Schüssel. »Vorher aber solltest du kräftig essen. Die beiden halten nämlich was aus!«

Was für eine seltsame Art, seinen Dienst als Landsknecht zu beginnen, dachte Draas. Er wusste jedoch selbst, dass sich das bald ändern konnte. Münster war eine feste Stadt, und wenn die Einwohner sich gegen ihren Landesherrn wandten, würden ihre Vorwerke und Mauern nicht leicht zu erstürmen sein. Dann aber sagte er sich, dass er sich durch diese Gedanken nicht den Tag verderben lassen sollte, und wartete ungeduldig, bis Bruntje ihm die Schüssel gefüllt hatte.

Fünfter Teil

Wirrungen

1.

Anders als in Stillenbeck galt Frauke in Münster nicht mehr als Meistertochter, die im Haushalt mithalf, sondern als Magd. Selbst in Geseke war es in der Beziehung noch besser gewesen als hier. Sie gab jedoch die Hoffnung nicht auf, dass sich ihr Schicksal doch noch zum Besseren wenden würde. In den Nächten, wenn Silke und sie nebeneinander im Bett lagen, sprachen sie immer wieder davon, welche Möglichkeit es für sie gab, an einen angenehmeren Dienst zu gelangen oder gar zwei nette Männer zu finden, die sie heiraten würden. Dabei schlich sich immer wieder Lothars Bild in Fraukes Gedanken, und sie schalt sich deswegen, denn ihn würde sie in ihrem Leben gewiss nie mehr wiedersehen.
Im Gegensatz zu ihren beiden Töchtern, die für sich behielten, was sie von Klüdemann und seiner Frau hielten, begehrte ihre Mutter immer wieder auf, wenn ihr die Arbeit zu viel wurde.
»Was seid ihr nur für Menschen!«, schimpfte sie an diesem Morgen, als die Hausfrau ihr gleich nach dem Aufstehen befahl, die Wäsche ihren Töchtern zu überlassen und dafür ihrem Mann zu helfen, die schweren Ballen aus dem oberen Geschoss nach unten zu bringen. Diese stammten noch von den Vorbesitzern des Hauses, und Klüdemann wollte mit diesen Waren einen Handel aufmachen. Da ein Knecht Geld kostete, hatte er beschlossen, dass Inken Hinrichs und deren Töchter ihm auch einen solchen ersetzen sollten.
»Ich werde dir helfen, Mama«, bot Frauke an.
Doch Mieke Klüdemann winkte energisch ab. »Dafür hast du

keine Zeit, denn du wirst Wasser holen. Schließlich wollen wir heute waschen.«

Für Frauke hieß das, dass sie mindestens die dreifache Menge Wasser schleppen musste als an normalen Tagen. In Geseke hatte Mieke Klüdemann noch selbst mit angepackt, doch hier in Münster war sie dazu übergegangen, die feine Dame zu spielen, und überließ Frauke, deren Mutter und Schwester den gesamten Haushalt und die Versorgung der Tiere. Nun mussten die drei auch noch für Klüdemann arbeiten. Am liebsten hätte Frauke ihren Gastgebern mit ein paar deutlichen Worten klargemacht, was sie von ihnen hielt. Zu ihrem Leidwesen waren sie jedoch auf diese Menschen angewiesen. Anders wäre es, wenn sie den Vater noch hätten. Daher betete sie oft im Stillen, dass dieser noch leben und dem Ruf nach Münster folgen würde.

Aber von dieser Hoffnung füllte sich das große Wasserschaff nicht. Sie nahm den klobigen Holzeimer, der wie ein Fass mit Eisenbändern zusammengehalten wurde, und seufzte bei dem Gedanken, weil sie darin so viel Wasser herbeischaffen musste, als wolle sie einen Ochsen ertränken. Mit einem letzten Blick auf ihre Mutter, die mit verbissener Miene hinter Debald Klüdemann die Treppe hochstapfte, verließ sie das Haus. Unterwegs sagte sie sich, dass ein zweiter Eimer zwar eine schwere Last sei, aber das viele Laufen zum Brunnen um die Hälfte verringern würde. Als sie einige Tage zuvor Mieke Klüdemann diesen Vorschlag gemacht hatte, war sie von dieser mit dem Hinweis abgefertigt worden, dass das Weltenende kurz bevorstehe und sich die Anschaffung eines weiteren Eimers daher nicht lohne.

Mit zusammengebissenen Zähnen stellte sie sich vor dem Brunnen an, wartete, bis sie an der Reihe war, und füllte ihren Eimer. Während einige andere Frauen noch stehen blieben und sich unterhielten, kehrte sie eilig zu Klüdemanns Haus zurück und goss das Wasser in das große Schaff. Es bedeckte kaum den Boden, daher zog sie unwillig die Schultern hoch und machte sich erneut auf den Weg.

Eimer um Eimer schleppte sie ins Haus, und jedes Mal sah sie ihre Schwester wie eine Küchenmagd am Herd hantieren. Ihrer Mutter begegnete sie ebenfalls, als diese zusammen mit Debald Klüdemann einen weiteren Ballen die Treppen vom Dachboden hinabschleppte und hinaus in den Schuppen trug. Der Hausherr wollte noch am selben Tag versuchen, die Waren an den Mann zu bringen, und rechnete immer wieder laut aus, was er dafür bekommen würde.

Frauke fragte sich, wozu der Mann noch Geld verdienen wollte, wenn in kurzer Zeit das himmlische Gericht über die Menschheit hereinbrechen und Gold und Edelsteine nur noch eitler Tand ohne jeden Wert sein sollten.

»Wir werden dieses Haus verlassen«, sagte Frauke entschlossen zu sich selbst, als sie das zehnte Mal zum Brunnen ging. Mittlerweile schmerzten ihr die Arme und der Rücken, und sie sehnte sich danach, wieder so leben zu können wie vor der Ankunft des Inquisitors in Stillenbeck. Den Vorsatz, sich bei Fremden zu verdingen, hatte sie mittlerweile aufgegeben, denn Klüdemanns Frau würde die Arbeit, die sie jetzt erledigte, ihrer Mutter und ihrer Schwester zusätzlich aufbürden.

Zu Fraukes Glück hatten die meisten Frauen genug Wasser vom Brunnen geholt, so dass sie sich nicht mehr anstellen musste. Lediglich ein junger Bursche stand dort und füllte die beiden Eimer, die er bei sich hatte.

Irgendetwas an seiner Gestalt ließ sie aufmerken, und so ging sie um den Brunnen herum, um unauffällig sein Gesicht mustern zu können.

Als sie sah, wer dort stand, entwich ihr ein Schrei.

»Bei Gott! Helm!«

Ihr Bruder erschrak so sehr, dass er die Eimer fallen ließ und das Wasser verschüttete. Mit weit aufgerissenen Augen starrte er Frauke an, machte das Zeichen gegen den bösen Blick und murmelte ein Gebet, das gegen Geister helfen sollte.

»Was ist denn mit dir los?«, fragte Frauke verwundert.

Obwohl sie sich nie besonders verstanden hatten, umarmte sie ihn und hielt ihn so fest, als wolle sie ihn nie mehr loslassen.

»Ich freue mich so sehr, dass du überlebt hast!«

»Frauke? Aber du bist doch tot!«, quetschte Helm hervor.

»Wie kommst du denn auf diesen Unsinn? Mutter, Silke und ich sind rechtzeitig entkommen und haben uns zu den Klüdemanns nach Geseke begeben. Dort wollte Vater eine Nachricht für uns hinterlassen, hat es aber nicht getan.«

Fraukes letzte Worte klangen bitter, denn in dem Fall hätten die Frauen ihrer Familie gemeinsam mit Vater und Bruder nach Münster kommen können und nicht bei Klüdemann als Mägde arbeiten müssen.

Da kam ihr ein erschütternder Gedanke. »Ist mit Vater etwas geschehen?«

Wenn dies der Fall war, bedeutete die Begegnung mit ihrem Bruder nicht die Befreiung vor Klüdemann und dessen Weib. Stattdessen würden diese auch noch Helm zu sich holen und als Knecht arbeiten lassen.

Ihr Bruder wusste nicht mehr, wo ihm der Kopf stand. Zu fest hatten der Vater und er geglaubt, die Mutter und die beiden Schwestern seien tot. Jetzt zu hören, dass alle drei noch lebten, war zwar schön, doch mittlerweile hatte der Vater Katrijn geheiratet, ohne wirklich Witwer zu sein.

»Nein, mit Vater ist nichts«, sagte er stockend.

»Wo ist er? Er hat dich doch gewiss nicht allein nach Münster geschickt!«

Fraukes Gedanken tanzten vor Freude. Jetzt sind wir Klüdemann los!, schrie alles in ihr, und sie achtete daher nicht auf Helms säuerliches Gesicht.

»Nein, er ist hier!« In diesem Augenblick wünschte Helm sich an jeden anderen Ort der Welt, allerdings mit der Aussicht, spätestens einen Tag vor dem Weltuntergang wieder in Münster zu sein. Am ewigen Leben unter der Herrschaft Jesu Christi wollte er doch teilhaben. Da aber kein Engel des Herrn erschien, um ihn aus Münster wegzuholen, blieb ihm nichts anderes übrig, als seiner Schwester mit hängenden Schultern zu bekennen, was geschehen war.

»Wir glaubten euch tot, denn uns wurde glaubhaft Kunde gebracht, der Inquisitor hätte euch alle auf dem Scheiterhaufen verbrennen lassen.«

»Haug musste auf diese Weise sterben«, antwortete Frauke leise. »Wir anderen wurden errettet.«

Sie wusste, dass sie die Namen von Lothar Gardner und Draas niemals erwähnen durfte, damit diese nicht selbst ins Visier der Inquisition gerieten. Gleichzeitig ärgerte sie sich darüber, weil sie den beiden mutigen jungen Männern auf diese Weise die Anerkennung entzog, die ihnen gebührte.

Mit dieser Bemerkung hatte Frauke ihren Bruder aus dem Konzept gebracht, und er versuchte, seine Gedanken wieder zu ordnen. »Es ist so ... Da wir euch tot glaubten, hat Vater sich ein neues Weib genommen. Wir leben zusammen in einem Haus am Markt.«

Jetzt war es heraus. Helm sah seine Schwester erbleichen und hob verzweifelt die Hände. »Ich kann nichts dafür – und Vater eigentlich auch nicht. Aber wir brauchten jemanden für den Haushalt.«

»Ihr hättet doch eine Magd einstellen können!« Frauke fühlte sich verraten, weil ihr Vater es nicht für nötig gehalten hatte, um seine Frau und seine Töchter zu trauern, die er für tot hielt.

»Wie hätten wir eine Magd bezahlen sollen? Wir hatten doch kein Geld. Und ein Haus hätten wir ohne diese Heirat auch nicht bekommen.«

Helm fühlte sich von seiner Schwester zu Unrecht angegriffen. Was wusste Frauke schon von seiner gemeinsamen Flucht mit dem Vater und ihrem Aufenthalt bei Meister Landulf?

Auch wenn dieser ihn nicht schlecht behandelt hatte, gefiel es ihm weitaus besser, wieder in einem eigenen Haus zu leben. Das wollte er sich von ihr nicht schlechtreden lassen.

»Aber was machen wir jetzt?«, fragte sie verzweifelt. »Vater kann doch keine zwei Ehefrauen haben!«

»Dafür kann ich nichts«, antwortete ihr Bruder. »Außerdem muss ich nach Hause. Meine Stiefmutter wartet auf das Wasser.« Mit diesen Worten ließ er die Kette mit dem Schöpfeimer noch einmal in den Brunnen hinab. Als er ihn wieder heraufzog, half Frauke ihm, seine beiden Eimer zu füllen.

»Danke«, flüsterte er und zog mit hängendem Kopf ab. Er war nach Münster gekommen, um in dieser Stadt ein glückseliges Leben zu führen, und stand nun Problemen gegenüber, denen er sich nicht gewachsen fühlte.

Frauke sah ihm nach, bis er nicht mehr zu sehen war, füllte ihren Eimer und trug diesen zu Klüdemanns Haus. Unterwegs fragte sie sich, wie sie ihrer Mutter und Silke diese Nachricht beibringen sollte.

2.

Inken Hinrichs hatte noch nie so hart arbeiten müssen wie an diesem Tag. Als Klüdemann endlich zufrieden war, glaubte sie, ihr Rücken würde brechen wie mürbes Holz. Dabei hatte der Hausherr ihr erklärt, dass sie ihm auch in den nächsten Tagen würde helfen müssen, Waren vom Dachboden nach unten zu bringen.
Zerschlagen suchte sie sich eine Stelle, an der sie sich ausruhen konnte. Da stand auf einmal die jüngere Tochter vor ihr. Fraukes Blick flackerte, und ihr Gesicht war so bleich wie frisch gefallener Schnee.
»Mutter, es gibt seltsame Neuigkeiten!«
»Was ist los?«, fragte Inken Hinrichs stöhnend.
»Ich ... ich ...« Frauke wusste nicht, wie sie beginnen sollte. Dann aber presste sie die Worte so schnell heraus, wie sie sprechen konnte. »Vorhin am Brunnen habe ich Helm getroffen. Er und Vater sind in der Stadt.«
Sofort vergaß Inken Hinrichs ihre Schmerzen. »Was sagst du da? Oh gnädiger Heiland im Himmel! Du hast uns also nicht ganz verlassen. Damit können wir der Sklaverei Klüdemanns und seines Weibes entrinnen. Rasch, Kind, führe mich zu deinem Vater!«
Frauke senkte betroffen den Kopf. »Es ist nicht so einfach, wie du denkst, Mutter. Vater glaubte uns tot und hat sich daher ein neues Weib genommen.«
Zuerst glaubte Inken Hinrichs, sich verhört zu haben, machte dann aber eine wegwerfende Handbewegung. »Das kann er nicht! Er ist schließlich mit mir verheiratet.«

»Ich sagte doch, er glaubte uns tot«, erklärte Frauke mit mehr Nachdruck.

Ihre Mutter schüttelte heftig den Kopf. »Er kann sich kein anderes Weib nehmen, solange ich noch lebe.« Ihre Augen, die eben noch matt geschimmert hatten, leuchteten mit einem Mal auf, und sie packte die Tochter mit hartem Griff. »Wo wohnt er?«

»Ich weiß es nicht. Helm sagte etwas von einem Haus am Markt«, antwortete Frauke.

»Das ist jetzt nicht wichtig! Ich werde nicht zu ihm gehen und mich mit seiner Buhle streiten, sondern zum Hohen Rat oder noch besser zu Herrn Knipperdolling. Der muss mir zu meinem Recht verhelfen. Komm mit! Silke, du auch!« Das Letzte klang scharf wie ein Schuss durch das Haus und rief Mieke Klüdemann auf den Plan.

»Was plärrst du so?«, fuhr sie Fraukes Mutter an.

Diese musterte sie höhnisch. »Morgen kannst du deinem Mann helfen, diese schweren Ballen nach unten zu schaffen. Meine Töchter und ich verlassen dieses Haus, in dem wir wie einst die Söhne und Töchter Israels in Ägypten Sklavendienste leisten mussten. Mein Gatte ist in Münster angekommen, und wir gehen jetzt zu ihm.«

»Aber ihr könnt uns doch nicht einfach verlassen, nachdem wir euch in der Not Obdach und Brot gegeben haben«, rief Mieke Klüdemann aus.

»Dafür haben wir hart genug schuften müssen. Doch das ist nun vorbei. Folgt mir!« Inken Hinrichs verließ den Hof, ohne darauf zu achten, ob die Töchter auch mitkamen. Als Silke zögerte, fasste Frauke sie am Arm und zog sie einfach mit.

Der Weg zu Knipperdollings Haus war nicht weit. Aber als sie dort ankamen, stand eine dichte Menschentraube vor der Tür, so dass sie nicht durchkamen. Inken Hinrichs wollte schon zu schimpfen ansetzen, als Frauke den Grund für diese Versammlung erkannte.

»Da ist Herr Bockelson!«
»Wo?« Inken Hinrichs' Blick wanderte über die Menge, bis er auf Jan van Leiden haftenblieb. In dem Augenblick hob sie die Hand und begann, laut zu rufen: »Herr Bockelson! Euch schickt der Himmel! Ihr müsst mir und meinen Töchtern zu unserem Recht verhelfen!«
Bockelson drehte sich verwundert um und musterte die Frau. Er war besser gekleidet als beim letzten Mal und wirkte in der schlichten Schar der anderen Täufer wie ein Farbtupfen in einem grau-braunen Meer. Trotzdem erinnerte er sich an Inken Hinrichs und kam auf sie zu.
»Was gibt es, gute Frau?«
»Mein Mann«, rief diese schnaubend, »hat sich ein neues Weib genommen, obwohl ich noch lebe!«
»Aber das …«, brachte Bockelson noch heraus, dann ergoss sich ein Wortschwall über ihn, mit dem Inken Hinrichs ihren ganzen Zorn über ihre jetzige Situation ausdrückte. Sie beschuldigte ihren Mann, durch sein Zögern den Tod seines Sohnes Haug verursacht zu haben. Auch habe er ihr keine Nachricht hinterlassen und es Klüdemann daher ermöglicht, sie und ihre Töchter wie Mägde zu behandeln. Zwischendrin forderte sie Jan van Leiden auf, sich ihrer anzunehmen.
Bockelson versuchte, die empörte Frau zu bremsen, doch Inken Hinrichs hörte erst auf, als sie sich all ihren Kummer von der Seele geredet hatte. Dann stemmte sie die Hände in die Hüften und sah den jungen Mann auffordernd an.
»Wenn Ihr nicht dafür sorgt, dass mein Mann zu mir zurückkommt, sind die Säulen des Himmels verschoben, und unser Herr Jesus Christus wird nicht herabsteigen, da einer wahren Gläubigen, die ihren Sohn durch die Scheiterhaufen der Inquisition verloren hat, solches Unrecht angetan wurde!«
Ihre Worte schreckten einige Männer auf, die ihre eigene Existenz in der Herrlichkeit Jesu Christi gefährdet sahen.

Einer von ihnen packte Bockelson am Arm. »Da muss etwas geschehen, Bruder Jan!«

»Wir werden darüber beraten. Doch vorher will ich auch den Mann und das andere Weib sehen«, erklärte Bockelson und wies mit dem Kinn auf Knipperdollings Haus. »Allerdings soll das Gespräch drinnen stattfinden und nicht zur Belustigung der Leute hier auf der Straße.«

Mit diesen Worten fasste er Inken Hinrichs unter und führte sie zur Tür.

Frauke und ihre Schwester klammerten sich aneinander und folgten den beiden. Keine von ihnen wusste, wie sie aus der üblen Lage, in der ihre Mutter und sie sich befanden, herausfinden konnten. Auch Jan Bockelson wirkte ratlos, als er in die Kammer trat, in der Bernd Knipperdolling mit dem Prediger Bernhard Rothmann und anderen Täuferführern zusammensaß, um die nächsten Schritte auf dem Weg zum himmlischen Jerusalem zu beraten.

»Bruder Jan, sei mir willkommen! Ich hoffe doch, du bleibst jetzt bei uns in der Stadt«, begrüßte Knipperdolling den jungen Täuferpropheten, ohne Inken Hinrichs und deren Töchtern einen Blick zu gönnen.

»Ich bleibe«, antwortete Jan van Leiden. »Auch kann ich vermelden, dass unser großer Prophet Jan Matthys in den nächsten Tagen hier erscheinen wird, um alle zu taufen, die dazu bereit und würdig sind, gleich uns in der Herrlichkeit Jesu Christi zu leben.«

»Das ist eine sehr gute Nachricht!« Knipperdolling füllte eigenhändig einen Becher mit Wein und reichte diesen Bockelson.

»Auf deine Gesundheit!«, tat dieser ihm Bescheid und trank. Als das Gefäß leer war, stellte er es mit einem harten Klang auf den Tisch.

»Bevor wir Jesus Christus in seiner Herrlichkeit schauen können, gibt es noch einiges zu erledigen«, sagte er und wies auf Inken Hinrichs. »Da ist zum Beispiel diese Frau hier. Sie kam gemeinsam mit ihren Töchtern und dem ehrenwerten Bruder Debald Klüdemann und dessen Frau in diese Stadt. Ihr ältester Sohn wurde von dem Inquisitor Gerwardsborn zur Belustigung des Pöbels auf den Scheiterhaufen geschickt, und ihr Mann und ihr jüngerer Sohn waren verschollen. Jetzt behauptet sie, ihr Gatte wäre ebenfalls nach Münster gekommen, hätte sich aber in der Zwischenzeit ein neues Weib genommen.«

»Genauso ist es!«, rief Inken Hinrichs und breitete die Arme theatralisch aus. »Meine jüngere Tochter hat es mir berichtet. Sie hat meinen Sohn Helm am Brunnen getroffen und es von ihm erfahren.«

Bernd Knipperdolling war völlig damit ausgelastet, wie er und seine Anhänger die endgültige Macht in Münster erringen und alle Andersgläubigen vertreiben konnten. Die Belange einer einzelnen Frau kümmerten ihn daher wenig. Trotzdem war ihm klar, dass er diese Angelegenheit nicht auf die leichte Schulter nehmen durfte. Um Jesus Christus auf Erden so empfangen zu können, dass dieser seine Gnade über ihnen ausschüttete, mussten die Gesetze der Heiligen Schrift genauestens befolgt werden.

»Ist das die Wahrheit?«, fragte er gereizt.

Inken Hinrichs nickte heftig. »Das ist es, Herr!«

»Wo befindet sich dein Mann jetzt?«, bohrte Knipperdolling weiter.

»Genau weiß ich es nicht«, antwortete Inken Hinrichs und sah Frauke auffordernd an.

Diese fühlte sich verunsichert, kam aber ihrer Mutter zu Hilfe. »Von meinem Bruder habe ich gehört, Vater und er wären in einem Haus am Markt untergekommen.«

»Es könnte der sein, der die derbe Holländerin geheiratet hat«, erklärte ein Mann, der vor der Tür stand und alles mit angehört hatte.

Bockelson wollte seine Landsmännin nicht geschmäht sehen, und so traf ein zorniger Blick den Sprecher.

»Dann holt diesen Mann samt der Frau und dem Jungen her«, befahl Knipperdolling, der diese Angelegenheit so rasch wie möglich bereinigen wollte.

3.

Hinner Hinrichs war gerade dabei, seine Werkstatt einzurichten, als jemand an die Tür klopfte. »Sieh nach, wer das ist«, forderte er seinen Sohn auf, weil er seine Arbeit nicht unterbrechen wollte.
Die Aufforderung ließ Helm zusammenzucken. Er hatte es nicht gewagt, dem Vater oder Katrijn von seiner Begegnung mit Frauke zu berichten. Nun fürchtete er, die Schwester oder gar die Mutter könnten vor der Tür stehen. Als er jedoch öffnete und den Söldner Arno sowie mehrere andere Männer vor sich sah, atmete er erst einmal auf.
»Ist dein Vater zu Hause?«, fragte Arno.
»Das ist er. Was wollt Ihr von ihm?«
»Herr Knipperdolling will mit ihm reden«, beschied der Söldner ihm.
Unterdessen war Katrijn aus ihrer Küche gekommen und musterte Arno misstrauisch. »Hat mein Mann etwas ausgefressen, auf der Straße geflucht oder sonst was?«
Arno machte eine beruhigende Geste. »Nichts dergleichen!« Zwar war er der Meinung, dass ein Mann mit zwei Frauen einiges auf dem Kerbholz hatte, aber das musste Hinrichs mit Knipperdolling ausmachen und nicht mit ihm.
»Holt endlich Meister Hinrichs, oder muss ich es selbst tun?«, sagte er daher.
Die Tatsache, dass er Hinrichs als Meister bezeichnete, beruhigte Katrijn, und sie versetzte Helm einen Knuff. »Warum bist du noch hier? Sag deinem Vater, dass Herr Knipperdolling ihn sprechen will.«

Da kam ihr ein anderer Verdacht. »Herr Knipperdolling wird uns doch das schöne Haus nicht wieder wegnehmen wollen?«

»Ich habe nichts dergleichen gehört.« Arno hatte keine Lust auf ein Rededuell, bei dem er mit Sicherheit den Kürzeren ziehen würde, denn Katrijns Mundwerk war in der ganzen Stadt gefürchtet. Außerdem stammte sie aus der gleichen Gegend wie Jan van Leiden und Jan Matthys, die beide hohe Stellungen bei den Täufern innehatten. Auch wenn die Holländer nur eine Minderheit der hiesigen Gemeinde darstellten, so hielten sie doch gegen die ebenfalls zugewanderten Friesen und die einheimischen Westfalen zusammen.

Unterdes eilte Helm zu Hinrichs. »Vater, Ihr sollt sofort zu Herrn Knipperdolling kommen«, stieß er atemlos hervor.

»Knipperdolling, sagst du? Hoffentlich nimmt er uns das schöne Haus nicht wieder ab!« Hinrichs hatte sich mittlerweile so gut eingerichtet, dass er nur ungern wieder ausgezogen wäre.

»Ich weiß es nicht!« Helm schwante allmählich Schlimmes, und er schimpfte mit sich, weil er zu feige gewesen war, dem Vater zu erzählen, dass seine Mutter und die Schwestern noch am Leben und ebenfalls hier in Münster waren. Nun konnte er nur noch den Mund halten und abwarten, was passierte.

Sein Vater nahm das gute Wams vom Haken, das ebenfalls noch vom Vorbesitzer des Hauses stammte, und zog es anstelle seines eigenen an, das bereits arg abgeschabt war. Dann verließ er die Werkstatt und trat auf die Straße.

»Du bist es, Arno!«, begrüßte er den Söldner. »Was führt dich zu mir? Brauchst du einen neuen Gürtel?«

Der Söldner musste lachen. »Nein, den brauche ich nicht. Ich glaube eher, du hast eine Schnur zu viel.« Ohne diese Bemerkung weiter zu erläutern, forderte er Hinrichs auf, mit ihm zu kommen.

»Was hat dein Vater bloß wieder ausgefressen?«, fuhr Katrijn

Helm an und scheuchte ihn aus dem Haus. Sie selbst schlüpfte in ihre Holzschuhe, schloss die Türen hinter sich zu und folgte den anderen mit langen Schritten. Da Helm nicht zurückbleiben wollte, lief er ihr nach und betete verzweifelt, dass alles gut werden würde.

4.

Bernd Knipperdolling begann, unruhig zu werden. Es gab so viel zu tun, und da wollte er seine Zeit nicht mit einer solchen Lappalie vergeuden. Um die Wartezeit auszunützen, sprach er mit Bockelson über ihre weiteren Pläne. Noch konnten sie nicht gewaltsam gegen die Einwohner von Münster vorgehen, die keine Täufer waren. Zwar hatten die meisten Katholiken die Stadt mittlerweile verlassen. Dafür gab es noch eine ganze Reihe lutherisch gesinnter Einwohner, die sich heftig gegen den Einfluss der Täufer und vor allem der Holländer sträubten.
»Wir müssen weitere Brüder in die Stadt schaffen, so dass wir alle, deren Loyalität wir uns nicht sicher sein können, vertreiben können«, schlug Bockelson vor.
»Das werde ich dem Rat der Stadt vorschlagen!« Auch wenn Knipperdolling den Holländer als religiösen Führer anerkannte, musste er als neuer Bürgermeister so tun, als hielte er selbst alle Fäden in der Hand.
»Tu das!«, forderte Bockelson ihn auf. »Zudem benötigen wir noch mehr Söldner, damit wir die Zufahrtswege nach Münster offen halten können. Die Männer des Bischofs errichten bereits Straßensperren, um uns auszuhungern. Aus diesem Grund sollten wir noch mehr Vorräte in die Stadt holen und uns auf eine Belagerung einrichten. Es kann sein, dass die Bischöflichen früher angreifen, als unser Herr Jesus Christus vom Himmel steigt und dieses Pack beseitigt.«
Knipperdolling nickte und schrieb einige der Punkte auf, die er dem Rat eindringlich ans Herz legen wollte. Dann hob er

wieder den Kopf und sah Bockelson an. »Wann wird der große Prophet in die Stadt kommen?«

»Bruder Jan sammelt noch einige unserer Brüder und schickt sie zu uns, auf dass unsere Zahl größer wird und wir den Ungläubigen in der Stadt endgültig unseren Willen aufdrücken können. Aber er wird noch in diesem Winter hier erscheinen, hat er doch die Wiederkehr des Herrn für das Osterfest prophezeit!«

Bockelson genoss es, mehr zu wissen als Knipperdolling, wollte diesen aber nicht verärgern. Um die Stadt auf die Rückkehr Christi vorzubereiten, brauchten Jan Matthys und er den einflussreichen Mann.

Geräusche, die von draußen hereindrangen, verrieten den Männern, dass Arno mit Hinner Hinrichs erschienen war. Knipperdolling stand auf und gab Befehl, Inken Hinrichs und deren Töchter, die in einem Nebenraum warteten, in den größten Raum seines Hauses zu führen. Er selbst ging mit raschen Schritten hinüber. Bockelson folgte ihm etwas langsamer und betrat die Kammer fast gleichzeitig mit Inken Hinrichs. Diese ergriff seine Hände und küsste sie.

»Ihr helft doch gewiss mir armem Weib!«, sagte sie.

Bockelson lächelte ihr zu, nahm sich aber vor, erst einmal im Hintergrund zu bleiben und zuzusehen, wie sich die Sache entwickelte.

Kurz darauf wurde Hinrichs hereingebracht. Dieser hatte sich den ganzen Weg gefragt, was Knipperdolling von ihm wollte, und sich mit einer gewissen Portion Frechheit gewappnet, um jeden Versuch, ihn aus dem schönen Haus zu vertreiben, von vornherein zu vereiteln. Zunächst achtete er nur auf den Ratsherrn, hörte dann einen leisen Ruf und drehte sich um. Da Inken Hinrichs ein schlichtes Kleid trug und der Schmerz tiefe Furchen in ihr Gesicht gegraben hatte, erkannte er sie zuerst nicht. Dann aber quollen ihm fast die Augen aus dem Kopf, und er streckte abwehrend die Arme aus.

»Mich narrt ein Geist! Du bist doch tot!«
»Wieso soll ich tot sein?«, fragte Inken Hinrichs herb.
Zwar hatte sie bei ihrem Mann keine überschäumende Freude erwartet, aber wenigstens Erleichterung, weil sie überlebt hatte. Auf diese entsetzte Reaktion war sie nicht vorbereitet gewesen.
»Aber man hat es mir gesagt! Der Mann erschien mir absolut vertrauenswürdig«, erklärte Hinrichs völlig außer sich.
»Wohl sind wir verhaftet und eingesperrt worden. Doch ein gütiger Engel zerbrach unsere Ketten und öffnete uns die Tür, so dass wir entkommen konnten.« Fraukes Stimme klang hell durch den Raum, denn sie wollte verhindern, dass ihrer Mutter oder Schwester der Name Lothar Gardner über die Lippen kam.
»Wer ist das Weib?« Mittlerweile war auch Katrijn ins Zimmer getreten und stellte sich besitzergreifend neben Hinrichs auf.
Dieser brachte kein Wort über die Lippen. Stattdessen wandte Frauke sich an sie. »Dieser Mann ist der Ehemann unserer Mutter und damit unser Vater.«
»Pah, was du nicht sagst? Sein Weib ist tot!«, gab Katrijn scharf zurück.
»Ich wollte, ich wäre es«, murmelte Inken Hinrichs. Sie begriff, dass das massige Weib die Frau sein musste, die ihr Mann hier in Münster geheiratet hatte, und fühlte sich so elend wie nach den Schlägen des Foltermeisters.
Mit sicherem Instinkt erkannte Katrijn die Schwäche ihrer Rivalin und setzte nach: »Selbst wenn du einmal sein Eheweib gewesen bist, so hat die Nachricht von deinem Tod ihn von dir befreit, und er konnte getrost die Ehe mit mir eingehen.«
»So einfach ist das nicht«, wandte Bernhard Rothmann ein, der hinter ihnen den Raum betreten hatte. »Die Ehe ist eine heilige Angelegenheit, die nicht endet, wenn man sich aus den Augen verliert. Immerhin wurde diese vor Gott, unserem Herrn, geschlossen!«

»Die meine aber auch!«, trumpfte Katrijn auf. »Außerdem ist meine Heirat heiliger, denn du selbst hast mich und meinen Mann zusammengegeben, während die Ehe dieses Weibes gewiss vor einem römischen Papstknecht geschlossen wurde und damit ungültig ist.«

Frauke sah ihre Mutter an in der Hoffnung, diese würde der Holländerin Widerstand leisten. Doch Inken Hinrichs schwirrte der Kopf, und sie vermochte kaum mehr einen zusammenhängenden Gedanken zu fassen. Gott kann mich doch nicht so strafen, durchfuhr es sie. Seinetwegen war sie in den Klosterkeller gesperrt, ausgepeitscht und vergewaltigt worden. Auch hatte sie dem Sterben ihres ältesten Sohnes zusehen müssen, und nun wollte ihr diese fremde Frau auch noch den Mann wegnehmen. Dies war zu viel für sie, und sie spürte einen Schmerz, der ihr schier den Kopf zu verbrennen drohte.

Nun hätte Hinner Hinrichs bekennen müssen, dass seine Ehe mit Inken zwar offiziell von einem katholischen Priester geschlossen, aber später von einem der eigenen Prediger bestätigt worden war, doch er hielt den Mund. Ein wenig fühlte er sich wie das Kind vor König Salomon, um das sich zwei Frauen gestritten hatten.

Hoffentlich schlägt keiner vor, mich in zwei Teile zu schneiden und jeder eine Hälfte zu geben, dachte er und fragte sich, welche Frau er bevorzugen würde. Inken hatte ihm immerhin vier Kinder geboren, reizte ihn aber weitaus weniger als die zwar derbe, aber leidenschaftliche Katrijn.

Bislang hatte Knipperdolling Inken Hinrichs' Klage als Zeitvergeudung angesehen. Allmählich aber amüsierte er sich über die beiden Frauen und den Mann, der nun in Bigamie lebte. Schließlich hob er die Hand und befahl Ruhe.

»Was sollen wir mit Hinrichs tun?«, wandte er sich an Rothmann, dessen Urteil in religiösen Dingen in der Stadt am meisten Gewicht hatte.

Der Prediger musterte Hinrichs, Inken und Katrijn verärgert.

»Es gilt, Gottes Reich zu errichten und den wahren Glauben hier in Münster durchzusetzen. Nur wenn wir alle ohne Sünde sind, wird Jesus Christus zu uns herabsteigen. Ein Mann aber, der sich ein zweites Weib nimmt, obwohl das erste noch lebt, lädt diese Sünde nicht nur auf sich, sondern auf die gesamte Gemeinschaft unserer Gläubigen. Man sollte ihn aus der Stadt weisen oder gleich hinrichten.«

Bei diesen Worten stieß Hinrichs einen erschrockenen Ruf aus. »Ehrwürdiger Herr, ich bin ein treuer Christ und dem Ruf des ehrenwerten Propheten Jan Matthys nach Münster mit reinem Herzen gefolgt. Auch habe ich dieses Weib«, er zeigte auf Katrijn, »nicht aus Lust genommen, sondern der Not gehorchend, um für mich und meinen Sohn eine Hausfrau zu erhalten. Tötet mich nicht und jagt mich nicht aus der Stadt, auf dass ich die Herrlichkeit unseres Herrn Jesus Christus erkennen und er über mich richten kann.«

»Der Mann verteidigt sich geschickt«, warf Knipperdolling ein.

Rothmann schüttelte empört den Kopf. »Dieser Mann hat mit seiner zweiten Heirat die heilige Ordnung in unserer Stadt gestört. Das können wir nicht zulassen.«

»Ich würde diesen Mann nicht gleich töten«, mischte sich Jan Bockelson nun ein. »Immerhin hat unser großer Prophet ihn hierhergeschickt. Jan Matthys würde keinen Unwürdigen zu uns senden. Wir sollten beraten, welche der beiden Ehen gilt, und dann unsere Entscheidung treffen.«

Jetzt hob Inken Hinrichs doch den Kopf und sah Bockelson an wie ein verwundetes Tier. »Ich habe meinem Mann vier Kinder geboren und bin erneut schwanger!« Es fiel ihr unendlich schwer, Letzteres zuzugeben, denn sie befürchtete, das Kind, das in ihr heranwuchs, könnte ein Ergebnis der Vergewaltigung durch den Foltermeister des Inquisitors Gerwardsborn sein. Das aber durfte niemals jemand erfahren. Vor der Welt musste ihr Mann als Vater des Kindes gelten. Doch was

war mit Gott?, fragte sie sich. Er kannte die Wahrheit und würde sie vielleicht strafen, wenn sie die Unwahrheit sprach.
»Du bist schwanger?« Für Rothmann wog dieser Umstand schwer. Daher winkte er Hinrichs zu sich und zeigte auf Inken.
»Damit hat Gott gesprochen. Diese ist dein Weib!«
»So haben wir nicht gewettet«, fuhr Katrijn nun auf. »Mein Mann hat fleischlich mit mir verkehrt, und ich kann genauso gut schwanger sein wie die dort. Ich bestehe auf meinem Recht, denn ich wurde Hinner Hinrichs durch den ehrenwerten Herrn Bernhard Rothmann angetraut.«
»Das hast du bereits gesagt«, antwortete Knipperdolling.
»Aber Herr Rothmann hat entschieden, dass …«
Da hob Bockelson die Hand. »Halt! Bruder Bernhard hat nur erklärt, dass das erste Weib bei Hinrichs bleiben soll, nicht aber, dass sein zweites Weib diesen verlassen muss.«
»Du willst, dass dieser Mann in Bigamie lebt und Gottes Ordnung damit verhöhnt?« Bernhard Rothmann sprang empört auf, doch Bockelson bat ihn, sich wieder zu setzen.
»Geliebter Bruder«, begann der Holländer. »Keiner vermag die Heilige Schrift besser zu deuten als du, und doch frage ich mich, ob du hier nicht einem Irrtum unterliegst. Nenn mir eine Stelle aus Gottes Buch, die es einem aufrechten Christen untersagt, sich mehr als ein Weib zu nehmen.«
Die Frage schlug ein wie der Blitz. Alle starrten Bockelson verwirrt an, während Bernhard Rothmann zu widersprechen versuchte, aber in der Erregung kein Wort herausbrachte. Bockelson nutzte das verdutzte Schweigen, um weiterzureden. »Wohl gibt es in der Heiligen Schrift Männer, die sich nur ein Weib nahmen. So hat Isaak Rebekka genommen, Boas Ruth und Josef die Jungfrau Maria. Doch tatsächlich steht nirgendwo, dass ein Weib genug sei. Der Erzvater Jakob vermählte sich mit Lea und Rahel. Auch König David nahm sich mehrere Weiber, und der große König Salomon hatte für jede Nacht des Jahres eine andere Frau.«

»Das ist …«, setzte Bernhard Rothmann an, schluckte das Wort Blasphemie, das ihm über die Lippen wollte, früh genug hinunter.
»Ich werde in der Heiligen Schrift lesen, um bestimmen zu können, was Recht und Unrecht ist«, sagte er stattdessen.
»Tu das, Bruder Bernhard, und du wirst sehen, dass Gott mir die richtigen Worte in den Mund gelegt hat!«, forderte Bockelson ihn auf und wandte sich dann Hinrichs zu.
»Du hast gehört, dass du kein Sünder bist. Da du jedoch zwei Frauen zum Weib genommen hast, wirst du für beide und auch für deine Kinder sorgen. Bis Bruder Bernhard die Heilige Schrift studiert und sich sein Urteil gebildet hat, darfst du jedoch nur mit einer von beiden fleischlich verkehren. Deine andere Frau wird bis dorthin wie eine Schwester bei dir leben. Entscheide dich! Welche wählst du?«
Hinrichs stand da wie von einer Keule getroffen. Die Angst, bestraft zu werden, saß ihm noch in den Knochen, und er wagte kaum, sich zu rühren. Als ihn jedoch Knipperdolling anfuhr, sich endlich zu äußern, deutete er zögernd auf Katrijn.
»Sie soll es sein. Mein anderes Weib geht mit einem Kind schwanger und mag mir daher nicht nütze sein.«
Knipperdolling lachte leise auf. »Das ist gut gedacht, denn so hast du bis zur Wiederkehr unseres Herrn Jesus Christus ein Weib, das auch für etwas anderes zu gebrauchen ist als nur zum Waschen und Kochen.«
Einige Männer fielen in das Gelächter mit ein, während Frauke neben ihrer Mutter stand und sich fragte, ob sie noch bei Sinnen war und alle anderen den Verstand verloren hatten. Wer hätte je von einem Handwerksmeister gehört, der zur gleichen Zeit zwei Ehefrauen hatte? Als sie Katrijns triumphierende Miene sah, wünschte sie sich beinahe in Klüdemanns Haus zurück. Ihre Stiefmutter, wenn sie die Frau so bezeichnen wollte, verriet deutlich, wer in Zukunft das Sagen haben würde.

5.

Trotz der widrigen Umstände war Frauke froh, Mieke Klüdemanns Regiment entkommen zu sein. Zwar musste sie auch im Haus ihres Vaters hart arbeiten, wurde dafür aber wieder als Bürgerstochter angesehen und konnte daher auf einen Bräutigam hoffen, der sie in sein Haus führen würde. Auch Silke richtete ihre Gedanken zunächst auf eine mögliche Heirat, sagte sich dann aber, dass Jesus Christus bald vom Himmel herabsteigen würde, um die Lebenden und die Toten zu richten. Dies erleichterte sie, nicht zuletzt ihrer Mutter wegen, die allen Lebensmut verloren zu haben schien und Katrijn schalten und walten ließ, wie diese wollte.
Stattdessen hatte Inken Hinrichs sich in eine abgelegene Kammer zurückgezogen. Frauke wusste nicht, ob es daran lag, dass man dem Vater erlaubt hatte, Katrijn als zusätzliche Ehefrau zu behalten, oder ob sie schwer an dem Kind trug. Mittlerweile war auch ihr der Gedanke gekommen, die Mutter könnte von ihrem Vergewaltiger geschwängert worden sein, doch darüber durfte sie kein Sterbenswörtchen verlieren. Allerdings fragte sie sich, ob sie diesem Kind je geschwisterliche Liebe entgegenbringen konnte oder ob der Schatten jener Stunden im Klosterkeller das verhindern würde.
»Was ist mit deiner Arbeit? Bist du fertig?«
Die barsche Frage der Stiefmutter riss Frauke aus ihren Gedanken, und sie nickte. »Das bin ich, Frau Katrijn!«
»Hast du nichts anderes zu tun?«

»Ich könnte Silke beim Aufräumen oben im Speicher helfen«, schlug Frauke vor, doch ihre Stiefmutter winkte ab.

»Das kann sie allein. Du wirst auf den Anger hinausgehen und zusehen, ob noch ein wenig Gras übrig ist, das sich zu mähen lohnt. Wir haben viel zu wenig Heu für die beiden Ziegen. Wenn der Winter lang wird, müssten wir sonst eine von ihnen schlachten.«

Zwar fragte Frauke sich, ob eine Grasmahlzeit da einen großen Unterschied machen würde, aber sie wagte kein Widerwort, sondern verließ kurz darauf mit Sichel und Schubkarre den Hof. Am Tor musste sie warten, weil unerwartet viele Leute draußen standen, die in die Stadt hereinwollten. Die meisten waren Täufer, die bereits Bekannte in Münster hatten und sich auf diese berufen konnten. Andere mussten den Torwachen Rede und Antwort stehen, und so mancher wurde wieder fortgeschickt, weil man glaubte, es könne sich um einen Spion des Bischofs handeln.

Zwei junge Männer fielen Frauke auf, weil sie ihr im Weg standen und gar nicht daran dachten, sie durchzulassen. Sie trugen studentische Tracht und führten Bücherbündel mit sich. Mit angespannten Gesichtern wandten die beiden sich jetzt Arno zu, dem die Torwachen an dieser Stelle unterstanden.

»Wir sind auf der Suche nach dem ehrenwerten Magister Bernhard Rothmann, um uns von ihm belehren zu lassen«, sagte der Schmächtigere von den beiden.

Arno baute sich breitbeinig vor ihnen auf. »So, zu unserem Prediger wollt ihr? Habt ihr ein Empfehlungsschreiben von einem der gelehrten Doctores von Wittenberg, Marburg oder woandersher?«

»Das haben wir nicht«, bekannte der Student. »Wir haben auf unserer Universität so viel über Herrn Rothmann gehört, dass wir ihn unbedingt kennenlernen und predigen hören wollen. Er verkündet den wahren Glauben und nicht den päpstlichen Unsinn, den wir uns zu Hause anhören mussten.«

»Ganz genau!«, kam ihm sein größerer, massig gebauter Freund zu Hilfe. »Wir glauben nämlich nicht daran, dass eine lateinische Messe und das Getue eines katholischen Pfaffen unsere Seelen retten können. Auch bezweifeln wir, dass ein unmündiges Kind, das noch nicht einmal sprechen kann, die Taufe empfangen soll.«

Die beiden jungen Männer gaben diese Schlagworte in einer Art und Weise von sich, die Frauke vermuten ließ, dass sie diesen Vortrag mehrfach geübt hatten. Doch es gelang ihnen, Arno zu beeindrucken. Dieser schlug sein Wachbuch auf und nahm die Feder zur Hand.

»Ich benötige eure Namen, dann gebe ich euch einen Mann mit, der euch zu unserem verehrten Prediger Rothmann führen soll.«

»Nehmt unseren Dank dafür! Was unsere Namen betrifft, so nenne ich mich Faustus von Siegburg, und das ist mein Freund Isidor von Bergheim.«

Die Vornamen waren echt, der Rest aber erfunden. Nach dem Zwischenfall mit Lothar Gardner hatten Faustus und Isidor nicht länger auf ihrer Universität verbleiben können, waren aber aus Angst vor ihren Vätern nicht nach Hause zurückgekehrt, sondern hatten sich eine andere Bleibe suchen wollen. Unterwegs waren sie auf Täufer gestoßen und hatten sich diesen kurzerhand angeschlossen. Auch wenn sie ihr Studium noch nicht beendet hatten, so hofften sie doch, hier in Münster eine Stellung einnehmen zu können, die ihren Vorstellungen entsprach.

Während die beiden zufrieden grinsend dem Stadtknecht folgten, der sie zu Bernhard Rothmann bringen sollte, konnte Frauke endlich das Tor passieren. Die Suche nach Gras war jedoch nicht so einfach. Direkt am Anger war der Rasen beinahe bis auf die Wurzeln abgenagt. Kleine Kotballen zeigten Frauke, dass ein Schäfer seine Herde hier hatte weiden lassen. Da sie nicht mit leerer Schubkarre zu Katrijn zurückkehren durfte, ging sie weiter und hoffte, irgendwo neben der Straße ein wenig Grünzeug zu finden, das sie mit ihrer Sichel abschneiden konnte.

Es wurde ein mühseliges Unterfangen, denn der Herbst war schon fortgeschritten, und es gab nur noch wenig Gras auf den Weiden und den Feldrainen. Immer wieder musste Frauke den Weg verlassen, um eine einzige Handvoll Grün zu ernten. Dabei achtete sie nicht auf die fernen Glockenschläge, die die Stunden ansagten, und ehe sie sichs versah, zogen im Osten bereits die ersten Schatten der Dämmerung auf.

Als Frauke wahrnahm, wie die Zeit verstrichen war, zuckte sie erschrocken zusammen. Die Tore der Stadt wurden beim letzten Licht des Tages geschlossen, und wenn sie zu spät kam, würde man sie nicht mehr einlassen. Dann musste sie die Nacht im Freien verbringen. Es gab gewiss Frost, vielleicht würde gar der erste Schnee fallen. Zudem drohten außerhalb der Mauern noch ganz andere Gefahren.

So rasch sie konnte, schob sie ihren gerade mal halbvollen Schubkarren auf die Stadt zu. Schon bald hämmerte ihr Herz bis in die Schläfen, und ihr stiegen die Tränen in die Augen. Als sie im letzten Schein des Tages das Tor vor sich sah, stellte sie mit Schrecken fest, dass es tatsächlich gerade geschlossen werden sollte.

»Halt, lasst mich noch ein!«, rief sie, so laut sie konnte, doch das kümmerte die Torwächter nicht. Da eilte eine Frau strammen Schrittes an ihr vorbei und erreichte das Tor in dem Augenblick, in dem einer der Stadtknechte den zweiten Torflügel zumachen wollte.

»Meine Herren, seid bitte so gnädig und wartet!«, sagte sie mit flehender Stimme und stemmte sich so gegen den Türflügel, dass dieser halb aufschwang.

»Was soll das?« Arno wollte sein Wachbuch bereits zu Knipperdollings Haus tragen, damit man dort kontrollieren konnte, wer an diesem Tag Münster betreten oder verlassen hatte.

»Ich bin eine arme Witwe und auf der Flucht vor den grausamen Schergen der Inquisition!«, fuhr die Frau fort. »Freunde rieten mir, mit ihnen in das neue Jerusalem zu kommen. Leider wurden wir unterwegs getrennt, so dass ich die beiden letzten Tage allein gehen musste. Ist der ehrenwerte Magister Sebald bereits angekommen?«

»Ich kenne keinen Sebald«, bekannte Arno, ließ aber die Frau, die im Schein der Fackeln erschöpft und abgerissen aussah, dann doch passieren.

»Deinen Namen noch!«, forderte er sie auf.

Diese wandte sich mit einem scheuen Lächeln zu ihm um.

»Lotte! So wurde ich getauft.«

»Wohl noch als Kind, was? Das sogenannte Taufsakrament eines päpstlichen Pfaffen ist nichts wert, da die Hingebung an Gott und der freie Wille des Täuflings fehlt«, erklärte Arno giftig.

»Dafür kann ich nichts. Als Kind war es mir nicht möglich, mich gegen eine römische Taufe zur Wehr zu setzen! Zu Hause nannte man mich übrigens die Gustin nach meinem Mann, der Gust hieß«, antwortete Lotte, die niemand anderer als Lothar Gardner war.

Er hatte kurz vor Einbruch der Dunkelheit ankommen wollen, damit die Torwachen ihn nicht bei vollem Tageslicht betrachten konnten, doch beinahe hätte er sich mit der Zeit verschätzt und sah daher erleichtert, dass Arno das Wachbuch noch einmal hinlegte und den Namen Lotte Gustin und die Bezeichnung Witwe eintrug.

»Du wirst dir für heute ein Nachtquartier suchen müssen, denn ich will die Herren Knipperdolling und Krechting, die für die Unterbringung der Neuankömmlinge verantwortlich sind, nicht zu dieser Unzeit stören«, erklärte der Söldner und nannte Lothar jene Gasthöfe, die bereit waren, auch allein reisende Frauen aufzunehmen.

Lothar hatte sich in den letzten Tagen intensiv mit den Lehren der Wiedertäufer beschäftigt, da es für ihn überlebenswichtig sein konnte, die richtigen Antworten zu geben. Dennoch sträubten sich die Haare unter seiner Haube, als er in die Stadt hineinschritt. Das größte und gefährlichste Abenteuer seines Lebens hatte begonnen.

6.

Die kurze Verzögerung, die durch Lothar entstanden war, hatte für Frauke ausgereicht, um mit ihrer Schubkarre das Tor zu erreichen. Arno sah das Mädchen kopfschüttelnd an.

»Das nächste Mal kommst du aber früher zurück. Sonst musst du die Nacht draußen verbringen.«

»Ich werde es mir merken!« Frauke knickste leicht und schob ihre Schubkarre aufatmend durch das Tor. Nur wenige Schritte vor sich sah sie die fremde Frau, die es ihr ermöglicht hatte, noch in die Stadt zu gelangen. Diese stand jetzt auf der Straße und schien nicht so recht zu wissen, wohin sie sich wenden sollte.

»Hab Dank! Ohne dich hätte ich die Nacht im Freien verbringen müssen. Wenn ich dir irgendwie helfen kann, tue ich es gerne.«

Lothar riss es herum. Diese Stimme hätte er unter Tausenden erkannt. Im letzten Augenblick konnte er verhindern, dass er den Namen Frauke ausstieß.

Obwohl er gehofft hatte, sie hier zu sehen, schossen allerlei Befürchtungen durch seinen Kopf, denn Franz von Waldeck hatte keinen Zweifel daran gelassen, dass er Münster unter allen Umständen wieder unter seine Herrschaft bringen wollte. Der Bischof hätte sogar ein Nebeneinander von katholischen und lutherisch gesinnten Christen hingenommen, nicht aber die Wiedertäufer, die jede Herrschaft durch einen weltlichen oder geistlichen Fürsten strikt ablehnten und einen Gottesstaat unter ihrer eigenen Herrschaft errichten wollten.

Mit etwas Mühe gelang es ihm schließlich zu antworten. »Du bist sehr freundlich zu mir, Jungfer. Ich kann Hilfe gebrauchen, denn ich bin eine arme Witwe, die nicht weiß, wo sie in dieser Nacht ihr Haupt niederlegen soll.«

Etwas in der Stimme der Frau klang seltsam vertraut, fand Frauke, aber sie konnte die Erinnerung nicht festhalten. Am liebsten hätte sie die Witwe zu sich eingeladen, wagte es aber Katrijns wegen nicht. Daher wies sie bedauernd auf ein Haus, dessen Türschild es als Herberge auswies.

»Hier wirst du gewiss Aufnahme finden. Die Wirtsleute sind ehrlich und gehören zu uns.«

»Ich danke dir!« Lothar hatte Mühe, seine Stimme so zu verstellen, dass sie wie die einer Frau klang.

Seine Gedanken rasten. Was sollte er bloß tun? Wenn Frauke ihn erkannte und dieses Wissen weitergab – sei es auch nur aus Versehen –, war sein Leben keinen schimmeligen Heller mehr wert. Einen Augenblick erwog er, die Stadt am nächsten Morgen wieder zu verlassen, aber er verwarf diesen Gedanken sofort. Er war in diese Stadt gekommen, um seinem Vater und damit auch Franz von Waldeck als Auge und Ohr zu dienen. Den einen wollte und den anderen durfte er nicht enttäuschen. Außerdem war da nun noch Frauke, die, wenn es hart auf hart kam, seine Hilfe brauchte. Mit diesem Gedanken verabschiedete er sich von dem Mädchen und klopfte an die Tür der Herberge.

In früheren Zeiten hatten um diese Zeit hier Männer zusammengesessen und ihr Bier getrunken. Doch für die Wiedertäufer war dies ein schändliches Tun, das den Menschen daran hinderte, sich Gott so zu öffnen, wie es nötig war. Als man Lothar öffnete, sah er, dass nur wenige Männer und Frauen in der Schankstube zusammensaßen und gerade ihr Abendgebet sprachen. Aber die Krüge vor ihnen waren voll, denn der Wirt wollte nicht auf seinen Verdienst verzichten.

»Wer bist du?«, fragte er Lothar.

Dieser sagte dasselbe Sprüchlein auf wie am Tor, dass er Lotte heiße und die Witwe eines Mannes sei, der von den Schergen der römischen Religion ums Leben gebracht worden war.
Der Wirt nahm die Erklärung ohne Rückfragen hin und wies nach oben. »Du kannst in der hinteren Kammer bei den anderen Weibern schlafen!«
Das hatte Lothar nicht bedacht. Sich so nahe und so lange in der Gegenwart anderer Frauen aufzuhalten, brachte die Gefahr mit sich, von diesen als Mann erkannt zu werden. Ablehnen konnte er das Angebot jedoch nicht, wenn er nicht von Anfang an Verdacht erregen wollte. Daher stimmte er mit einem »Gott möge es dir vergelten!« zu.
»Ich hoffe, dass nicht nur Gott es mir vergilt, sondern auch du. Umsonst kann ich dich nicht nächtigen lassen und auch noch durchfüttern. Morgen früh gehst du gefälligst zu Knipperdolling, damit er dir ein anderes Quartier zuweist.«
Der Wirt gab Lothar damit unwissentlich einen wichtigen Anhaltspunkt. Wie es aussah, wurden hier in Münster bereits Entscheidungen außerhalb des Rates getroffen, und es wunderte ihn nicht, dass ausgerechnet Bernd Knipperdolling dahintersteckte. Dieser hatte bereits in früherer Zeit gegen den alten Glauben und den Fürstbischof gehetzt und war dafür vom Rat zu einer empfindlichen Buße verurteilt worden. Nun nahm er wohl die günstige Gelegenheit wahr, es seinen Gegnern heimzuzahlen.
Allerdings wusste Lothar, dass er nicht einfach seinen Gedanken nachhängen durfte. Unter Ächzen und Stöhnen zog er eine runzlige Börse hervor und zählte dem Wirt ein paar Pfennige hin. »Mehr kann ich dir beim besten Willen nicht geben«, sagte er.
»Lass es gut sein!« Der Wirt strich das Geld ein und ging in die Küche. Wenig später kehrte er mit einem Napf zurück, in den er die im Kessel zusammengekratzten Reste des Eintopfs getan hatte.

»Möge Gott es dir segnen!«, sagte er und stellte die Schüssel Lothar hin.

»Hab Dank!« Lothar löste seinen Löffel vom Gürtel. Es war ein klobiges, aus Holz geschnitztes Ding, wie es ganz arme Leute benutzten, und der Umgang war für ihn noch ungewohnt. Er ließ sich jedoch nichts anmerken, sondern aß in aller Ruhe und stellte schließlich den leeren Napf mit einem weiteren Dank zurück. Nach einem Schluck Bier fühlte er sich in der Lage, in das Gebet der Frauen einzustimmen, von denen sich keine Einzige zu ihm umdrehte. Er nahm es als gutes Zeichen, dass sie ihn auch sonst in Ruhe lassen würden, und begab sich schließlich als Erster nach oben.

Der Wirt leuchtete ihm auf der Treppe und zündete in der Kammer eine Unschlittkerze an. Diese stank so sehr, dass Lothar sofort, nachdem der Mann wieder gegangen war, das Fenster öffnete. Genau diese Empfindlichkeiten aber durfte er sich nicht leisten, das wurde ihm dabei klar. Lotte musste als Witwe eines armen Mannes gelten, die diese Gerüche gewohnt war. Die reicheren Mitglieder ihrer Gemeinschaft würden die Anführer der Täufer gewiss kennen, und wenn ihr angeblicher Ehemann diesen Leuten unbekannt war, dürfte es Misstrauen erwecken.

Nach kurzem Überlegen wählte Lothar ein Bett im hintersten Winkel. Es bestand wie die anderen aus einem Strohsack auf dem Boden und einer dünnen Decke. Während er das Fenster schloss, überlegte er, ob er sich ausziehen sollte. Er verwarf den Gedanken allein schon wegen der Kälte und legte nur Schultertuch und Überrock ab. Dann kroch er unter die Decke und hoffte, dass ihm bald warm werden würde und er einschlafen konnte. Die Anspannung hielt ihn jedoch wach, und er zuckte bei jedem ungewohnten Geräusch zusammen. Zuletzt verspottete er sich selbst als Feigling, der seinem Auftrag nicht gewachsen war. Andererseits war Vorsicht wichtig, wenn er nicht entlarvt werden wollte.

Während er sich Gedanken über seine nächsten Schritte machte, kamen die übrigen Weiber in die Kammer. »Die Neue schläft schon«, meinte eine.
Eine andere schnaubte verärgert. »Es passt mir gar nicht, dass sie dort in der Ecke liegt. Wenn sie in der Nacht zum Abtritt muss, tritt sie womöglich auf eine von uns und weckt uns alle.«
»Wenn sie das bei mir tut, kriegt sie Prügel«, erklärte eine handfest aussehende Frau mittleren Alters und schob den von ihr gewählten Strohsack so zur Seite, dass Lothar schon im Zickzack hätte gehen müssen, um sie zu treffen. Ungeniert zog sie ihr Kleid und ihr Hemd aus und trat nackt an die kleine Schüssel, die ihnen der Wirt zur Körperpflege hingestellt hatte.
Lothar stellte sich zwar schlafend, beobachtete die Frauen jedoch unter hängenden Lidern. Trotz der Kälte zogen sich jetzt auch die anderen aus. Obwohl die meisten arg stämmig und nicht mehr die Jüngsten waren, schoss ihm das Blut in die Lenden, und er presste die Augen fest zu, um die nackten Frauen nicht länger ansehen zu müssen.
Erst als die Geräusche ihm verrieten, dass sie alle unter die Decken gekrochen waren, wagte er wieder einen Blick. Es war zwar nichts mehr zu sehen, aber seine Phantasie gaukelte ihm immer noch nackte Leiber mit dicken Brüsten vor, die sich in einem bizarren Tanz um ihn herumbewegten. Nur mit viel Mühe gelang es ihm, seine Erregung niederzukämpfen. Eines aber war ihm sonnenklar: Er durfte es nicht darauf ankommen lassen, sich gemeinsam mit den Frauen waschen zu müssen.

7.

Am nächsten Morgen stand Lothar lange vor allen anderen auf. Da er das Waschwasser, das die Frauen am Abend benützt hatten, nicht nehmen wollte, ging er zum Brunnen auf dem Hof und wusch sich dort Gesicht und Hände. Als er wieder in die Herberge zurückkehrte, stand die Wirtin bereits am Herd. Kaum entdeckte sie die angebliche Witwe, winkte sie diese auch schon zu sich.
»Du kannst den Morgenbrei rühren, Lotte. Ich melke unterdessen unsere Kuh!«
Schlechter für Lothar wäre es gewesen, hätte sie ihn zum Nähen oder Sticken aufgefordert. Doch auch das hier brachte ihn ins Schwitzen, denn er hatte noch nie einen Kochlöffel in der Hand gehalten. Mit dem Mut der Verzweiflung machte er sich ans Werk und merkte rasch, dass der Kessel überschwappte, wenn er zu heftig darin rührte. Bis die Wirtin zurückkehrte und ihm den Kochlöffel wieder abnahm, fühlte er sich nicht nur wegen der Hitze des Herdfeuers durchgeschwitzt. Zu seiner Erleichterung aber durfte er in der Schankstube Platz nehmen und erhielt auch sofort einen Napf voll Gerstenbrei und das Morgenbier.
»Hast heute du rühren müssen?«, fragte ihn eine der Frauen, die in der gleichen Kammer geschlafen hatte.
An diesem Morgen waren die Frauen gesprächiger als am Abend zuvor. Eine meinte, dass sie es am Vortag habe tun müssen, und eine andere lobte Lotte, weil der Brei nicht angebrannt sei. »Wo kommst du eigentlich her?«, fügte sie hinzu.
Die Frage kam Lothar ungelegen, denn er konnte zwar das

Latein der Gelehrten sprechen, im Deutschen aber beherrschte er nur den in dieser Gegend gebräuchlichen Dialekt. Da die Frauen fremd zu sein schienen, nannte er ein Dorf, das etwa zwei Tagesreisen zu Fuß entfernt war, und stellte sie damit zufrieden. Allerdings blieben sie neugierig, und so war er froh um das Lügengebäude, das er sich bereits im Vorfeld ausgedacht hatte. Er musste nur darauf achten, dass er sich nicht irgendwann selbst widersprach.
Nach dem Frühstück sprachen sie ein Dankgebet. Danach drängte Lothar es nach draußen. »Ich werde jetzt Herrn Knipperdolling aufsuchen.«
»Tu das!«, rief der Wirt ihm nach.
Bevor er durch die Tür war, drangen noch ein paar Bemerkungen der Frauen über sich an sein Ohr.
»Wie alt schätzt du die?«, fragte eine.
»Sie muss älter sein, als sie aussieht, gewiss über dreißig«, meinte eine andere.
»Hat sich aber gut gehalten!«, warf eine Dritte ein.
»Ich aber auch!«, war das Letzte, das Lothar noch vernahm.
Er schüttelte den Gedanken an die Frauen ab, eilte die Straße entlang zum Markt, bog dort um die Ecke und erkannte Knipperdollings Haus sogleich an der Menschenmenge, die den Anführern der Wiedertäufer ihre Anliegen vortragen wollten. Lothar gesellte sich zu ihnen und richtete sich auf eine längere Wartezeit ein. Dabei wanderten seine Gedanken zu Frauke. Tatsächlich freute er sich, sie wiedergetroffen zu haben. Sie wirkte anders auf ihn als andere Mädchen und war auch nicht so albern wie seine Schwester. Außerdem war sie mutig wie kaum eine Zweite.
Sehr hübsch ist sie außerdem, dachte er und lächelte. Mit einem Mal bedauerte er es, als Frau verkleidet nach Münster gekommen zu sein, denn zu gerne hätte er sich Frauke so gezeigt, wie er wirklich war. Doch es durfte niemand von seiner Verkleidung erfahren, und das galt leider auch für sie.

Einige Männer wurden sofort ins Haus geführt, anderen wiederum wurde von den Wachen befohlen, gefälligst zu warten, bis die Herren bereit wären, sie zu empfangen. Lothar merkte rasch, dass vor allem jene Wiedertäufer, die aus Holland oder Friesland stammten, bevorzugt eingelassen wurden. Einige einheimische Mitglieder der Sekte murrten schließlich darüber.

»Es ist wegen diesem Bockelson«, sagte ein Mann in Lothars Nähe. »Der Mann bildet sich Wunder was ein, wer er ist, nur weil unser Prophet Jan Matthys ihn persönlich getauft und zu seinem Boten ernannt hat.«

»Sei still, Gresbeck!«, wies ihn ein anderer zurecht. »Jan van Leiden mag es nicht, wenn man über ihn lästert. Außerdem hat Matthys ihn auserwählt, vergiss das nicht.«

»Der ist auch so ein Holländer«, brummte Heinrich Gresbeck, schwieg dann aber verbissen.

Die Mittagszeit war bereits vorbei, als Lothar endlich ins Haus gelassen wurde. Ein Mann führte ihn in eine Kammer. Auf dem Weg dorthin erblickte er durch die offene Tür der Nebenkammer die Anführer der Wiedertäufer, die sich zu beraten schienen, und spitzte die Ohren. Doch er konnte nur Wortfetzen aufschnappen. Auf jeden Fall ging es darum, die Stadt auf eine Belagerung vorzubereiten. Also war wohl jede Hoffnung auf eine friedliche Lösung vergebens.

Erneut musste Lothar warten. Dann steckte ein Mann den Kopf zur Tür herein und fragte: »Was führt dich hierher?«

»Ich bin eine arme Witwe und nach Münster gekommen, weil hier das himmlische Jerusalem eintreffen wird. Nun aber habe ich kein Dach über dem Kopf und weiß nicht, wie ich mich ernähren soll.«

Lothar spielte seine Rolle ausgezeichnet, und im Raum war es nicht hell genug, dass der andere ihn genau mustern konnte.

Der Mann wiegte den Kopf. »Wenn du einen neuen Ehemann suchst, wird es schwierig werden. Es sind bereits mehr Frauen als Männer in der Stadt.«

»Ich will keinen Mann«, wehrte Lothar ab. »Mir reicht ein kleines Kämmerchen oder Häuschen, in dem ich leben kann.«
»Da wird sich etwas finden lassen. Kommst du gut mit anderen Weibern aus?« Ein fragender Blick traf Lothar.
Dieser schüttelte den Kopf. »Ich bin lieber für mich allein, Herr.«
»Dann wüsste ich eine Hütte an der Stadtmauer für dich. Anderen ist sie zu schlecht, doch wenn du nicht mit einer Gruppe Frauen zusammenleben willst, musst du dich damit begnügen.«
»Ich danke Euch, mein Herr!« Lothar deutete einen ungelenken Knicks an und ließ sich von einem Stadtknecht hinausführen. Im Flur kamen ihm zwei junge Männer entgegen. Als das Licht der in einer Nische brennenden Lampe auf sie fiel, zuckte er erschrocken zusammen. Es waren Faustus und Isidor, die Studenten, mit denen er während seines Studiums aneinandergeraten war.
Lothar fragte sich, was die beiden hier suchten, und begriff, dass die Anwesenheit seiner alten Feinde für ihn noch gefährlicher werden konnte als Frauke. Mit dem Mädchen konnte er vielleicht noch reden. Aber wenn die beiden ihn erkannten, würden die Wiedertäufer ihn als Spion über die Klinge springen lassen. Erneut überkam ihn das Gefühl, seiner Aufgabe nicht gewachsen zu sein. Dann aber biss er die Zähne zusammen. Es gab keinen Zweiten, den sein Vater schicken konnte. Also musste er vorsichtig sein und gleichzeitig genug herausfinden, um den Vater und auch Franz von Waldeck zufriedenstellen zu können.
Vorher aber galt es, die Hütte zu beziehen, die man ihm zugewiesen hatte. Dann würde er sehr rasch kochen lernen müssen, wollte er nicht verhungern. Wenn er zu oft in einem Wirtshaus aß, würde er auffallen.
Mit einem leisen Lachen vertrieb er seine Unsicherheit und folgte dem Stadtknecht bis kurz vor die Stadtmauer. Die Häu-

ser hier waren weitaus kleiner als jene am Markt oder gar am Domplatz. Vor einer besonders schmalen Hütte, die gerade so viel Garten besaß, wie sie selbst groß war, blieb der Stadtknecht stehen.

»Hier kannst du bleiben, Lotte. Wenn du was anderes haben willst, könnte ich mit Herrn Knipperdolling reden, dass er dafür sorgt.«

»Danke! Das Häuschen reicht mir vollkommen«, erklärte Lothar und trat ein.

Drinnen bereute er seine vorschnellen Worte, denn die Hütte stand schon länger leer und war bis auf den gemauerten Herd ausgeräumt. Es gab keinen Stuhl, keinen Tisch und keine Küchengeräte. Außerdem war der einfache Holzboden dick mit Staub und Laub bedeckt, die durch ein offenes Fenster hereingeweht worden waren.

»Und? Zufrieden?«, fragte der Stadtknecht mit einem gewissen Spott.

»Noch nicht ganz. Ich brauchte ein paar Sachen für den Haushalt. Wo könnte ich die bekommen?«

»Siehst du das grüne Haus mit der komischen Figur über dem Türsims? Dort haben Altgläubige gelebt, die die Stadt gestern verlassen mussten. Die Tür steht offen. Sieh zu, ob du noch was findest, was du brauchen kannst. Sonst musst du es dir auf andere Weise besorgen.«

Damit hatte der Stadtknecht für sein Empfinden den Auftrag erledigt und schritt, leise vor sich hin pfeifend, davon.

Lothar blickte ihm kurz nach und begab sich dann zu dem genannten Haus. Dort angekommen, sah er kurz zu der Figur hoch. Es musste ein katholischer Heiliger gewesen sein, aber welcher, war nicht mehr zu erkennen, denn man hatte ihm Kopf und Hände samt seinen Heiligenattributen abgeschlagen.

Warum mussten Menschen alles zerstören, was nicht in ihr enges Weltbild passte?, fragte Lothar sich kopfschüttelnd. Diese

Figur hatte gewiss jemand frommen Herzens aufgestellt, damit sie das Haus und seine Bewohner beschützen sollte. Doch in der heutigen Zeit reichte der Schutz eines Heiligen nicht mehr aus.

Sein Weg führte Lothar zuerst in die Küche. Hier waren bereits Plünderer am Werk gewesen, doch fand er noch einen Kessel, eine Pfanne, ein paar Kochlöffel und einen Schöpfer, die den anderen wohl nicht gut genug gewesen waren. Diese Sachen trug er als Erstes zu seiner Hütte. Als Nächstes durchforstete er das grüne Haus nach brauchbaren Möbeln sowie einem Besen, den er am dringendsten benötigte. In einer kleinen Kammer direkt unter dem Dach wurde er schließlich fündig und nannte kurz darauf drei Stühle, einen Tisch und eine einfache Bettstatt mit Strohsack sein Eigen. Auch ein paar Kleider und die Wäsche, die er in einer Truhe fand, konnte er gut brauchen.

Die nächsten Stunden mühte Lothar sich, sein neues Heim zu säubern und wohnlich einzurichten. Als er damit fertig war, hatte sich bereits der Schleier der Nacht über die Stadt gelegt, und er fragte sich, wie er an ein Abendessen gelangen konnte. Die Mutter hatte immer eine Magd zum Markt geschickt, um die Lebensmittel einzukaufen, die der ihnen zinspflichtige Bauer in der Nähe von Telgte nicht für sie erzeugen konnte. Doch der Markt war längst geschlossen. Also musste er entweder in ein Wirtshaus gehen oder sich hungrig ins Bett legen. Der Gedanke, dass er in einer Schenke wohl einiges über die Situation in der Stadt erfahren würde, brachte ihn dazu, seine Hütte zu verlassen. Diesmal wählte er einen anderen Gasthof als den, in dem er übernachtet hatte, setzte sich in ein Eckchen und sah sich den fragenden Blicken des Wirtes ausgesetzt.

»He, du da! Bist du vielleicht auch ohne Mann unterwegs und willst dein Leben durch Betteln oder noch Schlimmeres fristen?«

Erst jetzt wurde Lothar bewusst, dass Frauen nach Möglich-

keit nie ohne männliche Begleitung unterwegs sein sollten, wenn sie nicht in Verdacht geraten wollten, Bettlerinnen oder gar Huren zu sein. Diesen Anschein durfte er auf keinen Fall erwecken. Daher faltete er die Hände und stimmte ein kurzes Gebet an, bevor er dem Wirt antwortete.
»Deine Worte stellen eine Beleidigung für mich dar! Ich bin eine fromme Witwe und weltlichem Tun abgeneigt.«
»Wenn dir weltliche Dinge so zuwider sind, hast du hier nichts verloren! Dann solltest du besser in die Kirche gehen und deinen Predigern zuhören«, knurrte der Wirt.
»Dies werde ich auch tun. Doch ich bin neu in der Stadt, und meine Speisetruhe ist leer. Daher wünsche ich etwas zu essen.«
»Es geht also doch nicht ganz ohne weltliche Dinge! Kannst du bezahlen?«
Lothar nickte und nestelte wieder seinen Geldbeutel vom Gürtel, in dem sich ein paar kleinere Münzen befanden. Zusätzlich führte er eine ansehnliche Summe unter seiner Kleidung versteckt mit sich, denn er musste unter Umständen Leute bestechen oder Informationen kaufen. Nach außen hin aber wollte er den Anschein wahren, so arm zu sein wie eine Kirchenmaus.
Als der Wirt das wenige Geld sah, schnaubte er verächtlich und drehte ihm den Rücken zu. Kurz darauf trat eine Magd mit einem Napf voll Eintopf, in dem an Fleisch arg gespart worden war, an den Tisch. Lothar ließ sich jedoch nicht verdrießen, sondern aß mit gutem Appetit und hörte dabei den Männern zu, die weiter vorne saßen. Doch keiner von ihnen sagte irgendetwas, das ihm von Nutzen schien.

8.

Zu ihrer Erleichterung war Frauke wegen ihres späten Heimkommens und des wenigen Grases, das sie hatte sammeln können, nicht von Katrijn gescholten worden.
Am nächsten Tag aber ließ die Holländerin Frauke kaum zur Ruhe kommen und schaffte ihr zuletzt noch eine Arbeit an, die vor dem Abendessen unbedingt erledigt werden musste. Während Katrijn, Hinrichs sowie dessen erste Frau bereits am Tisch saßen und ihren Abendbrei löffelten, waren Frauke, Silke und Helm damit beschäftigt, das Heu, das auf dem Boden über dem Stall lag, so umzuschichten, wie ihre Stiefmutter es befohlen hatte.
Da die drei mittlerweile gelernt hatten, dass die Holländerin keinen Widerspruch duldete, arbeiteten sie verbissen.
Helm fluchte leise und schüttelte schließlich den Kopf. »Wenn ich gewusst hätte, wie hart mir das Warten auf das Erscheinen des Heilands wird, wäre ich bei Meister Landulf geblieben und erst kurz vor dem vorhergesagten Tag hier erschienen.«
»Das bisschen Arbeit wird dich wohl kaum entkräften«, fauchte Silke ihn an.
Sie hatte durchaus bemerkt, dass Helm sich gerne vor unangenehmen Arbeiten drückte, welche dann an ihr und Frauke hängenblieben. Vor ihrer Flucht war es zwar ähnlich gewesen, doch damals hatten sie nicht unter Katrijns erbarmungsloser Fuchtel gelitten.
»Das Heu hätten wir auch morgen noch nach vorne bringen können«, maulte Helm weiter und fand dann eine Schuldige für diese Arbeit. »Das ist nur, weil Frauke gestern so lange

ausgeblieben ist! Wäre sie eher gekommen, wären wir längst fertig.«

»Ich musste Gras holen, aber davon gibt es kaum noch etwas in der Nähe der Stadt«, verteidigte Frauke sich.

»Ich bin vor Angst fast gestorben, weil du so lange nicht gekommen bist«, erklärte Silke. »Was hättest du gemacht, wenn das Stadttor bereits geschlossen gewesen wäre?«

»War es aber nicht«, antwortete Frauke und erinnerte sich an die Frau, die dies verhindert hatte. Erneut überkam sie das vage Gefühl, diese von früher zu kennen, doch sosehr sie auch grübelte, fiel ihr nicht ein, an welchem Ort sie die Fremde getroffen haben könnte.

»Auf alle Fälle bist du den Prügeln der Stiefmutter entkommen. Wärst du nicht mehr hereingekommen, hätte sie dich heute Morgen gezwiebelt. Das prophezeie ich dir, obwohl ich kein Prophet bin!« Helm bemühte sich, überlegen zu wirken, doch anders als früher hielten die Schwestern zusammen.

»Du hast ja noch nicht einmal die Taufe erhalten und willst ein Prophet sein?«, spottete Silke.

»Ich sagte doch, dass ich keiner bin. Außerdem werde ich bald getauft, während Frauke warten muss, bis sie ihrer würdig ist! Ihr dummen Weiber versteht alles falsch!« Helm nahm etwas Heu und warf es Silke an den Kopf. Diese kreischte erschrocken auf, wischte sich die Halme vom Kopf und funkelte ihren Bruder wütend an.

»Du bist wohl vollkommen übergeschnappt, was?« Einen Augenblick lang sah es so aus, als wolle Silke ihren Bruder ohrfeigen, dann kehrte sie ihm mit einer schnippischen Geste den Rücken zu.

»Den Rest kannst du alleine machen! Frauke muss nämlich nachsehen, ob noch Heu an mir haftet.« Damit winkte sie ihrer Schwester, mit ihr vom Heuboden zu steigen, und streckte Helm von unten die Zunge heraus. Dieser fuhr mit der Gabel

wütend ins Heu, hob eine ordentliche Menge hoch und schleuderte diese nach unten.
Silke war darauf nicht gefasst und schrie vor Schreck durchdringend. Im nächsten Augenblick schoss Katrijn in den Stall und keifte. »Was ist denn hier los?«
Als sie sah, dass Silke dicht mit Heu behangen war, ließ sie ihren Blick nach oben wandern. Dort wich Helm ängstlich zurück. Die leere Gabel in seiner Hand sagte ihrer Stiefmutter genug.
»Ihr sollt arbeiten und keinen Unsinn machen. Dafür gibt es heute für euch drei kein Abendessen!« Damit wandte sie sich ab und kehrte wieder in die Küche zurück.
Frauke sah zu ihrem Bruder hinauf und tippte sich an die Stirn. »Das hast du Narr jetzt davon. Aber ich sage dir eins: Umsonst werden Silke und ich deinetwegen nicht hungern!«
Für Helm war klar, dass seine Schwestern auf Vergeltung sinnen würden. Er ärgerte sich jedoch weniger, das Heu auf Silke geworfen zu haben, als vielmehr darüber, dass diese sich hier in Münster mehr an Frauke hielt als an ihn. Zu Hause war das ganz anders gewesen.
Während er schnaubend den letzten Haufen Heu nach vorne schob, pflückte Frauke büschelweise Halme von Silke und warf sie, da sie es nicht mehr nach oben schaffen wollte, den Ziegen vor. Dann sah sie ihre ältere Schwester mit kläglichem Blick an. »Was sollen wir tun? Ich habe den ganzen Tag nichts gegessen und Hunger bis unter die Achseln.«
»Ich auch!«, rief Helm von oben herab. »Arbeiten dürfen wir, dass uns die Schwarte kracht, doch den Brotkorb hängt uns Katrijn ziemlich hoch. So habe ich mir das Paradies wahrlich nicht vorgestellt.«
»Das soll auch erst zum nächsten Osterfest kommen«, erklärte Silke bissig. »Bis dorthin müssen wir durchhalten.«
»Aber was machen wir, wenn unser Herr Jesus Christus sagt, dass Vater sowohl mit Mutter wie auch mit Katrijn verheiratet

bleiben soll?« Diese Aussicht verdüsterte Frauke die Aussicht auf ein ewiges Leben.

Ihr Bruder lachte sie aus. »Katrijn ist doch Witwe! Daher wird sie gewiss ihrem ersten Ehemann übergeben. Wobei ich mir nicht vorstellen kann, dass der sich darüber freuen wird.«

»Wir tun es umso mehr!« Silke lachte nun ebenfalls und schloss Frauke in die Arme. »Keine Angst, Kleines! Es wird alles gut.«

»Wenn Mutter nicht die ganze Zeit in ihrer Kammer sitzen und vor sich hin starren würde, ohne sich um uns oder irgendetwas anderes zu kümmern«, seufzte Frauke und setzte still für sich hinzu, dass ihre Mutter seit der Gefangenschaft und ihrer Schändung durch den Foltermeister nicht mehr dieselbe war.

Leider wusste sie nicht, wie sie das ändern konnte. Ihr selbst blieb nichts anderes übrig, als Katrijn zu gehorchen. Dies bedeutete aber auch, am nächsten Morgen mit leerem Magen zum Brunnen zu gehen und Wasser zu holen. Mit diesem Gedanken verabschiedete sie sich von ihren Geschwistern, betrat ihre Kammer und machte sich zur Nacht zurecht.

Helm ging ebenfalls bald zu Bett. Als er sich gerade zurechtlegte, hörte er, dass sein Vater und Katrijn ihre Kammer betraten. Kurz darauf verriet ihm ein gepresstes Keuchen und Stöhnen, dass die beiden wieder dabei waren, das älteste Spiel der Welt zu spielen. Es erregte den jungen Burschen so, dass er weinte, weil er selbst keine Möglichkeit hatte, es seinem Vater gleichzutun, denn alles in ihm drängte danach, sich ebenfalls als Mann zu beweisen.

9.

Am nächsten Tag wachte Frauke später auf als gewöhnlich. Als sie die Uhr von Sankt Ludgeri die erste Morgenstunde schlagen hörte, sprang sie aus dem Bett und fuhr in ihr Kleid, ohne sich zu waschen. Noch während Silke schlaftrunken aufsah, eilte sie zur Tür hinaus, hob die beiden Eimer auf, die es in diesem Haus gab, und schlug den Weg zum Brunnen ein.

Sie war die Erste dort und atmete auf. Doch als sie den Schöpfeimer in den Brunnenschacht hinablassen wollte, sah sie, dass dieser bereits unten war. Ohne sich viel dabei zu denken, wollte sie ihn wieder hochziehen, doch er rührte sich nicht. Nun stemmte sie sich mit aller Kraft gegen die Kurbel, aber es gelang ihr nicht, den Eimer hochzuziehen.

»Der kann sich doch nicht unten irgendwo verhakt haben«, sagte sie verzweifelt und versuchte es erneut. Genauso gut hätte sie an einem Felsblock zerren können.

Gegen ihren Willen kamen ihr die Tränen. Auch wenn sie nichts dafür konnte, würde Katrijn sie schelten. Wie durch einen Schleier sah sie jemanden auf sich zukommen, doch erst, als sie sich die Augen trocken wischte, erkannte sie die Frau, der sie zwei Tage zuvor das offene Tor zu verdanken hatte.

»Guten Morgen!«, grüßte sie erleichtert. »Der Schöpfeimer sitzt unten fest. Vielleicht schaffen wir es zu zweit, ihn hochzuholen.«

Lothar freute sich, Frauke zu sehen, obwohl er sich sagte, dass er ihre Nähe meiden musste, um der Gefahr einer Entdeckung zu entgehen. Dennoch trat er neben sie.

»Versuchen wir es«, murmelte er extra undeutlich, damit sie ihn nicht an seiner Stimme erkennen sollte.

Als er die Kurbel drehen wollte, spürte er das Gegengewicht, aber auch, dass er unter Aufbietung aller Kräfte den Eimer etwas heben konnte.

»Der sitzt nicht fest. Da ist etwas drinnen! Komm, hilf mit! Gemeinsam bekommen wir den Eimer herauf.«

Sofort fasste Frauke zu, und schon berührten sich beider Hände. Während das Mädchen erleichtert lächelte, durchfuhr es Lothar wie ein Schlag. Am liebsten hätte er Fraukes Hände in die seinen genommen und nicht mehr losgelassen. Er besann sich jedoch und begann, die Kurbel zu drehen.

Obwohl Frauke ein kräftiges Mädchen war und alles einsetzte, musste er sich völlig verausgaben, um den Eimer nach oben zu bringen. Als er ihn endlich greifen und auf den Brunnenrand ziehen konnte, fluchte er leise. Böswillige Leute hatten in der Nacht den Eimer mit Steinen gefüllt und in den Schacht hinabgelassen. Es mochte ein Dummejungenstreich gewesen sein, dennoch hatte er ein ungutes Gefühl. Hier in der Stadt gab es etliche Gruppen, die darauf lauerten, einander zu schaden. Zwar hatte er schon einiges von Haberkamp gehört, doch in der kurzen Zeit seit seiner Ankunft war es ihm weitaus deutlicher klargeworden.

»So, das hätten wir geschafft«, rief Frauke erleichtert. »Wer mag das getan haben?«

Lothar zuckte mit den Achseln. »Das weiß ich nicht. Wir sollten jetzt den Eimer ausleeren und dann Wasser schöpfen. Du wirst gewiss daheim erwartet!«

»Das kannst du laut sagen!«, rief Frauke aus. »Aber da du mir geholfen hast, sollst du als Erste schöpfen. Ich muss sagen, du bist ganz schön kräftig! Das sieht man dir gar nicht an. Dabei bist du kaum größer als ich, und ich werde von etlichen Mädchen und Frauen überragt.«

»Ich bin gewiss nicht stärker als du. Doch zu zweit reichte

unsere Kraft aus, den Eimer trotz der Steine nach oben zu kurbeln«, antwortete Lothar und ließ den Schöpfeimer wieder hinab. Als er ihn heraufholte, sah er, dass ein feiner Schmutzfilm das Wasser bedeckte.

»Das kommt von dem Dreck an den Steinen. Ich hoffe, wir können den Brunnen noch verwenden. Nicht dass er unbrauchbar gemacht werden sollte.« Aus Verärgerung verstellte er seine Stimme weniger als sonst.

Frauke musterte ihn durchdringend. Irgendwie erinnerte Lotte sie an Lothar Gardner. Dann aber schob sie diesen Gedanken als lächerlich beiseite und starrte stattdessen den Eimer an.

»Wie bekommen wir heraus, ob das Wasser gut ist?«

»Wie sollten ein paar Eimer schöpfen und ausschütten. Ist das Wasser danach wieder klar, werde ich es probieren!« Lothar machte sich sofort ans Werk und ließ den Eimer wieder in den Brunnenschacht hinab.

Unterdessen waren weitere Frauen gekommen, um Wasser zu holen, und sahen ihm verwundert zu. Frauke erklärte ihnen, dass irgendjemand den Schöpfeimer mit Steinen gefüllt und in den Brunnen hinabgelassen habe.

»Als ich gekommen bin, konnte ich den Eimer nicht heraufholen«, setzte sie eifrig hinzu. »Erst als Frau ... eh, diese Frau mir geholfen hat, gelang es uns, ihn zu heben.«

Aus einem seltsamen Grund heraus kam es Frauke so vor, als würde sie die Fremde bereits gut kennen, dabei wusste sie noch nicht einmal deren Namen.

»Du bist aber nicht von hier?«, fragte eine der Frauen.

Lothar nickte lächelnd. »Ich bin erst seit vorgestern Abend in der Stadt. Mein Name ist Lotte.«

»Gehörst du zu uns Täufern, zu den elenden Lutherknechten, oder kriechst du noch immer diesem Popanz in Rom in den Hintern?«, fragte die andere weiter.

»Mein Ehemann starb durch die Inquisition, weil er für die Voraussagen des großen Propheten Jan Matthys eingetreten ist!«, erklärte Lothar scheinbar empört, um das Vertrauen der Frauen zu erringen.

»Eine Holländerin bist du aber nicht!«

Die Frau wirkte erleichtert, und damit erhielt Lothar einen weiteren Einblick in die Verhältnisse der Stadt. Wie es aussah, standen die Wiedertäufer nicht als geschlossener Block gegen die Anhänger der Lehre Luthers und die Katholiken, sondern es gab Risse in ihrer Gemeinschaft. Nicht alle einheimischen Wiedertäufer schienen damit zufrieden zu sein, dass mit Jan Matthys und Jan Bockelson Männer aus Holland die Führung beanspruchten. Vielleicht, so sagte er sich, konnte er sich das zunutze machen.

Nach dem vierten Eimer war das Wasser schließlich klar. Lothar schöpfte ein wenig mit der Hand und probierte es. Es schmeckte, wie frisches, reines Wasser schmecken sollte.

»Ich glaube, jetzt können wir es verwenden«, sagte er zu den umstehenden Frauen und füllte als Erstes die beiden Eimer, die Frauke nach Hause bringen musste. Er selbst hatte nur ein Gefäß bei sich, das bald voll war. Danach schöpfte er das Wasser für ein altes Mütterchen und ein Mädchen, das noch viel zu klein und schmal aussah, um den schweren Eimer heraufholen zu können. Während er dies tat, unterhielt er sich mit den Frauen und fragte sie nach den Gegebenheiten in Münster.

Lothar merkte rasch, dass die Frauen über das, was in der Stadt vorging, Bescheid wussten. Zwar hielten die Männer sie von allen Entscheidungen fern, doch sie hatten anscheinend vergessen, dass Frauen ebenfalls Ohren hatten und Münder, die das Gehörte weitergeben konnten.

Die meisten Frauen glaubten fest an die baldige Wiederkehr Jesu Christi, doch sie sahen auch die Gefahr, die Münster durch Franz von Waldecks Truppen drohte. Die Forderung, all diejenigen zu vertreiben, die es mit dem Fürstbischof halten könnten, klang mehrfach auf. Ein paar wollten ihre katholischen Mitbürger sogar über die Klinge springen lassen, weil sie beim bevorstehenden Jüngsten Gericht ohnehin verworfen und zu ewiger Höllenpein verurteilt würden.

»Was sagst du dazu?«, wollte eine der Frauen von Lothar wissen.

»Ich weiß nicht so recht. Solche Ungläubige umzubringen, erscheint mir wenig sinnvoll, denn damit würden wir das Werk Jesu Christi vorwegnehmen.«

»Also fortjagen!«, schloss die Frau aus seiner Antwort.

Zwar dachte Lothar nicht so, doch er enthielt sich jeden Kommentars. Mitleid mit jenen, die außerhalb des Täuferkreises standen, stieß hier gewiss nicht auf Wohlwollen.

Fraukes Rückkehr beendete die Unterhaltung. Zwar hätte diese es bei ihren zwei Eimern belassen können, da kein Waschtag bevorstand und auch der Vater kein Wasser in der Werkstatt benötigte. Doch sie hatte gehofft, dass Lotte noch am Brunnen sein könnte, und beschlossen, noch einmal zu gehen.

Nun lächelte sie der Fremden freundlich zu. »Ich danke dir, dass du mir geholfen hast, den Eimer mit den Steinen heraufzuholen. Ich hätte sonst zu einem anderen Brunnen gehen müssen und einen viel längeren Weg gehabt.«

»Es ist nicht des Dankes wert, da ich vor dem gleichen Problem gestanden hätte. Allein wäre es mir unmöglich gewesen, den Eimer hochzuziehen.«

Eigentlich wollte Lothar das Gesicht abwenden, damit Frauke es nicht genauer betrachten konnte, doch es gelang ihm nicht, dem Bann ihrer leuchtend blauen Augen zu widerstehen. Sie war nicht viel älter als siebzehn und galt den Leuten zufolge als weniger hübsch als ihre Schwester, doch diese Meinung konnte Lothar nicht teilen. Frauke schien ihm in den letzten Wochen sogar noch schöner geworden zu sein, und er wünschte sich, sie einmal ganz zu besitzen.

Mäßige dich!, rief er sich zur Ordnung. Sie ist eine Ketzerin und du ein Spion des Bischofs. Also waren sie im Grunde Feinde bis aufs Blut. Der Gedanke schmerzte, und er bedauerte nicht zum ersten Mal, sich überhaupt auf dieses Täuschungsspiel eingelassen zu haben. Andererseits war es schön, sie zu sehen, mit ihr zu reden und den Duft ihres Haares zu riechen. Zwiegespalten wie noch nie in seinem Leben, verabschiedete Lothar sich von Frauke und den anderen Frauen und trug seinen Eimer zu der kleinen Hütte an der Stadtmauer. Da er sich noch nichts zu essen besorgt hatte, musste er sich mit ein paar Bechern Wasser begnügen. Dann nahm er einen alten Korb, den er ebenfalls aus dem grünen Haus mit der zerschlagenen Heiligenfigur geholt hatte, und machte sich auf den Weg zum Markt.

Es dauerte eine Weile, bis er alles zusammenhatte, was er seiner Ansicht nach brauchte. Doch just in dem Augenblick, in dem er den Markt verlassen wollte, traf er erneut auf Frauke, die von Katrijn zum Einkaufen geschickt worden war.

Lothar sah sie an und überlegte, wie er mit ihr ins Gespräch kommen konnte. »Lass mich deinen Korb tragen. Der ist doch viel zu schwer für dich!«

»Nein, das geht schon«, antwortete Frauke verwundert, da Lotte selbst einen vollen Korb schleppte. Dann entspannte sie sich und lächelte. »Findest du nicht auch, dass die ewige Seligkeit schwer erworben werden muss? So viele von uns wurden getötet oder gefoltert, und nun sind wir heimatlose Flüchtlinge in einer fremden Stadt.«

»Ja, da hast du wohl recht!« Lothar ahnte, dass sie auf den Tod ihres ältesten Bruders anspielte, und fühlte sich schuldig, obwohl er dem Inquisitor niemals in den Arm hätte fallen können. Zum Glück ist Gerwardsborn weit weg, dachte er und bot Frauke noch einmal an, einen Teil ihrer Einkäufe zu tragen.

»Weißt du, ich habe nicht so viel«, meinte er lächelnd.

»Wenn das nicht viel ist!« Frauke zeigte auf seinen Korb, in dem genug Nahrungsmittel lagen, um eine ganze Familie zwei bis drei Tage zu ernähren. Lothar hatte zu wenig Erfahrung

beim Einkaufen von Lebensmitteln und daher einfach erworben, was ihm ins Auge gefallen war. Obwohl sein Korb nicht gerade leicht war, packte er die Hälfte von Fraukes Sachen hinzu und sah sie fordernd an.
»Wir können jetzt gehen!« Im Stillen fragte er sich, ob er ihr nur half, um zu erfahren, wo sie wohnte. Aber er hätte es auch sonst getan, korrigierte er sich. Er wollte einfach eine Weile in ihrer Nähe sein, und das war ihm das zusätzliche Gewicht wert.

10.

Die Brackensteiner benötigten für den Weg nach Münster nicht ganz zwei Wochen, aber das Herbstwetter und die aufgeweichten Straßen kosteten die Männer mehr Kraft als eine dreimal so lange Strecke im Sommer. Daher atmete Draas, der solche Märsche nicht gewohnt war, erleichtert auf, als sie die Kirchtürme der Stadt in der Ferne auftauchen sahen und ein Bote des Bischofs sie zu ihrem Quartier brachte. Es handelte sich um einen von einer Mauer umgebenen Gutshof, der genug Platz für ihr Fähnlein bot. Zwar mussten er und die meisten anderen in der Scheune schlafen, doch auf Heu und Stroh ließ es sich weich liegen, und die Verpflegung war noch ausreichend.
»Wir hätten es schlechter treffen können«, meinte Moritz, als sie ihren ersten Hühnereintopf an diesem Ort aßen.
»Es schmeckt dir also?«, fragte die Marketenderin Margret.
Sie hatte das Essen für sich und ihre Kostgänger durch ein Huhn ergänzt, auf das sie ganz zufällig mit ihrem Holzschuh getreten war. Doch wer auf einem Feldzug nicht hungern wollte, musste den einen oder anderen Fehltritt dieser Art tun. Ein Huhn war nicht viel für die kleine Gruppe, die sich um Margret gesammelt hatte. Außer ihrem Geliebten Moritz gehörten noch Draas und vier weitere Soldaten dazu. Das Fleisch machte den Eintopf jedoch schmackhafter, und so aßen sie besser als die anderen Landsknechte, für die die beiden Huren Isa und Bruntje sowie jene Frauen kochten, die entweder mit einem der Männer verheiratet waren oder sich ohne Segen eines Priesters mit einem Landsknecht zusammengetan hatten.

»Was meinst du, Moritz? Werden wir die Stadt erstürmen müssen?«, fragte Draas.
Der Unteroffizier zuckte mit den Achseln. »Woher soll ich das wissen? Wenn es so weit kommt, brauchen wir auf jeden Fall noch sehr viel mehr kampferfahrene Männer. Soviel ich gehört habe, können die hier abgestellten Truppen nicht einmal alle Wege in die Stadt absperren.«
»Aber dann können die Ketzer doch heraus und sich hinter unserem Rücken vorbeischleichen«, wandte Draas ein.
»Ich glaube kaum, dass sie das tun werden. Diese Narren glauben, dass Jesus Christus schon bald vom Himmel steigen und sie unter seinen Schutz nehmen wird.«
Moritz lachte, während Draas den Kopf einzog. »Was ist, wenn er das wirklich tut?«
»Dann haben wir Pech gehabt! Aber glaubst du das? Nachdem der Heiland mehr als anderthalbtausend Jahre im Himmel geblieben ist? Wieso sollte er ausgerechnet im Jahr 1534 erscheinen? Wenn es 1500 gewesen wäre oder 2000 sein sollte, dann ließe ich es mir ja noch eingehen. Aber so glaube ich nicht daran. Der Ketzerführer Melchior Hoffmann hat sich schon vor ein paar Jahren in Straßburg geirrt. Weshalb sollte es ein holländischer Bäcker nun besser wissen?«
»Ich sehe es genauso wie Moritz«, schaltete sich Margret ins Gespräch ein. »Weshalb sollte Gott dem Papst oder den Bischöfen die Auskunft verweigern, sie aber diesem Bäcker geben?«
»Es gab Anzeichen, die auf das Erscheinen der Reiter der Apokalypse hindeuten«, sagte einer von Margrets Kostgängern. »Rom, die heilige Stadt, wurde von den Soldaten des Kaisers geplündert! Die Heiden haben Wien belagert …«
»… und mussten mit eingekniffenem Schwanz wieder abziehen«, fiel Moritz dem Sprecher ins Wort. »Mann, du plapperst den Unsinn der Wiedertäufer nach! Bist du vielleicht selbst einer?«
»Natürlich nicht!«, antwortete der Mann empört.

»Eher ein Wiederkäuer, weil du ihr Gesumse wiederkäust«, spottete Margret. »Kriege gab es zu allen Zeiten, und es wurden immer wieder Städte erobert und geplündert. Diesmal hat es eben Rom erwischt. Morgen kann es Münster sein. Also halt den Mund, wenn du nur dummes Zeug schwätzen kannst.«
So ganz vermochte die Marketenderin den Mann nicht zu überzeugen. »Die Ketzer glauben, dass das Jüngste Gericht bevorsteht und alle anderen von Gott verworfen werden und in die Hölle kommen, so wie damals bei der Sintflut, bei der er allein Noah und dessen Familie überleben ließ! Oder denkt an Sodom und Gomorrha, wo auch nur Lot und seine Töchter der himmlischen Strafe entgingen.«
Der Soldat hatte offensichtlich Angst, die biblischen Katastrophen könnten sich wiederholen. Obwohl Moritz sich über sein Geschwätz ärgerte, versuchte er, ihn zu beruhigen. »Bei Noah war die ganze Menschheit verderbt und bei Lot die Bewohner von Sodom und Gomorrha. Wir aber sind gläubige Christen und setzen den Helm oder den Hut ab, wenn der Pfarrer die Messe liest. Warum also sollte unser Herrgott im Himmel uns auslöschen wollen? Vertilgen und in die Hölle schicken wollen uns die dort!«
Bei diesen Worten zeigte Moritz in Richtung Münster und versetzte seinem Untergebenen einen Rippenstoß. »Nimm dir das zu Herzen, Mann! Wir stehen hier, weil der Landgraf von Hessen uns geschickt hat. Wenn sich nichts ändert, werden wir auch morgen und übermorgen noch hier sein. Sollte aber das nächste Osterfest kommen und unser Herr Jesus Christus tatsächlich vom Himmel steigen, spendiere ich dir einen Becher Wein, bevor es abwärts in die Hölle geht.«
»Verschrei es nicht!«, rief der Soldat.
Aber die übrigen Söldner lachten ebenso wie Draas und Margret über Moritz' Bemerkung. Die Marketenderin ging zu ihrem Wagen und kehrte mit einem Krug und mehreren Bechern zurück.

»So, Männer, jetzt gibt es noch für jeden einen Schluck Wein auf meine Kosten. Danach vergesst ihr den Unsinn mit dem Himmelsgericht. Denkt daran, dass Jesus Christus zur Errettung der Menschheit ans Kreuz genagelt worden ist und nicht zur Errettung eines holländischen Bäckers und seiner Anhänger.«

Diesmal erscholl das Lachen noch lauter, und der skeptische Soldat fiel ebenfalls mit ein. Der Schatten, der sich für einen Augenblick über die Gruppe gelegt hatte, schwand, und als die Männer weiterredeten, ging es nicht mehr um himmlische Erscheinungen und Strafen, sondern um die Art und Weise, wie sie mit den Ketzern in Münster verfahren sollten.

Die Ankunft ihres Hauptmanns beendete schließlich das Essen. Emmerich von Brackenstein war anzusehen, wie wenig es ihm behagte, sich wieder dem Fähnlein anschließen zu müssen. Nach Moritz' Ansicht und der vieler anderer Landsknechte wurde die Feigheit dieses Edelmanns nur von seiner Eitelkeit übertroffen.

Auf diesem Ritt hatte Graf Emmerich seinen feisten Körper in leuchtenden Brokat und schimmernde Seide gekleidet, die nun dick mit Straßenschmutz bedeckt war. Ein sorgfältig gepflegter Kinnbart unterstrich seinen Stand, und die Augen wurden von einem riesigen Barett beschattet, welches er mit einer goldenen Agraffe und sechs Pfauenfedern geschmückt hatte.

Draas musste sich das Lachen verkneifen, als er den so wenig kriegerisch gekleideten Mann erblickte. Verwundert bemerkte er, dass Emmerich von Brackenstein sogar darauf verzichtet hatte, seine voluminöse Pluderhose durch ein Schwertgehänge zu beeinträchtigen.

Ein Reiter in einem langen braunen Wams und festen Lederhosen begleitete den Hauptmann. Er kam Draas bekannt vor, dennoch dauerte es einen Augenblick, bis er in ihm Magnus Gardner erkannte, den Ratgeber des Fürstbischofs.

Emmerich von Brackenstein verhielt sein Pferd mitten im Hof des Gutes und sah sich suchend um. Da er selbst kaum einmal bei der Truppe weilte, hatte der Leutnant, der ihn vertreten sollte, es sich angewöhnt, die Verantwortung für die Männer auf die beiden Unteroffiziere zu übertragen und selbst auf seinem Besitz im Siegerland zu bleiben.

Schließlich erlöste Moritz seinen Hauptmann aus dessen Verwirrung und trat vor. »Das Fähnlein ist wie befohlen in voller Mannstärke eingetroffen!«

»Gut«, antwortete Brackenstein im hochmütigen Tonfall. »Ich werde mich bei Seiner Hoheit, dem Fürstbischof, in Telgte aufhalten. Ihr bleibt inzwischen hier.«

»Wie Ihr befehlt, Euer Erlaucht!« Moritz stand stramm, weil er wusste, dass Brackenstein dies von ihm erwartete. Doch so einfach wollte er den Hauptmann nicht wieder nach Telgte zurückkehren lassen.

»Erlaubt Ihr mir zu sprechen?«, fragte er.

»Was gibt es denn noch?«, antwortete Brackenstein ungehalten.

»Zum einen die Befehle, die wir befolgen sollen. Die fehlen uns nämlich noch. Zum anderen war vorgestern Zahltag, aber der Zahlmeister hat sich wieder einmal nicht blicken lassen.«

»Genau! Das stimmt!«, pflichtete Guntram seinem Kameraden bei.

»Ihr werdet Euren Sold in Zukunft von dem Kämmerer Seiner Hoheit, des Fürstbischofs Franz von Waldeck, erhalten!«, erklärte Brackenstein kühl.

»Das gilt ab dem heutigen Tag«, wandte Gardner ein. »Die Zeit davor muss noch Reichsgraf Brackenstein oder der Landgraf von Hessen bezahlen!«

Emmerich von Brackenstein gefiel diese Auskunft gar nicht, denn er hatte einen großen Teil dieser Summe bereits für sich verwendet. »Seine Hoheit, der Fürstbischof, wird diese Summe auslegen müssen«, erklärte er mit dem Vorsatz, nichts von dem herauszurücken, was er in die eigene Tasche gesteckt hatte.

»Er soll aber nicht zu lange damit warten!«, rief Guntram erregt. »Wenn wir schon unsere Haut zu Markte tragen sollen, dann muss es sich auch lohnen.«
Während Emmerich von Brackenstein dem Unteroffizier mit der Faust drohte, begriff Magnus Gardner, was hier vor sich ging. Bereits auf dem Ritt hierher hatte er keinen guten Eindruck von diesem Hauptmann gewonnen. Mit solchen Männern würde es kaum möglich sein, Münster zur Aufgabe zu zwingen oder gar zu erobern. Die Söldner aber benötigte er dringend.
»Ihr werdet euren Sold bekommen!«, sagte er, um die Männer zu beruhigen.
Neben ihm begann Brackenstein zu schimpfen. »Unverschämtes Pack!«
Als einige Landsknechte daraufhin fluchend auf ihn zukamen, ließ er sein Pferd ein paar Schritte rückwärtsgehen.
Da Gardner es nicht zum Streit kommen lassen wollte, hob er die Rechte. »Soldaten! Ich sagte doch, ihr werdet euren ausstehenden Sold erhalten. Ich werde Seiner Hoheit, dem Fürstbischof, raten, diese Summe auszulegen und sie sich von Reichsgraf Brackenstein zurückzuholen.«
Graf Emmerich erbleichte. Wenn Franz von Waldeck diesen unverschämten Kerlen den Sold auszahlte und die Summe von seinem Onkel forderte, saß er in der Klemme.
Magnus Gardner bemerkte das Erschrecken des Brackensteiners und dachte sich seinen Teil. Gleichzeitig aber fragte er sich besorgt, wie Franz von Waldeck die Kosten für diesen Feldzug aufbringen wollte. Münster war kein Dorf, das von einer einzigen Rotte Landsknechte erobert werden konnte. Um etwas bewirken zu können, brauchten sie acht- bis zehntausend Mann. Doch die konnte der Fürstbischof nicht besolden, geschweige denn für den notwendigen Nachschub sorgen. Der Fürstbischof musste darauf hoffen, dass der Kaiser und die Reichsstände einen Teil seiner Kosten übernahmen,

sonst würde dieser Feldzug schneller enden, als er begonnen hatte.

Unterdessen überlegte Emmerich von Brackenstein, wie er aus der Sache herauskommen konnte, ohne seinen Onkel zu sehr zu erzürnen. Die Landsknechte hier sollten es noch bedauern, ihn bloßgestellt zu haben.

Ohne seine Männer noch einmal anzusehen, ging er auf das Gutshaus zu, in dem er diese Nacht verbringen wollte, und ließ auch Magnus Gardner einfach stehen.

Dieser musterte die Soldaten und fand sie besser ausgerüstet und weniger verlottert, als er erwartet hatte. Wie es aussah, hielten die Unteroffiziere die Männer in guter Zucht. Allein das war schon ein Grund, ihnen den Sold auszulegen. Nun aber wollte er ihnen erklären, welche Aufgaben sie hier zu erledigen hatten.

Er winkte Moritz zu sich. »Ich sehe keinen Offizier unter euch. Brackenstein müsste doch einen Stellvertreter haben!«

»Der Leutnant lässt sich ebenso selten bei uns sehen wie der Hauptmann«, antwortete dieser mit einem Achselzucken. »Im Feld werden wir meistens von einem Offizier unseres Auftraggebers angeführt.«

»Ich werde sehen, wer dafür geeignet ist. Bis dorthin untersteht ihr meinem Befehl.« Gardner verachtete die Männer, die diese Landsknechte anführen sollten, aber nur das Geld dafür einstrichen und die armen Hunde im Stich ließen.

»Ich ernenne dich vorerst zu meinem Stellvertreter«, sagte er zu Moritz. »Bis zu einer anderen Entscheidung bist du für diese Männer verantwortlich.«

»Sehr wohl, Herr!« So ganz mochte Moritz es nicht glauben, dass er einem Offizier gleichgestellt sein sollte, nahm den Befehl aber hin.

»Such dir unter deinen Leuten einen Unteroffizier aus, der dich unterstützen kann. Und nun hört zu! Eure Aufgabe ist es, diese Straße hier für alle Wagen und Personen zu sperren, die nach Münster hinein- oder von dort herauswollen. Habt ihr verstanden?«

»Das schon! Aber was machen wir mit diesen Leuten?«, wollte Moritz wissen.

»Die haltet ihr fest, bis ich sie mir angesehen habe.« Magnus Gardner nickte Moritz noch einmal zu und trat ebenfalls ins Haus.

Der Unteroffizier sah ihm nach, bis er verschwunden war, und wandte sich dann an die angetretenen Landsknechte. »Ihr habt es gehört. Ab sofort gebe ich hier die Kommandos.«

»Spiel dich nur nicht auf«, knurrte Guntram, der zweite Unteroffizier, neidisch. Dann aber machte er eine wegwerfende Handbewegung. »Es ist immer noch besser, du sagst uns, was wir zu tun haben, als wenn man uns einen zweiten Neffen Brackenstein vor die Nase setzt.«

»Du bist natürlich mein Stellvertreter«, erklärte Moritz. Dann suchte sein Blick Draas. »Kannst du schreiben und ein Soldbuch führen?«

»Schreiben kann ich, und rechnen habe ich auch gelernt«, antwortete Draas, ohne zu begreifen, worauf der andere hinauswollte.

»Also bist du von nun an unser Quartier- und Zahlmeister, bis es anders bestimmt wird. Oder hat einer etwas dagegen?«

Die meisten Landsknechte schüttelten den Kopf. Nur wenige konnten viel mehr als ihren Namen krakelig zu Papier bringen, und was das Rechnen betraf, so haperte es bei ihnen ebenfalls.

»Dann ist es beschlossen! Du, Draas, wirst morgen früh mit dem Vertreter des Fürstbischofs reden und ihm sagen, dass der Geldbote sich an dich wenden soll. Frag ihn außerdem wegen der Vorräte, die wir brauchen. Auch wenn das hier ein Gutshof ist, so gibt es doch mehr als einhundert Mäuler zu stopfen.«

»Du kannst dich auf mich verlassen!« Da Draas in seiner Heimatstadt den Bürgermeistern und Ratsmitgliedern hatte Rede und Antwort stehen müssen, fürchtete er sich auch nicht davor, Magnus Gardner anzusprechen. Zudem war er der Einzige unter allen Landsknechten, der diesen Mann kannte, und er glaubte, ihm vertrauen zu können.

Margret hakte sich bei Moritz und Draas ein und sah die beiden listig an. »Und womit feiern wir eure Beförderungen?«

»Mit einem Becher Wein für alle«, erklärte Moritz und stellte damit seine Kameraden zufrieden.

11.

Als Gardner in die gute Stube trat, war Emmerich von Brackenstein bereits beim Tafeln.
»Und? Was sagen diese Hunde?«, fragte der Hauptmann mit vollem Mund.
»Ich würde sie an Eurer Stelle nicht als Hunde bezeichnen. Es sind tapfere Männer, die sich gewiss gut schlagen werden.«
Gardner hatte Brackenstein zurechtweisen wollen, doch der lachte nur.
»Gesindel ist es, das man auf der Straße aufgelesen hat. Wenn man die nicht in scharfer Zucht hält, werden sie frech und aufsässig. Ihr hättet ihnen kein Geld versprechen sollen.«
»Wir brauchen diese Männer, denn sie müssen die Straße hier blockieren. Außerdem kann es sein, dass wir bald auf Münster selbst vorrücken und die Stadt umschließen. Dies alles mit einem Aufruhr Eurer Landsknechte zu beginnen, hätte fatale Folgen für uns. In Münster liegt genug Geld, um diesem Gesindel, wie Ihr es nennt, den dreifachen Sold zahlen zu können. Wollt Ihr, dass die Männer in ihrer Wut die Seiten wechseln?«
Diesmal verzichtete Gardner auf jede Höflichkeit, die er einem Herrn aus reichsgräflichem Geschlecht eigentlich schuldig gewesen wäre.
Brackenstein mochte sehr von sich eingenommen sein, doch diesmal zuckte er zusammen. Sein Onkel sah es ihm nach, wenn er einen Teil der Soldgelder unterschlug. Einen offenen Aufruhr im Fähnlein und den damit einhergehenden Ansehensverlust würde das Familienoberhaupt ihm jedoch äußerst übelnehmen.

»Macht, was Ihr wollt«, brummte er unwirsch und widmete sich wieder seinem Brathähnchen.

Auch für Gardner wurde ein Hähnchen aufgetischt, und für einige Zeit verstummte das Gespräch. Schließlich hob Gardner den Kopf und sah Brackenstein an. »Ihr sagtet, Ihr wollt Seiner Hoheit, dem Fürstbischof, mit Eurer Erfahrung und Eurem Rat beistehen. Also solltet Ihr bereits morgen nach Telgte reiten.«

»Das habe ich vor! Dieses ungewaschene Gesindel dort draußen ist wahrlich nicht die Gesellschaft, die ich mir wünsche.«

Gardner war erschüttert, wie sehr Brackenstein seine Landsknechte verachtete, und fragte: »Weshalb seid Ihr Hauptmann dieses Fähnleins geworden?«

»Es gab drei Stellen, die mein Oheim besetzen konnte, die eines Domherrn, die eines Pfarrers und die des Hauptmanns seiner Landsknechte. Meine beiden Vettern und ich würfelten darum, und ich habe leider verloren! Während mein Vetter Ansbert jetzt wohlbestallter Domherr zu Köln ist und Richbert als Kaplan des Fähnleins auf eine baldige Pfründe wartet, muss ich mich mit diesem rebellischen Gesindel herumschlagen.«

»Wärt Ihr lieber selbst Domherr oder Priester?«, fragte Gardner, ohne sich wirklich für Brackenstein zu interessieren.

Dieser lachte kurz auf. »Am liebsten wäre ich der Erbe meines Oheims und der nächste Reichsgraf Brackenstein. Doch bis dorthin ist es noch ein weiter Weg.«

Den du wahrscheinlich nie bewältigen wirst, dachte Gardner. Doch das war nicht sein Problem. Anders sah es mit Münster aus. Gardner war auf das Gut gekommen, um noch einmal mit seinem Sohn zu sprechen und diesem einzuschärfen, ja vorsichtig zu sein. Doch Lothar hatte sich bereits auf den Weg nach Münster gemacht. Nun sorgte er sich mehr um seinen Sohn, als er es sich hatte vorstellen können. Lothar trug zwar einen klugen Kopf auf den Schultern, war aber alles andere als ein Herkules.

Der Gedanke, dass er dem Jungen möglicherweise zu viel aufgebürdet hatte, fraß sich in Gardner fest. Daher war er froh, als er Brackenstein beim Wein zurücklassen und seinen Vetter Leander von Haberkamp aufsuchen konnte, der die Gesellschaft des Hauptmanns tunlichst gemieden hatte.
Haberkamp wartete im Erkerzimmer auf ihn, weit entfernt von unbefugten Lauschern. Seine Miene wirkte ebenfalls besorgt, als er Gardner begrüßte und ihm mit eigener Hand einen Becher Wein einschenkte.
»Ich würde mich freuen, könnte ich Euch zu einer besseren Zeit willkommen heißen, mein Freund«, begann er.
»Es wird wieder bessere Zeiten geben«, erklärte Gardner, ohne wirklich daran zu glauben.
»Möge Gott es geben!«
Gardner war jedoch nicht gekommen, um sich die Bedenken seines Verwandten anzuhören, sondern steuerte geradewegs auf sein Ziel zu. »Ist es Lothar gelungen, sich in Münster einzuschleichen?«
»Das ist es ihm, allerdings anders, als Ihr es Euch vielleicht gedacht habt. Er hat die Stadt in der Verkleidung einer armen Frau betreten.«
»Er hat was?« Gardner glaubte, nicht recht zu hören.
»Ich wollte es ihm ausreden, aber es war unmöglich«, berichtete Haberkamp.
»Aber ...« Gardner brach ab, als er sich daran erinnerte, wie oft Lothar sich von seinen Freunden hatte anhören müssen, wie ein Mädchen auszusehen. Selbst seine Kommilitonen auf der Universität hatten dies getan. Trotzdem war es etwas anderes, als Mädchen beschimpft zu werden, denn als Frau aufzutreten.
»Ist der Junge verrückt geworden?«, fragte er entgeistert.
Haberkamp schüttelte lächelnd den Kopf. »Das glaube ich nicht. Auf alle Fälle befindet er sich jetzt in Münster. Ich konnte ihn gestern sehen, als ich dort in Verkleidung eines

Bauern mehrere Sack Korn verkauft habe. Er schien recht guter Dinge zu sein.«

»Konntet Ihr mit ihm sprechen?«, fragte Gardner angespannt.

»Nein, leider nicht. Ich glaube nicht einmal, dass er mich erkannt hat, und ich wollte auch nicht den Eindruck erwecken, etwas mit ihm zu tun zu haben.«

Haberkamp wollte fortfahren, doch da hob Gardner die Hand. »Ihr sagt, Ihr seid selbst in der Stadt gewesen, wenn auch verkleidet. Lassen die Ketzer wirklich jeden nach Münster?«

»Nein, das tun sie freilich nicht«, antwortete sein Freund. »Allerdings wollen sie den Winter überstehen, um Ostern die Erscheinung des Herrn feiern zu können. Da es aber bereits den ganzen Sommer über Spannungen gab, sind die Speicher der Stadt weniger gut gefüllt als in früheren Jahren. Knipperdolling und die anderen Bürger, die es mit den Wiedertäufern halten, kaufen daher jedes Korn Getreide, das man ihnen anbietet, und zahlen dafür einen guten Preis.«

»Versorgt Ihr sie etwa?«, fragte Gardner empört.

Sein Vetter winkte lachend ab. »Natürlich nicht. Die drei Säcke habe ich gestern nur verkauft, weil ich feststellen wollte, ob ein als Frau verkleideter Spion gefasst worden sei. Doch wie es aussieht, ist Euer Lothar zu schlau für die Büttel in der Stadt.«

»Wollen wir hoffen, dass es dabei bleibt!« Gardner atmete tief durch und überlegte. »Was Euch gelungen ist, müsste auch mir gelingen. Ich werde mich morgen ebenfalls in einen Bauern verwandeln und Korn in der Stadt verkaufen.«

»Davon würde ich Euch abraten, mein Freund. Ihr sprecht, wie der Ratgeber eines hohen Herrn sprechen muss. Ich hingegen kann wie ein Bauer fluchen und verhandeln.«

»Das kann ich auch. Oder glaubt Ihr, ich habe mein ganzes Leben an Franz von Waldecks Hof oder dem eines anderen Herrn von Stand verbracht?« Gardner hatte sich entschlossen, die Stadt aufzusuchen, und ließ sich nicht davon abhalten.

Haberkamp wiegte bedenklich den Kopf. »Wenn die Ketzer Euch erkennen, verfügen sie über eine allzu wertvolle Geisel. Der Fürstbischof schätzt Euch und würde einiges geben, um Euch unversehrt zurückzuerhalten. Darum wünschte ich, Ihr hättet einen anderen jungen Mann als ausgerechnet Euren Sohn nach Münster geschickt.«

»Es musste sein!«, gab Gardner scharf zurück. »Jetzt geht es mir darum, wie ich mit meinem Sohn in Kontakt komme.«

»Ich wollte es als Bäuerlein tun, das immer wieder einen Sack Korn in die Stadt bringt«, erklärte Haberkamp.

»Wenn Ihr zu oft geht, fällt es irgendwann auf. Daher sollten wir uns diese Aufgabe teilen. Ich warte morgen nur noch darauf, bis unser Gast sich verabschiedet hat, und wandere dann nach Münster.« Bei diesem Vorschlag erntete Gardner jedoch Widerspruch.

»Ihr solltet besser nicht warten«, sagte sein Freund. »Wie ich Graf Brackenstein einschätze, wird er sich gewiss nicht vor zehn Uhr von seinem Bett erheben. Ihr hingegen müsst bei Sonnenaufgang vor den Toren stehen, wenn diese geöffnet werden, und dürft auch nicht länger auf dem Markt bleiben, als bis Ihr das Gemüse auf Eurem Wagen verkauft habt.«

»Ich dachte, ich nehme Korn!«, rief Gardner verwundert.

»Wenn Ihr Eure zwei oder drei Sack verkauft habt, gibt es keinen Grund mehr für Euch, länger auf dem Markt zu verweilen. Es dauert gewiss länger, ein paar Dutzend Kohlköpfe an den Mann oder besser an die Frau zu bringen. Es mag sein, dass sogar Euer Sohn einen kaufen will. An einem Sack Getreide wird er wohl kaum Interesse haben.«

Gardner wollte schon sagen, dass er das Korn nicht im Sack, sondern in kleinen Mengen verkaufen konnte, wurde aber nachdenklich. Ein Bäuerlein mit Kohl fiel tatsächlich weniger auf als einer mit Korn, der offensichtlich alles tat, um länger dortbleiben zu können.

»Ich danke Euch, mein Freund. Euer Rat wird mir stets teuer

bleiben!« Damit reichte Gardner Haberkamp die Hand und umarmte ihn anschließend.

»Nur Mut!«, meinte dieser. »Im Gegensatz zu Hauptmann Brackenstein hat Euer Sohn den Hut nicht nur deshalb auf, damit es nicht in den Kopf hineinregnet. Er weiß durchaus etwas damit anzufangen. Ich wünsche Euch Glück für morgen. Nur noch eines: Wenn Euch morgen irgendjemand als elenden Schollenbrecher beschimpft, dann droht ihm nicht mit dem Richter, sondern mit der Peitsche!«

Gardner musste lachen, und als er zu Bett ging, tat er es in der Überzeugung, dass doch noch alles gut werden könnte.

12.

Obwohl die bischöflichen Truppen damit begonnen hatten, die Straßen nach Münster zu sperren, gelangten immer noch genug Bauern und Händler in die Stadt. Zwar bereiteten die Wiedertäufer sich geistig bereits auf das ewige Leben im Angesicht Jesu Christi vor, aber bis zu dessen Ankunft mussten sie essen und sich kleiden. Die Fahrt nach Münster war wegen der bischöflichen Truppen nicht ungefährlich, doch der dabei erzielte Gewinn wog für die meisten das Risiko auf.
Magnus Gardner ging es nicht um den Gewinn, sondern darum, Kontakt mit seinem Sohn aufzunehmen. Noch vor Tau und Tag zog er eine einfache wollene Hose, ein Leinenhemd und ein kurzes Wams an, brach auf und lenkte den Gaul vor dem bereits beladenen Karren nach Münster. Als er wenig später mit etlichen anderen Bauern und Händlern vor dem Tor anhielt, schlug ihm das Herz bis zum Hals. Was war, wenn er entlarvt wurde?, fragte er sich besorgt. Dann würde Lothar alles tun, um ihn zu retten, und dabei selbst in allerhöchste Gefahr geraten.
Der Gedanke brachte ihn fast dazu, umzukehren. Damit aber hätte er erst recht Verdacht erregt. Also blieb ihm nichts anderes übrig, als auf dem einfachen Karren sitzen zu bleiben, den sein Vetter ihm zur Verfügung gestellt hatte, und darauf zu warten, dass das Stadttor geöffnet wurde.
Als dies endlich geschah, sahen sich die Torwächter jeden, der in die Stadt hineinwollte, genau an. Nur diejenigen, die sie kannten, ließen sie ohne Befragung durch. Es dauerte deshalb

eine Weile, bis auch Gardner an der Reihe war. Ein Söldner in Landsknechtstracht kam auf ihn zu und musterte ihn und den Wagen. »Wer bist du, und woher kommst du?«

Gardner nannte einen Namen und ein Dorf, das etwa drei Stunden von Münster entfernt lag. Dabei hoffte er, dass keiner der Männer um ihn herum sich dort auskannte und wusste, dass er nicht aus dieser Ortschaft stammte.

Der Söldner ging einmal um seinen Wagen herum, betrachtete die Kohlköpfe, die jetzt, da der Winter nahte, besonders schmackhaft waren, und nickte. »Kannst passieren! Kostet dich aber einen Stüver!«

Erleichtert drückte Gardner ihm die Münze in die Hand und schwang die Peitsche. Der magere Gaul stemmte sich gegen das Kummet und zog den Wagen an. Während er das Tor passierte, betrat Arno die Wachstube und schrieb in das Wachbuch »Kunner, Bauer aus Vadrup mit einer Fuhre Kohl«. Dann trat er wieder hinaus, um den nächsten Wagen zu kontrollieren.

Gardner fuhr in die Stadt ein und erreichte nach kurzer Zeit den Marktplatz. Ein Aufseher kam auf ihn zu, forderte die Marktabgabe und wies ihm einen Platz zu, an dem er seine Kohlköpfe verkaufen konnte. Dann hieß es für Gardner warten. Frauen kamen vorbei, griffen in seine Kohlköpfe und schacherten um den Preis, als gelte es der eigenen Seligkeit. Um nicht dadurch Aufsehen zu erregen, dass er sein Gemüse zu billig verkaufte, feilschte Gardner mit und war in Gedanken seinem Vetter Haberkamp dankbar, dass dieser ihm zu den Kohlköpfen geraten hatte. Jedes Verkaufsgespräch schenkte ihm mehr Zeit, die er hierbleiben konnte.

Nach einer Weile trat eine junge Frau auf ihn zu und fragte nach dem Preis für die drei Kohlköpfe. Gardner zuckte zusammen und musterte sie möglichst unauffällig. Das war doch eines der Mädchen, die der Inquisitor auf dem Scheiterhaufen hatte verbrennen lassen wollen! Laut Gerwardsborns Aussage hatte ein Teufel ihre Mutter, ihre Schwester und sie befreit. Anscheinend war sie hierher geflohen und hoffte wohl auch, durch die Wiederkehr Jesu Christi von allen Bedrängern errettet zu werden.

Seine Annahme, hier in Münster wären vor allem Aufrührer und falsche Propheten zusammengelaufen, geriet ins Wanken. Laut dem, was er von Thaddäus Sterken über Hinner Hinrichs erfahren hatte, war dieser ein guter Handwerker gewesen und niemals als Ketzer aufgefallen. Jetzt fange ich auch noch an, Mitleid mit diesen Menschen zu haben, die durch ihre Taten das ganze Land in Unruhe versetzen, schalt er sich selbst.

»Zwei Pfennige dazu, sonst gibt es keinen Kohl«, schnauzte er Frauke an, begnügte sich dann aber doch mit einem. Noch während er dem Mädchen nachschaute und sich sagte, dass es wahrlich hübsch war, trat eine neue Kundin auf seinen Wagen zu.

»Kannst du mir einen Kohlkopf oder zwei verkaufen?«, fragte sie.

»Ich habe sie nicht mitgebracht, um sie wieder mit nach Hause zu nehmen«, antwortete Gardner mit einem gekünstelten Lachen.

Die Frau lächelte. »Das habe ich auch nicht angenommen.« Für einen Augenblick klang ihre Stimme anders, männlicher, und Gardner musste an sich halten, um nicht zusammenzuzucken. »Da bist du ja, du Narr«, flüsterte er seinem Sohn zu.

»Ich könnte auch drei kaufen! Der hier gefällt mir ganz besonders.« Dabei ergriff Lothar einen der Kohlköpfe und hielt ihn seinem Vater vor die Nase. Aus den Augenwinkeln beobachtete er einen der Holländer, die mit Bockelson nach Münster gekommen waren und nun als dessen Ohren und Augen in der Stadt dienten.

»Von mir aus auch vier«, ging Gardner auf das Spiel ein, da ihm der Holländer ebenfalls aufgefallen war. Zum Glück verlor dieser das Interesse an ihnen und ging weiter. Trotzdem blieben sowohl Gardner wie auch sein Sohn vorsichtig.

»Hast du etwas erfahren?«, fragte der Vater leise, um dann laut drei Stüver für sein Gemüse zu verlangen.

»Ich gebe dir zwei und einen Pfennig«, bot sein Sohn an und kramte in seinem Beutel. »Die meisten Katholiken sind bereits vertrieben worden. Jetzt wollen die Täufer auch die Lutheraner loswerden.«

Gardner musste die Ohren spitzen, um ihn zu verstehen. »Können die Lutheraner sich denn nicht gegen diese Leute zusammentun und sie zum Teufel jagen?«, fragte er dann fast ein wenig zu laut.

Lothar schüttelte den Kopf. »Dein Kohl ist mir zu teuer! So viel Geld habe ich nicht.«

Zunächst begriff Gardner nicht, was sein Sohn damit sagen wollte. Dann aber wurde ihm klar, dass nach dessen Meinung keine Aussicht auf einen Aufstand der Lutheraner gegen die Wiedertäufer bestand.

»Hm, wenn du meinst! Trotzdem will ich mein Gemüse nicht wieder mit nach Hause nehmen. Du kannst drei Kohlköpfe haben!« Da sich wieder jemand näherte, führte er das Verkaufsgespräch fort.

»Vorhin war noch von vier Kohlköpfen die Rede«, widersprach Lothar.

So ging es eine ganze Weile, bis Gardner schließlich die Summe akzeptierte, die sein Sohn ihm bot. Zwischen ihrem lautstarken Handel hatte Lothar ihm seine ersten Eindrücke über die Lage in Münster mitgeteilt und ihm erklärt, dass die Wiedertäufer noch weiteren Zulauf aus Holland und einigen anderen Gebieten des Reiches erwarteten.

»Sie werden nicht nachgeben, zumindest nicht vor dem nächsten Osterfest«, setzte Lothar noch hinzu.

Gardner nickte verkniffen. »Das heißt, wir müssen die Stadt einschließen und belagern. Ich kann nicht sagen, dass mir das

gefällt. Die Kassen des Fürstbischofs sind jetzt schon leer. Wie soll er dann eine so lange Belagerung durchhalten können?«
Darauf wusste auch Lothar keine Antwort. »Ich versuche, Euch auf dem Laufenden zu halten«, sagte er. »Leicht wird es nicht werden, denn die Wiedertäufer kontrollieren alle Tore. Außerdem weiß ich nicht, wie lange sie noch Händler in die Stadt lassen. Aber gewiss wird niemandem eine einsame Flasche auffallen, die die Aa hinabschwimmt.«
»Ich werde jemanden beauftragen, den Fluss im Auge zu behalten«, versprach Gardner und wandte sein Augenmerk einer anderen Kundin zu, die eben auf seinen Wagen zutrat.
Um nicht doch noch aufzufallen, nahm Lothar seine vier Kohlköpfe und ging weiter. Sein Kopf schwirrte, als er an die bevorstehende Belagerung dachte. Noch gab es in der Stadt genug Nahrungsmittel. Doch wenn den Bauern verboten wurde, in die Stadt zu kommen, würde hier bald Schmalhans Küchenmeister spielen. Um sich selbst sorgte er sich wenig, doch er wollte nicht, dass Frauke hungern musste.

13.

Gardner verließ die Stadt mit dem Gefühl, als habe er mit der bloßen Hand in einen Bienenkorb mit besonders angriffslustigen Immen gegriffen. Zwar war er nicht gestochen worden, aber sein Sohn steckte mittendrin. Einen Augenblick lang dachte er an das Mädchen, das dem Inquisitor entkommen war. Es war ein hübsches Ding mit wachen Augen und einer angenehmen Stimme, und irgendwie tat es ihm leid.
»Du wirst zu weich!«, rief er sich zur Ordnung. »Münster muss eingenommen werden, wenn das Reich nicht ganz und gar zusammenbrechen soll. Bei Luzifers Schwanzquaste, weshalb musste dieses Gesindel ausgerechnet hierherkommen? Es gibt doch so viele andere Herrschaften ringsum.«
Noch während er es sagte, schüttelte er über sich selbst den Kopf und bat die Heilige Jungfrau, ihm zu verzeihen. Es war unchristlich, anderen die Probleme zu wünschen, die man selbst nicht haben wollte.
Mit diesem Gedanken erreichte er Gut Haberkamp. Zu seiner Überraschung waren neue Gäste eingetroffen. Es handelte sich um eine größere Reiterschar, die bereits Quartier bezogen hatte, während die Rossknechte gerade deren Pferde versorgten. Ein Maultier von schwarzer Farbe rief in Gardner eine ungute Erinnerung wach. Er warf einem der Knechte die Zügel seines Pferdes zu und eilte so, wie er war, ins Hauptgebäude.
Bereits hinter der Tür begegnete er Bruder Cosmas, der ihm voller Abscheu entgegensah. »Du wagst es, Bauer, durch den Vordereingang zu kommen? Deinesgleichen hat devot hinten anzuklopfen.«

In seiner Anspannung formte Gardner bereits eine harsche Entgegnung. Da trat Haberkamp dazwischen. »Ihr werdet verzeihen, Bruder Cosmas, doch ist dies mein Haus, und nur ich bin befugt, jemandem den Zutritt zu verwehren oder zu erlauben. Diesem Mann gestatte ich, hier zu sein.«

Auf dem Gesicht des Mönches zuckte es. Gewohnt, dass die Leute bereits beim Namen Jacobus von Gerwardsborn ängstlich die Nacken beugten, gefiel ihm das selbstbewusste Auftreten des Gutsherrn wenig. Einen Streit mit einem Mann, der unzweifelhaft ein treuer Anhänger des Fürstbischofs war, durfte er jedoch nicht vom Zaun brechen.

»Wie Ihr wollt«, antwortete er schnippisch, wandte sich um und ging den Flur entlang. Doch kaum war er außer Sicht, machte er kehrt und schlich den beiden Männern nach.

So vorsichtig Bruder Cosmas auch sein mochte, Gardner bemerkte ihn und zwinkerte seinem Freund kurz zu. »Der Mönch folgt uns«, sagte er fast unhörbar.

Sein Vetter kniff die Augen zusammen. »Was machen wir mit ihm? Darf er etwas mithören, oder wollen wir ihn vertreiben?«

»Vertreiben!«, antwortete Gardner entschlossen.

Die beiden Männer betraten eine Kammer und schlossen die Tür hinter sich zu. »Setz dich!«, forderte Haberkamp Gardner auf und verzichtete dabei bewusst auf die höfliche Anrede. Gleichzeitig wies er zur Tür.

»Unser Freund müsste jetzt dort sein«, wisperte er.

»Was wollt Ihr machen?«, fragte Gardner laut, da die Formulierung auch im Gespräch fallen konnte.

Sein Gastgeber ergriff ein geflochtenes Band, das in einer Ecke des Zimmers aus der Wand kam. »Damit rufe ich meinen Leibdiener«, sagte er leise, um dann laut weiterzusprechen. »Ich brauche den Karpfenteich auf jeden Fall noch vor dem nächsten Osterfest!«

»Das wird schwierig werden«, antwortete Gardner und fragte sich, was sein Freund vorhatte. Er musste nicht lange warten,

da erklangen draußen Schritte. In dem Augenblick öffnete Haberkamp die Tür und tat so, als wollte er einem Diener Befehle erteilen. »Bring Holz zum Einheizen und warmen Würzwein. Es ist kalt!«
Dann erst schien er Bruder Cosmas zu entdecken, der im Türrahmen kauerte, um zu lauschen.
»Was soll das?«, rief er empört. »Vergeltet Ihr so meine Gastfreundschaft? Bei Gott, das ist ein Schurkenstück!«
Während der Diener, der von der durch den Seilzug betätigten Klingel herbeigerufen worden war, verwirrt auf die Szene starrte, kochte Bruder Cosmas vor Wut.
»Das Ohr der Inquisition muss alles hören«, erklärte er, doch ihm war klar, dass er den Rückzug antreten musste.
»Dann richtet das Ohr der Inquisition dorthin, wo es uns sichere Nachricht bringen kann, nämlich nach Münster. Belauscht die Ketzer und Wiedertäufer, aber keine ehrlichen Christenmenschen!«, fuhr Haberkamp ihn an. »Sagt dies auch Eurem Herrn und macht ihm klar, dass er hier nur zu Gast ist. Sollte ihm dies missfallen, erinnert ihn daran, dass mein jüngerer Bruder als Prälat in Rom weilt.«
Jedes dieser Worte stellte eine Ohrfeige für den Mönch dar. Am liebsten hätte Bruder Cosmas mit gleicher Münze herausgegeben, doch er wusste selbst, dass er in einem Streit mit Leander von Haberkamp den Kürzeren ziehen würde. Daher schritt er wortlos von dannen, nahm sich aber fest vor, dem Inquisitor von diesem Zwischenfall zu berichten und diesen ein wenig anders darzustellen, als er sich abgespielt hatte.
Der Gutsherr blickte hinter dem Mönch her, bis dieser verschwunden war, und wandte sich dann an seinen Diener. »Du bleibst hier stehen und gibst acht, dass es dem frommen Bruder nicht einfällt, noch einmal lauschen zu wollen.«
»Das tue ich, Herr!« Zwar weilten Gerwardsborn und dessen Begleitung weniger als eine Stunde im Haus, doch sie hatten es sich durch ihr selbstherrliches Auftreten bereits mit der ge-

samten Dienerschaft verscherzt. Daher stellte der Mann sich breitbeinig in den Flur, um zu zeigen, dass hier immer noch der Gutsherr selbst das Heft in der Hand hielt und nicht ein ungern gesehener Gast wie der Inquisitor.

Haberkamp kehrte in die Kammer zurück und schmunzelte. »Jetzt sind wir ungestört.«

Gardner nickte zufrieden. »Das ist gut! Ich möchte nicht, dass das, was wir hier besprechen, aus diesem Raum hinausdringt.«

»Das wird es nicht«, versprach sein Vetter und musterte Gardner besorgt. »Ihr bringt keine guten Nachrichten, fürchte ich?«

»Das tue ich bei Gott nicht. Bis jetzt hatte ich die Hoffnung, wir könnten die lutherisch gesinnten Einwohner Münsters auf unsere Seite ziehen und mit ihnen gemeinsam die Wiedertäufer bekämpfen. Doch dafür ist es bereits zu spät.«

»Das dachte ich mir schon, als die lutherischen Bürgermeister und mehrere Ratsmitglieder vor ein paar Wochen die Stadt verlassen mussten. Gewiss wären sie geblieben, wenn sie eine Möglichkeit gesehen hätten, sich gegen die Wiedertäufer zu behaupten«, erklärte Haberkamp.

»Also ist der Kampf gegen die Ketzer dort drinnen unausweichlich«, fuhr Gardner betrübt fort. »Aber das ist ein Krieg, den wir uns im Grunde nicht leisten können. Der Fürstbischof wird beim Kaiser und den Reichsständen betteln gehen müssen, wenn er nicht von vornherein aufgeben will.«

»Wird er aufgeben?«

Gardner schüttelte den Kopf. »Nein, das kann er nicht. Doch lasst mich jetzt davon reden, was ich in Münster gesehen und von meinem Sohn gehört habe.«

»Ihr habt Lothar also getroffen!«

Gardner nickte und berichtete seinem Freund nun, was er erfahren hatte.

Als er schließlich darauf kam, dass Lothar Informationen in Flaschen verstecken und in die Aa werfen wollte, um sie aus der Stadt zu schmuggeln, verzog Haberkamp skeptisch das Gesicht. »Dafür müssen wir den Flusslauf gut überwachen, sonst könnten die Botschaften womöglich in die falschen Hände geraten.«

»Das ist unbedingt notwendig«, stimmte Gardner ihm zu, »und dazu benötigen wir mehrere zuverlässige Männer.«

Sein Vetter überlegte kurz. »Wie wäre es mit den Landsknechten, die hier lagern? Dieser Unteroffizier, Moritz, glaube ich, heißt er, scheint mir zuverlässig zu sein und der Zahlmeister Draas ebenso. Beide Männer könnten umherschweifen, ohne aufzufallen.«

»Ich weiß nicht, ob es gut ist, Fremde zu nehmen«, wandte Gardner ein.

Aber ihm wurde nach kurzem Nachdenken klar, dass sie sich der Treue der hier aufgewachsenen Knechte nicht sicher sein konnten. Fast alle hatten Bekannte oder Verwandte in der Stadt und konnten zudem von den Leuten dort bestochen werden. Die Landsknechte hingegen besaßen keinerlei Beziehungen zu Münster und waren daher verlässlicher.

»Macht es, wie es Euch am besten dünkt. Doch nun will ich diese Kleider loswerden. Wieso muss ein Bauer so stinken?«, erklärte Gardner und beschloss, Emmerich von Brackenstein nach Telgte zu begleiten, um sich mit dem Fürstbischof beraten zu können.

14.

Frauke hatte sich daran gewöhnt, jeden Morgen als eine der Ersten am Brunnen zu sein, um Lotte zu treffen. Diese half ihr, das Wasser zu schöpfen, und trug ihr meist sogar einen der Eimer bis zum Haus. Dort hatte sich wenig verändert. Der Vater lebte mit Katrijn wie Mann und Frau zusammen, während ihre Mutter sich nicht im Geringsten um das kümmerte, was um sie herum geschah. Wenn Frauke oder Silke sie ansprachen, antwortete sie auf so seltsame Weise, als befänden sie sich noch in Stillenbeck. Manchmal behauptete sie sogar, dass sie eben mit Haug geredet hätte, der ihr von ihren Kindern doch das liebste wäre. Mittlerweile verließ Inken Hinrichs ihre Kammer auch nicht mehr zu den Mahlzeiten, und so brachten die Töchter ihr das Essen ans Bett.
Frauke und Silke übernahmen den Löwenanteil der Arbeit, denn Helm musste dem Vater helfen, Gürtel zu schneiden und Schnallen anzunähen.
Auch an diesem Tag verließ Frauke in aller Herrgottsfrühe das Haus und eilte durch die dunklen Straßen zum Brunnen. Dort rührte sich noch nichts, aber kurz nach ihr traf Lotte ein.
»Guten Morgen«, grüßte Frauke.
»Ich wünsche dir ebenfalls einen guten Morgen! Findest du nicht auch, dass es über Nacht kalt geworden ist?« Lothar klopfte sich gegen die Oberarme und fragte sich gleichzeitig, wer ein so unmögliches Kleidungsstück wie einen Rock erfunden haben mochte. Obwohl er Unterhosen trug, waren seine Beine darunter nackt, und er spürte bei jedem Schritt einen kalten Luftzug an Waden und Knien.

»Es ist wirklich kalt geworden«, antwortete Frauke. »Aber im Winter ist das nun mal so! Daher sollten wir uns beeilen.«
»Schade! Ich würde gerne ein wenig mit dir schwatzen.«
Es gab zwar keinen besonderen Grund dafür, doch Lothar genoss es jeden Tag, einfach Fraukes Stimme zu hören. Sie war so viel sanfter als die der Prediger, welche die Unmoral der Welt geißelten und ihre Anhänger zu einem gottgefälligen Leben aufriefen. Seit die Truppen des Fürstbischofs immer mehr Straßen blockierten, war der Umgangston in der Stadt rauher geworden. Zwar kamen immer noch Gruppen von Wiedertäufern nach Münster, doch diese Menschen mussten die feindlichen Truppen umgehen und konnten daher nicht viel bei sich tragen.
»Du lebst doch allein. Da können wir zu dir gehen und ein wenig plaudern. Ein Viertelstündchen habe ich Zeit«, schlug Frauke in aller Unschuld vor.
Lothar atmete schneller. Der Reiz, den das Mädchen auf ihn ausübte, war mit jedem Tage stärker geworden. Wenn er nachts schlaflos in seinem Bett lag, stellte er sich vor, sie wäre bei ihm und würde in seinen Armen schlummern.
Nimm dich zusammen, schalt er sich und rang sich ein Lächeln ab. »Mich würde es freuen. Dafür trage ich dir hinterher die vollen Eimer nach Hause.«
»Es ist nicht mein Zuhause«, sagte Frauke bitter. »Das war ganz woanders, zuletzt dort, wo mein Bruder Haug sterben musste. Diese Stadt hier ist mir fremd, und viele, die in ihr wohnen, flößen mir Angst ein.«
Sie musste keine Namen nennen, denn Lothar wusste genau, wen sie meinte. Da war zum einen Bernhard Rothmann, der in seinen Predigten immer radikaler wurde, dann Bernd Knipperdolling, der nur noch mit einem Schwert bewaffnet herumlief und damit drohte, jeden niederzuschlagen, der sich als Feind der Täufer erwies. Auch Heinrich Krechting gehörte zu jenen, die keine Gnade für Altgläubige kannten. Am meisten

aber fürchtete Frauke sich vor Jan Bockelson. Dieser trat immer mehr als die rechte Hand Gottes auf und ließ keinen Widerspruch gelten.
»Solange ich hier bin, brauchst du keine Angst zu haben«, versuchte Lothar, das Mädchen zu beruhigen.
»Das ist lieb von dir, aber du bist auch nur eine Frau. Diese Männer, sage ich dir, führen uns noch ins Unglück. Weshalb verhandeln sie nicht mit dem Fürstbischof? Es wäre gewiss eine Lösung im guten Sinne möglich.« Frauke senkte betrübt den Kopf und rieb sich eine Träne aus den Augen.
Unterdessen ließ Lothar den Schöpfeimer in die Tiefe und zog ihn voll wieder heraus. Als die nächsten Frauen erschienen, waren sein Eimer und die beiden von Frauke bereits gefüllt.
Lothar reichte den Schöpfeimer an Mieke Klüdemann weiter, der es nach dem Verlust von Frauke und deren weiblicher Verwandtschaft nicht gelungen war, eine neue Magd zu finden. Nun schimpfte die Frau, weil die Fremde ausgerechnet Frauke half anstatt ihr, wie es in einer gerechteren Welt hätte sein müssen.
Aber Frauke und Lothar kümmerten sich nicht um das keifende Weib, sondern machten sich auf den Weg zu dem kleinen Häuschen an der Stadtmauer. Lothar trug Fraukes Eimer, die schwerer waren als der seine, und ignorierte dabei ihren vorwurfsvollen Blick.
Zu Hause angekommen, stellte er die Eimer ab und legte Holz nach. »Damit es ein bisschen wärmer wird«, meinte er und wies auf den Kessel, der neben dem Feuer stand und bereits dampfte. »Mein Kräutersud ist gleich fertig. Ich habe ein wenig Süßholz geraspelt und mit geschnittenen Pfefferminzblättern gemischt. Willst du probieren? Es schmeckt sehr gut!«
»Süßholz ist doch sehr teuer!«, rief Frauke erstaunt.
Lothar schüttelte lächelnd den Kopf. »Mich hat es keinen Pfennig gekostet, denn die Plünderer haben es in dem Haus liegengelassen, aus dem ich meine Möbel geholt habe. Sie

kannten wohl seinen Wert nicht oder hielten es gar für ganz gewöhnliche Holzstückchen. Mir kommt das sehr zupass. Ich habe Süßholz schon als Kind gemocht.«

»Ich auch, aber ich habe es nur an den heiligsten Feiertagen und seit einigen Jahren gar nicht mehr erhalten.« Frauke seufzte.

Lothar reichte ihr ein Stück. »Hier, das kannst du kauen. Ich schenke uns unterdessen meinen Aufguss ein. Der wärmt, sage ich dir!«

In der Zeit, in der er nun als Frau verkleidet in Münster lebte, hatte Lothar sich einiges an hausfraulichen Fertigkeiten aneignen müssen. Mittlerweile kam er ganz gut durch, auch wenn er noch nicht in der Lage war, sich mehr als einen schlichten Eintopf zu kochen. Da die meisten Bewohner der Stadt nicht besser lebten als er, gab er sich damit zufrieden.

Frauke ging unterdessen einiges durch den Kopf. Wie es aussah, konnte ihre neue Bekannte nicht die Ehefrau eines einfachen Mannes gewesen sein. Dafür sprach sie zu gewählt. Auch hätte ein schlichtes Weib das Süßholz nicht erkannt, sondern es als Reisig in den Herd gesteckt. Fragen über Fragen türmten sich vor ihr auf, auf die sie keine Antwort wusste.

Ein wenig zögerlich nahm sie den Becher entgegen und nippte vorsichtig an dem Getränk. Die Mischung aus Pfefferminze und Lakritz schmeckte zwar eigenartig, ließ sich aber gut trinken.

»Gar nicht schlecht!«, lobte sie.

»Man muss in diesen Zeiten zusehen, wie man durchkommt«, antwortete Lothar geschmeichelt und gab seiner Besucherin damit unbewusst ein Stichwort.

»Diese Zeiten ängstigen mich! Ich fragte mich, was werden soll, wenn Jan Matthys' Prophezeiungen sich ebenfalls als falsch erweisen sollten, so wie es bei den Voraussagen von Melchior Hoffmann der Fall gewesen ist.«

Zu Hause hätte Frauke diese Frage niemals stellen dürfen,

ohne Schelte oder gar Schläge zu erhalten. Doch bei Lothar, den sie immer noch als Lotte ansah, glaubte sie, sagen zu können, was ihr Herz beschwerte.

Lothar wiegte nachdenklich den Kopf. »Gelegentlich frage ich mich das auch.«

»Du glaubst also ebenso wenig daran!« Frauke warf ihrer Gastgeberin einen ebenso dankbaren wie ängstlichen Blick zu. Lotte war ihr in der kurzen Zeit ihrer Bekanntschaft zu einer Freundin geworden, die sie nie besessen hatte. Jetzt fasste sie nach deren Hand und hielt sie fest. »Hast du auch Angst vor dem Morgen?«

»Angst? Nein. Eher Sorge um die Menschen, denen ich Gutes wünschte und denen doch so viel Schlimmes droht.«

»Ich habe Angst!« Frauke schüttelte sich und starrte düster vor sich hin. »In der Nacht, wenn ich nicht schlafen kann, stelle ich mir vor, was geschehen könnte, wenn der Heiland doch nicht erscheint. Alle hier glauben es und machen sich daher keine Gedanken darüber, was sein wird, wenn die Prophezeiung sich nicht erfüllt. Die meisten Täufer sind einfache, friedliche Menschen, die nur so leben wollen, wie sie es sich vorstellen.«

»Das vermag in dieser Zeit niemand. Es sei denn, diese Leute ziehen weit übers Meer und siedeln sich auf einer der Inseln an, die vor dem westlichen Kontinent liegen. Allerdings dürfte das keine gute Idee sein, denn Spanien erhebt Anspruch auf diese Ländereien, und dort herrscht nicht nur die katholische Kirche, sondern auch die Inquisition mit all ihrer Macht.«

Einen Augenblick lang hatte Lothar angenommen, eine Auswanderung der Wiedertäufer auf eine dieser indischen Inseln könnte der Weg sein, diesen Konflikt ohne Blutvergießen zu beenden. Doch diese Leute dürften in ihrer Verbohrtheit kaum dazu bereit sein, das Reich zu verlassen, und Kaiser Karl V. würde sie in seiner Eigenschaft als katholischer König von Spanien dort drüben niemals dulden.

Daher streichelte er Frauke über das Haar und zog sie kurz an sich. »Was auch geschehen mag: Die Angst darf dich niemals lähmen, das zu tun, was notwendig ist. Irgendwie werden wir dies hier überstehen!«

Lothar wusste genau, wie gering seine Möglichkeiten waren. Dennoch wollte er alles tun, um Frauke zu retten.

SECHSTER TEIL

Der Prophet

1.

Lothar war dabei, sich etwas zu essen zu kochen, als jemand heftig an die Tür klopfte. Er konnte gerade noch sein Kopftuch umbinden, da platzte Frauke herein.
»Lotte, Lotte, es gibt Neuigkeiten! Eben wurde gemeldet, Jan Matthys – der große Prophet! – sei in der Stadt eingetroffen. Alle Brüder und Schwestern eilen ihm entgegen, um ihn willkommen zu heißen!«
Fraukes Miene verriet Lothar, dass Matthys ihr nicht sonderlich willkommen war. Ihm lag der Täuferprophet ebenfalls schwer im Magen. Mittlerweile war es dessen Stellvertreter Bockelson im Verein mit Bernhard Rothmann, Bernd Knipperdolling und Heinrich Krechting gelungen, die Macht in der Stadt fast vollständig zu übernehmen. Ein Teil der bisher lutherisch gesinnten Bürger hatte sich den Wiedertäufern angeschlossen, und der Rest versuchte, sich irgendwie mit diesen zu arrangieren. Damit hatte sich die Hoffnung des Fürstbischofs, die Katholiken und die Lutheraner könnten sich zusammenschließen und gegen die immer aggressiver auftretenden Wiedertäufer vorgehen, vollends zerschlagen. Zu viele Anführer waren von den Fanatikern aus der Stadt getrieben worden oder hatten diese freiwillig verlassen.
»Uns wird nichts anderes übrigbleiben, als beim Erscheinen des holländischen Bäckers ebenfalls Freude zu mimen«, sagte er mit einem bitteren Auflachen. Ihm war klar, seine Tarnung hing davon ab, dass die anderen ihn – oder besser gesagt, Lotte – für eine eifrige Anhängerin des Propheten Matthys hielten.

»Einen Augenblick! Ich muss nur noch mein Schultertuch umlegen. So ist es mir draußen zu kalt«, sagte er noch, ließ Frauke los und nahm das dicke Wolltuch zur Hand. Kurz darauf hatten beide die Hütte verlassen und trafen schon nach wenigen Schritten auf die ersten verzückten Täufer.

»Er ist gekommen!«, rief ihnen eine Frau zu. »Jetzt wird auch der Heiland vom Himmel herabsteigen und uns erhöhen.«

»Sie benehmen sich, als wäre Christus jetzt schon erschienen«, flüsterte Lothar und zwang sich, ein fröhliches Gesicht aufzusetzen.

»Welch eine Freude! Welch ein Glück!«, stieß er hervor und fasste Frauke bei der Hand, damit sie ihm im Gedränge nicht abhandenkommen konnte.

Als sie an einem Bürgerhaus vorbeikamen, sahen sie hinter den Scheiben die angstvollen Gesichter derjenigen, die nicht zu den Täufern zählten. Diese schienen jetzt erst zu begreifen, dass die wahre Gefahr für sie nicht von Franz von Waldecks Truppen ausging, sondern von den fanatischen Predigern, die Rothmann und seine Anhänger in die Stadt geholt hatten. Weder Frauke noch Lothar blieb die Zeit, darüber nachzudenken, denn auf einmal klang eine laute und zornige Stimme vor ihnen auf.

»Das Ende ist nahe! Gott wird die Ungläubigen richten und vernichten. Wir, meine Brüder, müssen Buße tun, damit auch unsere Seelen nicht zu schwer mit Sünden beladen sind, wenn wir das Antlitz des Heilands schauen. Geht in euch und bereuet, was ihr in Gedanken, Worten und Taten gesündigt habt!«

Wenn das Jan Matthys ist, dann gute Nacht für diese Stadt, fuhr es Lothar durch den Kopf. Da er Frauke bei sich hatte, hätte er sich am liebsten im Hintergrund gehalten und nur von ferne zugesehen, wie der Täuferprophet hier einzog. Es war jedoch seine Aufgabe, seinem Vater alles zu berichten, was in Münster vorging. Aus diesem Grund schob er sich durch die zusammenlaufende Menschenmenge näher an jene Stelle, an der der Prophet seine Rede hielt, und sah diesen bald vor sich. Jan Matthys war ein mittelgroßer, leicht untersetzter Mann mit ergrautem Haar und einem stattlichen Kinnbart. Bei ihm befanden sich Jan Bockelson, Heinrich Krechting und Bernd Knipperdolling, der mit seinem Schwert so wild herumfuchtelte, dass Lothar um die Leute in dessen Nähe zu fürchten begann. Auch Bernhard Rothmann und ein weiterer Täuferprophet, von dem Lothar bisher nur den Namen Johann Dusentschuer kannte, gehörten mit zu der Delegation, die Matthys gerade empfing.

Auf einmal drängte Mieke Klüdemann sich nach vorne und warf sich vor Matthys zu Boden. »Reinige mich von meinen Sünden, denn ich habe viele begangen!«

Matthys packte sie bei der Schulter, sah ihr in die Augen und schrie: »Bereue!«

»Ich bereue!« Die Frau kreischte und krallte die Finger in den schmutzigen Schnee, der von unzähligen Füßen niedergetrampelt worden war.

»So wie dieses Weib müsst auch ihr bereuen!«, rief Matthys der Menge zu. »Doch ihr müsst nicht nur die Sünden bereuen, die ihr begangen habt, sondern auch die Taten, die unterblieben sind.«

»Ich bereue auch diese«, klagte Mieke Klüdemann mit sich überschlagender Stimme.

»Ich bin gekommen, um hier unseren Herrn Jesus Christus zu empfangen. Doch ich sehe noch immer den Tand und das Blendwerk der römischen Kirche«, setzte Matthys seine Rede fort. Sein Finger wies auf eine Kapelle, in der noch eine Madonnenfigur stand.

Ehe ein anderer reagieren konnte, sprang Mieke Klüdemann auf, eilte in die Kapelle und riss die kleine Statue mit einem irren Lachen vom Podest. »Hier ist das Symbol des Unglaubens und das Blendwerk der von Gott verworfenen Kirche!«

Mit diesen Worten zerschmetterte sie die Figur auf dem hartgefrorenen Boden.
Während Jan Matthys ihr zufrieden zunickte, rief Bockelson voller Leidenschaft: »Wir haben gesündigt, indem wir all die heidnischen Statuen und Gegenstände der römischen Kirche an ihrem Ort ließen. Lasst sie uns vernichten, auf dass der Heiland uns nicht für Heiden hält, die es zu vertilgen gilt!«
Er hatte noch nicht geendet, da wälzten sich seine Anhänger in dichten Trauben auf den Paulusdom zu. Andere eilten zu Sankt Lamberti, Sankt Ludgeri und den übrigen Kirchen. Wilde Schreie erklangen und Jubel, wenn einer Statue Kopf oder Arm abgeschlagen wurde.
Frauke und Lothar wurden von der Menge mitgerissen und fanden sich kurz darauf im Dom wieder. Entsetzt beobachteten die beiden, dass die entfesselten Menschen alles zerschlugen, was mit der alten Religion in Verbindung gebracht werden konnte.
»Was sollen wir tun?«, fragte Frauke furchtsam und entdeckte im nächsten Augenblick ihren Bruder, der mit einem Hammer bewaffnet auf das Tabernakel einschlug und dabei hellauf lachte.
»Mit den Wölfen heulen!«, flüsterte Lothar ihr ins Ohr und zerrte mit einem gezwungenen Lachen am Chorherrengestühl herum.
Frauke tat es ihm gleich. Ebenso wie er spürte sie, dass die Menge auch nicht vor jenen haltmachen würde, die sie als Feinde ansah oder gar als Abtrünnige. Dabei war sie noch immer nicht getauft. Ihre Mutter hatte sich nicht darum gekümmert, Katrijn war es gleichgültig, und ihr Vater war weniger denn je zu irgendeinem Entschluss zu bewegen.
»Gott ist mit uns!«, hörte sie ihren Bruder schreien, der nun mit an dem Gestühl zerrte. Andere eilten hinzu und rissen das mit herrlichem Schnitzwerk verzierte Werk förmlich in Fetzen.

Einige nützten die Gelegenheit aus, um zu plündern. Mieke Klüdemann ließ einen goldenen Hostienkelch unter ihrem Gewand verschwinden und forderte anschließend die anderen mit schriller Stimme auf, alles kurz und klein zu schlagen.
Draußen vor dem Dom standen Jan Matthys und Jan Bockelson mit ihren engsten Anhängern und nickten zufrieden. Nach diesem Tag würde es keine Versöhnung mehr mit dem Fürstbischof und der römischen Kirche geben, und so konnten sie sich der Herrschaft über ihre Anhänger gewiss sein.

2.

Frauke und Lothar hätten später nicht zu sagen vermocht, wie es ihnen gelungen war, sich aus der entfesselten Menge zu lösen und zu der Hütte an der Stadtmauer zu schleichen. Da Frauke vor Kälte zitterte, legte Lothar ein paar Scheite nach, um das Feuer richtig zu entfachen. Ein wenig von dem Aufguss aus Pfefferminze und Süßholz war noch im Krug.
Obwohl der Sud nur noch lauwarm war, füllte er einen Becher und reichte ihn dem Mädchen.
»Hier, trink!«
Dankbar ergriff Frauke das Gefäß und leerte es. Dabei sah sie Lothar an und zuckte auf einmal zusammen. Unter dem Eindruck der Geschehnisse stehend, hatte er vergessen, seine Stimme zu verstellen, und zusammen mit seinem ernsten Gesicht brachte sie dies auf die richtige Spur. Zuerst wollte sie ihren Verdacht nicht glauben, dann aber sagte sie sich, dass sie sich Gewissheit verschaffen müsse. Mit einem Schritt war sie bei Lothar und griff ihm an die Brust. Dort, wo der Busen einer Frau sein sollte, ertastete sie nur ein wenig Stoff, der eine nicht vorhandene Fülle vortäuschen sollte.
Erschrocken wich sie zurück. »Du bist ... Ihr seid Herr Lothar Gardner!«
Hilflos stand Lothar vor ihr und sagte sich, dass er ein Narr gewesen war, die Nähe des Mädchens zu suchen. Gleichzeitig aber begriff er, dass sein Leben und sein Schicksal nun in Fraukes Hand lagen. Wenn sie ihn verriet, würden die Anführer der Wiedertäufer kurzen Prozess mit ihm machen. Wozu Mat-

thys und die Männer um ihn herum fähig waren, hatten sie an diesem Tag nur allzu deutlich gezeigt.

Bevor er seine Sprache wiedergefunden hatte, ergriff Frauke erneut das Wort. Jetzt verwendete sie wieder die förmliche Anrede, und in ihrer Stimme schwangen Enttäuschung und Scham mit. »Ihr habt mich getäuscht! Da ich glaubte, Ihr wärt eine Frau, habe ich Euch Dinge anvertraut, die Ihr niemals hättet erfahren dürfen.«

»Du hast mir nichts erzählt, dessen du dich hättest schämen müssen«, versicherte Lothar ihr.

Er fasste nach ihren Händen und hielt sie fest. »Hör mich an! Es geht um unser beider Wohl. Niemand darf erfahren, wer ich bin.«

»Ihr habt Angst, sie würden Euch umbringen?« Obwohl Frauke noch ablehnend klang, wusste sie, dass sie um Lothars willen schweigen würde, weil sie niemals zulassen wollte, dass er ein elendes Ende fand.

»Ja, die habe ich!«, bekannte Lothar offen. »Wenn du mich verrätst, bin ich bald mausetot.«

Frauke hob die Nase, dass diese beinahe an der Decke streifte. »Ihr müsst eine entsetzlich schlechte Meinung von mir haben, wenn Ihr mir dies zutraut. Oder glaubt Ihr, ich hätte vergessen, dass Ihr mich vor dem Inquisitor Gerwardsborn gerettet habt?«

»Nein, das nicht, aber …«

»Schweigt!«, trumpfte Frauke auf. »Ich verdanke Euch mein Leben und das meiner Mutter und meiner Schwester. Wie sollte ich Euch verraten? Obwohl Ihr es wahrscheinlich nicht wert seid!«

Den letzten Satz musste sie noch hinzufügen, um ihm zu zeigen, wie sehr sie sich von ihm hintergangen fühlte. Was sollte sie denn jetzt tun? Lotte galt als ihre Freundin, doch da sie in Wahrheit ein Mann war, konnte sie nicht noch einmal zu ihm kommen und so tun, als wäre er eine Frau. Sollte sie vielleicht einen Streit vorschieben?

»Hör mir zu!«, bat Lothar sie. »Ich bin hier, um zu beobachten, was in der Stadt vor sich geht.«
»Warum das denn?«, fragte Frauke.
»Ich sende meinem Vater Botschaft, damit er Franz von Waldeck entsprechend beraten kann. Dies ist wichtig, um in der Stadt die Ordnung wiederherstellen zu können.«
»Ihr seid also ein Feind und wollt uns alle vernichten!«
Frauke kamen die Tränen. Tatsächlich fühlte sie sich zum ersten Mal als Teil der Gemeinschaft der Täufer. Dabei war ihr dennoch bewusst, dass sie Lothar nicht verdammen dürfe. Immerhin war er der Sohn eines der engsten Berater des Fürstbischofs und sah es als seine Pflicht an, diesem zu helfen, des Aufruhrs in der Stadt Herr zu werden.
»Ich mag sein, was ich will, aber ich bin niemals dein Feind, Frauke«, bekannte Lothar. »Wenn es einen Weg gibt, dich und die Deinen zu retten, werde ich ihn beschreiten, mag es dem Fürstbischof und meinem Vater gefallen oder nicht.«
Ihm war es ernst, das spürte Frauke, und seine Worte legten sich wie ein linderndes Pflaster auf ihre verwundete Seele. Ihr Zorn schmolz, und sie spürte, wie ihr die Tränen in die Augen stiegen. »Ihr habt so viel für mich gewagt und tut es noch!«
»Ich hasse Ungerechtigkeit und einen Glauben, der lediglich auf stumpfen Gehorsam und das Nachplappern lateinischer Gebete besteht, die nur ein gelehrter Mann versteht, nicht aber das Volk, auf das es ankommt! Allerdings verachte ich auch Menschen, die glauben, vor allen anderen auserwählt zu sein, und die alle, die nicht ihre Überzeugung teilen, der Höllenpein anheimgeben wollen.«
Frauke begriff, dass seine Worte sowohl gegen das Vorgehen eines Jacobus von Gerwardsborn wie auch gegen das eines Jan Matthys und Jan Bockelson gerichtet waren. Aber was blieb dann noch?, fragte sie sich. Im Grunde nur Luthers Lehre, die von vielen als Befreiung vom Joch der römischen Kirche empfunden wurde.

»Ich denke ebenso wie Ihr«, sagte sie lächelnd unter Tränen, »und ich wollte, wir wären nicht hierhergekommen.«
»Das wollte ich auch!« Noch während er es sagte, wusste Lothar, dass es nicht stimmte. Dafür war seine Freude, Frauke wiedergetroffen zu haben, viel zu groß. Als er jedoch darüber nachdachte, wie er sich in Zukunft zu ihr stellen sollte, kämpften zwei Seelen in seiner Brust. Zum einen spürte er, wie sehr er sie als Frau begehrte. Andererseits war ihm klar, dass eine ehemalige Ketzerin bürgerlicher Herkunft seinem Vater als Schwiegertochter niemals gut genug sein würde.
»Wir sollten über der Zukunft nicht das Hier und Heute vergessen«, flüsterte er mehr für sich selbst als für Frauke bestimmt.
»Da habt Ihr recht! Was glaubt Ihr, was noch kommen wird?«
Lothar stieß ein freudloses Lachen aus. »Wenn ich das wüsste, hätte ich mich nicht in Frauenkleidern in die Stadt schleichen müssen. Auf jeden Fall verheißt Jan Matthys' Ankunft nichts Gutes, das hat er heute bewiesen.«
»Dann frage ich mich, was wir tun sollen«, antwortete Frauke verunsichert.
»Auf jeden Fall verhindern, dass wir auffallen. Aus diesem Grund wirst du zu mir Lotte sagen und mich nicht wie eine Person von Stand anreden. Auch sollten wir uns jeden Tag mindestens zwei-, dreimal sehen, um miteinander sprechen zu können. Die Situation hier in der Stadt kann sich beinahe stündlich ändern.«
Lothar bedauerte es nun, dass er zwar Nachricht nach draußen senden, aber selbst keine empfangen konnte. Es gab zwar einige Männer in der Stadt, die gleichfalls Kontakt zu den Bischöflichen pflegten, aber er hatte nicht herausfinden können, ob sie zuverlässig waren.
»Irgendwie werden wir es schaffen«, sagte er, um Frauke und vor allem sich selbst Mut zu machen. »Doch ich glaube, wir

sollten jetzt wieder nach draußen gehen und nachsehen, was diese Narren alles angerichtet haben.«

Dabei nahm er sich vor, noch am gleichen Tag der Aa eine Nachricht anzuvertrauen. Vorher aber musste er sich persönlich überzeugen, was bei dem Bildersturm der Wiedertäufer alles zerstört worden war.

3.

Jan Matthys' Ankunft in Münster stellte eine Wende dar. Hatte Franz von Waldeck bislang noch gehofft, die Situation durch Verhandlungen mit dem Rat der Stadt lösen zu können, so war dessen Macht nun endgültig gebrochen. Der neue Herr in Münster war der oberste Prophet der Wiedertäufer – und mit dem Mann war nicht zu reden.

An diesem Abend schritt der Fürstbischof, begleitet von Magnus Gardner und zwei Dienern, die ihnen den Weg ausleuchteten, durch den kahlen Garten seiner Residenz, die in dem nur wenige Meilen von Münster entfernten Telgte lag, und kämpfte gegen die Verzweiflung an, die ihn zu übermannen drohte. »Sagt mir, Gardner, wie konnte es so weit kommen?«

Lothars Vater stieß die Luft hart aus den Lungen und sah den weißen Wölkchen nach, die sein Atem in die Luft zeichnete. Es lag ihm auf der Zunge zu sagen, Waldeck habe eben zu lange gewartet, aber was würde das helfen? Daher rang er sich eine andere Antwort ab.

»Das, Eure Hoheit, weiß niemand! Bei Gott, wie sehr hatte ich gehofft, es könnte in Münster zu einem Ausgleich zwischen den katholischen und den lutherischen Christen kommen, wie es in anderen Städten geschehen ist. Doch in Eurer Stadt haben sich Prediger wie Bernhard Rothmann breitgemacht und die Herzen der Menschen vergiftet. Dabei haben viele seiner Anhänger zu Beginn nur deshalb zu ihm gehalten, weil sie gehofft haben, die Stadt Münster endgültig aus dem Fürstbistum lösen und zu einer freien Reichsstadt machen zu können.«

»Jetzt leben sie im neuen Jerusalem!« Obwohl Franz von Waldeck lachte, lag kein Spott in seinen Worten, sondern Angst.

»Vor allem leben sie unter der Herrschaft von Jan Matthys und dessen Kamarilla. Daher würde ich vorschlagen, dass wir die Stadt enger umschließen und von allem Nachschub abschneiden. Wenn der Tag der angeblichen Wiederkehr Christi verstrichen ist, ohne dass die Prophezeiung wahr geworden ist, könnten die vernünftigeren Männer in Münster bereit sein, sich mit uns zu verständigen.«

»Und wenn nicht, Gardner? Ihre Anführer sind Fanatiker. Was ist, wenn sie die Herrschaft mit Gewalt behalten und alle, die gegen sie sind, ermorden?«

»Dann, Eure Hoheit, bleibt uns nichts anderes übrig, als die Stadt zu stürmen. Doch das ist in meinen Augen der letzte Ausweg aus dieser Situation.« Gardner dachte mit Grauen, was in Münster geschehen würde, wenn es zum Sturm kam und die entfesselten Landsknechte ein Blutbad anrichteten. Während ihm der Kopf unter der Last der Verantwortung zu schwer wurde, wanderte der Blick des Fürstbischofs nach Westen. Dort lag nicht nur Münster.

»Es gäbe noch einen Ausweg für uns, Gardner. Ihre Kaiserliche und Königliche Hoheit Maria von Habsburg, frühere Königin von Ungarn und jetzige Statthalterin des Kaisers in Burgund, ließ Uns Botschaft überbringen, dass sie bereit wäre, Uns das Gebiet des Fürstbistums Münster abzukaufen, um es in den burgundischen Reichsverband einzugliedern.«

»Aber das ...« Mehr brachte Gardner nicht heraus, denn es verschlug ihm die Sprache.

»Für Uns wäre dies ein Weg, aus dieser unangenehmen Sache herauszukommen«, fuhr Franz von Waldeck fort. »Auch wäre Ihre Hoheit, Maria von Habsburg, besser als Wir in der Lage, Truppen aufzustellen und den Ketzern in Münster aufs Haupt zu schlagen. Wir hingegen könnten mit der Abstandssumme in Osnabrück eine eigene Herrschaft begründen, die im Lauf der Jahre lutherisch und damit erblich werden könnte.«

Das war ein Lockmittel, das schon so manchen geistlichen Fürsten davon überzeugt hatte, das Evangelium im Sinne Luthers predigen zu lassen, um sich selbst zum weltlichen Herrscher ernennen zu können. Gardner war sicher, dass Maria von Burgunds Emissäre genau dies Waldeck vorgeschlagen hatten. Wie weit die Habsburgerin und vor allem ihr Bruder, der Kaiser, ein solches Vorgehen im Endeffekt dulden würden, stand allerdings auf einem anderen Blatt. Schließlich galten sie beide als Verteidiger des wahren Glaubens.

Das war auch Franz von Waldeck klar. Seine Herrschaft bestand nicht nur aus der Stadt Münster, sondern aus weiten Landstrichen, deren Stände ihm bereits mehrfach Sondersteuern zugebilligt hatten, damit er seine Söldner bezahlen konnte. Gegen deren Willen konnte er die Herrschaft nicht niederlegen und sie den Habsburgern übergeben. Und dann war da auch noch der Papst als sein geistliches Oberhaupt.

Innerlich zerrissen, wandte Franz von Waldeck sich an seinen Begleiter. »Was meint Ihr, Gardner? Welchen Rat würdet Ihr uns geben?«

»Alles sehr genau zu überdenken, Eure Hoheit. Was steckt hinter diesem Angebot? Gibt es irgendwelche Sicherheiten? Welche Möglichkeiten eröffnen sich Euch dadurch? Oder müsst Ihr damit rechnen, vielleicht sogar Schaden zu nehmen, wenn Ihr den Ratschlägen folgt?«

Gardner zählte die Punkte auf, die ihm einfielen. Dem Fürstbischof zu raten, das Angebot aus Burgund abzuweisen, wagte er allerdings nicht. Dieser nannte ihm schließlich noch einen Grund, weshalb Maria von Habsburg ihm ihre Gesandten geschickt hatte.

»Hinter dem Angebot steckt niemand anders als Seine Majestät, Kaiser Karl V. Seit der Erbteilung der habsburgischen Besitzungen fällt Burgund an die spanische Krone, während Münster eine zum Heiligen Römischen Reich gehörende Herrschaft darstellt. Wird nun Herr Ferdinand Kaiser und nicht der Sohn seines Bruders Karl, würde er es mir verargen, ein so großes Land an die Spanier übergeben zu haben. Das könnte mich aller Aussichten in anderen Teilen des Reiches berauben.«

Gardner war froh, dass Franz von Waldeck selbst auf diesen Umstand gestoßen war. Die Stimmung unter den deutschen Fürsten bezüglich eines weiteren, aus Spanien stammenden Königs war schlecht. Selbst jene, die immer noch dem Katholizismus anhingen, zogen den in Österreich residierenden Ferdinand von Habsburg einem möglichen spanischen Neffen vor.

»Das sollte man sorgfältig bedenken«, antwortete Gardner daher. »Die andere Alternative bedeutet jedoch, diesen Krieg selbst zu führen. Dafür müsstet Ihr das Fürstbistum bis zum Letzten verschulden und zudem die umliegenden Fürsten und den Kaiser um Unterstützung bitten. Es ist möglich, dass Herr Karl sich als wenig zugänglich erweist, wenn Ihr das Angebot seiner Schwester ablehnt. Herr Karl will Spaniens Macht stärken und nicht die des Reiches.«

»Ich fürchte, da habt Ihr recht, Gardner. Bei Gott, ich wünschte, ein anderer müsste diese Bürde tragen!« Der Fürstbischof ballte die Fäuste in hilflosem Zorn, denn er fühlte sich wie zwischen zwei Mühlsteinen gefangen und konnte nur hoffen, dass er nicht völlig zerrieben wurde.

Nach einer Weile schüttelte er traurig den Kopf. »Wir werden es durchstehen, Gardner, auch ohne Burgunds Hilfe und die des Kaisers. Was wisst Ihr Neues aus Münster?«

»Die Wiedertäufer haben endgültig die Macht in der Stadt ergriffen und alle Kirchen geschändet. Altäre, heilige Reliquien und alle sakralen Gerätschaften wurden zerstört.«

»Sind Eure Quellen verlässlich?«, fragte der Fürstbischof, der

sich ein solches Ausmaß an Vandalismus nicht vorstellen konnte.
Bislang hatte Gardner dem Fürstbischof verschwiegen, dass er den eigenen Sohn als Spion in die Stadt geschickt hatte. Doch nun begriff er, dass er diese Information nicht länger zurückhalten durfte. Zum einen ging es im Falle einer Erstürmung der Stadt um Lothars Leben, und zum anderen wollte er den Landesherrn seinem Sohn geneigt machen.
»Meine Quelle ist absolut zuverlässig«, antwortete er so leise, dass keiner der Fackelträger es hören konnte. »Es ist mein Sohn Lothar. Ihr kennt ihn! Er hält sich als Weib verkleidet in der Stadt auf und schickt mir Nachricht durch Flaschen, die er in die Aa wirft!«
»Lothar!« Beinahe hätte der Fürstbischof gesagt, dass der Junge auch wie ein Mädchen aussah.
Er verkniff sich diese Bemerkung jedoch, um seinen bewährten Ratgeber nicht zu beleidigen, und setzte seine Rede anders als geplant fort. »Mut hat der Junge wirklich, und er weiß List einzusetzen. Ich gratuliere Euch zu ihm, Gardner! Man sieht auch hier, dass der Apfel nicht weit vom Stamm gefallen ist.«
Gardner lächelte geschmeichelt. Zwar hatte er in seiner Jugend männlicher ausgesehen als sein Sohn, doch das Lob seines Herrn wog schwer. Es mochte für Lothar der Beginn einer Karriere sein, die ihn noch höher hinaufführen konnte, als er selbst gelangt war.
»Vor allem ist Lothar treu und zuverlässig«, erklärte er dem Fürstbischof. »Er ist ein aufmerksamer Beobachter und hat alle Untaten dieser Ketzer genau beschrieben.«
»Ein guter Junge«, murmelte Franz von Waldeck vor sich hin. »Ich wollte, wir hätten mehr von seiner Sorte. Allein ist er in Münster ziemlich hilflos, aber fünf oder zehn wackere Burschen wie er könnten das Ruder noch einmal herumwerfen.«
»Vor ein paar Monaten wäre das noch möglich gewesen, jetzt nicht mehr. Die Täufer haben in der Stadt das Sagen, und sie

erkennen nur ihre eigenen Propheten über sich an und keinen anderen Herrn. Jan Matthys ist nun Herr über Leben und Tod in Münster, und es gibt niemanden, der ihm in den Arm fallen könnte.«

Gardners Worte klangen düster, obwohl er immer noch hoffte, die Bürger von Münster könnten den Mut und die Kraft aufbringen, sich gegen die in die Stadt geströmten Wiedertäufer zusammenzuschließen. Vielleicht konnten sie sogar eines der Tore erstürmen und den eigenen Truppen den Weg öffnen. Er wusste jedoch selbst, dass das meiste davon Wunschdenken war und es mehr als eines Wunders bedurfte, damit seine Hoffnung sich erfüllte.

4.

Lothar kam es so vor, als habe sich ein eisiger Schatten der Stadt bemächtigt. Kaum jemand ging noch seinem Tagwerk nach. Jan Matthys' Anhänger streiften bewaffnet durch die Straßen und zerschlugen in Kirchen, Klöstern und Kapellen alles, was an die alte Religion erinnerte. Andere verkrochen sich in ihren Häusern, zogen die Köpfe ein und hofften, dass der Sturm an ihnen vorübergehen würde.
Oft genug aber wurden gerade diese Menschen durch laute Schläge gegen die Haustür aufgeschreckt. Wer Jan Matthys' Schergen nicht rasch genug öffnete, dessen Tür wurde mit Baumstämmen aufgerammt, das Haus geplündert und die Bewohner misshandelt. Doch auch diejenigen, die die Männer und Frauen hereinließen, konnten sich nicht sicher sein, ob diese in Frieden wieder gehen würden. Fanden die Eindringlinge nur einen Rosenkranz oder die Statuette eines oder einer Heiligen, so trieb man die Bewohner des Hauses auf die Straße und jagte sie unter wüsten Beschimpfungen aus der Stadt.
Nach ein paar Tagen war dies den Spitzen der Wiedertäufer nicht mehr genug. Als Bernhard Rothmann auf dem Markt seine Predigt begann, erschien Jan Matthys und bedeutete ihm, innezuhalten. Dann wandte er sich an seine Anhänger, die sich um sie versammelt hatten.
»Der Tag des himmlischen Gerichts ist nahe! Doch immer noch verpesten die Verfechter des alten Glaubens und der lutherischen Verirrung diese Stadt. Wie soll unser Herr Jesus Christus zu uns herabsteigen, wenn die Heiden unter uns weilen? Geht hin und ruft alle herbei, die in dieser Stadt leben und

noch ohne die wahre Taufe sind. Nur wenn sie ihre Seele Gott öffnen und unsere Brüder und Schwestern werden, dürfen sie bleiben und mit uns das Antlitz des wiedergekehrten Heilands sehen. Alle anderen müssen die Stadt noch heute verlassen!«
»Wie meint er das?«, fragte Frauke erblassend zu Lothar. Obwohl sie nicht mehr unbefangen zu ihm gehen konnte, seit sie wusste, wer er war, suchte sie in Augenblicken wie diesen seine Nähe.
»Ich fürchte, er meint es sehr ernst!« Lothar blickte besorgt auf die Schneeflocken, die vom Himmel fielen. In einer solchen Zeit Menschen aus der Stadt zu jagen, war eine reine Teufelei, und er bedauerte die armen Leute, die nun wie Vieh aus ihren Häusern getrieben würden. Doch er konnte nicht das Geringste für sie tun. Einen Augenblick hatte er auch Angst um Frauke, die ja ebenfalls nicht die Erwachsenentaufe erhalten hatte. Doch als Tochter von Wiedertäufern und Schwester eines ihrer Märtyrer war sie vorerst wohl noch sicher.
Zwar drängte es ihn, seine Hütte aufzusuchen und eine Botschaft über die letzten Grausamkeiten der Ketzerführer an seinen Vater zu schreiben. Er wusste jedoch selbst, dass Matthys, Bockelson, Rothmann, Knipperdolling und wie sie alle hießen von ihren Anhängern erwarteten, auf dem Marktplatz auszuharren und ihre Taten gutzuheißen. Wenn er jetzt diesen Ort verließ, machte er die Männer auf sich aufmerksam.
Daher fasste er Fraukes Hand und blieb stehen, während weiter vorne die Bewohner Münsters sich auf dem Marktplatz der Frage Jan Matthys' stellen mussten, ob sie sich von ihm und seinen Predigern taufen lassen wollten oder nicht.
»Ich hoffe, sie sind klug genug und tun so, als würden sie sich fügen«, flüsterte Frauke voller Mitleid.
Zunächst sah es ganz so aus. Dann aber blieb einer der Männer stehen und drohte Matthys mit der Faust. »Deinetwegen setze ich nicht mein Seelenheil aufs Spiel, indem ich mich auf eure ketzerische Art taufen lasse! Dies ist ein Greuel vor dem

Herrn. Hat denn nicht schon unser Herr Jesus Christus gesagt: Lasset die Kindlein zu mir kommen? Weshalb verweigerst du diesen das Recht, als gläubige Christen aufzuwachsen, so dass ihnen, wenn sie sterben, das Himmelreich verwehrt bleibt?«

Diese Anklage hallte so mahnend über den Domplatz, dass sie ihre Wirkung auf viele der lutherisch gesinnten Bürger nicht verfehlte. Etliche blieben stehen und berieten sich mit ihren Ehefrauen, Verwandten und Freunden.

»Ich lasse mich auch nicht ketzerisch taufen!«, rief ein anderer.

»Ich ebenfalls nicht!« Diesmal war es eine Frau.

Lothar musterte die Gruppe der Lutheraner und überlegte, ob ihre Zahl ausreichen würde, sich gegen Matthys und dessen Männer durchzusetzen. Dagegen sprachen jedoch mehrere Gründe. Zum einen waren die Täufer, die sich um ihre Propheten scharten, zumeist bewaffnet, und zum anderen stand zu befürchten, dass sich die übrigen Wiedertäufer ebenfalls gegen die Lutheraner wenden würden. Die Folge davon wäre Mord und Totschlag hier auf dem Hauptmarkt. Daher schwieg er und hielt Frauke fest, die es vor Grauen schüttelte.

Wohl wissend, dass man sie nicht mehr in ihre Häuser lassen würde, wandten sich die ersten Bürger mit ihren Frauen und Kindern aus Münster ab und schritten mit ernsten, entschlossenen Mienen auf die Stadttore zu. Einige Familien aber trennten sich. Die Familienoberhäupter verließen die Stadt, während Ehefrauen oder jüngere Brüder zurückblieben und erklärten, sich taufen lassen zu wollen.

»Warum tun sie das?«, fragte Silke, die sich zu ihrer Schwester und Lothar gesellt hatte. »Sie sollten doch die Irrenden beschwören, hierzubleiben und gleich ihnen den Heiland zu erwarten.«

Frauke sah kurz Lothar an, doch der zuckte wider besseres Wissen mit den Achseln. »Ich weiß es nicht.«

Dabei wusste er ebenso gut wie Frauke, dass die, die blieben, es nicht aus Hingabe an den neuen Glauben taten, sondern um die Häuser und den Besitz ihrer Familien zu schützen. Knipperdolling hatte in den letzten Wochen bewiesen, dass er die Häuser jener, welche die Stadt verließen, als Eigentum der Täufergemeinde ansah, die er an deren Anhänger verteilen konnte.

Dem Mann, der Jan Matthys als Erster herausgefordert hatte, reichte es jedoch nicht, mit gesenktem Kopf davonzuschleichen. Die rechte Faust noch immer erhoben, funkelte er den Anführer der Wiedertäufer zornerfüllt an.

»Du bist auch nur ein falscher Prophet, der diese guten Leute hier an der Nase herumführt. Sobald das Osterfest vorbei und unser Herr Jesus Christus im Himmel geblieben ist, werden es alle erkennen und dich anspeien, so wie ich es jetzt tue!«

Mit zwei Schritten war er bei Matthys und spuckte. Zwar traf er nur dessen Gewand, aber der Prophet fuhr voller Wut auf, entriss einem seiner Leibwächter das Schwert und schlug auf den anderen ein.

Der Mann entging dem ersten Schwerthieb und wollte zurückweichen. Aber Bernd Knipperdolling war schneller und traf auch besser als der zornige Holländer. Sein Schwert bohrte sich knirschend durch Fleisch und Gebein. Der Getroffene sank vornüber und blieb reglos liegen, während sein Blut den zusammengetretenen Schnee rot färbte.

»Ihr seid gottloses Gesindel! Der Teufel wird euch alle holen, und wir werden über euch lachen, wenn wir sehen, wie ihr euch im Höllenfeuer windet und vor Schmerz und Qual schreit«, brüllte Matthys den abziehenden Lutheranern nach.

»Bei Gott!«, murmelte Frauke und krallte die Finger so fest in Lothars Arm, dass dieser die Zähne zusammenbeißen musste, um nicht vor Schmerz zu stöhnen.

Er selbst war nicht weniger entsetzt als das Mädchen. Zwar hatte er Matthys und dessen engstem Umkreis einiges Schlechte zugetraut, aber nun hatten diese Männer ein noch hässliche-

res Gesicht gezeigt. Mit solchen Leuten waren Verhandlungen sinnlos. Zwischen ihnen und dem Fürstbischof würde das Schwert entscheiden müssen.
Kaum hatte sich das Stadttor hinter denjenigen geschlossen, welche die Stadt verlassen wollten, da reckte Jan Matthys die Faust triumphierend in die Höhe. »Die Feinde des wahren Glaubens sind vertrieben! Nun gilt es, all jene zu taufen, bei denen es noch nicht geschehen ist, auf dass auch ihnen das ewige Leben im Angesicht unseres Herrn Jesus Christus zuteilwird.«
Einige der Prädikanten, die sich Matthys und dessen Lehren verschrieben hatten, sahen dies als Aufforderung an, mit der Erwachsenentaufe zu beginnen. Frauke bemerkte, dass ihr Bruder Helm, der gleich ihr noch ungetauft war, nach vorne drängte, um als einer der Ersten an der Reihe zu sein. Mittlerweile hatte Helm sich mit zwei jungen Männern angefreundet, die erst kürzlich in die Stadt gekommen waren. Auch diese eilten zu den Predigern, um endgültig in die Gemeinschaft um Jan Matthys aufgenommen zu werden.
Lothar verzog das Gesicht, als er Faustus und Isidor erkannte, denen er bislang sorgfältig aus dem Weg gegangen war. Auch ohne das, was zwischen ihnen vorgefallen war, billigte er ihnen nicht die Tiefe und Festigkeit im Glauben zu, um echte Täufer zu sein. In dem Augenblick, in dem die Truppen des Fürstbischofs hier die Oberhand gewannen, würden sie wieder zu treuen Anhängern des katholischen Glaubens werden. Vorerst aber empfand er sie als Ärgernis – und das nicht nur für sich.
»Du solltest deinen Bruder vor den beiden Kerlen warnen, mit denen er sich herumtreibt«, sagte er zu Frauke.
»Warum?«
»Tu es! Rate Helm, sich nie mit den beiden allein an einem einsamen Ort aufzuhalten.« Deutlicher konnte Lothar nicht werden.
Frauke wusste nichts über Männer, die sich zu Knaben hin-

gezogen fühlten, daher verstand sie Lothars Warnung nicht. Dennoch wollte sie seine Worte beherzigen.

Auch Silke musterte ihren Bruder und dessen neue Freunde misstrauisch. »Das sind keine guten Männer«, raunte sie der Schwester zu. »Ich fühle es!«

»Dann sag du bitte Helm, dass er sie meiden soll. Auf dich hört er eher als auf mich«, bat Frauke aus langjähriger Erfahrung heraus.

»Das hat er getan, bevor wir in diese Stadt kamen. Nun aber geht er seine eigenen Wege.« Silke klang traurig. Dann zupfte sie Frauke am Ärmel. »Warum gehst du nicht nach vorne und lässt dich ebenfalls taufen? Ich will nicht, dass unser Herr Jesus Christus dich bei seinem Erscheinen als unwert erachtet und verwirft oder du gar vorher aus der Stadt getrieben wirst wie jene arme Menschen, die wir vorhin gesehen haben.«

»Wir hätten nicht nach Münster kommen sollen«, flüsterte Frauke. »Unsere Anführer maßen sich Rechte an, die ihnen nicht zustehen.«

»Sei still! Oder willst du, dass dich jemand hört?«, warnte Lothar sie eindringlich.

»Verzeih!« Frauke begriff, dass sie mit solchen Reden auch Lothar gefährdete, und schämte sich. Trotzdem wollte sie nicht nach vorne gehen, um sich taufen zu lassen, denn ihre Zweifel an der Richtigkeit der Täuferbewegung waren nie größer gewesen als zu dieser Stunde.

Da fühlte sie auf einmal Lothars Hand schwer auf ihrer Schulter. »Geh! Ich werde später bezeugen, dass du nur dem Zwang gehorcht hast.«

Einen Augenblick lang blieb Frauke noch stehen. Dann aber sagte sie sich, dass neben ihrer Familie auch Debald Klüdemann und dessen Frau, vor allem aber Jan Bockelson wusste, dass sie die Erwachsenentaufe bislang nicht erhalten hatte. Wenn sie jetzt nicht nachgab, gefährdete sie alle, die sie liebte. Mit wankenden Knien schritt sie nach vorne und gliederte sich

in die lange Reihe ein, die sich vor den taufenden Predigern gebildet hatte. Durch Zufall kam sie neben ihrem Bruder zu stehen, der sich angeregt mit Faustus unterhielt.
»Ich hätte schon längst getauft werden sollen«, erklärte Helm gerade. »Doch wegen dieses schrecklichen Inquisitors ist nichts daraus geworden, und hier in der Stadt hat mein Vater nicht dafür gesorgt, dass es getan wird.«
»Du sollst Vater nicht vor anderen Leuten schlechtmachen«, schalt Frauke ihren Bruder.
Helm lachte sie jedoch aus. »Ich weiß genau, was von Vater zu halten ist. Er ist ein arger Zauderer, der sich am liebsten noch vorschreiben lassen würde, wann er zum Abtritt darf. Denke doch nur daran, wie er vor Katrijn kuscht, obwohl diese bloß ein Weib ist und ihm den Lehren des Evangeliums zufolge in allen Dingen gehorchen müsste.«
Frauke erinnerte sich noch an mehr, nämlich an die Entschlusslosigkeit ihres Vaters beim Erscheinen des Inquisitors, die Haugs Tod und ihre Gefangenschaft erst verschuldet hatte. Es gab genug, was sie dem Vater hätte vorwerfen können. Doch nicht einmal Lothar gegenüber würde sie ein schlechtes Wort über ihn verlieren.
»Es ist nicht richtig, so über ihn zu reden!« Mehr konnte sie im Augenblick nicht zu Helm sagen, aber sie nahm sich fest vor, ihm zu Hause den Kopf zurechtzusetzen. Weder gefiel ihr das falsch klingende Lachen seiner neuen Freunde noch die seltsamen Blicke, mit denen vor allem Faustus ihren Bruder musterte.
Kurz darauf stand sie vor einem Prediger und wurde in einer kurzen und alles andere als feierlichen Zeremonie in die Gemeinschaft der Wiedertäufer aufgenommen. Sie nahm aus dem Augenwinkel wahr, dass es ihrem Bruder ebenso erging, und war seltsamerweise enttäuscht. Als sie in sich hineinhorchte, fühlte sie sich sogar abgestoßen. Wären Jan Matthys' Prophezeiungen tatsächlich wahr, so hätte sie einen Hauch des Heili-

gen Geistes spüren müssen. Doch das Einzige, was sie empfand, war die Kälte dieses Februartages und ihre Blase, die sich immer stärker meldete. Mit einem gewissen Galgenhumor dachte sie, dass es aus dem Grund sogar gut war, so eine wenig feierliche Taufzeremonie erlebt zu haben.

Sie verließ ihren Bruder, gesellte sich kurz zu Silke und Lothar und erklärte diesen, dass sie auf den Abtritt müsse. Bevor sie ging, drehte sie sich noch einmal um und sah die beiden vertraut miteinander reden. Das versetzte ihr einen Stich, und sie fühlte etwas, das ihr bislang fremd geblieben war, nämlich Neid auf ihre Schwester. Silke war eine Schönheit, und das konnte Lothar nicht entgangen sein. Obwohl sie sich dieser Gefühle schämte, ließen sie sich nicht unterdrücken, und sie eilte unter Tränen nach Hause.

5.

Im Gegensatz zu seiner Schwester fühlte Helm sich großartig, weil er endlich getauft war und damit zu den Brüdern des wahren Glaubens gehörte. Dies erklärte er auch seinen beiden Freunden.
Faustus warf Isidor einen raschen Blick zu. »Das müssen wir feiern, findest du nicht?«
»Natürlich!«, antwortete Isidor breit grinsend. »Aber ich glaube, wir sollten nicht in ein Gasthaus gehen, denn unsere Prediger verbieten es. Dabei hat unser Herr Jesus Christus auch gerne gefeiert. Erinnert euch nur an die Hochzeit zu Kana, wo er das Wunder tat, Wasser in Wein zu verwandeln! Daher ist es direkt christlich gedacht, wenn wir uns ein paar Becher Wein genehmigen.«
»Aber wo sollen wir an Wein gelangen?«, fragte Helm unsicher. »Bei uns zu Hause gibt es zwar welchen, aber den bewacht meine Stiefmutter grimmiger als ein Drache seinen Schatz.«
»Am Wein soll es nicht scheitern!« Faustus schlug Helm lachend die Hand auf die Schulter. »Weißt du, mein Freund, wir haben in der letzten Zeit in so manches leere Haus geschaut und dabei etliche Flaschen und Fässlein gefunden, deren Inhalt uns jetzt gut schmecken wird. Hast du Lust, mit uns zu kommen?«
»Und ob ich die habe!« Bislang hatte Helm nur selten Wein kosten können und dabei nie mehr als einen halben Becher erhalten. Daher wollte er die Gelegenheit nützen, wie ein richtiger Mann trinken zu können. Während hinter ihnen die

Letzten der angeblich Bekehrungswilligen getauft wurden, folgte er Faustus und Isidor in einen abgelegenen Winkel der Stadt, wo sich die beiden in einem verlassenen, nur noch teilweise bewohnbaren Haus eingenistet hatten. In dem Gebäude war es lausig kalt, aber in der Küche leuchteten die Reste des Herdfeuers unter der Asche in einem dunklen Rot.
Isidor legte Reisig und ein paar Scheite nach und blies das Feuer an. »Gleich ist es warm«, erklärte er.
»Du solltest weniger reden. Hol den Wein!«, befahl ihm Faustus.
»Bin schon dabei!« Isidor öffnete eine Falltür und stieg in einen Keller hinab, den sein Freund und er in den letzten Wochen mit Diebesgut aufgefüllt hatten. Darin lagen Würste und Schinken, Steinguttöpfe mit Schmalz und Butter sowie einige Flaschen und zwei Fässer, eines mit Bier und eines mit Wein. Isidor füllte einen großen Krug aus dem Weinfass, trug diesen nach oben und goss drei Zinnbecher voll.
Faustus nahm einen und erhob ihn. »Auf unsere Gesundheit!«
»Auf unsere Taufe, würde ich sagen! Jetzt werden auch wir das ewige Leben erlangen.« Helm stieß mit Faustus und Isidor an und trank.
Der Wein schmeckte säuerlich und stammte gewiss von keiner guten Lage. Dennoch leerte er den Becher in einem Zug. Sofort schenkte Isidor ihm nach und hob seinen eigenen, noch mehr als halbvollen Becher zum Trinkspruch.
»Auf unseren Herrn Jesus Christus, den wir bald in eigener Gestalt vor uns sehen!«
»Auf den Erlöser!« Helm fand, dass er schon den ganzen Becher trinken musste, um den Heiland zu ehren.
Im Gegensatz zu ihm hielten die beiden anderen sich mit dem Trinken zurück. Dafür brachten sie einen Trinkspruch nach dem anderen auf den Propheten Jan Matthys, auf Jan Bockelson, Bernhard Rothmann, Bernd Knipperdolling und die anderen Täuferführer aus. Helm hielt kräftig mit und war zuletzt

so betrunken, dass er nur noch lallen konnte. Als er schließlich, vom Wein überwältigt, den Kopf auf die Tischplatte legte und schnarchte, verzog Faustus das Gesicht.

»Das hätten wir auch mit dem jungen Gardner machen sollen, dann befänden wir uns noch auf unserer Universität und könnten auf einen guten Abschluss hoffen.«

»Warum hast du es nicht getan?«, fragte Isidor, der sich zu Unrecht angegriffen fühlte.

»Hinterher ist man immer klüger!« Mit diesen Worten tat Faustus den Einwand ab. »Hilf mir jetzt, Helm so über den Tisch zu legen, dass wir ihn benutzen können.«

Die beiden packten den Jungen an den Armen und zerrten ihn so weit nach vorne, dass er mit dem Oberkörper auf der Tischplatte lag. Danach griff Faustus um Helms Taille herum, öffnete seinen Gürtel und zog ihm die Hose herab. Während er auf die schmalen, knabenhaften Hüften starrte, öffnete er seine Hose, trat hinter den Betrunkenen und schob sein Glied in dessen Afteröffnung.

»Das ist wahres Manneswerk«, stöhnte er und wurde dabei heftiger.

Isidor sah ihm zu und spürte, wie auch ihn die Erregung packte. Dabei wünschte er sich viel lieber ein Mädchen, das er so nehmen konnte, wie Gott es bei der Schöpfung vorgesehen hatte. Doch mit diesem Vorschlag brauchte er Faustus nicht zu kommen. Dieser ekelte sich vor Frauen und behauptete, sie würden stinken. Doch so weit, um das nachprüfen zu können, war er bislang nicht gekommen.

Trotz dieser Überlegungen nahm Isidor, als Faustus befriedigt war, dessen Stelle ein und ließ nicht eher von Helm ab, bis auch er mit einem schmerzhaften Ziehen zur Erfüllung gekommen war. Danach zog er rasch die Hosen hoch und sah seinen Freund an.

»Und was machen wir jetzt mit ihm?«

»Wir schicken ihn weg«, antwortete Faustus und wusste

gleichzeitig, dass dies nicht ging. Helm war so betrunken, dass er nicht auf eigenen Beinen stehen konnte. Selbst als er ihm kaltes Wasser ins Gesicht schüttete, kam der Junge nicht zu sich, sondern wimmerte nur.

»Wir sollten ihn nach Hause bringen«, schlug Isidor vor.

Faustus schüttelte den Kopf. »Das ist unmöglich! Wenn seine Eltern ihn so betrunken sehen, werden sie sich fragen, warum wir das zugelassen haben. Wenn sie dann auch noch merken, was sonst mit ihm passiert ist, geht es uns an den Kragen.«

»Daran hättest du eher denken können! Aber du wolltest unbedingt in ihn hineinfahren.« Isidor weinte fast vor Angst.

»Jetzt verlier nicht die Nerven!«, fuhr Faustus ihn an. »Das kriegen wir schon hin. Hilf mir, Helm ins Freie zu bringen. Dort legen wir ihn an einer Stelle ab, an der er bald gefunden wird. Wenn uns jemand fragt, war er zwar kurz bei uns, hat uns dann aber verlassen. Was danach geschehen ist, wissen wir nicht.«

Isidor hatte ebenfalls keine Lust, wegen Helm etwas zu riskieren, und nickte. »Das wird das Beste sein. Aber zu weit dürfen wir ihn nicht tragen, sonst werden wir noch gesehen!«

Faustus stimmte ihm zu, dann packten sie den Jungen, trugen ihn vorsichtig zur Tür und spähten hinaus.

Mittlerweile war es dunkel geworden, und in diesem Teil der Stadt hatte niemand eine Laterne entzündet. Auch sie wagten es nicht, sondern schleppten Helm im schwachen Licht der winterlichen Sterne durch die Gassen. Als sie nach kurzer Zeit das Licht einer Fackel entdeckten, bogen sie in Richtung Stadtmauer ab. Schließlich blieb Faustus vor einem Schutthügel stehen.

»Ich glaube, wir haben ihn weit genug weggebracht.«

»Wird er hier auch gefunden?«, fragte Isidor angesichts der abgelegenen Stelle.

»Gewiss«, beruhigte ihn sein Freund und ließ Helm auf den

Schutthügel fallen. Dann packte er Isidor und zog ihn mit sich. »Komm jetzt! Sonst fallen wir noch jemandem auf.«
Als sie ihr Quartier vor sich sahen, begann es zu schneien, und Faustus atmete beim Anblick der tanzenden Schneeflocken tief durch. »Da haben wir ja noch einmal Glück gehabt. Hätte es eher geschneit, wären unsere Fußstapfen entdeckt worden. So aber wird niemand uns verdächtigen.«
Isidor nickte, ohne überzeugt zu sein. Doch er folgte Faustus ins Haus und legte erneut Holz nach. »Mir ist kalt«, sagte er und schüttelte sich.
»Du bist ein Feigling!«, spottete Faustus. »Ein richtiger Mann hat heißes Blut in den Adern, und daher macht ihm die Kälte nichts aus. Jetzt setz die Abendsuppe auf! Wegen Helm sind wir nicht einmal dazu gekommen, etwas zu essen.«
»Hoffentlich findet man ihn«, flüsterte Isidor mit bleichen Lippen, machte sich aber an die Arbeit. Dabei fragte er sich zum ersten Mal, wieso Faustus nicht damit zufrieden war, wenn sie einander gegenseitig befriedigten. So aber setzte dieser sie immer wieder der Gefahr aus, entdeckt zu werden. Doch wenn sie das weiter taten, so wollte Isidor darauf dringen, dass sie eine Magd betrunken machten, bei der er sich wenigstens als richtiger Mann beweisen konnte.

6.

Frauke kämpfte den ganzen Abend gegen ein mulmiges Gefühl an, denn sie hatte ihren Bruder seit der Zwangstaufe am Nachmittag nicht mehr gesehen. Als er auch zum Abendessen nicht erschienen war, hatte der Vater nur unwirsch die Stirn gerunzelt, aber nichts gesagt. Katrijn hingegen meinte lapidar, da Helm die Mahlzeit versäumt habe, müsse er eben bis zum nächsten Morgen mit dem Essen warten.
Als es schließlich Zeit war, ins Bett zu gehen, fehlte Helm immer noch. Nun schimpfte Katrijn über ihn, legte aber trotzdem den Riegel vor.
»Der Lümmel soll sehen, wo er die Nacht bleibt«, sagte sie schnaubend und gab Hinrichs einen Wink, ihr in die Schlafkammer zu folgen.
»Mir gefällt das nicht«, flüsterte Frauke ihrer Schwester zu. »Bis jetzt ist Helm immer rechtzeitig zum Abendessen zurückgekommen. Es muss etwas passiert sein.«
»Oh Gott, hoffentlich nicht!«, rief Silke erschrocken.
»Wir sollten ihn suchen!«, drängte Frauke.
»Wo denn? Die Stadt ist doch so groß.«
Frauke überlegte kurz und kam zu dem Schluss, dass sie dringend Hilfe benötigten. Da sie diese weder von ihren Eltern noch von der zweiten Ehefrau ihres Vaters erhalten würden, gab es nur eine Person, an die sie sich wenden konnten.
»Komm, Silke! Leg dir dein warmes Schultertuch über. Wir gehen zu Lotte. Vielleicht weiß sie Rat!«, sagte sie, während sie eine Unschlittkerze mit einem Stück Glut vom Herd entzündete und in eine Laterne steckte.

»Ich mag Lotte auch sehr! Sie ist so verständig und ganz anders als diese gehässigen Weiber in unserer Nachbarschaft.«
Silkes Ausspruch brachte Frauke fast dazu, ihren Plan fallenzulassen. Es gefiel ihr gar nicht, dass die Schwester sich so viel aus Lothar zu machen schien. Wie würde es erst sein, wenn Silke erfuhr, dass es Lotte gar nicht gab, dafür aber einen freundlichen, gutaussehenden jungen Mann? Dann aber dachte sie an Helm und sagte sich, dass sie sich von ihrer Eifersucht nicht daran hindern lassen durfte, das Richtige zu tun.
»Mach schon!«, forderte sie Silke auf und trat zur Tür.
»Katrijn wird wütend sein, wenn wir den Riegel nicht wieder vorlegen«, wandte Silke ein.
»Dann musst du hierbleiben und ihn hinter mir zuschieben. Ich klopfe an, wenn ich zurückkomme.« Frauke hoffte schon, ihre Schwester würde darauf eingehen, doch Silke überwand ihre Furcht vor der Stiefmutter und folgte ihr nach draußen. Sie kamen rasch voran und standen wenig später vor Lothars Hütte. In ihrer Erregung pochte Frauke viel zu heftig an seine Tür.
Lothar schlief bereits, als er durch das Klopfen geweckt wurde. Im ersten Schrecken griff er nach dem Dolch, den er unter seinen Frauenkleidern verborgen in die Stadt geschmuggelt hatte. Dann hörte er Fraukes Stimme und entspannte sich wieder.
»Lotte, bitte wach auf!«
»Ich bin schon wach!«, antwortete er, während er von seinem Strohsack aufstand und sich in der Dunkelheit zum Herd vortastete, auf dem ein wenig Holzkohle, von einem Tontopf abgedeckt, glühte. Er legte Reisig drauf, blies das Feuer an und benützte ein brennendes Holzstück, um die Unschlittlampe zu entzünden. So rasch er konnte, zog er sein Kleid über, achtete darauf, dass die Stellen, die einen Busen andeuten sollten, richtig saßen, und öffnete dann die Tür.
Im nächsten Augenblick war er froh, sich sorgfältig angezogen

zu haben, denn neben Frauke stand auch deren Schwester mit einer brennenden Laterne in der Hand. »Was gibt es?«, fragte er besorgt.

»Es geht um unseren Bruder«, antwortete Frauke. »Er ist heute nicht nach Hause gekommen. Jetzt suchen Silke und ich ihn.«

»Und euer Vater?«

»Der ist mit seinem holländischen Weib zu Bett gegangen, ohne sich um Helm zu kümmern. Auch Mutter tut es nicht, seit …« Silke brach ab, da sie sich daran erinnerte, ihrer Mutter geschworen zu haben, die Vergewaltigung durch Gerwardsborns Foltermeister Dionys niemals zu erwähnen.

Frauke fasste Lothars Hände und sah ihn bittend an. »Wir müssen ihn finden! Die Nacht ist kalt, und wir haben Angst um ihn.«

»Er kann sich auch jemandem angeschlossen haben.« Noch während er es sagte, beschlich Lothar ein Verdacht. Seine Miene wurde hart, und er steckte den Dolch ein.

Frauke entging das nicht, und sie schlug das Kreuz. »Befürchtest du Schlimmes?«

Unterdessen starrte Silke Lothar an und schüttelte ungläubig den Kopf. »Das ist doch nicht möglich!«

»Was?«, fragte Frauke.

»Lotte! Sie sieht aus wie unser Retter und spricht auch mit dessen Stimme!«

In dem Augenblick hätte Lothar sich wegen seiner Unvorsichtigkeit selbst ohrfeigen können. Zuerst wollte er leugnen, begriff aber, dass er damit nicht weit kommen würde.

Daher trat er auf Silke zu, fasste sie bei den Schultern und schüttelte sie. »Vergiss es sofort wieder und sage zu niemandem ein Wort, hast du verstanden?«

Silke wand sich aus seinem rauhen Griff und wich ein paar Schritte zurück. Dennoch nickte sie. »Ich werde schweigen wie ein Grab!«

»Sag so etwas nicht!«, schalt Frauke sie. »Du rufst es sonst noch herbei.«

»Ich werde wirklich nichts sagen. Immerhin hat Herr Gardner uns drei gerettet, sonst hätte dieser unsägliche Inquisitor uns ebenfalls auf dem Scheiterhaufen verbrannt.« Von den Erinnerungen überwältigt, begann Silke zu zittern.

Doch Frauke war noch nicht zufrieden. »Wirst du auch den Mund halten, wenn einer der Prediger oder Prädikanten dich auffordert, einen Feind oder Verräter zu melden?«

Einen Augenblick lang schwankte Silke. Das Wort dieser Männer wog schwer und mochte den Unterschied zwischen Verdammnis und ewiger Seligkeit ausmachen. Dann aber dachte sie daran, dass sie sich unter einem himmlischen Jerusalem etwas anderes vorgestellt hatte als diese Stadt, in der Menschen vertrieben oder gar getötet wurden, nur weil sie ihren eigenen Glauben nicht verraten wollten. Lange Jahre war dies das Schicksal der Täufer gewesen. Jetzt erleben zu müssen, dass die eigenen Leute nicht besser waren als ihre Feinde, erschreckte sie.

»Ich verspreche, Herrn Gardner nicht zu verraten. Um es offen zu sagen, bin ich sogar froh, dass er Lotte ist.« Aus Silke sprach der unbewusste Wunsch, beschützt zu werden.

Ihre Schwester spürte es und kämpfte für einen Augenblick mit dem Gefühl, dass die Welt ohne Silke für sie besser wäre. Sofort schämte sie sich dieses Gedankens und sah die anderen auffordernd an.

»Wir sollten nicht hier herumstehen und schwatzen, während Helm vielleicht dringend unsere Hilfe braucht.«

Lothar legte sich sein Schultertuch um, setzte sich die schlichte Haube auf und nahm seine Laterne. »Kommt mit! Ich glaube, ich weiß, wo wir den Jungen finden können.«

Mit diesen Worten verließ er die Hütte und schritt an der Wehrmauer entlang in die Richtung, in der Faustus' und Isidors Schlupfwinkel lag.

Es schneite immer noch leicht, und sie hinterließen deutliche Fußstapfen im frisch gefallenen Schnee. Nach etwa einhundert Schritten tauchte zu ihrer Linken ein Schutthaufen auf, den Lothar zunächst nicht beachtete.

Doch Frauke, die neben ihm ging, stieß einen erschrockenen Ruf aus: »Seht dort!«

Lothar folgte ihrem Fingerzeig und sah eine Hand aus dem Schnee herausragen. Sofort eilte er hin, stellte die Laterne ab und packte die Hand. Sie fühlte sich kalt an, so wie die eines Toten. Er erschrak und wollte die beiden Mädchen wegschicken. Doch da knieten diese bereits neben ihm und halfen mit, den regungslosen Körper vom Schnee zu befreien.

»Es ist Helm!« In Fraukes Stimme schwang die Angst mit, ihr Bruder könnte nicht mehr am Leben sein. Doch als sie mit Zeige- und Mittelfinger Helms Halsschlagader ertastete und den zwar langsamen, aber steten Pulsschlag fühlte, atmete sie auf.

»Er lebt noch! Wir sollten ihn rasch in Lottes Hütte bringen. Silke, nimm du die Laterne! Lotte und ich werden Helm tragen. Auch brauchen wir Schnee, um Helms Glieder zu reiben. Bei dieser Kälte könnten ihm leicht Füße oder Hände erfrieren.« Noch während sie es sagte, wuchtete sie den nicht gerade leichten Körper des Jungen hoch.

Sofort nahm Lothar ihn ihr ab. »Ich trage ihn! Kümmere du dich um den Schnee.«

Silke leuchtete ihm den Weg aus, während Frauke sich so viel Schnee auf die Arme lud, als wolle sie einen Schneemann bauen.

Während des Rückwegs sprach keiner der drei ein Wort. Erst als sie sich wieder in Lothars Hütte befanden, stellte Frauke die Frage, die sie alle bewegte. »Wie konnte das geschehen?«

»Verletzt ist er nicht«, sagte die Schwester nach einem prüfenden Blick.

»Helft mir, ihn auszuziehen«, bat Lothar die Mädchen. »Oder wollt ihr, dass ihm die Zehen oder die Finger abgenommen werden müssen?«

»Natürlich nicht!«, fauchte Frauke und begann, Helm aus seinem Wams zu schälen. Auch Silke half mit, und so lag der Junge bald nur noch mit der Unterhose bekleidet auf dem primitiven Tisch, während seine Sachen an den Stangen über dem Herd hingen. Nun kam der schwerste Teil für alle drei, denn sie mussten den eiskalten Schnee nehmen und erst Helms Hände und Füße und dann die Arme und die Beine damit abreiben.

Es war eine anstrengende Arbeit, doch sie konnten bald aufatmen, denn der Junge regte sich nach einer Weile und begann, unverständliche Worte zu stammeln. Zu ihrer Überraschung kam er jedoch nicht zu sich, sondern fiel in einen unruhigen Schlaf, in dem ihn seinem Wimmern nach üble Träume zu quälen schienen.

Schließlich begriff Lothar, was Helm fehlte. »Der Bursche ist vollkommen betrunken!«

»Unmöglich! Zu Hause teilt uns Katrijn den Wein ein, als müsse er bis zum nächsten Weihnachten reichen, dabei sagt Matthys die Wiederkehr Christi bereits für Ostern voraus«, wandte Silke ein.

Lothar schüttelte den Kopf. »Den Wein hat er nicht von euren Eltern oder eurer Stiefmutter erhalten – wenn man die Frau so bezeichnen will. Helft mir, ihm noch den Rest auszuziehen! Dort gibt es auch etwas, das abfrieren kann, und das wollt ihr sicher nicht.«

Während Silke kicherte, griff Frauke zu. Zwar hatte sie ihren Bruder nur als kleines Kind nackt gesehen und hielt es für eine Sünde, dies bei einem als erwachsen geltenden Mann zu tun, dennoch half sie Lothar. Die bewusste Stelle mit Schnee zu bearbeiten überließ sie jedoch ihm und wandte den Kopf nach einem vorwitzigen Blick krampfhaft in eine andere Richtung.

Auch Silke sah nur kurz dorthin und rieb dann die Hände ihres Bruders, obwohl diese sich mittlerweile schon wieder warm anfühlten.

Nach einer Weile hielt Lothar inne und atmete tief durch. »Wir sollten euren Bruder jetzt wieder anziehen. Seine Kleidung dürfte trocken sein.«

»Das ist sie – und sogar warm«, erklärte Frauke und nahm die Anziehsachen herab.

Lothar drehte den Jungen auf den Bauch, um nachzusehen, ob sein Rücken gelitten hatte. Im nächsten Augenblick zuckte er zusammen und stellte sich so hin, dass er Helms Gesäß verdeckte. Der Junge war vergewaltigt worden, und es gab nur zwei, die dies getan haben konnten. Freiwillig hatte er sich Faustus und Isidor gewiss nicht hingegeben, denn sonst hätten ihn diese nicht betrunken machen müssen. Am meisten schockierte Lothar jedoch, dass die beiden Helm trotz seines Rausches einfach ins Freie getragen und an einer Stelle abgelegt hatten, an der er nur durch einen glücklichen Zufall gefunden worden war.

»Dafür werden die Kerle bezahlen!«, murmelte er leise vor sich hin.

Frauke hörte es, streckte den Oberkörper vor und blickte um ihn herum. »Bei Gott, was ist das?«, fragte sie erschrocken, als sie den blutigen After des Bruders sah. Jetzt schob auch Silke Lothar beiseite und erschrak.

»Wie kann das passiert sein?«, fragte sie fassungslos.

Einen Augenblick lang zögerte Lothar noch, begriff dann aber, dass er den beiden die Wahrheit bekennen musste. »Ich weiß nicht, ob ihr je von den alten Griechen gehört habt?«

»Die Griechen sind doch jenes Volk, das von den heidnischen Osmanen unterworfen wurde«, antwortete Frauke nach einer kurzen Denkpause.

»Die meine ich nicht«, erklärte Lothar, »sondern die Griechen zur Zeit des großen Alexander und davor. Damals nahmen viele Männer, darunter hochberühmte Rhetoriker, Knaben bei sich auf und verkehrten mit diesen wie mit einem Weib.«

»Das geht doch gar nicht! Knaben haben doch nicht …« Noch während des Sprechens begriff Frauke, wie es gemeint war, und verstummte, während ihre Schwester ein wenig länger brauchte.

»Ihr meint, Männer würden das, was Männer ausmacht, dort hineinstecken?«, fragte sie entgeistert und schauderte. »Die sind doch noch schlimmer als Tiere!«

»Die, die Helm das antaten, sind schlimmer als Tiere, denn sie nahmen seinen Tod in Kauf. Vielleicht wollten sie dies sogar, damit ihre Untat nicht aufgedeckt wird. Aber das wird ihnen nichts nützen.«

Bei seinen letzten Worten wurde Lothar klar, dass es nicht so einfach sein würde, Faustus und Isidor zur Rechenschaft zu ziehen. In einer Stadt mit gefestigter Ordnung hätte er die beiden beim Gericht anzeigen können. Hier aber herrschte die Willkür von Fanatikern, und er konnte nicht einmal vermuten, wie die Entscheidung ausfallen würde. Er traute Matthys und Knipperdolling zu, auch Helm zu bestrafen, weil er mit den anderen mitgegangen war. Zudem gab es noch einen weiteren Grund für ihn, nicht auf die Anführer der Täufer zuzugehen. Faustus und Isidor kannten ihn, und wenn er die beiden anklagte, bestand die Gefahr, dass sie seine Verkleidung durchschauten. Dann schwebte er selbst in höchster Gefahr, während den beiden Lumpen vielleicht sogar Verzeihung gewährt wurde, weil sie ihn als Spion entlarvt hatten.

»Das müssen wir anders regeln«, erklärte er und sah die beiden Mädchen bittend an. »Ihr solltet euren Bruder die Nacht über hierlassen.«

Frauke nickte. »Das wird das Beste sein! Ich will nicht, dass die Eltern, vor allem aber Katrijn ihn so sehen.«

Auch Silke stimmte zu. Nach einem letzten Blick auf den Bruder, den Lothar nun auf sein eigenes Bett legte, nahm sie ihre

Laterne auf und zupfte ihre Schwester am Ärmel. »Wir beide sollten jetzt nach Hause gehen.«

»Ich begleite euch!« Die Lage in der Stadt erschien Lothar zu unsicher, um die beiden alleine durch die Nacht gehen zu lassen.

»Danke!«, flüsterte Frauke ihm zu, obwohl sie sich durchaus zutraute, den Weg zum Haus ihres Vaters ohne seinen Schutz zurückzulegen.

Unterwegs schwiegen alle drei gedankenverloren. Während die beiden Mädchen sich fragten, wer ihrem Bruder das angetan haben konnte, richteten sich Lothars Gedanken auf die beiden Verdächtigen. Am liebsten hätte er sie noch in dieser Nacht aufgesucht und ihnen den Dolch zwischen die Rippen gestoßen. Doch als er sich dies vorstellte, begriff er, dass er zu einem solchen Meuchelmord gar nicht fähig war.

Unschlüssig, wie er Faustus und Isidor zur Rechenschaft ziehen konnte, brachte er Frauke und deren Schwester nach Hause, verabschiedete sich leise von ihnen und wartete, bis innen der Riegel vorgeschoben wurde. Dann kehrte er zu seiner Hütte zurück. Als er sein Heim erreichte, schlief Helm noch immer. Sein Gesicht hatte jedoch die fahle Blässe verloren und sah nun rot und verschwitzt aus.

Mit einiger Mühe flößte Lothar ihm etwas von seinem Pfefferminz-Süßholz-Trank ein. Da er nur dieses eine Bett besaß und es trotz des Feuers auf dem Herd lausig kalt wurde, blieb ihm nichts anderes übrig, als zu Helm unter die Decke zu kriechen. Der junge Bursche glühte im Fieber, und auch das hatte er Faustus und Isidor zu verdanken. Einen Teil der Nacht widmete Lothar der Frage, wie er es den beiden heimzahlen konnte. Als er schließlich einschlief, war er zu keinem Ergebnis gelangt.

7.

Ein Klopfen an der Tür weckte Lothar. Noch während er nach seinem Dolch tastete, hörte er Fraukes Stimme.
»Lotte, bist du wach?«
»Ja, diesmal bin ich es«, antwortete er und kroch aus dem primitiven Bett. Sein Patient schlief immer noch, aber sein Fieber schien gesunken zu sein. Lothar nahm sich nicht die Zeit, genauer nachzusehen, sondern ließ Frauke ein.
Obwohl diese sich ein zweites Kleid übergeworfen und ein dickes Schultertuch gewählt hatte, fröstelte sie. »Ich war in Sorge, als du nicht zum Brunnen gekommen bist«, sagte sie mit einem scheuen Lächeln.
»Ist es schon so spät?« Lothar blickte kurz zur Tür hinaus. Es war ein heller, aber kalter Februartag, und er musste die Augen zusammenkneifen, weil der über Nacht gefallene Schnee in der Sonne glänzte.
»Morgengrauen ist es auf jeden Fall nicht mehr«, sagte er mehr für sich als für Frauke bestimmt. Dann wollte er seinen Eimer nehmen, um Wasser zu holen. Doch da wies Frauke auf einen vollen Eimer, den sie draußen vor die Tür gestellt hatte.
»Ich dachte, wenn ich schon komme, könnte ich dir das Wasser mitbringen. Immerhin hast du jetzt auch noch meinen Bruder am Hals.«
»Machen sich deine Eltern Sorgen um ihn?«
Frauke zuckte mit den Achseln. »Mutter hat gar nichts gesagt und Vater nur gemeint, er wird ihm für das Streunen den Lederriemen überziehen. Wie geht es ihm?« Sie kniete neben dem Bett nieder und legte die Hand auf Helms Stirn. Hatte sie

sich in der Vergangenheit öfter über ihren Bruder geärgert, so war dieses Gefühl ganz der Sorge um ihn gewichen.
»Er hat Fieber!«, rief sie erschrocken.
»Nicht mehr so schlimm wie in der Nacht«, sagte Lothar, um sie zu beruhigen. »Aber es ist gut, dass du gekommen bist. Helm ist ganz durchgeschwitzt. Wir sollten ihn ausziehen und ihm etwas anderes überstreifen.«
»Ein Kleid etwa, wie du es trägst?«, fragte Frauke mit einem leisen Schnauben.
Lothar musste lachen. »Ich glaube nicht, dass ihm dies gefallen würde. Doch ich habe mir bei meinen Streifzügen durch ausgeplünderte Häuser auch Männerkleidung besorgt. Es hätte ja sein können, dass ich sehr schnell mein Geschlecht wechseln muss.«
»Und was hättest du gesagt, wenn jemand die Sachen bei dir entdeckt?«
»Nur, dass ich die gute Kleidung nicht kaputtgehen lassen wollte. Außerdem würde ich behaupten, dass ich es ins Auge gefasst hätte, eine zweite Ehe einzugehen, und die Kleidung dann für meinen Mann umändern würde.« Lothar lachte erneut.
Aber Frauke schüttelte den Kopf. »Das hätte man dir wenige Wochen vor der erhofften Wiederkehr des Heilands nicht geglaubt. Kannst du überhaupt nähen?«
»Nie gelernt!« Lothars Lachen verlor sich, denn wenn er es genau nahm, hatte er sich verdammt schlecht auf seine Verkleidung vorbereitet.
»Wir sollten uns jetzt um Helm kümmern«, sagte er und holte die zusammengestohlenen Sachen ganz unten aus der Kleidertruhe.
Kurz darauf hatten sie Fraukes Bruder seiner Kleidung entledigt und rieben den schweißnassen Körper mit Tüchern ab. Diesmal sah Frauke nicht in die andere Richtung, sondern musterte neugierig das Dinglein, das ihrem Bruder an einer

gewissen Stelle wuchs. Ob es bei Lothar auch so aussah?, fragte sie sich und schämte sich im nächsten Augenblick für diesen Gedanken, der einer sittsamen Jungfer wahrlich nicht geziemte.
Während sie Helm gemeinsam neu ankleideten, blieb ihr Blick an Lothar haften. Was war er für ein Mann?, fragte sie sich. Obwohl er der Sohn eines engen Vertrauten des Fürstbischofs war, hatte er ihrer Mutter, ihrer Schwester und ihr das Leben gerettet, und nun befand er sich als Frau verkleidet in dieser entsetzlichen Stadt, um die Ketzer zu beobachten.
Im ersten Augenblick erschrak sie, weil sie Matthys und die anderen Täuferpropheten als Ketzer bezeichnet hatte. Doch wie anders sollte sie diese Leute nennen? Wahre Christenmenschen waren die Anführer ihrer Glaubensgemeinschaft gewiss nicht. Immerhin hatte Jesus Christus die Liebe zum Nächsten gepredigt, und nicht das Schwert, wie Matthys es tat.
»So, ich glaube, jetzt können wir ihn ruhen lassen.«
Lothars Worte rissen Frauke aus ihren Gedanken. Sie nickte, zog ihrem Bruder die Decke hoch bis zum Kinn und legte ihm noch einmal die Hand auf die Stirn. Diese war warm, aber nicht heiß.
»Wenn er aufwacht, dürfte er fürchterliche Kopfschmerzen haben«, fuhr Lothar fort. »Vielleicht ist es ihm eine Lehre, und er merkt sich, dass Wein mit Verstand genossen werden will.«
»Das hoffe ich auch!« Frauke lächelte ihn an und fragte ihn, ob sie kochen sollte. »Weißt du, es ist auch wegen meines Bruders. Er wird gewiss Hunger bekommen.«
Der Gedanke, wieder mal etwas Richtiges zu essen zu bekommen und nicht das, was er selbst zustande brachte, hatte für Lothar etwas Verführerisches an sich. Nicht weniger verführerisch erschien ihm der Gedanke, Frauke länger bei sich zu haben. Auch wenn er von ihr als Frau nichts wollte …
Noch während er es dachte, korrigierte er sich. Er verspürte durchaus den Wunsch, Frauke in die Arme zu nehmen und zu

küssen. Auch gegen mehr hätte er nichts einzuwenden. Doch es sollte in allen Ehren geschehen, denn als Hure zu dienen, war sie ihm zu schade. Dies hieß jedoch, dass sich seine Sehnsucht nach ihr nicht erfüllen konnte, denn sein Vater würde sie niemals als Schwiegertochter akzeptieren.

Diese Überlegung veranlasste Lothar beinahe, das Mädchen wegzuschicken. Er brachte es jedoch nicht übers Herz und bat sie, an den Herd zu gehen.

Während Frauke kochte und ein verführerischer Duft durch die Hütte zog, unterhielten sie sich über belanglose Dinge. Beide sahen immer wieder zu Helm hin, der allmählich unruhig wurde, und ihre Gedanken wanderten zu den Kerlen, die ihn vergewaltigt und hinterher in den Schnee geworfen hatten.

»Wie können Menschen so etwas tun?«, fragte Frauke schließlich und kämpfte gegen die Tränen an.

»Genauso kann man fragen, weshalb Menschen einander umbringen, wo wir doch alle Kinder Gottes sind«, antwortete Lothar nachdenklich.

Bevor sie das Thema vertiefen konnten, ertönte draußen die Klingel des Ausrufers. Fast gleichzeitig hörten sie eine barsche Stimme, die alle aufforderte, aus dem Haus zu treten, um zu hören, was der Prophet und seine Berater beschlossen hatten. Frauke stellte den Topf so neben die Flamme, dass er vor sich hin köcheln konnte, ohne anzubrennen, und sah Lothar fragend an. »Sollen wir hingehen?«

»Ich würde es uns raten, wenn wir nicht wollen, dass Knipperdolling seine Bluthunde schickt oder gleich in eigener Gestalt erscheint.« Lothar schob seinen Dolch unter sein Kleid, warf das Schultertuch über und ging zur Tür. Frauke folgte ihm mit einer Miene, die deutlich anzeigte, dass sie sich an jeden anderen Ort der Welt wünschte als an diesen hier.

Auch aus den anderen Häusern traten die Bewohner und starrten verwundert auf den Ausrufer, der zu aller Überraschung von einem Dutzend Söldner unter Arnos Kommando begleitet wurde. Der Ausrufer schwang noch mehrmals seine Glocke und sah sich um.

»Sind alle versammelt?«, fragte er den Ältesten der in diesem Stadtviertel wohnenden Täufer.

Dieser warf einen prüfenden Blick über die versammelte Menge und nickte. »Ich glaube schon. Du hast auch oft genug geläutet!«

»Das musste so sein«, ergriff nun Arno das Wort. Er stemmte sich auf sein langes Schlachtschwert und zog eine grimmige Miene, bevor er weitersprach.

»Im Namen unseres von Gott bestimmten Propheten Johannes Matthys und des Rates der Stadt Münster ergeht folgende Anordnung: Ab sofort haben die Bewohner der Stadt alle Nahrungsmittel an die Beauftragten des Propheten zu übergeben, auf dass dieser sie gerecht unter den hier lebenden Menschen verteilt. Wer Vorräte welcher Art auch immer zurückhält und sie nicht der Allgemeinheit überlässt, wird mit dem Tode bestraft.«

Ein Aufstöhnen erfolgte, und die Einwohner sanken auf die Knie, um zu beten. Frauke und Lothar erwarteten, dass sich zumindest unter den oft recht streitbaren Frauen Widerspruch regen würde. Doch mittlerweile waren die Menschen viel zu verängstigt, um sich gegen die neuen Herren zu stellen. Diejenigen, die sich aus vollem Herzen den Täufern angeschlossen hatten, nahmen den Befehl ihres Propheten als von Gott gegeben hin. Einige von ihnen eilten sofort in ihre Häuser, schleppten Krüge mit Schmalz, Mehl und anderen Lebensmitteln heraus und stellten sie vor Arno und dessen Männern auf den Boden.

Arno nickte zufrieden. »Bringt alles, was ihr habt, bis auf das, was ihr heute noch essen wollt, ins Gildehaus. Ab morgen werden euch die Lebensmittel nach der Zahl der Köpfe zugeteilt, die der jeweilige Haushalt zählt.«

»Ich sollte nach Hause gehen und zusehen, was dort gerade geschieht«, raunte Frauke Lothar zu.

Dieser nickte geistesabwesend, während er darüber nachdachte, was er tun sollte. Er hatte sich in den letzten Wochen einen kleinen Vorrat angelegt, den er nur ungern herausrücken würde.

Nach einer kurzen Unterbrechung sprach Arno weiter: »Um zu verhindern, dass einige wenige Lebensmittel horten, dürfen ab heute die Haustüren nicht mehr versperrt werden. Auch werden Patrouillen umhergehen und kontrollieren, ob alle Nahrungsmittel abgegeben worden sind. Wer dies nicht tut, ist dem Schwert verfallen!«

Der Söldner genoss ganz offensichtlich die Macht, die er über die Menschen hier besaß. Bernd Knipperdolling und vor allem sein Hauptmann Heinrich Krechting vertrauten ihm, und er wollte alles tun, um dieses Vertrauen zu rechtfertigen. Daher erteilte er seinen Männern einen kurzen Befehl. Sofort drangen vier von ihnen in das große Haus einer Patrizierfamilie ein, deren Mitglieder die Stadt zum Teil verlassen hatten. Diejenigen, die zurückgeblieben waren, mussten hilflos mit ansehen, wie ihre Keller ausgeräumt wurden. Die Söldner machten auch vor Wein- und Bierfässern nicht halt. Einige brachen sogar Stücke von den Würsten ab, steckten diese in den Mund und kauten genussvoll darauf herum.

Lothar sah dem Treiben kurze Zeit zu, dann kehrte er in seine Hütte zurück.

Entgegen ihrer Ankündigung folgte Frauke ihm und sah ihn fragend an. »Willst du wirklich alles abgeben?«

»Ich weiß nicht«, antwortete er unsicher. »Ich möchte nicht in Verdacht geraten, etwas zu verbergen.«

»Das kann ich mir vorstellen!« Trotz der ernsten Situation musste Frauke leicht glucksen. Dann aber wies sie auf die Steinguttöpfe, die Lothar aus den leerstehenden Häusern in der Umgebung geholt hatte.

»Wenn du ein gutes Versteck weißt, solltest du einen Teil davon behalten. So viele Vorräte sind für eine Frau ungewöhnlich, die erst vor wenigen Wochen in die Stadt gekommen ist. Auch befürchte ich Schlimmes für die Zukunft.«

»Obwohl am fünften April der Heiland herabsteigen und alle in der Stadt mit himmlischem Manna nähren wird?«

Auch wenn es wie ein Spaß klang, war es keiner. Lothar glaubte genauso wenig daran wie Frauke. Eines aber war sicher: Die Truppen des Fürstbischofs würden den Ring um die Stadt immer enger ziehen, bis nicht einmal mehr eine Maus zwischen ihnen hindurchschlüpfen konnte.

»Was meinst du? Glauben auch Matthys und seine Anhänger nicht mehr an die Erscheinung des Herrn und sammeln daher die Lebensmittel ein, um für eine lange Belagerung gerüstet zu sein?«, fragte er Frauke.

Sie schüttelte den Kopf. »Matthys glaubt ganz fest an seine Prophezeiungen! Meiner Meinung nach wollen sie die Lebensmittel deshalb haben, um die vielen Neuen, die in die Stadt gekommen sind, versorgen zu können. Außerdem wollen sie noch mehr ihrer Glaubensbrüder herbeirufen.«

»Damit dürftest du recht haben!« Lothar stellte einige Töpfe mit haltbaren Lebensmitteln beiseite. »Wo soll ich sie verstecken? Im Keller werden sie wohl als Erstes nachsehen. Vielleicht sollte ich mein Bett über der Falltür aufschlagen!«

»Das würde ich nicht tun. Ein paar Weiber waren bei dir und wissen, wo das Bett stand. Wenn es auf einmal an einem anderen Ort steht, erregt es Verdacht.«

»Dann werde ich doch alles abliefern müssen«, stöhnte Lothar und sah eine Zeit des Hungers voraus.

»Hat je eines der anderen Weiber gesehen, wie tief dein Keller ist?«, wollte Frauke wissen.

»Nein, natürlich nicht! Ich habe ihn kurz nach meinem Einzug noch ein wenig tiefer gegraben und einen Teil der Erde am Fuß der Westwand angehäuft, weil dort der Wind hereingeblasen hat.«

»Dann wirst du dir etwas anderes zum Abdichten suchen müssen.« Entschlossen stellte Frauke einige Töpfe in den etwa drei Ellen tiefen Kellerschacht, deckte ein Leintuch darüber, das ebenfalls den Weg in Lothars Haushalt gefunden hatte, und warf Erde darauf.

»So geht es! Bei Gott, bist du klug!«, rief Lothar aus und half ihr, die Erde so festzudrücken, dass sie wie der Boden eines nur halb so tiefen Kellers aussah.

»Jetzt legen wir noch die leeren Flaschen hinein, die du gesammelt hast, und jeder wird glauben, du hättest alles abgeliefert. Aber nun muss ich wirklich gehen. Vielleicht kann ich auch zu Hause ein paar Sachen unauffällig verstecken.«

Zufrieden, den neuen Herren dieser Stadt zumindest ein kleines Schnippchen geschlagen zu haben, verabschiedete Frauke sich von Lothar und eilte zum Haus ihrer Familie.

8.

Helm wachte erst am Nachmittag auf und fühlte sich zunächst so elend, dass er sich wünschte zu sterben. Als Lothar ihm etwas Wasser einflößen wollte, erbrach er alles, was noch in seinem Magen war, und lag danach weinend im Bett.
»Was ist denn mit dir los? Ich dachte, du wärst ein Mann!«, fragte Lothar mit gekünsteltem Spott, um Helm an dessen Ehre zu packen.
Der Junge schniefte und sah ihn dann an. »Lotte, du? Wie bin ich hierhergekommen?«
»Deine Schwestern und ich haben dich gestern Nacht hierhergetragen, nachdem du wie ein nasser Sack bei dem zusammengefallenen Haus weiter oben auf einem Steinhaufen gelegen bist.«
»Steinhaufen?« Helm versuchte, sich zu erinnern, kam aber nur bis zu der Stelle, an der Faustus und Isidor ihn betrunken gemacht hatten. An das, was danach geschehen war, konnte er sich nicht mehr so recht erinnern, doch selbst das wenige reichte für ihn aus, um erneut in Tränen auszubrechen.
»Diese Schweine, sie …«
»Jammern hilft nichts!«, wies Lothar ihn zurecht. »Du musst die Zähne zusammenbeißen und zusehen, dass du wieder auf die Beine kommst. Die beiden werden irgendwann für ihre Bosheit bezahlen.«
»Du weißt …«
Erneut unterbrach Lothar den Jungen. »Ich habe gesehen, dass du mit ihnen gegangen bist. Den Rest konnten Frauke, Silke

und ich uns dann zusammenreimen, als wir dich gefunden und hierhergebracht hatten.«

»Die beiden wissen es auch?« Auf Helms Gesicht stand das nackte Entsetzen.

»Es war nicht zu übersehen! Wir mussten dich ausziehen und deinen Körper mit Schnee einreiben, damit du keine Erfrierungen davonträgst. Da haben sie gesehen, wie du zugerichtet worden bist. Versuch jetzt, ob du etwas bei dir behalten kannst!«

Lothar reichte Helm einen Becher mit dem Aufguss von Kamille, Pfefferminze und etwas Süßholz und sah zufrieden, dass der Junge trinken konnte, ohne erneut zu erbrechen.

»Warum haben die beiden das getan?«, fragte Helm, als er den Becher zurückreichte.

»Manchmal nehmen Männer sich Knaben vor, wenn ihnen kein Weib zur Verfügung steht«, antwortete Lothar.

»Aber hier gibt es genügend Weiber, sogar weitaus mehr als Männer!«, rief Helm empört.

»Es gibt auch Männer, die nichts für Frauen übrighaben, sondern Knaben vorziehen.«

Helm schüttelte es. »Aber das ist abscheulich und widernatürlich!«

»Mag sein. Nur hat Gott die Welt so geschaffen, wie sie ist. Dazu gehören Faustus und Isidor ebenso wie Jan Matthys und Franz von Waldeck. Wir können es nicht ändern, sondern müssen so leben, dass wir vor unserem eigenen Gewissen bestehen können. Wenn Faustus und Isidor das miteinander tun, was sie mit dir gemacht haben, berührt mich das nicht. Es ist ihre Entscheidung, und sie müssen es vor sich selbst und Gott rechtfertigen. Anders ist es jedoch, wenn sie einen jungen Burschen betrunken machen, um ihrer Lust frönen zu können.«

Bei seinen eigenen Worten wurde Lothar klar, dass ihm dasselbe hätte zustoßen können. Hätten die beiden ihn während seiner Zeit auf der Universität zu einem Umtrunk eingeladen, wäre er ebenfalls darauf hereingefallen. In der Hinsicht hatte er das Glück gehabt, welches Helm versagt geblieben war.

»Du musst erst einmal zusehen, dass du wieder zu Kräften kommst. Danach überlegen wir gemeinsam, wie wir es den beiden Kerlen heimzahlen können. Schreib dir aber eines ins Gebetbuch: Erzähle nichts davon anderen Leuten! Faustus und Isidor würden glatt behaupten, du hättest dich ihnen freiwillig angeboten, und sei es nur, um nicht alleine dafür im Feuer zu enden. Außerdem darfst du nichts auf eigene Faust gegen die beiden unternehmen. Die sind aalglatt und verschlagen. Ein ehrlicher Bursche wie du ist denen niemals gewachsen.«

Lothars Predigt gefiel Helm ganz und gar nicht. Es ging ihm allmählich besser, und so quoll der Wunsch nach Rache in ihm hoch. Doch er begriff selbst, dass er allein gegen Faustus und Isidor auf verlorenem Posten stand.

»Warum hilfst du mir?«, fragte er Lothar.

»Ich bin eine Freundin deiner Schwestern!« Lothar musste sich zusammennehmen, um weiterhin eine Frau spielen zu können. Mit Frauke und Silke wussten schon zwei Menschen, dass er nicht war, was er vorgab zu sein. Helm brauchte es nicht auch noch zu erfahren.

Während Helm still vor sich hin sann, prüfte Lothar, ob der Junge noch Fieber hatte, aber das war zum Glück nicht der Fall. Geräusche, die von draußen hereindrangen, erinnerten ihn jedoch daran, dass es auf der Welt mehr gab als den kranken Jungen, Frauke und ihn selbst. Als er den Kopf zur Tür hinausstreckte, sah er etliche Bewaffnete, die die Lebensmittel, die er hinausgestellt hatte, auf einen Wagen luden.

»Na, hast du alles abgegeben?«, fragte einer.

Lothar schüttelte den Kopf. »Nein, ich habe mir für heute Abend und morgen früh etwas dabehalten.«

»Das kann dich aber den Kopf kosten«, spottete der andere.
»Weißt du«, gab Lothar anscheinend gutgelaunt zurück, »dann komme ich wenigstens nicht hungrig ins Himmelreich.«
Die Bewaffneten lachten darüber. Trotzdem kam einer von ihnen auf Lothar zu, drängte ihn zur Seite und betrat die Hütte.
»Wer ist das dort?«, fragte er, als er Helm entdeckte.
»Helm, der Sohn des Gürtelschneiders Hinrichs. Er ist gestern bei dem zusammengefallenen Haus gestürzt und konnte nicht mehr gehen. Ich habe ihn zusammen mit seinen Schwestern hierhergebracht, weil uns der Weg zum Haus seines Vaters zu weit war.«
Ein scharfer Blick warnte Helm davor, etwas anderes zu erzählen. Unterdessen näherte sich der Mann dem Bett, zog die Decke hoch und stocherte im Strohsack herum, als glaubte er, Lothar habe dort einen Schinken oder eine Wurst versteckt.
»Hast du einen Keller?«, fragte er, als er nichts fand.
Lothar nickte und zog die Falltür auf. »Hier. Ich habe ihn ausgeräumt und nur ein paar alte Flaschen darin gelassen, mit denen ich im Sommer Beerenwein ziehen wollte.«
»Die brauchst du doch nicht mehr, wenn unser Herr Jesus Christus zu Ostern erscheint«, antwortete der Mann lachend.
»Zum Manna möchte ich schon etwas Richtiges zu trinken haben. Außerdem tragen die Sträucher an der Stadtmauer dann besonders schöne Früchte. Die verderben zu lassen wäre eine schwere Sünde!«, sagte Lothar mit tadelndem Tonfall.
Der andere winkte nur ab, blickte in das Kellerloch, dessen Boden aus festgestampfter Erde zu bestehen schien, und verließ die Hütte.
»Die hat nichts mehr«, rief er draußen seinen Kameraden zu und ging weiter zum nächsten Haus.
Lothar atmete auf und gönnte sich erst einmal selbst einen Becher mit dem Kamillen-Pfefferminz-Süßholz-Aufguss.
»Kann ich auch noch etwas haben?«, fragte Helm.

»Selbstverständlich!« Lothar füllte einen zweiten Becher und reichte ihn dem Jungen. Dabei hoffte er, dass Hinrichs bald kommen und seinen Sohn abholen würde, denn er wollte einen neuen Bericht für seinen Vater schreiben, und der würde nicht gerade positiv klingen.

9.

Gegen Abend erschien Frauke, es war ihr anzusehen, dass sie geweint hatte. Bevor Lothar etwas sagen konnte, fasste sie nach seiner Hand. »Es ist entsetzlich«, flüsterte sie tonlos, als hätte sie Angst, unbefugte Ohren könnten sie hören.
»Was ist los?«
»Vorhin war der Ratsherr Flaskamp am Tor. Er hatte mit den anderen die Stadt verlassen und ist mit einem Fuhrwerk zurückgekommen, um seine kranke Frau abzuholen. Die Wachen haben ihn jedoch nicht eingelassen und dabei gespottet, dass sein Weib nicht mehr sein Weib sei, da sie wie alle anderen in der Stadt die endgültige Taufe erhalten habe und daher zu den Brüdern und Schwestern Jesu gehöre. Außerdem haben sie mit Schneebällen nach ihm geworfen und zuletzt gedroht, ihn in Stücke zu schlagen, wenn er nicht verschwinden würde.«
»Und so etwas führt den Namen Jesus Christus im Mund!«, stieß Lothar hervor.
Sofort legte Frauke ihm die Hand auf die Lippen. »Sei vorsichtig mit dem, was du sagst. Es gibt hier sehr viele Ohren, die jeden für eine kleine Vergünstigung an die Oberen der Täufer verraten.«
»Verzeih!« Lothar senkte den Kopf und fragte sich, in welch eine Hölle er hier geraten war.
»Das ist aber noch nicht alles«, fuhr Frauke fort. »Matthys und Bockelson haben Boten in alle Städte ausgeschickt, in denen Wiedertäufer leben. Diese sollen nach Münster kommen

und mithelfen, die Stadt bis zu dem Tag zu verteidigen, an dem unser Heiland vom Himmel steigt.«

»Damit wollen die beiden Holländer ihre Macht nur noch mehr festigen. Ich bin sicher, sie werden bald neues Unheil aussinnen!«

»Vorsicht! Helm glaubt an diese Männer«, wisperte Frauke.

Auf Lothars Gesicht erschien ein angespanntes Lächeln. »Dein Bruder ist ein braver Bursche. Er wird niemandem etwas sagen.«

»Ich verstehe nicht, was ihr meint!«, rief Helm.

»Das ist auch besser so«, sagte Lothar. »Ich glaube, du bist jetzt gut genug dran, dass wir dich nach Hause schaffen können.«

Nachdem er von Lotte so gut behandelt worden war, gefiel Helm der Gedanke, in Katrijns Obhut gegeben zu werden, ganz und gar nicht. Daher maulte er herum, bis seine Schwester zornig wurde.

»Jetzt nimm dich zusammen! Du kannst Lotte nicht einfach deine Pflege aufbürden. Zu Hause können Silke und ich uns dabei abwechseln.«

»Ihr kümmert euch aber um mich und überlasst mich nicht der Holländerin?«

»Natürlich kümmern wir uns um dich. Und nun komm!«

Frauke half ihrem Bruder auf, zog ihm den Mantel über, den sie mitgebracht hatte, und fasste ihn unter den Achseln. Zusammen mit Lothar schaffte sie ihn durch die Tür und schob ihn dann in die Richtung, in der ihr ungeliebtes Zuhause lag.

Helm fröstelte, als er in die Kälte kam, hielt aber, auf Lotte und seine Schwester gestützt, durch, bis sie das schöne Haus erreichten, das seine Familie derzeit bewohnte. An der Tür wurden sie von Silke erwartet, die ihren Bruder halb ängstlich und halb hoffnungsvoll musterte.

»Geht es dir wieder besser?«, fragte sie.

»Eher nicht gut«, antwortete Helm wehleidig.

Obwohl er sich bei dem Zwischenfall nur eine leichte Erkältung zugezogen hatte, kränkte es ihn noch immer, dass er Faustus und Isidor auf den Leim gegangen war. Er ließ sich jedoch von seinen Schwestern und Lothar in seine Kammer bringen, trank von dem warmen Würzwein, den Silke zubereitet hatte, und aß ein Stück Wurst ohne Brot.

»Gute Besserung«, wünschte ihm Lothar noch, verabschiedete sich dann und ging zur Tür. Als er auf den Flur trat, kam ihm Katrijn entgegen. Diese gönnte ihm nur einen kurzen Blick und brüllte dann nach oben, dass sie nicht daran denke, Helm zu pflegen, da er sich seine Krankheit durch sein Ausbleiben über Nacht selbst zuzuschreiben habe.

Kopfschüttelnd verließ Lothar das Haus und kehrte in seine Hütte zurück. Wie von den Täuferobersten befohlen, hatte er die Tür nicht verschlossen. Als er jetzt eintrat, überraschte er einen Mann, der sein Bett auseinandergerissen hatte und gerade dabei war, die Truhe durchzusuchen, die er sich bei seinen Streifzügen durch die Stadt angeeignet hatte.

»Was soll das?«, fragte er wütend und musste sich zwingen, dabei nicht zu männlich zu klingen.

»Es ist meine Pflicht, nachzusehen, ob alles abgeliefert ist, wie der Prophet es befohlen hat«, antwortete der Kerl ungerührt und riss die Kellerklappe auf. Als er mit einem Stock nach unten stieß, glaubte Lothar sich bereits verraten. Doch traf der Stock die Erde an einer Stelle, an der ein Topf stand, der mit einer Steinplatte zugedeckt war, und es gab nur einen dumpfen Ton.

»Da ist fester Boden drunter«, brummte der Mann, stand auf und ging zur Tür. Bevor er die Hütte verließ, drehte er sich noch einmal um.

»Das soll ich noch verkünden: Morgen bei Sonnenaufgang hast du dich am Ludgeritor zu melden. Wir müssen die Vorstadt niederreißen, um freies Schussfeld für die Kanonen zu haben. Dabei werdet auch ihr Weiber mithelfen!«

»Ich werde kommen«, versprach Lothar und schloss hinter dem Eindringling die Tür. Als er jetzt Papier, Tintenfass und Bleistift in die Hand nahm, hatte er seinem Vater sehr viel zu berichten.

10.

Draas beneidete seine Kameraden, die auf dem Gutshof zurückbleiben und sich an den Lagerfeuern wärmen durften, während er bei Schnee und Eis an den Ufern der Aa entlangstapfen und nach Flaschen suchen musste, die der Fluss mit sich trug.
Jeden Tag ging es so, und er wünschte sich, Moritz würde einen anderen mit diesem Auftrag losschicken. Doch sein Freund dachte nicht daran. Es sei wichtig und vor allem geheim, hatte er ihm erklärt und gemeint, dass er damit in der Wertschätzung ihrer Auftraggeber steigen würde.
»Ein Dach über dem Kopf und ein warmes Feuer wären mir lieber«, murrte Draas, während sein Blick über den träge fließenden Fluss schweifte. Teilweise hatte sich eine feste Eisdecke gebildet. Wenn eine Flasche mit einer Botschaft dort hineingespült wurde, würde man sie erst nach der Schneeschmelze im Frühjahr finden. Da die Nachricht jedoch wichtig sein könnte, wäre dies fatal gewesen.
Noch während er mit seinem Schicksal haderte, zuckte Draas zusammen. Dicht am gegenüberliegenden Ufer schwamm tatsächlich eine Flasche. Er streckte die Stange mit dem Netz aus, mit der er bisher die Flaschen eingefangen hatte, doch diesmal war sein Werkzeug zu kurz.
Einen Augenblick lang überlegte Draas, ob er die Flasche einfach weiterschwimmen lassen sollte. Vielleicht wurde sie auf ihrem weiteren Weg an einer Stelle angespült, an der er leichter an sie herankam. Sein Pflichtgefühl war jedoch stärker. Daher stieg er in die eiskalte Flut, spürte, wie ihm das Wasser in die

Stiefel lief, und stapfte mit zusammengebissenen Zähnen hinter der Flasche her.

Als er seinen Kescher ein zweites Mal ausstreckte, fehlte nur noch eine knappe Elle. Mit einem Fluch wurde er schneller und schaffte es schließlich, die Flasche einzufangen. Erleichtert rettete er sich wieder ans Ufer und zog die Stange hinter sich her. Als er endlich auf trockenem Boden stand und die Flasche aus dem Netz herausholte, tauchte auf einmal ein Schatten neben ihm auf. Draas drehte sich um und sah einen Mann in einem dicken Filzmantel vor sich, dessen Gesicht durch den Hut halb verdeckt wurde.

»Habe ich dich erwischt!«, sagte der andere mit einer Stimme, die Draas bekannt vorkam.

»Was heißt hier erwischt?«, fragte er verwundert.

»Du fischst Nachrichten der Ketzer aus dem Fluss und gibst sie an andere Ketzer weiter«, fuhr der Fremde fort.

Draas tippte sich an die Stirn. »Bist du verrückt? Ich mache das hier, weil es mir befohlen wurde.«

»Ja, von deinen ketzerischen Anführrern!«, kam es höhnisch zurück. »Aber ich habe dich entlarvt und werde dich jetzt zu Seiner Exzellenz, dem Inquisitor, bringen.«

Mit diesen Worten zog der andere sein Schwert und richtete es auf Draas. Dabei hob er den Kopf, so dass dieser ihn erkannte.

»Dionys!«

Da stand tatsächlich Jacobus von Gerwardsborns Foltermeister vor ihm. Seit Dionys nach der Flucht Inken Hinrichs' und ihrer Töchter bei seinem Herrn in Ungnade gefallen war, hatte er nach einer Möglichkeit gesucht, sich diesem wieder zu empfehlen. Nun sah er sie endlich vor sich.

»Dich kenne ich doch!«, fuhr er fort. »Du bist einer der Stadtknechte aus dem Ort, in dem wir die beiden Ketzer verbrannt haben. Damals sind uns drei weitere Vöglein entgangen, weil irgendein Schurke in den Klosterkeller eingedrungen ist und sie befreit hat. Warst du es? Bestimmt! Sonst hättest du wohl

kaum deine Stadt verlassen und dich den Landsknechten anschließen müssen.«
»Wie kommst du darauf?«, fragte Draas scheinbar empört.
Er wusste jedoch längst, dass es dem anderen nicht darum ging, die Wahrheit herauszufinden. Dionys brauchte einen Sündenbock, um sein damaliges Versagen vergessen zu machen, und da kam er diesem Kerl gerade recht.
»Spätestens unter der Folter wirst du es bekennen. Sei versichert, es wird weh tun! Ich übernehme das nämlich selbst, und ich habe die Narbe hier an meinem Kopf nicht vergessen.«
Unbewusst langte Dionys mit der linken Hand nach oben an den Hut.
Draas begriff, dass sich ihm gerade die vielleicht einzige Chance bot, und stieß mit der Stange seines Keschers zu. Zwar schwang Dionys noch das Schwert gegen ihn, doch Draas brachte sich mit einem Sprung aus seiner Reichweite und sah, wie der andere durch seinen Stoß nach hinten taumelte und in den Fluss stürzte.
Dabei verlor Dionys sein Schwert und tastete in den eisigen Fluten danach.
Draas durchlief es heiß und kalt. Wenn der Folterknecht ihn bei Gerwardsborn denunzierte, war er seines Lebens nicht mehr sicher, und Lothar Gardner ebenso wenig. Kurzentschlossen schwang er den Kescher nach vorne, stülpte Dionys das Netz über den Kopf und drückte ihn unter Wasser. Der Foltermeister versuchte sich verzweifelt zu befreien, doch er brachte den Kopf nicht mehr aus dem Netz heraus.
Draas hielt den Mann so lange unter Wasser, bis dessen Bewegungen erlahmten. Luftblasen stiegen auf, dann war es vorbei. Vor Kälte und Schrecken zitternd, wartete Draas noch eine Weile, bis er sicher sein konnte, dass Gerwardsborns Knecht tot war, dann zog er diesen ans Ufer, löste das Netz und versetzte dem Leichnam einen Stoß, der ihn zurück ins Wasser beförderte.

»Das hast du verdient, du Hund, für all die Menschen, die von dir gefoltert und umgebracht wurden!«
Während die Wellen der Aa den Toten mit sich trugen, kehrte Draas dem Fluss den Rücken und wanderte zu Haberkamps Gutshof zurück. Er fror fürchterlich, wusste aber, dass dies nicht allein von den nassen Hosen und Stiefeln kam. Er hatte eben einen Menschen umgebracht, und selbst der Gedanke, dass Dionys den Tod mehrfach verdient hatte, konnte sein Gewissen nicht beruhigen.
»Der Kerl hat Inken Hinrichs geschändet und hätte auch Silke Gewalt angetan, wäre Lothar Gardner nicht erschienen«, sagte er leise zu sich selbst und fühlte sich nach diesen Worten ein wenig besser. Als er schließlich den Gutshof erreichte, traf er als Erstes auf Margret. Diese sah seine nassen Hosen und schüttelte den Kopf.
»Bist du närrisch, so herumzulaufen? Du holst dir noch den Tod!«
»Schon gut! Ich ziehe mich gleich um«, antwortete Draas kurz angebunden und wollte in sein Quartier.
Da packte Margret ihn am Kragen. »Nichts da! Du kommst erst einmal in die Wanne. Wir Frauen wollten gerade baden, doch du benötigst das warme Wasser nötiger als wir.«
Draas hatte nicht mehr die Kraft, sich gegen die resolute Marketenderin durchzusetzen, und nickte daher gleichmütig.
»Also gut! Aber hole bitte Moritz hierher. Ich muss ihm etwas geben.«
»Das wird schon was sein!«, schnaubte Margret und scheuchte ihn in das Waschhaus des Gebäudes.
Isa und Bruntje hatten bereits einen großen Holzzuber mit warmem Wasser gefüllt und standen nackt bis zu den Hüften daneben, um sich die Haare zu waschen. Als Margret mit Draas hereinkam, drehten sie sich verwundert um.
»Was gibt es?«, fragte Bruntje.
»Wir werden vorerst auf das Bad verzichten müssen. Der Bur-

sche hier braucht es dringender, um seine eingefrorenen Knochen aufzutauen. Kommt, helft mir, ihm die klammen Sachen auszuziehen.« Margret zog Draas bereits den Mantel von den Schultern.
Derweil sah Isa auf den Kescher, den Draas noch immer in der Hand hielt. »Warst du etwa fischen?«
»Ja, aber sie haben nicht angebissen«, antwortete er mürrisch. Gleichzeitig verfluchte er sich selbst. Sein Auftrag sollte doch geheim bleiben, und er hatte sich aufgeführt wie ein Narr.
»Hol endlich Moritz!«, forderte er die Marketenderin auf.
»Dann müssen wir uns vorher aber anziehen, sonst wird Margret eifersüchtig, wenn wir ihren Galan mit blanken Brüsten empfangen«, spottete Bruntje. Dafür erntete sie einen Klaps von ihrer Freundin.
Margret wandte sich zur Tür. »Wenn ich wiederkomme, sitzt Draas im Bottich, verstanden? Und was euren Vorbau betrifft: Der meine ist besser!«
Mit diesen Worten verließ sie die Waschküche und schloss die Tür hinter sich.
Draas war nun mit den beiden Huren allein, doch trotz ihrer ansehnlichen Brüste kam kein Funken Lust ihn ihm auf. Geistesabwesend ließ er sich von den beiden aus den Kleidern schälen und reagierte nicht einmal, als Bruntje spielerisch an sein Glied tippte.
»Los, rein in die Wanne«, befahl die Hure ein wenig enttäuscht.
Mit müden Bewegungen befolgte Draas die Anweisung und stöhnte im nächsten Augenblick auf, als er mit den eiskalten Beinen in das heiße Wasser eintauchte.
»Ich dachte, ihr wolltet baden und nicht ein geschlachtetes Schwein abbrühen!«
»Jetzt hab dich nicht so! Das Wasser ist genau richtig«, erklärte Isa und schob ihn ganz in die Wanne.
Es erinnerte ihn daran, wie er Dionys ertränkt hatte, und ihn

schauderte. Dann aber überließ er sich den flinken Händen der beiden Frauen, die ihn mit selbstgemachter Seife wuschen.

In diese Szene platzte Moritz herein. »Was ist denn hier los?«, fragte er bärbeißig.

»Draas ist nass geworden, und da ist ein heißes Bad das beste Mittel gegen eine Erkältung«, wies Margret ihn zurecht.

»Das schon, aber ...« Moritz brach ab, da das, was er Draas fragen wollte, nicht für die Ohren der Frauen geeignet war.

Draas zwinkerte ihm kurz zu und wies mit dem Kinn auf seine Sachen. Aus einer aufgenähten Tasche seines Mantels lugte eine Flasche heraus. Sofort trat Moritz dorthin, nahm die Flasche an sich und steckte sie weg.

Die drei Frauen sahen es, taten aber so, als bemerkten sie es nicht. Zwar wussten sie nicht, was es mit der Flasche auf sich hatte, doch musste es wichtig sein, da Draas schon mehrmals unterwegs gewesen war und anschließend Moritz heimlich etwas zugesteckt hatte.

Unterdessen sah Moritz Draas kopfschüttelnd an. »Wage es ja nicht, krank zu werden! Hast du verstanden?«

Mit diesen Worten ging er und suchte Leander von Haberkamp auf.

Dieser saß gerade über einer Liste von Dingen, die dringend benötigt wurden, um die auf seinem Gut einquartierten Landsknechte über den Winter zu bringen.

Als Moritz eintrat, blickte er auf. »Es gibt also Neuigkeiten.«

»Ja, Herr! Draas hat eine weitere Botschaft aus dem Fluss gefischt.« Moritz zog die Flasche hervor und reichte sie dem Gutsherrn.

Dieser löste den Stöpsel und zog die mit Reißblei geschriebene Botschaft heraus. Als er zu lesen begann, wurde seine Miene starr.

»Das ist ja ungeheuerlich!«, stieß er hervor. »Diese Ketzer sind wirklich des Teufels.«

Bisher hatte der Gutsherr alles, was auf diese Weise aus der Stadt herauskam, Moritz verschwiegen.

Dennoch wagte dieser jetzt die Frage: »Gibt es schlimme Neuigkeiten?«

Haberkamp nickte. »Die gibt es, und zwar reichlich. Wenn du hinausgehst, sag einem Knecht, er soll ein Ross für mich satteln. Ich muss sofort nach Telgte reiten.«

»Heute noch? Ihr werdet aber nicht vor der Nacht dort ankommen«, wandte Moritz ein.

»Das weiß ich! Doch es ist zu dringend, um warten zu können. Kannst du reiten?«

Moritz nickte grinsend. »Klar! Immerhin habe ich schon den Reichsgrafen und auch dessen Gemahlin auf Reisen eskortiert.« Damit verabschiedete er sich von Haberkamp und verließ das Haus. Draußen wies er den ersten Knecht, der ihm über den Weg lief, an, zwei Pferde zu satteln.

11.

Die Arbeit war hart, und die Kälte biss in die Finger, bis diese nicht mehr zu spüren waren. Gleichzeitig lief der Schweiß den Rücken hinab und tränkte die Kleidung. Ein scharfer Wind, der bis auf die Haut durchdrang, quälte die Menschen zusätzlich. Frauke fühlte sich elend, und sie wusste, dass es den anderen nicht besser erging. Neben ihr schleppte Silke eine Last Erde auf den Wall, während Lothar eben mit einem leeren Korb von oben herabkam.
»Wie geht es dir?«, fragte er besorgt.
Frauke lächelte trotz der widrigen Umstände. »Ich schaffe das schon.«
Da begann in ihrer Nähe Mieke Klüdemann, die mit ihrem Ehemann zusammen den Torso einer zerschlagenen Heiligenfigur nach oben schleppte, schrill zu zetern. »Diese verdammten Holländer führen sich auf wie die Herren der Stadt und lassen uns diese dreckige Sklavenarbeit tun! Sieht so das himmlische Jerusalem aus, das sie uns versprochen haben?«
»Plärr nicht, sondern arbeite!«, wies Arno sie zurecht, der als Vorarbeiter eingesetzt worden war. »Und wenn, dann beschwere dich bei denen dort draußen. Wir müssen die Stadt gegen einen Angriff wappnen! Oder glaubst du, dieser Heidenbischof Waldeck wartet bis zum Ostertag? Er wird eher seinen letzten Mann verlieren wollen, als das Erscheinen des Heilands zuzulassen. Wenn er die Stadt vorher einnehmen kann, wird es nämlich nicht dazu kommen.«
So hatten es Bernhard Rothmann und die anderen Prediger verkündet und damit die Bereitschaft ihrer Anhänger zur Ar-

beit gestärkt. Trotzdem fand nicht nur Frauke, dass das Warten auf das himmlische Jerusalem sich ganz anders gestaltete, als sie und vor allem ihre Familie es sich vorgestellt hatten. Ihr Vater und Helm mussten ebenfalls mithelfen, die Verteidigungsanlagen zu verstärken, während Katrijn das Kommando in der großen Küche innehatte, in der für die Menschen in diesem Abschnitt gekocht wurde. Auch Fraukes Mutter hätte mit anpacken sollen, hatte aber nur wirres Zeug geredet und alles falsch gemacht. Da sie schwanger war, hatte Arno sie schließlich nach Hause geschickt. Frauke dankte dem Söldner insgeheim dafür, denn Knipperdolling oder einem der anderen Täuferführer traute sie zu, die Mutter kurzerhand davonzujagen. Jetzt aber dachte sie an den Ausspruch, den sie eben gehört hatte, und wandte sich Lothar zu.
»Frau Klüdemann hat schon recht! Die Holländer kommandieren, und wenn sie dann wirklich etwas tun, suchen sie sich die leichtesten Arbeiten aus.«
»Nicht alle«, antwortete Lothar und wies auf eine Gruppe, die zwar ebenfalls aus den Niederlanden stammte, aber genauso hart arbeiten musste wie sie selbst. »Außerdem sind es nicht nur die Holländer, die in der Stadt das große Wort schwingen. Das tun auch einheimische Bürger. Oder hast du Bernhard Rothmann, Krechting, Tilbeck, Kerkerinck und vor allem Bernd Knipperdolling vergessen?«
»Wie könnte ich das!« Frauke schauderte, denn am Vortag hatte Knipperdolling einen Mann, der sich gegen die harte Arbeit aufgelehnt hatte, ohne Vorwarnung mit einem Schwertstreich niedergestreckt.
Es war, als hätten ihre Überlegungen den Mann herbeigerufen, denn Knipperdolling erschien zusammen mit Matthys am Nachbarabschnitt, um zu überprüfen, wie weit die Arbeit an den Verteidigungswällen gediehen war.
»Gott ist mit uns, und er wird eure Arme stärken!«, rief der Prophet den Schuftenden zu.

»Dann soll er bald damit anfangen, denn meine Arme sind bereits lahm«, fauchte Mieke Klüdemann giftig.

Trotz ihrer Erschöpfung musste Frauke lächeln. Sie gönnte es dieser Frau, ebenso mit anpacken zu müssen wie sie selbst. In Geseke und auch in der ersten Zeit hier in Münster hatte Mieke Klüdemann sie und ihre Schwester wie Leibeigene behandelt. Doch nun waren alle bis auf Jan Matthys und dessen engste Vertraute gleichgestellt und mussten schuften.

»Ihr schafft euch Lohn für das himmlische Jerusalem!«, rief Jan Matthys, um sie weiter anzufeuern. »Jeder Stein, jede Schippe Erde, die ihr hier aufhäuft, wird der Heiland euch vergelten! Ich weiß es, denn ich habe es gesehen. Ich bin der Prophet der letzten Tage, so wie der Evangelist Johannes es vorhergesagt hat. Ich bin Henoch, der euch in die ewige Seligkeit führen wird, während all unsere Feinde dem Verderben anheimgegeben werden.«

Für die meisten am Wall waren seine Worte tatsächlich ein Ansporn, sich noch mehr anzustrengen. Selbst Mieke Klüdemann strebte schneller zu dem Platz, an dem die Steine und der Schutt der zerstörten Kirchen mit Schubkarren hingeschafft worden waren, um als Baumaterial zu dienen.

Frauke sah Lothar an. »Warum weiß er erst jetzt, dass er der vorhergesagte Prophet Henoch ist? Bisher war davon nicht die Rede gewesen.«

»Sei still! Solche Worte dürfen nicht an andere Ohren dringen«, warnte Lothar sie. »Es gibt hier zu viele, die selbst die eigene Familie verraten würden, um sich bei dem Propheten einzuschmeicheln.«

»Ich wollte, es wäre schon vorbei.« Frauke seufzte, legte ihren Stein an der Stelle ab, die ihr der Vorarbeiter wies, und stieg dann wieder hinab, um den nächsten zu holen. Ihre Schwester und ihr Bruder hatten gemeinsam Erde in eine Decke gefüllt und schleiften diese nun hinter sich her nach oben.

Lothar kämpfte unterdessen mit anderen Problemen, denn

seine Blase meldete sich, und er hätte sich erleichtern müssen. Bislang hatte er stets darauf geachtet, dass niemand ihn sehen konnte, wenn er den Abtritt benützte oder Wasser ließ. Doch hier war dies unmöglich. Niemand hätte verstanden, weshalb er dafür bis nach Hause laufen musste. Die Frauen verschwanden nur kurz um die Ecke und rafften dort ihre Röcke.

Ihm blieb nichts anderes übrig, als hinter zweien von ihnen herzugehen und ihrem Beispiel zu folgen. Eines der beiden Weiber entblößte dabei ihr ganzes Gesäß, aber das konnte er sich nicht leisten. Daher hob er seinen Rock nur ein wenig und war froh, als die Frauen wieder zum Wall zurückeilten und er sein Geschäft ungestört zu Ende bringen konnte.

Während Matthys und Knipperdolling den Leuten beim Arbeiten zusahen, unterhielten sie sich leise. Mittlerweile hatte sich auch Bockelson zu ihnen gesellt. Dieser ergriff das Wort, als Arno das Zeichen zu einer Pause gab.

»Alle Männer, die Ende Februar, als wir die Söhne Kains aus der Stadt getrieben haben, die Taufe annahmen, haben sich umgehend in Sankt Lamberti zu versammeln, und zwar ohne Waffen und nur mit ihrem Hemd bekleidet! Sollte einer es wagen, nicht zu erscheinen, wird er aus der Liste der Seligen gestrichen und mit dem Schwert gerichtet.«

»Gilt das auch für mich?«, fragte Helm bang. Er hatte sich mittlerweile zwar erholt, erlebte in Träumen jedoch immer noch die Augenblicke, in denen Faustus und Isidor ihn missbraucht und wie Abfall auf einen Schutthaufen geworfen hatten.

»Ich würde mitgehen«, riet Frauke ihm. »Rothmann und seine Prädikanten haben jeden aufgeschrieben, der sich damals hat taufen lassen. Wenn du jetzt wegbleibst, traue ich denen zu, dass sie dir einen Strick daraus drehen.«

»Aber ich bin doch keiner von denen, die die Taufe unter Zwang angenommen haben! Ich hätte längst getauft werden sollen«, eiferte sich der Junge.

»Das wird dir hier nichts helfen.« Frauke schob Helm in die Richtung, in der sich bereits etliche Neugetaufte versammelten. Die Gesichter der Männer waren bleich, und in ihren Augen flackerte die Angst, den neuen Machthabern missfallen zu haben.

»Vorwärts, los! Nicht so langsam!«, brüllte Arno, der die Söldner anführte.

Während die Männer zur Lambertikirche getrieben wurden, wollten die anderen nach Hause gehen. Da hallte Knipperdollings Stimme scharf und laut über den Wall.

»Alle kommen mit! Die Weiber, die als Letzte getauft wurden, als Erste.«

»Das gilt auch für mich.« Frauke drückte kurz Silkes Hand und ging los.

Mit einem mulmigen Gefühl folgte die Schwester ihr, während Lothar sich beeilte, um an ihre Seite zu kommen.

»Was werden sie mit Helm und Frauke tun?«, fragte ihn Silke.

»Das werden wir gleich erleben.«

Lothar kämpfte gegen die Wut an, die in ihm aufsteigen wollte, doch er wusste zu gut, dass er nichts ausrichten konnte. Sollte aber Frauke etwas geschehen, würden ihm Matthys, Bockelson und Knipperdolling dafür bezahlen.

12.

Auch von allen anderen Teilen der Stadt wurden die neu getauften Männer und Frauen zur Lambertikirche getrieben. Während Frauke die Zähne zusammenbiss, zitterte ihr Bruder vor Angst, umso mehr, als auf einmal Faustus und Isidor neben ihm auftauchten. Die beiden musterten ihn verstohlen, denn seit jener Nacht hatten sie ihn weder gesehen noch etwas von ihm gehört. Faustus wollte ihn schon ansprechen, als Bockelsons Stimme aufklang.

»Alle Neugetauften haben ihre Waffen und Kleider abzulegen. Wer es nicht tut, ist von Gott verflucht und wird die gerechte Strafe erhalten.«

Noch während seiner letzten Worte rissen sich die Ersten die Wämser und Hosen vom Leib. Helm, Isidor und Faustus zogen sich ebenfalls bis aufs Hemd aus und betraten barfuß die eiskalte Kirche.

»Bekennt eure Sünden und legt euch flach auf den Boden«, befahl Bockelson.

Es waren um die dreihundert Männer, die sich in Sankt Lamberti auf die eisigen Steinplatten warfen. Schon bald zitterten die Ersten vor Kälte, während mehrere Prediger ihnen und dem in der Kirche und auf dem Marktplatz zusammengelaufenen Volk ihre Sünden vorhielten.

Silke und Lothar war es gelungen, einen Platz in der Kirche zu finden. Nicht weit vor ihnen stand Frauke, die sich nun ebenso wie die anderen neu getauften Frauen ihrer Kleider, der Schuhe und der Strümpfe entledigen musste. Im Gegensatz zu den Männern blieb es den Frauen erspart, sich auf den kalten

Boden legen zu müssen. Dennoch war die Situation auch für sie kaum zu ertragen. Die Worte der Prediger prasselten anklagend auf sie hernieder, und die scharfen Waffen in den Händen der Söldner jagten allen Angst ein.

Zuletzt wusste keiner mehr, wie lange das üble Spiel schon dauerte. Um Silke und Lothar herum ergingen sich die Umstehenden in Mutmaßungen, was mit den Neugetauften geschehen sollte.

»Wahrscheinlich werden sie ebenfalls aus der Stadt getrieben. Das hat dieses Gesindel nicht anders verdient«, erklärte Mieke Klüdemann boshaft.

In gewisser Weise hoffte Lothar sogar, dass es dazu kam. Damit wäre wenigstens Frauke in Sicherheit. Dann aber fragte er sich, wie diese Menschen draußen überleben sollten, wenn Knipperdolling und die anderen Täuferführer sie in ihrer Verbohrtheit ohne Geld und nur mit dem Hemd bekleidet aus der Stadt jagten.

Noch während er rätselte, hob Bockelson beide Arme, als wolle er den Anwesenden den Segen spenden. »Nun seid ihr endgültig in unsere Gemeinschaft aufgenommen. Kehrt jetzt an eure Arbeit zurück und wisst, dass unsere Augen über euch wachen werden.«

Die am Boden liegenden Männer konnten es kaum glauben, ungeschoren davonzukommen. Der Erste stand auf und streckte Matthys die Arme entgegen. »Oh großer Prophet, ich danke dir, dass du mich an der Hand genommen und dem wahren Glauben zugeführt hast!«

Andere folgten seinem Beispiel und stimmten ebenfalls einen Lobgesang auf Jan Matthys an.

Einer schüttelte jedoch ärgerlich den Kopf. »War es wirklich nötig, uns so zu quälen?«

Kaum hatte er es gesagt, da stürmte auch schon Knipperdolling mit dem Schwert in der Hand auf ihn zu. In höchster Angst rannte der Mann mit bloßen Füßen und noch im Hemd aus der Kirche. Knipperdolling folgte ihm. Jedem war klar, er würde ihn nicht entkommen lassen.

»Der Mann will immer wieder Blut sehen«, flüsterte Frauke, die zu Lothar getreten war. Dann bat sie ihre Schwester, ihr beim Ankleiden zu helfen, da ihre Glieder in der Kälte so steif geworden waren, dass sie kaum noch ihr Kleid festhalten konnte.

»Umso wichtiger ist es, nicht aufzufallen.«

Lothars Rat galt sowohl Frauke als auch ihren Geschwistern. Es war nicht zu übersehen, dass Knipperdolling und die anderen Anführer die Macht über die Menschen in der Stadt genossen. Ihr Wort entschied über Leben und Tod, denn für sie galten weder Gesetze noch die Zehn Gebote, von denen eines lautete: Du sollst nicht töten.

Der Tod aber stand wie ein dunkler Schatten über Münster, und die Bedrohung ging weniger von den bischöflichen Truppen aus denn von den fanatischen Männern, die für jede Abweichung von ihrer Lehre nur ein Urteil kannten, nämlich das Schwert.

»Ich weiß nicht, ob ich heute noch arbeiten kann«, jammerte Helm. »Ich bin so durchgefroren, dass ich statt eines warmen Herzens einen Eisklumpen in der Brust fühle.«

»Beim Arbeiten wird dir schon wieder warm«, antwortete Frauke, um ihn aufzumuntern. Dabei zitterte sie nicht weniger als ihr Bruder.

»Los jetzt! Die Verteidigungswälle richten sich nicht von selbst auf. Außerdem müssen wir die Vorstädte niederreißen, um freies Schussfeld für unsere Kanonen zu bekommen. Die sind schließlich nicht nur dazu da, um unseren Herrn Jesus Christus mit Freudenschüssen zu empfangen, sondern auch dafür, den altgläubigen Hunden kräftig einzuheizen.«

Arno versetzte einem zögernden Mann einen Schlag mit seinem Stock. Dann funkelte er Frauke und Helm grimmig an.

»Was ist mit euch? Ihr solltet längst wieder auf dem Wall sein.

Oder wollt ihr, dass die Schurken da draußen vor dem erwarteten Tag in die Stadt kommen und es dem Heiland unmöglich machen, zu erscheinen!«

»Wenn Jesus Christus sein Kommen von so einer Bedingung abhängig macht, ist er nicht der Heiland, den ich mir erhoffe«, murmelte Frauke und setzte sich in Bewegung.

Silke folgte ihr, doch Helm kam erst, als Lothar ihn energisch am Arm packte und mit sich zog. Als sie dann wieder arbeiteten, war die Stimmung noch gedrückter. Arno gefiel dies gar nicht, und er befahl den Schuftenden, einen Hymnus zu Ehren Jesu Christi anzustimmen.

»Und tut es laut, damit die Bischofsknechte vor der Stadt es hören können!«, herrschte er sie an.

Die Wiedertäufer, die noch immer an ihre Anführer und das Erscheinen des Heilands glaubten, befolgten geradezu inbrünstig seinen Befehl. Dabei übertönte Mieke Klüdemanns Stimme die der meisten anderen, denn sie hoffte, nach dem Osterfest von Jesus Christus für all diese Mühen reich belohnt zu werden.

Frauke stimmte ebenfalls mit ein und raunte Silke und Helm zwischen zwei Strophen zu, endlich mitzusingen.

13.

In Telgte überwachte Fürstbischof Franz von Waldeck die Belagerung der Stadt. Obwohl ihm die Stände seiner Herrschaft bereits mehrfach außerordentliche Steuern bewilligt hatten, waren seine Geldtruhen so leer, dass er in jeder von ihnen den auf den Boden gemalten Hund sehen konnte. Dabei stand der nächste Soldtag an, und bis dorthin benötigte er mehrere tausend Gulden.

An diesem Tag wandte er sich mit einer resignierenden Geste an seinen Berater Gardner. »Wir hätten doch Maria von Habsburgs Angebot annehmen und Münster an Burgund verkaufen sollen, gleichgültig, was Herr Ferdinand im fernen Wien auch sagen würde.«

»Wenn es Euer Wille ist, könnt Ihr es immer noch tun. Das letzte Angebot der hohen Dame war äußerst großzügig. Sie wäre bereit, alle bislang für diesen Feldzug angefallenen Kosten zu übernehmen.«

Gardner wusste nicht, ob er seinem Herrn raten sollte, sich mit der Statthalterin von Burgund zu einigen oder nicht. Vieles sprach dafür, aber es gab auch genügend Argumente dagegen.

»Dieser Verkauf müsste unter strengster Geheimhaltung vonstattengehen, damit Ferdinand von Habsburg und andere Reichsfürsten ihn nicht behindern oder gar verhindern können«, antwortete er vorsichtig. »Ein weiteres Problem sind die Landsknechte, mit denen wir Münster belagern. Das Adelsaufgebot aus dem Münsterland steht treu an Eurer Seite. Die Söldner hingegen wurden zum größten Teil von unseren Verbündeten wie dem Landgrafen Philipp von Hessen oder dem

Mainzer Fürstbischof, Kardinal Albrecht von Brandenburg, zur Verfügung gestellt. Diese werden ihre Fähnlein sofort abziehen, wenn auch nur das Geringste verlautbart wird. Bis die Truppen aus Burgund erscheinen, stehen wir mit den einheimischen Reiterfähnlein einem mehrfach überlegenen Feind gegenüber.«

»Wir müssten Telgte räumen, ebenso die anderen Burgen und Stützpunkte in der Umgebung von Münster und Uns im Notfall über die Grenze der Niederlande zurückziehen.« Diese Aussicht gefiel Franz von Waldeck wenig, denn in dem Fall musste er Burgunds Machtbereich als Flüchtling betreten. Zudem würde er dann kaum noch die Chance bekommen, den Rest seines Herrschaftsgebietes als lutherisches Reichsfürstentum mit Osnabrück als Hauptstadt zu errichten. Seine Zukunft war nur gesichert, wenn er den Aufstand in Münster mit eigener Hand niederwarf.

»Wir dürfen nicht vergessen, dass Maria von Habsburg eine Schwester Kaiser Karls ist und dieser ein Feind der lutherischen Lehre«, gab er zu bedenken.

»Sie ist auch Herrn Ferdinands Schwester, und der ist den Lutheranern zwar nicht wohlgesinnt, aber auch nicht bereit, sie sich zum Feind zu machen«, wandte Gardner ein.

Franz von Waldeck stieß ein freudloses Lachen aus. »Der Kaiser hat Frau Maria zu seiner Statthalterin in Burgund ernannt. Daher wird sie immer auf seiner Seite stehen und nicht auf der von Herrn Ferdinand. Dieser hofft immerhin, seinen Bruder einmal als deutscher König und römischer Kaiser beerben zu können, und es ist bereits jetzt schmerzhaft für ihn zu sehen, dass Burgund mit all seinen Besitzungen dem Reich entrissen wurde und spanisch geworden ist. Käme jetzt noch der Verlust des Fürstbistums Münster hinzu, könnte es ihn dazu bewegen, sich mit seinem Bruder zu überwerfen.«

Im Grunde war die Entscheidung längst gefallen, das spürte Gardner. Doch an jenen Tagen, an denen Franz von Waldeck sich matt und mutlos fühlte, kam er auf das Angebot der Burgunderin zurück. Vielleicht war es sogar Taktik, denn so geheim, wie es nötig gewesen wäre, behandelte der Fürstbischof die Sache nicht. Er baute auf die Angst seiner Nachbarn vor den Spaniern und hoffte, Philipp von Hessen, Albrecht von Brandenburg und wie sie alle hießen, würden angesichts dieser Gefahr ihre Truhen etwas weiter öffnen, um ihn zu unterstützen und einen Verkauf zu verhindern.

»Ihr solltet Eure Verbündeten um ein Darlehen bitten«, schlug Gardner Waldeck vor.

Dieser nickte ihm kurz zu. »Das werden Wir tun! Wir danken für Euren Rat, der Uns wie immer teuer ist. Doch gibt es Neues von Eurem Sohn?«

»Leider vermag Lothar nichts Gutes zu berichten. Die Ketzer beherrschen mit ihren Kreaturen und Söldnern die Stadt. Viele der Bürger und Bewohner Münsters, die geblieben sind, taten es, um ihre Häuser und ihren Besitz zu schützen. Jetzt leben sie in der Angst, diesem falschen Propheten aus Holland zu missfallen und auf seinen Befehl hin umgebracht zu werden.«

»Der Tod ist die einzige Strafe für diese Menschen, haben sie sich doch offen dem Ketzertum zugewandt«, klang da eine scharfe Stimme auf.

Der Fürstbischof und Gardner drehten sich um und starrten auf Jacobus von Gerwardsborn, der unangemeldet hereingekommen war. Während Gardner mit den Dienern haderte, die den Mann nicht aufgehalten und angekündigt hatten, wie es sich gehörte, erschien auf Waldecks Gesicht ein abweisender Zug.

»Es entspricht nicht Unserem Willen, Unsere Untertanen wahllos hinrichten zu lassen. Die Stadt muss bewohnt bleiben und Steuern zahlen können.«

»Übergebt Münster an Burgund und lasst burgundische und spanische Truppen diesen Seuchenherd mit Feuer und Schwert

ausbrennen!«, forderte der Inquisitor. »Von den Menschen in dieser Stadt darf keiner überleben. Sie sind alle des Todes!«
»Auch jene, die in Unserem Auftrag dort sind und Uns mit Nachrichten versorgen?«, fragte Franz von Waldeck scharf.
Damit vermochte er Gerwardsborn nicht zu überzeugen. »Es ist besser, alle zu töten, die mit dem Gift der Häresie in Berührung gekommen sind, als einen am Leben zu lassen, der dieses Gift weitertragen kann. Jene, die treu im Herzen sind, wird Gott, der Herr, im Himmelreich belohnen.«
Was der Inquisitor da forderte, war nicht mehr und nicht weniger als das Todesurteil für Lothar und die anderen Spione des Fürstbischofs, die sich noch in Münster aufhielten. Dazu aber war Gardner nicht bereit. Er wusste jedoch, dass offener Widerstand gegen den Inquisitor verderblich sein würde, und schwieg daher. In seinen Gedanken suchte er nach Mitteln und Wegen, wie er Gerwardsborn daran hindern konnte, so viel Einfluss auf die Kriegsführung zu nehmen, dass er seine Forderungen durchsetzen konnte.
Auch Franz von Waldeck war nicht bereit, sich dem Willen des Inquisitors zu unterwerfen. »Was mit Münster und den Menschen geschieht, die dort leben, werden Wir ganz allein entscheiden. Vor allem aber denken Wir nicht daran, die Familienmitglieder derer, die Uns treu geblieben sind, dem Tod anheimzugeben. Gott ist Unser Zeuge, dass niemand, selbst der Papst nicht, dies von Uns fordern kann. Und nun bitten Wir Euch, Uns allein zu lassen. Wir haben Wichtiges zu besprechen.«
Die Abfuhr war unmissverständlich. Franz von Waldeck hatte nicht vergessen, dass Jacobus von Gerwardsborn in einer anderen Stadt seines Fürstbistums nur wegen der Denunzierung eines eifersüchtigen Mädchens Menschen auf den Scheiterhaufen gebracht hatte und noch weitere hatte bringen wollen. Auch die Strafzahlungen, die der Inquisitor von den Stillenbeckern erpresst hatte, schmerzten ihn, denn dieses Geld fehlte ihm nun bei seinem Feldzug gegen Münster.

Gerwardsborn kochte vor Wut, doch er wusste, dass er es nicht auf einen offenen Bruch mit Franz von Waldeck ankommen lassen konnte. Also musste er aus dem Hintergrund heraus seine Fäden ziehen. Ohne Geld würde der Fürstbischof früher oder später scheitern und sein Herrschaftsgebiet Burgund überlassen. Sobald spanische Truppen vor Münster lagen, würde er als Vertreter des Heiligen Vaters in Rom den Einfluss erhalten, der nötig war, um alle Ketzer in Münster und darüber hinaus zu vernichten.

14.

»Das Osterfest ist nicht mehr fern«, sagte Frauke nachdenklich.
Sie saßen zu viert in Lothars Hütte, da sie, Silke und Helm es zu Hause kaum noch aushalten konnten. Katrijn zählte zu den glühendsten Verehrern der holländischen Propheten, und die Geschwister trauten ihr zu, jedes falsche Wort sofort an deren Schergen weiterzugeben. Doch wer hier in dieser Stadt auch nur ein Haarbreit von dem Weg abwich, den der Prophet vorgab, für den gab es allein eine Strafe, und die vollzog Bernd Knipperdolling mit dem Schwert. Mehr als ein Dutzend Männer und Frauen, die sich gegen die Fronarbeit an den Wällen und die ihnen unzureichend dünkende Zuteilung der Nahrungsmittel beschwert hatten, waren bereits auf diese Weise hingerichtet worden.
»Nach Ostern ist diese Plackerei endlich vorbei, und der Heiland wird uns in eine herrliche Zukunft führen!« Zwar war Helm der Glaube daran bereits abhandengekommen, doch ein Teil von ihm hoffte immer noch, dass sich die Prophezeiungen von Jan Matthys und einiger anderer Täuferführer erfüllen würden.
Im Gegensatz zu ihm erwarteten Frauke und Lothar ein für alle sehr ernüchterndes Osterfest und hofften, dass die radikale Gruppe um Jan Matthys durch deren enttäuschte Anhänger gestürzt werden würde und vernünftigere Leute das Sagen bekämen.
»Ja, bald ist Ostern«, warf Silke ein. »Nur noch wenige Tage, dann wird sich entscheiden, ob Jan Matthys wirklich ein Hei-

liger und ein Prophet ist – oder doch nur ein aufgeblasener Lügner.«

Lothar wiegte nachdenklich den Kopf. »Ich nehme nicht an, dass er lügt. Meiner Meinung nach glaubt er an das, was er vorhersagt. Doch der Ostertag wird darüber entscheiden, ob Gott ihm dies eingegeben hat …«

»… oder der Teufel!«, fiel Frauke ihm ins Wort.

Die Todesurteile, mit denen Matthys, Bockelson und Knipperdolling so rasch bei der Hand waren, erschreckten sie, zumal viele dieser Menschen aus nichtigsten Gründen hingerichtet worden waren. Da eine solche Bemerkung Frauke ebenfalls auf den Richtplatz bringen konnte, warf Lothar ihr einen mahnenden Blick zu und deutete verstohlen auf Helm.

Frauke wusste jedoch besser als er, dass ihr Bruder sich innerlich längst von dem Propheten und dessen Handlangern losgesagt hatte. Bei der harten Arbeit und vor allem angesichts der Tatsache, dass Bockelson die beiden Studenten Faustus und Isidor in sein engeres Gefolge aufgenommen hatte, war Helms Begeisterung für das neue Jerusalem geschmolzen wie Schnee in der Sonne.

Zudem bedrückte ihn etwas anderes. »Faustus hat mich heute Morgen aufgefordert, wieder zu ihm und Isidor zu kommen. Er hätte von Bockelson einen sehr guten Wein erhalten, der mir gewiss schmecken würde.«

»Das tust du nicht!«, rief Frauke empört.

»Der Teufel soll die Kerle holen!« Lothar hatte geglaubt, die beiden würden es nicht wagen, ihr verderbliches Spiel weiterzutreiben. Doch da sie sich nun unter Bockelsons Schutz wähnten, brachen sich ihre alten Gelüste erneut Bahn.

»Helm kann nicht zu den beiden gehen. Nicht noch einmal!«, rief Silke erregt.

»Das weiß ich selbst«, antwortete Lothar. »Uns muss nur ein Grund dafür einfallen, warum er es nicht tut.«

»Wenn es nicht anders geht, klage ich sie als Sodomisten an«, sagte Helm.
Lothar schüttelte den Kopf. »Damit du von Knipperdolling geköpft wirst? Die beiden Schurken werden dich bei Bockelson als Verleumder hinstellen. Nein, da muss uns etwas anderes einfallen.«
»Und was?«, fragte Frauke heftig, die die Unverfrorenheit der beiden Studenten kaum fassen konnte.
»Notfalls muss Helm fliehen«, schlug Silke vor.
»Dafür werden die Tore zu gut bewacht. Wir könnten ihn höchstens des Nachts mit einem Seil die Mauer hinablassen, aber dann müsste er noch die beiden Gräben und den Wall überwinden. Helm, du solltest dich bis Ostern von den beiden Kerlen fernhalten, denn nachher werden sie wohl kaum noch dazu kommen, dir etwas anzutun«, sagte Lothar.
Sofort schämte er sich seiner Worte, denn er hatte das Gefühl, Frauke und ihren Bruder im Stich zu lassen.
»Ich fürchte, die beiden werden nicht so leicht aufgeben«, wandte Frauke besorgt ein.
»Dann muss uns rasch etwas einfallen!« Lothar überlegte, dann stahl sich ein Grinsen auf sein Gesicht. »So könnte es gehen! Alle in der Stadt befürchten doch, dass die bischöflichen Truppen noch vor dem Osterfest zum Sturm antreten, um die Wiederkehr Christi zu verhindern. Wenn es uns gelingt, ein paarmal Alarm auszulösen, haben Faustus und Isidor zu viel zu tun, als dass sie noch an Helm denken könnten. Wir müssen nur zusehen, dass nicht wir die Meldung weitergeben, sondern andere.«
»Mieke Klüdemann zum Beispiel. Wenn man der sagt, man habe eine Rotte Landsknechte auf die Stadt zumarschieren sehen, macht die gewiss ein ganzes Heer daraus«, rief Frauke aus.
Lothar nickte ihr lächelnd zu und sah dann seine drei Mitverschworenen auffordernd an. »Warum sitzen wir hier

noch herum? Es gibt einiges zu tun. Jetzt werden wir den beiden Studenten, aber auch Matthys, Bockelson und den anderen zeigen, dass das Wort eine schärfere Waffe ist als jedes Schwert!« Wie auf Befehl nickten die Geschwister und sprangen auf.

15.

Jenseits des Belagerungsrings in Telgte sah Magister Rübsam Bruder Cosmas verwundert an. »Seid Ihr sicher, dass es sich bei dem aus dem Fluss gefischten Leichnam um Dionys handelt?«

»Leider ja!«, antwortete der Mönch. »Die Fische haben ihn zwar ein wenig angefressen, trotzdem ist er noch zu erkennen.«

Rübsam ballte ärgerlich die Faust. »Verdammt! Wie kommt dieser Narr dazu, einfach im Fluss zu ertrinken? Als er vor ein paar Wochen verschwand, dachte ich, er hätte uns verlassen, weil Seine Exzellenz ihn zu oft gescholten hat. Doch ich hätte niemals erwartet, ihn tot zu sehen.«

»Das hätte ich auch nicht«, sagte der Mönch. »Ich frage mich nur, weshalb er ertrunken ist. Immerhin konnte er gut schwimmen.«

»Ich glaube nicht, dass ihm bei der Kälte nach einem Bad zumute war!«

»Kann Dionys betrunken gewesen und deswegen in den Fluss gefallen sein?«, fragte Bruder Cosmas.

»Möglich ist es. Nur glaube ich nicht daran. Für mein Gefühl hat jemand nachgeholfen.« Dieser Verdacht war Rübsam eben erst gekommen, denn er hatte den Foltermeister gut genug gekannt, um zu wissen, dass dieser nicht zu den Männern gehörte, die viel riskierten.

»Ihr meint, jemand könnte Dionys ermordet haben? Aber wer würde auf so etwas kommen?« Bruder Cosmas wollte es zunächst nicht glauben, ließ sich dann aber überzeugen.

»Es sind wirklich verdammt viele Ketzer in der Gegend, sowohl in Münster selbst wie auch unter den Truppen, die Landgraf Philipp von Hessen dem Fürstbischof zur Verfügung gestellt hat«, sagte er nach einer erschöpfenden Diskussion.

Der Magister nickte. »Es braucht nur ein Verwandter von einem der Ketzer dabei zu sein, die durch uns auf dem Scheiterhaufen starben. Wenn so einer auf Rache aus ist, hat Dionys ein gutes Opfer für ihn dargestellt.«

»Das tun wir aber auch!«, rief Bruder Cosmas erschrocken.

»Ja, da habt Ihr wohl recht.« Rübsam blickte sich aufmerksam um, ob er etwas Verdächtiges entdeckte. Obwohl dies nicht der Fall war, packte ihn die Angst vor einem Mörder aus dem Dunkeln. »Ich werde Seiner Exzellenz Bescheid geben. Immerhin ist auch er ein mögliches Opfer für einen solchen Schurken.«

Mit diesen Worten drehte der Magister sich um und verließ die Kammer, die er mit Bruder Cosmas und zwei weiteren Männern aus Gerwardsborns Gefolge teilte.

Der Mönch überlegte, ob er ihm folgen sollte, entschloss sich dann aber, zu bleiben und den Riegel vorzuschieben. Diesen, so sagte er sich, würde er nur dann zurückziehen, wenn draußen jemand stand, dem er voll und ganz vertrauen konnte.

Unterdessen begab Rübsam sich in die Gemächer seines Herrn. Anders als sein Gefolge verfügte Jacobus von Gerwardsborn nicht nur über einen Schlafraum für sich allein, sondern auch noch über zwei weitere Kammern, die ihm der Haushofmeister des Fürstbischofs zur Verfügung hatte stellen müssen.

Auch diese großzügige Unterkunft dämpfte den Ärger über die Abfuhr nicht, die Franz von Waldeck ihm erteilt hatte. Seine Wut war sogar noch gewachsen, weil Philipp von Hessen, Albrecht von Brandenburg und weitere Herren aus der Koalition gegen die Wiedertäufer sich auf Waldecks Seite gestellt hatten. Niemand von ihnen wollte das Banner von Burgund oder gar das von Spanien über dem Münsterland wehen sehen.

Selbst Ferdinand von Habsburg, der Regent der Österreichischen Erblande, stellte sich in dieser Sache gegen seinen Bruder, den Kaiser.
Der Einzige, bei dem Gerwardsborn noch Gehör fand, war Maria von Habsburgs Gesandter, doch dieser sah nur dann Hoffnung auf Erfolg, wenn sich die Belagerung von Münster noch über viele Monate hinzog und Franz von Waldeck und seinen Verbündeten der Preis dafür zu hoch wurde.
Als Magister Rübsam eintrat, grübelte Gerwardsborn gerade darüber, wie er das Pendel zu seinen Gunsten ausschlagen lassen konnte. Daher fühlte er sich von seinem Untergebenen gestört und warf ihm einen strafenden Blick zu.
Rübsam entging nicht, dass der Inquisitor schlecht gelaunt war, und wusste, dass ihm schnell etwas einfallen musste. »Ich bitte Euch, mir die Störung zu verzeihen, Euer Exzellenz. Doch ich fürchte, einer Verschwörung gegen Euch auf der Spur zu sein.«
»Einer Verschwörung?«, fragte Gerwardsborn erschrocken. Ein Mann wie er, der den Willen des Himmels vollstreckte, hatte viele Feinde, die dem Teufel ihr Ohr liehen. Franz von Waldeck war nur einer von ihnen. Zudem hatte dieser sich mit Philipp von Hessen zusammengetan, einem elenden Ketzer, der ebenfalls den Tod auf dem Scheiterhaufen verdient hätte.
»Berichte!«, forderte er Rübsam auf.
»Vor einiger Zeit ist Dionys verschwunden. Zuerst dachte ich, er hätte uns verlassen, weil er sich Euren Zorn zugezogen hat. Doch heute wurde mir gemeldet, dass sein Leichnam aus der Aa gezogen worden ist.«
Gerwardsborn sah den Magister erstaunt an. »Dionys ist tot? Aber was hat das mit einer Verschwörung zu tun?«
»Dionys war einer Eurer Knechte, und wer ihn umgebracht hat, ist auch Euer Feind. Wer weiß, ob im Dunkeln nicht bereits die Meuchelmörder lauern, um auch Euch zu ermorden.«
Zwar besaß Rübsam nicht den geringsten Beweis für diesen

Verdacht, doch darauf kam es weder ihm noch dem Inquisitor an.

Gerwardsborn war klar, dass seine Anwesenheit in Telgte etlichen Herren ein Dorn im Auge war, und einen Augenblick lang überlegte er, ob er nicht doch nach Rom reisen und Seiner Heiligkeit berichten sollte, wie untreu die Bewohner dieser Landstriche dem geheiligten katholischen Glauben geworden waren. Dann aber verhärtete sich seine Miene. Seine persönliche Furcht durfte ihn nicht daran hindern, das zu tun, was notwendig war.

Entschlossen legte er Rübsam den rechten Arm um die Schulter. »Halte die Augen offen und sage auch den anderen, dass sie achtgeben sollen. Der Herr im Himmel hat uns durch den Tod meines unwürdigsten Knechts gewarnt und diesen für sein Versagen mit den drei Ketzerweibern bestraft.«

Magister Rübsam sah aus, als wäre ihm die sofortige Abreise nach Rom weitaus lieber. Doch er nickte und sagte sich, dass etliche Ketzer und jene, die mit dem Gift der Häresie in Berührung gekommen waren, für seine Angst würden zahlen müssen.

Siebter Teil

Der König von Neu-Jerusalem

1.

Die Menge wartete bereits seit Stunden. Allmählich wurden die Gebete, die zuerst voller Inbrunst gesprochen worden waren, leiser, und so mancher bange Blick richtete sich auf das Podest, auf dem Jan Matthys, der sich nun als Prophet Henoch bezeichnete, mit seinen Getreuen Platz genommen hatte. Matthys' Miene verriet Unsicherheit, aber auch Zorn, weil Jesus Christus es wagte, nicht zu der von ihm vorhergesagten Stunde zu erscheinen.
Frauke befand sich ebenso wie die anderen seit dem frühen Morgen auf dem Platz und sprach die Gebete mit, so als gehöre sie tatsächlich dazu. Neben ihr standen Lothar und ihre Geschwister, denn es gab nichts, was diese bei ihren Eltern hielt. Hinner Hinrichs kümmerte sich auch an diesem Tag nicht um sie, sondern wartete mit einem gewissen Bangen auf die Wiederkehr Christi. Immerhin war er mit zwei Frauen gleichzeitig verheiratet, und dies mochte dem Heiland missfallen. Katrijn hingegen blickte hoffnungsfroh in die Zukunft. Jesus Christus würde ihr die Schönheit verleihen, nach der sie sich so sehr sehnte, und ihr einen Mann geben, von dem ebenfalls die irdische Hülle abgefallen war. Ob dies nun ihr verstorbener Gatte oder Hinrichs war, interessierte sie im Augenblick wenig.
Inken Hinrichs' Gedanken waren ganz anderer Natur. Zum einen erflehte sie in ihrem Gebet neben der Wiederkehr Christi auch die ihres Sohnes Haug, und zum andern spürte sie immer stärker das Kind in ihrem Leib. Es kam ihr wie eine Last vor, die Gott ihr auferlegt hatte, um die ewige Seligkeit zu erlangen. An diesem Tag, so sagte sie sich, würde er sie davon

befreien. Daher wartete sie voller Hoffnung auf die Erscheinung Christi und ihre Errettung aus diesem Erdenleben, das ihr so viel Kummer und Leid gebracht hatte.

»Was ist jetzt? Wo bleibt der Heiland?«, fragte jemand mit durchdringender, beleidigt klingender Stimme. In Fraukes Ohren klang das ganz nach Mieke Klüdemann.

»Ja, wo bleibt er denn, der Heiland?«, rief ein Mann, dem der Glaube hörbar abhandengekommen war.

Oben auf dem Podest traten die Täuferführer unruhig von einem Fuß auf den anderen. Bockelson zupfte Knipperdolling am Ärmel und redete leise auf ihn ein. Dieser nickte mehrmals und streichelte dabei den Knauf seines Schwerts, das er auch zu dieser Stunde nicht abgelegt hatte.

Noch während Frauke sich fragte, wie Matthys und dessen engster Anhang das Ausbleiben des Heilands erklären wollten, trat Bockelson auf Jan Matthys zu.

»Mag es sein, dass du die Botschaft des Himmels falsch gedeutet hast, Bruder? Du sagtest doch, unser Herr Jesus Christus würde am heutigen Tag im Schall der Posaunen erscheinen.«

»Ich verstehe nicht, was du meinst! Gott hat sich mir offenbart und mir mitgeteilt, dass sein eingeborener Sohn heute zu uns herniedersteigen wird. Noch ist der Tag nicht zu Ende! Der Heiland wird kommen«, antwortete Matthys mit zuckenden Lippen.

»Das Gebet unserer Gemeinde kommt dem Klang der Schalmeien gleich. Hingegen ist die Posaune das Instrument des Triumphs! Welch größeren Triumph könnte es geben als die Vernichtung der Ungläubigen, die das neue Jerusalem umschließen!«

»Weißt du, worauf Bockelson hinauswill?«, wisperte Frauke Lothar zu.

Dieser schüttelte den Kopf. »Nein, aber er scheint mit Knipperdolling im Bunde zu sein.«

Beide warteten gespannt.
Matthys forderte die Menge auf, lauter und mit noch mehr Inbrunst zu beten. Dies geschah auch, doch der Himmel wölbte sich weiterhin wolkenverhangen über der Stadt, ohne dass eine mächtige Hand ihn aufriss und eine Treppe erschien, auf der Jesus Christus herabsteigen konnte.
Jan Matthys stimmte selbst in die Gebete mit ein und reckte die Arme flehentlich nach oben. »Erscheine, oh Christus, unser Herr, so wie du es mir geweissagt hast!«
Verzweiflung schwang in seiner Stimme, und er starrte unruhig zum Turm von Sankt Lamberti hoch. Doch wie so vieles andere war die Uhr dort während des Wütens im Februar zerstört worden.
Knipperdolling stand auf und gesellte sich zu Bockelson, während Bernhard Rothmann ebenso verzweifelt wirkte wie Matthys. Auch er konnte es nicht glauben, dass Jesus Christus seine treuesten Anhänger im Stich ließ.
»So wird das nichts!«, dröhnte Knipperdollings Stimme über den Platz. »Der Heiland erscheint nicht, um sich unsere Gebete anzuhören, sondern um unsere Feinde zu vernichten. Dies ist mit den Posaunen gemeint, die du, Bruder Matthys, vorausgesagt hast.«
»So sehe ich es auch«, sprang Bockelson Knipperdolling bei. »Die Nacht steht bevor, und in der Dunkelheit wird der Heiland gewiss nicht vom Himmel herabsteigen.«
»Die beiden zweifeln Matthys' Autorität und damit auch seine Macht an!«, erklärte Lothar leise.
Frauke nickte und sah gespannt zu, wie Matthys in hilfloser Wut die Fäuste ballte. Dann erhob er sich mit einem zornerfüllten Ausruf. »Der Heiland wird kommen, und wenn nicht durch Gebete, so durch Schwerterklang! Macht euch bereit zum Kampf, meine Brüder. Wir greifen die ungläubigen Hunde an!«
»Das wird ein Gemetzel«, stöhnte Lothar und hielt Helm fest,

der unwillkürlich auf das Podium zuging, um sich in die Schar einzureihen, die Matthys zur Stadt hinausführen wollte.

»Wir können sie besiegen!«, rief der Junge und riss sich los. Doch als er sah, dass auch Isidor und Faustus nach vorne strebten, blieb er stehen und kehrte zu seinen Schwestern und Lothar zurück.

»So ist es brav!«, lobte Lothar ihn. »Immerhin musst du uns drei arme Weiber beschützen.«

»Schau, Bockelson redet erneut auf Matthys ein, und Knipperdolling scheucht etliche Männer zurück, die an dem Ausfall teilhaben wollen.«

Fraukes Stimme lenkte Lothars Aufmerksamkeit wieder auf das Geschehen. Mitten auf dem Marktplatz stand Jan Matthys wie verloren zwischen den Bewaffneten, die sich um ihn geschart hatten. Seine bisherigen Stellvertreter erklärten nun der Menge, dass der Heiland auch ohne sie den Sieg erringen würde.

Bockelson trat auf Matthys zu. »Gehe hinaus wie Gideon und zerschmettere die Midianiter, so wie Samson die Philister mit seiner Eselskinnbacke zerschmettert hat!«

Das war ein Todesurteil, auch wenn die meisten der hier Anwesenden noch immer glaubten, Jesus Christus würde mit den himmlischen Heerscharen erscheinen und Matthys und dessen kleiner Schar vorausgehen. Aber nicht nur Frauke war davon überzeugt, dass die anderen Täuferführer ihren Propheten dafür bestrafen wollten, dass er sie in die Irre geführt hatte.

In ihrer Nähe kreischte Mieke Klüdemann auf. »Gott ist mit uns! Tötet die Feinde! Lasst keinen am Leben!« In ihrem Wahn versetzte sie ihrem Ehemann einen Stoß. »Gehe hinaus und vollbringe den Willen des Herrn!«

Debald Klüdemann sah sich unsicher um, setzte sich dann aber in Bewegung. Zuerst wollte Arno, der sich rasch genug auf Bockelsons Seite geschlagen hatte, ihn daran hindern, sich Matthys anzuschließen, trat aber auf Heinrich Krechtings

Wink einen Schritt zurück. Während Klüdemann sich zu den wenigen Gefolgsleuten gesellte, die Matthys geblieben waren, nutzte Faustus die Gelegenheit, sich von diesem abzusetzen. Sein Freund Isidor war jedoch zu langsam und wurde von Arno in die kleine Schar zurückgestoßen.

»Dein Weg führt dorthin!«, sagte der Söldner und wies auf das Ludgeritor.

Unterdessen hatte Jan Matthys sich wieder gefasst und funkelte Bockelson und Knipperdolling hasserfüllt an. »Ich gehe, um die Feinde des Herrn zu vernichten, und werde an der Seite unseres Heilands zurückkehren!«

Der drohende Tonfall seiner Stimme war unüberhörbar. Offenbar glaubte er daran, das Schicksal zwingen und sich danach an den beiden Verschwörern rächen zu können.

Bockelson nickte lächelnd. »Erfülle deine Weissagungen und siege, auf dass wir alle in Ehrfurcht das Haupt vor dir neigen, Bruder Matthys.«

Dann trat er zurück und gab seinen Männern den Befehl, dem Propheten und seiner Schar den Weg freizugeben.

»Ich fühle mich als Feigling, weil ich nicht dabei bin«, maulte Helm.

»Die dort«, Frauke wies mit dem Kinn auf Knipperdolling und Bockelson, »müssten sich viel mehr als Feiglinge fühlen.«

Doch nur wenige schienen so zu denken wie sie. Dem Jubel nach, der den Propheten begleitete, waren die Männer, die mit Jan Matthys hinauszogen, Auserwählte, die dafür doppelten Himmelslohn erhalten würden. Die Menge begann wieder zu beten, um den Heiland vom Himmel herabzurufen, auf dass er ihre Feinde vertilgte und sie zu seinen ewigen Jüngern erhob.

2.

Nachdem es keine starken Frostnächte mehr gegeben hatte, waren die Brackensteiner mit Moritz und Draas näher auf Münster vorgerückt und hatten ihr Lager nicht weit vom Ludgeritor errichtet. An diesem Ostertag fiel es den Männern, aber auch den Frauen im Lager schwer, die nötige Ehrfurcht vor der Auferstehung Jesu Christi in Jerusalem aufzubringen. Nicht wenige fürchteten, die Prophezeiungen von Jan Matthys und anderen Anführern der Wiedertäufer könnten sich erfüllen und das Jüngste Gericht hereinbrechen. Dabei wünschten sich die meisten, das Weltengericht würde erst nach dem eigenen Tod kommen. Zuerst wollten sie leben und bei Gelegenheit auch ein wenig sündigen, und das war nachher wohl nicht mehr möglich.

Aus Furcht, die Wiedertäufer könnten in diesen Tagen einen Ausfall wagen, hatte Franz von Waldeck mehrere Fähnlein an diesem Tor zusammengezogen. Eines davon stammte aus Mainz. Das hätte die Brackensteiner wenig gestört, wenn nicht einer der Unteroffiziere der Mainzer ausgerechnet ihr ehemaliger Kamerad Hans gewesen wäre. Nicht wenige Brackensteiner hielten den Mann für einen elenden Deserteur, der sie im Stich gelassen hatte. Daher hatte es bereits Reibereien zwischen den beiden Fähnlein gegeben, die nicht selten in handfeste Raufereien ausarteten.

Der Hauptmann der Mainzer versuchte zwar, seine Männer in scharfer Zucht und Ordnung zu halten, doch Beschimpfungen wie »Pfaffenknechte« und Ähnliches brachten seine Männer immer wieder dazu, sich mit den Brackensteinern anzulegen.

Emmerich von Brackenstein kümmerte sich nicht im Geringsten um seine Truppe, sondern überließ alles Moritz, der immer noch als Feldwebel besoldet wurde, aber die Aufgaben eines Offiziers erfüllen musste.

An diesem Tag war es doppelt schwer, Ruhe zu bewahren. Beide Fähnlein standen nebeneinander, um einem möglichen Angriff der Wiedertäufer zu begegnen. Das lange Warten ließ die Männer unruhig werden, und so flog mancher Fluch und manches Schimpfwort hin und her.

»Verdammt noch mal, jetzt gebt endlich Ruhe!«, schalt Moritz, als der Wortwechsel in ernsthafte Beleidigungen umschlug.

»Die hätten uns auch ein anderes Fähnlein schicken können als diese Pfaffensoldaten«, murrte Guntram. »Immer wieder muss ich den aufgeblasenen Wicht vor mir sehen, dem wir nicht gut genug waren. Bei Gott, ich wünschte, ich könnte ihm so die Rippen brechen, wie er es verdient!«

Hans vernahm diesen Ausruf und knirschte mit den Zähnen. Er hatte die Brackensteiner verlassen, weil sie unter den Oberbefehl Philipps von Hessen kommen sollten und er nicht unter einem Lutheraner dienen wollte. Nun stand er neben seinen alten Kameraden gegen einen gemeinsamen Feind, doch der Graben zwischen ihnen war kaum weniger tief als der zu den Wiedertäufern.

»Da vorne tut sich was!«

Der Ruf des Mainzer Hauptmanns ließ alle aufhorchen, und Draas trat einen Schritt nach vorne, um besser sehen zu können. »Die Ketzer kommen tatsächlich heraus!«

»Dabei ist es gleich Abend, und ich habe mich bereits auf einen Becher Wein gefreut, wenn Margret mir einen auf Kredit einschenken will«, stöhnte Guntram und packte seine Hellebarde fester.

»Viel sind es ja gerade nicht«, knurrte Hans und sah seinen Hauptmann fragend an. »Nehmen wir uns die vor, oder lassen wir den Bracken den Vortritt?«

Der junge Offizier lachte kurz auf. »Sehen wir so aus, als würden wir hinter anderen zurückstehen wollen? Nein, Männer, wir rücken vor! Ihr Brackensteiner bleibt in der Reserve für den Fall, dass die kleine Truppe dort nur die Vorhut eines großangelegten Ausfalls ist.«

An diesem Befehl hatten Draas, Moritz und ihre Kameraden zu kauen. Da sie keinen eigenen Offizier vor Ort aufweisen konnten, blieb ihnen nichts anderes übrig, als sich dieser unverschämten Forderung zu beugen.

»Der Teufel soll die Mainzer holen!«, knurrte Moritz und sah zu, wie das andere Fähnlein im Geschwindschritt vorrückte.

»Hoffentlich kommen noch mehr Ketzer hinter ihren Mauern hervor. Ich fühle mich sonst völlig unnütz.« Draas spie aus und starrte dann wie alle anderen nach vorne.

Das Mainzer Fähnlein war den ausfallenden Ketzern um ein Mehrfaches überlegen, dennoch wurde das Ludgeritor von Münster wieder geschlossen. Verwirrt kniff Draas die Augen zusammen. »Die können doch nicht mit den paar Männern einen Angriff wagen!«

Einer der Landsknechte schlug voller Angst das Kreuz. »Da ist gewiss Zauberei im Spiel. Vielleicht führt sie sogar der Teufel an. Wollen wir nur hoffen, dass wir diesen Tag unbeschadet überstehen und nicht zur Hölle fahren.«

»Und wenn, fahren die Mainzer vor uns hinab, und wir fallen weich«, spottete Draas. Die ausfallenden Ketzer wurden mittlerweile durch die Mainzer verdeckt, und so konnte er nicht erkennen, was vorne geschah. Da klang eine weit hallende Stimme auf, die Jesus Christus beinahe im Befehlston dazu aufrief, zu erscheinen und die Feinde zu verderben.

»Die meinen es tatsächlich ernst! Ich dachte, die würden nur kurz herauskommen und sich wieder zurückziehen.« Moritz hatte sich auf einen neben der Straße stehenden Wagen geschwungen, um eine bessere Sicht auf das Geschehen zu haben.

Rasch folgte Draas ihm und konnte nun ebenfalls verfolgen, was vor dem Tor geschah. Obwohl die Wiedertäufer in der Unterzahl waren, stürmten sie auf die Landsknechte zu. Zwei, drei der Mainzer sanken nieder, aber dann wurden die Ketzer umzingelt, und die Söldner stießen mit ihren langen Piken zu. Das, was sich dort abspielte, war kein Kampf, sondern ein Gemetzel. Keinem der Wiedertäufer gelang die Flucht. Als Letzter sank Jan Matthys nieder und wurde von den zornigen Landsknechten in Stücke gehackt.

Erst nach einer Weile begriffen die Söldner, wen sie getötet hatten. Dann aber hallte ein Schrei weit über das Land. »Wir haben den falschen Propheten erwischt! Der Heiland ist ihm halt doch nicht zu Hilfe geeilt.«

Draas atmete tief durch und sah dann Moritz an. »Damit dürfte die Sache erledigt sein, was? Nachdem ihr Anführer tot ist, werden die Ketzer wohl kaum mehr den Mut aufbringen, uns zu widerstehen.«

»Schön wär's! Aber das glaube ich erst, wenn die Fahne des Bischofs auf dem Turm von Sankt Lamberti weht. Wir haben es nicht mit normalen Menschen zu tun, sondern mit Verrückten, die glauben, die Auserwählten des Herrn zu sein. Ich speie darauf!«

Moritz machte seine Ankündigung wahr und wartete dann, bis die Mainzer Landsknechte wieder zurückkamen. Der Spott, den er und seine Kameraden sich nun anhören mussten, war kaum mehr zu ertragen, und so war er froh, als endlich der Befehl gegeben wurde, in die Quartiere zurückzukehren.

Auf dem Rückmarsch traf er auf Hans, der ihn höhnisch angrinste. »Na, was sagst du jetzt? Wir haben diesem holländischen Propheten gezeigt, was seine Weissagungen wert sind. Damit werden diese Ketzer ihren Irrglauben wohl ein für alle Mal aufgeben.«

Es juckte Moritz in den Fingern, seinem einstigen Kameraden ein paar schallende Ohrfeigen zu verpassen. Er beherrschte sich jedoch und wandte sich Draas zu. »Irgendwie quaken die Frösche heute besonders laut.«

»Das tun sie!«, antwortete Draas. »Aber wir sollten uns nicht darum kümmern, sondern die Wälle der Stadt im Auge behalten. Ein paar Verrückte erschlagen kann jeder. Doch in Münster lauern mehrere tausend Ketzer, die sich einen Spaß daraus machen würden, einem Pfaffenknecht die eigenen Eingeweide zu zeigen.«

Hans' Hand wanderte zum Schwertgriff, doch ein scharfer Befehl seines Hauptmanns brachte ihn dazu, sich wieder in sein Fähnlein einzureihen. Dort feierte er mit seinen neuen Kameraden den Erfolg über Matthys' Schar, und als später der Wein floss, schwemmte dieser den Ärger über Moritz und die anderen Brackensteiner hinweg.

Sie sind doch nur neidisch, dachte er und erwartete ebenso wie viele andere, dass die Ketzer nach dem Ende ihres Anführers und dem Ausbleiben der Wiederkehr Christi die Waffen strecken würden.

3.

Die meisten Bewohner von Münster hatten das Ende von Jan Matthys und seiner kleinen Schar von den Mauern und Wällen aus beobachtet. Jene, die gezwungenermaßen die Taufe hatten hinnehmen müssen, benötigten ihre ganze Beherrschung, um nicht laut zu jubeln. Andere hingegen gebärdeten sich wie von Sinnen. Zu diesen gehörte auch Mieke Klüdemann, die nicht begreifen konnte, wieso Jesus Christus nicht erschienen war, um ihren Ehemann zu retten.
Auch Isidor war tot. Bis zu diesem Tag hatte Faustus das Ganze für ein großes Abenteuer gehalten, bei dem ihm und seinem Freund nicht viel geschehen konnte. Nun aber stand er mit schreckensstarrer Miene auf der Mauer und konnte den Blick nicht von der Stelle wenden, an der sein Freund das Leben verloren hatte.
Schließlich drehte er sich mit entsetztem Blick zu Bockelson um. »Wie konnte das geschehen? Wieso ist der Heiland nicht erschienen?«
Dieselbe Frage schien fast alle zu bewegen. Klagende Rufe erschollen, und einige sahen so aus, als wollten sie am liebsten sämtliche Tore öffnen und sich Franz von Waldeck unterwerfen.
Frauke und Lothar spürten, dass es nur eines einzigen Funkens bedurfte, um die Lage in Münster zu ändern. Doch bevor irgendjemand etwas unternehmen konnte, hob Bockelson beide Arme.
»Meine Brüder und Schwestern! Unser Herr im Himmel hat unseren Bruder Jan Matthys gewogen und als zu leicht

befunden. Anstatt sich mit den Ältesten und Weisesten unseres Glaubens zu beraten, wurde Bruder Matthys von Hochmut erfasst und hat sich hinreißen lassen, sich über alle zu erheben. Gott hat dies missfallen, und er hat beschlossen, unseren Bruder zu bestrafen. Damit wir aber nicht den Glauben verlieren und uns vor denen in den Staub werfen, die Gott verworfen hat, sagte er einigen von uns Jan Matthys' Ende voraus, verbot uns aber, darüber zu sprechen, ehe es getan war.«

»So ist es!«, klang da Bernd Knipperdollings Stimme auf. »Auch ich hatte diese Vision und den strikten Befehl unseres Herrn Jesus Christus, nicht in das Schicksal unseres Propheten einzugreifen. Allerdings befahl der Herr im Himmel mir, dafür zu sorgen, dass nur wenige von uns durch Bruder Jans Hochmut zu Schaden kommen.«

Nun ergriff wieder Bockelson das Wort. »Eines aber hat Bruder Matthys verschuldet! Unser Herr Jesus Christus wird erst dann zu uns herabsteigen, wenn wir uns seiner Wiederkehr würdig erwiesen haben. Bis dorthin werden wir unser Leben im völligen Einklang mit dem Evangelium führen und uns der Feinde erwehren, die nicht nur unser Leben, sondern auch unser Seelenheil bedrohen.«

Die Menge hatte seiner Ansprache zunächst überrascht gelauscht. Dann brachen die, die sich mit Haut und Haaren den täuferischen Lehren verschrieben hatten, in Jubel aus. Sie sahen sich nicht, wie sie zuerst geglaubt hatten, von Christus verlassen, sondern fühlten sich durch Bockelsons Worte bestärkt und getröstet. Auch wenn Jan Matthys einem Irrtum erlegen war und für diesen hatte büßen müssen, würde Jesus Christus trotzdem vom Himmel steigen und sein göttliches Himmelreich errichten.

Frauke bemerkte mit Schrecken, dass ihre Geschwister sich ebenfalls von Bockelson beeinflussen ließen. Während Helm den neuen Propheten lauthals hochleben ließ, kniete Silke nieder und betete zu Christus, seine Jünger hier auf Erden nicht zu lange warten zu lassen.

Unterdessen hielt Lothar nach jenen Bürgern in der Menge Ausschau, von denen er glaubte, dass sie sich nur deshalb den Wiedertäufern angeschlossen hatten, um die Stadt nicht verlassen zu müssen. Diejenigen, die er entdeckte, sahen aus wie begossene Pudel.

Dem, der ihm am zuverlässigsten erschien, näherte er sich und zupfte ihn am Ärmel. »Kann ich mit Euch sprechen, Herr Ramert?«

»Was willst du?«, fragte der Mann, der Lothar wegen seiner Verkleidung für eines der ortsfremden Weiber hielt, die durch ihren Fanatismus besonders auffielen.

»Was haltet Ihr vom Tod des alten und der Rede des neuen Propheten?«, fragte Lothar leise.

»Natürlich bedauere ich Bruder Matthys' Tod und begrüße, dass Gott unseren geliebten Bruder Bockelson auserwählt hat, uns in die Zukunft zu führen«, antwortete dieser, als hätte er die Worte eingeübt.

Lothar ahnte, dass Hermann Ramert log, daher versuchte er es weiter. »Wenn eine Vorhersage falsch ist, kann es die andere dann nicht auch sein?«

Damit begab er sich auf äußerst dünnes Eis. Wenn der andere ihn den Täuferführern meldete, würde er als Nächster Knipperdollings Schwert zum Opfer fallen. Doch Lothar war es leid, nur Beobachter zu sein, wie sein Vater es von ihm gefordert hatte. Um der Menschen willen, die in der Stadt lebten und litten, musste die Herrschaft der Wiedertäufer gebrochen werden. Eine gemäßigte Bürgerschaft konnte mit dem Bischof verhandeln und ein Generalpardon für alle erwirken, die nicht zu den Spitzen des Täufertums gehörten. Lothar war sogar bereit, Bockelson, Rothmann und den anderen Anführern die Flucht zu ermöglichen, wenn es nur gelang, den Sturm auf Münster zu verhindern. Doch dazu benötigte er Verbündete.

Hermann Ramert musterte die angebliche Lotte nachdenklich. »Gott hat unsere Brüder Bockelson und Knipperdolling erleuchtet, und Gott irrt nie!«

Nach diesen Worten kehrte er Lothar den Rücken und ließ den jungen Mann als Opfer widersprüchlichster Gefühle zurück. Um mehr zu erreichen, hätte Lothar sich als Sohn des bischöflichen Rates Magnus Gardner zu erkennen geben müssen. Doch das wollte er erst tun, wenn er sicher sein konnte, von seinem Gegenüber nicht verraten zu werden.

Mittlerweile begannen die Versammelten zu singen, und etliche tanzten auf dem Platz, um ihren neuen obersten Propheten zu ehren. Selbst Bernhard Rothmann, der zuerst ein säuerliches Gesicht gezogen hatte, weil sich erneut ein Ortsfremder über ihn erhoben hatte, pries nun Jan Bockelson als den wahren Anführer ihrer Gemeinschaft. Mit ihm schwenkten viele Altbürger, die Rothmann schon seit Jahren hatten predigen hören, auf Bockelsons Seite.

Enttäuscht kehrte Lothar zu Frauke zurück, und in ihren Augen las er dieselbe Leere im Herzen, die auch er empfand. Nie war ein Ende der Täuferherrschaft näher gewesen als zu dieser Stunde. Doch mit ein paar wohlgesetzten Worten hatte Jan Bockelson van Leiden das Ruder herumgerissen und war nun anders als Jan Matthys der unangefochtene Herr der Stadt. Bockelson hatte kein Datum für die Erscheinung Jesu Christi genannt, sondern als Voraussetzung dafür nur ein seinen Lehren gemäßes Leben gefordert. Daher konnte er auch nicht über eine falsche Prophezeiung stürzen. Nur ein bewaffneter Aufstand der gemäßigten Bürger konnte noch eine Wende herbeiführen, aber danach sah es nicht aus. Also würde es wohl zu einem Sturmangriff der bischöflichen Truppen kommen – mit all seinen schrecklichen Folgen.

4.

Auch im fürstbischöflichen Hauptquartier in Telgte wurde über Jan Matthys' Tod gesprochen. Franz von Waldeck hatte einige seiner Berater und Feldhauptmann Wilken Steding zu sich gerufen. Zu seinem Leidwesen saß auch Jacobus von Gerwardsborn in der Runde. Für den Inquisitor war das Ende des Täuferpropheten ein Zeichen des Himmels, das es zu beachten galt. Daher richtete er auch als Erster das Wort an den Fürstbischof.
»Gott hat gesprochen und den Anführer der Ketzer in unsere Hand gegeben. Jetzt ist es Zeit, die Häresie in Münster endgültig zu beseitigen. Lasst Eure Landsknechte antreten und die Stadt erstürmen.«
»Was meint Ihr, Gardner?«, fragte Franz von Waldeck unentschlossen.
Gardner musterte den Inquisitor, bevor er sich seinem Herrn zuwandte. »Bevor wir zu den Waffen greifen, sollten wir die Stadt zur Übergabe auffordern. Versprecht allen Pardon bis auf die unmittelbaren Anführer. Die meisten Ketzer sind verwirrt und werden sich wieder dem wahren Glauben zuneigen. Auch sind viele von ihnen nicht freiwillig Wiedertäufer geworden, sondern haben sich ihnen nur gezwungenermaßen angeschlossen.«
»Das ist doch Unsinn!«, fuhr Gerwardsborn auf. »Wer einmal mit dem Gift der Häresie in Berührung gekommen ist, kann nicht mehr davon geheilt werden. Ich sage: Erobert die Stadt und tötet alle, die sich darin befinden, bis zum letzten Kind. Nur so könnt Ihr Gott und die Heilige Jungfrau erfreuen.«

Einigen der Anwesenden schauderte es bei diesen Worten, und Gardner lag eine geharnischte Antwort auf der Zunge. Der Fürstbischof machte jedoch eine Geste, die ihn schweigen hieß, und wandte sich mit eisiger Miene an den Inquisitor.

»Wenn Wir so handeln würden, wie Ihr es verlangt, wären Wir nicht besser als die Bewohner der Stadt Karthago, die ihre eigenen Kinder dem Moloch opferten, auf dass er ihnen den Sieg über die Römer geben sollte – was er übrigens nicht tat.«

Franz von Waldeck zog verärgert die Luft ein und überlegte, was ihn seinem Ziel näher bringen konnte. Da Lothar Gardner mit Sicherheit eine Botschaft aus der Stadt schicken würde, in der er die Lage dort beschrieb, schien es ihm in jedem Fall ratsam, sich mit einer Entscheidung Zeit zu lassen.

»Meine Herren, wer zu rasch handelt, handelt oft falsch. Wir werden zu gegebener Zeit Unsere Befehle erteilen.«

Während Gardner seinem Herrn in Gedanken Beifall klatschte, sah Gerwardsborn so aus, als würde er den Fürstbischof am liebsten vor allen Leuten ohrfeigen. Mehr als ein Jahrzehnt hatte er Ketzer gejagt und war stolz darauf, keinen Einzigen geschont zu haben. Nun war er hierhergekommen, um die Belange des Papstes zu vertreten und die Vernichtung der Wiedertäufer in die eigene Hand zu nehmen. Doch Franz von Waldeck benahm sich nicht wie ein Gesalbter des Herrn, sondern wie ein Krämer, der seine Ware schonen wollte, so verfault sie auch sein mochte. Da er aber Waldeck nicht umstimmen konnte, beschloss der Inquisitor, sich an die Hauptleute der Söldner selbst zu wenden. Emmerich von Brackenstein stand bereits unter seinem Einfluss, und er würde gewiss auch die übrigen Offiziere für sich gewinnen.

Da er noch am gleichen Abend damit anfangen wollte, verließ er nach einer knappen Verbeugung den Raum und wartete draußen auf Wilken Steding, der den Oberbefehl über die bischöflichen Truppen führte.

»Auf ein Wort, Feldhauptmann«, sprach er den Offizier an. Steding drehte sich mit verschlossener Miene zu ihm um. »Ihr wünscht?«

Es klang nicht gerade ehrfürchtig, denn er fühlte sich Franz von Waldeck mehr verpflichtet als Gerwardsborn, der ständig den sofortigen Sturm auf Münster forderte.

»Gott, der Herr, ist mit uns, Steding, denn er hat uns den falschen Propheten ausgeliefert. Nun, da Jan Matthys tot ist, sollte der Wille des Herrn befolgt und die Ketzerei in Münster endgültig beseitigt werden.«

»Das haben wir vor.«

»Franz von Waldeck zögert jedoch, den Willen des Herrn auszuführen. Daher solltet Ihr es tun!«

Steding schüttelte bei dieser unverhohlenen Aufforderung den Kopf. »Ich bitte um Verzeihung, Eure Exzellenz, doch ohne den Befehl Seiner Hoheit werde ich nicht zum Sturm blasen lassen.«

»Das sollt Ihr auch nicht!« Es kostete den Inquisitor Mühe, scheinbar einzulenken. Doch wenn er Steding auf seine Seite ziehen wollte, durfte er den Mann nicht vor den Kopf stoßen. »Aber Ihr könnt den Sturm vorbereiten, auf dass er sofort begonnen werden kann, wenn Waldeck ihn befiehlt.«

»Wir sind bestens vorbereitet. Tausend Bauern stehen mit Pferd und Wagen bereit, um Schanzarbeiten zu leisten und den äußeren Graben aufzufüllen. Sobald der Befehl erteilt ist, werden sie ans Werk gehen, aber keinen Augenblick eher.«

»Es ist gut, dass der Fürstbischof einen so ausgezeichneten Feldherrn wie Euch beauftragt hat«, sagte der Inquisitor, um Steding zu schmeicheln. »Er selbst wäre wie ein kleines Kind, das nicht weiß, was es tun soll.«

»Herr von Waldeck ist Fürstbischof und kein Militär. Aufgaben wie der Sturm auf Münster sind Sache von Männern meines Schlages. Ihr seid ebenfalls ein Mann der Kirche und im Kriegshandwerk unerfahren.«

Das war eine Zurückweisung, die Gerwardsborn schmerzte, glaubte er sich doch von Gott ausersehen, die Ketzerei zu vernichten und dazu auch Soldaten Befehle erteilen zu können. Doch an dem westfälischen Sturkopf, wie er Steding für sich nannte, prallten seine Argumente ab.

Nun neigte der Kommandeur kurz das Haupt und wies auf das Portal. »Ich bitte um Verzeihung, Eure Exzellenz, doch ich muss meine Truppen inspizieren, um zu sehen, ob alles für einen Sturm, wie Ihr ihn Euch wünscht, vorbereitet ist.«

Er ging und ließ Gerwardsborn wie einen dummen Jungen stehen.

Wuterfüllt starrte der Inquisitor hinter ihm her und ballte die Fäuste. »Auch du wirst dich noch vor der Macht Gottes und der meinen beugen!«, stieß er hervor und begab sich auf die Suche nach einem anderen Opfer, das er in seinem Sinne beeinflussen konnte.

Anstelle eines der anderen Hauptleute erschien Emmerich von Brackenstein und verbeugte sich geziert vor ihm. »Erteilt mir Euren Segen, Euer Exzellenz, denn laut Franz von Waldecks Befehl muss ich mich zu meinem Fähnlein begeben und soll es beim Sturm auf die Stadt anführen.«

Im ersten Moment ärgerte Gerwardsborn sich, weil der Fürstbischof den einzigen Mann, der in seinem Sinne sprach, aus Telgte fortschickte. Dann aber erkannte er die Vorteile, die er daraus ziehen konnte, und legte dem Edelmann mit einer scheinbar freundschaftlichen Geste den Arm um die Schulter.

»Gott leitet all unsere Schritte, mein Sohn. Franz von Waldeck mag glauben, aus eigenem Willen zu handeln, doch ist es die Vorsehung, die ihn dazu gebracht hat, Euch zu Euren Soldaten zu schicken. Ihr seid zum Werkzeug des Herrn auserkoren, die Häresie in Münster mit eisernem Besen auszukehren. Sagt es Euren Landsknechten und den anderen Hauptleuten, dass Gott der Herr sich mit nichts weniger zufriedengibt als mit dem Tod aller Ketzer in der Stadt.«

»Wirklich aller? Auch der Weiber? Aber das will der Fürstbischof doch gar nicht!«, rief Brackenstein entsetzt aus.
Gerwardsborn schüttelte insgeheim den Kopf über die Dummheit des jungen Mannes, zog ihn aber verschwörerisch zu sich heran. »Der Wille Gottes wiegt schwerer als der eines Menschen, sei es auch ein König oder Fürstbischof.«
»Das ... aber ... Wenn Ihr meint.« Emmerich von Brackenstein beschloss, den Weg des geringsten Widerstands einzuschlagen. Daher versprach er Gerwardsborn, mit aller Härte gegen die Ketzer vorzugehen, und jammerte gleichzeitig darüber, dass der Fürstbischof ihn aus Telgte weggeschickt hatte. Gerwardsborn hörte ihm noch eine Weile zu, bestätigte ihn in der Meinung, ungerecht behandelt worden zu sein, und forderte ihn auf, von Kriegslager zu Kriegslager zu reiten und mit den Hauptleuten der anderen Fähnlein zu sprechen.
»Ihr erwerbt Euch im Himmel einen Platz direkt neben Jesus Christus, wenn Ihr die Feinde des Glaubens von dieser Erde tilgt«, erklärte er nachdrücklich, war aber froh, als der redselige Herr weiterging, um seine Abreise vorzubereiten.
Brackenstein kam es so vor, als müsse er statt weniger Meilen die hundertfache Zahl bewältigen. Vor allem ärgerte er sich, weil der Fürstbischof ihm die geforderten Fuhrwerke für sein Gepäck mit dem Argument verweigert hatte, diese würden gebraucht, um Kriegsmaterial zu transportieren. Dabei war nach Brackensteins Ansicht nichts wichtiger als sein persönliches Wohl.
Kaum war der Edelmann außer Sicht, hatte Gerwardsborn ihn auch schon wieder vergessen, denn er dachte intensiv darüber nach, wie er seinen Einfluss auf die vor Münster stehenden Truppen vergrößern könnte. Nach einer Weile begriff er, dass er wohl selbst die Söldner- und Reiterlager aufsuchen musste, um den Hauptleuten dort ins Gewissen zu reden. Die Ketzerei im Reich konnte nur beendet werden, wenn er ein Fanal entzündete, dessen Feuerschein bis in die entferntesten Winkel

der Welt drang. Münster war der Anfang. Als Nächsten würde er sich Landgraf Philipp von Hessen vornehmen, und dann kam Wittenberg, die größte Brutstätte der Ketzerei. Wenn Martin Luther sein Leben auf dem Scheiterhaufen ausgehaucht hatte, würde mit diesem Mann auch die nach ihm benannte Irrlehre ins Grab sinken.

»Münster ist erst der Beginn«, sagte Jacobus von Gerwardsborn zu sich selbst und suchte Magister Rübsam und Bruder Cosmas auf, um sie anzuweisen, alles für den Ritt zum nächstgelegenen Landsknechtslager vorzubereiten.

5.

In Lothars Augen war nach Jan Matthys' Tod eine große Chance vergeben worden, die Wiedertäufer in Münster unter Kontrolle zu bekommen. Da er sich nicht mehr mit seiner passiven Rolle begnügen wollte, sprach er in den nächsten Tagen mehrere Bürger an, die einst als vernünftig gegolten hatten. Er wusste, dass er damit seinen Hals riskierte. Doch um der Sache willen war er dazu bereit.
Seine größte Sorge dabei galt Frauke und ihren Geschwistern. Diese galten als enge Freunde von Lotte und würden, wenn man ihn entlarvte, mit in den Abgrund gerissen. Mit Silke und Helm, die insgeheim immer noch hofften, die Weissagungen ihrer Propheten würden sich erfüllen, konnte er darüber nicht reden. Daher wartete er, bis er Frauke wieder in der Frühe am Brunnen traf.
»Ich muss mit dir sprechen«, sagte er zu ihr.
»Wir kommen heute Nachmittag zu dir«, antwortete sie ausweichend.
»Ich meine jetzt und allein!«
Für ein tugendsames Mädchen war dies eine Zumutung, das war ihm klar, doch anders ging es nicht.
Frauke wollte schon ablehnen, als sie seinen ernsten Blick bemerkte. Unsicher geworden, fragte sie: »Worum geht es?«
»Nicht hier«, erklärte Lothar mit einem kurzen Seitenblick auf eine Magd, die nun ebenfalls zum Brunnen kam.
»Also gut, aber dann wirst du mir das Wasser nach Hause tragen!«
Frauke empfand ihre Bedingung selbst als lächerlich, doch sie

ärgerte sich, weil Lothar zu vergessen schien, dass er ein Mann und sie eine junge Frau war. Andererseits war er der Einzige, dem sie ihre geheimsten Gedanken anvertrauen konnte. Selbst vor ihren Geschwistern durfte sie ihre Zweifel nicht äußern. Beide vertrauten Bockelson, denn Knipperdolling und Johann Dusentschuer hatten erklärt, von Gott dieselben Visionen geschickt bekommen zu haben.

Gespannt, was Lothar von ihr wollte, folgte sie ihm bis zu seiner Hütte, blieb aber in der offenen Tür stehen, während er eintrat und Holz nachlegte.

»Komm bitte herein und schließ die Tür. Ich beiße nicht, und ich werde dich auch nicht zu verbotenem Handeln auffordern«, sagte er.

Mit einem leichten Zögern trat Frauke ein und setzte sich auf einen Stuhl. »Was willst du?«

»Ich möchte dich und deine Geschwister bitten, nicht mehr zu mir zu kommen. Der Weg, den ich nun einschlagen muss, ist gefahrvoll, und ich will nicht, dass ihr damit in Verbindung gebracht werdet.«

Frauke lachte hellauf. »Verzeih, aber dafür ist es zu spät! Die ganze Stadt weiß, dass wir mit dir befreundet sind. Was auch geschieht – man wird uns mit dir in Verbindung bringen, was auch immer du tust.«

»Dann verlasst die Stadt! Ich habe einen Weg erkundet, auf dem ihr ungesehen hinausgelangen könnt.«

Frauke lachte erneut, aber diesmal klang es bitter. »Wenn es nach mir gegangen wäre, hätten wir diese Stadt niemals betreten. Doch nun sind wir einmal hier. Meine Mutter und mein Vater werden Münster gewiss nicht verlassen, denn sie glauben fest an die Erscheinung des Herrn. Silke und Helm bewegen Zweifel, aber auch sie werden bleiben, um sich die Hoffnung zu erhalten, an die sie sich klammern. Ich selbst bin ganz und gar nicht überzeugt, dass die Visionen der Herren Knipperdolling, Bockelson und Dusentschuer wahrhaftig sind, aber ich werde meine Eltern und meine Geschwister nicht im Stich lassen.«

Traurig senkte Lothar den Kopf. »Eigentlich habe ich es nicht anders erwartet. Aber ich kann nicht länger zusehen, sondern muss versuchen, diesem Wahnsinn ein Ende zu bereiten.«

»Ich werde dir helfen! Wenn Knipperdolling mir einmal den Kopf abschlagen sollte, soll er Grund genug dafür haben.«

Frauke blickte Lothar mit leuchtenden Augen an, doch der schüttelte den Kopf.

»Die Gefahr ist zu groß!«

»Sie ist für uns beide gleich groß«, antwortete sie. »Wenn ich hier schon sterben muss – und das wird, wenn das Morden hier so weitergeht, unweigerlich der Fall sein –, dann will ich es für den Mann tun, den ich liebe.«

Das Letzte kam beinahe gegen ihren Willen über Fraukes Lippen.

Sie nahm Lothars erstauntes Gesicht wahr, überwand die innere Stimme, die sie zur Zurückhaltung drängte, und umarmte ihn. Beinahe scheu drückte sie ihm einen Kuss auf die Lippen und spürte, wie sie errötete.

»Das musste sein!«, sagte sie mehr zu sich selbst, als sie ihn wieder losließ. »Wir wissen nicht, was der nächste Morgen bringt. Die Welt ist aus dem Lot geraten, und wir sind wie Blätter, die der Sturm vor sich hertreibt. Dennoch sollten wir das wenige an Entscheidung, das uns noch geblieben ist, selbst treffen. Oder bin ich dir so zuwider, dass du dich angeekelt von mir abwendest?«

Es klang ein wenig enttäuscht, weil Lothar ihren Kuss nicht erwidert hatte. Dabei war sie bereit, notfalls alle Bedenken beiseitezuschieben, die sie bisher daran gehindert hatten, ihm mehr zu sein als nur eine Freundin.

Lothar starrte einige Augenblicke vor sich hin. In seinen geheimsten Gedanken hatte er gehofft, dass Frauke in ihm mehr sehen würde als nur den jungen Burschen, der sie, ihre Mutter und ihre Schwester gerettet hatte. Schließlich atmete er tief durch und fasste sie bei den Schultern.

»Du bist mir alles andere als zuwider!«

»Aber du hast Silke lieber als mich.« Ein kleiner Teufel zwang Frauke, dies zu sagen.

Energisch schüttelte Lothar den Kopf. »Bei Gott, wie kommst du auf diesen seltsamen Gedanken? Deine Schwester ist gewiss recht hübsch, aber ihr Verstand hält nicht mit ihrem Aussehen Schritt, während du sowohl schön wie auch klug bist.«

»Du hältst mich also für klug?« Frauke gefiel es, dass Lothar ihr Verstand zubilligte, hatte sie doch von ihren Eltern und auch von ihren Geschwistern oft genug gehört, dass es ihr gerade daran mangele.

»Das tue ich!«, antwortete Lothar lächelnd.

Frauke musste kichern. »Du wärst der erste Mann, der sich ein kluges Weib wünscht. Den anderen Männern ist es am liebsten, eine Frau wäre so dumm wie Bohnenstroh. Obwohl, nein – ein wenig Verstand sollte sie schon haben, damit sie nicht zu viel Geld auf dem Markt ausgibt. Noch besser aber sollte sie kochen können. Allerdings weiß ich nicht, ob ich dir in dieser Beziehung genüge.«

»Du hast so oft für mich gekocht, dass ich weiß, wie gut du es kannst!«

Lothar begriff, dass es dem Mädchen weniger um Sinnenlust ging als um eine Verwandtschaft der Seelen. Körperliche Liebe konnte es zwischen ihnen geben, musste es aber nicht. Nun sah er Frauke mit anderen Augen an. War sie bei ihrer ersten Begegnung zwar hübsch, aber noch ein wenig kindlich gewesen, so stand nun eine Frau vor ihm, die ebenso schön wie mutig war. Vor allem aber war sie so, wie er sich seine Ehefrau immer vorgestellt hatte. Einen Augenblick lang dachte er an seinen Vater, der die Tochter eines schlichten Handwerkers und Ketzers als Schwiegertochter mit Sicherheit ablehnen würde. Dann aber schob er diesen Gedanken resolut beiseite.

Es war sein Leben, das hier auf dem Spiel stand, und das von Frauke. Ihr gemeinsames Schicksal schmiedete sie fester zusammen als Eisen.

»Es war mir vorbestimmt, dass ich dich retten sollte«, flüsterte er und zog sie in seine Arme.

Frauke schmiegte sich an ihn und blickte ihn mit großen Augen an. »Ich liebe dich! Ich glaube, ich habe mich bereits in dich verliebt, als du mich in Stillenbeck vor dem Inquisitor gewarnt hast. Du warst so anders als die anderen jungen Männer, so sanft und so freundlich. Meine Liebe zu dir wollte ich tief in meinem Herzen bewahren. Doch angesichts der Gefahr und des drohenden Todes konnte ich nicht anders, als sie dir zu bekennen.«

»Was auch immer kommen mag, wir werden es gemeinsam durchstehen und auch gemeinsam in die Zukunft gehen«, sagte Lothar, um ihr und auch sich selbst Mut zu machen. Er küsste sie und brachte sie damit wieder zum Lachen.

»Wenn das die anderen sehen würden! Zwei Frauen, die sich so innig herzen!«

»Wir küssen uns nur, wie die Brüder und Schwestern unserer Gemeinschaft es vor dem Gebet tun«, antwortete Lothar gelassen.

Frauke deutete auf ihre vollen Wassereimer. »Ich muss jetzt noch Hause, sonst wird Katrijn zornig.«

»Schade! Aber wir sehen uns wieder?« Nur widerwillig ließ Lothar Frauke los und hob die beiden Eimer auf.

»Wir sehen uns wieder, und irgendwann werden wir auch Mann und Frau. Zwar gibt es hier keinen Pfarrer, zu dem wir gehen können, damit er uns traut, doch Gott wird uns gewiss verzeihen.« Frauke blitzte ihn entschlossen an. Ihr Leben mochte kurz sein, und daher wollte sie, dass ihre Liebe für beide die Erfüllung fand.

6.

Am Nachmittag ließ Jan Bockelson die Bewohner zusammenrufen. Er stieg auf das Podium, das nach dem vergeblichen Warten auf Christi Wiederkehr nicht weggeschafft worden war, und blickte über die Menge. Seine Miene war angespannt und grimmig. Als Knipperdolling erschien, atmete er auf, wartete aber, bis auch Johann Dusentschuer auf das Podest geklettert war. Letzterer galt bei seinen Anhängern als einer, der von Gott ebenfalls Visionen erhielt. Daher war es wichtig, dass Dusentschuer bestätigte, was er selbst zu verkünden hatte.
»Wir sind bereit«, sagte Knipperdolling zu ihm und wies dabei unauffällig auf die Rotte Landsknechte, die sich unter Arnos Kommando im Hintergrund aufstellte.
»Es soll nicht zu Gewalttätigkeiten kommen«, antwortete Bockelson, obwohl er froh war, notfalls auf die Söldner zurückgreifen zu können. Noch immer gab es in der Stadt Leute, die mit dem Mund zu seinen Anhängern gehörten, es aber insgeheim mit dem Bischof hielten.
Nach mehreren Gebeten, die alle Anwesenden laut nachsprachen, trat Bockelson vor und hob beide Arme zum Himmel.
»Gott«, so rief er mit lauter Stimme, »hat zu mir gesprochen. Was wir bisher getan haben, ist wohlgetan. Dennoch befiehlt der Herr im Himmel, dass nicht alles so bleiben kann, wie es war. Aus diesem Grund erkläre ich den Rat der Stadt für aufgelöst und die Mitglieder des Rates samt den beiden Bürgermeistern Bernd Knipperdolling und Gerd Kibbenbrock zu schlichten Brüdern in unserer Gemeinschaft.«

»Was hat er denn jetzt vor?« Die Worte wurden nur geflüstert, doch als Lothar und Frauke, die wie gute Freundinnen beieinanderstanden, sich umdrehten, erkannten sie in dem Sprecher den Bürger Hermann Ramert.
»Der will nur seine Holländer und Friesen endgültig an die Macht bringen. Wir hätten die Tore vor diesem Gesindel verschließen sollen«, erklärte Heinrich Gresbeck, ein anderer Altbürger, der Frauke und Lothar bis jetzt als besonders eifriger Wiedertäufer aufgefallen war.
Unterdessen setzte Bockelson seine Rede fort. »Gott befiehlt uns, der Heiligen Schrift gemäß zu leben, und beauftragt mich, zwölf Apostel zu ernennen, welche sein Volk leiten und über es richten werden.«
Unruhe erfasste die Menge. Bislang hatten der Rat und die Gilden die Menschen vertreten. Auch wenn es dabei Reibereien gegeben hatte, so waren es angesehene, alteingesessene Bürger gewesen, die jeder kannte. Nicht wenige teilten Gresbecks Befürchtung, Bockelson könnte nun nur noch Holländer und Friesen als Apostel berufen. Doch Bockelson wusste genau, dass er damit die einheimischen Münsteraner und die aus dem Umland zugezogenen Täufer gegen sich aufbringen würde. Als er die Namen der Erwählten nannte, gehörten zwar einige seiner Landsleute dazu, die Mehrheit aber stammte aus Münster. Trotzdem erhielten einige Holländer zum ersten Mal über den ersten Propheten hinaus selbst Macht in der Stadt.
Lothar war froh über diese Entwicklung. Auch wenn sich etliche Bürger aus Münster den Wiedertäufern angeschlossen hatten, so besaßen sie immer noch ihren alten Bürgerstolz und würden es nicht hinnehmen, von Ortsfremden beherrscht zu werden. Daher beschloss er, erneut mit Ramert zu reden. Auch wollte er Gresbeck ansprechen, der so aussah, als sei er mit der jetzigen Situation äußerst unzufrieden.
Während er hoffte, einige Bürger zum Widerstand gegen Bo-

ckelsons Machtergreifung bewegen zu können, war der Prophet selbst erleichtert, weil die Menge seine Rede nicht nur hinnahm, sondern in Hochrufe auf ihn und die von ihm ernannten Apostel ausbrach. Die Angst, über Jan Matthys' Tod könnte die Gemeinschaft zerbrechen, hatte ihn etliche Tage in ihren Klauen gehalten. Nun aber galt es, den errungenen Erfolg auszubauen.

»Unserem Bruder Johann Dusentschuer, der wie ich und unser Bruder Knipperdolling das Ende unseres Bruders Matthys vorhergesehen hat, wurde eine neue Erleuchtung zuteil! Umschlossen von Ungläubigen und Heiden, werden wir das neue Zion errichten und warten, bis Jesus Christus, unser Herr, zu uns herniedersteigt. Es ist der Wille des Herrn, dass wir alle, die rechten Glaubens sind, in dieser Stadt versammeln. Aus diesem Grund befiehlt Gott der Herr durch seinen Diener Dusentschuer, Boten zu unseren Brüdern in fremden Städten auszusenden, auf dass diese zu uns eilen und gemeinsam mit uns die Feinde Gottes bekämpfen.«

Erneut klang Jubel auf, denn angesichts der Söldner und der Reitertruppen, die Franz von Waldeck vor der Stadt versammelt hatte, war den Täufern jede Hilfe recht.

Nur Heinrich Gresbeck zog ein schiefes Gesicht. »Dann kommen noch mehr Holländer und Friesen, und wir Bürger haben überhaupt nichts mehr zu melden.«

»Sei still!«, raunte ihm Hermann Ramert zu. »Hier gibt es zu viele fremde Ohren.«

Sofort drehten Frauke und Lothar sich zu ihm um. »Unsere Ohren müsst ihr nicht fürchten und auch nicht unsere Zungen«, erklärte die junge Frau ernst.

»Frauen, sage ich nur! Verstehen nichts und können nichts.«

Ramert wollte sich abwenden, doch Gresbeck hielt ihn auf. »Sei nicht so voreilig, mein Freund. In unserer Lage ist jede Unterstützung willkommen.«

Ramert sah Lothar an, der in seinem Kleid wie eine leidlich

hübsche, aber etwas hagere Frau aussah, und dann Frauke. »Beide sind fremd hier und sind erst mit diesen Leuten gekommen«, knurrte er und wies mit dem Kinn auf das Podium, auf dem Bockelson und Dusentschuer eben die Boten bestimmten, welche sie aus Münster hinausschicken wollten.
Zu Lothars Verwunderung drängte auch Faustus sich dort vor. »Verzeih, oh großer Prophet, doch auch mich drängt es, zu den Brüdern zu reisen und diese aufzurufen, sich uns anzuschließen!«, rief der Student Bockelson zu.
Dieser musterte ihn mit einem kalten Blick. »Du bist doch einer der neuen Brüder und unseren Gefährten in der Ferne unbekannt. Daher können wir dich nicht zu ihnen schicken.«
»Ihr habt doch gewiss ein Losungswort, ein Zeichen!« Faustus umklammerte den Rand des Podiums und sah flehend zu dem Propheten empor. Aber er konnte Bockelson nicht umstimmen.
»Die Boten sind unserem Bruder Dusentschuer durch Gott genannt worden, und du gehörst nicht dazu. Kehre also an den Platz zurück, der dir zugewiesen worden ist!« Bockelson beachtete Faustus nicht mehr, sondern umarmte die ausgewählten Boten und erklärte ihnen, dass sie unter dem Schutze Gottes, Jesu Christi und des Heiligen Geistes reisen würden.
Bockelson sprach noch eine Weile weiter, doch was er sagte, ging an Faustus vorbei. Verzweifelt überlegte der ehemalige Student, was er tun sollte. Er war von seiner Universität geflohen, als seine Neigung zu Knaben ebenso ruchbar wurde wie seine Bereitschaft, seine Befriedigung auch durch Zwang zu erreichen. In seiner Angst, gefasst und als Sodomit auf dem Scheiterhaufen verbrannt zu werden, hatte er sich mit seinem Freund Isidor nach Münster gerettet. Aber Isidor war tot und er allein in einer Stadt, die von Menschen beherrscht wurde, mit denen ihn im Grunde nichts verband. Selbst der Glaube an eine Wiederkehr Christi war ihm abhandengekommen, nachdem sich Jan Matthys' Weissagung als falsch herausgestellt

hatte. Nun wollte er nur von hier fort und hatte sich deshalb als Bote gemeldet.

Mit einem Mal sah er Helm Hinrichs neben sich stehen. Dieser ballte die Fäuste, wagte es aber nicht, inmitten der Menge eine Schlägerei anzufangen. Die Verachtung in seinem Blick ließ Faustus jedoch schrumpfen.

»Helm, wir sind doch Freunde!«, jammerte er.

»Freunde? Nach dem, was du und dein sauberer Kumpan mir angetan habt? Ihr habt mich wie Abfall in den Dreck geworfen!«

Da Helm immer noch so aussah, als wolle er zuschlagen, streckte Faustus abwehrend die Hände aus. »Bitte, hör mir doch zu! Ich habe es nicht böse gemeint, wirklich nicht. Es war Isidor ...«

»Lügner!«, fiel Helm ihm ins Wort. »Du hast mich aufgefordert, mit euch zu kommen, und mich betrunken gemacht.«

»Es sollte doch nur ein Spaß sein«, sagte Faustus im Versuch, sich zu verteidigen.

»Für diesen Spaß danke ich!« Helm wollte gehen, doch da griff Faustus nach seinem Ärmel und hielt ihn fest.

»Bitte verzeih mir! Ich wollte dir nicht schaden. Ich ... ich schäme mich so. Außerdem habe ich Angst.«

Verwundert musterte Helm ihn. Bislang hatte er den großgewachsenen, bulligen Faustus für jemanden gehalten, der mutig und forsch durchs Leben schritt. In diesem Moment aber erkannte er, dass dessen Stärke nur gespielt gewesen war und nun ein sehr unsicherer Mensch vor ihm stand, der nicht weiterwusste. Gegen seinen Willen empfand er Mitleid mit ihm.

»Also gut, ich gehe mit dir, und wir reden. Doch wage es nicht, Dinge zu tun, die mir nicht passen!«

Die Warnung war deutlich, dennoch atmete Faustus auf. »Ich danke dir! Seit Isidors Tod bin ich so allein.«

»Es tut mir auch leid um ihn, genau wie um jeden anderen, der in diesem verdammten Krieg bereits gestorben ist oder noch

sterben wird!« Helm fühlte, dass sich sein Verhältnis zu Faustus gewandelt hatte. Nun war dieser nicht mehr der Anführer, sondern er selbst. Daher reichte er ihm die Hand.
»Christus hat gesagt, man soll seinen Feinden vergeben, also vergebe ich auch dir!«
Als Faustus ihn ansah, geschah dies ohne Hintergedanken. Für den Studenten war es eine Erleichterung, jemanden gefunden zu haben, der ihm zuhören wollte und – was ihm noch wichtiger erschien – bereit war, ihm Mut zuzusprechen.

7.

Die letzten Botschaften seines Sohnes hatte Magnus Gardner so gedeutet, dass der Druck auf Münster aufrechterhalten und sogar noch gesteigert werden müsse. Daher erteilte er dem Fürstbischof den Rat, die Schanzen näher an die Stadt heranzuführen und alles für einen Sturm vorzubereiten.

»Die Ketzer müssen sehen, dass wir fest entschlossen sind, die Stadt einzunehmen. Dies mag die vernünftigeren Köpfe dazu bewegen, sich von diesem holländischen Schneider und Schankwirt abzuwenden, der sich Jan van Leiden nennt, und uns die Tore zu öffnen«, erklärte Gardner dem Fürstbischof. Dieser nickte verbissen. »Lieber wäre es mir, es käme so, als dass die Landsknechte die Stadt erobern müssten. Gerwardsborn hetzt die Männer auf, alle niederzumachen, die sich noch in der Stadt aufhalten.«

»Ich werde meinen Sohn retten und so viele andere Menschen, die keine oder nur geringe Schuld auf sich geladen haben, wie es möglich ist – und wenn ich den Inquisitor mit eigenen Händen erwürgen müsste!« Gardner klang düster, aber man sah ihm an, wie hilflos er sich fühlte.

Er hatte gehofft, mit einigen Maßnahmen Gerwardsborns Einfluss schmälern zu können. Doch der Inquisitor war ein hartnäckiger Gegner und hatte, anstatt zurückzustecken, die Landsknechte gegen die Menschen in Münster beeinflusst. Sowohl die katholischen Söldner wie auch die Lutheraner hassten und verachteten die Wiedertäufer, da diese von sich behaupteten, allein des Heils des Himmels würdig zu sein, während alle anderen in die Hölle fahren würden. Daher war es

Jacobus von Gerwardsborn leichtgefallen, die Männer aufzuhetzen.

»Ihr seid so ernst, Gardner«, sagte Franz von Waldeck, um das entstandene Schweigen zu brechen.

»Wir stehen vor ernsten Tagen und Wochen«, antwortete Lothars Vater. »Mein Sohn gab mir Nachricht, dass Jan Bockelson van Leiden und Bernd Knipperdolling Jan Matthys' Tod dazu benutzt haben, die absolute Macht in Münster zu ergreifen. Lothar befürchtet noch Schlimmeres, denn für beide zählt ein Leben so gut wie nichts. Wer auch nur ein Wort gegen sie spricht, wird hingerichtet. Bald wird die Angst die Menschen in Münster stärker an ihre Anführer binden als ihr Glaube.«

»Ich hoffe, die vernünftigen Bürger öffnen Uns die Tore, auf dass Wir die Anführer der Ketzer fangen und bestrafen können«, erklärte Waldeck mit Nachdruck.

»Das werden sie nicht tun, solange Gerwardsborn die Söldner dazu auffordert, ein Blutbad anzurichten. Auch wenn es in Münster noch etliche gibt, die gegen Bockelson und seine Kamarilla sind, werden sie nicht den Tod vieler Freunde oder gar den eigenen in Kauf nehmen, um die Ketzer zu stürzen. Ich bitte Euch, Eure Hoheit, bereitet dem Wahnsinn ein Ende und schickt Gerwardsborn nach Rom zurück.«

Franz von Waldeck lachte freudlos auf. »Wenn Wir das könnten, hätten Wir es längst getan. Doch der Inquisitor beruft sich auf den Papst und auf Kardinal Albrecht von Brandenburg. Letzterer hat ihn sogar schriftlich zu seinem Gesandten in dieser Sache ernannt.«

»Dann sehe ich sehr dunkle Zeiten auf uns zukommen.«

»Die dunklen Zeiten sind bereits da, Gardner. Ein Fähnlein Mainzer Landsknechte hat mehrere Bewaffnete, welche die Stadt verließen, einfach niedergehauen, ohne ihnen auch nur die Frage zu stellen, ob sie sich ergeben wollen oder nicht.«

»Bei Gott, das darf doch nicht wahr sein!« Gardner schlug erschrocken das Kreuz. Dann aber sah er den Fürstbischof bittend an. »Ihr müsst dieses sinnlose Morden unterbinden, Eure Hoheit! Sonst liegen wir in einem Jahr noch vor dieser Stadt. Die Menschen dort werden sich mit Zähnen und Klauen verteidigen, weil ihnen von unserer Seite nur der Tod droht.«

»Wir werden tun, was in Unserer Macht steht!«, sagte Franz von Waldeck leise und merkte selbst, wie mutlos das klang. Gegen das Wühlen des Inquisitors halfen auch Befehle und Erlasse nicht. Gerwardsborn wollte alle Menschen, die sich in Münster aufhielten, tot sehen und würde nicht eher ruhen, bis er dieses Ziel erreicht hatte. Einen Augenblick lang fragte der Fürstbischof sich, ob er den Inquisitor nicht umbringen lassen sollte. Doch dafür hätte er einen Mann gebraucht, der sich weder vor der römischen Kirche noch vor einer möglichen Strafe des Himmels fürchtete. Da er keinen solchen wusste, wechselte er das Thema.

»Sprechen wir über die Belagerung, Gardner, und wie wir sie vorantreiben können. Steding schlägt vor, gegenüber dem Ludgeritor Schanzen zu errichten und dort den Außengraben zu überwinden.«

Gardner überlegte kurz und stimmte dann zu. »Steding versteht sein Handwerk, und dieser Plan scheint mir erfolgversprechend zu sein. Wenn es uns gelingt, dort den Wall und die Bastion einzunehmen, könnte es Bockelsons Macht in der Stadt erschüttern.«

»Dann soll es so geschehen. Wir werden den Befehl zu Papier bringen, den Ihr Steding übergeben sollt. Erklärt ihm in Unserem Namen, dass Wir allen Pardon gewähren, die dessen würdig sind, und Wir ihn dafür verantwortlich machen, wenn zu viel Blut vergossen wird.«

»Ich werde es Steding ausrichten.«

Insgeheim dachte Gardner, dass Franz von Waldeck es sich zu einfach machte, die Verantwortung auf seinen Feldhauptmann abzuschieben. Auch Wilken Steding würde die entfesselte Soldateska nicht aufhalten können. Doch vielleicht würde sich

Lothars Hoffnung erfüllen, dass sich in der Stadt ein paar vernünftige Bürger zusammentaten und eines der Tore öffneten. Dafür aber, sagte er sich in einem Anfall von Galgenhumor, mussten deren Abgesandte am Leben gelassen werden. Solange die Landsknechte jeden erschlugen, der aus der Stadt kam, konnte daraus nichts werden.
Während Gardner noch grübelte, wie er dieses Dilemma beenden konnte, diktierte Franz von Waldeck seinem Schreiber den Befehl an seinen Feldhauptmann. Anschließend setzte er Unterschrift und Siegel darauf und reichte es seinem Berater.
»Möge Gott Unsere Wege leiten, Gardner.«
»Darum bete ich!« Lothars Vater nahm das Schreiben entgegen, verbeugte sich und verließ das fürstbischöfliche Quartier. Auf dem Vorhof wies er einen Knecht an, ihm ein Pferd zu satteln, und schwang sich nach einigen Augenblicken ungeduldigen Wartens in den Sattel.
Unterwegs sah er Bauern, die mit Pferd und Karren in Richtung Münster zogen. Zuerst wunderte er sich, doch als er das Feldlager vor dem Ludgeritor erreichte, sah er, dass Wilken Steding den Befehlen des Fürstbischofs vorgegriffen hatte und bereits die geplanten Schanzen errichten ließ.
Steding selbst stand inmitten einiger Offiziere und erteilte Anweisungen, winkte die Männer aber beiseite, als er Gardner entdeckte, und trat auf den fürstlichen Berater zu.
»Willkommen, Herr Gardner. Was führt Euch zu uns?«
»Ich überbringe einen Befehl Seiner Hoheit, des Fürstbischofs.« Gardner schwang sich aus dem Sattel, umarmte den Kommandeur zur Begrüßung und reichte ihm Waldecks Schreiben.
»Es steht wahrscheinlich nicht viel mehr darin, als Ihr schon angeordnet habt«, erklärte Gardner.
Dennoch erbrach Steding das Siegel, las den Brief durch und blies die Luft geräuschvoll durch die Nasenlöcher.
»Ein wenig mehr beinhaltet diese Botschaft schon noch. Seine

Hoheit wünscht, dass ich die Bastion vor dem Ludgeritor einnehme, um mehr Druck auf die Stadt auszuüben. Gleichzeitig soll ich auf Überläufer achtgeben und verhindern, dass meine Soldaten diese einfach niedermachen. Ersteres ist zu schaffen, auch wenn uns die Kanonen der Ketzer dabei arg zum Tanz aufspielen werden. Doch ich kann mich nicht vor jeden Landsknecht stellen und verhindern, dass er Flüchtlinge erschlägt, die aus der Stadt kommen. Dafür hätte Seine Hoheit diesen Inquisitor – um es ganz offen zu sagen – zum Teufel jagen müssen!«

»Genau das kann der Fürstbischof nicht, denn Albrecht von Brandenburg hat in seiner Eigenschaft als Bischof von Mainz und Kardinal der heiligen katholischen Kirche Gerwardsborn zu seinem Gesandten ernannt. Seine Hoheit darf den Kardinal nicht vor den Kopf stoßen, weil dieser ihm Geld und Soldaten für den Kampf gegen die Ketzer zur Verfügung gestellt hat.«

Es tat Gardner leid, dass er keine bessere Auskunft geben konnte. Doch ohne die Unterstützung von Männern wie Albrecht von Brandenburg war Münster nicht einzunehmen.

Wilken Steding winkte angewidert ab. »Gerade die Mainzer sind die übelsten Kerle! Die haben mir ins Gesicht gelacht, als ich ihnen befahl, Flüchtlinge am Leben zu lassen. Letztens haben sie sogar ein paar Weiber umgebracht, die aus der Stadt geflohen sind. Wenn sie die wenigstens nur geschändet und dann meinem Profos übergeben hätten, hätten wir sie zumindest verhören können.«

»Solch ungezügeltes Verhalten müsst Ihr auf jeden Fall unterbinden!«, antwortete Gardner aufgebracht.

»Das würde ich gerne«, sagte Steding mit einem resignierenden Achselzucken. »Aber dafür benötige ich zuverlässige Landsknechte, die ihren Sold regelmäßig erhalten. Stattdessen wird das Geld immer erst dann ausgezahlt, wenn die Söldner bereits rebellieren. Trotzdem habe ich die Männer aus diesem Lager zu den Schanzarbeiten geschickt. Die Brackensteiner

gehorchen so, wie ich es will, doch das Mainzer Fähnlein fordert das Recht, als Erstes plündern zu dürfen.«
»Untersagt es ihnen!«
»Das habe ich bereits. Daraufhin wurde ich von den einfachen Landsknechten beschimpft. Eigene Söldner hätte ich dafür Spießruten laufen lassen! Doch der Mainzer Hauptmann verweigert mir dieses Recht, und da der Inquisitor auf seiner Seite steht, kann ich mich nicht gegen den Mann durchsetzen.«

8.

Frauke gefiel es gar nicht, ihren Bruder plötzlich in Faustus' Gesellschaft zu sehen. Als die beiden dann auch noch in die Richtung gingen, in der Faustus hauste, folgte sie ihnen mit dem festen Vorsatz, Helm so die Leviten zu lesen, dass ihm Hören und Sehen verging. Nun bedauerte sie es, dass die Stadtoberen den zugewanderten Wiedertäufern zu Beginn die Häuser geflohener Katholiken zugewiesen hatten. Diejenigen, die Münster später erreicht hatten, waren in aufgelassenen Stiften und Klöstern untergebracht worden, in denen sich niemand absondern konnte.

Als sie das halb verfallene Haus erreichte, öffnete sie kurzentschlossen die Tür und trat ein. Die meisten Räume waren ausgeplündert und unbewohnbar, aber in der Küche erklang die Stimme ihres Bruders, und so ging sie hinüber.

»Du hast dein Ohr dem Teufel geliehen«, erklärte Helm gerade.

»Ich wollte es nicht, aber es war stärker als ich!«

Frauke empfand Faustus' Stimme als weinerlich und verachtete ihn deswegen noch mehr. Wie es aussah, wollte er bei ihrem Bruder Mitleid erregen, um dann, wenn er Helm davon überzeugt hatte, ihm zu verzeihen, diesen auf verbotene Pfade zu führen.

»Nicht mit mir«, sagte sie zu sich und trat ein.

Die jungen Burschen zuckten zusammen, dann aber atmete Helm erleichtert auf. »Ach, du bist es bloß, Frauke.«

»Bist du noch zu retten?«, fragte sie wütend. »Der Kerl hat dir das Schimpflichste angetan, was einem Knaben oder Mann an-

getan werden kann, und du behandelst ihn wie einen vertrauten Freund? Hast du etwa vergessen, dass er dich wie ein Stück Abfall in den Schnee geworfen hat?«
»Natürlich habe ich das nicht vergessen, und ich bin auch nicht Faustus' vertrauter Freund. Aber Jesus Christus hat gesagt, dass Verzeihen heißt, ihm zu folgen. Deswegen bin ich hier. Ich will mit Faustus reden und nichts anderes! Und ihm geht es genauso. Oder glaubst du, ich würde mich hier noch einmal sinnlos betrinken?«
Während Faustus entsagungsvoll seufzte, schüttelte Frauke den Kopf. »Nein, das kann ich mir nicht vorstellen.«
»Na also!«, trumpfte Helm auf. »Also behandle mich nicht wie ein kleines Kind, das nicht weiß, was es tut.«
Dieser Vorwurf kränkte Frauke, denn schließlich hatte sie nur Helms Wohl im Sinn.
Das begriff er nun ebenfalls und senkte den Kopf. »Es tut mir leid! Ich hätte dich nicht so harsch anfahren dürfen. Ohne dich und Lotte wäre ich nicht mehr am Leben.«
»Gut, dass du dich daran erinnerst! Darum rate ich dir zur Vorsicht. Dieser Mann hat dich schon einmal verraten. Wieso bist du so sicher, dass er es nicht noch einmal tut?« Frauke verschränkte die Arme vor der Brust und funkelte Faustus herausfordernd an.
Der einstige Student wurde unter ihrem Blick immer kleiner, bis er zuletzt zu weinen begann. »Ich habe Angst vor dem, was kommen wird! Die Männer des Bischofs haben erst gestern wieder Leute, die aus der Stadt fliehen wollten, wie tollwütige Hunde erschlagen. Aber Bockelson und die anderen Anführer faseln davon, dass Jesus Christus und der Himmel uns helfen würden. Der Erlöser hat auch Jan Matthys nicht geholfen! Wieso sollte er also ihnen helfen?«
»Jetzt flenne nicht wie ein Mädchen!«, wies Helm ihn zurecht. »Und du, Schwesterchen, setz dich endlich! Oder nein – du kannst vorher noch das Feuer anfachen und uns ei-

nen Beerenaufguss machen. Ich glaube, ein heißer Trunk würde uns guttun.«

Frauke wollte schon erwidern, Helm oder Faustus könnten dies gefälligst selbst tun. Dann aber zuckte sie die Achseln, blies die Glut an, legte Reisig und anschließend ein paar Scheite nach und hängte den Kessel darüber. Während sie nach einem Beutel mit getrockneten Beeren suchte, sagte sie sich, dass Lothar seinen Haushalt weitaus besser in Schuss hielt als Faustus. Dies musste er allerdings auch, wenn er als Frau gelten wollte.

»Es wird etwas dauern, bis das Wasser kocht«, sagte sie nach einer Weile. Es war eine Aufforderung an Faustus weiterzureden.

Obwohl dieser sich schämte, brach alles aus ihm heraus, was sich in all den Jahren in ihm aufgestaut hatte.

»Ich war sechs, als ich zum ersten Mal merkte, dass ich mich mehr zu unserem Stallburschen hingezogen fühlte als zu meiner Kinderfrau. Die empfand ich als abstoßend, obwohl sie sich gewaschen hat und adrette Kleider trug. Der Stallbursche hingegen stank nach Pferden und hatte immer schwarze Ränder unter den Fingernägeln. Trotzdem bin ich ihm nachgelaufen. An einem Winterabend bin ich ihm sogar in den Verschlag über dem Stall gefolgt, in dem er wohnte.

Es war dort unordentlich und düster, doch ich besuchte ihn von da an öfters und lauschte seinen Geschichten. Worum es ging, weiß ich heute nicht mehr. Aber eines Tages, als er betrunken war, wollte er das sehen, was mich zum Mann machte, und mir im Gegenzug seins zeigen.«

Faustus atmete schwer bei dieser Erinnerung, fuhr dann aber in seiner Beichte fort. »Ich ließ es zu, dass er meine Hose öffnete und mein Dinglein in die Hand nahm. Seine Finger waren schwielig und rauh, und doch fühlten sie sich wundersam an. Danach durfte ich sein Ding in die Hand nehmen und es reiben, während er keuchte und mir schließlich etwas glitschig und feucht über die Finger rann.

Er sagte, dies wäre unser Geheimnis, und ich dürfte es niemandem erzählen. Das versprach ich ihm und besuchte ihn immer wieder. Mit der Zeit wünschte ich mir, es würde mehr zwischen uns geschehen, aber dazu ist es nie gekommen.
Als ich später zur Schule geschickt wurde, traf ich Isidor. Er war damals so schmal und zierlich wie ein Mädchen, während ich zu den größten und kräftigsten Jungen zählte. Die anderen verspotteten ihn wegen seiner kleinen Gestalt und quälten ihn. Deswegen verprügelte ich sie und wurde dadurch zu seinem Retter und Freund. Er wollte mir danken, und so bat ich ihn irgendwann, mir zu gestatten, das mit ihm zu tun, was ich mir so sehr wünschte.«
»Das hätte nicht sein dürfen«, wies Frauke Faustus zurecht.
Er hob in einer hilflosen Geste die Arme. »Natürlich nicht! Aber es ist trotzdem geschehen.«
»Und kann jederzeit wieder geschehen.«
»Nein, das wird es nicht!«, rief Faustus entsetzt und wusste doch, dass es ihm schwerfallen würde, der Verlockung auf Dauer zu widerstehen. Eines aber nahm er sich fest vor: So wie bei dem misslungenen Versuch mit Lothar in der Universität oder mit Helm im Winter würde er es nie mehr tun. Wenn es dazu kam, musste es von beiden Seiten freiwillig geschehen.
Helm sah, wie es in Faustus' Gesicht arbeitete, und fasste seine Schwester am Arm. »Du darfst ihn nicht verfluchen. Zu strafen steht allein Gott zu.«
»Sag das Bockelson und Knipperdolling! Heute ist wieder ein Mann umgebracht worden, weil er es gewagt hatte, ihre Visionen anzuzweifeln!« Obwohl Frauke Faustus noch immer nicht traute, war es ihrem Bruder gelungen, ihre Gedanken in eine andere Richtung zu lenken.
»Wir alle sind Gefangene«, setzte sie traurig hinzu. »Zum einen, weil die bischöflichen Truppen uns umzingelt haben, und zum anderen, weil in der Stadt Männer die Macht ergriffen haben, die es nicht wert sind.«

»Du glaubst also auch nicht an Bockelsons und Dusentschuers Weissagungen!«, schloss ihr Bruder daraus.
»Tust du es?«, lautete ihre Gegenfrage.
Helm wollte schon bejahen, als ihm einfiel, dass sich bereits Melchior Hoffmann, der Begründer ihrer Bewegung, mit seinen Prophezeiungen geirrt hatte und Jan Matthys genauso. »Es wäre schön, wenn Bockelson, Knipperdolling oder Dusentschuer eine Vorhersage machen würden, die sich am nächsten oder übernächsten Tag erfüllt – und nicht über etwas, das jeder halbwegs verständige Mann kommen sieht.«
»Du hast uns Frauen vergessen! Auch wir besitzen Verstand«, schalt Frauke ihren Bruder.
Dieser grinste. »Ich habe lange gezweifelt, ob das bei dir der Fall ist. Aber mittlerweile hast du mich überzeugt. Silke hingegen ist ein freundliches und liebenswertes Ding, aber besonders viel Verstand würde ich ihr nicht zubilligen.«
»Mir hat das Ganze von Anfang an nicht gefallen, schon seit Vater auf einer Reise die Erwachsenentaufe genommen hat und als Wiedertäufer zurückgekehrt ist. Ich glaube, ich habe damals geweint, als er Mutter überredet hat, den alten Glauben abzulegen.«
Frauke war zu jener Zeit noch ein kleines Mädchen gewesen, erinnerte sich aber noch gut daran, dass sie kurz darauf aus ihrem Geburtsort hatten fliehen müssen.
Helm zuckte mit den Schultern. »Jetzt liegt das Kind im Brunnen, und ich habe keine Ahnung, wie wir es wieder herausholen können. Vielleicht sollten wir Lotte fragen. Für eine Frau besitzt sie ziemlich viel Verstand.«
»Du!«, drohte Frauke mit dem Zeigefinger, während Faustus den Kopf schüttelte.
»Lotte zählt doch auch zu diesen fanatischen Weibern, die im Sog von Bockelson hierhergekommen ist.«
Frauke musste kichern, weil Lothar weder eine Frau war noch ein Anhänger der Täuferführer. Ersteres ging Faustus jedoch

nichts an, und sie konnte diesem auch nicht so vertrauen, dass sie ihm ihre und Lothars Pläne verraten würde. Am liebsten wäre es ihr gewesen, ihr Bruder hielte sich von dem davongelaufenen Studenten fern, doch danach sah es zu ihrem Leidwesen nicht aus.

9.

Damit Lothar von Helms neu erwachter Freundschaft zu Faustus nicht überrascht wurde, wollte Frauke ihm sogleich davon berichten. Vorher aber musste sie nach Hause, um den Rest der ihr aufgetragenen Arbeiten zu erledigen. Zum Glück, dachte sie, wurden sie nicht mehr gezwungen, auf die Wälle zu steigen, um diese zu verstärken. Die Bollwerke erschienen den Täuferführern nun hoch und fest genug. Außerdem schossen die Belagerer immer wieder mit ihren Kanonen auf die Befestigungen, und es würde viele Opfer geben, wenn erneut dort gearbeitet würde.

Als Frauke später auf Lothars Hütte zuging, hörte sie die eigenen Kanonen krachen. Beinahe wäre sie abgebogen und auf die Mauer gestiegen, um zu sehen, wohin sie feuerten. Dann aber sagte sie sich, dass sie nichts unnütz riskieren sollte, klopfte an Lothars Tür und trat ein.

Er war gerade dabei, aus den Vorräten, die er für diesen Tag erhalten hatte, ein Mittagessen zu bereiten. Kopfschüttelnd sah Frauke ihm zu und nahm ihm dann den Kochlöffel aus der Hand.

»Dass du das noch immer nicht gelernt hast!«, sagte sie tadelnd und zeigte ihm, wie es ging.

Bald aber galten ihre Überlegungen anderen Dingen. »Hast du die Kanonen gehört?«

»Ich höre sie immer noch«, antwortete Lothar, da es gerade wieder krachte.

»Worauf schießen sie?«

»Auf die Leute, die Schanzen auf das Ludgeritor vorantreiben.«

»Ist das gefährlich?«

»Für die, die getroffen werden, auf jeden Fall. Aber die Kanonen richten nicht viel aus, denn sie treffen zumeist lockere Erde oder die Schanzkörbe. Zwar behindert der Beschuss die Belagerer, aber sie arbeiten sich immer weiter auf uns zu.«

Frauke blickte Lothar erschrocken an. »Glaubst du, sie werden die Stadt stürmen?«

»Wenn sie es jetzt täten, wären sie Narren. Selbst wenn sie den äußeren Graben zuschütten können, müssten sie noch den Wall, den inneren Graben und die Mauer überwinden. Aber sie könnten sich dort festsetzen und versuchen, das Tor in Stücke zu schießen. Im Gegensatz zu uns erhalten sie jederzeit Nachschub.« Lothar seufzte und schüttelte den Kopf. »Wir beide hören uns schon so an, als würden wir wirklich zu Bockelson gehören.«

»In gewisser Weise ist das ja auch so. Wir befinden uns in der Stadt, und wenn die Bischöflichen stürmen, wissen wir nicht, wie sie uns behandeln werden.«

Frauke sprach die Sorge aus, die Lothar schon seit geraumer Zeit quälte. Während er selbst heimlich Nachrichten an seinen Vater sandte, gelangte nie eine Antwort zu ihm. Daher erfuhr er nichts von Franz von Waldecks Plänen, und das mochte sich unter Umständen als verhängnisvoll erweisen.

»Wir werden uns ein Erkennungszeichen ausdenken müssen, das ich nach draußen sende. Vater soll es den Soldaten des Bischofs bekanntgeben, damit sie wissen, dass wir zum Fürstbischof gehören«, erklärte er.

»Tu das!«, forderte Frauke ihn auf.

»Ich will es nicht zu früh tun, denn wir wissen nicht, ob Bockelson und seine Leute Spione in der Umgebung des Fürstbischofs haben. Also müssen wir die Lage stets im Auge behalten, um rasch genug handeln zu können.«

Lothar beschloss, seinem Verstand zu folgen, obwohl ihm das Gefühl sagte, dass er um Fraukes willen seinen Vater bald informieren müsse. Zu seiner Erleichterung gab sich die junge Frau mit seiner Erklärung zufrieden und sprach stattdessen den Grund an, der sie an diesem Abend noch zu ihm geführt hatte.

»Ich mache mir Sorgen um Helm. Er trifft sich wieder mit Faustus. Der Kerl schwört zwar, keine unlauteren Absichten mehr zu verfolgen, doch ich traue ihm nicht.«

»Wie kommt Helm dazu?«, fragte Lothar.

»Er sagte mir, Christus befehle uns, unseren Feinden zu verzeihen.«

»Das sollte er den Bischöflichen und den Wiedertäufern predigen! Oder lieber nicht, denn die würden ihn im Namen Christi entweder auf den Scheiterhaufen stellen oder köpfen. So viel zur christlichen Nächstenliebe! Manchmal fragt man sich wirklich, ob alle Menschen von Adam und Eva abstammen oder ob nicht doch das Erbe des Brudermörders Kain in uns ruht.«

Lothar klang so bitter, dass Frauke ihn am liebsten an sich gezogen und getröstet hätte. Sie musste jedoch den Inhalt des Topfes rühren, damit er nicht anbrannte. Trotzdem drehte sie sich kurz zu dem jungen Mann um.

»Auch dann wären wir Adams und Evas Kinder, denn Kain war wie Abel deren Sohn.«

»Du hast ja recht! Aber so genau gibt die Bibel in dem Fall nicht Auskunft. Es heißt sogar, Gott hätte Adam vor Eva eine Gefährtin namens Lilith gegeben, diese aber dann verworfen und dafür Eva geschaffen. Vielleicht stammen wir Menschen von Lilith ab und tragen deren Niedertracht im Herzen.«

»Von einer Lilith habe ich noch nie etwas gehört. Doch selbst wenn sie mit Adam Kinder gehabt hätte, wären diese bei der Sintflut umgekommen. Noah und die Seinen waren doch Evas Nachkommen.«

Frauke klang entschlossen, um Lothar die Zweifel zu nehmen, die ihn quälten. Dennoch fand er auch in dieser Aussage einen

Pferdefuß. »Für Noah und seine Söhne Sem, Ham und Japhet mag dies gelten. Doch was ist mit deren Frauen? Ihre Abkunft ist nicht überliefert. Vielleicht haben sich die Söhne Evas mit Liliths Töchtern gepaart.«

Frauke wurde diese Diskussion zu spitzfindig, und sie zuckte mit den Achseln. »Das weiß ich nicht, denn ich bin damals nicht dabei gewesen. Aber ich weiß, dass dein Essen fertig ist. Wo hast du deinen Napf?«

Als Lothar ihr diesen reichte, füllte sie ihn, merkte aber, dass er nur halbvoll wurde. »Ich hoffe, es reicht für dich, denn es sieht arg wenig aus!«

»Mehr geben die Ältesten, die die Vorräte verwalten, nicht mehr aus. Man wisse nicht, wie lange die Belagerung dauern würde, hat man mir erklärt.« Lothar wusste, dass er als Frau ohne Anhang galt und daher hinter den Frauen zurückstehen musste, deren Söhne und Ehemänner die Stadt verteidigen konnten.

Nun sah er Frauke ein wenig kläglich an. »Es tut mir leid, dass es so wenig ist. Ich hätte dich sonst eingeladen, mitzuhalten!«

»Iss ruhig! Ich bekomme zu Hause genug.« Frauke verschwieg ihm, dass Katrijn beim Kochen das meiste für sich abzweigte und nur ihren Vater und Helm ausreichend versorgte, während für die Mutter, Silke und sie lediglich klägliche Reste blieben.

»Ich freue mich, dass du hier bist«, erklärte Lothar, während er den Löffel in den undefinierbaren Brei stieß und zu essen begann.

»Vorsicht, es ist heiß!«, warnte Frauke ihn noch, doch es war zu spät.

Lothar stöhnte, als der Brei seinen Gaumen versengte, und er konnte gerade noch verhindern, dass er ihn in die Schüssel zurückspuckte. Mühsam schluckte er das Zeug hinunter und trank sofort einen Schluck seines Pfefferminz-Süßholz-Aufgusses nach.

»So, gelöscht!«, rief er und stellte den Napf erst mal wieder weg. »Ich warte, bis er etwas abgekühlt ist.«
Dann sah er Frauke lächelnd an. »Verzeih, dass ich dich mit meinen Zweifeln quäle. Dabei sollte ich mir um unsere eigene Situation Gedanken machen und nicht darüber nachsinnen, welche Frauen Noahs Söhne geheiratet haben.«
»Ich glaube nicht, dass das so leicht zu ergründen ist!« Frauke setzte sich auf sein Bett, zog die Beine an und legte die Arme um sie.
»Gerüchte besagen, dass nicht der Fürstbischof, sondern der Inquisitor Jacobus von Gerwardsborn die Belagerer anführen soll. Wenn das stimmt, wird es hier ein Blutbad geben, wie es die Welt noch nicht gesehen hat. Dieser Mann wird nicht eher zufrieden sein, bis wir alle tot sind.«
»Gebe Gott, dass das nicht stimmt!«, rief Lothar erschrocken. »Doch sag, woher weißt du das alles?«
Ein spitzbübisches Lächeln spielte um Fraukes Lippen. »Bockelson will sich ein Weib nehmen und hat Gertrude van Utrecht zu seiner Ehefrau bestimmt.«
»Das ist doch Jan Matthys' Witwe«, unterbrach Lothar sie verwundert.
Frauke nickte. »Wie es aussieht, will sie die Ehefrau des ersten Propheten bleiben. Auf jeden Fall braucht sie eine Dienerin und ist dabei auf meine Schwester verfallen. Silke berichtet mir alles, was sie im Haus des Propheten erfährt.«
»Und das sagst du mir erst jetzt?«
»Silke wurde doch erst gestern in ihr Haus gerufen«, antwortete Frauke leicht beleidigt. »Auch heute ist sie Gertrude wieder zu Diensten. Ich bin gespannt, was sie mir erzählen kann.«
»Du musst es mir sofort sagen!«, antwortete Lothar ganz aufgeregt, denn für ihn war es die Gelegenheit, mehr über die Pläne der Täuferführer zu erfahren.
»Ja, aber nicht vor morgen! Silke kann mir die Neuigkeiten erst ins Ohr flüstern, wenn wir zu Bett gegangen sind.«

Zwar war Frauke klar, dass Lothar gerade nach wichtigen Nachrichten hungerte, doch sie wusste auch, dass sie und vor allem ihre Schwester in Gefahr geraten konnten, wenn jemand Verdacht schöpfte, sie könnten die Geheimnisse des Täuferpropheten ausgeplaudert haben. Dann aber sagte sie sich, dass Lothar gewiss vorsichtig sein würde. Auf jeden Fall musste etwas geschehen, um die unerträgliche Lage in der Stadt zu ändern. Ob ihnen dies zum Guten oder Schlechten ausschlagen würde, würden sie erst hinterher erfahren.

»Komm bitte morgen sofort zu mir«, forderte Lothar sie auf.

»Das tue ich!« Frauke blickte sinnend ins niederbrennende Herdfeuer und überlegte. Noch waren Lothar und sie kein Paar. Aber wenn es zum Äußersten kommen sollte, wollten sie es sein.

»Vielleicht …«, setzte sie an, schüttelte dann aber den Kopf.

»Was meinst du?«, wollte Lothar wissen.

»Ich habe überlegt, ob ich das Haus meines Vaters, das ihm sowieso nicht gehört, verlassen und zu dir ziehen soll. Aber das wäre mehr als ungehörig. Ich will zwar eins mit dir sein und darum beten, dass unser Herr Jesus Christus uns trotz des fehlenden Trausegens als Ehepaar betrachtet. Aber ganz hier zu leben und alle Leute zu täuschen, wäre eine zu große Sünde.«

Lothar verstand zwar nicht, warum ein Zusammenleben schlimmer sein sollte als unehelicher Beischlaf, begriff aber, dass er auf Fraukes Gefühle Rücksicht nehmen musste.

»Ich freue mich, wenn es geschieht! Doch soll es aus Liebe und Vertrauen sein, und nicht aus Lust«, sagte er lächelnd.

»Das wird wohl nicht so ganz zu vermeiden sein!« Frauke erwiderte sein Lächeln und wies auf den Napf. »Dein Essen dürfte nun abgekühlt sein. Lass es dir schmecken! Ich muss jetzt nach Hause, sonst schimpft Katrijn wieder mit mir oder schlägt mich sogar.«

»Tut sie das oft?«, fragte Lothar empört.

»Schimpfen? Jeden Tag! Aber das geht bei einem Ohr rein und bei dem anderen wieder raus. Schließlich ist sie nicht meine Mutter und hat mir im Grunde gar nichts zu sagen.«

Frauke konnte ihrem Vater nicht verzeihen, dass er Katrijn ins Haus geholt hatte und mit ihr als Mann und Frau zusammenlebte, obwohl er doch mit ihrer Mutter verheiratet war. Das war ein Grund gewesen, warum sie ernsthaft erwogen hatte, zu Lothar zu ziehen. Sie wusste jedoch, dass sie beide schnell ihrer Leidenschaft erliegen und sündigen würden. Dazu aber war sie nicht bereit.

Entschlossen drückte sie Lothar den Napf in die Hand und wandte sich zur Tür. »Möge unser Herrgott im Himmel dich behüten. Ich werde wiederkommen, sobald ich etwas Neues erfahren habe.«

»Möge Gott auch dich behüten«, antwortete Lothar und sah ihr nach, bis sie die Tür hinter sich geschlossen hatte. Mit einem Mal fühlte er sich verlassen und ganz allein. Seufzend stieß er den Löffel in den Brei und fand diesen wohlschmeckender als in den letzten Tagen, obwohl Frauke kaum mehr getan hatte, als ihn umzurühren.

10.

Als Frauke nach Hause kam, blickte Katrijn ihr mit gerunzelter Stirn entgegen. »Wo hast du dich schon wieder herumgetrieben?«
»Ich habe Lotte besucht«, erklärte Frauke und erntete ein verärgertes Schnauben von ihrer Stiefmutter.
»Das kannst du machen, wenn du nichts anderes zu tun hast. Silke war vorhin hier! Sie will, dass du ihr hilfst, denn es gilt, die Hochzeit unseres Propheten vorzubereiten.«
»Ich gehe, sobald ich zu Mittag gegessen habe!« Frauke wollte an Katrijn vorbei ins Haus, doch diese packte sie am Arm und hielt sie auf.
»Essen kannst du, wenn du zurückkommst. Jetzt hilfst du erst einmal deiner Schwester!«
Nun bedauerte Frauke es, dass Lothar ihr nichts hatte abgeben können. Sie hatte Hunger, würde aber noch etliche Stunden fasten müssen. Mit einem Ruck löste sie sich von Katrijn und ging zu dem Gebäude hinüber, das Jan Bockelson bewohnte. Es handelte sich um das stattliche Anwesen eines geflohenen Domherrn und war selbst für einen wohlhabenden Kaufherrn zu prachtvoll. Bisher hatte die Täuferbewegung von ihren Mitgliedern einen schlichten Lebenswandel gefordert. Daher fühlte Frauke sich unbehaglich, als sie eintrat und die wertvollen Parkettböden, die geschnitzten Türstöcke und Treppengeländer sowie die üppig ausgestatteten Räume sah.
Ihre Schwester war gerade dabei, eines der riesigen Fenster im größten Zimmer des Anwesens zu putzen. Dabei musste sie achtsam sein, um nicht das Blei zu beschädigen, mit dem die

gelblichen Butzenscheiben eingefasst waren. Als sie Frauke kommen sah, atmete sie erleichtert auf.

»Gut, dass du da bist! Der friesische Trampel, den man mir vorher zugeteilt hatte, war einfach unmöglich. Die hätte beinahe das Blei weggescheuert.«

Frauke nickte mit schmalen Lippen. »Das ist ein prachtvolles Haus! Aber nun etwas anderes: Glaubst du, dass ich hier ein Stück Brot erhalten kann? Ich habe noch nicht zu Mittag gegessen.« ... und zum Frühstück kaum mehr als einen Löffel voll Brei, setzte sie im Stillen hinzu.

»Hier wirst du bestimmt etwas bekommen. Warte einen Augenblick! Ich führe dich gleich in die Küche. Was wir jetzt versäumen, können wir hinterher aufholen.«

Silke stieg von dem Stuhl, auf den sie sich gestellt hatte, um auch die oberen Teile der Fenster erreichen zu können, und winkte Frauke, ihr zu folgen.

Die Küche war so groß, als müsse in ihr für ein ganzes Fähnlein Soldaten gekocht werden. Einige der Bediensteten saßen herum, andere waren gerade dabei, ein Rinderviertel zu zerlegen. Frauke sah den Männern und Frauen staunend zu, denn sie selbst hatte schon seit Wochen kein Fleisch gegessen. Ihr Hunger meldete sich nun mit doppelter Kraft, und sie blickte hoffnungsvoll auf etliche runde Brotlaibe, die in einem Korb auf einer Anrichte standen und frisch dufteten.

»Gott mit euch, liebe Brüder und Schwestern. Habt ihr einen kleinen Imbiss für meine Schwester? Sie müsste sonst nach Hause zurückkehren, um dort zu Mittag zu essen. In der Zeit kann sie mir aber nicht helfen«, sprach Silke die anderen an.

Eine hochgewachsene Frau musterte Frauke kurz und stand dann auf. »Natürlich kann die Kleine etwas erhalten. Was möchtest du, frisches Mett oder lieber eine Wurst?«

Frauke musterte kurz das noch blutige Fleisch und wählte die Wurst. Sofort stieg die Frau in den Keller und kehrte mit einer unterarmlangen Wurst und einem Stück kalten Braten zurück.

»Hier! Du brauchst Kraft zum Arbeiten. Übermorgen muss hier alles glänzen. Dann will unser verehrter Prophet Gottes Willen erfüllen und die Witwe des armen Jan Matthys zu seinem angetrauten Weibe nehmen.«

»Das geschieht aber rasch«, brachte Frauke hervor.

»Es ist der Wille Gottes, und dem darf sich unser verehrter Jan van Leiden nicht entziehen«, antwortete die Frau freundlich.

»Das darf er natürlich nicht!« Frauke fragte sich, ob die Frau so dumm war, alles zu glauben, was Jan Bockelson als angeblichen Befehl des Himmels ausgab, oder es hinnahm, weil er der Führer ihrer Gemeinschaft war und sie sich von ihm Schutz vor den Landsknechten des Bischofs erhoffte. Auf jeden Fall erhielt sie so viel zu essen, dass sie es kaum hinunterbringen konnte. Daher steckte sie ein Stück Wurst und den Rest Brot unter ihre Schürze.

»Hab Dank! Es hat ausgezeichnet geschmeckt«, lobte sie die Frau, die ihr die Lebensmittel gereicht hatte.

Sich selbst aber fragte sie, was die Leute in Münster, die sich in der Hauptsache von Getreidebrei und Brot ernährten, sagen würden, wenn sie wüssten, wie ihre Anführer und deren Dienerschaft schwelgten. Dem Ideal der Gleichheit aller Brüder der Gemeinschaft, dem sich auch Jan Matthys nicht zu entziehen gewagt hatte, entsprach Bockelsons Lebensstil jedenfalls nicht.

Diese Erkenntnis hinderte Frauke jedoch nicht daran, in den folgenden Stunden kräftig mit anzupacken. Ihre Schwester, deren hausfrauliche Tugenden die ihren stets übertroffen hatten, lobte sie sogar für ihren Fleiß.

»Magst du etwas trinken?«, fragte Silke danach.

»Ich hätte nichts dagegen. Arbeiten macht durstig!«

»Ich bringe dir etwas!« Silke verschwand für einige Augenblicke und kehrte dann mit einem großen Zinnkrug zurück, den das Wappen des vertriebenen Domherrn zierte.

»Hier, trink! Es ist guter Wein aus dem Keller dieses Hauses.«

»Wie kann das sein? Es mussten doch alle Vorräte abgeliefert werden!«, fragte Frauke verwundert.

»Das Fleisch und das Brot stammen aus den eingesammelten Vorräten, während das Weinfass im Keller zu groß und schwer war, um es wegtragen zu können.«

»Auf jeden Fall leben Bockelson und seine Mitstreiter wie die Maden im Speck, während sich viele Menschen in der Stadt nicht einmal satt essen können.«

Fraukes Empörung wuchs, doch ihre Schwester legte den Zeigefinger an den Mund. »So etwas darfst du nicht sagen, wenn du nicht Bockelson und die Seinen erzürnen willst. Vergiss nicht, sie besitzen alle Macht über uns!«

»… und missbrauchen sie zu ihrem Vorteil«, setzte Frauke Silkes letzten Satz fort.

Sie wusste jedoch, dass ihre Schwester recht hatte. Bockelson, Knipperdolling, Kibbenbrock und deren Anhang beherrschten die Wiedertäufer, weil diese sie für die Erwählten des Himmels hielten. Wahrscheinlich, dachte sie, würde Bockelson sogar eine Erklärung dafür finden, weshalb Gott ihm verbot, so karg zu leben wie die Menschen, die er ins Himmelreich führen sollte.

»Ich werde den Mund halten«, versprach sie Silke.

»Hoffentlich!« Die Schwester erinnerte sich zu gut daran, dass Frauke sehr oft zur unrechten Zeit mit einer Frage oder einer Bemerkung herausgeplatzt war und damit die Eltern und andere Täufer verärgert hatte. Sie konnte nur hoffen, dass ihre Schwester mittlerweile klug genug war, ihr vorlautes Mundwerk im Zaum zu halten.

Während Frauke beim Arbeiten weitergrübelte, vernahm sie mit einem Mal Stimmen, die aus dem Nebenzimmer zu ihr drangen. Bald wurde ihr klar, dass sich dort Bockelson und andere Täuferführer aufhielten.

»… müssen vorbereitet sein, wenn sie stürmen«, sagte Jan van Leiden gerade.

»Wir sind vorbereitet!«, erklärte Knipperdolling. »Ich habe jeden Mann in der Stadt unter Waffen gestellt. Sollte dieser Römerknecht Waldeck stürmen lassen, wird er eine üble Überraschung erleben.«

»Das mag sein«, mischte sich ein weiterer Mann ein, der Heinrich Krechting sein musste. »Aber auf Dauer können wir der Belagerung nicht standhalten. Dafür reichen weder unsere Vorräte an Schießpulver noch unsere Nahrungsmittel aus.«

Frauke fand es empörend, dass dem Mann das Schießpulver wichtiger schien als das Essen für die Menschen. Mit halber Kraft arbeitete sie weiter und spitzte die Ohren.

Gerade klang Jan Bockelsons Stimme erneut auf. »Ich habe Boten bestimmt, die sich an unseren Belagerern vorbeischleichen werden, um unsere Brüder in Holland, Friesland und anderen Landen aufzufordern, zu uns zu eilen und mit uns das neue Jerusalem zu errichten. Sobald sie hier sind, werden wir stark genug sein, um die jämmerlichen Truppen, die Franz von Waldeck aufbieten kann, mit einem einzigen Schlag zu vernichten!«

»Möge Gott es geben!«, rief Krechting aus.

»Ich habe es gesehen!«, wies Bockelson ihn zurecht.

»Ich ebenfalls«, sprang Dusentschuer seinem Anführer bei.

»Das mag sein«, gab Krechting zurück. »Trotzdem haben wir im Augenblick noch den Feind vor den Toren, und er schiebt seine Schanzen mit jedem Tag näher an die Ludgeripforte heran. Wenn er das Tor einnehmen kann, bevor wir Verstärkung aus anderen Gebieten erhalten, wird es ein hartes Ringen.«

»Das wir mit Gottes Hilfe siegreich bestehen werden. Wir sind die Erwählten Gottes und von seinem Geist erfüllt! Uns schrecken weder die Landsknechte des Bischofs noch die Flüche des Papstes. Und was die Nahrung betrifft, so wird Gott, unser Herr, eher Manna vom Himmel regnen als uns hungern lassen!« Das war Johann Dusentschuer, und er schien wirklich zu glauben, was er sagte.

Frauke schüttelte sich bei dem Gedanken, die Belagerung könnte andauern und die Lebensmittel noch knapper werden. Doch da forderte ein Themenwechsel im Nebenraum ihre Aufmerksamkeit.

»Ich empfinde die vielen alleinstehenden Frauen in der Stadt als ein größeres Problem als unsere Feinde«, erklärte Knipperdolling. »Auf einen Mann kommen bereits mehr als drei Weiber. Das wird noch zu Unfrieden führen.«

»Ich werde beten und Gott anflehen, mir Erleuchtung zu geben«, versprach Bockelson und erhielt ein Lachen zur Antwort.

»So kurz vor der Hochzeit werden Eure Gedanken wohl anderen Dingen gelten als dem Gebet!« Knipperdolling sprach Bockelson auf einmal an wie einen hohen Herrn. Der Mann war Frauke nie sympathisch gewesen, doch nun fürchtete und hasste sie ihn gleichermaßen.

»Gott hat mir die Obsorge über sein Volk aufgetragen, und ich werde diese nicht versäumen, nur um der Lust zu frönen«, klang Bockelsons Stimme auf. »Doch nun kommt! Ich habe befohlen, das Mahl zu dieser Stunde aufzutragen. Möge der Heiland es uns segnen.«

»Amen!«, scholl es aus mehreren Mündern zurück. Es war das letzte Wort, das Frauke vernahm. Aber sie hatte das Gefühl, etwas erfahren zu haben, was für Lothar wichtig war.

11.

Frauke reinigte gerade die letzte Fensterscheibe, als die Tür aufging und eine junge, hochgewachsene Frau hereintrat. Ein verärgerter Ausdruck huschte über das hübsche, von blonden Flechten umrahmte Gesicht. »Ich dachte, der Prophet wäre hier«, sagte sie.
»Da hast du dich in der Tür geirrt. Der ehrwürdige Herr befindet sich in der Kammer nebenan!« Frauke deutete mit dem Zeigefinger auf die Wand, hinter der sie eben erneut Bockelsons Stimme vernommen hatte.
Die Frau sagte etwas, das als Dank verstanden werden konnte, und verschwand wieder. Nun erinnerte Frauke sich an ihren Namen. Es war Hille Feicken, eine der Friesinnen, die zu Bockelsons treuesten Anhängerinnen zählte. Frauke konnte ihre Neugier nicht mehr bezähmen. Daher stieg sie vom Stuhl und legte das Ohr an die Wand. Es war keinen Augenblick zu früh, denn eben hieß Bockelson die junge Friesin willkommen.
»Gottes Segen sei mit dir, meine Schwester.«
»Gott erleuchte dich und zeige dir den Weg, den unser Volk ziehen muss, mein Bruder und Herr«, antwortete Hille Feicken.
Frauke glaubte direkt zu sehen, wie die schöne Frau ehrfürchtig vor Bockelson kniete.
Dieser antwortete denn auch: »Steh auf, meine Schwester!«
»Ich danke dir, geliebter Bruder und Herr. Ich fühlte, dein Herz ist voll Sorge, und wünschte mir, ich könnte dir einen Teil dieser Last abnehmen.«
Hille Feicken hörte sich so schwärmerisch an, dass Frauke verächtlich die Luft durch die Nase blies.

»Du kannst mir mit deinem Gebet helfen, Schwester Hille. Bitte Gott und unseren Herrn Jesus Christus, mir den wahren Weg zu zeigen, damit ich euch ins Himmelreich führen kann, während Franz von Waldecks Seele und die seiner Verbündeten zur Hölle fahren müssen.«

»Ich wollte, der Bischof würde jetzt und gleich zur Hölle fahren!«, antwortete Hille Feicken voller Hass.

Frauke hörte den Mann kurz auflachen. »Dafür müsste einer hingehen und Waldeck mehrere Zoll Stahl zwischen die Rippen stoßen. Ich wünschte, jemand würde es tun! Ohne den Fürstbischof zerfiele die Gemeinschaft unserer Feinde, und wir hätten die Zeit gewonnen, das himmlische Jerusalem auf Erden zu errichten.«

»Franz von Waldeck soll schönen Frauen nicht abgeneigt sein«, fuhr Hille Feicken nachdenklich fort.

»Er ist ein Hurenbock!« Bockelsons Stimme triefte vor Verachtung. Dabei starrte er Fraukes Erfahrungen zufolge selbst hinter hübschen Mädchen her und hatte auch ihrer Schwester bereits mit der Hand über die Wange gestrichen.

»Jetzt weiß ich, wie ich dir helfen kann, mein Bruder. Hat nicht auch Judith einst dem Holofernes das Haupt abgeschnitten? Ich werde dies bei Waldeck tun.«

Noch während Frauke sich verwirrt fragte, ob sie irgendeinem Possenspiel auf einem Jahrmarkt beiwohnte, war wieder Bockelsons Stimme zu vernehmen.

»Das ist ein kühner Plan und einer wahren Tochter Zions würdig! Er könnte sogar gelingen, denn der Feind lässt seit neuestem Menschen, die aus der Stadt fliehen, am Leben, um sie verhören zu können. Du musst einen Dolch an einer geheimen Stelle deines Leibes verstecken und bitten, zu Franz von Waldeck vorgelassen zu werden. Schmiere diesem Heiden und seinen Teufelsknechten nur genug Honig um den Bart, damit du sie überlisten kannst.«

»Dazu bin ich bereit, mein Bruder und Herr. Segne mich, auf

dass Gott mich leitet und ich das große Werk vollbringen kann.«

Hille Feicken hörte sich an, als wolle sie sich sofort auf den Weg machen. Doch da brachte Bockelson noch einen Einwand.

»Wenn du es wagst, darfst du nicht hoffen, am Leben zu bleiben. Es ist am besten, wenn du dich nach Waldecks Tod selbst entleibst!«

»Das werde ich, mein Bruder und Herr!«

»Ich sehe, dass du einst mit goldenen Blumen gekrönt an der Hand unseres Herrn Jesus Christus vom Himmel steigen und wieder unter uns weilen wirst. Geh, Tochter, und töte den Antichristen! Bruder Arno soll dich aus der Stadt führen.«

Mit diesen Worten verließen die beiden die benachbarte Kammer, und die Stimmen verklangen. Um nicht mit dem Ohr an der Wand überrascht zu werden, nahm Frauke ihren Lappen und machte sich daran, die letzten Butzenscheiben noch einmal zu reinigen.

Kurz darauf kam ihre Schwester herein und sah sich um. »Wie schön, du bist ja fast fertig! Wenn du willst, kannst du morgen wiederkommen.«

»Und ob ich will! Hier kann ich mich wenigstens satt essen, während Katrijn uns gerade so viel abgibt, dass wir nicht verhungern.« Fraukes Stimme zitterte bei diesen Worten, denn sie hatte nur ein Ziel, nämlich Lothar über den Mordplan gegen Franz von Waldeck zu informieren.

Silke kontrollierte die Fenster, nickte zufrieden und tätschelte Fraukes Schulter. »Das hast du gut gemacht. Geh jetzt in die Küche und lass dir etwas zu essen geben. Dann kannst du nach Hause gehen.«

»Und du? Kommst du nicht mit?«, fragte Frauke.

»Meine Herrin wünscht meine Dienste auch in der Nacht.«

Frauke konnte nicht herausfinden, ob es ihrer Schwester gefiel, die Zofe einer anderen Frau zu werden, sagte sich aber, dass ihr Zuhause nicht so anheimelnd war, dass man sich dorthin zurücksehnte.

»Wann soll ich morgen wiederkommen?«

»Zur dritten Morgenstunde!« Silke erklärte ihrer Schwester noch, wo sie Eimer und Lappen abstellen konnte, und begleitete sie in die Küche. Anders als am Mittag saßen die meisten Mägde und Knechte nicht herum, sondern arbeiteten am Herd oder in der Vorratskammer. Als Silke die Köchin ansprach und etwas zu essen für ihre Schwester forderte, wies die Frau auf die Tür des Kellers.

»Sie soll sich etwas holen und mitnehmen. Wir haben jetzt keine Zeit, uns um sie zu kümmern. Der große Prophet empfängt heute die Apostel unserer Gemeinschaft, um die weitere Verteidigung gegen die Gottlosen zu beraten. Daher müssen wir auftischen, was die Vorratskammern hergeben.«

Frauke fand es abscheulich, dass der Prophet und seine Stellvertreter üppig tafelten, während den meisten Menschen in Münster das Essen nur knapp zugeteilt wurde. Dies hinderte sie jedoch nicht daran, sich im Vorratskeller ausgiebig zu bedienen. Sie steckte sogar ein paar kleinere Würste unter ihr Kleid, um sie Lothar mitzubringen. Als sie wieder die Treppen hinaufstieg, klopfte ihr Herz vor Aufregung, man könnte sie ertappen. Doch es kümmerte sich niemand um sie. Auch Silke war fort und wurde, wie eine befehlsgewohnte Stimme Frauke verriet, von ihrer neuen Herrin dazu angetrieben, ihr beim Ankleiden zu helfen. So, wie Gertrude van Utrecht sich benahm, hätte sie eine Dame von Adel sein können und nicht die Frau eines schlichten Täuferführers. Doch das, so sagte Frauke sich, war Jan Bockelson van Leiden schon längst nicht mehr.

Auf dem Weg zu Lothar dachte sie an Hille Feicken und deren Absicht, den Fürstbischof zu ermorden, und hoffte, dass es nicht zu spät sein würde, diesen zu warnen. Daher platzte sie in die Hütte und fasste Lothar am Ärmel.

»Rasch, du musst eine Botschaft schreiben und sie so schnell wie möglich deinem Vater zukommen lassen!«

»Was ist denn los?«

»Es ist ein Anschlag auf Franz von Waldeck geplant.« Frauke berichtete alles, was sie in Bockelsons Haus darüber gehört hatte.

Lothar hörte ihr aufmerksam zu und schüttelte schließlich den Kopf. »Du sagst, diese Friesin will zu Waldeck? Aber die Landsknechte bringen doch jeden um, den sie vor der Stadt erwischen!«

»Anscheinend nicht mehr! Bockelson sagte, dass die Männer des Bischofs die Fliehenden nun am Leben lassen, um von ihnen zu erfahren, wie es in der Stadt steht. Darauf baut Hille Feickens Plan auf. Sie hofft, zum Bischof geführt zu werden, um ihn töten zu können, wie einst Judith den Holofernes. Nach Bockelsons Worten kann Franz von Waldeck einer schönen Frau nicht widerstehen, und diese Friesin ist eine sehr schöne Frau.«

»Es ist nicht gut, wenn ein Mann gezwungen wird, sein Lebtag lang ledig zu bleiben, wie es die römische Kirche von ihren Priestern, Mönchen und anderen Würdenträgern verlangt. Es verleitet diese nur, den Weibern anderer Männer nachzustellen oder sich Beischläferinnen und Mätressen zu halten.«

»Du redest, wie dieser Mönch aus Wittenberg geredet haben muss«, spottete Frauke, wurde aber sofort wieder ernst. »Du musst den Bischof vor dieser Frau warnen!«

»Das werde ich!« Lothar zog einen losen Stein unten aus dem Herd und holte Papier und Reißblei hervor. Als er zu schreiben begann, musste er achtgeben, dass die harte Spitze des Stiftes nicht das Papier zerriss.

»Warum nimmst du nicht Feder und Tinte?«, fragte Frauke verwundert.

»Weil ich die Botschaften dem Fluss übergebe. Ich verschließe die Flaschen zwar, aber sie saugen doch etwas Wasser an, und da würde eine Schrift mit Tinte verlaufen und unleserlich werden.« Lothar hielt nicht inne, während er Frauke dies erklärte, und war kurz darauf fertig. Nachdem er das Schreibzeug wieder in seinem Versteck untergebracht hatte, holte er eine Flasche, schob den zusammengerollten Brief hinein und verstopfte die Öffnung mit einem ölgetränkten Lappen.

»Es wäre besser, wenn ich die Flasche auch noch mit Wachs verschließen könnte, doch das habe ich nicht«, sagte er bedauernd, öffnete das kleine Fenster und blickte hinaus. »Es ist noch nicht ganz dunkel. Doch es drängt mich, die Flasche dem Fluss zu übergeben. Du kannst hier auf mich warten.«

»Ich komme mit! Zwei Frauen, die schwatzend durch die Stadt gehen, fallen weniger auf als eine, die mit einer Flasche in der Hand zum Fluss strebt. Hast du einen Korb?« Bevor Lothar antworten konnte, hatte Frauke das Gesuchte gefunden, legte die Flasche und die Würste hinein, die sie bei Bockelson hatte mitgehen lassen, und sah den jungen Mann auffordernd an.

»Was ist? Ich dachte, du willst zum Fluss!«

Lothar musste lachen. »Du hast wirklich das Mundwerk, vor dem dein Bruder mich gewarnt hat!«

Dann nahm er sie in die Arme und drückte sie an sich. »Aber du bist genau so, wie ich dich mir immer gewünscht habe.«

Damit entwaffnete er Frauke.

Sie genoss seine Nähe und spürte, dass sie sich nach mehr sehnte, als nur im Arm gehalten zu werden. Vorher galt es jedoch, den Bischof von Münster zu retten. Sie trat mit dem Korb im Arm aus dem Haus, wartete, bis Lothar ihr folgte, und begann ein belangloses Gespräch, dem selbst der schärfste Beobachter nicht hätte entnehmen können, dass hier zwei Menschen herumspazierten, die den Anführern der Wiedertäufer ablehnend gegenüberstanden.

Schließlich erreichten sie die Nyenbrückenpforte, die wie alle anderen Tore geschlossen war und schwer bewacht wurde.

Dort wandten sie sich dem Fluss zu, der unter einem Steg hindurchfloss und am Torturm vorbei seinen Weg ins Freie suchte. Frauke schlenderte am Flussufer entlang, kniete im Schatten des Turms nieder und ließ die Flasche ins Wasser gleiten. Da auch andere Einwohner Münsters oft genug Gegenstände in die Aa warfen, fiel die dunkel gefärbte Flasche nicht auf. Daher erhob Frauke sich mit einem erleichterten Aufatmen, drehte sich um – und sah einen Bewaffneten auf sich und Lothar zukommen.

»Verdammt, musste das sein?«, murmelte Lothar und überlegte, ob es ihm gelingen könnte, zusammen mit Frauke auf die Mauer zu gelangen und in den Fluss zu springen.

»Das ist doch Ramert«, flüsterte Frauke ihm zu.

Jetzt erkannte auch Lothar den Mann. Doch bevor er Hermann Ramert grüßen konnte, schnauzte dieser sie an. »Was macht ihr hier? Ich habe gesehen, wie ihr etwas in den Fluss geworfen habt. Es war wohl eine geheime Botschaft für die Bischöflichen?« Beim letzten Satz wurde Ramert so leise, dass selbst Frauke und Lothar ihn kaum verstehen konnten.

Beide erinnerten sich daran, von Ramert schon mehrmals missfällige Äußerungen über die Täuferführer gehört zu haben. Daher setzte Lothar alles auf eine Karte.

»Und wenn es so wäre?«

In Ramerts Gesicht arbeitete es. Münster war seine Stadt, und als Bürger hatte er geschworen, sie gegen jeden Feind zu verteidigen. Doch den Rat, vor dem er diesen Eid geleistet hatte, gab es nicht mehr, ebenso wenig die Bürgermeister und die Vorsteher der Gilden. Jetzt herrschte mit Jan Bockelson van Leiden hier ein Landfremder, der im Grunde nicht das geringste Recht dazu hatte. Daher trat er noch näher auf Frauke und Lothar zu.

»Ich werde euch nicht verraten. Aber sagt, stimmt es, dass Franz von Waldeck alle, die aus Münster fliehen, hinrichten lässt?«

»Es mag teilweise geschehen sein, doch mittlerweile werden die Leute, die die Stadt verlassen, von Waldeck und seinen Vertrauten befragt, da diese wissen wollen, wie es in der Stadt zugeht«, antwortete Frauke.

»Und warum werft ihr dann eine Flasche mit einer Botschaft in den Fluss, anstatt gleich zu Waldeck zu gehen?«, fragte Ramert angespannt.

Frauke spürte, dass sie Ramert vertrauen konnten, und ergriff nun selbst das Wort. »Ich gehe nicht ohne meine Mutter und meine Geschwister, und Lotte geht nicht ohne mich. Daher warnen wir den Bischof auf diese Weise vor einem geplanten Mordanschlag.«

Erschrocken schlug der Mann das Kreuz. »Ein Mordanschlag, sagt ihr? Wer sollte den durchführen?«

»Bockelson hat eine Friesin namens Hille Feicken damit beauftragt. Sie soll die Stadt verlassen und bitten, zu Waldeck gebracht zu werden«, erklärte Frauke.

Unterdessen wurde Lothar immer unruhiger. »Wir sollten jetzt weitergehen«, sagte er zu Frauke, fasste sie bei der Hand und zog sie mit sich. »Was hast du dir dabei gedacht, diesen Mann ins Vertrauen zu ziehen? Der Kerl ist ein Feigling und kuscht ebenso wie die anderen Bürger vor Bockelson, anstatt mannhaft gegen den selbsternannten Propheten vorzugehen«, schalt er sie leise.

Frauke lächelte jedoch nur. Ramert mochte vielleicht kein mutiger Kämpfer sein, aber er würde nichts tun, was Bockelson zum Guten ausschlagen konnte. Vielleicht, so sagte sie sich, schloss er sich Lothar und ihr sogar an und rief die noch in der Stadt verbliebenen Bürger auf, sich gegen die Täuferführer zu wenden.

12.

Hermann Ramerts Gedanken gingen jedoch in eine andere Richtung. Wie alle anderen Männer war er zu den Waffen gerufen worden, um ihre Stadt zu verteidigen. Seit jedoch immer mehr Wiedertäufer nach Münster strömten, fühlte er sich in seiner eigenen Heimat wie ein Fremder. Obwohl er im Herzen mehr der lutherischen Lehre zuneigte, war er geblieben und hatte sich mit den anderen taufen lassen, um seinen Besitz zu schützen. Nun fragte er sich, ob dies richtig gewesen war, denn Bockelsons Unteranführer behandelten ihn wie einen Knecht und nicht wie einen Bürger. Er musste hart für diese Leute arbeiten, während sein eigenes Gewerbe darniederlag. Wenn nun Franz von Waldeck ermordet wurde, musste ein neuer Bischof bestimmt werden, und das konnte Monate, wenn nicht sogar ein oder zwei Jahre dauern. In der Zeit aber würden die Reichsstände Münster in Acht und Bann schlagen und die Reichsexekution gegen die Stadt verkünden. Wenn dann die Heere der großen Fürsten des Reiches gegen Münster marschierten, würde selbst das Kind im Mutterleib nicht verschont werden.
Hermann Ramert wandte sich angespannt der Aa zu, doch von der Flasche war längst nichts mehr zu sehen. Im Osten zogen bereits die ersten Schatten der Nacht auf. Was war, wenn die Botschaft in der Flasche den Bischöflichen entging und die Mörderin ihre Tat vollbringen konnte?
Von diesem Gedanken erfüllt, kehrte Ramert auf seinen Posten zurück und sah sich einem aus Holland stammenden Unteroffizier gegenüber.

»Gab es was?«

»Nur zwei Weiber, die vor lauter Klönen beinahe gegen die Wehranlage gerannt wären!« Damit, sagte Ramert sich, hatte er sich endgültig entschieden.

»Dummes Weibervolk! Ich wünschte, es wäre nur ein Viertel davon hier, und der Rest bestände aus handfesten Kerlen, die einem bischöflichen Heiden eins mit dem Schwert überziehen können!« Mit dieser Bemerkung ließ der Unteroffizier ihn stehen.

Ramert aber starrte immer wieder auf den Fluss. Wer die Mauer überwand und gut schwimmen konnte, vermochte auf diesem Weg zu entfliehen, vor allem, wenn es dunkel war und derjenige vor den Augen der Wachen verborgen blieb. Zudem wusste er, dass die Mauer über dem Fluss trotz aller Reparaturen rauh und unregelmäßig war, eine Folge der Vereisungen vieler Winter. Ein geschickter Kletterer konnte sich an dieser Stelle herabhangeln und in den Fluss eintauchen.

Ohne es eigentlich zu wollen, fand er sich plötzlich ein Stück vom Tor entfernt auf der Mauer wieder und hörte unter sich die Aa strömen. Wie unter einem geheimen Zwang legte er seine Waffen ab, zog Wams, Hose und Schuhe aus und kletterte mit Fingern und bloßen Zehen an der Außenseite der Mauer nach unten. Zu seiner Erleichterung unterblieb der Alarmschrei, den er erwartet hatte. Als er ins Wasser stieg, war es so kalt, dass er zuerst davor zurückschreckte. Dann aber biss er die Zähne zusammen und tauchte vorsichtig unter den Ketten hindurch, die den Fluss absperrten. Kurz darauf hatte er die Stadt hinter sich gelassen und schwamm erleichtert in die Freiheit.

Nach einer Weile sah Ramert vor sich einen Lichtschein und hörte, wie jemand im Wasser herumstapfte. Besorgt strebte er dem Ufer zu, kam aber wegen des glitschigen Ufers nicht an Land und machte mehr Lärm, als klug schien.

»Ist da wer?«, klang eine barsche Stimme auf.

Ramert drückte sich ans Ufer und verhielt sich still. Der Fremde kam jedoch auf ihn zu, in der einen Hand die Fackel und in der anderen eine lange Stange, deren Enden sich in der Dunkelheit verloren.
Es war Draas, den man von dem Lager vor dem Ludgeritor wieder zu Haberkamps Gutshof geschickt hatte, um Flaschen mit Lothars Nachrichten abzufangen. Diese Aufgabe teilte er sich inzwischen mit Guntram und Margret, die Moritz ebenfalls ins Vertrauen gezogen hatte. Jetzt war er froh, dass nicht die Frau hatte wachen müssen, denn Margret wäre für einen Bewaffneten keine ernsthafte Gegnerin gewesen. Er selbst hatte die Flasche eben geborgen und hätte zum Gutshof zurückkehren können. Doch er wollte wissen, wer sich hier herumtrieb. Sollte es ein Spion des Inquisitors sein, sagte er sich, würde dieser Dionys' Schicksal teilen.
Ramert sah das Licht unbarmherzig auf sich zukommen und wusste, dass er im nächsten Augenblick entdeckt sein würde. Da hielt er es für besser, sich selbst bemerkbar zu machen.
»He, du! Bist du ein Mann des Bischofs?«, fragte er.
»Bin ich, und du?«, fragte Draas.
»Ich bin vor diesen schrecklichen Wiedertäufern geflohen, um Seine Hoheit, den Fürstbischof, zu warnen. Es ist ein Mordanschlag auf ihn geplant.«
Jetzt war es ausgesprochen, dachte Ramert. Entweder glaubt mir der Kerl, oder mit mir ist's aus.
Für Draas war die Nachricht erschreckend. »Ein Mordkomplott, sagst du? Komm mit!«
Ramert atmete auf. Nun hatte er die erste Hürde bewältigt und war zu den Bischöflichen gelangt, ohne gleich niedergestochen zu werden. Mittlerweile war der Söldner nahe genug an ihn herangekommen, so dass der Lichtschein der Fackel auf ihn fiel.
Ramert hob die Hände und deutete an, dass er unbewaffnet sei. »Wir müssen uns eilen! Die Meuchelmörderin will be-

reits heute zuschlagen«, erklärte er, um die Sache dringlich zu machen.

Draas stieg aus dem Fluss, reichte Ramert ein Ende der Stange, um diesem herauszuhelfen, und eilte mit langen Schritten auf das Gut zu. In diesen Augenblicken wünschte er sich ein Pferd, um schneller zu sein. Doch man konnte, wie er spöttisch zu sich sagte, nicht alles haben. Er drehte sich kurz um und sah, dass der vor Kälte zitternde Flüchtling ihm folgte.

»Mach schneller!«, schnauzte er den Mann an. »Oder willst du, dass wir zu spät kommen?«

»Das will ich nicht«, rief Ramert erschrocken und rannte hinter ihm her.

13.

Magnus Gardner musterte Ramert, den man mit trockener Kleidung und Holzschuhen versorgt hatte, angespannt. »Stimmt das auch, was du sagst?«
Ramert nickte eifrig. »Sehr wohl, Herr! Ich habe es von zwei Weibern erfahren, die im Hause des Propheten aus und ein gehen. Eine von Bockelsons Gefährtinnen mit Namen Hille Feicken will bis zu Seiner Hoheit, dem Fürstbischof, vordringen und diesen ermorden.«
»Das wäre ein Schurkenstück!« Nervös zog Gardner die Botschaft seines Sohnes aus der Tasche und las darin das Gleiche, was Ramert gesagt hatte. Im ersten Augenblick fragte er sich, wie der verrückte Junge es geschafft hatte, bis zum Anführer der Täufer vorzudringen. Dann aber schüttelte er diesen Gedanken ab, denn es galt, für die Sicherheit des Fürstbischofs zu sorgen.
»Ramert, du kommst mit mir! Du auch, Draas! Lass drei Pferde für uns satteln. Wir müssen so rasch wie möglich in Telgte sein.«
»Ich komme mit Euch«, erklärte Leander von Haberkamp, »und nehme ein paar bewaffnete Knechte mit, damit wir nicht von marodierenden Soldaten aufgehalten werden.«
»Tut das!« Gardner sah seinem Freund nach, der eben hinauseilte, und klopfte Draas auf die Schulter.
»Gut gemacht!«
»Danke, Herr Gardner.« Draas grinste, denn aus dem Lob schloss er, dass Lothars Vater es nicht nur bei einem warmen Händedruck belassen, sondern auch einmal in seine Börse

greifen würde. Das Geld konnte er brauchen, denn er wollte nicht auf Dauer bei den Landsknechten bleiben. Die waren ihm doch ein zu rauhes Volk.

Über diesem Gedanken vergaß er die Befehle nicht, die Gardner ihm erteilt hatte, und schob Ramert zur Tür hinaus. »Wir müssen gleich los. Sieh aber zu, dass dein Gaul sich nicht das Bein bricht. Es ist verdammt dunkel in dieser Nacht.«

Draas' Vorhersage erwies sich als falsch, denn als sie hinauskamen, wurden auf dem Hof gerade Fackeln angezündet. Jeder der sechs berittenen Knechte, die sie begleiten sollten, bekam eine in die Hand gedrückt. Andere Knechte führten die Pferde heran, die für Gardner, Draas, Haberkamp und Ramert bestimmt waren. Diese stiegen auf, und der fürstbischöfliche Ratgeber setzte sich an die Spitze des Trupps.

Die Gruppe schlug ein so scharfes Tempo an, wie es Gardner gerade noch verantworten zu können glaubte. Dabei hätte er sich Flügel gewünscht, um schneller zu sein. So aber konnte er nur hoffen, rechtzeitig im Hauptquartier des Fürstbischofs anzukommen.

Kurz vor Telgte trafen sie auf die erste Sperre. Ein Unteroffizier rief sie an, erkannte dann den Vertrauten des Fürstbischofs und befahl seinen Leuten, den Weg freizugeben. Nur wenig später ritt die Gruppe in den Hof der bischöflichen Residenz ein.

Gardner sprang aus dem Sattel und warf einem herbeieilenden Knecht die Zügel zu. »Zu Seiner Hoheit, rasch!«

Mit diesen Worten stürmte er die Freitreppe hoch, trat in die Vorhalle und fragte den ersten Diener, den er traf, wo Franz von Waldeck zu finden sei.

»Seine Hoheit hat sich zurückgezogen«, antwortete der Diener.

»Allein?«, fragte Gardner weiter.

Der Diener hüstelte, um anzuzeigen, dass er diese Frage als nicht passend empfand.

Draas, der Gardner gefolgt war, packte den Mann beim Kragen und schüttelte ihn. »Rede, du verdammter Narr! Ist eine Frau bei Seiner Hoheit?«

Empört funkelte der Diener Draas an. »Was erlaubst du dir?«

»Lass diesen Hanswurst! Ich weiß, wo die Gemächer Seiner Hoheit sind!«

Aus der Reaktion des Dieners hatte Gardner geschlossen, dass Franz von Waldeck Damenbesuch hatte. So schnell er konnte, stieg er die Treppe hoch und rannte den Flur entlang. Die beiden Wachen vor dem Schlafgemach des Fürstbischofs wollten ihn zunächst aufhalten, traten dann aber zurück, als sie ihn erkannten. Als Franz von Waldecks engster Berater hatte er das Recht, zu jeder Tages- und Nachtzeit zu diesem vorgelassen zu werden.

Der Schein vieler Kerzen tauchte das Schlafgemach des Fürstbischofs in ein warmes Licht und umspielte die Frau, die sich eben auszog, während Franz von Waldeck bereits im Bett lag und nicht mehr am Leib trug als bei seiner Geburt.

»Weg vom Bett Seiner Hoheit!«, herrschte Gardner die blonde Frau an.

In dem Augenblick ließ Hille Feicken das Hemd fallen, griff sich zwischen die Schenkel und holte einen handspannenlangen Dolch mit kurzem Griff heraus, der in einer dünnen Lederscheide steckte. Bevor sie auf Waldeck losgehen konnte, war Draas bei ihr.

Hille Feicken vermochte noch mit dem Dolch nach ihm zu stechen und brachte ihm eine tiefe Schramme an der Schulter bei. Dann griffen die Leibwächter des Fürstbischofs ein und rangen sie nieder.

»So ein Biest!«, stöhnte Draas mit schmerzverzogener Miene. Der Fürstbischof hatte das Laken um sich geschlungen und begriff erst langsam, wie knapp er dem Verhängnis entgangen war. »Hat sie wirklich einen Dolch an der Stelle verborgen, die nur Frauen zu eigen ist?«, fragte er fassungslos.

»Das hat sie«, erklärte Gardner. »Sie hat wohl erwartet, von den Wachen abgetastet zu werden, ob sie eine verborgene Waffe bei sich trägt. Doch dorthin, wo sie ihre Waffe versteckt hat, greift kein Mann!«

»Diese Hure!«, schrie Franz von Waldeck voller Zorn. »Schafft sie weg!«

Der Befehl galt seinen beiden Leibwächtern, die sich das nicht zwei Mal sagen ließen. Während die Männer Hille Feicken nackt, wie sie war, aus dem Raum schleiften, sah der Fürstbischof Gardner dankbar, aber auch erstaunt an.

»Woher wusstet Ihr von der Frau?«

»Aus zwei Quellen. Zum einen sandte mein Sohn mir Botschaft, und zum anderen floh ein Bürger aus Münster, um es zu melden.«

»Wer ist dieser Bürger?«, fragte Franz von Waldeck.

»Hermann Ramert. Er ist bislang nie besonders hervorgetreten und hofft nun auf Begnadigung.«

»Sie sei ihm gewährt, wenn er sich von der wiedertäuferischen Ketzerei lossagt«, antwortete Franz von Waldeck und sprach dann Gardner seinen Dank aus. »Lasst Uns nun bitte allein und vergesst, dass Ihr Uns ohne Hemd hier liegen gesehen habt.«

»Haben wir hier etwas gesehen, Herr Gardner?«, fragte Draas grinsend.

Lothars Vater schüttelte den Kopf. »Gewiss nicht! Ich wünsche Euch eine gute Nacht, Eure Hoheit!« Er wollte schon gehen, als ihn Franz von Waldecks Ruf zurückhielt.

»Wartet noch einen Augenblick – oder besser, schickt meinen Leibdiener herein und kommt in einer halben Stunde wieder. Euer Pferd ist gewiss noch gesattelt. Ihr müsst zu Wilken Steding reiten und ihm meinen Befehl überbringen, den Sturm auf Münster in dem Augenblick zu beginnen, in dem es möglich ist.«

Am liebsten hätte Gardner dem Fürstbischof davon abgeraten,

da er zu viele Verluste befürchtete. Er spürte jedoch dessen Zorn über den infamen Mordplan und wusste, dass er ihn nicht mehr aufhalten konnte.

Daher neigte er das Haupt. »Ich werde in einer halben Stunde wiederkommen und dem Feldhauptmann Eure Befehle überbringen.«

Als er mit Draas zusammen den Raum verließ, übersahen beide die schattenhafte Gestalt, die sich rasch in den hinteren Teil des Flurs zurückgezogen hatte.

Es war der Mönch Cosmas aus Gerwardsborns Gefolge, den die Unruhe in diesem Trakt angelockt hatte. Zwar hatte er nicht alles verstehen können, aber eines hatte er klar und deutlich gehört: Franz von Waldeck war bereit, zum Sturm auf Münster antreten zu lassen. Auf diesen Augenblick hatte der Inquisitor lange schon gewartet.

14.

Wilken Steding war ein erfahrener Landsknechtsführer und wusste seine Vorteile abzuwägen. Im Normalfall hätte er einen Sturm zu einem so frühen Zeitpunkt einer Belagerung abgelehnt. Doch der Befehl des Fürstbischofs wog schwer. Zudem saß ihm gerade ein Mann gegenüber, dessen Einfluss groß genug war, um ihm in Zukunft schaden zu können.

»Ihr meint, die Ketzer in Münster wären unter sich zerstritten?«, fragte er Jacobus von Gerwardsborn.

Nachdem Bruder Cosmas dem Inquisitor die Nachricht von dem misslungenen Mordanschlag auf Franz von Waldeck und dessen Befehl zum sofortigen Sturm überbracht hatte, war Gerwardsborn ins Feldhauptquartier geeilt, um Franz von Waldecks Befehl den nötigen Nachdruck zu verleihen. Der Inquisitor wusste genau, dass der Fürstbischof den Angriff auf die Stadt verschieben würde, sobald er sich wieder beruhigt und nachgedacht hatte. Daher musste der Sturm so rasch wie möglich erfolgen. Ein paar Fässer Wein, die auf seinen Befehl hierhergeschafft werden sollten, würden ihm dabei gute Dienste leisten.

»Ich meine nicht nur, dass die Ketzer zerstritten sind, sondern ich weiß es. Warum sonst würden so viele von ihnen versuchen, sich heimlich aus der Stadt zu schleichen?«

»Vielleicht wurden sie geschickt, um Verbündete zu suchen«, antwortete Steding.

»Verbündete!« Gerwardsborn lachte. »Wer sollte ihnen noch helfen angesichts der Macht der heiligen Inquisition, die er-

folgreich alle Kräfte einsetzt, um diese wiedertäuferischen Hunde zu jagen, zu fangen und zu bestrafen?«
»Das mag sein! Doch die Mauern von Münster sind verdammt fest. Wir konnten mit unseren Kanonen bislang noch keine Bresche schießen, sondern mussten uns oft genug zurückziehen, wenn die Ketzer uns aufs Korn genommen haben. Auch lassen sich die Schanzen nur unter großen Schwierigkeiten vorantreiben. Jeder Soldat, der schon einmal eine Belagerung mitgemacht hat, weiß, wie schwer es sein wird, in die Stadt einzudringen.«
»Ihr werdet den Befehl des Fürstbischofs befolgen!« Für Gerwardsborn zeigte Wilken Steding zu wenig Angriffsgeist, und so beschloss er, sich auch jetzt wieder an die Hauptleute der einzelnen Fähnlein und an die Landsknechte selbst zu wenden. Er verabschiedete sich von dem Feldhauptmann und suchte das Söldnerlager vor dem Ludgeritor auf.
Emmerich von Brackenstein begrüßte ihn wie einen lange entbehrten Freund. Seit der Fürstbischof ihn an diesen Ort geschickt hatte, kam der junge Edelmann sich wie ein Verbannter vor und war froh, Gerwardsborn zu sehen. Sofort lud er den Inquisitor in sein Quartier ein, ein aus Holz errichtetes Haus mit strohgedecktem Dach, das er eine elende Hütte nannte. Er bewohnte es allein mit seinen vier Dienern, während die fast zweihundert Söldner seines Fähnleins sich mit fadenscheinigen Zelten zufriedengeben mussten.
»Ich wünschte, ich könnte Eurer Exzellenz wenigstens einen trinkbaren Wein vorsetzen, doch der Kellermeister des Fürstbischofs hat mein Ansuchen auf ein Fass guten Rheinweins nicht einmal beantwortet«, erklärte er seinem Gast mit Leichenbittermiene.
Auf Gerwardsborns Lippen erschien ein zufriedenes Lächeln. Wie es aussah, kam er gerade zur rechten Zeit. »Mit einem guten Tropfen kann ich dir dienen, mein Sohn. Es wird heute noch ein Fuhrwerk mit mehreren Fässern kommen. Das große

Fass ist für deine Soldaten, das kleinere nimm als Freundschaftsgabe von mir entgegen.«

Brackenstein atmete erleichtert auf. »Ihr seid ein wahrer Freund, Euer Exzellenz, im Gegensatz zu Waldeck, wie ich leider sagen muss. Nie wäre ich hierhergekommen, wenn ich gewusst hätte, wie verächtlich ich von diesem Fürstbischof behandelt werde.«

»Ich freue mich, dir diesen Gefallen tun zu können«, antwortete Gerwardsborn, ohne auf die Klagen seines Gegenübers einzugehen. In Gedanken trieb er den Fuhrknecht an, seine Ochsen anzustacheln. Je eher der Wein hier war, umso eher konnte er Brackenstein und den Hauptmann der Mainzer dazu bewegen, zum Sturm blasen zu lassen.

Zur Erleichterung des Inquisitors erschien kurz darauf Magister Rübsam und meldete, dass die Fuhre Wein angekommen wäre.

»Lasst das Fässlein mit dem guten Burgunder hierher in das Quartier des Hauptmanns bringen. Von den beiden anderen soll eines den Brackensteinern und das andere den Mainzer Söldnern übergeben werden«, erklärte Gerwardsborn.

Prompt brachen einige der Landsknechte, die sich vor Graf Emmerichs Unterkunft versammelt hatten, in Jubel und Hochrufe aus. Der Inquisitor sah zufrieden zu, wie das kleine Fass ins Haus getragen wurde und die Landsknechte sich um die anderen Fässer scharten. Jeder hielt einen Becher oder ein anderes Trinkgefäß in der Hand und wartete sehnsüchtig darauf, es unter den Spundhahn halten zu können.

Gerwardsborns Zufriedenheit wuchs noch, als er sah, dass Magister Rübsam, Bruder Cosmas und andere Männer aus seinem Gefolge sich geschickt unter die Söldner mischten und schon bald zu deren Wortführern wurden. Neben ihm wurde Emmerich von Brackenstein bereits unruhig, doch er wartete, bis der Hauptmann der Mainzer und zwei weitere Hauptleute erschienen. Bei ihrem Eintreten befahl er seinen Dienern, die Pokale zu füllen.

Kurz darauf war ein scharfes Zechen im Gange, dem Gerwardsborn sich geschickt entzog. Er liebte es, die Zügel in der Hand zu halten und selbst zu bestimmen, wie mit den Ketzern umgegangen werden sollte. Daher forderte er die Offiziere auf, beim Sturm auf die Stadt keine Gnade walten zu lassen.

»Das tun wir auch nicht!«, rief Brackenstein mit schwerer Stimme. »Diese Hunde sind daran schuld, dass ich hier in diesem Loch hausen muss. Hätten sie sich nicht gegen Gott und die Welt erhoben, könnte ich auf den Besitzungen meines Oheims weilen und mich dort aller Annehmlichkeiten erfreuen.«

»Genauso ist es! Diese Ketzer haben sich gegen Gott und die Welt erhoben und müssen bestraft werden.« Gerwardsborn nützte den Unmut des jungen Mannes aus und schlug schließlich auch die anderen Hauptleute in seinen Bann.

»Wenn der Befehl erteilt wird, werde ich sofort zum Sturm antreten lassen«, rief der Mainzer mit lauter Stimme.

Gerwardsborn wandte sich mit einem erwartungsfrohen Lächeln zu ihm. »Der Befehl zum Sturm wurde heute erteilt. Doch Steding hält ihn zurück, weil er noch länger der Feldhauptmann des Fürstbischofs bleiben will. Fiele die Stadt, müsste er diesen Posten und damit auch die Dotation aufgeben, die er dafür erhält.«

»Ich sage Euch, Wilken Steding ist ein elender Zauderer. Wäre ich an seiner Stelle, hätte ich Münster längst eingenommen!«, rief Emmerich von Brackenstein aus.

Zwar besaß er keinerlei Erfahrung im Krieg, verfügte aber über ein ausgeprägtes Selbstbewusstsein. Verdächtig schwankend, zog er sein Schwert und fuchtelte damit herum. »Zeigt mir einen Ketzer, damit ich ihn erschlagen kann!«

Lächelnd wies der Inquisitor durch das Fenster auf die nahe

Stadt. »Dort drüben warten genug Ketzer darauf, ihr Leben zu verlieren!«

Emmerich von Brackenstein stieß einen Kriegsruf aus, stolperte aus dem Haus und rief nach Moritz.

»Die Brackensteiner sollen antreten!«, herrschte er den Unteroffizier an, als dieser sich aus der Traube der Zecher gelöst hatte.

»Gibt es Sold?«, fragte ein Landsknecht. Auf diese Worte hin sammelten sich alle Brackensteiner um ihren Hauptmann.

Emmerich von Brackenstein deutete mit seinem Schwert Richtung Stadt. »Wir werden Münster erobern, und zwar jetzt auf der Stelle! Brackensteiner, mir nach!«

Dann stiefelte er los, ohne sich zu vergewissern, ob seine Männer ihm folgten. Diese wussten nicht, was von der Sache zu halten war, und sahen sich verwirrt um.

Da stupste Magister Rübsam Guntram an. »Was zögert ihr, wenn euer Hauptmann euch einen Befehl erteilt?«

Der Unteroffizier versuchte, den Nebel zu vertreiben, den der unmäßig genossene Wein um seinen Kopf gelegt hatte, zuckte dann aber mit den Schultern und holte seine Hellebarde. »Ihr verdammten Hunde! Habt ihr nicht gehört, dass der Hauptmann euch einen Befehl erteilt hat? Vorwärts jetzt! Wer zurückbleibt, ist ein Hundsfott!«

Damit setzte sich auch Guntram in Bewegung und holte Emmerich von Brackenstein bald ein.

Jetzt gab es auch für die anderen kein Halten mehr. Nicht nur die Brackensteiner, sondern auch die Mainzer Landsknechte und etliche Männer aus anderen Fähnlein eilten hinter den beiden her. Einige hatten sogar ihre Waffen vergessen und hielten stattdessen noch ihre Becher in der Hand.

Auch Moritz fand sich mitten in der Menge wieder und lief auf Münster zu, obwohl sein Verstand ihm sagte, dass es falsch sei und er besser zurückbleiben sollte. Er war jedoch Soldat genug, um zu wissen, dass einem Befehl gehorcht werden musste, so sinnlos er einem auch erschien. Auf dem Weg zur Stadt versuchte er, Ordnung in den regellos marschierenden Haufen zu bringen. Doch die Männer drängten wie eine Herde Schafe vorwärts und brüllten die übelsten Drohungen zur Stadt hinüber.

Ein überraschender, gut geordneter Angriff hätte vielleicht Erfolg haben können. Doch die vom Lärm der betrunkenen Landsknechte aufgescheuchten Stadtwachen schlugen sofort Alarm. Gleich darauf riefen die Trommeln und Signalhörner die Verteidiger auf ihre Posten. Heinrich Krechting führte die Männer zum Ludgeritor und stieg nach oben, um sich einen Überblick zu verschaffen. Zuerst erschreckte ihn die Menge der anstürmenden Landsknechte. Dann aber bemerkte er, wie Einzelne über die eigenen Füße stolperten und andere darüber lachten.

»Die Kerle sind stockbesoffen!«, rief er Bockelson und Knipperdolling zu, die ebenfalls am Tor erschienen waren.

»Werden sie die Stadt stürmen?«, fragte Jan Bockelson van Leiden, der in seiner Erregung ganz vergaß, dass er dies als Prophet des Herrn eigentlich wissen müsste.

Heinrich Krechting musterte den regellosen Haufen und spie über die Mauer in den Graben. »Solange ich hier stehe, kommt keiner von denen in die Stadt!« Er überlegte kurz, stieg dann wieder nach unten und forderte die Torwache auf, das Tor zu öffnen.

»Ist das klug?«, fragte Bockelson besorgt.

»Ich werde unsere Feinde ein wenig dezimieren. Handrohrschützen zu mir!«

Der Befehl galt auch Hinner Hinrichs, der wie alle anderen Wiedertäufer zu den Waffen gerufen worden war, um die Stadt zu verteidigen. Gemeinsam mit seinen Kameraden marschierte er durch das Tor und sah jenseits des Grabens den Feind.

»Ihr feuert gliedweise und zieht euch sofort nach hinten zurück, um neu zu laden«, befahl Krechting.

»Und noch etwas!«, rief Bockelson von hinten. »Jeder von euch, der heute fällt, wird an der Seite Jesu Christi vom Himmel steigen und sich wieder mit uns vereinen.«
Trotz dieser Versicherung schlug Hinner Hinrichs das Herz bis unter die Schädeldecke. Gleichzeitig verfluchte er Katrijn, die dafür gesorgt hatte, dass er Handrohrschütze geworden war. Dies hatte ihr weniger gefährlich gedünkt, als wenn er mit einem Spieß oder Schwert in der Hand dem Feind von Angesicht zu Angesicht würde gegenüberstehen müssen. Doch nun waren ausgerechnet die Schützen an der Reihe, als Erste auszurücken. Voller Wut auf die Angreifer, stellte er seine Gabel auf den Boden, legte die Waffe auf und richtete den Lauf auf die Feinde.
Im letzten Augenblick erinnerte er sich noch daran, dass er die Lunte anblasen und etwas Pulver auf das Zündloch geben musste. Rasch holte er beides nach und hörte fast im gleichen Augenblick den Befehl zum Feuern.
Die Salve klang unregelmäßig, doch der Hagel aus Blei fuhr wie die Sichel eines Schnitters in die Landsknechte. Noch während Hinrichs staunend zusah, wie die Feinde fielen, trat er einige Schritte zurück und lud sein Handrohr neu. Das nächste Glied feuerte, und erneut stürzten Söldner zu Boden. Doch noch immer stürmten die Brackensteiner und Mainzer vorwärts.
Nach drei weiteren Salven zog Krechting die Schützen zurück und erteilte den Pikenieren den Befehl, auf die Brücke vorzurücken. Der Feind hatte unterdessen den äußeren Graben und den Wall überwunden, wurde nun aber auf der Brücke wie in einem Flaschenhals zusammengepresst. Die Verteidiger standen lockerer und vermochten daher ihre Waffen gut zu führen. Moritz war bislang vorne mitmarschiert, begriff jetzt aber, dass sie keine Chance hatten, die Brücke zum Tor zu nehmen. Verzweifelt drängte er sich zu Emmerich von Brackenstein durch.

»So hat es keinen Sinn, Hauptmann! Die Unseren stehen dicht an dicht und behindern sich gegenseitig, während die Ketzer uns mit ihren langen Spießen den Garaus machen.«
Moritz schrie gegen den Lärm an, dennoch verstand Brackenstein nur die Hälfte und auch diese noch falsch. Mit dem Schwert in der Hand feuerte er die Landsknechte an, vorzudringen, und wurde selbst mit auf die Brücke zugeschoben.
Einst hatte Arno beim Brackensteiner Fähnlein gedient und dabei oft genug vor Graf Emmerich den Nacken beugen müssen. Als er diesen jetzt unter den Landsknechten eingekeilt sah, spuckte er in die Hände, nahm einem der eigenen Söldner die Pike ab und rammte dem jungen Edelmann die Spitze mit aller Kraft in den Leib.
»Verrecken sollst du, du Schweinehund!«, rief er dabei lachend.
Allmählich begriffen die Landsknechte, dass ihr Angriff sinnlos war, und wichen zurück. Bruder Cosmas stellte sich ihnen mit zornroter Miene in den Weg.
»Greift an, ihr Hunde! Macht die Ketzer nieder!«
Einer der Söldner packte ihn und stieß ihn auf die Brücke zu.
»Greif doch selber an, verdammter Mönch!«
Ehe Bruder Cosmas sichs versah, schoben ihn andere Landsknechte weiter nach vorne, bis er sich den Wiedertäufern gegenübersah. Er wollte entsetzt zurückweichen. Doch hinter ihm standen die eigenen Männer wie eine undurchdringliche Mauer, während Arno grinsend auf ihn zukam.
»Zuerst Graf Emmerich und jetzt noch ein Mönch. Dieser Tag ist ein guter Tag!«, rief der Söldner und stieß mit der Pike zu.
Bruder Cosmas fühlte den Schmerz und sah, wie Blut über seine Kutte lief. »Verflucht sollst du sein. Der Teufel …«
Mehr brachte er nicht mehr heraus. Arno versetzte ihm noch einen Tritt und stieß ihn von der Brücke. Während der Mönch gurgelnd in der Aa versank, gaben die bischöflichen Söldner Fersengeld.

Die Wiedertäufer wollten ihnen nachsetzen, doch da griff Heinrich Krechting ein. »Bleibt hier, Brüder! Seht ihr denn nicht die Reiter dort hinten? Sobald ihr die Brücke verlasst, werden sie euch niederhauen.«

Zufrieden sah er zu, wie Arno und die anderen stehen blieben und sich wieder durch das Tor zurückzogen. Dann gesellte er sich mit einem erleichterten Lachen zu Bockelson.

»Wir haben einen ersten Sieg errungen und unsere Feinde gedemütigt. Jetzt wird es einige Zeit dauern, bis Franz von Waldeck seine Leute erneut zum Sturm bewegen kann.«

»Ich habe es vorhergesehen!«, rief Bockelson begeistert aus. »Gott hat mir gesagt, dass wir siegen werden! Und er hat mir noch mehr offenbart. Sammelt sein Volk auf dem Domplatz, auf dass ich ihm den Willen des Herrn mitteilen kann.«

15.

Die Leichtigkeit, mit der sie den ersten Sturmangriff der Belagerer hatten zurückschlagen können, schrieben die meisten Wiedertäufer Bockelsons Einfluss auf den Himmel zu. Daher erklangen aus der Menge, die sich auf dem Domplatz versammelte, enthusiastische Hochrufe, und die Prediger priesen ihn als den von Gott gesandten Propheten.
Bockelson genoss den Jubel sichtlich und lächelte Gertrude zu, der einstigen Witwe von Jan Matthys, die an diesem Tag seine Ehefrau werden sollte. Aus diesem Grund trug sie ein prachtvolles Kleid, das sich eher für eine adelige Dame geziemt hätte. Neben dem Paar hatten Bernd Knipperdolling und Johann Dusentschuer das Podest erklommen. Bockelsons Echos nannte Frauke sie im Stillen, weil sie dessen Weissagungen stets bestätigten. Diesmal setzten sich alle vier auf Stühle, und das war etwas, das sie vorher noch nie getan hatten.
»Irgendetwas geht hier vor«, raunte Frauke Lothar zu.
»Damit dürftest du recht haben.« Lothar beobachtete den Propheten nun genauer.
Bockelson lauschte zunächst nur Bernhard Rothmanns Predigt, der ihn mit weit hallender Stimme als neuen David und Salomon pries. Kaum hatte Rothmann geendet, stand er auf und hob die rechte Hand. »Brüder und Schwestern im Glauben! Mein Volk!«, begann er noch etwas stockend. »Gott der Herr hat sich mir offenbart und mir befohlen, was nun geschehen soll. Es ist Gottes Wille, dass wir sein Königreich auf Erden errichten. Diese Stadt hier wird für alle Zeiten das neue Jerusalem sein und wir das erwählte Volk!«

Jubel antwortete ihm, während Heinrich Gresbeck und zwei weitere Bürger, die sich in Fraukes und Lothars Nähe aufhielten, missmutig die Gesichter verzogen.

Bockelson wartete, bis die Menge sich beruhigt hatte, und sprach dann weiter. »Gott befahl mir, demütig mein Haupt zu senken, und setzte mir die Krone seines Reiches auf Erden auf. Von diesem Tage an bin ich der König von Neu-Jerusalem, und ihr seid mein Volk!«

»Jetzt ist er total übergeschnappt!«, stöhnte Gresbeck.

Auch Frauke schüttelte den Kopf. Die Täufer waren stets eine Gemeinschaft der Gleichen gewesen. Selbst ihre Prediger und Propheten hatten keine besonderen Rechte und Privilegien gefordert. Ihnen allen war es nur darum gegangen, ein gottgefälliges Leben zu führen und auf die Wiederkehr Christi zu warten. Doch was Jan Bockelson van Leiden hier tat, war ein Verrat an den Grundprinzipien ihres Glaubens. Daher erwartete sie einen Sturm der Entrüstung.

Stattdessen aber jubelten die meisten dem Mann zu. Nur wenige zeigten ihren Unwillen so offen wie Heinrich Gresbeck. Doch als der Söldnerführer Arno in seiner Nähe vorbeikam, stieß sogar Gresbeck ein paar Rufe aus, die als Jubel aufgefasst werden konnten.

Bockelson blickte über die Menge. Die Ausrufung des Königreichs und seine Selbsternennung zum König war nur ein Teil dessen, was er verkünden wollte. Als es stiller wurde, winkte er Johann Dusentschuer zu sich, sprach zunächst aber selbst.

»Als Gott mich zum König krönte, wehrte ich ab und sagte: ›Oh Herr, die Last ist zu schwer für meine Schultern.‹ Da schlug Gott mich mit seinem Stab, und ich spürte meine Kräfte wachsen. Doch noch immer glaubte ich mich der Ehre nicht würdig und sagte zu Gott: ›Herr, wie soll ich dein Volk führen, wenn es darin so viel mehr Weiber als Männer gibt? Wie sollen wir da in Erwartung des Heils leben können? Wie soll ich verhindern, dass Unzucht und Hurerei Einzug halten?‹

Da berührte Gott mich erneut mit seinem Stab und sagte: ›Hast du nicht in der Heiligen Schrift gelesen, dass der Erzvater Abraham neben Sara, der Mutter des Isaak, auch Hagar in sein Haus aufnahm und diese ihm Ismail gebar? Hast du nicht gelesen, dass Jakob nicht nur Lea und Rachel gemeinsam zum Weibe nahm, sondern auch deren Mägde Bilha und Silpa erkannte und diese ihm Söhne gebaren?‹«

»Worauf will er hinaus?«, fragte Frauke sich bang, als Dusentschuer anstelle des Propheten weitersprach.

»Ich erlebte den Kampf unseres Königs Jan ebenfalls mit. Er rang mit Gott, wie einst Jakob mit ihm gerungen hat, und wurde wie dieser erleuchtet. Es ist der Wille des Herrn, dass wir als Patriarchen von Neu-Jerusalem es den Erzvätern des Glaubens gleichtun und uns nicht nur ein Eheweib ins Haus nehmen, sondern so viele, wie unser Rang in unserer heiligen Gemeinschaft es erlaubt.«

»So ist es!«, ergriff nun wieder Bockelson das Wort. »Auch sagte Gott zu mir, dass kein Mann und kein Weib in der Stadt unverheiratet bleiben dürfen. Innerhalb von drei Tagen soll ein jeder von euch sich so viele Weiber wählen, wie es für ihn ziemlich ist, und kein Weib darf sich der Werbung versagen.«

Diesmal blieb der Jubel aus. Selbst Bockelsons engste Anhänger sahen einander verwirrt an.

Frauke zupfte Lothar am Ärmel. »Bei Gott, was sollen wir nun tun?«

»Wenn ich das wüsste, wäre ich klug zu nennen«, stöhnte er und verfluchte seine Verkleidung, die in dem Augenblick auffliegen würde, in dem ihm irgendein Mann die Heirat antrug.

ACHTER TEIL

Die Belagerung

1.

In seiner Wut hätte Franz von Waldeck seinen Feldhauptmann am liebsten in Eisen schlagen und in den Kerker werfen lassen. Doch ihm war schmerzhaft bewusst, dass er Wilken Steding dringend benötigte. Es gab in seiner ganzen Umgebung keinen Zweiten, dem es gelingen könnte, die aufgebrachten Landsknechte zur Besinnung zu bringen.
»Dieser Angriff wurde äußerst närrisch ausgeführt«, stieß Waldeck mit eisiger Stimme hervor.
Es lag Wilken Steding auf der Zunge zu sagen, dass der Fürstbischof selbst angeordnet hatte, einen Sturm auf die Stadt zu wagen. Doch damit hätte er sich Waldeck endgültig zum Feind gemacht. Mühsam beherrscht, trat er einen Schritt vor und begann mit säuerlicher Miene zu sprechen.
»Ich habe diesen Angriff nicht angeordnet, Eure Hoheit. Er ging eigenmächtig von den Hauptleuten des Brackensteiner und des Mainzer Fähnleins aus. Diese Herren waren ebenso betrunken wie ihre Landsknechte. Ich habe den Mainzer bereits zur Rechenschaft gezogen und ihn seines Kommandos enthoben. Bei Emmerich von Brackenstein ist dies nicht mehr möglich, denn er ist seinen Verletzungen erlegen, die er sich bei dem Angriff zugezogen hat.«
»Wir sollten nicht über Dinge streiten, die geschehen sind, sondern uns Gedanken machen, wie wir die Landsknechte wieder unter Kontrolle bringen. Die Männer befürchten, dass sie ein zweites Mal ähnlich sinnlos gegen die Mauern Münsters getrieben werden und dort verbluten«, warf Magnus Gardner ein, um die beiden aufgebrachten Herren zu beruhigen.

»Es wird einige Wochen dauern und einige pünktliche Soldzahlungen brauchen, bis die Kerle wieder so gehorchen, wie es nötig ist«, fügte Steding hinzu.

»Wo sollen Wir das Geld für den Sold hernehmen?«, fragte Franz von Waldeck. »Wir haben bereits mehrmals Sonderabgaben in Unseren Herrschaftsgebieten erhoben und mehr als tausend fronpflichtige Bauern hierhergeholt, damit sie Schanzen aufwerfen und Unterkünfte für die Soldaten errichten.«

»Ihr solltet Herrn Philipp von Hessen um einen Kredit bitten«, schlug Gardner vor. »Auch wenn er derzeit verstimmt ist, kann er nicht zulassen, dass Münster zur Hochburg des Wiedertäufergesindels wird.«

Franz von Waldeck wusste nur zu gut, worauf sein Berater anspielte. Bereits zu Beginn der Belagerung hatte er den Stadtsyndikus Johann von der Wieck ohne jede Möglichkeit der Verteidigung als Aufrührer und Rebellen hinrichten lassen. Zwar hatte Jacobus von Gerwardsborn ihn dazu gedrängt, doch vor aller Welt war er dafür verantwortlich. Nun aber war von der Wieck nicht nur ein Freund des hessischen Landgrafen gewesen, sondern auch ein Lutheraner, der die Lehre der Wiedertäufer ablehnte. Wäre er am Leben geblieben, hätte er die anderen Lutheraner in Münster um sich scharen und vielleicht sogar die Machtübernahme durch die beiden Holländer Matthys und Bockelson verhindern können.

Er konnte Johann von der Wieck nicht mehr zum Leben erwecken und musste daher alles tun, damit dessen Tod ihm nicht vollends zum Nachteil ausschlug.

»Wir werden Herrn Philipp schreiben«, erklärte er und wandte sich dann wieder Steding zu. »Ihr werdet die Landsknechte im Zaum halten und gleichzeitig einen neuen Sturm an einer anderen Stelle vorbereiten.«

Der Kriegsmann nickte. »Das werde ich tun. Die Kerle müssen beschäftigt werden, damit sie nicht auf dumme Gedanken kommen. Wenn Ihr erlaubt, kehre ich jetzt zu meinen Hauptleuten zurück.«

»Tut dies!« Franz von Waldeck sah Steding ohne jede Gemütsregung nach, atmete aber tief durch, nachdem dieser den Raum verlassen hatte.

»Bei Gott, ich wollte, ich könnte selbst das Kommando übernehmen. Doch ich bin kein Kriegsmann und daher auf solche Kreaturen wie Steding angewiesen.«

»Er ist der Beste, den wir bekommen konnten«, wandte Gardner ein.

»Was gleichzeitig bedeutet, dass es Bessere gibt, die Wir nicht bekommen konnten!«, antwortete der Fürstbischof, obwohl er ebenso wie Gardner wusste, dass nicht Steding, sondern Gerwardsborn die Anführer der Brackensteiner und Mainzer Landsknechte dazu aufgehetzt hatte, die Stadt zu stürmen.

»Ich wollte, ich könnte ihn zum Teufel jagen!«

Gardner begriff sofort, dass sein Herr nicht den Feldhauptmann meinte. Auch er hielt den Inquisitor für ein übles Geschwür, doch solange Albrecht von Brandenburg seine Hand über Gerwardsborn hielt und gleichzeitig Franz von Waldeck unterstützte, hieß es, gute Miene zum bösen Spiel zu machen. Der Fürstbischof holte tief Luft und wechselte das Thema.

»Wir haben eine neue Botschaft von Maria von Habsburg erhalten. Sie bietet Uns mehrere tausend Gulden als Unterstützung an und will Uns einen Kredit über die volle Summe gewähren, die dieser Feldzug kosten wird!«

»Das tut sie, weil sie überzeugt ist, Ihr würdet hinterher nicht in der Lage sein, diesen Kredit zurückzuzahlen. Auf diese Weise will sie das Hochstift Münster doch noch zu Burgund holen«, erklärte Gardner.

Der Fürstbischof nickte bedrückt. »So ist es. Doch was sollen Wir tun?«

»Dieses Angebot als Waffe benützen. Teilt es Philipp von Hessen, dem Kurbischof von Köln und den Herren von Kleve und

Geldern mit. Sie können nicht hinnehmen, dass Burgunds Macht an ihren Grenzen noch größer wird«, schlug Gardner vor.

»Das werden Wir tun. Übrigens – was macht Euer Sohn? Hat er aus Münster geschrieben?«

»Das hat er, Eure Hoheit. Er schreibt, Jan Bockelson habe sich zum König von Münster ernannt und die Stadt in Neu-Jerusalem umbenannt. Diese Narren haben ihm zugejubelt, anstatt ihn für diese Anmaßung in Stücke zu reißen. Eure Hoheit sollten in Erwägung ziehen, den Belagerungsring enger zu ziehen und die Stadt vollkommen vom Umland abzutrennen. Noch immer gelangen nicht nur Einzelne, sondern sogar ganze Gruppen an unseren Posten vorbei aus der Stadt heraus oder in sie hinein.«

Gardner trat neben die Karte, die Münster und Umgebung zeigte, und zog mit dem Finger einen Ring um die Stadt.

Mit nachdenklicher Miene gesellte sich der Fürstbischof zu ihm. Dann schüttelte er den Kopf. »Das wird zu teuer, Gardner! Wir müssten noch einmal etliche hundert Bauern anfordern und diese wochenlang ernähren. Dabei fällt es Uns schwer genug, die Söldner zu bezahlen.«

»Ich weiß nicht, ob es nicht billiger wäre, die Stadt auszuhungern, als sie zu stürmen. Zurzeit schmuggeln noch immer Leute Lebensmittel in die Stadt, sei es, weil sie Anhänger der Ketzerpropheten sind, sei es aus Geldgier. Die Bauern wissen, dass unsere Quartiermeister ihnen nicht viel für ihr Korn bezahlen können. Doch in Münster erhalten sie geprägtes Gold dafür, das von den Monstranzen und Kelchen der geplünderten Kirchen und Klöster stammt.«

Gardner vermochte den Fürstbischof jedoch nicht umzustimmen. »Wir bereiten die Erstürmung vor«, erklärte er und deutete an, dass er allein gelassen werden wollte.

2.

Frauke stellte die Schüssel auf den Tisch und schüttete jedem etwas Suppe in den Napf. Dabei musterte sie die Gruppe mit heimlichem Groll. Am liebsten wäre sie mit Lothar allein geblieben und hätte vielleicht noch die Schwester hinzugeholt. Doch ihr Bruder und dessen Freund Faustus waren einfach mitgekommen und saßen nun ebenfalls am Tisch. Insbesondere Faustus war ihr ein Dorn im Auge. Wenn er sich unbemerkt glaubte, starrte er Lothar immer wieder an, und sie las eine Frage in seinem Blick – und Angst!
Helm interessierte sich nicht für Faustus' Befindlichkeit, sondern schimpfte ausgiebig über das, was die ganze Stadt bewegte. »Gegen das Heiraten an sich habe ich ja nichts. Aber es passt mir nicht, dass die alten Böcke sich die jungen Weiber aussuchen und für unsereins nur die alten Schachteln übrig bleiben.«
»So ist nun einmal der Lauf der Welt. Wer die Macht hat, sucht sich immer das Beste aus und überlässt den anderen den Rest.« Lothar gab sich Mühe, seine Stimme so zu verstellen, dass sie natürlich klang, denn er traute Faustus nicht. Wenn der Kerl ihn an die Anführer der Wiedertäufer verriet, konnte er froh sein, wenn man ihn auf der Stelle tötete und nicht vorher noch folterte und bei lebendigem Leib verbrannte.
Frauke schüttelte seufzend den Kopf. »Einst galten Schlichtheit und ein gottgefälliges Leben als Zeichen der Täufergemeinschaft. Nun aber schreiten Bockelson und seine Frau …«
»Seine Frauen!«, fiel Helm ihr ins Wort.
»Stimmt, er hat sich in den letzten zwei Tagen einen Harem

zugelegt wie der Großtürke. Bei Gott, welch ein Hohn auf die Heilige Schrift!«

»Auf die Bockelson sich beruft!« Erneut unterbrach Helm seine Schwester und erhielt dafür einen Knuff.

»Jetzt lass mich doch endlich ausreden!«

»Helm hat recht!«, erklärte Lothar. »Bockelson beruft sich auf die Bibel, doch er entnimmt ihr nur, was ihm passt. Die Bücher des Neuen Testaments unterschlägt er vollkommen.«

»Aber ich will nicht heiraten!«, stieß Faustus hervor.

»Du wirst müssen! Und ich auch.« Helm lachte bitter auf. »Die mir in Aussicht gestellte Braut ist über dreißig und damit doppelt so alt wie ich. Außerdem ist sie Holländerin ...«

»Friesin«, korrigierte Frauke ihn.

»Das ist doch gleich! Auf jeden Fall ist sie derselbe Drachen wie Katrijn. Und so einen will ich nicht!«

»Uns bleibt nur die Flucht und die Hoffnung, dass wir ungesehen an den Landsknechten des Bischofs vorbeikommen.« Faustus sprach aus, was Frauke und Lothar bereits überlegt hatten.

Dennoch schüttelte Frauke den Kopf. »Ich werde nicht ohne meine Mutter gehen. Sie wird bald gebären, und Katrijn würde sie und das Kind in dem Loch verkommen lassen, das sie ihr zugewiesen hat.«

»Ich werde es tun. Auch wenn ich furchtbare Angst davor habe!« Bei diesen Worten zitterte Faustus wie Espenlaub.

Sogar Lothar empfand in diesem Augenblick Mitleid mit ihm. »Wir werden zusammen fliehen. Ich kann auch nicht hierbleiben – und Frauke ebenso wenig.«

Bisher hatte Silke geschwiegen. Doch jetzt meldete sie sich zu Wort. »Mir haben bereits mehrere Männer aus dem neuen Hofstaat des Königs gesagt, dass ich ihnen gefalle und sie mich gerne in ihr Haus aufnehmen würden.«

»Du kannst aber nicht mehr als einen Mann heiraten«, wandte Helm ein.

»Das ist eine Ungerechtigkeit. Ihr Männer dürft so viele Weiber nehmen, wie ihr wollt, und wir sollen uns einen Mann mit einem Haufen anderer Weiber teilen!« Erst als Lothar leise zu lachen begann, begriff Frauke, wohin sich ihre Gedanken verirrt hatten, und hob begütigend die Hand. »Ich habe es nicht so gemeint, wie du zu denken scheinst. Ich sage, dass einem Mann ein Weib und einem Weib ein Mann genügen muss.«
»So hat es jedenfalls unser Herr Jesus Christus bestimmt!«, erklärte Lothar.
Jetzt hob Faustus den Kopf und sah ihn unter zusammengekniffenen Augenlidern heraus an. »Du bist Lothar Gardner, der Sohn des Beraters des Fürstbischofs!«
»Was?« Helm sprang auf und stieß dabei seinen Napf um. Die Suppe ergoss sich über den Tisch und floss auf Silkes Kleid. In ihrer ersten Wut holte diese aus und versetzte ihm eine Ohrfeige.
»Kannst du nicht aufpassen?«, schalt sie, während Helm sich die getroffene Wange hielt.
»Ist das wahr?«, fragte er und hatte den Schlag schon vergessen.
Lothar erwürgte Helm und Faustus in Gedanken und griff unter sein Kleid, um notfalls den Dolch ziehen zu können. Dabei war ihm bewusst, dass er Fraukes Bruder niemals verletzen oder gar töten konnte.
»Du bist es!«, flüsterte Faustus und bedauerte, dass er auf dem Platz saß, der am weitesten von der Tür entfernt war. Wenn er jetzt zu fliehen versuchte, würde Lothar ihn aufhalten und umbringen.
Frauke und Silke redeten inzwischen auf ihren Bruder ein. »Wage es nicht, Lothar zu verraten! Er hat unser beider Leben und das unserer Mutter gerettet«, sagte Silke, während Frauke ihm erklärte, dass er danach nicht mehr ihr Bruder wäre und sie hohnlachend zusehen würde, wenn die Landsknechte ihn beim Sturm erschlügen.

»Ihr habt aber eine verdammt schlechte Meinung von mir!«, rief Helm empört. »Oder habt ihr vergessen, dass Lotte mich im letzten Winter mit euch zusammen gesucht und vor dem Erfrieren bewahrt hat?«

»Gut, dass du dich daran erinnerst«, antwortete Frauke spitz und funkelte dann Faustus an. »Was ich meinem Bruder gesagt habe, gilt auch für dich. Wenn du Lothar verrätst, wirst du es für den Rest deines Lebens, das dann nur noch sehr kurz sein wird, bereuen!«

Faustus kroch förmlich in sich zusammen. »Ich verrate ihn schon nicht«, sagte er weinerlich. »Ich will fliehen! Kommt denn keiner mit mir?«

»Ich überlege es mir!« Lothar erschien es die einzige Möglichkeit, sich der Rache der Wiedertäufer zu entziehen. Andererseits wollte er die Stadt nicht ohne Frauke verlassen, und die würde niemals ohne ihre Geschwister und ihre Mutter gehen. »Wir sollten alle vernünftig sein und die Nacht ausnützen, um uns aus der Stadt zu schleichen. Frauke, wenn du zusammen mit Silke eure Mutter führst, wird sie gewiss mitkommen.«

»Sie verlässt ihre Kammer nicht mehr. Wir haben es schon versucht«, antwortete Silke.

»Ich fürchte, sie ist nicht mehr bei Sinnen. Sie spricht kaum mehr, und wenn, dann nur wirres Zeug. Manchmal vergisst sie sogar, zu essen und zu trinken. Erst gestern musste ich sie wieder füttern wie ein kleines Kind.« Frauke seufzte. Der Himmel schien es wirklich nicht gut mit ihnen zu meinen.

»Ich fliehe auf jeden Fall!«, stieß Faustus hervor. »Bis morgen muss jeder Mann und jede Frau in der Stadt verheiratet sein. Wer sich weigert, wird umgebracht!«

Frauke nickte traurig. »Das ist leider wahr! Bockelson hat heute mit eigener Hand eine Frau erschlagen, die sich geweigert hat, sein Weib zu werden. Kurz danach hat Knipperdolling eine Bürgerin umgebracht, deren Mann geflohen ist. Diese Männer kennen keine Gnade.«

Die anderen zogen den Kopf ein, und Faustus dachte, dass er dann eben auf eigene Faust die Stadt verlassen musste. Doch im nächsten Moment wurde ihm bewusst, dass er allein nicht den Mut dazu aufbringen würde.
»Komm mit mir, bitte!«, flehte er Lothar an.
Dieser schwankte und sah Frauke an. Wenn sie hier zurückblieb, würde sie ebenfalls heiraten müssen, und das wollte er keinesfalls. Doch welche Möglichkeit gab es?, fragte er sich.
»Notfalls müssen wir eure Mutter tragen«, meinte er nach einer Weile.
Unterdessen wanderte Fraukes Blick von Lothar zu ihrem Bruder und wieder zurück. Ein Gedanke schoss ihr durch den Kopf, so verrückt, dass sie ihn kaum auszusprechen wagte.
»Vielleicht gibt es doch eine Möglichkeit. Wenn Helm Lotte heiraten würde, könnte Lothar in der Stadt bleiben, ohne entdeckt zu werden!«
»Das ist unmöglich!«, rief Lothar aus, und Helm sah sie entgeistert an.
»Bist du von Sinnen? Ich kann doch keinen Mann heiraten!«
»Es ist ja nur zum Schein, und die Ehe gilt auch nicht, da zwei Männer nicht heiraten können. Und es wäre die beste Gelegenheit für uns, zusammenzubleiben.«
Helm verzog angewidert das Gesicht. »Ich will aber richtig verheiratet sein!«
»Es steht dir frei, den fast vierzigjährigen, holländischen Drachen zu nehmen«, spottete Frauke. »Außerdem ist es nur für kurze Zeit. Wenn das hier zu Ende ist, kannst du dir ein Mädchen wählen, das dir gefällt.«
»Aber was ist mit dir?«, fragte Lothar Frauke angespannt.
»Wenn du nicht heiratest, schwebst du in höchster Gefahr. Knipperdolling schlägt dir mit Vergnügen den Kopf ab, schon als warnendes Beispiel für andere!«
Fraukes Blick traf Faustus, der wie ein Häuflein Elend auf sei-

nem Platz saß. »So könnte es gehen«, meinte sie leise und mehr für sich als für die anderen gedacht.

»Was?«, fragte ihre Schwester.

»Faustus will sich kein Weib nehmen und ich keinen Mann. Daher könnten wir uns nach außen hin zusammentun, aber im Grunde jeder für sich bleiben.«

»Nein!«, rief Lothar empört.

»Soll ich vielleicht einen Mann nehmen, der seine Rechte einfordert?«, fuhr Frauke ihn an.

»Ich will raus aus Münster«, stöhnte Faustus, sah dann aber Frauke an. »Du meinst, wir könnten vorgeben, verheiratet zu sein? Aber wenn wir das tun, werden wir nicht in einem Bett schlafen.«

Lothar schüttelte heftig den Kopf. »Es geht nicht!«

Frauke spürte seine Eifersucht und sagte sich, dass sie etwas dagegen tun musste. Mit einem sanften Lächeln strich sie ihm über die Wange und küsste ihn dann. »Diese Ehe besteht nur zum Schein! Sie gilt nicht vor Gott und auch nicht vor der Welt außerhalb dieser Stadt. Dir gehöre ich und werde es auf ewig bleiben.«

Etwas leiser, damit die anderen es nicht hören konnten, setzte sie hinzu: »Ich werde diese Nacht in deinen Armen verbringen.«

Es gab nichts, was Lothar sich mehr ersehnte. Dennoch war er strikt gegen ihren Plan. »Ich will es nicht!«

»Vertraust du mir so wenig?«, fragte Frauke mit einer gewissen Schärfe. »Außerdem werden wir mit dir und Helm einen gemeinsamen Haushalt führen. Oder glaubst du, ich überlasse meinen Bruder deinen Kochkünsten?«

Helm und Silke mussten lachen. Auch Lothar entspannte sich wieder. Die Lösung gefiel ihm zwar nicht, und er sah Probleme voraus, doch zuvorderst galt es, Münster wieder unter die Herrschaft des Bischofs zu bringen. Wenn er einen gewissen Beitrag dazu leistete, konnte er sowohl von seinem Vater wie auch von Franz von Waldeck eine Belohnung fordern – und die würde Frauke sein.

Unterdessen zupfte Frauke ihre Schwester am Ärmel. »Wir müssen uns auch etwas für dich einfallen lassen! Vielleicht sollte Faustus sich auf den Erzvater Jakob berufen und uns beide heiraten, so wie dieser es mit Lea und Rahel tat!«

»Das wäre eine gute Idee«, stimmte Lothar ihr zu.

Silke schüttelte verschämt den Kopf. »Das geht nicht. Faustus würde damit den Zorn des Propheten auf sich laden. Als ich vorhin bei seiner Königin war, hat er mich auf dem Flur abgepasst und mich angewiesen, heute Nacht zu ihm zu kommen.«

»So ein Schwein! Er hat doch schon mehr als ein halbes Dutzend Beischläferinnen und macht sich jetzt auch noch an meine Schwester heran!« Helm ballte die Faust und drohte in Richtung des Domplatzes, an dessen Rand sich Bockelsons Residenz befand.

Was das Zusammenleben von Mann und Frau betraf, so machte Silke sich keine Illusionen. Ihre Mutter hatte dem Vater gehorchen müssen, und ihr eigener Gatte würde ebenfalls Gehorsam von ihr verlangen. Liebe gab es, wenn überhaupt, nur selten. Als Frau musste sie schon glücklich sein, wenn sie nicht zu oft geschlagen wurde und halbwegs mit ihrem Mann auskam. Da sie selbst keine Wahl hatte, aber auch nicht aus der Stadt fliehen wollte, war ihr der König der Wiedertäufer als Ehemann immer noch lieber als irgendein Knecht. Dies sagte sie den anderen auch.

Bei ihrer Schwester stieß sie auf Unverständnis. »Bockelson ist ein Totschläger und Menschenverführer. Willst du vielleicht von ihm schwanger werden?«

»Da er bereits so viele Weiber hat und sich gewiss noch mehr nehmen wird, wird er mich wohl nur selten beschlafen. Und wenn, gibt es immer noch Gott!«

3.

Nachdem der Plan gefasst war, setzten die vier ihn umgehend in die Tat um. Noch am selben Tag erklärten Lotte und Helm sowie Frauke und Faustus vor einem Prediger, Mann und Frau sein zu wollen.

Die beiden angeblichen Ehepaare beschlossen, sich in Lothars Hütte einzurichten. Helm besorgte einige Bretter und zimmerte aus ihnen einen Anbau, um genug Platz für alle zu schaffen, und Frauke übernahm den Haushalt.

Lothar fragte sich, ob Frauke tatsächlich in der Nacht zu ihm kommen wollte. Doch sie lächelte nur verheißungsvoll.

Jetzt, da der Abend kurz bevorstand, verabschiedete sich Silke von den anderen. Obwohl Frauke sie davor gewarnt hatte, kehrte sie nicht in das Haus ihres Vaters zurück, sondern schlug den Weg zu Bockelsons Quartier ein.

Die anderen blieben mit einem Gefühl der Beklemmung in Lothars Hütte zurück. Zwar brachte Frauke trotz des allgemeinen Mangels ein schmackhaftes Abendessen auf den Tisch und nahm das Lob aller mit Zufriedenheit entgegen. Als sie jedoch abgeräumt und Lothar gebeten hatte, zu spülen, wandte sie sich an ihren Bruder und Faustus.

»Da ihr als verheiratete Männer geltet, müsst ihr auch die Pflichten erfüllen, die damit verbunden sind. Der Söldnerhauptmann Arno, den Heinrich Krechting mit der Verteidigung des Mauerabschnitts hier bei uns beauftragt hat, will heute Abend seine Truppe nach Soldatenart vereidigen. Ihr müsst hingehen, euch ebenfalls Waffen geben lassen und den Eid sprechen.«

»Aber dann sind wir an diese Leute gefesselt«, wandte Faustus ein.
Er war nie ein richtiger Wiedertäufer gewesen und fand diese Gruppierung nun, nachdem sie zur Vielweiberei aufrief, nur noch ekelhaft. Auch Helm hatte jegliche Begeisterung verloren. Dennoch klopfte er seinem Freund auffordernd auf die Schulter.
»Wer mit dem Wolfsrudel mitläuft, muss auch mit ihm heulen. Ebenso wie die Ehen, die wir heute geschlossen haben, gilt auch der Schwur nicht, den wir gleich leisten werden. Ich kämpfe nur für mich und meine Familie. Für einen Bockelson aber, einen Knipperdolling, einen Rothmann und wie sie alle heißen, trage ich meine Haut nicht zu Markte.«
»Ich auch nicht!« Faustus nickte Helm zu und folgte ihm nach draußen, während Frauke und Lothar in der Hütte zurückblieben.
»Ich freue mich, dass du das mit dem Eid gewusst hast«, sagte Lothar mit einem bewundernden Blick.
»Ihr anderen habt den Aufruf auch gehört, ihn aber in der ganzen Aufregung vergessen. Wir sollten uns eilen, denn ich will nicht, dass Helm und Faustus uns bei ihrer Rückkehr überraschen. Es wäre meinem Bruder gegenüber ungerecht, der zu seinem Leidwesen auf das Vergnügen verzichten muss, das eine Ehe normalerweise bietet.«
Noch während sie sprach, prüfte Frauke nach, ob alle Fensterläden geschlossen waren, stellte dann die Öllampe so, dass diese nur den vorderen Teil der Hütte beleuchtete, und begann, sich im dunklen Bereich neben dem Bett auszuziehen.
Lothar blieb unsicher neben ihr stehen. Zwar drängte es ihn, sie zu besitzen, gleichzeitig aber kämpfte er mit seiner eigenen Unsicherheit. Bisher hatte er nur ein Mal mit einer Frau geschlafen, und das war eine erfahrene Hure gewesen. Nun stand ein junges Mädchen vor ihm, das er verehrte und das er nicht enttäuschen wollte.

»Was ist mit dir? Willst du dich nicht mit mir vereinen?«, fragte Frauke ernüchtert.

»Doch … ich … Es gibt nichts, was ich lieber täte!« Lothar begriff, dass er die Initiative ergreifen musste. Rasch legte er sein Kleid ab und dann auch das Hemd. Darunter war er ebenso nackt wie sie. Nun spürte er, wie ihm das Blut in die Lenden schoss, und er musste an sich halten, um nicht einfach über Frauke herzufallen.

»Du bist so wunderschön«, flüsterte er ihr ins Ohr.

Sie antwortete mit einem Lachen. »Das sagst du, obwohl du mich nicht sehen kannst?«

»Es ist die Wahrheit.« Lothar streckte die Arme aus und berührte sie an der Schulter. Sofort zuckte sie zurück, kam dann aber auf ihn zu und legte ihm eine Hand auf die Brust. Kühner geworden, tat er das jetzt auch bei ihr und hörte sie scharf einatmen. Doch als er die Hand wieder zurückzog, klang sie ein wenig enttäuscht.

»Warum umarmst du mich nicht und küsst mich?«

Diesen Wunsch erfüllte Lothar ihr auf der Stelle. Während er sie mit den Armen umfing und ihr sanft über den Rücken strich, schmiegte sie sich an ihn wie ein Kätzchen. Sie roch gut, fand er und beschloss, kühner zu werden.

»Wenn wir uns vereinen wollen, musst du dich aufs Bett legen!«, sagte er mit gepresster Stimme.

Frauke gehorchte und zog ihn mit sich. Als sie sein Gewicht auf sich spürte, stöhnte sie kurz auf. Doch da stützte Lothar sich mit den Unterarmen ab und suchte mit seinen Lippen ihren Mund. Eine Zeitlang lagen sie so Haut an Haut, bis Lothar die Anspannung nicht mehr aushielt und sich zwischen ihre Beine schob. Frauke spreizte diese unwillkürlich, spürte, wie etwas gegen ihre empfindlichsten Teile drückte und dann langsam in sie eindrang.

Ein kurzer Schmerz brachte sie beinahe dazu, Lothar von sich wegzudrücken. Dann aber rief sie sich selbst zur Ordnung. Sie hatte beschlossen, sich ihm voll und ganz zu schenken, und das wollte sie tun. Außerdem ließ der Schmerz nach und machte einem gewissen Spannungsgefühl Platz, das sie jedoch nicht als unangenehm empfand. Nun gefiel es ihr sogar, sein Glied ganz in sich zu spüren. Als er sich langsam vor- und zurückbewegte, hätte sie ihn am liebsten gebeten, es etwas fester zu tun. Doch auch so stieg ihre Lust, und sie presste die Lippen zusammen, um nicht laut zu stöhnen.

Nach einer Weile glaubte sie, es nicht mehr aushalten zu können, doch in dem Augenblick sank er erschöpft auf ihr zusammen, und sie selbst wurde von einer Woge höchster Lust überschwemmt.

Das ist also die Liebe zwischen Mann und Frau, dachte sie, nachdem sie wieder etwas zu Atem gekommen war. Jetzt erschien es ihr kein Wunder, dass Eheleute jede Nacht zusammen sein wollten. Auch sie fühlte Sehnsucht danach, sich wieder mit Lothar zu vereinen. Das aber würden sie nur heimlich und auch nur selten tun können.

Ein wenig bedauernd kitzelte sie ihn unter der Achsel. »Wir sollten uns wieder anziehen und Licht machen, bevor Helm und Faustus zurückkommen.«

Lothar stand mit einem unwilligen Brummen auf, suchte im Halbdunkel sein Hemd und sein Kleid und streifte beides über. Danach half er Frauke, sich anzuziehen.

»Bei Gott, ich wollte, wir wären beide in der Fremde und könnten dort so als Mann und Weib leben, wie es Sitte ist«, sagte er bedauernd.

»Irgendwann ist das Ganze hier vorbei. Dann wirst du die Frauenkleider ablegen, und wir können vor einen Priester treten, so dass wir nicht nur vor Gott, sondern auch vor der Welt eins sein werden«, tröstete Frauke ihn.

»Das hast du schön gesagt. Ich bete zu Gott, dem Allmächtigen, dass es bald sein wird.« Mit einem Blick, der seine Geliebte liebkoste, stellte Lothar die Lampe wieder in die Mitte des

Raumes, zog sein Messer und begann, an einem Stück Lindenholz herumzuschnitzen. Es sollte ein Geschenk für Frauke werden. Etwas anderes konnte er ihr derzeit nicht geben.
»Was machst du?«, fragte Frauke neugierig.
»Ach, nichts, nur einen Löffel oder so etwas.« Lothar wich aus, um nicht von ihr ausgelacht zu werden. Immerhin war er kein gelernter Bildschnitzer, aber er hoffte trotzdem, dass ihr sein Geschenk gefallen würde, wenn es erst einmal fertig war.

4.

Obwohl Silke sich nie groß Gedanken darüber gemacht hatte, wie es sein würde, verheiratet zu sein, hatte sie sich ihre Brautnacht anders vorgestellt. Um nicht zu sündigen, hatte Jan Bockelson sich noch am Abend in einer schmucklosen Zeremonie mit ihr trauen lassen, und nun war sie eine der Ehefrauen des Propheten.
Silke korrigierte sich. Seit neuestem nannte Bockelson sich König. War sie damit eine Königin?, schoss es ihr durch den Kopf. Nein, das wohl nicht. Dieser Titel galt Gertrude von Utrecht, Bockelsons erster Ehefrau.
Schritte, die vor ihrer Kammer erklangen, ließen sie aufhorchen. Kurz darauf wurde die Tür geöffnet, und Jan Bockelson trat ein. Er hatte sich mit einem Pelzumhang gegen die abendliche Kühle gewappnet. Darunter blitzte eine Kette aus schwerem Gold hervor. Als er den Umhang ablegte, sah Silke, dass er ein Wams aus bestem Samt und ein Seidenhemd trug, dazu modische Kniehosen und enganliegende Strümpfe.
»Warum hast du dich noch nicht ausgezogen?«, fragte er tadelnd.
Erschrocken streifte Silke ihr Kleid über den Kopf. Beim Hemd zögerte sie, da die Kerzen die Kammer hell ausleuchteten. Sie schämte sich, sich jemandem nackt zeigen zu müssen, auch wenn dieser behauptete, ihr Ehemann zu sein. Doch so ganz konnte sie das angesichts der vielen Weiber, die Bockelson sich mittlerweile genommen hatte, nicht glauben.
Bockelson hatte sich inzwischen seines Wamses und seines Hemdes entledigt und zog nun auch die Hosen aus. Auf sei-

nen fordernden Blick hin legte Silke wie von einem fremden Willen gelenkt ihr Hemd ab. Der Mann musterte sie zufrieden.

»Du bist wahrlich eines Königs würdig. Leg dich hin!«

Silke tat dies und sah zu, wie er zu ihr aufs Lager stieg. Er war noch keine dreißig Jahre alt und ein großer, stattlicher Mann. Hätte der Vater ihn ihr nach altem Brauch als einziges Weib anvertraut, wäre sie wohl zufrieden gewesen. Nun aber war sie nur eine Frau unter einem Dutzend anderer und empfand es als entwürdigend, ihm zu Willen sein zu müssen. Sie wagte es jedoch nicht, sich gegen seine Zärtlichkeiten zu wehren, sondern ließ alles still über sich ergehen. Selbst als er ihre Schenkel auseinanderbog und zwischen sie stieg, entlockte ihr dies keinen Laut. Was danach kam, war im Allgemeinen die Pflicht, die ein Eheweib dem Gatten schuldete.

Silke kam es jedoch wie Hurerei vor, und ihr wurde schmerzlich bewusst, dass sie allzu leichtfertig über ihre eigenen Bedenken und die ihrer Schwester hinweggegangen war. Doch was hätte sie tun sollen, nachdem Bockelson sie für sich gefordert hatte? Sie ertrug ihn mit zusammengebissenen Zähnen und blieb liegen, als er sich nach einer Weile erhob und wieder ankleidete.

»Schreibe dir den heutigen Tag auf. Vielleicht hat Gott mir die Gnade erwiesen, einen Sohn mit dir zu zeugen«, erklärte er.

Silke begriff, dass er eine Antwort erwartete, und nickte. »Das werde ich tun, mein Herr!«

»Dann ist es gut!« Mit diesen Worten verließ Bockelson die Kammer, und sie blieb als Opfer vieler Zweifel zurück. Nun bedauerte sie, nicht auf eine Flucht aus Münster gedrängt zu haben. Wenn sie wenigstens selbst seine Königin geworden wäre. Doch so zählte sie nicht einmal zu den Hauptfrauen des Propheten, denn dieser Titel war den Töchtern und Schwestern von Bockelsons engsten Gefährten vorbehalten. Sie selbst war nur ein Kebsweib, das der Bibel nach kaum mehr galt als eine Dienerin.

5.

Die Verkündung der Vielweiberei und die rigorose Art, mit der Bockelson und seine Anhänger diese durchsetzten, blieben nicht ohne Folgen. Etliche Bürgersfrauen und -töchter flohen aus der Stadt. Viele Altbürger, aber auch zugewanderte Wiedertäufer, die noch den alten Idealen von einem einfachen, gottgefälligen Leben anhingen, sahen in der Forderung, sie sollten sich mehrere Ehefrauen zulegen, eine Sünde, die nur der Teufel dem Propheten und seinen Aposteln eingegeben haben konnte.
Zu diesen zählte auch Heinrich Gresbeck, und er sann nach, welchen Weg er einschlagen sollte. Da erinnerte er sich daran, dass Lotte und deren Freundin Frauke seiner Kritik bei den Ansprachen Bockelsons mehrmals zugestimmt hatten. Zwar hielt er wenig von Frauen, hoffte aber, dass die Männer, die sie geheiratet hatten, ähnlich dachten wie er. Aus diesem Grund suchte er deren Hütte auf, klopfte an und trat ein.
»Gott zum Gruß«, begann er.
»Gottes Segen«, antwortete Lothar, der auch von Helm und Faustus als Anführer der kleinen Gruppe anerkannt worden war.
Gresbeck nickte der vermeintlichen Lotte kurz zu und wandte sich dann an die beiden jungen Männer, die am Tisch saßen und ihre Mittagssuppe löffelten. »Was haltet ihr von den neuen Befehlen des Königs von Münster?«
»Du meinst, von Neu-Jerusalem«, korrigierte Lothar ihn angespannt.
»Ja, natürlich! Den meine ich«, sagte Gresbeck, ohne ihn wei-

ter zu beachten. »Was haltet ihr von der Vielweiberei, die Bockelson einführen will? Ich weiß nicht, ob das wirklich Gottes Wille ist.«

»Mir gefällt es auch nicht«, brachte Helm schließlich heraus. Gresbeck nahm es als Zeichen, dass er auf seiner Seite stand, und wies kurz zu Frauke und Lothar. »Ich würde gerne mit euch sprechen, aber ohne die Frauen.«

Damit brachte er Helm in Bedrängnis. Dieser hatte sich Lothars Führung anvertraut und wollte nicht ohne ihn mit Gresbeck reden. Schließlich rang er sich ein gequältes Lächeln ab. »Wir haben keine Geheimnisse vor unseren Frauen. Sie sind schweigsam, das kann ich dir versichern.«

Das Gesicht des Besuchers nahm einen abweisenden Zug an, doch Helm wollte nicht zurückstecken. »Du sprichst die Vielweiberei an, die der König befohlen hat. Wie ich schon sagte, gefällt sie weder mir noch meinem Freund Faustus. Als Gott die Weiber schuf, gab er ihnen scharfe Zungen. Das Gerede einer Frau kann ein Mann noch ertragen, das von mehreren jedoch nicht. Auch wird es zu Streit kommen und den häuslichen Frieden zerstören.«

»Außerdem führt es erst recht zu Unzucht und Hurerei«, mischte sich Faustus ein.

Heinrich Gresbeck nickte zustimmend. »Da habt ihr recht, und ich finde, wir sollten etwas dagegen unternehmen, damit wir nicht unser Seelenheil verspielen. Jan Matthys war wenigstens ein Prophet, der für das einstand, was er weissagte. Bockelson hingegen schwätzt heute so und morgen anders. Zuerst ernennt er zwölf Apostel, die uns ins Himmelreich führen sollen, dann setzt er sich selbst die Krone auf und lässt sich als Herrscher huldigen. Und nun sollen wir Männer wildfremde Weiber im Dutzend in unser Haus nehmen. Der Mann weiß doch nicht mehr, was er spricht!«

Die Kritik war hart, aber nicht falsch, sagte sich Lothar und mischte sich erneut ins Gespräch.

»Bockelson wird alle, die an ihn glauben, ins Verderben führen. Draußen werden die Belagerer von Tag zu Tag zahlreicher und schneiden immer mehr Wege ab, die nach Münster führen. Bald schon wird kein Sack Getreide und kein Huhn mehr in die Stadt gelangen. Wenn nicht Hunger und Krankheit hier herrschen sollen, muss Bockelson fallen.«

Gewohnt, dass Frauen in der Gemeinde schweigen und den Männern die Führung überlassen, musterte Gresbeck sie mit einem ärgerlichen Blick. »Lass die Männer reden!«

Lothar überlegte schon, ob er dem anderen zeigen sollte, dass er ein Mann war, doch da fühlte er Fraukes Hand mahnend auf seiner Schulter.

»Tu's nicht!«, raunte sie ihm zu. »Der Mann ist zu verbohrt in seinen Ansichten. Der würde denken, du hättest dich gegen Gottes Ordnung versündigt, und dich verraten.«

Die Warnung war berechtigt. Viele Täufer und auch die Lutheraner, die sich diesen angeschlossen hatten, besaßen ein engstirniges Weltbild und würden einen Mann, der sich als Frau verkleidet hatte und sich auch noch als Ehefrau eines anderen Mannes ausgab, als vom Teufel besessen ansehen. Das hatte er nicht bedacht, als er diesen Plan entworfen hatte.

Lothar sah ein, dass ihm nichts anderes übrigblieb, als mit Frauke zusammen die Hütte zu verlassen. Um nicht müßig draußen herumzustehen, holten sie Wasser vom Brunnen. Dort ging es an diesem Tag besonders laut zu. Einige Frauen schimpften darüber, dass Männer, die sie verabscheuten, sie nun als Ehefrauen forderten und dabei von den Gefolgsleuten des Täuferkönigs unterstützt wurden. Andere wiederum beklagten sich über ihre Mitehefrauen, die dumm und faul wären. Es gab allerdings auch Frauen, die Bockelson verteidigten.

»Vorher war ich eine Magd, die niemals hätte heiraten können, doch nun bin ich die erste Ehefrau eines Predigers unserer neuen Kirche und stehe damit über meiner ehemaligen Herrin«, erklärte eine stolz.

Eine andere drehte sich mit spöttischer Miene zu ihr um. »Und was hat es dir gebracht? Du musst immer noch das Wasser am Brunnen holen, genau wie früher!«

Streit und Gerede führten dazu, dass es eine Weile dauerte, bis Frauke und Lothar selbst Wasser schöpfen konnten. Mittlerweile schimpften die Frauen darüber, dass Bockelsons Leute immer weniger Lebensmittel herausgaben.

»Es ist gerade genug, dass man nicht verhungert«, rief eine empört. »Aber ihr braucht nicht zu glauben, dass die dort darben!« Sie wies auf den Prinzipalmarkt und den Domplatz, an denen die meisten Täuferführer wohnten.

»Frauke muss es doch wissen, denn ihre Schwester ist eines der Weiber im Harem des Großsultans von Münster.«

Gegen ihren Willen stand Frauke auf einmal im Mittelpunkt. Sie füllte ihren zweiten Eimer und sah sich dann mit einem gezwungenen Lächeln um.

»Wie ihr seht, muss auch ich das Wasser immer noch selbst vom Brunnen holen.«

Lothar bewunderte ihre Schlagfertigkeit, mit der sie allem Gerede die Spitze abgebrochen hatte. Um selbst gut Wetter bei den anderen Frauen zu machen, schöpfte er für eine schon ältere, skeletthaft magere Frau das Wasser und half auch einer Schwangeren, ihren Eimer zu füllen.

»Danke«, sagte die Schwangere und fasste nach ihrem Eimer. Da sie sich schwertat, nahm Lothar ihn ihr ab.

»Wartest du einen Augenblick auf mich, meine Liebe? Aber ich will dieser Frau helfen. Sonst kommt noch ihr Kind zu Schaden.«

»Ich warte«, antwortete Frauke und sah sich wenig später ihrer Stiefmutter gegenüber.

»Da bist du ja, du ungutes Ding! Was ist das für eine Mode, ohne den Willen und Segen des Vaters zu heiraten? Außerdem hättet ihr bei uns im Haus bleiben können. Jetzt muss ich die ganze Arbeit machen, weil deine Mutter keinen Finger rührt und auch noch betan werden will!«

»Wenn es Euch genehm ist, werde ich meine Mutter zu uns nehmen, Frau Katrijn!« Dieser Vorschlag kam Frauke wie von selbst über die Lippen. An die Mutter hatte sie über ihren eigenen Sorgen nicht gedacht, und das wollte sie wiedergutmachen.

Froh, Inken Hinrichs loszuwerden, nickte Katrijn zustimmend. Unter den noch unverheirateten Frauen der Stadt hatte sie bereits eine ausgesucht, die ihr aufs Wort gehorchte, und diese konnte sie Hinrichs noch am gleichen Tag als zweite Ehefrau ins Haus bringen.

Frauke wartete auf Lothars Rückkehr und fasste ihn, als er wieder auftauchte, am Arm. »Wir müssen Mutter holen. Ich lasse sie nicht bei diesem Weib zurück!«

Lothar warf Katrijn einen Blick zu und begriff, warum Frauke sich dazu entschieden hatte. Auch wenn Inken Hinrichs ihnen neue Probleme bescheren würde, wollte er seiner Geliebten diesen Gefallen tun.

»Das werden wir, meine Liebe. Wir bringen nur das Wasser nach Hause. Dann holen wir sie.«

»Je eher, desto besser!«, rief Katrijn dazwischen, doch weder Frauke noch Lothar beachteten sie.

Als die beiden nach Hause kamen, war Gresbeck immer noch da und redete auf Helm und Faustus ein. Aus diesem Grund beschlossen sie, sofort loszugehen und Fraukes Mutter zu holen.

Unterwegs fasste Frauke nach Lothars Hand. »Ich hoffe, du bist mir nicht böse deswegen?«

»Warum sollte ich das sein, mein Lieb? Deine Mutter hat es verdient, gut behandelt zu werden, schon weil du ihre Tochter bist.«

»Das hast du schön gesagt!« Frauke schenkte Lothar ein Lächeln und sagte sich, dass es auf der ganzen Welt keinen zweiten Mann wie ihn geben konnte. Er war klug und mutig – und vor allem liebte er sie. Wenn dieser Alptraum hinter ihnen lag, würden sie heiraten, miteinander Kinder in die Welt setzen und im Alter Hand in Hand auf der Bank sitzen und ihren Enkeln zusehen.

Frauke gluckste, als sie merkte, wie weit ihre Gedanken vorausgegriffen hatten. Zunächst galt es, in Münster zu überleben, und das würde schwer genug werden.

Am Haus ihres Vaters wartete Katrijn bereits an der Tür. »Da seid ihr ja endlich!«, sagte sie, als wären Frauke und Lothar stundenlang ausgeblieben. »Damit ihr es gleich wisst: Essen bekommt ihr von uns für das alte Gehöckels nicht!«

»Von dir würde ich nicht einmal ein Stück Brot annehmen – und wenn ich am Verhungern wäre!«, antwortete Frauke voller Verachtung und trat in die Kammer ihrer Mutter.

»Komm, wir bringen dich zu uns, dann musst du diese böse Frau nicht länger ertragen.«

Inken Hinrichs drehte ihr langsam den Kopf zu. »Ich sehe sie ohnehin nie.«

Voller Schrecken stellte Frauke fest, dass ihre Mutter in den letzten Tagen kaum etwas gegessen zu haben schien. Auch der Nachttopf, den sie bei ihrem letzten Besuch geleert hatte, war wieder übervoll.

»Es ist wirklich viel besser, wenn du mit uns kommst«, erklärte sie und fasste ihre Mutter resolut unter. Einen Augenblick lang schien es, als wolle diese sich sträuben. Dann aber gab sie dem Willen der Tochter nach und ließ sich hinausführen.

Katrijn folgte ihnen mit höhnischer Miene. »Damit ist der letzte Schmutz aus meinem Haus hinausgekehrt!«

Der Wunsch, die impertinente Frau zu ohrfeigen, wuchs in Frauke so stark, dass sie kaum an sich halten konnte. Erst als Lothar ihre Hand fasste und sie seinen warnenden Blick bemerkte, kehrte sie Katrijn den Rücken und führte die Mutter mit seiner Hilfe durch die Stadt.

Es gefiel Inken Hinrichs gar nicht, mit ihrem ausladenden Leib von anderen Leuten gesehen zu werden. Da sie nicht wusste, ob das Kind von ihrem Mann stammte oder von ihrem Vergewaltiger, hasste sie das Kleine, das sie ständig an die grauenhaften Stunden im Klosterkeller erinnerte.

Als sie an ihrem Heim ankamen, waren Helm und Faustus allein. Frauke atmete auf, denn sie hätte ihrer Mutter ungern zugemutet, auf der Straße warten zu müssen, bis Gresbeck gegangen war. So aber brachte sie sie mit Lothar zusammen in die Hütte und stellte ihr einen Stuhl hin.

»Komm, setz dich, Mutter. Hier wird dich keiner quälen«, sagte sie, half ihrer Mutter, sich zu setzen, und drückte sie kurz an sich.

»Was macht ihr?«, fragte Helm verständnislos.

»Wir haben Mutter geholt, denn Katrijn würde sie verhungern lassen.« Noch während sie es sagte, gab Frauke den Rest der Suppe, der eigentlich für das Abendessen vorgesehen war, in eine Schüssel, nahm einen Löffel vom Bord und reichte beides ihrer Mutter.

»Iss dich satt«, sagte sie lächelnd.

»Bist ein gutes Kind«, murmelte Inken Hinrichs und begann zu löffeln.

Lothar gesellte sich zu Helm und Faustus. »Was hat Gresbeck gesagt?«, fragte er leise.

Die beiden jungen Männer musterten Inken Hinrichs, die nun in ihrer Mitte weilen und ihre Gespräche mitbekommen würde, dann begann Helm leise mit seinem Bericht.

»Gresbeck und ein paar andere wollen sich zusammentun und ein Tor besetzen, um den Landsknechten des Bischofs den Weg in die Stadt zu öffnen. Sie verlangen dafür völliges Pardon für sich, ihre Familien und ihre Verwandten und Freunde.«

»Das ist endlich eine gute Nachricht!«, antwortete Lothar und ärgerte sich, weil er selbst nicht hatte dabei sein können. Doch Gresbeck und dessen Freunde würden weder eine Frau unter sich dulden noch sich mit einem Mann zusammentun, der monatelang als Frau unter ihnen gelebt hatte.

6.

Auch wenn Lothar nicht in eigener Person an der Verschwörung teilnehmen durfte, so wurde er durch Helm und Faustus auf dem Laufenden gehalten. Etlichen Männern erschien Bockelsons Handeln nicht mehr mit der Heiligen Schrift vereinbar, und sie wollten ihn stürzen. Anführer der Gruppe wurde zu seinem eigenen Leidwesen nicht Heinrich Gresbeck, sondern Heinrich Mollenhecke. Dieser wusste, dass seine Gruppe rasch handeln musste, wenn sie nicht Verrat fürchten wollte. Um Waffen brauchten sie sich nicht zu sorgen, denn die Täuferführer hatten jeden Mann in der Stadt bewaffnet, um die Mauern verteidigen zu können. Zudem hatte sich ihnen auch der ehemalige Brackensteinsöldner Arno angeschlossen, da ihm Bockelsons selbstherrliches Auftreten und das seiner engsten Vertrauten immer stärker missfiel und er ebenfalls der Meinung war, ein Mann dürfe nur eine Frau heiraten.

»Gott der Herr hat Eva für Adam geschaffen, auf dass beide als Paar zusammenleben sollten«, erklärte er am Abend des Tages, an dem die Verschwörer bei Nacht das Servatiustor stürmen wollten. »Hätte Gott gewollt, dass ein Mann mehrere Weiber ehelicht, hätte er Adam eine zweite und eine dritte Gefährtin gegeben. Doch das hat er nicht.«

Faustus empfand bereits eine Ehefrau als zu viel und stimmte ihm lebhaft zu. Auch Gresbeck, Mollenhecke und die anderen waren dieser Ansicht. Ihre Gruppe bestand aus etwas mehr als dreißig Mann. Weitere Verschwörer wollten sich ihnen beim Marsch auf das Tor anschließen. Daher hielt Mollenhecke seine Schar für groß genug, um die Servatipforte so lange zu halten, bis die Landsknechte des Bischofs in die Stadt eindringen konnten.

Da Arno über die meiste Erfahrung im Kampf verfügte, erklärte er den Männern noch einmal, wie sie vorgehen sollten. Als die Gruppe aufbrechen wollte, platzte Helm in die Versammlung.

»Der König und seine engsten Gefolgsleute haben sich im Rathaus versammelt«, meldete er.

»Was sagst du?« Mollenhecke erschrak, denn dies konnte bedeuten, dass ihre Feinde bereits von der geplanten Verschwörung Wind bekommen hatten und nun Maßnahmen ergriffen, um diese zu unterbinden.

»Bockelson, Knipperdolling und mehrere andere sind bei ihm und haben nur ein paar Bewaffnete bei sich.«

»Dann sind die anderen zur Servatipforte, um diese zu sichern. Wir sind verloren!« Für Augenblicke verlor Mollenhecke die Fassung. Dann aber sah er Helm fragend an. »Du sagst, Bockelson hätte nur wenige Männer bei sich?«

»Ja, weniger, als diese Gruppe hier zählt.«

Ohne weiter auf Helm zu achten, wandte Mollenhecke sich an die anderen Verschwörer. »Wenn wir jetzt versuchen, das Servatiustor zu stürmen, laufen wir wahrscheinlich ins Verderben. Daher werden wir anders vorgehen.«

»Und wie?«, fragte Arno, dem es gar nicht passte, dass Mollenhecke den von ihm ausgearbeiteten Plan so einfach über den Haufen werfen wollte.

»Der Feind erwartet uns gewiss am Tor, um uns zu vernichten. Stattdessen wenden wir uns dem Rathaus zu, erstürmen es und nehmen Bockelson und sein Gefolge gefangen. Dann sind wir die Herren der Stadt! Als solche können wir mit dem Bischof verhandeln, zu welchen Bedingungen wir ihm die Tore der Stadt öffnen. Das bringt uns mehr, als wenn wir gleich seine Landsknechte hereinlassen und uns ihm auf Gnade und Ungnade ausliefern.«

»Das ist wahr«, stimmte Gresbeck ihm zu. »Wenn wir Bockelson und seine Mitschurken in die Hand bekommen, sind wir die Sieger. Der Bischof muss dann auf jeden Fall die Gleichberechtigung der Lehre Luthers garantieren. Wenn wir einfach nur das Tor aufmachen, dürfen wir hinterher im Dom den römischen Pfaffen die Füße küssen. Ich bin dabei!«

»Ich auch!«, »Ich auch!«, klang es aus der Gruppe.

Faustus sah Helm fragend an. »Was meinst du?«

»Mir gefällt das nicht. Es hört sich viel zu leicht an.« Er wandte sich an die anderen. »Was ist, wenn die übrigen Anführer der Wiedertäufer keine Rücksicht auf Bockelson nehmen, sondern uns angreifen?«

»Das glaube ich nicht«, erklärte Mollenhecke. »Immerhin hat Bockelson sich zum König der Wiedertäufer ernannt. Zu was sollte sich ein möglicher Nachfolger ernennen, zum Kaiser oder gar zu Gott selbst?«

Diese Worte brachten die meisten Männer zum Lachen. In Helm machte sich ein schales Gefühl breit, aber er wollte sich nicht ausschließen. Daher folgten er und Faustus den anderen, als diese sich auf Schleichwegen dem Rathaus näherten.

Mollenhecke hatte mehrere Männer losgeschickt, um die übrigen Verschwörer zum Markt zu rufen. Während sie auf diese warteten, ließen sie die Zugänge zum Rathaus nicht aus den Augen. Aber es deutete nichts darauf hin, dass die Täuferführer einen Angriff erwarteten oder selbst etwas unternehmen wollten.

»Wir sollten lieber doch das Tor stürmen und die Bischöflichen hereinlassen«, raunte Helm Faustus zu.

Der nickte verkniffen. Es war etwas anderes, mit großer Übermacht das halbe Dutzend Wächter an der Servatipforte zu überwältigen und den Landsknechten den Rest zu überlassen, als selbst mitten in der Stadt einen Aufstand zu wagen.

»Das wäre sicher auch Lothars Meinung. Ich wollte, er wäre

hier!« Noch vor wenigen Wochen wären diese Worte niemals über Faustus' Lippen gekommen.

Helm nickte heftig. »Da hast du recht! Andererseits würden Mollenhecke und die anderen niemals auf ihn hören.«

»Wir stürmen!« Mollenheckes Befehl beendete die kurze Unterhaltung der beiden Freunde.

Als die Gruppe auf das Rathaus zueilte, hielten Faustus und Helm sich im Hintergrund. Auch der Söldner Arno ließ die meisten an sich vorbeirennen, bevor er sich anschloss, während Gresbeck über ein Loch im Pflaster stolperte und dadurch von den anderen überholt wurde.

Die wenigen Wachen vor dem Rathaustor waren rasch überwältigt. Dann drangen die Verschwörer mit Mollenhecke an der Spitze in das Gebäude ein. Zunächst wusste keiner von ihnen, wo Bockelson zu finden war. Da öffnete sich eine Tür, und Knipperdolling blickte heraus, um nachzusehen, was der Lärm bedeutete.

»Dort sind sie!«, rief Mollenhecke jubelnd und hielt Knipperdolling das Schwert an die Kehle. Der Statthalter des Königs von Neu-Jerusalem griff zwar noch zur eigenen Waffe, brachte sie aber nicht mehr aus der Scheide. Als er sah, dass Widerstand zwecklos war, hob er die Hände.

Wenig später hatten die Verschwörer auch Jan Bockelson festgesetzt. Anderen Anhängern des Königs von Neu-Jerusalem gelang es jedoch, durch einen Hinterausgang zu fliehen. Gleichzeitig klangen draußen Alarmrufe auf, und vom Turm der Lambertikirche rief das Signalhorn die Wiedertäufer zusammen.

»Das sieht nicht gut aus«, murmelte Helm, während die anderen bereits den Sieg errungen glaubten und ihre Gefangenen in den Stadtsaal schleppten.

»Jetzt ist's aus mit dir, du Sultan mit den tausend Weibern!«, verhöhnte einer Bockelson und fuchtelte mit einem Dolch vor dessen Gesicht herum.

»Was wollt ihr?«, fragte der selbsternannte König.
Mollenhecke baute sich breitbeinig vor ihm auf: »Dich und die Deinen zum Teufel jagen, auf dass wieder ein christliches Leben in unser Münster zurückkehrt.«
»Ihr werdet selbst zur Hölle fahren und für alle Zeiten von tausend Teufeln mit eisernen Dornen gepeitscht werden!« Obwohl Bockelson wusste, dass sein Leben an einem seidenen Faden hing, versuchte er, sein Gegenüber niederzubrüllen.
Bernd Knipperdolling musterte unterdessen die Verschwörer, als wolle er sich jedes Gesicht genau einprägen. Aus einem unbestimmten Gefühl heraus wollte Helm nicht von ihm gesehen werden und zog Faustus ebenfalls aus dem Saal hinaus. Dort trafen sie auf Gresbeck, der ebenso wie Arno den Raum nicht einmal betreten hatte. Als die beiden jungen Männer jetzt auf ihn zutraten, fragte er: »Haben sie den König so weit, dass er abdankt?«
»Davon war bis jetzt nicht die Rede. Mollenhecke und Bockelson drohen einander, dass der jeweils andere zur Hölle fahren wird.«
»Bei Gott, davon wird unsere Situation auch nicht besser! Draußen laufen die ganzen Ketzer zusammen, und hier geschieht nichts.« Arno hatte es kaum gesagt, als es vor dem Haus laut wurde.
»He, ihr da drinnen! Wenn unserem König etwas geschieht, werden wir jeden Einzelnen von euch auf eine Weise zu Tode foltern, wie es die Welt noch nicht gesehen hat!«
»Die Kerle meinen es ernst!«, knurrte Arno. »Es war ein Fehler, hierherzukommen. Hier sitzen wir wie eine Maus in der Falle.«
»Aber sie werden doch nicht angreifen, solange wir ihren König gefangen halten?«, sagte Faustus verwundert.
Bisher war er nur dann mutig gewesen, wenn es gegen Schwächere gegangen war. Nun aber standen sie mit weniger als hundert Mann gegen mehr als tausend.

»Das geht schief!«, prophezeite Arno. Als erfahrener Söldner hatte er ein Gespür für Gefahr entwickelt und war nicht bereit, wegen der Dummheit anderer ein frühes Ende zu nehmen. »Noch können wir durch den Keller raus. Wer zurückbleibt, muss sehen, wie er zurechtkommt.«

»Damit lassen wir die anderen im Stich«, wandte Helm ein.

»Wären die Kerle beim ursprünglichen Plan geblieben, sähe die Sache anders aus. Da hätten wir Hoffnung auf Hilfe. Hier müsste schon Gott selbst eingreifen, und ich wette einen Jahressold, dass er das nicht tut.«

Ohne auf die anderen drei zu achten, stieg Arno die Treppe in den Keller hinab und lief zur Rückseite des Gebäudes. Dort öffnete er eine unauffällig angebrachte Tür, von der aus eine schmale Treppe nach oben führte, und stieg vorsichtig hinauf. Nach wenigen Schritten drückte er sich um eine Ecke und schloss sich einer Gruppe Bewaffneter um Heinrich Krechting an, der inzwischen das Kommando über die Täufer übernommen hatte.

Helm und Faustus blieben noch einen Augenblick auf dem Flur stehen und sahen einander an. Wie auf ein unhörbares Kommando rannten sie dann hinter dem Söldner her und gelangten ebenfalls ins Freie. Ihnen folgte Heinrich Gresbeck, der gerade noch rechtzeitig zu den beiden jungen Männern aufschloss. Nur Augenblicke später eilten bewaffnete Wiedertäufer herbei, um auch diese Pforte zu bewachen. Gresbeck, Helm und Faustus blieb nichts anderes übrig, als sich diesen anzuschließen. Doch sie hielten sich im Hintergrund und beteten insgeheim, dass Mollenhecke mit seinen Verschwörern Bockelson und Knipperdolling zum Aufgeben bewegen konnte.

7.

Vor lauter Anspannung hatten Frauke und Lothar es in der Hütte nicht mehr ausgehalten und waren auf Umwegen in die Nähe des Servatiustores gelangt. Dort wollten sie die bischöflichen Landsknechte in Empfang nehmen und diesen klarmachen, wen sie verschonen mussten. Doch die Zeit verstrich, und von Mollenheckes Truppe war weit und breit nichts zu sehen.

»Verstehst du das?«, fragte Frauke verwundert.

»Nein! Dabei ist die Zeit, zu der sie das Tor besetzen wollten, längst vorüber. Es wird doch nichts dazwischengekommen sein?« Kaum hatte Lothar den Satz beendet, da erscholl aus der Richtung, in der das Rathaus lag, wildes Gebrüll.

»Dort muss etwas passiert sein!« Frauke rannte los, ohne darauf zu achten, ob Lothar mit ihr kam.

Der blickte noch einmal enttäuscht auf das Tor, das längst von den eigenen Leuten hätte besetzt sein sollen, und folgte dann seiner Geliebten mit dem Gefühl, dass der Teufel wieder einmal die Hand im Spiel gehabt haben musste. Erst kurz vor dem Rathaus holte er Frauke ein, die stehen geblieben war und erschrocken auf die Bewaffneten starrte, die hier zusammengelaufen waren.

»Was ist denn hier los?«, fragte Lothar einen Mann, der an ihm vorbeieilte.

»Ein paar Verräter haben den König und seinen Statthalter in ihre Gewalt gebracht. Aber das wird ihnen nichts nützen. Das Rathaus ist umzingelt, und wenn dem König auch nur ein Haar gekrümmt wird, werden diese Hunde es bereuen.«

Frauke zog Lothar ein paar Schritte beiseite. »Verstehst du, was hier geschehen ist?«

»Nicht im Geringsten!«

Da entdeckte er Helm und Faustus, die wie geprügelte Hunde wirkten und sich angespannt umschauten. Er fasste Fraukes Hand und zog sie hinter sich her auf Helm zu.

Dieser zuckte erschrocken zusammen, als Lothar ihn anstupste, und erkannte erst dann seine angebliche Frau. Da er seine Schwester auftauchen sah, atmete er erleichtert auf.

»Was ist hier los?«, fragte Lothar.

Helm schüttelte verzweifelt den Kopf. »Wir standen bereit, um zur Servatipforte zu gehen. Doch als ich Mollenhecke berichtete, Bockelson und Knipperdolling hätten sich mit einigen Gefolgsleuten zum Rathaus begeben, änderte er den Plan und wollte beide gefangen nehmen.«

»Dieser Narr! Nun sitzt er wie eine Ratte in der Falle. Die Männer, die gegen ihn stehen, glauben, im Namen Gottes zu handeln, und werden eher sterben, als auf seine Bedingungen einzugehen.« Lothar sprach fast zu laut und musste von Fraukes Rippenstoß daran erinnert werden, dass sich eine größere Schar Wiedertäufer in ihrer Nähe aufhielt.

»Na ja, wenigstens seid ihr gescheit genug gewesen, um bei diesem unsinnigen Vorhaben nicht mitzumachen«, sagte er um einiges leiser.

Helm zog beschämt den Kopf ein. »Wir haben mitgemacht! Doch als Arno sagte, die Sache würde schiefgehen, und sich aus dem Rathaus geschlichen hat, sind wir ihm gefolgt.«

»Das war das Klügste, was ihr tun konntet. Seht nur!« Damit zeigte Lothar auf eine Gruppe von Männern, die eben eine Kanone über den Markt heranschleppten.

Sie beobachteten, wie Heinrich Krechting die Verhandlungen mit den Verschwörern aufnahm. Dabei stellte er sich provozierend vor das Rathaus, die Rechte auf den Schwertgriff gestützt, und forderte Mollenhecke und seine Mitver-

schwörer auf, Bockelson und Knipperdolling unverzüglich freizugeben.
»Tut ihr es nicht, werden wir das Rathaus stürmen und jeden von euch niedermachen. Dasselbe geschieht, wenn unserem König und seinem Statthalter auch nur ein Haar gekrümmt worden ist«, drohte er.
Nun stellte Mollenhecke seine Bedingungen. »Wir verlangen freien Abzug für uns und alle unsere Familienangehörigen und Freunde.«
»Hoffentlich gehen sie darauf ein«, flüsterte Frauke.
Lothar schüttelte den Kopf. »Das sind Fanatiker und auf ihre Art ebenso verbohrt wie der Inquisitor Jacobus von Gerwardsborn. Wenn Bockelson stirbt, ernennt sich der Nächste zum König.«
Weiter vorne hob Heinrich Krechting drohend das Schwert. »Ihr seid nicht in der Position, Forderungen stellen zu können. Entweder ihr übergebt uns umgehend unseren König und alle, die ihr gefangen haltet, oder wir eröffnen das Feuer mit der Kanone.«
»Aber dann tötet ihr auch die, die ihr befreien wollt«, rief Mollenhecke entsetzt.
»Das Leben jedes Menschen liegt in Gottes Hand. Er bestimmt die Stunde unserer Geburt und die unseres Todes. Sollte unser König hier als Märtyrer unserer Sache sterben, nehmen Gott der Herr und unser Herr Jesus Christus ihn an die Hand und geleiten ihn ins Himmelreich. Von dort wird er zusammen mit dem Heiland herabsteigen, um über uns zu herrschen für alle Zeit.«
Krechting war kein Theologe, sondern ein geachteter Beamter im Fürstbistum gewesen, bevor er sich der täuferischen Lehre zugewandt hatte. Mittlerweile aber hatte er von Bernhard Rothmann und den anderen Predigern genug gehört, um zu wissen, dass er vor einem Feind nicht einknicken durfte. Daher gab er Befehl, die Kanone zu laden und auf das Rathaustor zu richten.

»Bewacht alle Ausgänge«, rief er mit lauter Stimme. »Lasst keinen heraus! Jeder, der fliehen will, wird niedergemacht!«
Es konnte kein Zweifel daran bestehen, dass er es bitterernst meinte. Nun rief er auch noch die Handbüchsenschützen auf dem Marktplatz zusammen, um das Feuer auf die Fenster des Rathauses zu eröffnen.
Als diese aufmarschierten, sah Frauke ihren Vater unter ihnen. Hinner Hinrichs hatte zwar nur wenig Erfahrung mit dem ungewohnten Schießgerät, lud es aber genauso wie die anderen und legte es auf die Stützgabel. Jeden Augenblick konnte die erste Salve knallen.
Da drang erneut Mollenheckes Stimme aus dem Rathaus heraus. »Halt, schießt nicht! Wir sind bereit, den König und Knipperdolling freizulassen, wenn ihr uns im Gegenzug Pardon versprecht. Sonst ist es für uns besser, zu kämpfen und zu sterben.«
»Jetzt möchte ich nicht in Heinrich Krechtings Haut stecken«, spottete Lothar.
»Weshalb?«, wollte Helm wissen.
Anstelle von Lothar gab Frauke Antwort. »Er hat die Wahl, Bockelson und die anderen zu opfern und zu versuchen, selbst der neue König der Wiedertäufer zu werden, oder aber er verspricht Pardon und rettet diese, bleibt dafür aber einer von vielen in Bockelsons Hofstaat.«
»So ist es«, stimmte Lothar ihr zu.
Krechting war mittlerweile zu einem Entschluss gekommen. »Also gut, ihr erhaltet Pardon! Lasst jetzt den König und sein Gefolge frei und kommt anschließend ohne Waffen und mit erhobenen Händen heraus.«
»Ich würde es nicht tun«, sagte Frauke und schüttelte sich unter einer Vorahnung.
Heinrich Mollenhecke und seine Mitverschwörer schienen es anders zu sehen, denn sie öffneten die Rathaustür. Jan Bockelson trat als Erster ins Freie und wurde vom Jubel seiner An-

hänger begrüßt. Knipperdolling folgte ihm mit düsterer Miene. Beide traten auf Krechting zu und redeten auf ihn ein. Allerdings waren Frauke, Lothar und die anderen zu weit entfernt, um etwas verstehen zu können.

Krechting nickte und bedeutete seinen Bewaffneten, den Platz vor dem Rathaustor zu räumen. »Ihr könnt jetzt herauskommen!«, rief er den Verschwörern zu.

Als Erster kam Mollenhecke, der sich unsicher umschaute und nicht zu begreifen schien, was schiefgelaufen war. Von denen, die ihm folgten, sahen einige so aus, als hätten sie die Sache lieber bis zum bitteren Ende durchgestanden. Zuletzt versammelten sich etwa fünfzig unbewaffnete Leute vor dem Rathaus, von denen die meisten sichtlich hofften, es würde doch noch alles gut ausgehen.

Mit einem scharfen Blick musterte Krechting die Gruppe. »Sind noch welche von euch im Rathaus?«

»Nein«, antwortete Mollenhecke, obwohl er nicht darauf geachtet hatte, ob alle mit ihm gekommen waren.

»Gut!« Krechting trat zurück und sah kurz zu Bockelson hin, der unmerklich nickte und dann das Wort erhob: »So spricht der Herr, unser Gott: Ein Versprechen den Feinden des wahren Glaubens gegenüber ist null und nichtig. Straft daher die, die es gewagt haben, Hand an den Stellvertreter unseres Herrn Jesus Christus auf Erden zu legen.«

Mit grimmiger Miene wandte Krechting sich den Handbüchsenschützen zu. »Ihr habt den König gehört. Gebt Feuer!«

»Nein! Ihr habt doch ...«, schrie Heinrich Mollenhecke entsetzt auf.

Dann erstickte die Salve der Schützen jedes weitere Wort. Die meisten Verschwörer sanken getroffen zu Boden. Viele waren tot, aber etliche nur verwundet. Daher ließen Bockelson und Knipperdolling sich Schwerter reichen und streckten jeden nieder, der sich noch rührte. Um zu verhindern, dass einer sich tot stellte, befahl Bockelson, allen die Köpfe abzuschlagen. Dann verließ er samt seinem engsten Gefolge den Platz.

Frauke starrte ihm nach und fühlte nun erst, dass sie schon die ganze Zeit zitterte. Neben ihr fluchte Lothar leise vor sich hin. Ihm war klar, dass dies die letzte Möglichkeit gewesen war, die Macht der Wiedertäufer in Münster zu brechen. Doch mit ihrem unvernünftigen Vorhaben, Bockelson zu fangen und mit ihm die anderen zu erpressen, hatten Heinrich Mollenhecke und seine Männer ihre Chancen sinnlos aus der Hand gegeben und dafür mit dem Leben bezahlt.

»Gehen wir nach Hause«, sagte Lothar.

Während sie durch die nächtlichen Gassen schritten, lachte er auf einmal bitter auf.

»Was ist?«, fragte Frauke besorgt.

»Ich habe nur daran gedacht, dass Bockelson ein Narr war, seiner Rachsucht nachzugeben. An seiner Stelle hätte ich die Verschwörer gefangen genommen und verhört, um zu erfahren, wer noch mit ihnen im Bunde steht. Nun kann keiner mehr verraten, dass Helm und Faustus mit im Rathaus waren.«

»Zwei können es«, wandte Helm ein, »nämlich Arno und Gresbeck!«

»Die beiden werden schon aus eigenem Interesse schweigen«, antwortete Lothar und hoffte, dass er sich nicht irrte.

8.

Die rigorose Art, mit der Bockelson die Verschwörer hatte niedermachen lassen, brach jeglichen Anflug von Widerstandsgeist in Münster. Die Einwohner wussten nun, wie man mit ihnen verfahren würde, wenn sie den Zorn des selbsternannten Königs auf sich lenkten. Wer bislang noch heimlich darüber geschimpft hatte, wie Rothmann und Bockelson die Heilige Schrift auslegten, hielt von da an selbst in der Familie den Mund. Die Frauen, die am Brunnen jeden Morgen das Wasser holten, wagten es nicht einmal mehr, über die immer schlechter werdende Versorgungslage zu sprechen.

An der Gesamtsituation änderte sich kaum etwas. Die Truppen des Bischofs belagerten weiterhin die Stadt und begannen, sich im Schutz eines Erdwalls der Stadtbefestigung zwischen dem Hörster- und dem Mauritztor zu nähern. Gleichzeitig feuerten die Belagerer aus etlichen Kanonen, um zu verhindern, dass die Wiedertäufer Gegenmaßnahmen ergreifen konnten.

Allerdings verfügten die Verteidiger über weit mehr Geschütze als die Truppen des Bischofs, und so starben viele der zu den Schanzarbeiten gezwungenen Bauern und Landsknechte durch gezieltes Feuer aus der Stadt. Auch Heinrich Krechtings Handbüchsenschützen nahmen die Schanzarbeiter immer wieder aufs Korn.

Helm, der zu den Verteidigern gehörte, die bereitstehen sollten, falls ein Ausfall befohlen wurde, begegnete an dieser Stelle seinem Vater. Im Gegensatz zu diesem war er nur mit einem Spieß und einem kurzen Schwert bewaffnet.

Hinner Hinrichs bedachte seinen Sohn mit einem missbilligenden Blick. »So sieht man dich wieder, du Lump! Was ist das für eine Art, sich ein Weib ohne den Segen des eigenen Vaters zu nehmen? Wenn es wenigstens ein Mädchen mit Einfluss gewesen wäre. Aber so bist du an irgendeinem Landtrampel hängengeblieben! Frauke ist genauso dumm wie du, allerdings kann ihr Student, wenn er sich von Herrn Rothmann, dem Worthalter unseres erhabenen Königs, ausbilden lässt, ein Prediger unserer Sache werden. Dagegen lobe ich mir meine Silke. Die war wenigstens gescheit genug, sich den fettesten Bissen zu angeln, den es auf der Welt gibt, nämlich Seine Majestät persönlich.«

Helm stellte erstaunt fest, dass ihn das Schimpfen und die Vorwürfe seines Vaters kaltließen und die Angst vor ihm geschwunden war. Nun sah er Hinner Hinrichs so, wie Außenstehende es taten, als einen Mann ohne besondere Gaben und ohne Mut, der durch seine Unentschlossenheit den Tod des ältesten Sohnes verschuldet hatte. Auch wären die Mutter und die Schwestern beinahe durch dessen Zaudern umgekommen.

»Was ist? Warum sagst du nichts? Ich bin dein Vater!«, fuhr Hinrichs ihn an.

Helm zuckte mit den Achseln. »Was soll ich sagen? Ich muss achtgeben, ob der Hauptmann uns den Befehl zum Ausfall erteilt.«

Hinrichs' Gesicht lief dunkelrot an. »Du! Du nichtsnutziger ... Du bist mir Gehorsam schuldig!«

»Gehorsam schulde ich meinem Hauptmann Arno und meinem König Jan. Du bist nur ein einfacher Soldat wie ich.« Mit diesen Worten kehrte Helm seinem Vater den Rücken zu.

Dieser starrte seinen Sohn an und konnte es kaum glauben, dass Helm ihn offen missachtete. Als er erneut lospoltern wollte, erinnerte er sich daran, dass die ganze Familie einschließlich seiner ersten Frau sein Haus verlassen hatte und er jetzt dort mit Katrijn und einer unansehnlichen Friesin mittleren Alters zusammenlebte. Bei dem Gedanken verspürte er mit einem Mal tiefe Sehnsucht nach einer Zeit, in der Inken, Helm, Silke, Haug und auch Frauke um ihn gewesen waren. Selbst zum Gürtelschneiden war er hier in Münster kaum mehr gekommen, und wenn er sein Handwerk ausgeübt hatte, dann nur, um die angeworbenen Söldner und die bewaffneten Bürger auszurüsten.

Da Helm nichts weiter befohlen wurde, stieg er auf die Mauer und gesellte sich zu Frauke und Lothar, die gleich etlichen anderen beobachteten, wie die Bauern und Landsknechte des Bischofs den Wall aus Erde und Weidengeflecht weiter auf die Wehranlagen zutrieben. Hinter Schanzkörben verborgene Schützen nahmen die Verteidiger auf der Mauer aufs Korn, und im Hintergrund war ein schwarzgekleideter Reiter auf einem schwarzen Maultier zu sehen.

Bei diesem Anblick schauderte es Frauke. »Kann das Gerwardsborn sein?«, fragte sie Lothar.

Dieser beschattete die Augen und spähte nach vorne. »Der Reiter sieht so aus wie der Inquisitor. Aber Gerwardsborn wollte doch nach Rom reisen und kann von dort noch nicht zurück sein.«

»Und wenn er nicht nach Rom gereist, sondern hierhergekommen ist?« Frauke spürte einen harten Knoten im Magen. Sollte der Kirchenmann dort drüben tatsächlich Jacobus von Gerwardsborn sein, so hatten die Wiedertäufer das Schlimmste zu befürchten. Bestimmt würde der Inquisitor keinen Unterschied zwischen denen machen, die hier die Macht ergriffen oder den Propheten zugejubelt hatten, und jenen, die gezwungen worden waren, Lippenbekenntnisse abzulegen.

»Ich wünschte, Münster könnte sich gegen die Belagerer behaupten«, flüsterte sie unwillkürlich.

Lothar sah sie erstaunt an, erfasste dann ihre Angst und blickte noch einmal zu dem schwarzen Reiter hinüber. Nun erkannte er ihn an seinen Gesten. Es war tatsächlich der Inquisitor, der Fraukes älteren Bruder hatte verbrennen lassen. Gerwardsborns Anwesenheit stellte gewiss ein großes Problem für den Bischof dar, denn von nun an würden auch jene Bürger aus Münster, die sich den Wiedertäufern gezwungenermaßen angeschlossen hatten, ihre Stadt mit Zähnen und Klauen verteidigen. Mit dem Bischof hätten sie verhandeln und notfalls um Gnade bitten können. Mit einem Mann wie Gerwardsborn war dies unmöglich.

»Wir hätten fliehen sollen«, sagte Lothar bitter.

Frauke wagte es nicht, noch einmal in die Richtung des Inquisitors zu sehen, sondern starrte auf die vielen Menschen, die den großen Erdwall auf die Stadt zu schaufelten. Sie sind wie die Ameisen, dachte sie. In dem Moment wurde eine Kanone auf dem Turm von Sankt Lamberti abgefeuert. Das Geschoss schlug oben in die Krone des Erdwalls ein und riss mehrere Arbeiter in Stücke. Entsetzt schloss Frauke die Augen. Als sie diese wieder öffnete, sah sie auf dem Erdwall einen Mann, der in großer Eile einen Verletzten barg.

»Draas!« Trotz seiner Soldatenkleidung hatte sie den einstigen Stadtknecht ihrer Heimatstadt erkannt. Ihn auf der Seite der Feinde zu sehen, schmerzte sie.

Auf ihren Ruf hin suchte jetzt auch Lothar nach Draas, doch der hatte den Verletzten bereits in Deckung gezogen. Sogleich setzte ein heftiger Beschuss aus Handbüchsen ein, der nicht nur den bewaffneten Bürgern, sondern auch den Zuschauern auf der Mauer galt.

Frauke stieß einen Entsetzensruf aus, als unweit von ihr Mieke Klüdemann mit einem erstickten Aufschrei zusammensank. Aus der Brust der Frau quoll es rot hervor.

»Wir müssen hier weg!«, rief Lothar und zog sie in Richtung der nächsten Treppe. Da alle Zuschauer diesem Aufgang zustrebten, gerieten sie in Gefahr, von der panischen Menge von der Mauer gestoßen zu werden. Lothar setzte die Ellbogen ein, um sich und Frauke zu schützen. Gleichzeitig zielten immer noch bischöfliche Schützen auf die Menschen, die sich auf der Mauer befanden. Als ganz in der Nähe eine Frau getroffen wurde und im Schreck fehltrat, griff Frauke rasch genug zu und verhinderte, dass die andere in die Tiefe stürzte. Erst als sie ihr den Arm unter der Achsel hindurchsteckte, um sie zu stützen, sah sie, dass es sich um Katrijn handelte. Obwohl sie die Frau am liebsten liegen gelassen hätte, half sie ihr, in Sicherheit zu kommen.

»Danke!« Katrijn sah aus, als würde sie an diesem Wort ersticken. Doch noch war sie nicht außer Gefahr, denn das Blut sprudelte wie ein kleines Bächlein aus einer Wunde knapp unter dem Schlüsselbein.

»Hoffentlich hat es nicht die Schlagader getroffen«, sagte Frauke, während sie einen Stoffstreifen aus ihrem Unterrock riss, um Katrijn zu verbinden.

»Holt einen Wundarzt! Ich darf nicht sterben! Nicht jetzt, da unser Herr Jesus Christus bald vom Himmel steigen wird!«, kreischte Katrijn mit einer Stimme, die kaum noch Menschliches an sich hatte.

»Versuch, sie zu beruhigen«, bat Lothar Frauke und eilte los, um einen Arzt zu suchen.

Als er am Haus des ersten Wundarztes anklopfte, kam eine von dessen Frauen zur Tür und sah ihn fragend an. »Was willst du?«

»Wir brauchen den Arzt«, erklärte Lothar. »Eine Frau ist verletzt.«

»Das mag sein«, gab die andere ungerührt zurück. »Nur ist mein Mann damit beschäftigt, unsere verwundeten Krieger zu versorgen. Auch die anderen Ärzte und alle Bader und Hebammen tun das. Um ein Weib kann sich hier keiner kümmern. Wenn es Gott gefällt, wird sie am Leben bleiben, wenn nicht, stirbt sie eben. Ein Soldat, der kämpfen kann, ist nun einmal wichtiger.«

Ungläubig starrte Lothar die Frau an, rannte aber, als sie ihm die Tür vor der Nase zuschlug, weiter zum Mauritiustor, um dort nach einem Arzt zu fragen. Doch der Offizier, den er ansprach, erklärte ihm dasselbe wie die Frau. Alle Männer und Frauen, die Kenntnisse in der Heilkunst besaßen, wurden gebraucht, um die vom feindlichen Feuer verwundeten Soldaten zu versorgen.

»Aber es handelt sich um Katrijn van Haarlem. Sie ist immerhin Jan Bockelsons Stiefschwiegermutter«, antwortete Lothar drängend.

Der Offizier winkte mit einer knappen Geste ab. »Selbst wenn es eines der Weiber des Königs wäre, würde ich nicht anders handeln. Es gibt bereits fünfzehn von ihnen, dazu mehrere Dutzend Schwägerinnen und Schwestern. Bei der Verteidigung einer Stadt sind die Frauen und Kinder nur unnütze Fresser. Besser, sie sterben als ein Mann, der einen Spieß oder eine Hakenbüchse zu führen vermag.«

Nach dieser herben Abfuhr kehrte Lothar zu Frauke und Katrijn zurück. Seiner Geliebten war es unterdessen gelungen, die Blutung zu stillen. Katrijn wirkte zwar blass, aber sie lebte.

»Wir müssen uns auf uns selbst verlassen. Die Offiziere haben alle Heilkundigen für die Krieger zusammengeholt und lassen niemanden gehen«, teilte Lothar den beiden Frauen mit.

Während Frauke aufstöhnte, packte Katrijn die Wut. »Hast du diesen Narren gesagt, wer ich bin?«

»Selbstverständlich! Doch der Offizier sagte, selbst wenn du eines der Weiber des Königs wärst, würde er keinen Arzt oder Bader entbehren können.«

Es behagte weder Frauke noch Lothar, sich um die harsche Frau kümmern zu müssen. Doch sie wollten Katrijn nicht einfach im Straßenschmutz liegen lassen.

»Wir bringen sie nach Hause«, sagte Frauke nach einer Weile.

Lothars Blick flammte zornig auf. »Nicht zu uns! Wenn wir sie irgendwohin bringen, dann in das Haus, in dem sie mit deinem Vater zusammenlebt.«

»Das habe ich auch gemeint. Bitte pack mit an!«
Obwohl Frauke nicht gerade schwächlich war, keuchte sie unter dem Gewicht der großen, schwer gebauten Frau und war schließlich froh, als sie deren Heim erreichten. Von der neuen Mitehefrau war nichts zu sehen, aber das war Frauke nur recht. Es war schon schwer genug für sie, ihren Vater als Bigamisten ansehen zu müssen. Noch mehr Weiber im Haus aber erschienen ihr so sündhaft, dass sie nicht wusste, ob ihr Vater je der Höllenstrafe würde entgehen können.
Um Katrijn zu verbinden, mussten sie dieser das Kleid und das Hemd ausziehen. Obwohl Frauke ihr sofort eine Decke über den Unterleib zog, lagen die großen, schweren Brüste mit den fingergliedlangen Brustwarzen frei, und sie hoffte, dass Katrijn nie erfuhr, wer Lotte in Wirklichkeit war. Dann aber sagte sie sich, dass die andere froh sein konnte, überhaupt versorgt zu werden. Die Wunde war tief, und sie mussten auch noch das Geschoss herausholen. Mangels eines geeigneten Instruments versuchte Lothar es mit dem Zeigefinger, gab aber bald auf und sah Frauke an.
»Kannst du es versuchen? Du hast schlankere Finger als ich.«
»Oh Gott!« Mit diesem Stoßseufzer trat Frauke an seine Stelle und schob den Zeigefinger in den Wundkanal.
Katrijn brüllte, als würde sie ihr ein glühendes Eisen in den Leib stoßen, und schlug nach ihr. Da packte Lothar ihre Hände und hielt sie fest.
»Sei ruhig!«, herrschte er sie an. »Wenn wir die Kugel nicht herausholen, krepierst du innerhalb weniger Tage!«
Obwohl die Frau nun die Zähne zusammenbiss und nur noch leise vor sich hin wimmerte, war es für Frauke sehr schwierig, das schlüpfrige Geschoss zu ertasten und langsam aus der Wunde herauszupressen. Als es endlich geschafft war, war sie schweißgebadet und hielt sich nur noch mühsam aufrecht.
»Das hast du wunderbar gemacht«, lobte Lothar sie.
Frauke drehte sich mit einem gequälten Lächeln zu ihm um.

»Eine Wundärztin werde ich wohl nie! Und ich glaube nicht, dass ich den Beruf einer Hebamme ergreifen könnte.«
»Letzteres will ich nicht ausschließen. Aber auf jeden Fall hast du diese Frau hier fürs Erste gerettet. Wir lassen die Wunde noch ein wenig ausbluten, damit Schmutz und Unrat herausgeschwemmt werden. Danach verbinden wir sie mit einigen Streifen frischer Leinwand.«
»Ich hole welche!«, rief Frauke, der von dem vielen Blut übel zu werden drohte.

9.

Kurze Zeit später hatten sie Katrijn einen festen Verband angelegt. Um zu verhindern, dass das Wundfieber sie zu stark erfasste, ging Frauke in die Küche, hängte einen Wasserkessel über die Flamme und suchte nach getrocknetem Johanniskraut, Brombeerblättern und Holunder, um aus ihnen einen Aufguss zu bereiten. Aus einem Impuls heraus gab sie Hopfen und Pfefferminze hinzu.
Als Lothar in die Küche kam, schnupperte er kurz und sah sie fragend an. »Du gibst dir ja sehr viel Mühe für diese Frau!«
»Nachdem wir so hart gearbeitet haben, will ich nicht, dass sie stirbt«, antwortete Frauke herb.
Eine Freundin würde Katrijn niemals für sie werden. Doch sah sie es als ihre Pflicht an, Hilfe zu leisten, wenn sie vonnöten war.
»Du solltest Katrijn fragen, wo das andere Weib ist, das hier wohnt, damit die sich um sie kümmern kann!«, forderte sie Lothar auf.
Der nickte und verschwand wieder. Unterdessen goss Frauke ihre Kräutermischung auf und schnupperte daran. Es riecht ganz gut, dachte sie. Dann blickte sie auf ihre Hände. Obwohl sie diese eben ausgiebig gewaschen hatte, glaubte sie immer noch Blut daran kleben zu sehen. Daher füllte sie den Kessel erneut und hängte ihn über die Flamme.
Da kam Lothar zurück. »Katrijn sagt, die andere Frau würde in Bockelsons Residenz Magddienste leisten und nicht vor der Abenddämmerung zurückkommen. Daher bittet sie uns, sie nicht zu verlassen.«

»Sie hat wohl Angst, alleine zu sterben, was? Dabei heißt es bei den Wiedertäufern doch, jeder ihrer Toten würde an der Hand Jesu Christi vom Himmel herabsteigen.«

»Dazu müsste Jesus Christus aber verdammt viele Arme haben!« Lothar schauderte es bei dem Gedanken an die vielen Toten, die Jacobus von Gerwardsborn und andere Inquisitoren bereits auf den Scheiterhaufen gebracht hatten. Auch hier in Münster würde der Zorn dieses Mannes noch viele Opfer kosten.

»Du kannst Katrijn den Aufguss bringen. Er dürfte abgekühlt sein. Sag ihr, sie soll alles trinken!«, erklärte Frauke, ohne auf Lothars Bemerkung einzugehen.

Dieser lachte leise auf. »Das wird sie schon aus Angst vor dem Tod tun.«

Nachdem er die Küche verlassen hatte, goss Frauke das mittlerweile warm gewordene Wasser in eine Schüssel und wusch ihre Hände mit einer der Seifen, die sie beim Einzug hier im Haus vorgefunden hatte. Dann entdeckte sie, dass ihr Kleid Blutflecken aufwies. Angeekelt streifte sie es über den Kopf, um es zu waschen. Das Blut war an einer Stelle sogar bis auf das Hemd gedrungen, und so wusch sie beides gründlich aus. Anschließend machte sie bei sich selbst weiter.

Als Lothar zurückkam, sah er Frauke nackt bis auf die Haut in der dunklen Küche stehen.

»Was machst du da?« Er konnte seine Erregung kaum verbergen.

»Meine Kleidung und mich waschen!«, antwortete sie lächelnd. Sie spürte Lothars Verlangen und merkte, wie sehr auch sie sich nach Zärtlichkeit sehnte.

»Katrijn wird heute ihr Bett wohl kaum noch verlassen, und Vater und das andere Weib kommen sicher nicht vor dem Abend zurück. Also sollten wir die Zeit nutzen«, setzte sie hinzu.

»Hier in der Küche?«

»Natürlich nicht! Wenn jemand zufällig durch das Fenster hereinschauen würde, wäre das fatal für uns. Nein, wir gehen in die Kammer, in der meine Mutter gelebt hat. Die hat kein Fenster, und dort kannst auch du dich waschen. Warte, ich nehme die Schüssel mit!«

Bevor Frauke dazu kam, hatte Lothar die Schüssel bereits an sich genommen. Daher griff sie nach ihrem Kleid und ihrem Hemd und ging voraus. Die Kammer war zu ihrer Erleichterung aufgeräumt, und das Bett stand noch darin. Dennoch fand Lothar etwas daran auszusetzen.

»Es ist verdammt dunkel hier! Wie soll ich mich da waschen?«

»Warte, ich hole einen Fidibus, um die Lampe anzuzünden!« Frauke verschwand und kehrte wenige Augenblicke später mit einem brennenden Span zurück. Nachdem die Unschlittlampe brannte, musterte sie Lothar. Da auch sein Kleid Flecke aufwies, befahl sie ihm, es auszuziehen, und wusch das Blut aus, so gut sie es vermochte.

Lothar stand voller Verlangen neben ihr, musste sich aber gedulden, bis sie fertig war und sich mit einem leisen Lachen an ihn wandte. »Wir sollten nicht zu sehr säumen!«

»Das habe ich auch nicht vor!« Lothar nahm sie in die Arme und küsste sie. Zuerst ließ Frauke es gerne geschehen, dann aber stieß sie einen leisen Ruf aus.

»Was ist mit deinem Kinn? Du wirst stachelig!«

Bislang hatte Lothar sich nur alle heiligen Zeiten rasieren müssen. Doch als er an sein Kinn griff, bemerkte er selbst, dass sein Bart stärker zu sprießen begann. Zwar konnte man die fast weißen Haare höchstens im hellen Sonnenlicht erkennen, doch er würde nun noch besser auf seine Verkleidung achten müssen.

»Das ist ärgerlich, aber solange die Truppen des Bischofs die Stadt bedrohen, kann ich mich dieser Kleider nicht entledigen. Also muss ich mich häufiger rasieren«, antwortete er und fand, dass es weitaus lohnendere Dinge gab, mit denen er sich beschäftigen konnte, als seine Barthaare.

Frauke legte sich hin und spreizte erwartungsvoll die Beine. Auch Lothar gierte danach, sie zu besitzen, küsste aber vorher ihre Brüste. Zuerst kicherte Frauke, sah ihn dann aber ein wenig ängstlich an. »Gegen Katrijns Brüste sind die meinen arg klein, findest du nicht auch?«
»Ich würde eher sagen, gegen die deinen sind die ihren arg groß. Ich würde keine Frau mit so gewaltigen Brüsten haben wollen!«
Zufrieden mit dieser Versicherung, drängte Frauke sich ihm entgegen und forderte ihn auf, endlich zur Tat zu schreiten. Dies tat Lothar nun auch. In den nächsten Minuten waren sie sich selbst genug und ließen die Bischöflichen die Bischöflichen und die Wiedertäufer Wiedertäufer sein.

10.

Draußen vor der Stadt musterte Jacobus von Gerwardsborn den Erdwall, den die zusammengerufenen Bauern auf die Stadt zu schaufelten. Durch den Beschuss vom Turm der Lambertikirche und der Stadtmauer gab es erhebliche Verluste. Doch das kümmerte den Inquisitor nicht. Zufrieden mit den Fortschritten, wandte er sich zu Magister Rübsam um, der wenige Schritte hinter ihm stand.
»Die Männer kommen gut voran. Findet Ihr nicht auch?«
»Aber ja, Eure Exzellenz. Doch ich habe immer noch nicht in Erfahrung bringen können, wer Dionys umgebracht hat!«
Der abrupte Themenwechsel verwirrte den Inquisitor. »Wie kommt Ihr darauf?«
»Irgendjemand muss ihn umgebracht haben, und derjenige kann auch mich umbringen oder gar Euch, Eure Exzellenz!«
Rübsam blickte sich nervös um, so als erwarte er, jeden Augenblick einen Meuchelmörder auf sich zuspringen zu sehen. An die Angst der Leute gewöhnt, die diese bei seinem Erscheinen befiel, und mit dem Wissen, dass Franz von Waldeck trotz des gescheiterten ersten Sturms auf die Stadt seine Rolle dabei nicht einmal andeutungsweise zur Sprache gebracht hatte, zuckte der Inquisitor mit den Achseln. »Es kann auch eine Auseinandersetzung zweier primitiver Gemüter gewesen sein, bei der Dionys den Kürzeren gezogen hat.«
Seinem Adlatus aber saß die Angst in den Knochen, und er war der Meinung, dass Gerwardsborn die Sache nicht ernst genug nahm. Zu oft hatten er selbst, Bruder Cosmas und Dionys die Geständnisse angeblicher Ketzer durch Folter erpresst

und viele Menschen durch untergeschobene Beweisstücke dem Feuertod auf dem Scheiterhaufen ausgeliefert. Diese Macht, die er als rechte Hand des Inquisitors ausüben konnte, hatte er lange Zeit genossen und sie nicht nur ein Mal zuungunsten anderer missbraucht. Daher fürchtete er sich vor der Rache von Verwandten oder Freunden seiner Opfer. Hier im Belagerungsring um Münster, in dem mehrere tausend Landsknechte darauf warteten, die Stadt im Sturm zu erobern, hatte es ein Meuchelmörder leicht, seine üble Tat zu vollbringen und sich dann in der Menge zu verstecken.

»Eure Exzellenz sollten trotzdem vorsichtig sein«, warnte er Gerwardsborn. »Vielleicht wäre es besser für Euch, Eure unterbrochene Reise nach Rom anzutreten.«

»Seid Ihr närrisch geworden?«, rief der Inquisitor empört aus. »Es ist meine Pflicht, die Ketzer in Münster ihrem gerechten Schicksal zu überantworten. Wenn ich gehe, lässt Waldeck, dieser Schwächling, sich auf Verhandlungen mit diesem Gesindel ein. Doch sie müssen alle sterben!«

»Das freilich, aber ...« Rübsam brach ab, als er den zornigen Blick seines Herrn auf sich gerichtet sah.

Es ist wirklich schwer, Gerwardsborn zu dienen, sagte er sich. Da der Inquisitor immer wieder Opfer forderte, hatten er selbst und die anderen Gefolgsleute alles getan, um ihren Herrn zufriedenzustellen. Doch er wollte nicht umkommen, weil Gerwardsborn die Gefahr nicht ernst nahm.

Unterdessen hatte der Inquisitor Wilken Steding entdeckt und ritt auf den Feldhauptmann zu. »Wie weit seid Ihr mit Euren Vorbereitungen zum Sturm?«, fragte er schroff.

»Wenn ich sagen würde, ganz gut, wäre es nicht gelogen. Allerdings bereitet mir das Wetter ein wenig Sorge. Es hat gestern stark geregnet, und das Regenwasser macht die Erde schwer. Dadurch gehen die Arbeiten langsamer voran.« Steding blickte angespannt zum Himmel, der sich grau und von dicken Wolken verhangen über ihnen wölbte.

Für Gerwardsborn stellten Stedings Worte nur Ausflüchte dar. »Nehmt notfalls die Peitsche, um dieses Bauerngesindel ans Arbeiten zu bringen, und holt, wenn Ihr mehr braucht, einfach neue dazu.«

»Wenn wir mehr Arbeiter einsetzen, muss der Wall verbreitert werden, sonst werden uns die Bauern zu schnell von den Verteidigern zusammengeschossen«, erklärte Steding dem Inquisitor.

»Seit wann bekümmert Euch dieses Gesindel?«

»Wenn der Vortrieb des Dammes zu einem Himmelfahrtskommando wird, laufen uns die Bauern davon. Wollt Ihr etwa selbst eine Schaufel zur Hand nehmen und Euch dem Feuer der Ketzer aussetzen?«

Steding war aufgebracht genug, dem Kirchenmann eine harsche Antwort zu geben. Immerhin mühte er sich nach bestem Wissen, die rebellische Stadt einzunehmen, und hatte wenig Lust, sich von Waldeck oder Gerwardsborn dreinreden zu lassen.

An dieser Antwort hatte der Inquisitor zu kauen. Er wusste jedoch, dass es nicht hilfreich war, Steding weitere Vorhaltungen zu machen. Der Mann war so stur, wie es nur ein Westfale sein konnte, und zudem ein Soldat, dem das rüpelhafte Wesen in die Wiege gelegt worden war.

»Sorgt dafür, dass Eure Leute arbeiten. Ich bete, auf dass die himmlischen Kräfte uns beistehen!« Mit diesen Worten zog er sein Maultier herum und ritt in Richtung Telgte davon.

Wilken Steding sah ihm nach, spürte dann einen Tropfen auf dem Gesicht und brummte: »Mit dem Beten sollte er besser gleich anfangen.«

Wie es aussah, hörten die Kräfte des Himmels nicht auf Gerwardsborn, denn dem einen Tropfen folgten zahllose weitere, bis Steding schließlich in einem Platzregen stand.

Weiter vorne arbeiteten die Bauern und die dazu verdonnerten Landsknechte weiter. Zu diesen gehörte auch Draas. Obwohl

Gardner es ihm freigestellt hatte, sich nur um die Suche nach den Botschaften zu kümmern, wollte er das Los seiner Kameraden teilen, um nicht deren Achtung zu verlieren. Allerdings mussten Moritz, Guntram, Margret und er immer wieder gewisse Stellen am Fluss absuchen, damit keine Nachricht von Lothar verlorenging. In letzter Zeit waren diese seltener geworden, denn nach Mollenheckes gescheiterter Verschwörung saßen Bockelson und dessen Vertraute fester im Sattel als je zuvor.

Draas wusste nicht viel von dem, was in der Stadt vorging, aber er hatte durch seinen Umgang mit Magnus Gardner und dessen Vetter einiges mehr erfahren als seine Kameraden. Diese bauten verdrossen mit an dem Erdwall und fluchten offen auf den toten Emmerich von Brackenstein, der ihnen diese Arbeit eingebrockt hatte. Durch das Abwehrfeuer, das ihnen immer wieder aus Münster entgegenschlug, waren bereits einige von ihnen gefallen oder verstümmelt worden.

Draas zwang sich, nicht an solche Dinge zu denken, sondern schaufelte weiter Erde in seinen Korb. Als er diesen heben wollte, war er so schwer, dass er ihn kaum hochbrachte, und zwischen den verflochtenen Weidenzweigen lief Wasser heraus. Nach ein paar Schritten rutschte er aus und klatschte der Länge nach in den Matsch.

»So wird das nichts mehr«, rief Moritz ihm zu. »Wenn wir weitermachen sollen, brauchen wir Leitern. Sonst müssen wir warten, bis der Regen aufhört.«

»Dazu muss er erst den Befehl geben!« Guntram wies mit seinem dreckverschmierten Zeigefinger auf Wilken Steding, der ein Stück weiter hinten starr wie ein Standbild dem Regen trotzte.

Die Männer schufteten weiter, obwohl die von Regen vollgesogene Erde schwer wie Blei in den Körben lag und kaum, dass sie nach oben gebracht worden war, durch die vom Himmel stürzenden Fluten fortgeschwemmt wurde. Dazu schossen die Kanonen auf dem Turm der Lambertikirche in stetem Takt. Jeder Schuss wühlte Erde an der Spitze des Dammes auf, und sie wurde noch schneller vom Regenwasser mitgerissen. Das Blut der getroffenen Bauern und Söldner mischte sich mit dem Wasser, und die Schreie der Verletzten und Sterbenden hallten grausig über das Land.

Franz von Waldeck vernahm die Schreie ebenfalls. Anders als sein Feldhauptmann stand er vor dem Regen geschützt in einer Blockhütte, in der er mit seiner Begleitung Unterschlupf gesucht hatte, und konnte kaum glauben, was die Augen ihm zeigten.

»Mein Gott, warum hast du mich verlassen?«, stöhnte er angesichts der nassen, schmutzigen Gestalten, die längst nicht mehr so viel Erde auf den Wall schaffen konnten, wie der Wolkenbruch fortschwemmte. Plötzlich zuckte er zusammen. »Ist das dort nicht der Mann, der die Botschaften aus dem Fluss fischt? Was hat der hier zu suchen?«

Magnus Gardner trat an die Seite des Fürstbischofs und spähte zu Draas hinüber. Dieser drehte ihnen gerade das Gesicht zu.

»Der Mann gehört zum ehemaligen Brackensteiner Fähnlein, das auf Euren Befehl hier mitschanzen muss!«, erklärte er.

»Doch nicht dieser Mann und auch nicht die anderen, die Ihr ausgesucht habt, um die Nachrichten Eures Sohnes zu überbringen! Hat Lothar sich in der letzten Zeit wieder gemeldet?«

»Gestern, Eure Hoheit. Er schreibt, dass die Leute in Münster den sogenannten König und sein Gefolge mittlerweile so fürchten, dass sie jeden seiner Befehle blindlings befolgen. Auch würden bei einem Sturm selbst diejenigen für Bockelson kämpfen, die eigentlich auf Eurer Seite stehen.« Gardner wollte noch mehr sagen, doch Waldeck winkte ab.

»Wenn der Himmel uns weiter so zürnt, wird es nichts mit dem Sturm. Bei dem Regen ist es unmöglich, den Wall voranzutreiben. Auch verlieren Wir zu viele Unserer Bauern und Söldner bei dieser Arbeit, ohne etwas zu gewinnen.«

Der Fürstbischof klang enttäuscht. Dann aber nahm er sich zusammen und klopfte Gardner auf die Schulter. »Erinnert Ihr Euch an Euren Vorschlag, die Stadt vollständig zu umschließen und auszuhungern?«

»Das ist auch jetzt noch mein Rat«, antwortete Gardner.

Franz von Waldeck nickte unwillkürlich. »Wir werden ihn befolgen. Zwar kostet er Uns Zeit und Geld, aber dafür halten sich Unsere Verluste in Grenzen. Unsere Bauern sind keine Söldner, die nach dem Krieg ihrer Wege ziehen. Wenn sie sterben, fehlen sie Uns auf den Feldern. Sie sollten von dem Wall ablassen und beginnen, den Graben auszuheben. Dafür werden sie Uns dankbar sein.«

Dies bezweifelte Gardner zwar, doch er kommentierte diesen Plan nicht. Bei diesem Regen einen Graben um die Stadt zu ziehen, war eine nicht minder mühselige Arbeit und bot lediglich den Vorteil, dass die Arbeiter nicht mehr aus der Stadt heraus beschossen werden konnten.

»Wir werden mehr Lebensmittel brauchen und dafür auch weiteres Geld«, mahnte er.

»Gewiss! Das brauchen Wir«, sagte Waldeck ganz in Gedanken. »Also werden Wir erneut beim Landgrafen und den anderen Nachbarn betteln gehen.«

Gardner war klar, dass es nicht leicht sein würde, neues Geld aufzutreiben. Aber Münster musste fallen, wenn Recht und Gesetz im Reich aufrechterhalten werden sollten. Wenn es den Wiedertäufern gelang, sich dort auf Dauer festzusetzen, war das ein Fanal, das alle Eiferer und Ketzer zur Rebellion aufrief.

11.

In Münster pries Bockelson den Sturzregen, der schließlich in einen anhaltenden Landregen überging, als Zeichen des Himmels, welches seine Herrschaft bestätigte. Als die Bischöflichen schließlich aufgaben, den Wall weiter voranzutreiben, tanzten seine Anhänger vor Freude auf den Straßen. Selbst Silke, Helm und Faustus vergaßen ihre Vorbehalte gegen den König von Neu-Jerusalem und feierten mit den anderen mit.

Auch Frauke und Lothar gaben vor, sich zu freuen, dabei hatten sie begriffen, dass der Kampf längst nicht zu Ende war und das Schlimmste noch vor ihnen lag.

»Wie wird es jetzt weitergehen?«, fragte Frauke, als sie und Lothar endlich einmal allein waren.

»Wenn ich das wüsste, wäre ich der klügste Mensch auf Erden. Ich vermute, der Bischof wird den Belagerungsring noch enger ziehen, um uns die Luft abzuschnüren. Du hast selbst gesehen, dass das meiste Vieh in der Stadt bereits geschlachtet worden ist, weil die Kühe und Ziegen nicht mehr auf die Weiden vor den Festungsanlagen gebracht werden können. Daher haben wir für die nächsten zwei, drei Wochen genug Fleisch für die Bewohner, doch Korn und andere Feldfrüchte werden bereits knapp. Wenn die Belagerung über den Winter anhält, wird der Hunger wie ein düsteres Gespenst durch die Gassen schleichen und an jede Tür pochen.«

»Auch an die des Königs und seiner Freunde?«, fragte Frauke in verächtlichem Ton.

»Vielleicht sogar an deren Türen!« Lothar zog sie an sich und

hielt sie für einige Augenblicke fest. Mehr durften sie nicht wagen, solange Fraukes Mutter in ihrem Anbau lebte, zumal jeden Augenblick Helm, Faustus oder ein anderer hereinkommen konnte.
»Was können wir tun?«, fragte Frauke weiter.
Lothar zuckte hilflos mit den Achseln. »Ich weiß es nicht. Fast würde ich sagen, uns bleibt nichts anderes übrig, als zu beten.«
»Bei Gott, was seid ihr Männer nur für armselige Wesen! Es fehlt euch vollkommen am gesunden Hausverstand. Wenn eine Hungersnot auf uns zukommt, müssen wir uns darauf vorbereiten. Hast du nicht Vorräte unter dem Boden der Hütte vergraben?«
Es dauerte einen Augenblick, bis Lothar sich daran erinnerte.
»Ja, aber ob die noch gut sind?«
»Das werden wir sehen. Auf jeden Fall müssen wir, solange wir noch ausreichend zu essen haben, einen Teil davon abzwacken und verstecken, damit wir die schlimmste Zeit durchstehen können.«
Frauke hatte wenig Ahnung von kriegerischen Aktionen. Doch das Problem der Versorgung mit Lebensmitteln war die Sache der Frauen. Rasch erklärte sie Lothar, was sie tun sollten. Ihre Vorschläge reichten bis hin zum Diebstahl aus den Vorräten Bockelsons und seiner Vertrauten. Da sie immer wieder zu Arbeiten in deren Häuser geholt wurden, hielt sie es für möglich, die eine oder andere haltbare Wurst oder etwas Brot in einer versteckten Tasche herauszuschmuggeln.
Lothar fand den Plan seiner Geliebten tollkühn und äußerte mehrfach Bedenken. Aber ein Blick aus ihren strahlend blauen Augen ließ ihn jedes Mal wieder verstummen. Immerhin ging es darum, die Belagerung zu überstehen, und das würde, wie Lothar befürchtete, vielen Menschen nicht gelingen.
Kaum hatten sie den Beschluss gefasst, Lebensmittel zu verstecken, ging Frauke daran, ihn umzusetzen. Als Erstes kontrollierte sie die Vorräte, die Lothar vor ein paar Monaten in

dem kleinen Keller der Hütte vergraben hatte. Da sie nicht wollten, dass Helm und Faustus erfuhren, wie viel sie besaßen, tat sie es nur, wenn diese auf der Mauer Wache halten mussten. Zusammen mit Lothar sammelte sie weitere Lebensmittel und versuchte, sie zu konservieren. Zwar wurden ihnen Fleisch und Würste nur noch selten und in geringer Menge zugewiesen. Dennoch räucherten sie einen Teil davon und vergruben diesen in Gefäßen aus Steinzeug in ihrem Kellerloch. Sie legten sich auch Vorräte an Gerste, Hafer, Erbsen und Linsen an, die sie ebenfalls versteckten.

Lothar stellte fest, dass er von seiner Geliebten einiges lernen konnte, und half ihr voller Eifer. Während draußen die Truppen des Bischofs ihre Feldlager ausbauten und statt der zugigen Zelte feste Blockhütten für die Landsknechte errichteten, bereiteten Frauke und Lothar sich auf eine lange Belagerung vor.

Den beiden kam zugute, dass die Stimmung in der Stadt nach dem zweiten gescheiterten Angriff des Feindes noch immer euphorisch war. Alle Wiedertäufer und auch viele derer, die geblieben waren, um ihren Besitz zu schützen, glaubten Bockelsons Prophezeiungen, die Kräfte des Himmels stünden auf ihrer Seite und würden auch weiterhin zu ihren Gunsten eingreifen.

Mit der Zeit wurde den einfachen Menschen die Nahrung angesichts der schwindenden Vorräte so knapp zugemessen, dass es kaum noch zum Überleben reichte, aber in den Häusern der Anführer wurde noch immer kräftig aufgetischt. Daher vermochte Silke ihrer Schwester regelmäßig Brot, Wurst oder ein Stück Braten zuzustecken.

»Wir können zufrieden sein«, sagte Frauke nach einiger Zeit zu Lothar. »Jetzt haben wir so viele Lebensmittel versteckt, dass sie mehrere Wochen für uns alle reichen dürften. Solange wir auch von den städtischen Vorräten etwas erhalten, werden wir im Winter nicht verhungern.«

»Wenn wir etwas bekommen!«, wandte Lothar ein. »Ich musste gestern mithelfen, das Getreide im Kornspeicher zusammenzukehren. Es ist nicht mehr viel da, und seit die Bischöflichen sämtliche Wege gesperrt haben, kommt auch kein Bauer mehr mit frisch gedroschenem Getreide in die Stadt.«
»Wir werden es schaffen«, antwortete Frauke optimistisch.
Dann sah sie, dass Lothar sein Schultertuch umlegte und in die Holzschuhe schlüpfte. »Was machst du jetzt?«
»Ich muss mithelfen, die Mauer im Osten auszubessern. Zwar hat der Beschuss der Bischöflichen kaum Schaden angerichtet, aber Bockelson und seine Leute wollen uns nicht untätig sehen. Wäre deine Mutter nicht so krank, müssten wir beide mitarbeiten. So aber darfst du hierbleiben.«
»Eigentlich war es so gedacht, dass wir uns abwechseln«, wandte Frauke ein.
Lothar lächelte sie verschmitzt an. »So passt es aber besser. Immerhin bist du die Tochter und ich nur die vorgebliche Schwiegertochter. Da ist es verständlich, dass du dich um deine Mutter kümmerst. Wie geht es ihr eigentlich? Sie müsste doch bald niederkommen?«
Frauke nickte bedrückt. »Es ist an der Zeit, wenn ich richtig gerechnet habe. Aber sie will weder eine Hebamme bei sich sehen, noch sagt sie mir, wie sie sich fühlt.«
»Es wird schon gutgehen!« Etwas anderes fiel Lothar nicht ein.
Er küsste Frauke auf die Wange und machte sich auf den Weg. Vor der Ostmauer reihte er sich in den Strom der Frauen und Kinder ein, die dorthin unterwegs waren. Nicht alle sahen glücklich aus, denn bei der Arbeit zwischen dem Mauritius- und dem Servatiustor würden sie ins Schussfeld der Feinde geraten, und einige würden den Tag nicht heil überstehen. Zwar erklärten Bockelson und die Prediger, dass jeder, der bei der Verteidigung von Neu-Jerusalem starb, ungesäumt in den Himmel auffahren und gemeinsam mit Jesus Christus auf die

Erde zurückkehren würde. Doch die Mehrzahl hing an diesem Leben und hoffte, Jesus Christus unversehrt begrüßen zu dürfen. Am meisten aber fürchteten die Menschen hier oben, dass ein Geschoss ihnen ein Bein oder einen Arm zerschmetterte und sie über Wochen das Krankenlager nicht würden verlassen können.

Für Lothar war die Gefahr noch weitaus größer als für die Frauen. Wenn er verletzt und als Mann erkannt wurde, war es nicht nur um ihn geschehen, sondern auch um Frauke, Helm, Faustus und wahrscheinlich auch um Inken Hinrichs und deren Mann. Daher stieg er mit einem mulmigen Gefühl im Bauch auf die Mauer und blickte zum nächstgelegenen Feldlager der Bischöflichen hinüber. Die festen Blockhütten wiesen darauf hin, dass Franz von Waldeck nicht aufgeben wollte. Doch mehr als die Hütten fiel ihm der Reiter ins Auge, der sich ein Stück außerhalb der Reichweite der städtischen Kanonen auf einem Hügel aufhielt. Das schwarze Maultier, die schwarze Kleidung und der sich im Herbstwind bauschende schwarze Umhang verrieten ihm, dass es sich um Jacobus von Gerwardsborn handelte, und er schüttelte sich.

»Ist etwas mit dir, Lotte?«, fragte eine Nachbarin besorgt.

Lothar schüttelte den Kopf. »Nein, mir geht es gut. Ich sehe nur diesen Mann dort auf dem schwarzen Pferd. Er sieht aus wie ein Reiter der Apokalypse.«

»Das ist er auch!«, vernahm er da Arnos Stimme. Nachdem der Söldner sich bei Mollenheckes misslungenem Aufstand frühzeitig abgesetzt hatte, zählte er wieder zu Heinrich Krechtings besten Unteranführern.

Nun wies er auf Gerwardsborn. »Das ist ein Diener des Satans, der schon viele brave Leute mit dem Vorwurf, sie seien Ketzer, ums Leben gebracht hat. Jetzt wittert er weitere Beute. Aber da bleibt ihm das Maul sauber. Wir hauen die Belagerer in Stücke, und zuletzt kommen auch Waldeck und sein Inquisitor an die Reihe!«

»Wollen wir es hoffen!« Lothar nickte Arno kurz zu und ging an die Arbeit. Zunächst tat sich nichts, aber gegen Mittag eröffneten die Männer des Bischofs aus mehreren Kanonen das Feuer. Das Echo aus der Stadt ließ nicht lange auf sich warten. Als eine der bischöflichen Kanonen getroffen wurde und umstürzte, ertappte Lothar sich dabei, dass er genauso begeistert jubelte wie die anderen. Im Augenblick stellten die Kanonen der Belagerer die größte Gefahr für ihn dar, und er beschloss, Frauke keine Arbeiten zuzumuten, die sie in Lebensgefahr bringen konnten. Notfalls musste er für zwei schuften.

»Sie ziehen ihre Kanonen wieder zurück!«, erklärte Arno zufrieden.

Lothar lächelte ihn erleichtert an. »Ich habe nichts dagegen, denn wenn diese Schufte nicht schießen, können sie auch keinen von uns treffen.«

»Das sollen sie auch in Zukunft bleibenlassen!«, erklärte Arno zufrieden, weil die Leute des Bischofs erneut den Schwanz einziehen mussten, während Lothar mehrere Ziegelsteine packte und sie dorthin trug, wo Maurer dabei waren, die Stadtmauer zu erhöhen.

12.

Die Stimmung in der Stadt blieb noch eine Zeitlang gut. Selbst als die Bewohner wegen der strikten Belagerung die Gürtel noch deutlich enger schnallen mussten, hielt Bockelson seine Anhänger bei Laune, indem er von einem großen Täuferheer berichtete, das sich von Holland her Münster nähern und die Stadt entsetzen würde.

Lothar hätte gerne gewusst, ob Bockelson die Wahrheit sagte oder nur einem Wunschtraum nachhing. Zwar konnte er immer noch in Flaschen gesteckte Nachrichten aus der Stadt schmuggeln, doch sein Vater hatte offenbar bislang keinen Weg gefunden, darauf zu antworten. Nun befürchtete er, von einer unerwarteten Situation überrascht zu werden und nicht mehr darauf reagieren zu können.

Da Frauke und Lothar immer noch Lebensmittel von Silke zugesteckt bekamen, mussten sie ihre geheimen Vorräte nicht angreifen. Aber sie spürten, dass es nicht mehr lange so weitergehen konnte.

Zu der äußerlichen Bedrohung gesellte sich die Sorge um Inken Hinrichs. Diese hatte Fraukes Berechnungen nach die Zeit erreicht, in der sie gebären sollte. Doch wenn sie ihre Mutter darauf ansprach, reagierte diese unwirsch. Dabei war sie so schwerfällig geworden, dass sie ihre Kammer auch nicht mehr hätte verlassen können, wenn sie es gewollt hätte.

»Ich weiß nicht, wie ich Mutter helfen kann. Vielleicht solltest du mit ihr sprechen«, klagte Frauke an einem Abend, an dem Silke zu Besuch gekommen war.

»Ich werde es versuchen!« Silke betrat die kleine Kammer im

Anbau. Inken Hinrichs lag mit offenen Augen auf dem Bett, das ursprünglich für Helm und Faustus bestimmt gewesen war, und hatte die Hände auf dem grotesk angeschwollenen Bauch verkrampft.

»Mutter, ich bin es, Silke. Wie geht es dir?«

Mühsam drehte Inken Hinrichs den Kopf. »Wie soll es mir gehen, da Gott mich verraten hat und in mir die Frucht des Satans heranwächst?«

»Mutter, so etwas darfst du nicht sagen. Es ist doch Fraukes, Helms und mein Geschwisterchen – und auch das unseres armen Haug!«, wies Silke die Schwangere zurecht.

»Ihr vier seid in einem ehrbaren Ehebett gezeugt worden. Doch dieses Kind hat mir eine Kreatur des Inquisitors in den Bauch geschoben.«

Silke sprach weiterhin beruhigend auf ihre Mutter ein. »Du darfst dich nicht grämen, Mama! Dein Kind kann genauso gut von unserem Vater gezeugt worden sein. Ihr habt doch das Bett miteinander geteilt.«

»Die Zeit dafür ist längst verstrichen. Was in mir wächst, ist die Saat der Gewalt. Wie konnte Gott das nur zulassen! Ich war ihm doch immer eine treuergebene Magd. Sein Sohn Jesus Christus hätte zu Ostern vom Himmel herabsteigen und mich erlösen sollen. Doch er tat es nicht! Warum nur blieb er mir fern?« Inken Hinrichs bäumte sich im Bett auf. Schaum trat ihr aus dem Mund, und sie schrie ihrer Tochter die letzten Worte förmlich ins Gesicht.

»Können wir etwas für dich tun, Mutter?«, fragte Silke, die sich mittlerweile an jeden anderen Ort der Welt wünschte, und sei es das Lager der Bischöflichen.

Dann aber dachte sie daran, dass sich dort Jacobus von Gerwardsborn befand, und es lief ihr kalt den Rücken hinunter. Wenn sie diesem Mann in die Hände fiel, war sie rettungslos verloren. Gewiss würde er sie ebenso wie ihre Mutter von seinen Kreaturen schänden lassen. Aber ihr würde nicht einmal die Zeit bleiben, ein Kind auszutragen, denn sie würde schon vorher von den Flammen verzehrt werden.

Silke schüttelte sich und fragte, da sie keine Antwort erhalten hatte, ihre Mutter erneut, ob sie etwas für sie tun könne. Doch Inken Hinrichs starrte nur vor sich hin. Noch einmal sprach Silke sie an, gab dann aber auf, als sie keine Antwort erhielt, und kehrte zu den anderen zurück.

»Ich habe versucht, mit ihr zu reden, es ist unmöglich«, sagte sie traurig zu Frauke.

Ihre Schwester nickte bedrückt. »So ergeht es mir auch. Selbst mit Helm spricht sie nicht mehr.«

»Sie ist verrückt!«, erklärte Helm bitter. »Mir scheint es, als habe sie Haugs Tod nicht verkraftet. Als sie Vater und mich schließlich wiedergefunden hatte, war die andere Frau im Haus, und das hat ihr den Rest gegeben. Seitdem hasst sie die ganze Welt.«

»Es tut mir leid, dass es so gekommen ist.« Obwohl Lothar nicht das gesamte Ausmaß der Schrecken kannte, die Inken Hinrichs und ihre Töchter im Kellerkerker des Klosters hatten ertragen müssen, schrieb er ihren Zustand dem Inquisitor und dessen Männern zu. Ausgerechnet diese Ungeheuer befanden sich im Gefolge des Bischofs draußen vor der Stadt, und das hieß für Lothar, doppelt auf Frauke und deren Familie achtzugeben. Sobald die Stadt erobert wurde, durften sie nicht in die Nähe dieses gefährlichen Menschen geraten. Darüber aber konnte er nur mit Frauke sprechen, denn die anderen schienen noch immer zu glauben, der Himmel würde sich Bockelson und den Wiedertäufern zuneigen.

Silke trat zur Tür und drehte sich dort noch einmal um. »Ich gehe jetzt. Aber ich weiß nicht, ob ich beim nächsten Besuch noch einmal etwas zu essen mitbringen kann. In Bockelsons Haus und dem, in dem er mich samt seinen anderen Weibern untergebracht hat, passen sie nun besser auf die Vorräte auf.

Letztens wurde ein Diener enthauptet, weil er etwas Brot aus dem Haus schmuggeln und zu seiner Familie bringen wollte.«
»Riskiere nichts!«, bat Frauke sie. »Wir kommen auch so zurecht.«
»Faustus und ich erhalten, wenn wir Wache stehen müssen, immer ein Stück Brot und einen Becher Bier. Daher können Mutter, Frauke und Lotte zu Hause mehr essen als wir.« Helm wusste selbst, dass die Portionen, die sie bekamen, nicht einmal für ein Kind gereicht hätten. Daher kehrten Faustus und er abends fast genauso hungrig in die Hütte zurück, wie sie diese verlassen hatten. Bislang war es ihnen gelungen, ihren Speiseplan mit den Sachen aufzufüllen, die Silke ihnen zugesteckt hatte, aber darauf würden sie nun verzichten müssen.
»Behüte euch Gott! Ich komme morgen wieder!« Silke verließ die Hütte und machte sich auf den Rückweg zum Domplatz.
Die anderen blieben in trübe Gedanken verstrickt zurück. Als Frauke später noch einmal nach ihrer Mutter sah, schlief diese, bewegte sich aber unruhig und stieß mehrfach klagende Laute aus.
Frauke wollte sie nicht wecken und kehrte traurig in den Küchenteil der Hütte zurück.

13.

In der Nacht glaubte Frauke ein Geräusch zu hören. Sie richtete sich auf und lauschte. Aber es blieb alles still bis auf Helms und Faustus' leise Schnarchgeräusche, die aus der anderen Ecke des Raumes zu ihr drangen, während von Lothar nichts zu hören war. Die drei Männer schliefen auf Decken vor dem Ofen, während sie selbst Lothars altes Bett erhalten hatte. Frauke hätte sich eine bessere Unterkunft gewünscht, aber sie wusste auch, dass viele der holländischen und friesischen Wiedertäufer in Münster schlechter hausten als sie. Aus Mangel an verfügbarem Wohnraum hatte man diese zuletzt im Kloster Niesing und im Fraterherrenhaus untergebracht, doch diese Gebäude reichten für so viele Menschen nicht aus.

Verwundert, weil ihre Gedanken sich zu Dingen verstiegen, die sie nicht ändern konnte, horchte Frauke noch einmal und legte sich dann wieder hin. Doch es dauerte eine Weile, bis sie einschlief. Wie in jeder Nacht quälten sie üble Träume, die immer damit endeten, dass sie und Lothar zuletzt auf einem Scheiterhaufen zusammengebunden waren und durch die auflodernden Flammen in das zufriedene Gesicht des Inquisitors Gerwardsborn starrten.

An diesem Morgen erwachte sie erst, als Lothar sie an der Schulter fasste und sanft rüttelte. »Es ist bereits spät! Wir müssen uns beeilen, damit ich rechtzeitig zur Mauer komme. Auch Helm und Faustus müssen bald auf ihren Posten sein.«

»Ich weiß!« Frauke kämpfte sich mühsam hoch und versuchte, den Alptraum abzuschütteln, der sie noch immer in seinen Klauen hielt. Da Lothar bereits die Glut auf dem Herd angeblasen und etwas Reisig und Holz nachgelegt hatte, konnte sie sich gleich um den Morgenbrei kümmern. Unterdessen waren auch Faustus und Helm wach geworden. Während der Brei köchelte, machten sie sich ebenso zum Gehen fertig wie Lothar. Als Frauke ihnen das Frühstück hinstellte, verzog Helm das Gesicht.

»Das ist ja eine Portion für ein Kind, das von der Mutter den ersten Brei erhält! Wie soll da ein Mann seine Kraft behalten können?«

»Du hast selbst gehört, dass Silke uns nichts mehr bringen kann. Also müssen wir uns einschränken, denn unsere geheimen Vorräte will ich erst angreifen, wenn wirklich Not am Manne ist«, wies Frauke ihn zurecht.

»Das ist schon richtig! Dennoch ist es ein Hohn, wenn man weiß, dass Bockelson und seine Jünger gewiss nicht hungern müssen.« Helm würgte übelgelaunt den Brei hinab und verkniff es sich zu sagen, dass dieser auch schon einmal besser geschmeckt hätte. Doch Frauke konnte nur das in den Topf tun, was sie bekam. Und wir müssen es auslöffeln, dachte er in einem Anflug von Galgenhumor.

Er schob den leeren Napf zurück und sah Faustus auffordernd an. »Komm jetzt! Sonst wäscht uns der Hauptmann den Kopf und beordert uns an die gefährlichste Stelle.«

»Ich bin so weit!« Faustus stand auf, warf sich den Umhang über und stülpte den altertümlichen Helm auf den Kopf, den er im Zeughaus erhalten hatte. Nachdem sie sich ihre Kurzschwerter umgehängt hatten, verabschiedeten sie sich und verließen nach einem kurzen Gruß die Hütte.

Auch Lothar musste sich auf den Weg machen. Er umarmte Frauke kurz und kämpfte dabei gegen einen Anflug von Mutlosigkeit an. »Bei Gott, was würde ich dafür geben, wenn das hier ein Ende hätte und wir heil davongekommen wären.«

»Du fürchtest, dass der Inquisitor meine Familie und mich auf den Scheiterhaufen bringen könnte?«

»Ich habe meinem Vater deinen Namen und den anderer aufgezählt, die nur gezwungen zu den Wiedertäufern halten. Er hat Einfluss auf den Fürstbischof, und ich habe ihm mit meinen Berichten, so glaube ich, gut geholfen. Damit werden wir wohl ungeschoren davonkommen.« Eine andere Hoffnung, das war Lothar klar, gab es für sie nicht.

»Den Inquisitor fürchte ich mehr als den Teufel«, antwortete Frauke. »Ich bin ihm einmal entkommen und will nicht wieder in seine Gewalt geraten. Wenn mir dies droht, so bitte ich dich, mich vorher zu töten. Bisher habe ich es noch niemandem erzählt. Doch Gerwardsborns Foltermeister hat meine Mutter geschändet, und sie glaubt, das Kind wäre von diesem Mann.«

Bei dem Gedanken an die Mutter kamen Frauke die Tränen. Sie wischte sie jedoch resolut wieder ab und versetzte Lothar einen Klaps. »Geh jetzt, sonst schilt dich der Aufseher und verweigert dir das Stück Brot, das du für deine Arbeit erhältst. In unserer Lage aber ist jeder Bissen mehr wert als sein Gewicht in Gold.«

»Ich bin schon unterwegs!« Lothar schlüpfte in die Holzschuhe, warf sein Schultertuch um und ließ sich von Frauke das Kopftuch neu binden.

Frauke sah ihm nach, bis er hinter einer Biegung der Gasse verschwunden war. Dann wusch sie die Näpfe aus, füllte einen davon mit dem Rest des Morgenbreis und ging in die Kammer ihrer Mutter.

Dort war die Lampe ausgegangen, und da es kein Fenster gab, war es so dunkel wie in einer Höhle. Frauke stellte den Napf ab, holte einen Kienspan und tastete sich in dessen schwachem Licht zur Lampe vor. Als sie diese in die Hand nahm, sah sie, dass die Unschlittkerze nur zu etwas mehr als der Hälfte abgebrannt war.

Wahrscheinlich hat der Luftzug sie in der Nacht gelöscht, dachte Frauke und zündete den Docht an. Doch kaum erhellte

das Licht der Kerze den Raum, stieß sie einen gellenden Schrei aus.
Vor ihr lag die Mutter in einem See aus Blut. Sie wirkte bizarr verrenkt und hielt das nicht abgenabelte Neugeborene im Arm. Auch das Kind regte sich nicht. Mit all ihrer Kraft rang Frauke ihr Entsetzen nieder und legte ihre Hand auf die Stirn der Mutter. Diese war bereits kalt, und das Neugeborene musste ebenfalls schon länger tot sein. Es dauerte einige Augenblicke, bis Frauke im vollen Umfang begriff, was hier geschehen war. Die Mutter hatte in der Nacht geboren und war dabei verblutet.

»Sie hätte uns doch rufen können!«, schluchzte sie verzweifelt und starrte auf das Neugeborene herab. Zuerst befürchtete sie, die Mutter hätte es nach der Geburt erwürgt. Doch diese hielt den kleinen Leichnam mit so leichtem Griff unter den Achseln, dass sie das Kleine aus der erstarrten Hand der Mutter winden konnte.

Frauke legte es neben die Tote und überlegte, was sie tun sollte. Alles in ihr drängte danach, Lothar zu holen, um einen Menschen zu haben, mit dem sie ihren Kummer teilen konnte. Doch sie wollte nicht, dass er die Mutter nackt sah. Sie brauchte eine Frau, und da gab es nur eine, die ihr helfen konnte.

»Silke! Ich muss zu ihr!« Beinahe wäre Frauke so zur Hütte hinausgestürmt, wie sie war, in einem alten, vielfach geflickten Kleid und mit blutigen Händen. Rasch wusch sie sich und wechselte die Kleidung. Als sie auf die Gasse hinaustrat, hatte sie sich rein äußerlich wieder in der Gewalt. Doch ihr Innerstes fühlte sich an wie zerbrochenes Glas, und sie weinte bittere Tränen, weil es ihr nicht gelungen war, der Mutter zu helfen, und sie sie nun endgültig verloren hatte.

14.

Unterdessen hatte Lothar die Stelle erreicht, an der er mit etlichen Frauen zusammen die Mauer ausbessern sollte. Die Frauen arbeiteten gerne mit ihm, denn er nahm ihnen die schwerste Arbeit ab. Zu seiner Überraschung war ihnen an diesem Tag Gresbeck als Aufseher zugeteilt worden. Seit dem gescheiterten Aufstand Mollenheckes schien er die Nähe Lothars und der anderen gemieden zu haben. Nun aber suchte er Augenkontakt und zwinkerte ihm kurz zu.

»Gottes Segen mit euch allen«, grüßte Lothar und stellte sich am Ende der Frauen an, die darauf warteten, dass ihnen die Arbeit zugewiesen wurde.

Gresbeck teilte ein paar, die allzu schmächtig aussahen, dazu ein, Mörtel zu rühren, während die Kräftigeren die Steine nach oben zu dem Maurer bringen sollten, der die Stadtmauer erhöhen musste.

Als Lothar vor Gresbeck stand, wies dieser nach oben. »Du kannst dem Maurer die Steine zureichen!«

Das war eine der leichtesten Arbeiten, allerdings gefährlich, weil man von draußen gesehen wurde. Zwar hielten die eigenen Kanonen die des Bischofs auf Abstand, dennoch schossen diese immer wieder gezielt auf Wachen und Arbeiter auf den Mauern.

»Du kannst dabei das feindliche Lager im Auge behalten und die anderen warnen, wenn du siehst, dass eine Kanone schussfertig gemacht werden soll«, fuhr Gresbeck fort.

»Ich werde darauf achtgeben!«, antwortete Lothar und wollte auf die Mauer steigen.

Da hielt Gresbeck ihn zurück. »Du kannst Helm und Faustus etwas von mir ausrichten!«

»Gerne!«, antwortete Lothar.

»Ich habe mich gestern mit dem Söldner Arno getroffen. Er ist wie ich der Ansicht, dass wir etwas unternehmen müssen – und diesmal richtig. Er hat einige seiner früheren Kameraden draußen gesehen und glaubt, mit ihnen reden zu können. Das geht aber nur dann, wenn er mit Männern Wache hält, die ihn nicht an Bockelson oder Knipperdolling verraten.«

»Das tun Helm oder Faustus gewiss nicht«, versicherte Lothar.

»Das haben wir uns auch gedacht. Jetzt müssen wir warten, bis wir vier an demselben Tor Nachtwache haben. Dann wird Arno hinausgehen und mit seinen ehemaligen Kameraden reden. Wir wollen doch sehen, ob wir dieses Täufergesindel nicht loswerden können.«

»Ihr wollt den Leuten des Bischofs also eines der Tore öffnen«, schloss Lothar aus diesen Worten.

Gresbeck sah sich um, ob ihnen auch niemand zuhören konnte, und nickte. »Das haben wir vor! Aber nur, wenn der Bischof uns und unseren Freunden absolute Vergebung verspricht. Bevor ich mich von einem Henker köpfen lasse, ziehe ich den Tod in der Schlacht vor.«

So dachten viele in der Stadt, die zwar nicht mit Bockelsons Herrschaft und seinen Thesen einverstanden waren, aber auch nicht ein Opfer der Landsknechte werden wollten. Lothar beschloss, der Aa noch an diesem Tag eine Botschaft anzuvertrauen, in der er seinem Vater von Gresbecks Plan berichtete. Jetzt aber versprach er diesem, dessen Vorschlag an Helm und Faustus weiterzugeben, und stieg dann nach oben, um dem Maurer die Steine zuzureichen.

An diesem Tag schienen die Bischöflichen keine Lust zu haben, die Belagerten mit ihren Kanonen unter Feuer zu nehmen, oder ihnen war das Pulver ausgegangen. Daher konnten

Lothar und der Maurer ungefährdet bis zum Abend arbeiten. Etwa um die zweite Mittagsstunde brachten mehrere Frauen Brot, das an den Maurer und seine Helferinnen verteilt wurde. Als Lothar in seine Portion hineinbiss, spürte er etwas Holziges zwischen den Zähnen. Als er es aus dem Mund holte, sah er, dass es sich um kleingehäckseltes Stroh handelte. Wie es aussah, versuchten die Wiedertäufer, den Brotteig damit zu strecken. Das war kein gutes Zeichen für die Versorgungslage der Stadt. Bei solch karger Kost konnten die Männer und Frauen nicht so arbeiten, wie es eigentlich notwendig war. Daher hielt Lothar es für noch dringlicher, dass es einigen Leuten gelang, den Belagerern eines der Tore zu öffnen.

Mit diesem Gedanken beendete er seine Arbeit und machte sich zusammen mit den Frauen auf den Heimweg. Früher hatten sie sich immer noch ein wenig unterhalten und gemeinsam gebetet, doch nun blieben sie stumm. Lothar ärgerte sich darüber, denn bei diesen Gesprächen hatte er erfahren, was sich in der Stadt tat. Nun musste er Fragen stellen, und das war bei den falschen Personen gefährlich.

Kurz bevor er seine Hütte erreichte, überlegte er, wie lange es dauern würde, bis Gresbeck, Arno, Helm und Faustus zusammen auf Wache geschickt wurden. Wenn Gott gnädig war, konnte dies bald geschehen. Doch sollte der Teufel seine Hand im Spiel haben, würde es vielleicht nie dazu kommen. Von diesem Gedanken gequält, trat er ein und sah sich Silke gegenüber, über deren Wangen Tränen in breiten Bächen rannen.

»Was ist los?«, fragte er erschrocken.

»Unsere Mutter ist in der Nacht gestorben!«, sagte die junge Frau leise.

»Bei Gott! Wo ist Frauke?«

»Sie ist bei Mutter. Geh zu ihr, denn sie wird dich sehen wollen!« Silke nahm Lothar bei der Hand und führte ihn in den Anbau.

Dort kniete Frauke neben dem Bett, auf dem ihre Mutter aufgebahrt lag, und betete. Ihre blassen Lippen zuckten schmerzvoll. Auch wenn die Mutter sie nicht so geliebt hatte wie ihre Geschwister, so kämpfte sie doch mit dem Gefühl eines unerträglichen Verlusts.

Als sie Lothar bemerkte, stand sie müde auf und umarmte ihn weinend. »Warum musste sie schweigen? Wir hätten ihr doch helfen können!«

»Sie wollte schon seit langer Zeit sterben, hat es aber nicht gewagt, Hand an sich selbst zu legen.« Lothar blickte auf die tote Frau, die nun, da sie gewaschen worden war und ein gutes Kleid trug, wieder die Spuren einstiger Schönheit aufwies, die sie an ihre Töchter vererbt hatte. Neben ihr lag, in schlichtes Linnen eingeschlagen, das tote Kind.

»Eine Geburt ist doch schmerzvoll! Normalerweise hätte sie schreien müssen.« Auch Silke verstand nicht, was die Mutter getrieben hatte, trotz aller Wehen die Zähne zusammenzubeißen und zu schweigen.

Frauke ließ Lothar los und schüttelte den Kopf. »Sie ist verblutet, weil sie sich nicht helfen lassen wollte.«

»Wahrscheinlich hat sie gar nicht gemerkt, dass sie stirbt, und wenn doch, so hat sie den Tod als Erlöser empfunden, der sie von ihrem geschundenen Leib befreit«, erklärte Silke. »Sie wollte in den Himmel, um gemeinsam mit ihrem Kind an der Hand unseres Herrn Jesus Christus herabzusteigen, so wie viele der Unseren mit ihm herabsteigen werden.«

Im Gegensatz zu ihrer Schwester glaubte Silke immer noch an diese Prophezeiungen, denn es war der einzige Trost, der ihr blieb. Um gemeinsam mit den Geschwistern trauern zu können, beschloss sie, diese Nacht in der Hütte zu bleiben.

Frauke hatte eine der alten Frauen, die nicht mehr bei der Ausbesserung der Mauern und Wälle mithelfen konnten, losgeschickt, um Helm und Faustus zu holen. Die beiden erschienen jedoch erst, als die Nacht bereits hereingebrochen war.

»Unser Hauptmann hat uns nicht gehen lassen«, berichtete

Helm. »Er sagte, wenn wir die Stadt verteidigen müssen, darf uns weder der Tod von Mutter und Weib noch von Vater und Bruder daran hindern, unsere Pflicht zu tun.«
»Entweder hat er ein Herz aus Stein oder keinen Verstand«, rief Frauke empört. »Der Tod der Mutter muss jedem liebenden Menschen das Herz zerschneiden. Wahrscheinlich hat er selbst keine Mutter, sondern wurde in einem Erdloch gefunden.«
»Beruhige dich!«, bat Lothar sie und sagte sich seufzend, dass jetzt wohl nicht die richtige Zeit war, um Helm und Faustus von Gresbecks Plan zu berichten.

15.

Inken Hinrichs' Tod erschien Lothar als schlechtes Omen, und alles drängte ihn, eine neue Botschaft an seinen Vater zu verfassen. Dennoch half er zuerst Frauke und ihren Geschwistern, so gut er es vermochte. Erst eine Weile, nachdem Inken Hinrichs in Gegenwart eines uninteressierten Prädikanten beerdigt worden war, welcher nur ein paar Wortfetzen als Totensegen murmelte, kam Lothar dazu, eine Nachricht zu verfassen und mitzuteilen, dass es in der Stadt immer noch Menschen gab, die bereit waren, sich gegen König Bockelson und dessen Leute zu stellen.

Zwei Tage später erschien ein Herold des Bischofs vor der Stadt und forderte die Bürger mit lauter Stimme zur Übergabe auf. Die Bedingungen waren so gestellt, dass allen, die der wiedertäuferischen Lehre entsagten, Pardon gewährt würde und sie in der Stadt bleiben dürften. Jenen, die dies nicht tun wollten, wurde freigestellt, Münster zu verlassen.

Da Frauke nach dem Tod der Mutter auch wieder an den Befestigungsanlagen mitarbeiten musste, hörte sie die Worte des Herolds und vernahm auch die Antwort, die Bernhard Rothmann diesem gab.

Der Prediger erschien in schlichter Gewandung auf der Mauer und hielt ein Blatt Papier in der Hand. Einen Augenblick blickte er die arbeitenden Frauen beifallheischend an, dann starrte er auf den farbenprächtig gekleideten Herold hinab.

»Du stehst im Namen zweier Popanze hier, von denen sich einer Franz von Waldeck nennt und der andere Papst Clemens VII. Ich aber stehe für den wahrhaftigen Gott, und ich sage dir, keiner deiner Herren konnte mir einen Mann schicken, dem es gelungen wäre, meine Auslegung der Heiligen Schrift zu widerlegen. Weshalb also sollen wir kapitulieren, da Gott auf unserer Seite steht?«

Damit waren die Verhandlungen auch schon wieder beendet.

Das, was sie eben gehört hatte, verdrängte in Frauke für eine Weile sogar die Trauer um die Mutter. Sobald sie konnte, eilte sie zu Lothar, um ihm zu erzählen, was sie erfahren hatte.

»Das Angebot galt nicht Bockelson und seinen Leuten, sondern denen, die insgeheim noch zum Bischof halten. Er will uns damit sagen, dass die, die ihm zu der Stadt verhelfen, Gnade vor seinen Augen finden werden«, sagte Lothar nachdenklich.

Frauke blickte ihn fragend an. »Du meinst, Helm und Faustus sollen Arno und Gresbeck helfen?«

»Das war von Anfang an meine Meinung. Aber jetzt warte ich auf etwas anderes. Eine Belagerung ist wie ein Schachspiel. Einer macht einen Zug, und der andere reagiert darauf. Bislang konnten die Wiedertäufer jeden Zug des Bischofs mit einem eigenen beantworten. Jetzt frage ich mich, was sie als Nächstes tun werden.«

»Die einzige Möglichkeit wäre ein Ausfall. Aber dafür sind die Lager, die der Bischof um die Stadt herum hat errichten lassen, zu gut befestigt«, wandte Frauke ein.

»Das ist mir klar! Gerade deshalb habe ich Angst vor dem, was kommen wird.«

Lothar versuchte zu lächeln, um seinen düsteren Worten das Gewicht zu nehmen. Doch ebenso wie seine Geliebte wusste er, dass Bockelson, Knipperdolling und deren Vertraute über Leichen gingen, um ihr Ziel zu erreichen.

Die beiden mussten nicht lange warten, bis der nächste Zug der Wiedertäufer erfolgte. Nur wenige Tage später wurde in aller Herrgottsfrühe die Tür der Hütte aufgerissen, und mehrere Bewaffnete quollen herein. Noch bevor einer der vier etwas sagen konnte, schnauzte der Anführer der Söldner Helm an.

»Wie viele Weiber sind hier?«

»Nur meine Ehefrau und die meines Freundes Faustus«, brachte Helm mühsam hervor.

»Keine weiteren Weiber sonst?«

Helm schüttelte den Kopf. »Der ehrwürdige Prediger war der Ansicht, dass wir noch zu jung und wenig gefestigt seien, um die Verantwortung für mehr als ein Weib tragen zu können.«

»Also nur zwei Weiber! Können bleiben!« Mit diesen Worten verließ der Söldner die Hütte. Seine Männer folgten ihm, und kurz darauf hörten Frauke und die anderen, wie sie in das Nebenhaus eindrangen.

»Was geht hier vor?«, fragte Frauke und wollte zur Tür.

Doch Lothar hielt sie zurück. »Bleib hier! Es könnte sein, dass es draußen zu gefährlich ist.«

»Aber wir können doch nicht …«

»Es ist irgendetwas mit den Frauen. Ich glaube, es ist besser, wenn Faustus und ich nachsehen«, unterbrach Helm sie.

»Muss das sein?«, fragte Faustus, den das Hereinplatzen der Söldner in Panik versetzt hatte.

»Wir müssen wissen, was los ist. Komm jetzt!«, forderte Helm ihn auf und verließ die Hütte. Mit einem merklichen Zögern folgte ihm Faustus.

Nun vermochte Lothar auch Frauke nicht mehr in der Hütte zu halten und ging mit ihr hinaus. Nicht lange, da wurden sie auf eine Gruppe Frauen aufmerksam, die von etlichen Söldnern auf das nächstgelegene Tor zugetrieben wurden.

»Bruder, was geht hier vor?«, fragte Helm einen der Männer.

»Der König hat befohlen, alle überflüssigen Weiber und Kinder aus der Stadt zu treiben. Aber das wird er euch gleich selbst sagen«, erklärte der Söldner und wies auf Bockelson, der von seiner Leibwache umgeben herankam.

»Was soll das?«, rief ihm eine Frau empört zu. »Warum reißt ihr uns noch vor Tau und Tag aus den Betten und treibt uns wie Schafe zusammen?«

Der König der Wiedertäufer hob beschwichtigend die Arme. »Gott befahl mir, alle Frauen und Kinder, die nicht für die Versorgung der Krieger gebraucht werden, aus der Stadt zu weisen, auf dass die Vorräte reichen, bis unsere Brüder aus Holland und Friesland mit einem kampfstarken Heer erscheinen und unsere Bedränger vertreiben!«

Bockelsons Stimme hatte noch immer jenen hypnotischen Klang, mit dem er die Menschen so lange hatte beherrschen können. Doch diesmal versagte die Wirkung. Eine der Frauen spie sogar in seine Richtung aus.

»Gott will es dir gesagt haben? Ich sage dir, wer es war: deine Angst, mit uns zusammen hungern zu müssen! Wärst du so gut Freund mit Gott, wie du immer tust, würde er uns alle mit himmlischem Manna speisen und den Feind durch einen Sturm oder einen Engel mit einem Flammenschwert vernichten. Ich sage dir, du bist ein falscher Prophet und hast uns ins Verderben geführt. Schande über dich und all jene, die sich wie Kletten an dich gehängt haben, um in deinem Hofstaat etwas zu gelten!«

Die Anklage traf. Bockelson zuckte wie unter einem Schlag zusammen, entriss dem nächststehenden Leibwächter das Schwert und stürmte auf die Frau zu. Diese lachte ihn auch noch aus, als er zuschlug. Erst nach dem dritten Hieb verstummte sie und stürzte entseelt zu Boden.

Da erst kam Bockelson wieder zur Besinnung. Angeekelt ließ er das Schwert fallen und wandte sich an die Menge. »Dieses Weib wird in der tiefsten Hölle schmoren, und ihr wird jeden Tag aufs Neue das Fleisch von den Knochen gekocht werden. Euch aber sage ich, dass der Herr mit uns ist, aber wegen der Sünden, die in dieser Stadt noch immer begangen werden, Opfer von uns fordert. Auch ich bleibe nicht davon verschont!«

Dabei wies er auf eine Gruppe Frauen, die eben von Söldnern die Straße hochgeführt wurden.

»Da ist Silke!«, rief Frauke und wollte auf ihre Schwester zugehen.

Die Söldner stießen sie jedoch zurück. »Noch bist du nicht dran. Oder willst du freiwillig mit hinaus?«, fragte einer sie höhnisch.

Lothar trat auf Frauke zu, schlang den Arm um sie und zog sie zurück. »Wir können nichts tun«, raunte er ihr ins Ohr.

»Aber warum Silke? Warum gerade sie?«, flüsterte Frauke unter Tränen.

Diese Frage konnte Lothar ihr nicht beantworten. Silke wurde derweil zusammen mit anderen Frauen und etlichen Kindern unter Drohungen durch das Tor gescheucht und fand sich kurz darauf auf dem freien Feld zwischen der Stadtmauer und dem Belagerungsring wieder. Das ging nicht ohne Geschrei und Lamentieren ab, und so nützten einige Männer die Gelegenheit und mischten sich zwischen die Frauen, um aus der Stadt zu entkommen.

Faustus spürte sein Herz in der Brust wie einen Hammer schlagen. Seit dem Tod seines Freundes Isidor fühlte er sich in Münster wie eingesperrt, und er hatte keine Lust, seine heile Haut im Kampf mit den Truppen des Bischofs zu riskieren. Wie von einem unhörbaren Befehl getrieben, ging er immer näher auf die Frauen zu und passierte dann mit einem raschen Schritt das Tor.

»Was soll das?«, rief Helm hinter ihm her.

»Der gibt Fersengeld!«, warf einer der Söldner ein. »Ist nicht schade um ihn. Der Kerl hat ohnehin nichts getaugt.«

»Wir müssen von hier verschwinden, bevor irgendjemandem einfällt, dass du als Faustus' Ehefrau giltst«, sagte Lothar leise zu Frauke.

Diese schwankte, ob sie nicht ebenfalls gehen sollte, um mit ihrer Schwester zusammen zu sein, aber dafür hätte sie Lothar und ihren Bruder verlassen müssen, und das wollte sie nicht. Innerlich entzweigerissen, kehrte sie in ihre Hütte zurück, setzte sich, von Kummer und Verzweiflung überwältigt, auf einen Stuhl und barg das Gesicht in den Händen. Tränen quollen ihr zwischen den Fingern hindurch, und ihr Schluchzen drang bis auf die Gasse. Nach ihrem ältesten Bruder und der Mutter hatte sie eben auch ihre Schwester verloren.

16.

Der Fürstbischof und seine Truppen wurden von den aus der belagerten Stadt strömenden Frauen und Kindern vollkommen überrascht. Während Franz von Waldeck wie erstarrt auf die Vertriebenen blickte, trat Jacobus von Gerwardsborn auf einen Trupp Soldaten zu.
»Seht ihr dort die Ketzer und Teufelsmägde? Lasst keinen am Leben! Jeder Ketzer und jede Ketzerin, die ihr tötet, ist für euch eine Stufe höher ins Himmelreich.«
Einige der Soldaten setzten sich in Bewegung. Auch Hans zog sein Schwert und suchte sich ein Opfer, um seine Wut ausleben zu können.
»Weiber erschlage ich nicht«, hörte er seinen ehemaligen Unteroffizier Guntram neben sich sagen.
Auch andere Söldner wollten keine Frauen töten. Hans kümmerte sich jedoch nicht darum. Als er die erste Frau vor sich sah, schlug er gezielt zu. »Die erste Stufe ins Himmelreich«, murmelte er und suchte sich das nächste Opfer.
Es war Faustus. Dieser hob die Hände und rief, dass er sich ergeben wolle. »Bitte, ich war nur durch Zufall in der Stadt. Die Ketzer haben mich gezwungen, dortzubleiben!«
Hans aber dachte nur daran, dass ein weiterer toter Ketzer ihn dem Himmelreich näher brachte, und schwang sein Schwert. Entsetzt wollte Faustus zurückweichen, doch es war zu spät. Die Klinge fraß sich durch Fleisch und Knochen, und er sank schreiend zu Boden. Aber als er den Blick zum Himmel wandte, glaubte er dort ein leuchtendes Licht zu sehen, und von diesem umspielt, wartete dort sein toter Freund.

»Isidor!«, flüsterte er noch, dann umgab ihn nur noch Schwärze.

Weiter hinten packte Magnus Gardner den Fürstbischof und schüttelte ihn. »Wenn Ihr nicht eingreift, bringen die Hunde alle um, und dann habt Ihr eine Stadt vor Euch, in der sich jeder Mann, jedes Weib und jedes Kind wie eine in die Enge getriebene Ratte wehren wird, weil sie wissen, dass es keine Gnade für sie gibt.«

»Sie sollen aufhören!«, stöhnte Franz von Waldeck. »Verdammt noch einmal, sie sollen aufhören. Nehmt die Männer gefangen, bringt sie ins Lager und verhört sie. Die Weiber hingegen sollen dort bleiben, wo sie sind! Ich will sie nicht auch noch durchfüttern müssen.«

Gardner wusste, dass er im Augenblick nicht mehr erreichen konnte. Auf sein Zeichen hin spornten einige Reiter aus dem Münsterland ihre Pferde an und drängten die mordlustigen Söldner ab. Diese fuchtelten zwar mit ihren Waffen, wagten es aber nicht, sich gegen die eigenen Leute zu wenden.

Nur ein paar Landsknechte aus dem Mainzer Fähnlein wollten sich nicht bremsen lassen, und so sah Hans sich auf einmal Draas gegenüber.

»Hör auf«, schrie dieser ihn an, als Hans auf Silke losgehen wollte. »Der Fürstbischof hat es verboten!«

»Was geht der mich an?«, bellte Hans und wollte die junge Frau niederschlagen.

Da holte Draas aus und prellte ihm die Waffe aus der Hand.

»Verdammter Hundsfott!«, schrie er und hob die Waffe erneut.

»Lass ihn!«, hörte er da Moritz sagen. »Wenn du ihn tötest, hängen sie dich auf.«

»Danke!« Erleichtert nickte Draas seinem Freund zu und sah sich um. Er hatte sich an dem Morden nicht beteiligt, sondern ebenso wie Moritz versucht, die Männer zur Vernunft zu bringen. Bei den meisten war dies auch gelungen, nur Hans hatte sich als unbelehrbar erwiesen. Dieser stöhnte vor Schmerz, wagte es aber nicht, sich mit den beiden Brackensteinern anzulegen, sondern schlich fluchend davon. Sein Schwert ließ er zurück.

»He, du hast etwas vergessen«, rief Moritz ihm nach und warf ihm die Waffe hinterher.

Silke hatte sich schon tot gesehen und wandte sich jetzt dem Söldner zu, der ihr das Leben gerettet hatte. »Danke!«, sagte sie mit vor Schreck bebender Stimme.

Draas zuckte zusammen und musterte sie. »Silke!«

Es dauerte einen Augenblick, bis Silke in dem militärisch gekleideten Mann den ehemaligen Stadtknecht ihrer Heimatstadt erkannte. »Draas? Du bist es wirklich! Jetzt hast du mich zum zweiten Mal gerettet.«

»Nicht ganz! Der Bischof hat befohlen, dass die Frauen nicht zu uns ins Lager dürfen und nichts zu essen erhalten. Ihre einzige Hoffnung ist es, sich des Nachts an den Kriegslagern vorbeizuschleichen und sich als Bettlerinnen durchzuschlagen«, wandte Moritz ein.

Damit wollte Draas sich jedoch nicht abfinden. Er nahm Silke bei der Hand und zog sie mit sich. »Das werden wir doch sehen! Ich kenne Herrn Gardner, den Berater des Fürstbischofs. Wenn ich mich für dich verwende, wird er dir gewiss erlauben, im Lager zu bleiben.«

»Gardner, sagst du? Meinst du etwa Lothars Vater?«

Draas nickte. »Genau den! Das ist ein Mann, wie er sein soll, immer beherrscht, während der Fürstbischof doch das eine oder andere Mal vom Zorn überwältigt wird und Dinge befiehlt, die ihm hinterher leidtun.«

»Weißt du, dass Lothar in Münster ist?«, fragte Silke.

Verwirrt sah Draas sie an. »Das wusste ich nicht, aber dann ist es noch wichtiger, dass ich dich zu seinem Vater bringe.«

Ohne auf die Blicke der Söldner und Höflinge des Bischofs zu achten, die ihn davor warnten, einer Ketzerin zu helfen, trat Draas auf Gardner zu. »Herr, erlaubt mir ein Wort?«

»Es wird wohl schon mehr als ein Wort sein müssen, damit ich verstehe, was du von mir willst«, antwortete Gardner angespannt. Er kannte Draas als zuverlässigen Helfer und glaubte daher nicht, dass dieser aus einem nichtigen Grund zu ihm kam.

»Ich kenne die Frau hier aus meiner Heimatstadt und verbürge mich für sie«, begann Draas, gut Wetter für Silke zu machen.

Einem einfachen Söldner hätte Gardner sein Ansinnen wegen des bischöflichen Befehls abschlagen müssen. Hier aber wollte er es nicht tun, da er Draas weiterhin brauchte.

»Wer ist sie?«, fragte er daher halb gewillt, Silke bei dem Mann zu lassen. Dann aber kniff er die Augen zusammen. »Dich kenne ich doch! Bist du nicht eine der Frauen, die damals spurlos aus dem Kloster verschwunden sind?«

Draas bekam es mit der Angst zu tun, Gardner würde Silke jetzt wieder Gerwardsborn ausliefern, und spielte den stärksten Trumpf aus, den er hatte. »Ja, das ist Silke Hinrichs. Euer Sohn hat sie, ihre Mutter und ihre Schwester damals aus dem Klosterkeller befreit und dabei den Foltermeister des Inquisitors niedergeschlagen. Ich habe Herrn Lothar geholfen, die drei aus der Stadt zu bringen.«

»So war das also!« Gardners Blick suchte Gerwardsborn, doch der Inquisitor befand sich zu seiner Erleichterung ebenso wie seine Zuträger weit genug entfernt.

»Bring die Frau in mein Quartier und bleib gleich selbst dort«, befahl er Draas, wandte sich aber noch einmal an Silke. »Was weißt du über die Lage in der Stadt?«

»Ich war eines von Bockelsons Kebsweibern und konnte daher einiges erlauschen und Eurem Sohn mitteilen.« Es fiel Silke nicht leicht, dies zu gestehen, denn wie sie befürchtet hatte, zeigte sich Abscheu auf Draas' Gesicht.

»Du hast Lothar in der Stadt gesehen?«, fragte Gardner erregt.

»Er hat zum Schein meinen Bruder geheiratet«, berichtete Silke und fand, dass dies die Tatsache, dass sie eines von Bockelsons Weibern gewesen war, noch übertraf.

Das sah Gardner ebenso. Obwohl er den Kopf schüttelte, bewunderte er den Erfindungsreichtum seines Sohnes. Wichtig war aber nun anderes.

»Weshalb hat dieser Ketzerkönig dich ebenfalls aus der Stadt jagen lassen, obwohl du eines seiner Weiber bist?«

»Ich war nicht angesehen genug an seinem Hof, da ich nur die Tochter eines zugereisten Handwerkers bin. Die anderen Weiber stammen teilweise aus dem Adel oder dem gehobenen Bürgertum. Er hat sie geheiratet, um sich der Treue und Unterstützung ihrer Väter und Brüder zu versichern. Als er nun die Frauen aus der Stadt treiben ließ, musste auch er nach außen hin ein Opfer bringen, und auf mich konnte er leichter verzichten als auf eine Schwester von Knipperdolling oder Kibbenbrock. Um es offen zu sagen: Ich bin froh darum, dass die Wahl auf mich gefallen ist. Es ist nämlich Sünde, wie der König und seine Getreuen leben, und daran will ich keinen Anteil haben.«

»Gesündigt hast du trotzdem«, erklärte Draas vergrätzt.

»Hätte ich mich geweigert, hätte er mir den Kopf abschlagen lassen. Und so heilig, um auf diese Weise sterben zu wollen, bin ich nun einmal nicht«, verteidigte Silke sich unter Tränen.

Bevor Draas etwas darauf antworten konnte, griff Gardner ein. »Lass sie! Immerhin hat sie eben erklärt, dass sie nicht an die Lehren der Ketzer glaubt, denn diese sehnen sich nach dem Tod, weil sie danach angeblich von unserem Herrn Jesus Christus unter dessen Jünger aufgenommen werden. Jetzt aber bring sie weg, bevor der Inquisitor erfährt, welchen Fang wir hier gemacht haben.«

»Jawohl, Herr!« Draas packte Silke und zerrte sie hinter sich her.

»Hat Herr Lothar dich deswegen aus diesem Rattenloch gerettet, damit du diesem ketzerischen Hurenbock die Schenkel öffnen musstest?«, fragte er grollend.

»Wenn du so redest, wäre es wohl besser gewesen, ich wäre an Haugs Stelle auf dem Scheiterhaufen ums Leben gekommen«, antwortete Silke bitter.

»So habe ich es nicht gemeint. Ich freue mich ja, dass du alles überstanden hast!« Noch klang Draas knurrig, aber er war bereits halb versöhnt.

Silke sah traurig nach Münster hinüber. »Ich mag es überstanden haben, aber meine Schwester, mein Bruder und Lothar haben es noch nicht.«

Neunter Teil

Der eigene Weg

1.

Den Anführern der Wiedertäufer war nur allzu bewusst, dass ein Sieg des Fürstbischofs für sie Folter und Tod bedeutete. Einige von ihnen und auch ein großer Teil ihrer Anhänger hofften immer noch – trotz mehrerer falscher Prophezeiungen – auf ein Eingreifen der himmlischen Mächte zu ihren Gunsten. Dies wurde umso nötiger, als Franz von Waldecks Söldner eines Nachts die abgeschlagenen Köpfe jener Männer über die Mauer schleuderten, die einige der Belagerten als die Anführer des holländischen und des friesischen Täuferheeres erkannten, die Bockelson ihnen genannt hatte. Kurze Zeit später überbrachten Freunde, denen es gelungen war, sich durch den Belagerungsring des Fürstbischofs zu schleichen, die ernüchternde Nachricht, dass die holländischen Wiedertäufer bereits beim Sammeln von den spanischen Truppen der burgundisch-niederländischen Statthalterin Maria von Habsburg zerschlagen worden waren. Der Entsatz, auf den fast alle in Münster so sehr gehofft hatten, würde niemals kommen.

Bockelson, Knipperdolling, Krechting, Rothmann, Dusentschuer und den anderen Anführern blieb daher nichts anderes übrig, als auszuhalten, bis der Himmel selbst ihnen zu Hilfe kam. Für die einfachen Leute in Münster, ob sie nun gläubige Wiedertäufer waren oder nur gezwungenermaßen die Taufe angenommen hatten, bedeutete diese Entscheidung Hunger und Elend.

Die Not hielt nun auch in der kleinen Hütte an der Stadtmauer Einzug. Mehr als ein Stück mit Strohhäckseln gebackenen

Brotes konnten die Bäcker nicht mehr herstellen. Das Fleisch der geschlachteten Tiere war längst verzehrt, und wenn nun, was selten geschah, der Geruch von gebratenem oder gesottenem Fleisch aus einer Küche drang, so stammte dieser von kleinen, bepelzten Wesen mit langen Schwänzen. Handelte es sich dabei um eine Ratte, hatte der Jäger noch Glück gehabt. Meist aber gingen nur Mäuse in die Fallen, und die waren beinahe so dürr wie die Menschen, da es in den Vorratsräumen und Speichern auch für sie nichts mehr zu finden gab.

Frauke, Lothar und Helm konnten wenigstens auf den Notvorrat zurückgreifen, den sie sich in besseren Zeiten angelegt hatten, den meisten anderen aber blieb nur die nackte Not. Dennoch begehrte niemand gegen Bockelsons Herrschaft auf. Zu verhungern schien den meisten ein leichteres Los zu sein, als von dessen Henkern in Stücke gehauen zu werden.

Auch an diesem Tag hatte Frauke wieder einen Topf im Keller ausgegraben und ein wenig Suppe gekocht, als auf einmal die Tür aufging und Gresbeck hereinkam. Der Mann schwankte und musste sich am Türpfosten festhalten. Mit einem Mal schnupperte er.

»Ihr habt noch etwas zu essen! Bei Gott, ich hungere bereits seit drei Tagen.«

Rasch schöpfte Frauke je eine Kleinigkeit aus den drei Näpfen, die auf dem Tisch standen, in einen vierten Napf und reichte diesen Gresbeck.

»Möge Gott es dir vergelten«, sagte dieser und begann, hastig zu löffeln. Es machte längst nicht satt, und er äugte begierig auf die anderen Näpfe. Allerdings sah er selbst, dass Frauke, Lothar und Helm auch nicht mehr bekommen hatten als er.

»Es ist nicht mehr zum Aushalten!«, begann er das Gespräch. »Ich habe die Nase voll von all den Vorhersagen der selbsternannten Propheten, die dann doch nicht eingetreten sind. Außerdem will ich nicht warten, bis Bockelson verkündet, Gott habe gesagt, wir sollen unsere Toten essen, damit wir der Belagerung standhalten.«

»Was hast du vor?«, fragte Frauke, da Helm den Mund nicht aufbrachte.

»Ich will zur Stadt hinaus und zum Bischof, denn ich weiß, wie ich seine Leute hereinführen kann. Aber dafür brauche ich Hilfe!«

»Die wirst du bekommen!« Lothar nickte Frauke kurz zu und legte dann Helm die Hand auf die Schulter. »Bist du dazu bereit?«

Für Helm war die Sache nicht einfach, denn er war als Kind im Sinne der täuferischen Lehre erzogen worden. Ihm war jedoch klar, dass das, was Bockelson und sein engstes Gefolge praktizierten, nichts mehr mit den Idealen zu tun hatte, die von den Predigern damals gelehrt worden waren. Außerdem hatte der selbsternannte König von Neu-Jerusalem seine ältere Schwester zuerst zu einer seiner Frauen gemacht und sie hinterher einfach aus der Stadt gejagt.

»Ja!«, sagte er schließlich leise. »Ich bin dazu bereit.«

»Wir beide sind es auch!« Frauke legte ihre Hand auf Lothars und sah Gresbeck herausfordernd an, damit er nicht glauben sollte, nur Helm sei in der Lage, ihm Hilfe zu leisten.

»Wie willst du hinaus und dann mit den Bischöflichen wieder herein?«, wollte Helm wissen.

»Letzteres werde ich für mich behalten. Es ist nicht so, dass ich euch misstraue. Doch unter der Folter hat schon mancher gestanden, Vater und Mutter ermordet zu haben, obwohl beide noch lebten. Ihr werdet mich mit einem Seil die Mauer hinunterlassen, denn ich bin zu schwach, um alleine hinabklettern zu können. Den Rest werde ich ohne Hilfe bewältigen. Bei Gott, mir wäre lieber gewesen, wir hätten meinen ursprünglichen Plan ausführen können. Doch nachdem dieser Narr Faustus geflohen ist, haben sie den Rest von uns auf andere Mauerabschnitte verteilt, um uns zu überwachen und zu verhindern, dass auch wir Fersengeld geben. Wenigstens hat es dem feigen Kerl nichts geholfen, denn ich habe gesehen, wie ein Landsknecht ihn erschlagen hat.«

Da erst erinnerte Gresbeck sich, dass Frauke als Faustus' Frau gegolten hatte. »Du kannst froh sein, dass du den Kerl los bist, denn er war ein Feigling bis ins Mark. Außerdem hat er uns schwer geschadet. Aber das kannst du mit deinem Bruder und deiner Schwägerin zusammen wiedergutmachen. Die Nacht zieht herauf, und es ist Neumond. Da müsste ich ungesehen aus der Stadt gelangen.«

Frauke senkte den Kopf. Auch wenn sie nicht einmal Freundschaft für Faustus empfunden hatte, dauerte sie sein Ende. Immerhin hatte er durch die angebliche Ehe mit ihr verhindert, dass sie einen anderen Mann heiraten oder, wahrscheinlicher noch, aus der Stadt hatte fliehen müssen, ohne zu wissen, ob man sie draußen erschlug oder auf den Scheiterhaufen brachte. Auch Helm verspürte Trauer um Faustus. Zwar war der Tag nicht vergessen, an dem der ihn hilflos der Kälte überlassen hatte, doch danach war er ihm doch ein Freund geworden.

Im Gegensatz zu Frauke und Helm galten Lothars Gedanken allein Heinrich Gresbecks Plan. Der Mann schien sich alles gut überlegt zu haben, und wenn nun einer von ihnen die Hütte verließ, würde er annehmen, dass er verraten werden sollte. Es blieb ihnen daher keine Zeit mehr. Entweder machten sie mit, oder Gresbeck würde auf einem anderen Weg versuchen, aus der Stadt zu gelangen – und ohne Hilfe wahrscheinlich umkommen.

»Wir sollten bis kurz vor Mitternacht warten«, sagte Lothar. »Bis dahin müssen wir die Lampen löschen bis auf eine, die auf nur kleinster Flamme brennen darf, um kein Aufsehen zu erregen. Oder will hier jemand, dass die Nachtwachen hereinkommen und nachschauen, was wir tun?«

»Für eine Frau hast du einen klugen Kopf auf den Schultern«, lobte Gresbeck und erhielt dafür von Frauke ein zorniges

Schnauben. Sie mochte es nicht, wenn ein Mann glaubte, klüger zu sein als sie, nur weil sie weiblichen Geschlechts war.
»Was ist mit dem Seil?«, fragte sie.
»Das liegt bereit!« Gresbeck grinste.
Frauke blies die große Unschlittkerze aus, so dass nur noch das niederbrennende Herdfeuer die Hütte erleuchtete. »So, jetzt sieht es so aus, als wären wir zu Bett gegangen.«
»Mit den Hühnern«, spottete Helm.
»Wenn es wenigstens noch Hühner in diesen Mauern gäbe!« Lothar leckte sich die Lippen bei dem Gedanken an ein gebratenes Hähnchen, aber er hätte sich auch mit einem gekochten Suppenhuhn zufriedengegeben. Doch die gab es höchstens noch draußen bei den Belagerern.
»Bald wirst du eins essen können«, tröstete Frauke ihn.
»Dafür müssen zuerst Bockelson und seine Fanatiker gestürzt werden«, gab er zurück.
»Und wenn ihnen vielleicht doch der Herrgott hilft?«, fragte Helm beklommen.
Frauke wandte sich mit einer heftigen Bewegung zu ihm um.
»Bisher hat der Herr im Himmel alles geschehen lassen, ohne einzugreifen, und wenn dies so weitergeht, werden wir hier alle elend zugrunde gehen. Willst du das?«
»Nein, natürlich nicht!«
»Dann halte gefälligst den Mund!«
Es waren die letzten Worte, die in den nächsten Stunden fielen. Dabei saßen sie alle wie auf glühenden Kohlen. Heinrich Gresbeck wünschte sich, seine Flucht wäre bereits gelungen, und er befände sich wohlbehalten im Quartier des Fürstbischofs. Ungefährlich war die Sache nicht, denn er konnte an einen Söldner geraten, der zuerst zuschlug und dann erst nachsah, wen er getötet hatte. Doch die Not zwang ihn zu diesem Schritt. Nicht nur er selbst, sondern auch seine Freunde und Bekannten hungerten. Er hätte auch einige von ihnen auffordern können, ihm zu helfen, sich dann aber für Frauke, Lotte

und Helm entschieden. Von den dreien wusste er, dass sie auf seiner Seite standen und ihn nicht für eine Handvoll Brot an die Täuferführer verkaufen würden.

Auch Frauke gingen zahllose Gedanken durch den Kopf. Sicher war, dass bei der Eroberung der Stadt viel Blut fließen würde. Um Bockelson und dessen engste Gefolgsleute war es in ihren Augen nicht schade. Doch es waren eine Menge einfacher Leute hier, die an jene Ideale glaubten, welche Melchior Hoffmann einst verkündet hatte. Sie würden kämpfen, weil sie in Franz von Waldeck ein Werkzeug des Teufels sahen, das sie vernichten wollte.

Doch sollen wir deswegen alle in dieser Stadt umkommen?, fragte sie sich. Obwohl sie geheime Vorräte besaßen, wühlte der Hunger in ihren Eingeweiden. Für andere musste es noch weit schlimmer sein.

»Besser ein Ende mit Schrecken als ein endloser Schrecken«, murmelte sie und ergriff Lothars Hand.

»Keine Sorge, wir werden es schaffen«, flüsterte er ihr zu.

Frauke nickte und sah dabei auf die kuriosen Schatten, die das Herdfeuer auf die Wände malte. Fast sah es so aus, als würde die Hütte selbst ihnen zustimmen.

»Ja, wir werden es schaffen«, sagte sie und glaubte mit einem Mal fest daran.

2.

Während die Menschen in Münster hungerten, ließ es sich an Franz von Waldecks Tafel vorzüglich speisen – und an diesem Tag gab es einen besonderen Grund für ein kleines Festmahl.

Der Fürstbischof reckte seinen Pokal einem militärisch gekleideten Edelmann entgegen. »Auf Eure Gesundheit, Daun! Ich bin froh, dass Seine Majestät, der Kaiser, Euch mit dem Kommando über die Reichstruppen betraut, die dieses Ketzergesindel niederwerfen werden! Schon zu lange treibt es sich in Unserer Stadt herum.«

Insgeheim dachte Waldeck, dass es Wilken Steding recht geschah, nun ins zweite Glied zurücktreten zu müssen, denn er hatte in all den Monaten der Belagerung nicht das Geringste erreicht. Da war der neue Oberkommandeur schon ein anderes Kaliber.

Wirich von Daun stand auf und hob seinen Pokal. »Eure Hoheit, mein Schwert wird nicht ruhen, bis die Ketzer vernichtet sind!«

»Gut gesprochen«, antwortete Jacobus von Gerwardsborn salbungsvoll. »Niemand in dieser Stadt darf am Leben bleiben, denn sie alle sind von dem Gift der Häresie durchtränkt!«

Der Fürstbischof maß ihn mit einem zornigen Blick. »Wir haben Vertraute in der Stadt, die Uns mit Nachrichten versorgen. Es wäre ehrlos von Uns, diesen Leuten Unseren Dank zu verweigern und sie auf das Himmelreich zu verweisen!«

»Der Reichstag hat die Reichsexekution gegen Münster beschlossen! Das bedeutet, alle Ketzer müssen nach der Eroberung der Stadt ihrer gerechten Strafe zugeführt werden! Münster selbst muss niedergebrannt und bis auf die Grundmauern niedergerissen werden. Es soll zu einer Ödnis werden, auf dass alle Menschen im Reich erkennen, wie mit Ketzern verfahren wird.«

Da der Fürstbischof durch die kürzlich beschlossene Reichsexekution gegen Münster nicht nur frische Soldaten und Geld erhalten hatte, sondern mit Wirich von Daun auch noch ein neuer, dem Ruf nach sehr fähiger Oberbefehlshaber hinzugekommen war, mischte sich Jacobus von Gerwardsborn wieder stärker in die Planungen des Krieges gegen die Stadt ein. Ihm waren Waldecks Anweisungen ein Dorn im Auge, und er wollte Graf Daun dazu bewegen, diese zu ignorieren. Nach dem Sieg über die Ketzer wollte er Franz von Waldeck auf den Platz verweisen, der diesem zustand, und das war gewiss nicht der Bischofsstuhl von Münster, den dieser jetzt noch einnahm. Den Platz hatte Gerwardsborn bereits für sich selbst bestimmt.

Wirich von Daun bereitete die Forderung des Inquisitors Probleme, zumal die Befehle, die er erhalten hatte, im krassen Widerspruch dazu standen. »Seine Kaiserliche Hoheit, Ferdinand von Habsburg, wünscht, dass allen Ketzern, die sich nicht durch üble Taten hervorgetan haben, erlaubt wird, ihrem Irrglauben abzuschwören und wieder in den Schoß der allein seligmachenden Kirche zurückzukehren. Auch fordert er die Unversehrtheit von Weib und Kind.«

Bei diesen Worten atmete Franz von Waldeck auf. Es lebten immer noch die Ehefrauen und die Kinder einiger seiner Getreuen in der Stadt, und diesen durfte unter keinen Umständen ein Leid zugefügt werden. Auch Gardners Sohn Lothar war er es schuldig, dass dieser heil aus Münster herauskam.

Der Inquisitor kochte vor Wut, doch er dachte nicht daran zurückzustecken. Schon einmal hatte er die Landsknechte auf seine Seite gebracht, und diesmal würde es nicht anders sein. Daher beschloss er, gemeinsam mit seinen Untergebenen die einfachen Söldner und niederen Offiziere so zu bearbeiten, dass die Landsknechte in Münster ganz in seinem Sinne handelten. Die Herren hier am Tisch, die sich gegen ihn zu stellen wagten, würden irgendwann einmal für diesen Frevel bezahlen.

3.

Um Mitternacht brachen Frauke, Lothar und Helm zusammen mit Gresbeck auf. Dieser wollte an einer Stelle über die Mauer klettern, an der er einen der Stege erreichen konnte, die von den Nebenpforten zum Wall führten. Eigentlich hätten die Holzkonstruktionen nach dem Ende der Ausbesserungsarbeiten wieder entfernt werden müssen, doch den durch Hunger geschwächten Wiedertäufern fehlte die Kraft dazu. Allerdings hieß es für die vier, achtzugeben, denn es zogen immer wieder schwerbewaffnete und besser ernährte Söldner in Gruppen durch die Stadt, und denen durften sie nicht in die Hände fallen.
Das Seil hatte Gresbeck an der Stelle versteckt, an der Faustus und Isidor damals Helm auf dem Schutt abgelegt hatten. Nun nahm er es an sich und wies auf eine Leiter, die an der Innenseite der Wehrmauer lehnte. »Hier steigen wir hoch, denn die eigentlichen Aufgänge werden bewacht.«
»Arno hätte uns den Kopf abgerissen, wenn wir eine Leiter irgendwo unbeaufsichtigt hätten stehenlassen. Der neue Hauptmann lässt viel zu viel durchgehen«, sagte Helm kopfschüttelnd.
»Wüsste man dies bei den Bischöflichen, würden sie in der Nacht heimlich eindringen und eines der Tore öffnen. Dann wäre der Spuk rasch vorbei!« Lothar wunderte sich über diesen Schlendrian und beschloss, seinen Vater auf diese Möglichkeit hinzuweisen. Notfalls mussten Frauke, Helm und er ein paar Landsknechte an der Mauer hochziehen. Wenn sie leise und schnell genug waren, konnte es reichen, eines der

Tore zu besetzen und es zu öffnen. Besser aber wäre es, wenn Gresbecks Unterfangen gelang.

Helm stieg als Erster hinauf und meldete, dass die Luft rein sei. Als Nächste folgten Gresbeck und Lothar, während Frauke unten blieb und Laut geben sollte, falls sie etwas Ungewöhnliches bemerkte.

»Ihr dürft das Seil nicht zu fest verknoten, sonst hänge ich daran wie ein Fisch an der Angel«, mahnte Gresbeck und stand dann still, damit sie es befestigen konnten.

»Keine Sorge, wir machen es so, dass du das Seil auf jeden Fall abstreifen kannst. Eine Bitte habe ich noch: Sag Magnus Gardner, dem Berater des Fürstbischofs, Lotte lasse ihn grüßen!«

»Du kennst Gardner?«, fragte Gresbeck verblüfft, erhielt aber keine Antwort, denn Lothar drängte ihn, endlich über die Mauer zu steigen.

Das tat Gresbeck nun und wurde von Helm und der angeblichen Lotte hinabgelassen. Unten angekommen, hangelte er sich an der Wand entlang bis zu dem Steg. Kaum stand er auf den schwankenden Brettern, öffnete er den Knoten und zupfte kurz am Seil als Zeichen, dass sie es wieder einholen konnten. Anschließend schlich er auf Zehenspitzen über die für seine Anspannung viel zu laut knarzenden Bohlen. Nachdem er den inneren Graben überwunden hatte, kletterte er den Wall hoch und auf der anderen Seite wieder hinab.

Den Außengraben musste er durchwaten, aber zu seinem Glück war dieser durch die vergeblichen Versuche der Belagerer, ihn an mehreren Stellen zuzuschütten, seicht geworden. So gelangte er unbemerkt ans andere Ufer und schüttete erst einmal das Wasser aus seinen vollgelaufenen Stiefeln. Mit nassen Beinen stakste er langsam weiter.

Wolken bedeckten den Himmel und hüllten den Weg in totale Finsternis, aber Gresbeck kannte die Gegend und wusste, wo sich das nächste Lager der Bischofstruppen befand. Nach einer Weile wurde er trotzdem unsicher und glaubte bereits, er habe das Lager verfehlt. Da hörte er links vor sich ein Geräusch.

»Ist da jemand?«, fragte er angespannt.

»Ja, und ich würde ganz gerne wissen, wer du bist«, klang es grimmig zurück.

Gresbeck hob die Arme, obwohl der andere es in der Dunkelheit der Nacht nicht sehen konnte. »Ich bringe Botschaft für Seine Hoheit, den Fürstbischof, und für dessen Berater Magnus Gardner!« Das Letzte war ihm gerade noch rechtzeitig eingefallen, denn er hielt es für unwahrscheinlich, dass ein aufgegriffener Flüchtling sofort zu Franz von Waldeck gebracht wurde. Bei Gardner sah dies schon anders aus.

»Zu Gardner willst du? Dann komm mit!« Diesmal klang die Stimme schon weniger abweisend.

Das Glück hatte Gresbeck begünstigt, denn er war auf Draas getroffen, der gerade von seiner Wache an der Aa zurückkehrte und ins Lager zurückkehren wollte. Zwar kamen die Flaschen mit Lothars Botschaften nicht mehr so oft wie zu Beginn der Belagerung, dennoch wachte er abwechselnd mit Moritz, Margret und Guntram am Fluss, um ja keine Nachricht zu verpassen.

Draas hob die Laterne wieder auf, die er bei dem ersten Geräusch hinter einem Busch versteckt hatte, und befahl Gresbeck, vor ihm herzugehen. »Mach aber keine Dummheiten! Es wären die letzten deines Lebens«, drohte er und klopfte gegen den Griff seines Schwertes.

Schweigend trottete Gresbeck vor Draas her zum Lager. Dort rief die Wache sie an, erhielt von Draas das Losungswort und ließ sie ein.

»Na, wen hast du denn da gefangen?«, fragte Moritz, der in dieser Nacht die Wache anführte.

»Er will zu Gardner gebracht werden«, erklärte Draas.

»Dann sollten wir uns beeilen, bevor ungute Augen ihn sehen.« Damit spielte Moritz auf Gerwardsborn und dessen Gefolgsleute an, die ihnen mit ihrer Hetzerei auf die Ketzer in Münster schwer im Magen lagen.

Draas nickte, eilte zu dem Schuppen, der als Stall für die Kurierpferde diente, und weckte einen der Rossknechte. »Wir brauchen drei Gäule – und zwar schnell!«

»Bei euch muss immer alles schnell gehen. Wenn ihr auch im Bett so seid, werden die Weiber wenig Freude an euch haben«, murrte der Knecht, zog aber seine Hosen und sein Wams an und hob den ersten Sattel auf.

»Irgendwann gebe ich dem Kerl noch eine Maulschelle, dass ihm der Kopf von den Schultern fliegt«, knurrte Moritz, beließ es aber bei der Drohung und schwang sich auf das erste gesattelte Pferd. Erst als auch Draas aufgesessen war, durfte Gresbeck auf den dritten Gaul steigen. Den Zügel musste er an Draas übergeben, der ihn an seinen Sattel band.

»Mach dich auf einiges gefasst, wenn wir Herrn Gardner deinetwegen umsonst aufwecken«, warnte Moritz ihren Gefangenen und ritt mit einer Fackel in der Hand los. Trotz der Dunkelheit kamen sie gut voran und erreichten Telgte noch vor dem Morgengrauen.

Gardners Bedienstete waren es gewohnt, dass Draas und Moritz immer wieder zu unchristlichen Zeiten erschienen. Daher führte ein Diener die drei ohne Murren in einen Raum, in dem sie auf den Ratgeber des Fürstbischofs warten sollten, während Knechte sich der Pferde annahmen.

Kurz darauf erschien Magnus Gardner. Er hatte sich nicht die Zeit genommen, sich vollständig anzuziehen, sondern nur seinen Schaffellmantel umgelegt. »Was gibt es Neues aus Münster?«, fragte er angespannt.

»Wir haben diesen Mann hier aufgegriffen. Er wollte zu Euch gebracht werden«, berichtete Draas.

»So? Und wer bist du?«, fragte Gardner Gresbeck, der wie ein Häuflein Elend vor ihm stand.

»Ich ... ich soll Euch von Lotte grüßen!« Etwas anderes fiel dem Mann auf die Schnelle nicht ein.

»Lotte! Du kommst in s... in ihrem Auftrag?« In seiner Erregung hätte Gardner sich beinahe versprochen und aufgedeckt, dass sein Sohn als Frau verkleidet in Münster weilte.

»Nicht direkt, aber sie hat mitgeholfen, mich über die Stadtmauer abzuseilen«, erklärte Gresbeck. »Es ist nämlich so, dass ich einen Weg kenne, auf dem ich einen Trupp wackerer Männer in die Stadt führen kann, damit diese die Wache an einem Tor überwältigen und es für die Landsknechte Seiner Hoheit öffnen können.«

»Das würde mir und natürlich auch Seiner Hoheit gefallen!«, rief Gardner aus.

Moritz zog ein schiefes Gesicht. »Und wenn das eine Falle ist?«

»Das glaube ich ausschließen zu können. Trotzdem solltest du sofort den Fluss überwachen lassen. Es kann sein, dass eine Nachricht von Lotte kommt. Ist dies der Fall, können wir diesem Mann vertrauen.«

»Und wenn nicht?«, fragte Draas.

»Dann müssen wir uns überlegen, ob uns dieser Mann hier nicht doch belogen hat.«

»Das habe ich gewiss nicht!« Gresbeck bekam es mit der Angst zu tun und beteuerte wortreich, dass er stets auf der Seite des Fürstbischofs gestanden und sich nur aus Zwang den Wiedertäufern gebeugt habe.

Der Hinweis auf Lothar hatte jedoch gereicht, um Gardner zu überzeugen. Dennoch setzte er Gresbeck unter Druck, damit dieser alles sagte, was er wusste, und das anschließende Verhör brachte einiges Nützliche zutage. Da Gardner von seinem Sohn über die Entwicklungen in der Stadt auf dem Laufenden gehalten worden war, konnte er rasch erkennen, dass sein Gegenüber es ehrlich meinte. Gresbeck war der Herrschaft der Wiedertäufer in seiner Heimatstadt schon lange überdrüssig geworden und hatte bereits einmal versucht, diese zu stürzen. Zwar war Mollenheckes Rebellion gescheitert, doch diesmal, sagte Gardner sich, würden Bockelson und die Seinen fallen.

Eines aber galt es zu bedenken, und so fragte er Gresbeck nach Lotte und deren Gefährten aus. Es gefiel Gardner wenig, dass Lothar sich mit der Tochter und dem Sohn eines Wiedertäufers zusammengetan hatte. Aber er sah ein, dass diese ihm treulich geholfen hatten, seine Tarnung aufrechtzuerhalten, und zudem daran beteiligt gewesen waren, Gresbeck zur Flucht zu verhelfen.

»Ich werde mit Seiner Hoheit über deinen Vorschlag sprechen«, sagte er zuletzt zu Gresbeck. »Du kannst dich inzwischen stärken. Ich lasse Bier und Brot sowie ein Stück Schinken und eine Wurst bringen. Das hast du dir verdient.«

»Habt Dank, Eure Exzellenz!« Die Vorstellung, sich wieder einmal satt essen zu können, rührte Gresbeck zu Tränen. Vor Schwäche zitternd, folgte er dem Diener, der ihn in eine kleine Kammer mit vergitterten Fenstern und einer festen Tür führte und ihm dort auftischte.

Unterdessen wandte Gardner sich an Moritz und Draas. »Ich weiß, dass Landsknechte beim Sturm auf eine Stadt auf Beute hoffen und auf Weiber, die sie schänden können. Doch ich brauche Männer, die sich nicht von ihren Begierden hinreißen lassen.«

»Ein bisschen Geld zu erbeuten, wäre nicht schlecht, da der Sold nur schleppend und auch nicht immer vollständig ausgezahlt worden ist«, erklärte Moritz mit einem Grinsen. »Was die Weiber angeht, würde mir Margret mit ihrer Schöpfkelle einen Scheitel ziehen, und die Kelle ist aus Eisen.«

»Geld könnt ihr von mir haben«, bot Gardner an.

»Es geht um Herrn Lothar, nicht wahr?«, fragte Draas. »Keine Sorge, ich werde mich um ihn kümmern! Auch mich interessieren die Weiber nicht. Ich hoffe, dass die eine, die ich seit langem liebe, diese Liebe doch einmal erwidert. Und was

Geld betrifft, so wäre mir eine ehrliche Anstellung als Stadtknecht lieber. Ich bin kein Soldat, Herr, und will es auch nicht sein.«

Gardner reichte ihm gerührt die Hand. »Du sollst deine Anstellung bekommen, sobald mein Sohn die Stadt heil verlassen hat.«

»Schade, ich hatte gehofft, du würdest bei uns bleiben. Obwohl – das Brackensteiner Fähnlein ist auch nicht mehr das, was es einmal war. Vielleicht sollte ich auch um eine Anstellung als Stadtknecht bitten. Margret würde es freuen, wenn wir sesshaft würden und heiraten könnten.« Moritz sah Gardner so hoffnungsvoll an, dass dieser ihm lächelnd auf die Schulter klopfte. »Auch das ist möglich. Nur rettet meinen Sohn!«

»Das werden wir, und wenn ich Gerwardsborn höchstpersönlich zum Teufel schicken muss!« Draas klang so ernst, dass sowohl Gardner als auch Moritz es ihm glaubten.

»Sei aber vorsichtig!«, mahnte Lothars Vater ihn.

Dann blickte er an sich herab und verzog das Gesicht. »So kann ich nicht bei Seiner Hoheit erscheinen. Während ich mich umkleide, solltet ihr etwas essen. Bleibt aber in meiner Nähe, damit ich euch jederzeit neue Befehle erteilen kann!«

»Das werden wir«, versprach Draas, hakte Moritz unter und führte ihn hinaus.

»Sollten wir nicht besser den Fluss überwachen, für den Fall, dass tatsächlich eine neue Botschaft von dieser Lotte kommt?«, fragte sein Freund.

»Diese Lotte ist in Wahrheit Gardners Sohn Lothar, der sich als Weib verkleidet hat. Das war für den Jungen nicht einmal so schwierig, denn er sieht wirklich so aus wie ein Mädchen. Aber schließe von seinem Aussehen nicht auf seinen Mut. Über den verfügt er mindestens so viel wie ein halbes Dutzend handfester Kerle zusammen! Und was eine mögliche Botschaft betrifft, so sollten wir einen Boten zu Margret schicken,

dass sie den Fluss nicht aus den Augen lässt. Ich bin mir sicher, dass Herr Lothar uns sehr bald eine zukommen lässt.«
Damit war für Draas alles gesagt. Nun galt es wieder zu warten, was die nächsten Stunden und Tage bringen würden. Doch was es auch sein mochte – er war bereit, das Richtige zu tun.

4.

Die Ungewissheit war in ihrer Situation das Schlimmste. Frauke und Lothar mussten sich zurückhalten, um nicht jeden Augenblick auf die Mauer zu steigen und zu schauen, ob sich in den Lagern der Bischofstruppen etwas tat. Doch die Vorbereitungen für einen Streich, wie Heinrich Gresbeck ihn vorhatte, mussten heimlich vonstattengehen, damit die Verteidiger in der Stadt nicht gewarnt wurden, und es würde auffallen, wenn sie ständig oben standen und auf die bischöflichen Truppen hinabstarrten.

Da er nichts anderes tun konnte, entschloss Lothar sich, eine Nachricht an seinen Vater zu schreiben und diese der Aa zu übergeben. Als er seine Papiervorräte sichtete, bemerkte er, dass kaum noch Blätter übrig waren. Auch besaß er lediglich zwei leere Flaschen.

Es wird Zeit, dass dies hier zu Ende geht, dachte er, als er das Reißblei in die Hand nahm und in kurzen Sätzen aufschrieb, dass jemand aus der Stadt zu Magnus Gardner gehen wollte. Auf Gresbecks Namen verzichtete er ebenso wie auf die Betonung seiner familiären Verbindungen zu seinem Vater. Sollte die Botschaft in die falschen Hände geraten, durfte diese weder auf ihn zurückzuführen sein noch einen anderen Menschen in der Stadt erwähnen.

Als er das Papier in die Flasche gestopft und diese verschlossen hatte, hielt er es in der Hütte nicht mehr aus.

»Ich komme gleich wieder«, sagte er noch zu Frauke und Helm, legte das Schultertuch um und brach auf.

Lothar kam gut bis an den Fluss, sah dann aber mehrere Männer am Ufer stehen und schob die Flasche ganz vorsichtig ins Wasser. In der schwachen Strömung schaukelte die Flasche wie ein Korken auf und nieder. Daher erschien es ihm fast unmöglich, dass sie nicht entdeckt wurde. Doch sie passierte die Stelle mit den Männern, ohne dass sie einem davon auffiel. Schließlich gingen diese weiter, und Lothar atmete auf. Als er sich umdrehte, spürte er plötzlich eine harte Hand auf seiner Schulter und blickte in zwei fiebrig glänzende Augen.

»Was hast du eben ins Wasser geworfen?«

Lothar konnte es nicht leugnen, da der Mann ihn anscheinend gesehen hatte. »Nur eine alte Flasche, die ich nicht mehr brauche«, versuchte er, sich herauszureden.

»Eine Flasche, sagst du? Was war in der Flasche drinnen? Wein, nicht wahr!« Der Fremde leckte sich die Lippen und starrte Lothar giftig an. »Du hast Wein getrunken! Auch siehst du nicht so verhungert aus wie manch anderer. Gewiss hast du Lebensmittel versteckt und labst dich heimlich daran, während es mir vor Hunger beinahe die Därme zerreißt. Du wirst mir deine Vorräte geben, sonst melde ich dich Knipperdolling. Der braucht immer jemanden, dem er den Kopf abschlagen kann, damit er nicht aus der Übung kommt.«

Lothar überlegte verzweifelt, was er tun sollte. Auch wenn Frauke, Helm und er noch über ein paar Vorräte verfügten, so hungerten sie kaum weniger als die anderen. Trotzdem überlegte er, ob er dem Mann nicht einen Teil davon versprechen sollte.

Da packte dieser ihn an der Kehle und drückte zu. »Du wirst mir deine Vorräte geben, du Miststück, hast du verstanden?« Der Kerl sprach leise, verstärkte aber mit jedem Wort seinen Griff.

Lothar versuchte sich verzweifelt zu befreien, doch die Gier verlieh dem anderen schier übermenschliche Kräfte. Selbst als er ihm mit beiden Fäusten ins Gesicht schlug, gab sein Gegner nicht auf.

»Wenn du mich umbringst, bekommst du gar nichts«, würgte Lothar mühevoll heraus. Seine Gegenwehr wurde jedoch immer schwächer, und er spürte, wie eine schwarze Wolke auf ihn zuraste und ihn einzuhüllen drohte.
»Kriege ich deine Vorräte nicht, kriege ich dich. Du hast genug Fleisch auf den Rippen«, hörte er den anderen noch sagen, dann erlosch er wie ein Blatt im Wind.
Der Mann grinste, als Lothar in seinen Armen erschlaffte, und zerrte ihn in den Schatten eines Hauses. Dort zog er sein Messer, um sein Werk zu vollenden. Im nächsten Augenblick erstarrte er und riss den Mund zum Schrei auf. Es kam jedoch nur ein Röcheln über seine Lippen. Dann sackte er in sich zusammen und blieb starr liegen.
Hinter ihm stand Frauke mit vor Schrecken und Ekel graugrünem Gesicht. Die Hand, in der sie das blutbefleckte Messer hielt, zitterte. Sie riss sich jedoch zusammen und kniete neben Lothar nieder.
Dieser rang mühsam nach Luft und wurde sich seiner Umgebung langsam wieder bewusst. Als er die Augenlider öffnete und Fraukes Gesicht über sich sah, schüttelte er mühsam den Kopf. »Mich narrt ein Trugbild! Du kannst noch nicht im Himmel sein.«
»Das bist du auch nicht. Oh Gott, ich habe ihn erstochen! Heilige Maria Muttergottes, hilf!« Zum ersten Mal in ihrem Leben rief Frauke die Mutter Jesu an, wie sie es als Kind von katholischen Frauen gehört hatte.
Nun begriff Lothar, was geschehen war, und fasste ihre Hände. »Du hast mich vor dem Tod gerettet und davor, in einer heimlichen Ecke verzehrt zu werden.«
»Als du losgegangen bist, um dem Fluss die Botschaft anzuvertrauen, bin ich unruhig geworden und dir gefolgt«, flüsterte Frauke, die den Toten nicht anschauen konnte.
Im Gegensatz zu ihr begriff Lothar schnell, dass sie beide in höchster Gefahr schwebten. Wenn jemand sie hier bei dem

Leichnam sah, würde man ihnen das unterstellen, was der andere gewollt hatte, und sie hinrichten.

»Wir müssen schleunigst weg von hier! Kannst du mir aufhelfen? Mir ist noch ganz schwindlig, und ich habe keine Kraft mehr. Außerdem tut mir der Hals fürchterlich weh.«

Seine Worte brachten Frauke zur Besinnung. Sie versteckte das Messer unter ihrer Kleidung, schob Lothar einen Arm unter die Schulter und zog ihn hoch. Als er endlich stand, musste sie ihn beim Gehen stützen. Zuerst kamen sie nur mühsam voran. Doch Lothar erholte sich bald und lenkte Frauke, die auf geradem Weg nach Hause hatte gehen wollen, um ein paar Ecken, so dass es zuletzt aussah, als kämen sie aus einer ganz anderen Richtung.

Helm hatte die Hütte bereits verlassen, um seinen Wachdienst zu versehen. Vorher aber hatte er zu Fraukes Ärger ihre Abwesenheit benützt, um den Morgenbrei, der eigentlich für alle drei gedacht gewesen war, allein aufzuessen.

»Ich bringe ihn um!«, fauchte sie – und zuckte zusammen, denn ihre Worte erinnerten sie an das, was eben geschehen war.

»Oh Himmel! Wird Gott mir das verzeihen?«, stöhnte sie.

Lothar trank einen Schluck Wasser und schloss sie dann in die Arme. »Du hast mein Leben gerettet! Hättest du es nicht getan, wäre ich jetzt tot, und dieser Wahnsinnige würde sich an meinem Fleisch laben. Dabei aber hätte er auch erkannt, dass ich keine Frau bin. Wenn er dies an Bockelson und dessen Schergen verraten hätte, wären auch du und Helm in großer Gefahr gewesen. Nein, du hast das einzig Richtige getan. Dafür kann Gott dich nicht strafen.«

Obwohl Frauke nickte, liefen ihr die Tränen in Strömen über die Wangen. »Es ist so furchtbar!«

Lothar begriff, welches Entsetzen sie erfüllte, und küsste ihre kalten Lippen. »Es werden wieder schönere Tage für uns kommen, das verspreche ich dir!«, sagte er und hielt sie so fest in seinen Armen, dass er ihren Herzschlag ebenso spürte wie sie den seinen.

Es vergingen einige Stunden, bis Frauke ihren größten Schrecken überwunden hatte. Auch Lothar kam nach dem Zwischenfall nicht so rasch auf die Beine, wie er gehofft hatte. Sein Hals schmerzte, und er bedauerte es, dass er keine Pfefferminze und auch kein Süßholz mehr besaß, um sich einen lindernden Aufguss bereiten zu können. So begnügte er sich mit einem Gemisch aus Salbei und Thymian, das zwar nicht so gut schmeckte, aber ebenfalls half. Als er dann auch noch begann, aus ihren gering gewordenen Vorräten ein kleines Mittagessen zu kochen, schüttelte Frauke ihre Benommenheit ab und nahm ihm den Kochlöffel aus der Hand.

»Du musst mich für ein äußerst jämmerliches Wesen halten, das seine Pflichten versäumt«, sagte sie mit müder Stimme.

»Im Gegenteil! Du bist die mutigste Frau, die ich kenne, und die einzige, mit der ich mein weiteres Leben verbringen will.« Lothar strich ihr über die tränenfeuchten Wangen und küsste ihre Augen, ihre Nasenspitze und ihren Mund. Als er sie wieder losließ, sah er sie mit großem Ernst an.

»Gott soll mich verdammen, wenn ich je vergesse, was du für mich getan hast! Wir dürfen aber nicht darüber sprechen, denn in dieser Stadt regiert die Willkür und nicht das Recht. Außerdem müssen wir überlegen, was wir tun sollen. Mein Herz drängt mich dazu, bereits in der kommenden Nacht zu fliehen. Wir könnten denselben Weg nehmen wie Gresbeck.«

Während Lothar Fluchtpläne schmiedete, schüttelte Frauke den Kopf. »Helm würde nicht mitkommen. Da die Landsknechte des Bischofs bereits einige Flüchtlinge erschlagen haben, zittert er vor Angst, ihm könnte das Gleiche widerfahren. Außerdem weiß er, dass der Inquisitor immer noch im Lager des Bischofs weilt.«

»Notfalls bleibt Helm zurück!« Noch während Lothar diesen Vorschlag machte, wusste er, dass er ihn nicht würde ausführen können. Um zu verhindern, dass zu viele wehrfähige Männer flohen, bestraften die Täuferführer oft genug deren Verwandte. Gresbeck hatte das Glück, dass seine engsten Familienmitglieder bereits von Jan Matthys vertrieben worden waren. Helm war jedoch Fraukes Bruder und, was in den Augen der Wiedertäufer noch schlimmer wog, sein oder, besser gesagt, Lottes Ehemann.

»Nein!«, sagte er nach einer Weile. »Wir lassen Helm nicht zurück. Ich will nicht mit der Schuld vor Gott treten, dass dein Bruder gestorben ist, weil ich zu feige war, ihm zu helfen.«

»Du bist ein edler Mensch, Lothar. Das hast du bereits gezeigt, als du mich damals gewarnt hast. Hätte mein Vater auf deine Worte gehört, könnten mein älterer Bruder und meine Mutter noch leben. Doch er hat gezögert, und deswegen ist alles in Stücke zerfallen, was mir je etwas bedeutet hat.«

Lothar nahm ihr den Kochlöffel aus der Hand und umarmte sie. »Es gibt eine Fabel von einem Vogel, der verbrannt wurde und aus seiner eigenen Asche wieder neu entstand. So wird es auch bei uns sein, meine Liebste. Mag der heutige Tag uns noch quälen, so wird der Morgen umso strahlender der Nacht entsteigen.«

»Das hast du schön gesagt«, antwortete Frauke und holte sich den Kochlöffel zurück, denn der Brei im Topf drohte anzubrennen.

5.

In den nächsten Tagen hielten Frauke und Lothar stets den Atem an, wenn draußen vor der Hütte Schritte aufklangen. Meistens aber war es nur Helm, der von seinem Wachdienst auf der Mauer zurückkehrte. Von dem Toten hörten sie nichts mehr. Weder gab es Gerüchte über einen Erstochenen, noch suchten die Büttel des Täuferkönigs nach Mördern. Erst nach einer Weile begriffen Frauke und Lothar, dass wahrscheinlich jemand den Leichnam gefunden und versteckt hatte. Was dann passiert war, konnten sie sich ausmalen, und das war nicht angenehm.

Sie wagten es nicht einmal, Helm zu berichten, was ihnen zugestoßen war, damit dieser sie nicht aus Versehen verraten konnte. Doch beiden war klar, dass sie es in Münster nicht mehr lange aushalten würden. Als sie an einem der nächsten Tage am Morgen zusammensaßen und zu dritt ihre Hungerportion verzehrten, die selbst für einen zu wenig gewesen wäre, deutete Helm nach Norden.

»Heute Nacht habe ich am Kreuztor Wache gehalten. Was meint ihr, was ich da gesehen habe?«

»Jetzt rede schon! Mir fehlt die Lust, um Rätsel zu lösen«, fuhr Frauke ihn an.

»Draußen vor dem äußeren Graben haben sich mehrere Männer herumgetrieben. Zwar hatten sie ihre Laternen abgeblendet, so dass kaum Licht zu sehen war, aber ich konnte sie erkennen und nehme an, dass sie sich die Bastion und den Wall angesehen haben. Ich schätze, sie werden bald mit mehr Männern wiederkommen und in die Stadt eindringen.«

»Hast du das gemeldet?«, fragte Lothar.
Helm schüttelte den Kopf. »Warum sollte ich?«
»Haben es die anderen Wachen denn nicht gesehen?«
»Nein, die haben geschlafen. Weißt du, der Hunger macht müde, und so war ich als Einziger wach«, erklärte Helm.
Frauke fasste ihn ganz aufgeregt am Arm. »Wie lange, glaubst du, wird es dauern, bis der Angriff erfolgt?«
»Die kommende Nacht sicher nicht. Da sie nicht wissen, ob jemand sie bemerkt hat, könnte man ihnen eine Falle stellen. Ich schätze, dass es noch einige Tage dauern wird, bis die Wachsamkeit in ihren Augen wieder nachlässt«, antwortete Lothar nachdenklich.
Helm wiegte den Kopf. »Das vermute ich auch. Aber wir sollten auf jeden Fall darauf vorbereitet sein. Ich weiß nur nicht, wie es sein wird, wenn wir den Landsknechten des Bischofs gegenüberstehen. Was ist, wenn sie uns einfach niederhauen?«
»Ich hoffe, dass mein Vater vorgesorgt hat. Sicher wird Gresbeck ihm mitgeteilt haben, wo wir zu finden sind.«
Lothar wusste selbst, dass er sich an einer vagen Hoffnung festklammerte. Wenn Heinrich Gresbeck seinen Gruß an den Vater nicht ausgerichtet hatte, konnte dieser den Mann auch nicht gefragt haben, wo er wohnte. Um Frauke und deren Bruder nicht zu entmutigen, verschwieg er ihnen seine Zweifel und forderte sie nur auf, achtsam zu sein.
»Wenn die Landsknechte des Bischofs die Stadt stürmen, können wenige Augenblicke über Tod und Leben entscheiden. Du darfst dich dann nicht den Kämpfern anschließen, sondern musst bei uns bleiben«, schärfte er Helm ein.
Dieser nickte verbissen. »Ich hoffe, du hast recht! Aber da unser Herr Jesus Christus es bisher nicht für nötig gehalten hat, Jan Matthys' und Bockelsons Prophezeiungen zu erfüllen, wird er es auch in den nächsten Tagen nicht tun. Also ist unsere ganze Lehre eine Lüge gewesen.«
»Eine Lüge vielleicht nicht, aber zu radikal. Gott ist für alle

Menschen da, nicht nur für Römisch-Katholische oder Lutheraner oder Wiedertäufer. Immerhin gibt es im Osten die griechische Kirche, die ebenfalls nicht dem Papst untersteht. Wer behauptet, die allein seligmachende Lehre zu verkünden, verrät für mich das Christentum.«

In den letzten Monaten hatte Lothar oft genug über theologische Dinge nachgedacht und seinen eigenen Weg gesucht. Eines war für ihn klar: Eine Rückkehr zu einer Konfession, deren Oberhaupt Männer wie Jacobus von Gerwardsborn ausschickte, um Zweifler zu vernichten, kam für ihn ebenso wenig in Frage wie eine Lehre, die nur einem kleinen Kreis von Eingeweihten das Himmelreich versprach und alle anderen zur Hölle verdammt sehen wollte.

»Bockelson hat uns alle verraten«, erklärte Helm.

Frauke wiegte unschlüssig den Kopf. »Zu Beginn geschah es vielleicht noch aus guter Absicht heraus, doch jetzt geht es ihm nur noch um seine Macht.«

»Alle Täuferführer haben ihren Weg mit guten Absichten begonnen«, sagte Lothar nachdenklich. »Irgendwann aber sind sie von ihrer eigenen Lehre abgewichen und haben jene, die ihnen vertrauten, ins Verderben geführt.«

»Dann wollen wir hoffen, dass nicht auch uns das Verderben erfasst und die meisten anderen ebenfalls nicht!« Frauke seufzte tief, sammelte die Näpfe ein und wusch sie aus, während ihr Bruder und Lothar noch eine Weile zusammensaßen und über Segen und Fluch der Täuferbewegung sprachen.

Schließlich schüttelte Helm den Kopf. »Das ist mir alles zu gelehrt! Ich bin Handwerker, und mein Vater hat mir beigebracht, Gürtel zu machen. Das würde ich gerne wieder tun.«

Er klang so aufrichtig, dass Frauke erstaunt den Kopf hob. Früher hatte Helm sich gerne vor der Arbeit gedrückt, doch mittlerweile schien er erwachsen geworden zu sein. Einen Augenblick lang dachte sie an ihren Vater, der allein mit Katrijn in dem großen Haus lebte, nachdem seine zweite Frau vertrieben worden war. Mit ihm verband sie nichts mehr. Er hatte sich von seiner alten Familie abgewandt und zugesehen, wie sie alle ins Unglück geraten waren.

Nur mühsam gelang es Frauke, ihre bitteren Gedanken abzuschütteln. Das Wichtigste war nun, dass Lothar, Helm und sie unbeschadet aus dieser Stadt herauskamen.

6.

Der Angriff ließ auf sich warten. Während Frauke, Lothar und Helm sich hilflos dem Schicksal ausgesetzt fühlten, wurden in den Feldlagern der Bischofstruppen die Vorbereitungen für den Sturm vorangetrieben. Obwohl alles heimlich geschah, um die Wiedertäufer nicht zu warnen, so wurde doch diejenige Person darauf aufmerksam, die Magnus Gardner ans andere Ende der Welt wünschte, nämlich Jacobus von Gerwardsborn. Der Inquisitor wusste, dass er bei Franz von Waldeck nichts erreichen konnte, daher suchte er das Gespräch mit den niederrangigen Offizieren und war sich auch nicht zu schade, mit einfachen Landsknechten zu sprechen.

Draas und Moritz gefielen die Hetzreden des Inquisitors gar nicht, weil sie ihren eigenen Auftrag zu gefährden drohten. Inzwischen hatten sie zehn Landsknechte ausgewählt, die mit ihnen kommen sollten. Moritz hielt die Männer zwar für zuverlässig, dennoch versprach Gardner jedem von ihnen etliche Gulden Belohnung, wenn es ihnen gelingen würde, seinen Sohn unversehrt aus der Stadt herauszuholen.

Am Abend des Tages, der der alles entscheidenden Nacht vorausging, begab Draas sich zu Margrets Wagen. Die Marketenderin kümmerte sich zu seiner Erleichterung um Silke, und mit ihr wollte er sprechen.

»Na, was ziehst du für ein Gesicht?«, fragte ihn Margret. »Man könnte meinen, Gardner wolle dich in die Hölle schicken, um dem Teufel seine drei goldenen Haare zu stehlen.«

»Ganz so schlimm ist es nicht«, antwortete Draas mit einem

misslungenen Lachen. »Aber kannst du mir sagen, wo Silke ist? Ich möchte sie etwas fragen.«

»Ich bin hier!« Silke streckte den Kopf aus dem Wagen und sah ihn neugierig an. »Gibt es neue Botschaft von Lothar?« Draas seufzte, da der Auftrag, den er, Moritz und Margret heimlich hatten ausführen müssen, nun auch schon Silke bekannt war.

»Nein«, antwortete er. »Aber heute Nacht geht es los. Daher will ich von dir noch einmal genau wissen, wo Herr Lothar und deine Schwester sich aufhalten.«

»Du darfst Helm nicht vergessen! Ich will nicht, dass ihm etwas geschieht«, mahnte ihn Silke.

»Wenn der Bursche klug ist, bleibt er bei Herrn Lothar. Wenn er allerdings blindlings durch die Stadt rennt, kann ich ihm nicht helfen.«

Draas hatte Helm als vorlautes Bürschchen in Erinnerung, dem er wegen seiner Streiche gerne ein paar saftige Ohrfeigen verpasst hätte. Im Gegensatz zu ihm wusste Silke, dass ihr Bruder reifer geworden war, und hoffte, dass er Lothars Ratschläge befolgen würde. Doch um Helm und auch ihre Schwester zu retten, musste Draas wissen, wo er zu suchen hatte. Daher stieg sie vom Wagen, setzte sich daneben und glättete den Boden mit ihrer Rechten.

»Wenn das hier die Stadt ist«, sagte sie und zog einen etwas nach Osten ausgebauchten Kreis, »dann befindet sich Lothars Hütte hier direkt bei der Stadtmauer. Ihr müsst vom Kreuztor nur ein Stück nach Süden gehen, um sie zu finden.«

»Woher weißt du, dass wir durch das Kreuztor in die Stadt eindringen wollen? Der Plan war doch geheim«, wunderte Draas sich.

Margret, die bislang stumm dabeigestanden war, musste lachen. »Du weißt doch, dass hier die Wände Ohren haben.«

»Verdammt! Wenn man euch beim Lauschen erwischt, ergeht es euch schlecht!«

»Du verdächtigst uns zu Unrecht«, erklärte jetzt Silke. »Margret und ich haben nichts mit dem Geschwätz zu tun, sondern diese Neuigkeit zufällig gestern durch Magister Rübsam erfahren.«

Draas fuhr empört auf. »Seit wann gebt ihr euch mit dem Kerl ab?«

Die beiden Frauen lachten ihn aus. »Wir waren auf der Latrine. Dorthin gehen wir immer zu zweit, weil wir einzeln durch einen wüsten Kerl abgefangen werden könnten. Bei der Gelegenheit haben wir Rübsam belauscht«, berichtete Margret.

»Der geht doch nicht auf den Abtritt der einfachen Soldaten!«, brummte Draas ungläubig.

»Wenn einer es eilig hat, kümmert ihn das nicht«, antwortete Margret noch immer lachend. »Aber um der Wahrheit die Ehre zu geben: Einer dieser mönchischen Schleicher und Rübsam haben sich bei der Latrine getroffen und über den bevorstehenden Angriff gesprochen.«

»Ihr Herr will immer noch alle Menschen töten lassen, die sich in Münster aufhalten. Der Mann macht mir Angst!« Silke klang so furchtsam, dass Draas sie am liebsten in die Arme genommen hätte, um sie zu trösten.

»Der Teufel soll den Inquisitor holen!«, fluchte er. »Aber gleichgültig, was auch geschieht – ich hole Herrn Lothar, Frauke und nach Möglichkeit auch deinen Bruder dort heraus. Aber wenn ich das schaffe, will ich eine Belohnung von dir!«

»Ich gebe dir alles, was ich habe!« Silke sah dabei so zart und verletzlich aus, dass Draas seine Forderung leidtat und er sie sofort wieder einschränkte.

»Wenn du mir Vergelt's Gott sagst, muss es auch reichen.«

»Ein bisschen mehr dürfte es schon sein«, erklärte Margret spöttisch. »Einen Kuss oder zwei sollte Silke das Leben ihrer Geschwister doch wert sein.«

Silke sah Draas mit ernster Miene an. »Das ist es mir!«

Dabei musterte sie den ehemaligen Stadtknecht und fand, dass er eigentlich ein schmucker junger Mann war. Doch bei den Soldaten wollte sie nicht bleiben, und so wusste sie nicht, wie sie sich entscheiden sollte – falls ihr überhaupt eine Wahl blieb.

Es tat ihr um Draas leid, und sie hoffte, dass Helm, aber auch Frauke und Lothar ihr helfen konnten, das Richtige zu tun. Vorher aber mussten die drei gerettet werden. Daher erklärte sie Draas haargenau, was sie wusste, und wies ihn auch auf ein paar Schleichwege hin, sollten die anderen Straßen durch Verhaue gesperrt sein.

Ihr Bericht war so lebhaft, dass Draas die Straßen und Plätze Münsters vor sich zu sehen glaubte. Daher konnte er hoffen, schneller bei Lothar zu sein als Gerwardsborn und die von ihm aufgehetzten Söldner.

»Danke, das war hilfreich!«, lobte Draas die junge Frau und kehrte zu Moritz und den Kameraden zurück, die sie bei ihrer Suche nach Lothar unterstützen sollten.

Unweit von ihnen machte sich die Sturmschar bereit. Zuvorderst standen die Männer, die in die Stadt eindringen und das Tor öffnen sollten. Das war eine gefährliche Angelegenheit, die leicht misslingen konnte. Doch als Belohnung lockte doppelter Sold und das erste Anrecht auf Plünderung. Das war die Sache allen wert.

Zu Draas' und Moritz' Ärger befand sich auch ihr ehemaliger Kamerad Hans, der sich mittlerweile voll und ganz dem Inquisitor angeschlossen hatte, in diesem Trupp. Falls es den Wiedertäufern nicht gelang, ihn rasch zu erledigen, würde er so viele von ihnen umbringen, wie es ihm möglich war.

»Wehe, der Kerl kommt uns in die Quere«, flüsterte Moritz und bewies Draas damit, dass er den Auftrag, Gardners Sohn zu retten, über die frühere Kameradschaft mit Hans stellte. Auch Draas warnte Hans in Gedanken davor, ihnen in den Rücken zu fallen. Er hatte genug von fanatischen Totschlägern, die behaupteten, Gottes Willen durchzusetzen, und die doch nur gegen dessen eherne Gebote verstießen.

Bald stieg die Nacht herauf und legte sich wie ein dunkles Tuch über das Land. Umso heller flackerten die Flammen der Lagerfeuer hinter den Söldnern. Aber für Draas hatten sie nichts Anheimelndes an sich, sondern erinnerten ihn fatal an jenen Tag, an dem Haug Hinrichs und Berthold Mönninck verbrannt worden waren. Unwillkürlich umklammerte er den Griff seines Schwerts, während er sich schwor, alles zu tun, damit jene, denen seine Zuneigung galt, dieses Schicksal nicht teilen mussten.

7.

Der Befehl zum Vorrücken kam erst kurz nach Mitternacht. Draas klopfte Moritz, der neben ihm stand, auf die Schulter. »Jetzt gilt's! Viel Glück auch.«

»Dir ebenfalls!« Moritz lächelte so, dass seine weißen Zähne im Feuerschein aufblitzten.

Scheinbar gelassen winkte er den Brackensteinern. »Folgt mir!«

Als Erster setzte Draas sich in Bewegung und ging zu der Stelle, an der die Leiter und die Seile bereitlagen, welche sie für ihren Auftrag brauchten. Gemeinsam mit Moritz hob er die Leiter auf und marschierte weiter.

In der Stadt schien noch alles ruhig. Bislang war offenbar niemandem in den Mauern von Münster der kleine Trupp aufgefallen, der sich von Norden her der Stadt näherte und von Gresbeck angeführt wurde. Das Herz des Mannes schlug so hart, als wolle es bersten. Wenn etwas schiefging, würde er das erste Opfer sein. Entweder erschlugen ihn die Verteidiger, oder die Männer des Bischofs machten ihn als Verräter nieder.

Gresbeck atmete ein wenig auf, als sie den äußeren Graben erreichten, ohne dass in der Stadt Alarm geblasen wurde. »Ihr müsst die Leiter über den Graben legen und mit den Seilen gut an den Pfählen hüben und drüben befestigen. Ich habe die Entfernung ausgemessen, also dürfte sie reichen. Allerdings könnt ihr sie nur einzeln überqueren, sonst bricht sie durch. Wenn auch nur einer ins Wasser platscht, weiß die ganze Stadt, dass wir kommen.«

»Danke für die Warnung«, sagte Draas grimmig, stieg vorsichtig ins Wasser und griff einen Holm der Leiter. Moritz packte den anderen und versuchte wie sein Untergebener, möglichst lautlos durch den schlammigen Untergrund zu gehen, in den sie bei jedem Schritt gefährlich tief einsanken. Es war eigentlich unvernünftig, dass sie als Erste gingen, denn wenn sie beide starben, konnte sich niemand mehr um Lothar und dessen Freunde kümmern. Doch es drängte sie, in die Stadt zu gelangen, um ihren Auftrag so schnell wie möglich auszuführen. Bei den Fähnlein, die im Lager darauf warteten, dass das Kreuztor geöffnet wurde, hatten der Inquisitor und dessen Leute schon zu heftig ihr Gift versprüht.

»Hoffentlich gelingt es Graf Daun, die Landsknechte in Schach zu halten. Sonst wird die Eroberung zu einem Blutbad und damit zu einer Schande für uns alle«, flüsterte Draas Moritz zu.

Dieser schüttelte unwirsch den Kopf. »Was mit den Ketzern geschieht, ist mir gleichgültig, Hauptsache, wir selbst haben Erfolg. Nur die Weiber sollten sie nicht auch noch niederhauen.«

»Hans wird es tun! Wolle Gott, dass der Teufel ihn dabei holt.«

Mit diesen Worten erreichten sie das andere Ufer des Grabens, zogen die Leiter an Land und banden sie fest. Das Gleiche geschah auch auf der anderen Seite des Grabens. Während sie das Wasser aus ihren Stiefeln kippten, kroch der erste Landsknecht herüber. Es war Guntram, der den Hauptteil der Brackensteiner kommandieren sollte.

»Bis jetzt ist alles gutgegangen«, meldete er für Draas' Empfinden viel zu laut.

»Das wird es aber nicht länger sein, wenn du weiter so schreist. Wo bleibt Gresbeck? Er soll uns doch führen!«

Da kam der Mann auch schon herüber und wies auf den Wall, der ihnen einen gewissen Sichtschutz bot. »Wir müssen dort hinüber und dann auf der anderen Seite über die Brücke zum Tor. Ich habe das Schloss der kleinen Pforte so bearbeitet, dass es nicht mehr richtig schließt. Daher müssten wir die Pforte aufstoßen können.«

»Und wenn nicht, klopfen wir sehr laut an, damit ja auch alle wissen, dass wir hier sind. Die Wachen brauchen nur ein paar Fackeln auf die Brücke zu werfen, dann können sie uns abschießen wie Hasen.«

Trotz seiner bissigen Worte war Draas klar, dass ihnen keine andere Möglichkeit blieb. Er schlich den Wall hoch und überquerte ihn vorsichtig. Noch immer gab es auf den Mauern kein Zeichen, dass sie entdeckt worden waren, und er begann zu hoffen, dass ihr Streich gelingen würde.

Mittlerweile hatte der gesamte Vortrupp den äußeren Graben überwunden und stieg fast lautlos über den Wall. Guntram stieß Draas grinsend in die Seite. »Entweder schlafen die Wachen, oder Gott, der Herr, hat sie mit Blindheit und Taubheit geschlagen!«

»Weiter! Nicht schwätzen!«, fuhr Moritz ihn an und versuchte, die Brücke möglichst geräuschlos zu überqueren.

Draas, Guntram, Gresbeck und die anderen folgten ihm ebenso leise. Auch Hans eilte zum Tor, hielt sich aber von seinen früheren Kameraden fern. Anders, als diese glaubten, wollte er nicht einfach nur Ketzer umbringen, sondern auf Gerwardsborn warten, um sich als dessen Schwertarm hervorzutun.

Inzwischen untersuchte Gresbeck die Pforte und lehnte sich mit der Schulter dagegen. Seine Hoffnung, dies würde reichen, um sie zu öffnen, erfüllte sich jedoch nicht. Auch als er stärker drückte, hielt die Pforte stand. Hinter ihm wurden die Männer unruhig. Jederzeit konnte Alarm gegeben werden, und dann standen sie im Schussfeld der Verteidiger.

»Lass mich ran«, knurrte Guntram und zog Gresbeck beiseite. Als er mit der Schulter gegen die Pforte rammte, krachte es so laut, dass alle zusammenzuckten. Gleichzeitig gab das Schloss nach, und die Tür sprang auf.

»So macht man das!« Mit diesen Worten zog Guntram sein Schwert und drang in die Stadt ein.
Draas, Moritz und die anderen eilten ihm sofort nach, Hans aber hielt sich zurück. Keinesfalls wollte er beim ersten Ansturm getötet werden. Stattdessen öffnete er eine Zunderbüchse, blies die Glut an und entzündete die Fackel, die er unter seinem Wams mit sich trug. Wenn Gerwardsborn das Licht sah, würde er wissen, dass die Pforte offen stand. Dann würde der Inquisitor das Heer Gottes in Marsch setzen, das die Ketzer vertilgen sollte.
Die Wachen hatten tatsächlich, vom Hunger geschwächt, geschlafen. Als sie bei dem Lärm wach wurden und erschrocken aufsprangen, war es zu spät. Kaum einer brachte noch die Waffe hoch, um sich gegen die eindringenden Landsknechte wehren zu können. Diese töteten jeden, der sich gegen sie stellte, und machten sich daran, das große Tor zu öffnen. Da erklangen hinter ihnen wütende Rufe. Als sie sich umdrehten, sahen sie sich einer Schar Söldner gegenüber, die in der Nähe des Kreuztors einquartiert worden waren. Zwar hatten diese sich in der Eile nicht vollständig ausrüsten können, aber sie stürmten brüllend auf die kleine Schar zu.
»Macht das Tor auf! Verdammt, macht endlich das Tor auf«, schrie Guntram die Landsknechte an.
Bevor die Verteidiger heran waren, gelang es ihnen, den schweren Balken zu lösen, der das Tor verriegelte. Nun schwang ein Torflügel auf. Um zu verhindern, dass die Verteidiger ihn noch einmal schließen konnten, hebelten Draas und Moritz kurzerhand den Torflügel mit dem Balken aus, schleiften ihn mit Hilfe zweier Kameraden nach draußen und stießen ihn in den Graben.
»So! Zeit genug gewonnen für die Unsrigen«, knurrte Moritz und wies auf das eigene Lager, in dem es plötzlich lebendig wurde. Die wartenden Landsknechte rückten im Schein der Fackeln im Sturmschritt heran. Mit Schrecken sah er aller-

dings, dass hinter ihnen Jacobus von Gerwardsborn auf seinem schwarzen Maultier ritt und dabei sein goldenes Kreuz wie eine Waffe schwang.

»Wir müssen schnell sein!«, rief Draas Moritz zu und zog seine Waffe, um den restlichen Kameraden gegen die Verteidiger zu helfen, die verzweifelt versuchten, das Tor zurückzuerobern. Moritz folgte ihm und sah in dem Moment Hans wie unbeteiligt herumstehen.

»Warum kämpfst du nicht, du Narr?«, schrie er ihn an.

Zu seinem Ärger konnte er nicht kontrollieren, was der Kerl vorhatte, denn er sah sich plötzlich einem Gegner gegenüber. Der Bewaffnete war kein ausgebildeter Söldner, sondern ein unter Waffen gestellter Wiedertäufer und zudem vom Hunger geschwächt. Daher wurde Moritz leicht mit ihm fertig und stand dann vor einem Mann, der ihm bekannt vorkam.

»Arno, bist du es?«

Der andere hielt im Schlag inne und starrte ihn an. »Moritz, welcher Teufel führt dich hierher?«

»Wahrscheinlich derselbe, der dich hierhergeschickt hat. Ergib dich mir, und ich sorge dafür, dass du am Leben bleibst!« Moritz' Angebot war ehrlich gemeint, doch sein ehemaliger Kamerad schüttelte den Kopf.

»Ich habe den Herren dieser Stadt Treue geschworen!«

Mit diesen Worten schlug Arno einen Mainzer Söldner nieder. Dann sah er die Landsknechte in dichtem Haufen auf das Tor zurücken und zog sich eilig zurück.

»Das wird nichts mehr, Kamerad«, rief er einem Mann zu, den er erst danach als Heinrich Krechting erkannte.

»Wie konnte das geschehen?«, rief Krechting entsetzt.

»Das weiß der Teufel, und ich glaube nicht, dass er es mir jetzt ins Ohr blasen wird. Wir können das Tor nicht halten, sondern müssen uns irgendwo verschanzen, wo unsere Aussichten besser sind.«

Arnos Rat war gut, trotzdem würgte es Krechting vor Wut.

»Damit überlassen wir den größten Teil der Stadt dem Feind und ebenso unsere Leute, die sich dort aufhalten.«

»Wir können uns auch verzetteln und auf diese Weise draufgehen«, antwortete Arno rüde.

Nach einem kurzen Blick auf die Landsknechte, die eben durch das Tor stürmten, nickte Krechting. »Also gut, wir ziehen uns zum Markt zurück. Dort können wir uns verbarrikadieren und diesen Hunden zeigen, dass Gott unsere Schwerter segnet!«

Auf seinen Befehl hin machten die Männer, die zur Verstärkung herbeigeeilt waren, kehrt und folgten ihm über die Kreuzstraße und dem Roggenmarkt zum Hauptmarkt. Dort holten sie alles zusammen, was sich tragen ließ, um Barrikaden zu errichten. Die grässlichen Schreie, die aus anderen Stadtteilen erklangen, verrieten ihnen, dass die Männer des Bischofs bereits in Münster eingedrungen waren und ihr blutiges Werk begonnen hatten.

8.

Die Alarmrufe der Wachen schreckten Frauke, Lothar und Helm auf. Helm zog sofort seine Hosen an und ergriff seine Waffen. Doch als er zur Tür hinauswollte, hielt Lothar ihn auf.

»Bleib hier! Wir müssen erst wissen, ob es der große Sturm ist. Wenn ja, solltest du dich nicht bewaffnet in der Stadt herumtreiben.«

»Aber wenn ich fehle, wird der Hauptmann zornig!« Helm schwankte, ob er den Rat befolgen oder doch die Hütte verlassen sollte.

Da griff seine Schwester ein. »Lothar hat recht! Stürmen die Männer des Bischofs die Stadt, werden sie jeden töten, der ihnen in Waffen gegenübertritt.«

»Aber ich kann nicht einfach hier sitzen bleiben, während die Stadt erobert wird!«

Das Gefühl der Kameradschaft zu den anderen Männern wog für Helm schwer. Doch als er den Kopf zur Tür hinausstreckte, sah er eigene Söldner von der Mauer steigen und sich in die Stadt zurückziehen. Er wollte ihnen folgen, erblickte dann aber seinen Vater, der hinter den anderen Bewaffneten herlief, und blieb in der Tür stehen.

»Glaubt ihr wirklich, dass es der große Sturm ist?«, fragte er kläglich.

»Sperr die Ohren auf, dann hörst du es!«, sagte Lothar.

Jetzt vernahm auch Helm die Schreie in der nördlichen Stadt, die rasch näher kamen. »Wie es aussieht, sind sie bereits in der Stadt!«

»Was machen wir jetzt?«, fragte Frauke bang.
»Wenn die Landsknechte kommen, rede ich mit ihnen, denn ich hoffe, dass mein Vater an uns gedacht und ihnen Anweisungen erteilt hat.« Ganz wohl war Lothar nicht dabei. Wenn die Söldner außer Rand und Band gerieten, konnte ihnen auch ein Befehl seines Vaters nicht mehr helfen. Er überlegte, ob es nicht besser wäre, sich zu einem der Tore durchzuschlagen und aus der Stadt zu fliehen. Draußen aber konnten sie auf Patrouillen treffen, und die würden bei Flüchtlingen noch weniger fackeln als Landsknechte, denen sein Vater erklärt hatte, wo er zu finden war.
Dieser Gedanke gab den Ausschlag. Lothar wies Helm an, seine Waffen abzulegen und sich ganz nach hinten zu verziehen. Er selbst blieb an der Tür und lauschte. Wie es aussah, hatten die Truppen des Bischofs das Kreuztor im Norden der Stadt genommen und drangen immer weiter vor. Bislang schien der Widerstand gering. Doch dann erklang aus der Richtung des Markts Kampflärm, der sich immer mehr steigerte.
»Verdammt, ich komme mir vor wie ein Feigling!«, stöhnte Helm.
Lothar drehte sich mit angespannter Miene zu ihm um. »Was ist so erstrebenswert daran, sich sinnlos abschlachten zu lassen?«
»Gott verdamme die Männer, die dieses Blutbad zu verantworten haben. Er verdamme sie für alle Zeit!« Fraukes Stimme klang hasserfüllt, und dieses Gefühl galt Matthys und Bockelson ebenso wie Jacobus von Gerwardsborn und Franz von Waldeck. Doch genau wie Lothar und Helm konnte sie nichts weiter tun, als angstvoll zu warten und zu hoffen, dass doch noch alles gut werden könnte.
Mit einem Mal befahl Lothar den anderen, still zu sein. »Ich höre bewaffnete Männer kommen. Bleibt ihr im Haus, während ich mit ihnen rede!« Lothar hoffte, dass die Landsknechte nicht darauf aus waren, Frauen zu schänden. Wenn sie ihn packen und ausziehen wollten, würden sie annehmen, er wäre

ein Wiedertäufer, der sich verkleidet hatte, um nicht erschlagen zu werden. Dann würden er, Frauke und Helm nicht mehr lange leben. Nun bedauerte er es, nicht stärker darauf gedrungen zu haben, gemeinsam mit Frauke und Helm aus der Stadt zu fliehen, als noch Zeit dazu gewesen war. Es half ihnen auch nichts mehr, wenn er wieder Männerkleidung anzog. Zum einen war die Zeit zu kurz, und zum anderen würden die Soldaten des Bischofs ihn und Helm wohl noch eher niederhauen, als wenn sie mit ihm und Frauke zwei Frauen vor sich zu sehen glaubten.

Mittlerweile kam ein Trupp von zehn Landsknechten zielstrebig die Straße heran. Lothar atmete noch einmal tief durch und trat aus dem Haus. »Seid uns willkommen! Euer Erscheinen rettet uns!«

»He, stehen bleiben, wer bist du?«, fragte einer der beiden Anführer barsch, während der andere zuerst verwirrt dreinschaute, dann aber zu grinsen begann.

»Seid Ihr es wirklich, Herr Lothar? Bei Gott, so ein Stück könnt auch nur Ihr vollbringen! Ich freue mich, Euch zu sehen, denn ich hatte doch Angst, Ihr könntet bei dem Angriff Schaden nehmen.«

»Draas? Du?«, fragte Lothar verblüfft. »Selten war mir ein Mensch willkommener als du jetzt!«

»Dann legt aber auch ein gutes Wort bei Eurem Vater für mich ein!« Draas trat auf Lothar zu und reichte ihm die Hand. »Er schickt uns, um Euch hier herauszuholen. Es sieht nicht gut aus in der Stadt. An etlichen Stellen wird gemordet und geschändet, was das Zeug hält. Der Teufel soll die Kerle holen! Aber jetzt kommt! Wir bringen Euch und Eure Freunde aus der Stadt.«

»Es ist schön, dass du gekommen bist, Draas!« Erleichtert wandte Lothar sich zu Frauke und Helm und winkte sie zu sich. »Diese Männer hat mein Vater geschickt. Wir sind gerettet!«

»Das glaubst aber auch nur du!«, klang da die verhasste

Stimme des Inquisitors auf. Er hatte durch seine Spione erfahren, dass Lothar Gardner in der Stadt weilte, und beschlossen, dass der junge Mann sterben musste, weil dessen Vater sein erbitterter Gegenspieler am Hof des Fürstbischofs geworden war. Aus diesem Grund war er der kleinen Schar mit einer größeren Anzahl Landsknechte unter Hans' Kommando gefolgt und hielt nun sein Maultier vor der Hütte an. Dabei beglückwünschte er sich selbst, dass er Lothar trotz dessen Verkleidung als Frau sofort erkannt hatte. Als er auf diesen hinabblickte, drückte seine ganze Miene den Triumph aus.

»Sieh an, der junge Gardner in den Kleidern eines Weibes. Welch eine Sünde vor Gott! Dein Vater hätte dich nicht als Spion in diese Stadt schicken sollen. Damit hat er deine ewige Seele gefährdet! Um diese zu retten, wirst du auf dem Scheiterhaufen sterben müssen. Ebenso diese hier!« Zuerst warf Gerwardsborn nur einen beiläufigen Blick auf Frauke und Helm, stutzte dann aber und wies mit verzerrter Miene auf die junge Frau.

»Das ist doch eine von Hinrichs' Töchtern, die mir damals aus ungeklärten Gründen entkommen ist. Aber heute erscheint es mir, als seien die Gründe dafür gar nicht so unerklärlich!«

Der Inquisitor erinnerte sich daran, wie stark Magnus Gardner damals gedrängt hatte, die drei Frauen zu verschonen. Schon zu jener Zeit hatte er den Verdacht gehegt, Gardner könnte bei der Befreiung seine Hand im Spiel gehabt haben. Doch ohne den geringsten Beweis hatte selbst er es nicht wagen können, einen hochangesehenen Berater des Fürstbischofs der Folter zu unterwerfen. Nun aber war der Tag der Vergeltung gekommen.

Gerwardsborns Auftauchen war für alle ein Schock. Frauke presste sich die Hände auf den Mund, um nicht zu schreien, während ihr Bruder zu den Waffen hinschielte, die er in eine Ecke gestellt hatte. Falls es zum Äußersten kommen sollte, wollte er kämpfend sterben und nicht zur Belustigung der Massen auf dem Scheiterhaufen verbrennen.

Lothars Rechte stahl sich unter sein Kleid und umklammerte den Griff seines Dolches. Sollte es nötig sein, würde er Frauke töten und sich selbst mit der Waffe auf den Inquisitor stürzen. Seine entschlossene Miene brachte diesen dazu, sein Maultier ein paar Schritte rückwärtszulenken.

»Was ist?«, herrschte Gerwardsborn die Landsknechte an. »Nehmt sie gefangen und bringt sie in mein Quartier!«

Unterdessen wechselten Draas und Moritz einen kurzen Blick. Ihre Hände lagen auf den Waffen. Doch sie fragten sich, was sie ausrichten konnten. Ihr eigener Trupp war um einiges kleiner als der von Gerwardsborn, und sie wussten zudem, dass ihre Leute sich nicht gegen den Inquisitor stellen würden.

Ich habe versagt!, schoss es Draas durch den Kopf. Er hatte Silke versprochen, ihre Geschwister zu retten. Doch nicht einmal dazu war er in der Lage. Auch schwebte Silke selbst, solange Gerwardsborn sich im Lager aufhielt, in höchster Gefahr. Allerdings bezweifelte er, dass sie bereit sein würde, ihm in eine sichere Gegend zu folgen.

»Ihr solltet es Euch noch einmal überlegen«, sprach er den Inquisitor an. »Wollt Ihr Herrn Lothar wirklich auf den Scheiterhaufen bringen? Immerhin war er es, der mit seinen Berichten Seiner Hoheit, dem Fürstbischof, geholfen hat, die Stadt wiederzugewinnen.«

Draas hätte genauso gut mit einem Baum oder einem Stein reden können. Die Antwort wäre die gleiche gewesen.

Mit einer heftigen Bewegung wandte der Inquisitor sich an Hans. »Los, fesselt die drei – und diesen Kerl hier gleich mit. Den kenne ich doch! Er war einer der Stadtknechte in dem Ort, wo diese Frau sterben sollte. Gewiss steht er mit dem jungen Gardner im Bund. Allein hätte dieses halbe Weib doch nie den Mut aufgebracht, die drei Ketzerinnen zu befreien.

Wahrscheinlich war er es auch, der meinen Foltermeister Dionys niedergeschlagen hat!«

»He, so haben wir nicht gewettet!«, mischte sich jetzt Moritz ein und starrte im nächsten Augenblick auf die Spieße, die ihm Gerwardsborns Begleiter entgegenreckten.

»Halt deinen Mund, sonst fällt es diesem Bluthund ein, dich ebenfalls auf den Scheiterhaufen zu schicken«, raunte Draas seinem Kameraden zu und stellte sich neben Lothar.

»Was meint Ihr, Herr?«

»Lebend bekommen sie uns nicht«, sagte Lothar leise und zog seinen Dolch. Sein Blick suchte Frauke. Diese verstand ihn und wollte zu ihm, um den tödlichen Stoß zu empfangen. Da war Hans mit ein paar Schritten bei ihr und packte sie.

»Das ist ein verdammt hübsches Frauenzimmer. Ich glaube, mit der sollten wir vorher noch etwas anderes machen, als sie zu fesseln und ins Lager zu bringen! Übrigens sieht sie dem anderen Weibsstück, das seit einigen Wochen bei Margret lebt, so verdammt ähnlich, als wenn es Schwestern wären.«

»Was sagst du da?«, rief der Inquisitor. »Wenn das so wäre, hätte ich auch das zweite entkommene Weib in meiner Gewalt. Jetzt werden sie alle brennen!«

»Nicht, wenn ich es verhindern kann«, stieß Lothar aus und schnellte auf Hans zu. Doch bevor er den Landsknecht erreichte, knallte ein Schuss.

9.

Zuerst war Hinner Hinrichs den Männern nachgerannt, die zum Domplatz eilten, um ihren König zu verteidigen. Die schwere Handbüchse behinderte ihn jedoch, und so blieb er unentschlossen stehen. Im nächsten Augenblick vernahm er vor sich rauhe Stimmen und hastige Schritte. Verzweifelt suchte er nach einer Deckung, sah die Tür eines stattlichen Hauses offen stehen und eilte darauf zu. Er war gerade so schnell, dass der Trupp Landsknechte, der im Geschwindschritt herankam, ihn nicht mehr wahrnahm. Während er ihnen durch den Türspalt nachblickte, überlegte er, was er tun sollte. Mit seiner Handbüchse und dem Kurzschwert würde er wohl kaum entscheidend in die Schlacht eingreifen können, sagte er sich und beschloss, sich zu verstecken, bis die Kämpfe vorüber waren.

Zuerst stieg er in den Keller hinab, fühlte sich dort aber wie eine Maus in der Falle. Wenn der Feind in das Haus eindrang, kam er hier nicht mehr hinaus. Oben auf dem Dachboden könnte er notfalls ein paar Dachziegel beiseiteräumen und über die Dächer fliehen. Daher stieg er nach oben, lehnte seine Handbüchse gegen einen Balken und spähte durch das winzige Fenster hinaus. Geräusche zeigten ihm, dass am Domplatz und wohl auch am Markt gekämpft wurde. Gleichzeitig bemerkte er, dass immer neue Soldaten in die Stadt eindrangen, und begriff, dass Jan Bockelson der erste und auch der letzte König der Wiedertäufer bleiben würde.

Hinrichs bedauerte schon lange, nach Münster gekommen zu sein, denn hier war alles, was ihm einmal wert und teuer gewesen war, wie Schnee in der Sonne geschmolzen. Sein eigenes, gutes und gehorsames Weib hatte er für den Drachen Katrijn aufgegeben, die Kinder verachteten ihn, und nun würde er hier sterben. Dieser Gedanke trieb ihm die Tränen in die Augen. Da vernahm er auf einmal die Stimme jenes Mannes, dem er sein ganzes Unglück zu verdanken hatte.

»Der Inquisitor!«

Hinrichs eilte auf die andere Seite, öffnete dort das Fenster und sah keine fünfzig Schritt entfernt im Schein der Fackeln den schwarzen Reiter auf seinem schwarzen Maultier. Eine Gruppe Landsknechte umgab Gerwardsborn und bedrohte vier Personen. Es traf Hinrichs wie ein Schlag, als er unter ihnen Helm und Frauke erkannte. Die Angst, ebenfalls ein Opfer des Inquisitors zu werden und auf dem Scheiterhaufen zu enden, erfüllte ihn mit Entsetzen.

Da glaubte er die Stimme seiner verstorbenen Frau zu hören.

»Du bist ein Feigling, Hinner Hinrichs, und wirst immer einer bleiben. Um dein jämmerliches Leben zu retten, hast du Haug, Silke, Frauke und mich dem Inquisitor überlassen.«

»So war es nicht! Ich habe doch geglaubt, der Bürgermeister Thaddäus Sterken würde uns vor Gerwardsborn schützen. Ich konnte doch nicht ahnen, dass er keinen Finger rühren würde, um uns zu retten oder wenigstens zu warnen.«

Diese Verteidigung klang selbst in seinen eigenen Ohren schwächlich. Als Ehemann und Vater hatte er auf ganzer Linie versagt, und nun würden auch noch seine übrigen Kinder sterben.

Da packte ihn glühender Hass auf alle, die sein Leben zerstört hatten, insbesondere auf den Inquisitor, der gerade rief, dass nun alle brennen würden.

»Das wirst du nicht mehr erleben!« Mit einer Entschlossenheit, die er niemals zuvor in seinem Leben aufgebracht hatte, nahm er seine Handbüchse, blies die Lunte an und zielte. Einen Augenblick schwankte der Lauf noch hin und her, dann sah er den Rücken des Inquisitors in dessen Verlängerung und feuerte die Waffe ab.

Als der Schuss ertönte, fuhr Hans herum. Dadurch verfehlte Lothar ihn, stürzte, von seinem eigenen Schwung getrieben, zu Boden und verlor den Dolch. Noch während er danach tastete, sah er Gerwardsborn mit einem ungläubigen Ausdruck von seinem Maultier rutschen. Erst als der Inquisitor starr auf dem Boden liegen blieb und das im Schein der Fackeln funkelnde Blut über den schwarzen Samt des Umhangs lief, begriff er, was geschehen war. Ein Handbüchsenschütze hatte den Bluthund des Papstes getötet!

Die Landsknechte standen einen Augenblick wie erstarrt, als jedoch keine weiteren Schüsse fielen, packte sie die Wut. »Von dort oben hat der Kerl geschossen!«, schrie einer und deutete auf das Fenster eines Gebäudes, bei dem eben eine leichte Rauchfahne verwehte.

»Dieser Hurensohn! Dafür wird er bezahlen. Folgt mir!« Voller Zorn über den Tod des Inquisitors, der ihm eine Stellung in seinem Gefolge angeboten hatte, stürmte Hans los.

Die mit ihm und Gerwardsborn gekommenen Landsknechte folgten ihm, und zwei Männer aus Draas' Trupp rannten ebenfalls hinter ihnen her.

Auf einmal standen Draas und Moritz mit Frauke, Lothar, Helm sowie den ihnen verbliebenen Söldnern allein vor der Hütte. Zuerst schüttelte der ehemalige Stadtknecht verwundert den Kopf. Dann wandte er sich grinsend an Lothar.

»Verzeiht, Herr, aber ich glaube, wir sollten uns auf die Socken machen und verschwinden! Ich für meinen Teil habe wenig Lust zu warten, bis Hans zurückkommt und vielleicht auch noch diesen elenden Magister Rübsam oder einen anderen Schurken aus dem Gefolge des Inquisitors mitbringt.«

Lothar steckte mit zitternden Händen den Dolch weg, legte den Arm um Frauke, die ähnlich wie er nicht begriff, was eben geschehen war, und nickte. »Es ist wirklich das Beste, wenn wir schnell von hier verschwinden. Diesen Leuten da drüben will ich nie wieder begegnen.«

»Wenn Ihr mich fragt, Herr Lothar: ich auch nicht!« Draas winkte Moritz und den anderen, Frauke, Lothar und Helm in die Mitte zu nehmen und ihm zu folgen. Als sie losmarschierten, knallte hinter ihnen ein weiterer Schuss und zeigte ihnen, dass der Mann, der Gerwardsborn niedergeschossen hatte, nicht bereit war, sich ohne Gegenwehr von den wütenden Landsknechten niedermachen zu lassen.

Hinner Hinrichs selbst sah den Inquisitor fallen und ballte triumphierend die Rechte. »Das war für Haug!«, rief er und lud in aller Ruhe seine Handbüchse neu. Ihm war klar, dass er nicht entkommen würde. Doch das machte ihm nichts mehr aus. Während er die zornigen Rufe der Landsknechte hörte, wartete er am oberen Treppenabsatz, bis der erste zu ihm hochstieg. Als die Mündung seiner Handbüchse auf dessen Brust zielte, feuerte er die Waffe ab.

Hans wurde durch den Einschlag nach hinten geschleudert und brachte mehrere andere Landsknechte zu Fall. Als der nächste Söldner die Treppe hochkam, schleuderte Hinner Hinrichs ihm die schwere Handbüchse entgegen und zog sein Kurzschwert.

»Kommt doch, ihr Hunde!«, schrie er die Landsknechte an und spaltete dem ersten, der die Treppe heraufstürmte, mit seiner Klinge den Schädel. Er traf noch zwei weitere, dann waren die anderen über ihm. Während Hinner Hinrichs zu Boden sank, schoss es ihm durch den Kopf, dass er nun kein Feigling mehr war. Dann wurde es schwarz um ihn. In der Ferne aber entdeckte er ein helles Licht, und als er darauf zueilte, glaubte er die Stimme seiner Frau zu hören, die ihm zurief, er solle sich beeilen, damit sie ihn in die Arme schließen könne.

10.

Frauke und ihre Begleiter gelangten ungehindert aus Münster hinaus und erreichten das erste Söldnerlager. Die meisten Landsknechte waren bereits in der Stadt, und so kümmerte sich niemand außer den Knechten um sie, die auf Draas' Befehl Pferde für die Gruppe sattelten. Bevor der ehemalige Stadtknecht aufs Pferd stieg, wandte er sich an die Söldner, die ihm geholfen hatten.

»Ihr habt eure Sache gut gemacht, Männer, und euch die versprochene Belohnung verdient. Wenn ihr aber noch in die Stadt wollt, um euch am Plündern zu beteiligen, könnt ihr das jetzt tun.«

Während die Männer losliefen, klopfte Draas Moritz auf die Schulter. »Du kannst Herrn Gardner melden, dass unser Streich gelungen ist.«

Mit diesen Worten schwang er sich in den Sattel und winkte Lothar, der Frauke vor sich aufs Pferd genommen hatte, und Helm, ihm zu folgen.

»Wo bringst du uns hin?«, fragte Lothar, als sie anritten.

»Zu dem Gutshof des Herrn von Haberkamp. Dort könnt Ihr auf Euren Vater warten. Außerdem solltet Ihr Euch, wenn Euch dieser Rat genehm ist, dort wieder so kleiden, wie es einem christlichen Mannsbild zukommt.«

Dabei grinste Draas Lothar an. Der junge Mann, sagte er sich, musste etliche Abenteuer in Münster erlebt haben. Vielleicht konnte er ihn bei einem guten Becher Wein dazu bewegen, ein wenig davon zu erzählen. Nun aber galt es erst einmal, Gut Haberkamp zu erreichen und dafür zu sorgen, dass die drei

Geretteten nicht von den Gefolgsleuten des Inquisitors bemerkt wurden.

In weniger als einer Stunde erreichten sie das Gut. Leander von Haberkamp hatte das Warten ebenfalls unerträglich gefunden und erwartete die Gruppe bereits auf dem Hof. Als er Lothar entdeckte, atmete er erleichtert auf. »Es ist also gelungen!«

»Warum hätte es nicht gelingen sollen?«, fragte Draas übermütig. »Obwohl – wir brauchten Hilfe, und die haben wir auch erhalten.«

»Wie das?«, wollte Haberkamp wissen.

»Ein Ketzer hat Gerwardsborn erschossen, gerade als dieser Herrn Lothar und die anderen festnehmen lassen wollte, um sie auf den Scheiterhaufen zu bringen. In dem entstandenen Tumult nach seinem Tod hielten wir es für besser, die Stadt schleunigst zu verlassen. Nun wäre ein Krug Bier recht und auch etwas zu beißen. Wenn es genehm ist, heißt das!« Draas sah Haberkamp dabei so treuherzig an, dass dieser lachen musste.

»Ihr werdet alles bekommen, vor allen Dingen erst Kleidung, dann ein Bad und Essen!« Dabei deutete er auf Draas' schlammverschmierte Stiefel und Hosen.

Zu weiteren Erklärungen kam Haberkamp nicht, denn gerade öffnete sich die Tür, und Silke erschien. Sie rannte auf ihre Geschwister zu. »Frauke! Helm! Ihr lebt!«

Der jungen Frau rannen die Tränen über die Wangen, und sie schloss die Schwester und den Bruder in die Arme.

Frauke nickte ganz in Gedanken. »Ja, wir leben! Das haben wir dem wackeren Draas und auch einem unbekannten Wiedertäufer zu verdanken, der unseren schlimmsten Feind erschossen hat.«

»Um Gerwardsborn ist es nicht schade«, erklärte Haberkamp und wies auf die Tür. »Kommt herein, es steht alles bereit.«

Wie zur Bestätigung knurrte Fraukes Magen. Zuerst senkte sie verschämt den Kopf, dann aber fasste sie Lothars Hand. »Ist es eine Sünde, sich zu freuen, dass wir überlebt haben und gleich etwas zu essen bekommen, während in Münster so viele Leute sterben müssen?«

»Wenn es so ist, wird Gott uns hoffentlich verzeihen!« Lothar fasste sie um die Hüften und schwang sie durch die Luft. »Wie ich sagte, wird es wieder schönere Tage für uns geben. Aber nun komm! Wir sollten essen, baden und uns umziehen.«

»Als zivilisierter Mensch würde ich die Reihenfolge so umstellen, dass wir zuerst baden, dann neue Kleider anlegen und zuletzt essen«, antwortete Frauke.

Lothar lachte leise auf. »Was heißt, dass ich kein zivilisierter Mensch bin!«

»Ihr könnt baden und dabei essen«, erklärte Haberkamp und scheuchte die Gruppe, die ihm nach ihrer Rettung arg übermütig erschien, resolut ins Haus.

11.

Münster war gefallen und das Königreich der Wiedertäufer von Neu-Jerusalem nur noch eine Randnotiz der Geschichte. Während Fürstbischof Franz von Waldeck durch die Stadt ritt und mit wachsendem Entsetzen auf die vielen Leichen starrte, die in den Straßen lagen, eilte Magnus Gardner, von Moritz begleitet, zu Haberkamps Gut, um nach seinem Sohn zu schauen. Ganz wohl war ihm dabei nicht, denn er hatte Lothar in ein Abenteuer geschickt, das weitaus gefährlicher geworden war, als er es sich vorgestellt hatte.
Beim Gut angekommen, schüttelte er seine Unsicherheit ab und trat breitbeinig in den Raum, in dem Lothar und die anderen saßen. Sein Sohn trug nun die Kleidung eines ländlichen Edelmanns, die Leander von Haberkamp ihm geliehen hatte, und unterhielt sich mit seinem Gastgeber. Neben den beiden saßen Frauke und Silke eng aneinandergeschmiegt, so als wollten sie sich nie mehr trennen.
Magnus Gardner betrachtete die jungen Frauen mit einer Mischung aus Wohlgefallen und Ärger. Beide waren schön, das musste er anerkennen. Langes blondes Haar umrahmte zwei liebliche Gesichter mit großen blauen Augen und sanft geschwungenen Lippen. Und doch fühlte er einen Unterschied. Die Jüngere wirkte nach dem Hunger in der Stadt hager, doch ihre Miene erschien ihm lebhafter als die ihrer Schwester und auch entschlossener.
Auf der anderen Seite des Tisches saß ein junger Bursche, der den beiden Schwestern ähnlich genug sah, um ihn als deren

Bruder zu erkennen, sowie Draas und die Marketenderin Margret, die Moritz eben freudig begrüßte.

»Willkommen, Vetter!«, rief Leander von Haberkamp und befahl einem Diener, Gardner einen Becher Wein zu bringen. »Schließlich haben wir etwas zu feiern! Die Ketzer sind besiegt, im Land herrscht wieder Frieden, und dieser Lümmel ist unbeschadet aus dem ganzen Schlamassel herausgekommen.«

»Waren meine Nachrichten von Wert für Euch, Herr Vater?«, fragte Lothar anstelle eines Grußes.

»Und ob sie das waren! Du hast uns ein paarmal vor Irrtümern bewahrt, die uns teuer zu stehen gekommen wären.«

Gardner trat ein paar Schritte auf Lothar zu und musterte ihn. Eines begriff er sofort. Er hatte nicht mehr den unbedarften Jüngling vor sich, den er vor Monaten nach Münster geschickt hatte, sondern einen jungen Mann, der in dieser Zeit über sein Alter hinaus gereift war.

Mit einem Mal fühlte Magnus Gardner sich unsicher, und er beschloss, erst einmal zu berichten, was in Münster geschehen war. »Ja, die Ketzer sind besiegt! Doch ist es nicht der Sieg, den ich mir gewünscht hätte. Es ist viel zu viel Blut unnötig vergossen worden. Zum Glück haben die Landsknechte die meisten Weiber in Ruhe gelassen. Denen haben wir freigestellt, ihrem Irrglauben zu entsagen und in den Schoß der römischen Kirche zurückzukehren. Verweigern sie das, werden sie aus dem Hochstift gewiesen.«

»Wenigstens etwas«, sagte Draas, denn es hätte weitaus schlimmer kommen können.

Nun ergänzte Moritz den Bericht. »Eine Gruppe Wiedertäufer hatte sich unter Heinrich Krechtings Kommando am Hauptmarkt verschanzt. Sie niederzukämpfen, hätte zu viele Verluste mit sich gebracht. Der Fürstbischof hat ihnen daher freies Geleit angeboten, und sie haben es angenommen. Zu ihnen gehört auch unser einstiger Kamerad Arno. Ich vergönne

es ihm, überlebt zu haben, denn er war eigentlich ein braver Kerl.«
»Ein braver Kerl, sagst du?«, fuhr Margret auf. »Der Schuft ist mir immer noch zwei Gulden schuldig, und Hans gleich drei!«
»Bei Hans wirst du mit dem Bezahlen bis zum Jüngsten Gericht warten müssen. Er wurde von demselben Handbüchsenschützen niedergestreckt wie Gerwardsborn!« Moritz wandte sich jetzt an Frauke und ihre Geschwister. »Der Fürstbischof hat es den überlebenden Frauen freigestellt, entweder zur katholischen Religion zurückzukehren oder in ein Land auszuwandern, das sie aufnehmen will. Eure, nun ja, Stiefmutter gehört zu jenen, die in die Fremde wollen!«
»Sie träumt wohl immer noch vom himmlischen Jerusalem«, spottete Helm.
»Soll sie ihr Heil suchen, wo sie mag. Wenigstens sind wir sie los!« Frauke atmete tief durch, doch noch war Moritz nicht am Ende mit seinem Bericht. »Übrigens war es euer Vater, der euch mit diesem Schuss gerettet hat. Neben dem Inquisitor hat er noch vier Landsknechte niedergemacht, bevor er starb!«
»Bei Gott!« Frauke spürte, wie Trauer ihr die Kehle einschnürte, und sie schämte sich nun dafür, ihren Vater als Zauderer und Feigling verachtet zu haben. Auch Silke weinte, während Helm den Kopf senkte und es bedauerte, zuletzt so harsch gegen den Vater gewesen zu sein.
Lothar fasste nach Fraukes Hand und hielt sie fest, als das Mädchen sie ihm wieder entziehen wollte. »Es tut mir leid!« Dann sah er seinen Vater mit einem Blick an, den dieser bei ihm noch nie wahrgenommen hatte. »Es mag Euch vielleicht nicht gefallen, Herr Vater, doch diese hier wird mein Weib. Ich habe Fraukes Leben gerettet und sie das meine. Damit hat Gott gezeigt, dass wir zusammengehören.«
Gardner hatte nicht erwartet, dass sein Sohn dieses Thema sofort und so unverblümt ansprechen würde. Nun überlegte er, was er darauf antworten sollte. Die Ehe mit der Tochter eines

einfachen Handwerkers, die dazu eine Ketzerin gewesen war, konnte die Karriere seines Sohnes stark beeinträchtigen. Bisher hatte er angenommen, sein Einfluss würde ausreichen, um Lothar von dieser Torheit abzubringen. Doch der Junge wirkte härter und entschlossener als früher, und Gardner begriff, dass es im Streit enden würde, wenn er seinem Sohn die Heirat von vorneherein verbot.

»Darüber reden wir später«, antwortete er, um Zeit zu gewinnen.

Sein Sohn schüttelte den Kopf. »Frauke wird mein Weib, ob mit Eurem Segen oder gegen Euren Willen.«

»Ist das eine Begrüßung für einen Vater?«, antwortete Gardner brummend. »Dabei bin ich gekommen, um dich in meine Arme zu schließen und deine Rettung zu feiern.«

»In die Arme schließen dürft Ihr mich, wenn Ihr auch Frauke in Eure Arme schließt.« Lothar war nicht bereit, auch nur um ein Haarbreit zurückzuweichen.

Anders als er fürchtete Frauke Gardners Zorn und wollte von Lothar abrücken, doch er schlang den Arm um sie. »Keine Sorge, mein Lieb! Es wird alles gut, so wie ich es dir in dunklen Stunden prophezeit habe.«

Gardner beschloss, das Paar vorerst nicht weiter zu beachten, sondern wandte sich Draas zu. »Du hast deine Aufgabe zuverlässig und treu erfüllt und eine Belohnung verdient. Ich habe auch deinen Wunsch nicht vergessen, wieder in die Dienste des Fürstbischofs zu treten. Ich werde dafür sorgen, dass du Stadtschreiber in einer seiner Städte wirst.«

Der Stadtschreiber war einer der höchsten Posten in einer Stadt und stand weit über einem einfachen Stadtknecht. Daher konnte Draas es zunächst nicht fassen. »Meint Ihr das im Ernst?«

»Das meine ich«, erklärte Gardner mit einem Lächeln, das wegen seines widerspenstigen Sohnes etwas gezwungen ausfiel. Draas hingegen strahlte über das ganze Gesicht. »Ich werde

Stadtschreiber, hast du das gehört, Silke?«, sagte er mit bebender Stimme.

»Ja, das habe ich. Ich wünsche dir Glück, denn du hast es verdient!« Silke klang kleinlaut, denn sie mochte den jungen Mann, doch als Stadtschreiber erschien er ihr ebenso so unerreichbar für sie wie einst sie für ihn als Meistertochter.

Da fasste Draas nach ihren Händen. »Ich würde mich freuen, wenn du mich heiraten würdest. Das heißt, wenn es Euch recht ist, mich zum Schwager zu haben, Herr Lothar!«

»Und ob mir das recht ist!« Lothar reichte Draas die Hand und zog ihn dann an sich.

»So hat es sich für uns beide gelohnt, Inken Hinrichs und ihre Töchter damals gerettet zu haben!«

Gardner sah Draas streng an. »Wenn du diese Frau heiratest, kann dies nur unter dem Schirm der alten Religion geschehen. Sie muss von ihrem Irrglauben abschwören und in die heilige Messe gehen, so wie es sich geziemt.«

»Das tue ich gerne, Herr! Das heißt, wenn ihr mir deswegen nicht böse seid.«

Silkes letzte Worte galten ihren Geschwistern. Diese sahen sich kurz an, dann nickte Frauke. »Solange du Gott im Herzen trägst, wird er darüber hinwegsehen, auf welche Weise du zu ihm betest.«

Gardner beschloss, die Sache jetzt abzukürzen. »Der junge Mann dort«, er wies auf Helm, »soll Gürtelschneidergeselle werden. Wenn er einverstanden ist, werde ich nach einem Gürtlermeister Ausschau halten, der keinen Sohn, sondern nur eine Erbtochter sein Eigen nennt. Wenn euer Bruder sich macht, kann er das Mädchen heiraten und selbst Meister werden.«

»Helm wird sich machen!«, erklärte Frauke entschieden.

Sie hatte erlebt, wie ihr Bruder während der Schrecken in Münster zum Mann herangereift war. Zwar konnte er sich in ihren Augen längst nicht mit Lothar messen, doch anders als

Faustus und dessen Freund Isidor hatte er gelernt, was es hieß, Verantwortung zu übernehmen.

»Dann ist auch das geklärt!« Gardners Blick wanderte weiter und blieb auf Moritz und Margret haften. »Du kannst Stadtknecht in der gleichen Stadt werden, in der ich Draas zum Stadtschreiber mache. Bist du damit einverstanden?«

»Aber ja doch, Herr! Dann können Margret und ich heiraten und ein kleines Häuschen beziehen.« Auch Moritz war zufrieden, obwohl er nicht so reich belohnt wurde wie sein Kamerad. Sein Selbstbewusstsein war aber groß genug, um sich zu sagen, dass er in wenigen Jahren die Stadtknechte anführen würde.

Nun kam das Schwerste für Gardner. Einen jungen Mann wie Draas mit einer ehemaligen Ketzerin zu verheiraten, war eine Sache, doch sein Sohn sollte höher greifen.

Er atmete tief durch und bedachte Lothar mit einem strengen Blick. »Und nun zu dir, mein Sohn.«

Doch da hob Lothar lächelnd die Hand. »Verzeiht, Herr Vater, aber ich habe bereits meinen Weg gewählt. Ich werde weder auf meine alte Universität zurückkehren noch in die Dienste des Fürstbischofs von Münster treten. Es ist zu viel Schlimmes in seinem Namen geschehen.«

»Daran waren wohl eher die Wiedertäufer schuld«, rief Gardner verärgert aus.

»Es sind Greueltaten auf beiden Seiten geschehen«, widersprach sein Sohn. »Ich kann keinem Glauben angehören, bei dem der Gestank versengten Fleisches auf dem Scheiterhaufen den Duft des Weihrauchs verdrängt, und ebenso wenig einem, der nur denen, die zu ihm gehören, das Himmelreich gönnt und alle anderen in die Hölle verdammt, so wie die Wiedertäufer in Münster es lehrten.«

»Und was willst du dann tun?«, fragte Gardner bissig.

»Frauke und ich werden nach Wittenberg gehen und uns von Herrn Martin Luther trauen lassen. Anschließend werde ich auf der Universität von Wittenberg Theologie studieren und Pastor werden. Die Menschen brauchen Liebe und Führung in dieser Welt, und nicht die Drohung mit Hölle und Tod!«

Als Lothar schwieg, reichte Draas ihm die Hand. »Das habt Ihr schön gesagt, Herr Lothar.«

»Sollte es nicht Schwager heißen, denn lange wird es nicht mehr dauern, bis du mit Silke und ich mit Frauke zusammengegeben werden.«

Lothar sah seine Geliebte an und sagte sich, dass keine Wahl glücklicher sein konnte als die seine. Dann lachte er wie befreit auf.

»Was hast du, mein Lieber?«, fragte Frauke verwundert.

»Ich dachte nur an einen Rat, den Jacobus von Gerwardsborn mir vor langer Zeit gab. Er meinte, ich solle Geistlicher werden. Damals fühlte ich keine Berufung dazu. Doch nun werde ich es doch.«

»Und zwar als mein Mann!«, sagte Frauke und fand, dass es kein größeres Glück für sie geben konnte, als ihr Leben mit Lothar zu teilen.

Gardner betrachtete die beiden und spürte die innige Vertrautheit, die sie miteinander verband. Wie es aussah, hatte wirklich das Schicksal die beiden zusammengeführt. Ein wenig schmerzte es ihn, dass Lothar die große Karriere ausschlug, die sich ihm geboten hätte. Zum anderen aber bewunderte er seinen Sohn und fand, dass dieser auch als lutherischer Prediger seinen Weg gehen würde.

»Kommt her«, sagte er, »und lasst euch in die Arme schließen. Ihr habt es beide verdient!«

Historischer Überblick

Kaum etwas war den Menschen des ausgehenden Mittelalters so wichtig wie das eigene Seelenheil und ihr Anspruch auf einen Platz im Himmelreich. Jahrhundertelang hatte die römische Kirche ihren Anspruch, Hüter der Gläubigen zu sein, gegen jedes Abweichlertum gnadenlos verteidigt. Doch in den ersten Jahrzehnten des sechzehnten Jahrhunderts wurde ihre Macht brüchig. Hohe kirchliche Ämter wurden vom Adel jener Zeit immer mehr als Versorgungsmöglichkeiten nachgeborener Söhne und Töchter angesehen und entsprechend verteilt und verschachert. Diese Mönche, Nonnen, Priester, Äbte, Bischöfe und so weiter pflegten den gleichen Lebensstil wie ihre weltlichen Verwandten und überließen die Betreuung der ihnen anvertrauten Menschen schlechtbezahlten Hilfspriestern, deren Ausbildung oft zu wünschen übrigließ.

Die Reformation, die Martin Luther anstieß, war eine Folge dieser Verweltlichung der Kirche. Allerdings war Luther nicht der einzige Reformator. Andere Kirchenkritiker wie Calvin und Zwingli waren noch radikaler als er. Es gab sogar Christen, denen selbst diese beiden nicht weit genug gingen. Vor allem lehnte eine sich stark ausbreitende Gruppe die Kindertaufe ab, da diese noch nicht begreifen könnten, was es hieß, den Bund mit Gott einzugehen. In ihren Augen musste ein Mensch, der seine Seele Gott weihte, alt genug sein, um diesen Akt richtig zu verstehen.

Die Täufer, wie sie sich nannten, eckten damit bei den anderen Reformatoren an und wurden aus deren Kreisen ausgeschlossen. Einige Täufergruppen lebten ihren Glauben im Geheimen oder fanden Zuflucht bei einzelnen toleranten Landesherren. Ihre Gemeinschaften bestehen teilweise bis in unsere Zeit. Andere Gruppen radikalisierten sich durch die Verfolgung. Der Glaube an ein nahes Weltengericht und den Jüngsten Tag kam auf sowie die Überzeugung, als Einzige von Jesus Christus auserwählt zu sein, in sein Reich – das himmlische Jerusalem – aufgenommen zu werden. Waren diese Wiedertäufer, wie sie von ihren Feinden genannt wurden, zu Beginn eher ein Ärgernis denn eine ernstzunehmende Konkurrenz im Kampf um Seelen, so änderte sich dies rasch. Da sie sich von Gott selbst über alle anderen erhoben glaubten, schlug ihnen Hass entgegen. Die ersten Täufer wurden vertrieben, später starben viele auf den Scheiterhaufen, dennoch konnte der Zulauf zu ihnen nicht gestoppt werden, zumal Propheten wie Melchior Hoffmann auftraten und die baldige Wiederkehr Christi verkündeten.

Selbst als sich Melchior Hoffmanns Prophezeiung nicht erfüllte und dieser verhaftet wurde, hielten die Wiedertäufer an dem Glauben an das Jüngste Gericht fest. Neue Propheten tauchten auf und sammelten ihre Anhänger um sich. Einer von ihnen war Jan Matthys aus Haarlem, ein Bäcker, der ebenfalls glaubte, von Gott Visionen zu empfangen.

Die Verfolgung durch Katholiken und Lutheraner verstärkte die Sehnsucht nach dem Weltengericht, durch das alle Bedrückung enden sollte, und so gelang es Jan Matthys, die unklaren Verhältnisse im Münsterland auszunützen und die Stadt Münster zum Sammelplatz seiner Anhänger zu machen. Der neue Fürstbischof Franz von Waldeck hatte seine Hauptstadt noch nicht betreten, weil der Stadtrat von Münster dies an Bedingungen knüpfte. Gleichzeitig befand sich mit Bernhard Rothmann einer der bedeutendsten Prediger seiner Zeit in Münster. Zuerst mehr dem Luthertum zugeneigt, wandte sich Stutenbernd, wie er genannt wurde, weil er anstelle geweihter

Oblaten normales Brot für das heilige Abendmahl verwendete, immer mehr der täuferischen Lehre zu.

Es gelang Rothmann, Teile des Rates der Stadt Münster, vor allem aber etliche der mächtigen Gilden auf seine Seite zu ziehen. Letztere hatten handfeste Gründe dafür: Die Kirche besaß in Münster große Liegenschaften und gestattete dort Handwerkern, ihrem Gewerbe nachzugehen. Da der Kirchbesitz nicht besteuert werden durfte, waren auch diese Handwerker von den üblichen Steuern befreit und konnten daher billiger produzieren als die städtischen Handwerker. Außerdem standen sie außerhalb der Zünfte und wurden als unlautere Konkurrenz angesehen.

Die Wiedertäufer nützten den Unmut der Gilden aus, zogen deren Mitglieder auf ihre Seite und ergriffen allmählich in Münster die Macht. Versuche, den Einfluss Rothmanns und später der Wiedertäufer einzugrenzen, wurden gewaltsam niedergeschlagen. Als mit Jan Matthys schließlich der oberste Prophet der Wiedertäufer in Münster Einzug hielt, war die Entscheidung gefallen. Jeder Bürger und jeder Knecht, der sich nicht dem Glauben und der Herrschaft der Täuferführer unterwerfen wollte, wurde aus der Stadt vertrieben. Auch kam es zu einem Kirchensturm, bei dem die Symbole des verhassten alten Glaubens zerstört wurden.

Jan Matthys hatte die Wiederkehr Christi auf den Ostertag des Jahres 1534 vorhergesagt. Als der Heiland jedoch ausblieb, griff Matthys mit einer kleinen Schar die belagernden Landsknechte an, um die himmlischen Mächte auf diese Weise zu zwingen, ihm beizustehen. Das taten diese nicht, und so wurden Matthys und seine wenigen Getreuen niedergehauen. Daraufhin gelang es Jan Bockelson van Leiden, einem von Matthys' engsten Vertrauten, das Geschehen auf eine Weise darzustellen, die das Ausbleiben der Wiederkehr Christi schlüssig erklärte. Gleichzeitig setzte Jan Bockelson sich mit Hilfe von Bernd Knipperdolling und anderen Wiedertäuferführern an die Spitze der Gemeinschaft. Mehrere mit Leichtigkeit abgeschlagene Angriffsversuche der fürstbischöflichen Truppen mehrten Bockelsons Ruf, der Auserwählte des Himmels zu sein. In einer Mischung aus religiösem Wahn und Endzeitstimmung ernannte Bockelson sich selbst zum König von Neu-Jerusalem und Stellvertreter Christi auf Erden.

Unterdessen belagerte Franz von Waldeck mit seinem Aufgebot aus dem übrigen Münsterland sowie angeworbenen Söldnern die Stadt. Ihn unterstützten sowohl katholische wie auch lutherische Reichsfürsten, um ein Ausbreiten der Wiedertäufer, die keine irdische Autorität außer ihren Propheten anerkannten, auf ihre eigenen Territorien zu verhindern.

Münster wurde monatelang eingeschlossen, doch die Verteidiger hielten immer noch stand. Da weitaus mehr Frauen als Männer die Täuferverfolgungen überlebt hatten, überwog deren Anteil bei den in Münster zusammengeströmten Menschen die der Männer bei weitem. Jan Bockelson erklärte daher die Vielehe als rechtens und »heiratete« selbst mehr als ein Dutzend Frauen. Als jedoch einige Monate später die Vorräte in der Stadt schwanden, befahl Bockelson, alle Frauen und Kinder, die als überflüssig erachtet wurden, aus der Stadt zu vertreiben.

Aufgrund solcher Vorkommnisse begriffen die Belagerer, dass die Situation in der Stadt aussichtslos wurde. Allerdings benötigten sie Hilfe, um Münster einnehmen zu können. Einer der Bürger, der sich bis dorthin den Wiedertäufern angeschlossen hatte, floh aus der Stadt und führte die fürstbischöflichen Söldner auf einem ihm bekannten Schleichweg nach Münster hinein.

Es folgte eine gnadenlose Abrechnung mit den Wiedertäufern. Bockelson, Knipperdolling und die meisten Anführer wurden gefangen genommen, während Bernhard Rothmann spurlos verschwunden blieb und Heinrich Krechting sich mit einigen Gefährten freien Abzug erkämpfen konnte. Die gefangenen

Frauen wurden vor die Wahl gestellt, zur römischen Kirche zurückzukehren oder vertrieben zu werden. Die Anführer hingegen wurden später gefoltert und hingerichtet. Ihre Leichen sperrte man in mehrere eiserne Körbe, die am Turm von Sankt Lamberti aufgehängt wurden.

Diese Körbe kann man dort heute noch sehen, und sie künden von einer Zeit, in der Fanatismus und Intoleranz auf beiden Seiten zu einem der schrecklichsten Ereignisse jenes Jahrhunderts führten.

Iny und Elmar Lorentz

Personenregister

Die Wiedertäufer

Hinrichs, Frauke:	Hinner und Inken Hinrichs' Tochter
Hinrichs, Haug:	Fraukes älterer Bruder
Hinrichs, Helm:	Fraukes jüngerer Bruder
Hinrichs, Hinner:	Fraukes Vater
Hinrichs, Inken:	Fraukes Mutter
Hinrichs, Silke:	Fraukes ältere Schwester
Katrijn:	Holländerin
Klüdemann, Debald:	Bäckermeister
Klüdemann, Mieke:	Klüdemanns Ehefrau
Landulf:	Schuhmacher
Lotte:	Lothar Gardners Tarnname in Münster
Mönninck, Berthold:	Täuferprediger

Andere

Arno:	Söldner bei den Brackensteinern
Brackenstein, Emmerich von:	Hauptmann des Fähnleins
Brackenstein, Isolde von:	Reichsgräfin
Bruntje:	Hure bei den Brackensteinern
Cosmas:	Mönch bei Gerwardsborn
Dionys:	Foltermeister Gerwardsborns

Draas (Andreas):	Stadtknecht
Faustus:	Student
Gardner, Magnus:	Jurist in Franz von Waldecks Diensten
Gardner, Lothar:	Magnus Gardners Sohn
Gerwardsborn, Jacobus von:	der Inquisitor
Guntram:	Unteroffizier bei den Brackensteinern
Haberkamp, Leander von:	Gutsherr bei Münster
Hans:	Söldner bei den Brackensteinern
Isa:	Hure bei den Brackensteinern
Isidor:	Student
Jens:	Schankwirt
Kranz:	Magister
Margret:	Marketenderin bei den Brackensteinern
Moritz:	Unteroffizier bei den Brackensteinern
Rübsam, Ingo:	Gerwardsborns rechte Hand
Simonsen:	Trogmacher
Sterken, Gerlind:	Tochter Thaddäus Sterkens
Sterken, Thaddäus:	zweiter Bürgermeister von Stillenbeck
Weickmann:	Gildemeister

Historische Personen

Bockelson, Jan, genannt Jan van Leiden:	König der Wiedertäufer von Münster
Brandenburg, Albrecht von:	Kardinal, Erzbischof von Mainz
Daun, Wirich von:	Oberbefehlshaber
Dusentschuer, Johann:	Wiedertäufer

Feicken, Hille:	Wiedertäuferin
Grebel, Conrad:	erster Prophet der Wiedertäufer
Gresbeck, Heinrich:	Bürger von Münster
Hoffmann, Melchior:	Wiedertäuferprophet
Knipperdolling, Bernd:	Wiedertäufer aus Münster
Krechting, Heinrich:	Wiedertäufer
Matthys, Jan:	Prophet der Wiedertäufer
Mollenhecke, Heinrich:	Bürger von Münster
Ramert, Hermann:	Bürger von Münster
Rothmann, Bernhard:	Prediger der Wiedertäufer
Steding, Wilken:	Feldhauptmann des Fürstbischofs
Waldeck, Franz von:	Fürstbischof von Münster

Glossar

Elle:	Längenmaß, ca. 30 Zentimeter
Gilde:	Berufsvereinigung, gleichbedeutend mit Zunft
Gulden:	Goldmünze zu 24 Schilling
Handsalbe:	Bestechungsgeld
Heller:	Münze geringen Werts
Immen:	altertümliche Bezeichnung für Bienen
Inquisitor:	Geistlicher, dem die Verfolgung und Bestrafung von Ketzern obliegt
Krug:	Gasthaus
Meile:	ca. 7,4 Kilometer
Melchioriten:	eine Richtung der Wiedertäufer, nach ihrem ersten Anführer Melchior Hoffmann benannt
Prädikanten:	Hilfsprediger
Reichsexekution:	Ausschluss aus dem Reichsverband mit dem gleichzeitigen Auftrag, die geächtete Stadt oder Herrschaft mit Waffengewalt niederzuringen
Schilling:	Silbermünze zu sechs Stüver
Schippe:	Schaufel
Stadtknecht:	eine Art Polizist in städtischen Diensten
Stadtschreiber:	Notar, Chronist und Schreiber einer Stadt
Stüver:	kleine Münze in Norddeutschland
Wiedertäufer:	Sekte, die die Kindertaufe ablehnt.

Der radikale Flügel erwartete zudem das nahe Weltenende und das Jüngste Gericht. Die Anführer der Wiedertäufer von Münster gehörten zu diesem radikalen Flügel.

Deutschland Anfang des 19. Jahrhunderts

INY LORENTZ
Das goldene Ufer

Roman

Ein zerrissenes Land
Eine Frau zwischen zwei Männern
Ein liebendes Paar auf der Flucht

Der Beginn der neuen großen Auswanderersaga!

Irland Ende des 16. Jahrhunderts

INY LORENTZ
Feuertochter

Roman

Ein Land im Aufruhr
Eine Frau, die um ihr Glück und um
ihre Heimat kämpft
Eine Liebe, die sich im Sturm der
Leidenschaften bewähren muss

»Historisches Hollywood-Kino zum Lesen!«
Denglers-buchkritik.de